JULIET HALL

Das Erbe der Töchter

Juliet Hall

Das Erbe der Töchter

Roman

Aus dem Englischen
von Heide Horn und
Petra Hrabak

Gustav Lübbe

Gustav Lübbe Verlag in der Verlagsgruppe Lübbe

Titel der englischen Originalausgabe:
»The Italian Maze«

Lektorat: Regina Maria Hartig
Satz: Dörlemann Satz, Lemförde
Gesetzt aus der Adobe Caslon
Vignetten von Jan Balaz
Druck und Einband: Ebner & Spiegel, Ulm

Printed in Germany
ISBN 978-3-7857-2300-5

5 4 3 2 1

Sie finden uns im Internet unter: www.luebbe.de

Für Angie mit Dank
für deine Empathie,
deinen Humor
und deine Freundschaft

Prolog

1927

Hester beobachtete die beiden beim Abstieg über die brüchigen Stufen, die von den Klippen in die kleine Bucht hinunterführten, und wusste sofort Bescheid. Die junge Frau lehnte sich an ihn, den Blick unverwandt auf ihn gerichtet. Lachend neckte er sie. Er hatte einen Arm in Richtung Ozean ausgestreckt, und es sah aus, als wolle er ihr die Welt zu Füßen legen. Vermutlich würde er das auch tun. Der andere Arm berührte ihren beinahe. Doch nur beinahe. Hester spürte die gegenseitige Anziehung der beiden nahezu körperlich.

Sie seufzte. Sie wusste, dass die Zeit die Wunden der Liebe heilen kann – auch wenn sie sich dies in jenen Monaten, in denen sie am Kiesstrand von Port Isaac auf Gino gewartet hatte, nicht hätte vorstellen können. Gino ... Damals war sie noch so jung gewesen und hatte natürlich jemand anderen gefunden. Sie war glücklich geworden. Nein, sie fühlte kein Bedauern. Ihre Sympathie galt dem jungen Paar, das noch ganz am Anfang seiner Beziehung stand, was nicht einfach ist. Außerdem wussten die beiden jungen Leute so wenig über ihre Familiengeschichte.

Hester blickte aufs Meer hinaus, auf dem in der Ferne Fischerboote tanzten. Die zunächst olivgrün, dann grau leuchtenden Wellen verschmolzen mit dem Horizont. Eine Färbung, die Hester an einen anderen Landstrich erinnerte. Achtzehn war sie damals gewesen. Die verschwommenen Umrisse hochgewachsener, in Reih und Glied stehender graugrüner Olivenbäume ragten auf dem terrassierten Hügel in die Höhe. Als Hester die salzhaltige Luft einsog, fiel ihr ein anderer Küstenstreifen ein, an dem das Meer stets stahlblau schimmerte und die Sonne Tag für Tag warm und samtig schien – und wo Gino lebte.

Damals war die Landschaft für Hester nichts weiter als eine diffuse, unwirkliche Kulisse gewesen. Aber nun sah sie die Dinge anders. Sie sammelte Treibholz für ein neues abstraktes Objekt, das sie gerade in Arbeit hatte und das die Küste Cornwalls symbolisieren sollte, die Küste, an die sie mittlerweile ihr Herz verloren hatte. Sie stolperte beinahe. Liebe …

Als sie sich umwandte, sah sie den jungen Mann unbekümmert und geschmeidig wie ein junger Panther in großen Sätzen den Abhang hinunterstürmen. Grinsend blickte er zurück zu dem Mädchen, das zögerte, ihm zu folgen.

Als der junge Italiener vor ihrer Tür gestanden hatte, war sie, Hester, wie gelähmt gewesen.

»Gino?«, hatte sie gemurmelt.

»Mein Vater …«, hatte er zögernd geantwortet. »Er hat vor seinem Tod oft von Ihnen gesprochen.«

Halt suchend hatte sie sich an den Türrahmen gelehnt. Demnach war er tot. Und er hatte oft von ihr gesprochen.

»Sie sollten es erfahren«, hatte er hinzugesetzt.

»Kein Mitgefühl, bitte.« Hester hatte es nicht hören wollen. Sie würde sich ihre Erinnerungen bewahren.

»Aber …«

»Kein Aber.«

Du lieber Himmel, er war seinem Vater wie aus dem Gesicht geschnitten! Sie ahnte, was geschehen würde und weshalb er gekommen war. Er selber hingegen wusste es nicht, was für die Männer der Familie Bianchi typisch war.

Müde bückte Hester sich nach dem letzten Stück Treibholz. Und wenn er gefunden hatte, wonach er gesucht hatte? Was dann? Würde sich der schwarze Panther zähmen lassen?

Sie blickte auf, als er über den knirschenden Kies zurücklief und die Arme ausbreitete.

»Komm!«, rief er der jungen Frau zu. »Bei mir bist du sicher.«

Mein Fels und mein Anker, dachte Hester. Ich durfte das nicht erleben.

Mary machte einen unsicheren Schritt auf ihn zu, ehe sie ihm mit weit aufgerissenen Augen über die morschen Stufen entgegenlief.

Lachend fiel sie in seine Arme, und er zog sie an sich – ein hypnotischer Moment, an den Hester sich noch gut erinnerte.

Unbemerkt wandte sie sich ab. Er hat sie umarmt, ja. Aber hat er auch ihr Herz umarmt? Mit der Zeit würde es sich erweisen.

Kapitel 1

Samstagabend, 21 Uhr …

Cari löschte das Deckenlicht und versuchte sich zu entspannen. Da dieser Stadtteil mit seinen vielen Geschäften zum Flanieren einlud, ließ sie die Schaufensterbeleuchtung über Nacht an, damit die Passanten jederzeit die mit Perlen oder Ziermünzen bestickten Hochzeitskleider aus cremefarbener Seide, weißem Taft und Chiffon bestaunen konnten. Selbst zu dieser späten Stunde spazierte tatsächlich noch jemand über das Kopfsteinpflaster, um sich die Auslagen anzusehen. Ein Mann – wie ungewöhnlich! Meistens waren es junge Mädchen, die sich an diesen Kleidern nicht sattsehen konnten und Mütter, Freunde oder zukünftige Ehemänner hierherzerrten. Cari musterte den Mann. Er war allein und nicht gerade beeindruckt.

Sie hatte nur einen Wunsch: nach Hause zu gehen. Ein langer Tag lag hinter ihr. Seit dem Besuch der ersten Kundin um neun Uhr dreißig hatte sie den Laden nur einmal verlassen, um sich einen Bagel aus der Bäckerei nebenan zu holen. Ließ sie das Leben etwa an sich vorüberziehen?

Weshalb war dieser Mann so sehr an ihrem Schaufenster interessiert?

Als sie sich abwandte, stieg ihr der Hauch eines betörenden Duftes in die Nase. Auch das noch! Die Lilien brauchten vor dem Wochenende noch frisches Wasser. Sie streifte die Handtasche von der Schulter, trug die Blumenvase in ihr Atelier und füllte sie unter dem Wasserhahn auf.

Nein, heute würde sie nicht kochen, entschied sie. Und mit Dan würde sie sich auch nicht treffen. Sie würde sich beim Chinesen eine Kleinigkeit zu essen holen und dazu den Chardonnay trinken, der bereits gut gekühlt im Eisschrank lag. Es war eine verlockende Aussicht, allein zu sein und früh ins Bett zu gehen. Du meine Güte! Behutsam stellte sie die Vase auf ihren Schreibtisch. Alle Welt, selbst ihre Mutter, ging am Samstagabend aus, um sich zu amüsieren. Und sie? Sie war neunundzwanzig und nicht etwa fünfzig. Sollte sie ihre Zeit nicht lieber in einem Club verbringen oder mit Dan ein romantisches Abendessen in einem eleganten Restaurant genießen? War es nicht beunruhigend, dass sie den Abend lieber allein verbringen wollte? Sie straffte die Schultern. Aber warum eigentlich nicht? Schließlich hatte sie einen anstrengenden Arbeitstag hinter sich und sehnte sich nach Muße und Entspannung.

Sie ordnete die Lilien neu. Sie war seit jeher unabhängig, und wenn Dan kein Verständnis dafür besaß … Es war schließlich nicht gerade ein Zuckerschlecken, ein kleines Unternehmen zu führen und am Samstagabend zu arbeiten, um die Termine einzuhalten. Doch die Selbständigkeit hatte auch gute Seiten. Man besaß völlig freie Hand. Niemand, dem man Rechenschaft schuldete. Cari lächelte versonnen. Ob das auch für ihre Beziehung galt?

Sie blickte auf. Der Passant hatte sich nicht vom Fleck gerührt; er stand immer noch direkt vor dem Schaufenster.

Irgendwie seltsam. Nun ja … Sie nahm ihre braune Wildledertasche und ließ den Blick ein letztes Mal prüfend durch den Raum wandern. Alles war, wie es sein sollte. Die Garne und Stoffe lagen akkurat in den Regalen, die Kleider hingen ordentlich auf Bügeln. Bügeleisen und Nähmaschine waren ausgeschaltet. Wenn es nach Dan ginge, würde er zu ihr ziehen, aber Cari war dazu noch nicht bereit. Sie brauchte das Gefühl von Eigenständigkeit und schätzte den Freiraum, den sie sich oft erkämpfen musste. Sollte sie ihre Freiheit aufgeben? Sie zuckte die Schultern. Andererseits war Dan ihr Freund und besaß somit ein Anrecht darauf, mit ihr zusammen zu sein.

Ein Geräusch von draußen riss sie aus den Gedanken. Der Mann war immer noch da – na, das war ja wohl ein ausgedehnter Schaufensterbummel. Sie runzelte die Stirn. Welcher Mann interessierte sich so sehr für Hochzeitskleider? Plötzlich wurde ihr klar, dass er nicht die Auslage betrachtete, sondern das Ladeninnere. Er hatte das Gesicht an die Scheibe gepresst …

Irgendetwas war faul daran. Instinktiv zog Cari sich aus dem Lichtkegel zurück. Womöglich waren im Verkaufsraum Dinge, die ihn interessierten – weiße Hochzeitsschuhe oder Sandalen, die Vitrine mit dem exklusiven Kopfschmuck. Aber eigentlich war das kaum vorstellbar. Er war relativ jung, vielleicht um die dreißig. So ein interessierter Bräutigam war Cari noch nie begegnet. Um solch ein Exemplar würden sich die Frauen garantiert reißen.

Aber irgendetwas stimmte da nicht. Er schien nach etwas Speziellem Ausschau zu halten – oder auch nach jemand Speziellem.

Lächerlich! Sie benahm sich wirklich albern. Trotzdem warf sie beinahe unwillkürlich einen prüfenden Blick auf die Ladentür. Sie war abgeschlossen. Logisch. Es konnte also gar nichts passieren. Sie war sicher – oder nicht? Ihr Tag war wohl doch etwas zu anstrengend gewesen, sonst würde ihr diese Situation nicht so zusetzen. Die letzte Kundin hatte den Laden um sechs verlassen, selig über das Hochzeitskleid aus Tüll mit dem herzförmigen Ausschnitt, das Cari für sie entworfen hatte. Sie selbst war – wie so oft – noch geblieben, um an Entwürfen zu arbeiten und zu nähen. Tätigkeiten, denen sie sich in den ruhigen Abendstunden widmete, da ihr tagsüber keine Zeit dafür blieb. Dann kamen Kunden und gingen, fragten nach Zubehör oder ließen sich beraten; sie stöberten in Caris Sortiment an Abendgarderobe und Ballkleidern und stolzierten in den Roben in Caris luxuriöser, mit sternenförmigen Lämpchen ausgestatteter Umkleidekabine umher. Unter der mitternachtsblauen, mit Samt dekorierten Garderobendecke tanzten gläserne Feen um silberne Spiegel – beinahe wie eine Szene aus Shakespeares »Sommernachtstraum«.

Sie spähte wieder hinaus. Er stand immer noch da. Kein typischer Brighton-Student. Bestimmt kein Engländer, dieser große Dunkle mit dem südländischen Aussehen und dem intensiven Blick.

Cari vermied jede Bewegung. Wie lange würde sie so reglos wie ihre Schaufensterpuppen dastehen können? Ob sie die Polizei rufen sollte? Klar doch! Um ihr zu erzählen, dass ein Mann ganze sieben Minuten in ihr Schaufenster gestarrt hatte? Das konnte sie sich sparen.

Und wenn sie Dan anriefe? Er würde binnen einer Minute hier aufkreuzen, stets bereit und überglücklich, sie retten zu dürfen. Fragte sich nur, wovor sie eigentlich gerettet werden wollte. Wie war das noch mit der Eigenständigkeit? Ihre Phantasie trieb Blüten. Dass dieser Mann vor dem Schaufenster stand, konnte eine Unzahl von Gründen haben. Trotzdem würde sie warten, bis er gegangen war, und erst danach das Geschäft verlassen. Cari fröstelte.

Sie war wie gelähmt. Nahezu unmerklich machte sie einen Schritt vorwärts und kam sich dabei wie ein Einbrecher im eigenen Haus vor. Der Mann trug ein eng anliegendes weißes T-Shirt, eine Lederjacke und eine eng sitzende Jeans, was ihr geschultes Auge wohlwollend zur Kenntnis nahm. Zugegebenermaßen kein schlechter Körperbau. Dieser Mann wirkte nicht im Geringsten gefährlich – im Gegenteil, eher ziemlich sexy. Aber auch Brighton hatte dunkle Seiten, und Cari wollte nichts herausfordern.

Unvermittelt drehte er sich um und ging davon. Einfach so. Cari sah ihm nach, als er die Straße hinunterspazierte und um die Ecke bog. Erleichtert atmete sie auf. Was war nur los mit ihr?

Sie trat an die Kleiderständer und glättete die Roben ein wenig. Weshalb hatte dieser Mann sie so verwirrt? Sie war sich geradezu entblößt vorgekommen. Irgendwie schutzlos. Weshalb wohl? Aber sie fand keine Erklärung dafür, spürte nur noch dieses eigenartige Gefühl. Ein Gefühl, das weder mit Dan zu tun hatte noch mit ihrer unvorstellbar heimlichtuerischen Mutter, die ihr nichts über ihre Familie erzählte. Ein winziger Funke war in ihr entzündet worden, aber das war auch schon alles.

Ihre Spontaneität hatte – zugegebenermaßen – in den letzten Jahren nachgelassen. Nein, nein, es liegt nicht an Dan, beschwichtigte sie sich rasch. Dank Dans Rechtschaffenheit fühlte sie sich nicht mehr so unsicher. Außer ihm hatte sie nur noch ihre Mutter. Aber heute Abend würde diese coole, mondäne Mutter bis in die Morgenstunden feiern. Sich auf einer Party vergnügen. Leben … Cari runzelte die Stirn. Empfand sie selbst deshalb dieses eigenartig bohrende Gefühl?

Wo mochte ihre Mutter heute Abend sein? Ehe sie aus dem Haus ging, hatte sie Cari angerufen. *Arbeite nicht zu viel, Schätzchen!*, hatte sie gesagt.

»Pass auf dich auf!«, hatte Cari ihr geantwortet, ohne sich zu erinnern, wann dieser Rollentausch stattgefunden und sie begonnen hatte, sich um ihre Mutter zu sorgen. Ihr war klar, dass Tasmin gefährlich nahe am Abgrund tanzte. Cari konnte es zuweilen an den Augen ihrer Mutter erkennen, die übermäßig funkelten – wie die Klinge eines Messers.

Cari rief sich ihre Termine am Montag in Erinnerung, öffnete die Ladentür und trat in die Nacht hinaus. Eine frische Brise strich über ihre Wangen. Plaudernde, lachende Fußgänger wanderten vorüber; Jazzrhythmen schallten aus der Kensington Bar auf der anderen Straßenseite zu ihr herüber. Brighton an einem Samstagabend. Sie liebte diese Atmosphäre. Alles war wie gewohnt. Cari schloss die Ladentür ab und wandte sich zum Gehen.

Oh, nein! Sie schluckte. Er war wieder da. Der Mann, der sie durch die Scheibe beobachtet hatte, stand plötzlich lächelnd vor ihr.

Tasmin zwängte sich an zahllosen schwitzenden Gästen vorbei, die rauchend, trinkend und flirtend in der Küche standen. Im Laufe der letzten dreißig Jahre hatte sie viele dieser Partys besucht: ein ausgelassenes Völkchen sowie eine beeindruckende Menge an Canapés, Sushi und teuflischen Desserts. Die Musik war so laut, dass sie sich unweigerlich an die Siebzigerjahre erinnert fühlte und die Gegenwart vergaß.

Allmählich stieg die Stimmung. Das Gelächter schwoll an, die Menschen wurden sichtlich lockerer. Kein Aschenbecher weit und breit, Zigarettenkippen schwammen in halb geleerten Biergläsern. Tasmin ergänzte das traurige Sortiment um eine weitere Kippe und öffnete den Kühlschrank, der vor einer Stunde voller Moët gewesen war. Gähnende Leere! Nicht eine einzige Flasche Champagner war übrig geblieben. Dafür kühlten im Waschbecken etliche Flaschen Weißwein in einem großen Eimer mit schmelzendem Eis. Tasmin prüfte die durchweichten Etiketten. Ein Pinot täte es auch – besser als nichts –, wenngleich sie für gewöhnlich alles mied, was mit Italien zu tun hatte. Zu viele Erinnerungen!

Plötzlich fiel ihr das Foto wieder ein. Die zierliche blonde Frau. Ein italienischer Garten. Ein Labyrinth? Tasmin löschte das Bild umgehend aus ihrem Gedächtnis und straffte den Rücken. Den Korkenzieher zu finden war jetzt viel wichtiger. Erinnerungen waren schmerzhaft. Alkohol brachte Vergessen – zumindest für eine Weile.

Tasmin füllte ihr Glas. Wenn sie arbeitete, trank sie nicht. Sie übte sich in Selbstdisziplin, die für sie etwas Beruhigendes hatte: Du schaffst es, Mädchen! Doch am Wochenende lebte sie in den Tag hinein. Da wollte sie sich vergnügen. Das war geradezu ein Muss.

»Schätzchen!« Ariadne tauchte unerwartet aus all dem Marihuana-Nebel, Zigarettenrauch und dem Dunstkreis anderer Leute vor ihr auf. »Da bist du ja!«, rief sie und legte die Hand auf Tasmins Arm. Etwas Anschmiegsames aus lila Chiffon umschmeichelte ihren raffinierten Halsausschnitt. Daumen und Zeigefinger hielten einen Joint. »Amüsierst du dich?« Sie küsste Tasmin überschwänglich auf beide Wangen.

»Und wie!« Das war typisch für die Welt der Künstler und Diven, in der man zuweilen einen Blick hinter das Gehabe werfen muss, um die wahren Juwelen ausfindig zu machen. Tasmin war damit vertraut. In Edwards Galerie hatte sie fast drei Jahrzehnte mit Künstlern dieser Sorte gearbeitet. Deren Partys hatten immer einen Touch von Boheme und waren zum Glück niemals langweilig.

»Wunderbar. Ist dir schon jemand ... mmh, Interessantes über den Weg gelaufen?« Mit ihrem charakteristischen Blick musterte Ariadne Tasmins weiße Seidenhose und das dazu passende Oberteil. Tasmin konnte Ariadnes Gedanken förmlich lesen: knochige Schlampe auf der Jagd.

Sie lachte. »Nur keine Eile!« Welche Sorte Mann könnte man auf diesen Partys schon kennenlernen? Und was brächte das überhaupt? Eine flüchtige Begegnung in der Gewissheit, dass er sich schon am Morgen wieder aus ihrem Leben stehlen würde. Mehr durfte man nicht erwarten. Aber das wäre auch das Sicherste.

Tasmin entfernte sich unauffällig. Sie wollte Salsa tanzen, sich voll und ganz der Stimmung hingeben.

»Und was hast du so getrieben?«, erkundigte sich Ariadne mit wiehernder Stimme.

Die Frage bezog sich auf Tasmins kreatives Schaffen. Ariadne betrachtete gewöhnliche, nicht kreativ tätige Menschen ziemlich von oben herab. Da Tasmin als Fotografin in einer Galerie hinter den Kulissen arbeitete und nicht als Künstlerin in Erscheinung trat, bekam sie Ariadnes Verachtung häufig zu spüren. Aber das kümmerte sie nicht. Es gelang ihr ohnehin nur mit Mühe, Edward zu verheimlichen, was sie in Wahrheit tat, und da konnte sie auf Ariadnes Kommentare erst recht verzichten. Tasmins Arbeit erforderte Dunkelheit. Sie war nicht für ein Publikum gedacht. Überdies gab es Tage, die sogar dazu noch zu dunkel waren. Tage, an denen Erinnerungen zu einer Spirale der Hoffnungslosigkeit führten. Spiralen ... Nein, nein, über Spiralen wollte sie jetzt nicht nachdenken.

»Nichts Besonderes.« Tasmin atmete die unterschiedlichsten Gerüche ein: von Bier, Rotwein, Gebäck, Parfum, Schweiß und Marihuana. Typische Party-Gerüche. »Bis später«, sagte sie und schlenderte weiter.

»He, Schätzchen, ich muss dir was erzählen. Es gibt jemanden ...«

»Später!« Tasmin quetschte sich an einem großen Mann in einem terrakottafarbenen Leinenhemd und Jeans vorbei und warf

ihm einen flüchtigen Blick zu. Die Schatten unter seinen Augen besaßen genau die richtige Farbe. Vielleicht … Sie spürte, wie sie gegen ihn geschubst wurde.

»Es war etwas Wichtiges!«, wieherte Ariadne hinter ihr. »Jemand aus deiner Vergangenheit, der dich begrüßen möchte.«

Jemand aus meiner Vergangenheit?

»Tut mir leid.« Tasmin lächelte ihr Gegenüber entschuldigend an. Ende vierzig, vermutete sie.

Er lächelte zurück. »Mir nicht.«

Sie sah ihm in die Augen. Doch sie gaben nichts preis. Auch das war gut.

»Sind Sie allein hier?« Ein Anflug eines Lächelns umspielte seinen Mund. Könnten Sie vielleicht den Smalltalk beenden und zur Sache kommen? *Wer sind Sie? Was beabsichtigen Sie? Wovon träumen Sie?*

Sie nickte. »Tanzen?« Aus den Lautsprechern erklang ein Song von Santana. Typisch! Die frühen Siebziger waren genau Ariadnes Zeit gewesen.

»Warum nicht?« Er folgte ihr in eine Nische neben den Verandatüren. Ariadne hatte sie geöffnet, und einige Gäste waren in die kühle Frühlingsnacht hinausgetreten.

Tasmin spürte eine zarte Brise auf der Haut. Sie stellte ihren Drink ab und sah ihn an. An der Art, wie ein Mann tanzt, lässt sich eine Menge ablesen.

Im Stil von John Travolta in *Saturday Night Fever* zog er sich das Jackett aus.

Tasmin hätte am liebsten losgekichert. *Jemand aus der Vergangenheit?* Sie wurde wieder nüchtern. Das hörte sich ziemlich ominös an und gefiel ihr gar nicht.

»Hallo«, sagte er.

Cari versuchte den Akzent einzuordnen. Italien? »Kennen wir uns?« Natürlich nicht, sie hätte sich ja erinnert, aber ihre Mutter hatte ihr beigebracht, immer höflich zu sein.

Unverwandt lächelnd hob er eine Hand. Im Licht des Mond-

scheins und der Straßenlaternen wirkten seine dunklen Augen leidenschaftlich. »Nein, Sie kennen mich nicht.«

»Also, was wollen Sie?« Sie funkelte ihn an. Wie konnte er es wagen, in mein Schaufenster zu starren und mich beinahe zu Tode zu erschrecken?

»Was ich will?« Anscheinend hatte er ihre Frage nicht verstanden.

»Ich habe Sie beobachtet, als Sie sich die Auslage meines Geschäftes angesehen haben«, antwortete sie. »Und zwar verdammt lange.« Es klang etwas albern, das auszusprechen, aber sie wollte wissen, was hier vor sich ging. Und was in ihm vor sich ging.

»Ach so!« Er nahm zwar die Hand herunter, rührte sich aber nicht vom Fleck.

Cari atmete den bittersüßen Geruch von Leder, Oliven und Kaffee ein. Ein angenehmer Geruch.

»Ich habe mir die Auslage … für eine Freundin angesehen. Sie heiratet demnächst«, erklärte er stockend und wedelte abwehrend mit der Hand. »Nicht mich.«

»Wirklich?« Cari kreuzte die Arme über der Brust. Ihr war selbst nicht so recht klar, weshalb sie sich eigentlich auf ein Gespräch mit ihm einließ.

»*Sì, sì* …«, murmelte er vor sich hin.

Cari musterte ihn von Kopf bis Fuß. Warum auch nicht – schließlich hatte er ihren Laden auch lange ins Visier genommen. Schwarze, geschmeidige Lederschuhe und – wie sie richtig vermutet hatte – Jeans. Lederjacke, logisch. Das eng anliegende T-Shirt brachte sowohl den muskulösen Oberkörper als auch den sonnengebräunten Teint hervorragend zu Geltung. Wow!

»Entschuldigung.« Schon wieder. Er lächelte. Und noch einmal.

Es gibt Frauen, dachte Cari bei sich, die dieses Lächeln sexy finden. Aber dazu war sie natürlich viel zu verärgert. »Wofür entschuldigen Sie sich denn?«

»Ich habe Ihnen Angst gemacht.«

»Das ist doch lächerlich.«

»Meine Freundin …«

»Vielleicht sollte sich Ihre Freundin selbst in meinem Laden umschauen«, erwiderte sie gleichgültig. »Am besten zu den Öffnungszeiten.«

»Ja, Sie haben vollkommen Recht.« Er tippte auf seine Uhr. »Ich wollte schon viel früher hier sein«, erklärte er schulterzuckend. »Aber der Verkehr …«

In einer Fußgängerzone? Für Einkäufe war es ja nun wirklich zu spät. Hielt er sie etwa für dämlich? Sie strich sich durchs Haar, wohl wissend, dass es reichlich unordentlich war, und ärgerte sich gleichzeitig darüber, dass ihr das etwas ausmachte. *Erfolgreiche Modedesignerin wird schwach, als attraktiver Italiener ungewöhnliches Interesse an ihrem Laden zeigt.* Besagte Designerin sollte sich hüten! Schließlich konnte man nie wissen, wen man vor sich hatte. Sie spürte, dass ihre innere Unruhe sich in Ärger verwandelte. »Das nehme ich Ihnen nicht ab«, entgegnete sie.

»Aber …«

»Mir scheint, dass Sie eher nach etwas ganz Bestimmtem in meinem Laden Ausschau gehalten haben.«

»Nein, glauben Sie mir …«

»Und ich will Ihnen klipp und klar sagen, dass ich mit sonderbaren Männern, die in mein Schaufenster starren, nichts zu tun haben will.«

»Ich verstehe, aber …«

»Mein Laden ist mir sehr wichtig!« Was sagte sie da bloß? »Deshalb bitte ich Sie …«

»Selbstverständlich.«

»… zu verschwinden.« Sie sah ihn eindringlich an, während er immer noch lächelte. »Und nie wieder hier aufzutauchen.«

»Aber meine Freundin …«

»Wenn sie kommt …« Cari trat einen Schritt zurück. »Falls sie kommt … Falls es sie überhaupt gibt …«

Erneut zuckte er mit den Schultern. Und Cari ebenso. Zu zweit konnte man dieses Spiel gut spielen. »Sagen Sie ihr, sie soll allein kommen. Ohne Sie.«

Er wirkte sichtlich enttäuscht.

Ihre Worte hatten offenbar gesessen. Er war nun mal kein Kunde. Und noch dazu dieses Benehmen … Man musste es diesem Mann auf den Kopf zu sagen. Cari drehte sich um und machte sich auf den Nachhauseweg, ohne sich auch nur ein einziges Mal umzusehen. Ärger war das Letzte, was sie in ihrem Leben brauchte.

Kurz vor Mitternacht wurde Tasmin auf eine Frau aufmerksam. Sie hatte das Gefühl, als hätte sie sie bereits auf der Party gesehen, noch dazu mehrfach, sie aber nicht erkannt. Na ja, immerhin lag ihre letzte Begegnung dreißig Jahre zurück.

In der Sekunde des Wiedererkennens flackerte die konkrete Erinnerung an die Achtzehnjährige von einst auf. Der Mann mit dem verhangenen Blick zog Tasmin an sich. Sie protestierte nicht. Er duftete nach Frühling, nach frisch geschnittenem Gras. Tasmin bemühte sich, locker zu bleiben. Sie musste sich entscheiden. Sollte Gail Sanderson tatsächlich hier sein? Würde sie, Tasmin, mit ihr reden wollen oder nicht? Wollte sie die Erinnerung an vergangene Zeiten wachrufen?

»Du bist plötzlich so angespannt«, flüsterte er ihr ins Ohr. »Möchtest du dich vielleicht in meiner Wohnung ausruhen?«

Tasmin legte den Arm enger um seine Taille. »Lieber nicht«, antwortete sie. Obwohl er sexy war und tanzen konnte und ihr helfen würde zu vergessen – zumindest für eine Weile.

»Dann wenigstens einen Drink«, schlug er vor.

»Gern.« Die Frau, die Gail von einst, wanderte auf der Veranda auf und ab und fuhr sich wie früher nervös mit der Hand durchs Haar. Unverkennbar.

Tasmins Tanzpartner bahnte sich einen Weg durch die Tanzenden. *So viele Männer* – unglaublich, dachte sie. Verlor Ariadne etwa den Faden?

Nein. Sie wollte Gail nicht begrüßen. Gail war Teil ihrer Erinnerungen – und davon spukten noch immer viel zu viele in ihrem Kopf herum.

»Tasmin!«

O nein, das durfte doch nicht wahr sein! Nun stand sie tatsächlich vor ihr. »Gail?«

Schon schlang Gail die Arme um die einstige Freundin.

»Wie geht es dir?«, erkundigte sich Tasmin, um ein Lächeln bemüht. Das Alter hatte bei Gail eindeutig Spuren hinterlassen. Der Hals war runzlig, zu viel Lippenstift haftete in den Fältchen um den Mund. Außerdem war sie zu dünn. Fast schon hager. Aber ihr Blick hatte nichts an Intensität eingebüßt. Tasmin spürte nach wie vor eine gewisse Nähe zu der langjährigen Freundin und erinnerte sich sogleich an die zahlreichen Wochenenden, die sie kichernd gemeinsam verbracht hatten. Sie hätte zu gern gewusst, wie es Gail in all den Jahren ergangen war, doch zugleich wollte sie Distanz wahren.

»Gut.« Gail musterte sie von Kopf bis Fuß. »Du hast dich kaum verändert.«

»Unsinn!«

»Und jetzt erzähl mir bloß noch, dieser appetitliche Tänzer ist dein Mann.« Gail hakte sich bei Tasmin ein.

Tasmin wollte nicht unfreundlich erscheinen. Sie wusste, dass sie bei einigen Leute als unleidlich galt und kaum jemand (allenfalls Cari und Edward) ihre andere Seite kannte. Aber woher sollten die anderen auch ahnen, was wirklich in ihr vorging und dass niemand ihr zu nahekommen durfte? Sie hatte schon viele Menschen verloren, die ihr nahegestanden hatten. Genau das geschah in Familien wie ihrer und passierte Menschen wie ihr. Die Folge davon war, dass man verletzt wurde, und zwar zutiefst. Nein, sie wollte nicht unfreundlich wirken, aber ebenso wenig wollte sie mit ihrer ehemaligen Freundin am Arm spazieren gehen.

Doch Gail führte sie hinaus in den Garten. »Immer wieder muss ich an diesen einen Sommer denken«, sagte sie.

»Ach, wirklich?« Trotz der vielen Menschen empfand Tasmin die herrlich duftende Nachtluft nach der verrauchten Atmosphäre auf der Tanzfläche als angenehm. Sie waren umgeben von

Dunkelheit. Es war die Anonymität, die sie immer wieder auf Partys zog, eine Möglichkeit zur Flucht. Flucht vor der Vergangenheit. Nun fiel ihr die Libelle wieder ein. Es ist eine Schlankjungfer, eine Kleinlibelle, hatte Edward gesagt, als sie ihm das Insekt, das in warmem, durchsichtigem Bernstein eingeschlossen war, in einem schwachen Moment einmal gezeigt hatte. Genauso eingeschlossen und erstarrt fühlte Tasmin sich. Und nun wollte Gail alles wieder aufwühlen, ihre Erstarrung lösen und die Erinnerungen wieder beleben.

»Weißt du noch, wie eng wir damals befreundet waren?«

»Ja.« Sehr eng. Doch da ihre Mutter sie verlassen hatte und ihr Vater … hatten sie zwangsläufig den Kontakt verloren.

»Ich hoffte, du würdest es verstehen«, sagte Gail. »Meine Schuld war es nicht.«

Tasmin starrte sie an.

»Hast du es bemerkt?«

»Äh …« Wovon spricht diese Frau?

»Weißt du es?«, hakte Gail nach. »Du weißt doch, was damals passiert ist, oder nicht?«

Tasmins Stilettos sanken tief in den weichen Rasen. Sie standen vor einem Beet mit Stiefmütterchen und Narzissen, das von Buntglaslaternen beleuchtet wurde, die Ariadne geschickt in die Obstbäume gehängt hatte.

»Was damals passiert ist …«, wiederholte Tasmin. Dabei wollte sie es gar nicht wissen. Was ich nicht weiß, macht mich nicht heiß, dachte sie. Das ist ein Klischee, doch wie die meisten Klischees ist es unbestritten wahr.

»Deine Mutter hat es dir doch bestimmt erzählt.«

»Meine Mutter …« Musik drang durch den Park zu ihnen. Tasmin entzog Gail den Arm. Sie wollte nicht an ihre Mutter denken. Sie wollte zurück zur Party.

Doch Gail war nicht aufzuhalten. »Sie hat mir sehr leid getan«, sagte sie.

»Wirklich?« Tasmin wusste, dass sie ziemlich reserviert klang. Weshalb soll Gail Mitleid mit meiner Mutter empfunden haben?

Mutter hatte aus einer nüchternen Überlegung heraus eine Entscheidung getroffen. Eher aus Egoismus als aus Liebe. Sie hatte sich davongemacht. Ende der Geschichte.

»Wahrscheinlich war es zu demütigend für sie.« Gail strich mit der Hand über die Borke eines Eukalyptusbaums, dessen silbrige Blätter in der Dunkelheit zu leuchten schienen.

Tasmin ahnte, dass Gail es genoss. Was immer dieses »Es« sein mochte. Sie entschied, die Unterhaltung abzubrechen. »Lass uns wieder hineingehen!«, schlug sie vor und wandte sich dem Haus zu. Ihr Tanzpartner wartete bestimmt schon mit den Drinks. Und Ariadne hatte kolumbianische Musik aufgelegt – sie hörte bereits die heißen Salsa-Rhythmen. »Das ist schließlich eine Party. Ich bin hier, um zu tanzen.«

Aber Gail packte sie am Arm. »Du weißt also nichts davon, hab ich Recht?«, fragte sie, die Augen weit aufgerissen.

»Es liegt doch schon so lange zurück.« Tasmin beschleunigte den Schritt. In der Ferne schrie eine Eule. »Am besten vergisst man so etwas.«

»Wenn es einem gelingt.« Gail schüttelte den Kopf. »Wenn man so etwas überhaupt jemals vergessen *kann*.«

Tasmin seufzte. Sie wollte nicht über die Vergangenheit reden. Sie wollte zurück ins Haus, in das Hier und Jetzt, wollte nur das Hämmern der Musik hören. Sonst nichts. Sie wollte vergessen, verflixt noch mal! »Meine Mutter hat uns verlassen«, sagte Tasmin. »Ansonsten gibt es nichts zu erinnern.«

»Und kann man ihr das zum Vorwurf machen?«, ertönte Gails Stimme. »Kann man ihr, nach all dem, was sich dein Vater geleistet hatte, Vorhaltungen machen?«

Tasmin sah Gail entsetzt an. »Was hat er denn getan?«

Stille.

Genauso hatte sie es sich vorgestellt. Ein melodramatischer Auftritt. Typisch Gail! »Er hat getrunken – na und? Viele Leute trinken. Vielleicht war er Alkoholiker. Und wie hat Mutter ihm geholfen? Sie hat sich aus dem Haus geschlichen, um zu malen. Tag für Tag. Ohne sich um seinen erbärmlichen Zustand zu kümmern.« Tasmin spürte die Kälte auf den Wangen. Es war genug.

Gail holte tief Luft. »Du musst doch gewusst haben, dass das Problem weitaus größer war.«

Tasmin zuckte gleichgültig mit den Schultern. »Meinst du?« Doch im Innern kochte sie vor Wut. Wie kommt Gail dazu, so über Vater zu reden?, fragte sie sich. Für wen hält sie sich eigentlich?

Gail blieb stehen. Neben der gefiederten blassrosa Clematis montana, die sich an einem Spalier emporrankte, wirkte ihr Gesicht beinahe durchsichtig. »Ich erzähle es dir«, sagte sie.

Und Tasmin hörte zu. Sie wollte es zwar eigentlich nicht, aber sie tat es dennoch.

Gail erzählte ihr die ganze Geschichte.

Vergeblich versuchte Tasmin, Gails Redeschwall zu unterbrechen, doch die einstige Freundin war nicht zu bremsen. Tasmin lauschte ihr entgeistert. Die Nacht erschien ihr nun ganz besonders trostlos, die Musik drang nur mehr als bruchstückhaftes Dröhnen an ihr Ohr, und die Partygäste verschwammen zu schattenhaften Gestalten. »Ich glaube dir nicht«, sagte sie schließlich.

»Denkst du etwa, ich habe mir das alles ausgedacht? Nach all den Jahren?« Gail ließ den Blick durch den Park schweifen.

Tasmin fühlte Übelkeit in sich aufsteigen.

Gail legte begütigend den Arm um Tasmins Schultern. »Es tut mit leid, aber ich war der Meinung, du solltest die Wahrheit erfahren.«

Tasmin schüttelte den Kopf. Die Wahrheit? Nach all den Jahren? »Verschwinde!«, murmelte sie. »Verschwinde einfach, okay?« Sie hatte einen bitteren Geschmack auf der Zunge und musste an die Briefe ihrer Mutter denken, an den wunderschönen Bernsteinanhänger, an einen weit zurückliegenden Tag, an dem Mutter die Hände um ihr Gesicht gelegt und ihr gesagt hatte, wie lieb sie ihre Tochter habe. »Mein schönes Mädchen«, hatte sie geflüstert. *Mein schönes Mädchen.*

Dann erinnerte Tasmin sich an ihren Vater, den sie geradezu angebetet hatte …

»Entschuldigung.« Sie war beinahe überrascht, als sie wieder im Haus war und sah, dass er auf sie gewartet hatte.

Er zuckte die Achseln. »Keine Ursache.«

Tasmin leerte das Weinglas in einem Zug.

»He!« Er lächelte. »Willst du mich auf einen Trip begleiten?«

»Auf einen Trip?«

Er öffnete die Faust. In seiner Handfläche lagen zwei kleine weiße Tabletten. »Eine für dich«, sagte er, »und eine für mich.«

Tasmin zögerte. Es war noch nicht zu spät, oder? Nicht zu spät, um neue Beziehungen zu knüpfen, sich zu entspannen und Dinge aus der Vergangenheit ungeschehen zu machen.

Sie nahm eine Tablette. Warum nicht, dachte sie. Das andere konnte bis morgen warten. Heute Abend wollte sie mehr denn je einfach nur vergessen.

Kapitel 2

Die Luft war seidenweich und die Nacht still. Nur die Wellen rauschten leise. Aurelia saß auf den Kieseln, die Arme um die angezogenen Beine geschlungen. Sie war schon immer gern allein gewesen. Vermutlich, weil es so viel nachzudenken gab. Hätte sie dieses und jenes anders machen können? Hätte sie das eine oder andere überhaupt anders machen wollen? Und die wichtigste Frage überhaupt: War es mittlerweile vielleicht schon zu spät?

Eine erwartungsvolle Stimmung lag in der klaren Frühlingsluft. Jenseits der Bucht blinkten die Lichter von Tellaro mit seinen hohen, schmalen Häusern, die in das felsige Vorgebirge gehauen waren. Shelley, Byron, D. H. Lawrence hatten in dieser Bucht gelebt. *Il Golfo dei Poeti*, die Bucht der Dichter. Vermutlich hatten auch sie sich dem besonderen Reiz der Küste nicht entziehen können.

Das ist meine Heimat, dachte Aurelia. Ligurien. Der südlichste Punkt der italienischen Riviera, ehe der Landesteil in die Toskana übergeht. Sie stand auf. Diese Gegend hatte ihr Herz erobert und ließ sie nicht mehr los. Sie hatte die Umgebung im Bild festgehalten. Die terrassierten, bewaldeten Hügel, die wilde, unversöhnliche Küste, das Aquamarinblau des *Golfo della Spezia*. Sie war der verlockenden Landschaft erlegen.

Aurelia verstaute ihren Skizzenblock und die Stifte. Sie wusste, dass sich ihre Arbeit in ihrem neuen Zuhause widerspiegelte. Alfonzo, Inhaber der Galleria D'Arte in Tellaro, in der sie ihre Arbeiten ausstellte und zu Preisen verkaufte, die ihr immer wieder den Atem verschlugen, schwärmte von der Fülle, der Tiefe, von ihrem »inneren Auge«. Nun ja … Aurelia war sich bewusst, dass das, was sie auf Leinwand oder Papier gebannt hatte, nur ein Bruchteil dessen war, was dieser Landstrich ihr geschenkt hatte – ihr als Künstlerin und auch als Frau. Mochte es noch so seltsam klingen, es entsprach der Wahrheit.

Vorsichtig erhob sie sich. Heimat. Ja. Dennoch verging kein Tag, an dem sie nicht an den Ort dachte, den sie verlassen hatte. Ihn und seine Bewohner. Täglich fragte sie sich, wie es ihnen ergehen mochte. Zugleich überlegte sie, wie es dazu kommen konnte, dass sie all das verloren hatte. Und wie es ihr gelungen war, trotzdem weiterzumachen.

Sie wandte sich um, blickte zurück auf die Reihe duftender Zwergkiefern, wo Sand und fester Boden aufeinandertrafen. An deren anderem Ende befanden sich bröckelnde Steinstufen, die zu einem schmiedeeisernen Tor führten. Im Mondlicht nahm Aurelia nur dessen Umrisse wahr, doch sie wusste, dass die Glyzinie bereits blühte, die sich um das Spalier des Eingangs zu Enricos Park rankte. War es ihr Garten? Nein, nicht wirklich. Hinter dem Tor stand Enricos schönes, weiß getünchtes Haus mit Möbeln aus Kastanienholz und in kühlen, klaren Farben gestrichenen Wänden, Holzböden, Wollteppichen, hohen weißen Decken und Jalousien vor den Fenstern. Aurelia nickte. Hier gehörte sie hin. Auch wenn sie nicht wusste, warum. Sie spürte, dass dieser Ort für sie bestimmt war – aber weshalb? Weshalb sollte sich eine Engländerin in Italien zu Hause fühlen? Weshalb empfand sie so intensiv, dass sie genau hierher gehörte? Und wenn es tatsächlich so war, weshalb konnte sie es Enrico dann nicht zeigen? Weshalb war es ihr nicht möglich, Vergangenes zu vergessen und ihn so zu lieben, wie er es verdiente?

Enrico und sie müssten schon längst auf dem Weg zu Elenas spätem Abendessen sein. Dennoch trödelte sie herum. Obwohl Elena durch und durch Italienerin war und sich gänzlich der heimischen Küche verschrieben hatte, war sie von der Tradition – *pranzo* unmittelbar nach zwölf Uhr mittags, Abendessen um sechs – abgerückt und servierte zahllose Gänge, was angesichts der vorgerückten Stunde gar nicht angebracht war, sodass man einen Grappa oder einen anderen *digestivo* benötigte, um die Verdauungssäfte zu beruhigen.

O weh, es war schon reichlich spät! Sie musste sich noch umziehen – irgendeine elegante Hose, in Schwarz am besten, und natürlich Schuhe.

Aber Aurelia rührte sich nicht vom Fleck, sondern starrte in die Ferne, in der sich die Umrisse der Berge abzeichneten, und dachte an Tasmin. Vielleicht würde sie es ja eines Tages verstehen. *Vielleicht ... eines Tages ...* Viel zu viele ihrer Überlegungen begangen mit diesen Worten ... Vielleicht würde sie ihre Tochter wiedersehen. Vielleicht würde sie ihr eines Tages schreiben.

Unwiderstehlich vom Wasser angelockt, ging Aurelia über die knirschenden Kiesel, bis sie dem feinen Sand wichen. Wie nasse Zungen leckten die Wellen sanft an ihren nackten Füßen. Aurelia richtete den Blick zum Horizont. Jenseits der Bucht glänzten die nassen schwarzen Felsen in der Brandung. An der äußersten Spitze der Landzunge, an der Barockkirche, schimmerte ein Licht, das Aurelia als die alte Laterne erkannte, die an die Steinmauer aus rosa Granit montiert war. Hinter dem Dorf erhoben sich die dunkleren Schatten der Hügel. Die Olivenhaine und Weinberge, mit denen sich Enricos Familie einst den Lebensunterhalt verdient hatte, konnte sie nicht erkennen.

Sollte sie nach England zurückkehren? Um die Tochter ausfindig zu machen und ihr zu sagen: *Das hat jetzt schon viel zu lange gedauert. Viel zu lange ...*

Schneidend kühl brannte das Wasser auf ihrer Haut, während der nasse Sand sich an ihre Sohlen heftete. England. Aurelia fröstelte, als hätte man sie an einem kalten, zugigen Februartag dorthin zurückgebracht.

Enrico meinte, eine Rückkehr komme nicht in Frage. »Du hast ihr doch alle Türen offengelassen, *cara*«, sagte er. »Sie muss den Schritt selbst tun, falls sie sich dafür entscheidet.«

Aurelia seufzte. »Und was ist, wenn ...«

»Wenn sie sich dafür entscheidet«, wiederholte er. »Du hast dein Möglichstes getan.«

Die Arme vor der Brust verschränkt, atmete Aurelia die salzige Luft ein. Die See war heute ruhig.

Hatte sie wirklich alles getan, was in ihrer Macht stand?

Es wurde allmählich kalt. Aurelia wandte sich um, ging zur Steintreppe zurück und schlüpfte in ihre Sandalen. Enrico würde sich schon Sorgen machen. Vermutlich saß er am Flügel – sie glaubte sogar, dass sich in das Zirpen der Grillen eine Melodie mischte. Bestimmt war er trotz des Klavierspiels in Gedanken bei ihr. Behutsam öffnete sie das vertraut quietschende Gartentor, um die schweren Blüten der Glyzinie nicht einzuklemmen, und lief über den Sandweg auf das Haus zu.

Als sie an dem Labyrinth vorüberkam, hörte sie einen ungewohnten Laut. Ein Knacken. Vielleicht ein zertretener Zweig? Sie blieb stehen und lauschte. Sie hatte sich bereits an die Geräusche aus dem Irrgarten gewöhnt. Enrico lachte sie deswegen zwar aus, aber sie war schon seit langem der Überzeugung, dass von dem Labyrinth eine ganz besondere, spirituelle Kraft ausging. Dieses Geräusch war ihr allerdings fremd. Es klang beunruhigend.

»Wer ist da?«, rief sie und blickte suchend zu den Oleander- und Jasminbüschen. Der betäubende Duft des hellgelben Jasmins stieg ihr in die Nase. »Kommen Sie sofort heraus!« Wie lächerlich diese Worte klangen! Ob man heraushörte, dass sie mit dieser Aufforderung ihre Angst überspielte?

Keine Antwort. Niemand. Aurelia war zwar nicht überzeugt, aber es wurde zunehmend dunkler, und das erleuchtete Haus und Enrico, der ein schnelleres Tempo anschlug, schienen sie zu rufen. Als sie sich zum Haus umwandte, hörte sie das Knacken erneut. Ein hastiger, flacher Atem. Ihr eigener? Sie war sich nicht sicher. Sie stolperte.

Die Musik verstummte. »Aurelia?« Enricos Stimme kam von der Terrasse. »Wo bist du? Was tust du dort im Dunkeln?«

»Ich bin hier«, antwortete Aurelia laut und deutlich. »Bin schon da.«

So selbstsicher wie möglich ging sie auf Enrico und *La Sirena*, sein schönes, einladendes Haus, zu.

An der Tür blickte sie sich zu dem Labyrinth um. War bei den Lorbeerbäumen nicht ein Schatten? Oder trogen ihre Augen sie? Schließlich sah sie nicht mehr so gut. Egal. Sie würde Enrico nichts davon erzählen. Sie wollte ihm nicht schon wieder einen Anlass geben, sie zu ermahnen, ihr Arbeitspensum zu verringern.

»Wir werden zu spät kommen, du hast dich noch nicht mal umgezogen«, sagte Enrico, nahm zärtlich ihre Hand und schloss die Tür hinter ihr.

Zu Hause machte Cari es sich mit einem Buch, einem großen Glas Wein und etlichen Schälchen Dim Sum, kleinen chinesischen Klößen mit unterschiedlicher Füllung, auf dem Sofa in ihrem Wohnzimmer bequem. Die Begegnung mit dem jungen Italiener ging ihr nicht aus dem Kopf. Sie kämpfte mit sich, ob sie Dan anrufen solle – sie hatte genügend zu essen eingekauft, und am Abend tat seine Ruhe ihr besonders gut. Aber vermutlich hatte er bereits gegessen. Außerdem konnte er es nicht ausstehen, beim Essen auf dem Sofa zu lümmeln, wenn daneben ein wunderbarer Esstisch stand. Sie nippte an ihrem Wein. Nein, sie würde bei ihrem Plan bleiben: ein Abend ganz für sie allein!

Dan verbrachte ohnehin vier, manchmal fünf Nächte in der Woche bei ihr, und es verging kein Tag, an dem er nicht anrief. Sie knabberte an einem Klößchen mit Hühnchenfüllung. Eine junge Kundin hatte heute das Hochzeitskleid anprobiert, das Cari für sie entworfen hatte. Ein ganz gewöhnliches Mädchen, das Cari für einen Tag in eine Prinzessin verzaubern würde. Als die Kundin sich vor dem Spiegel gedreht hatte, war der Rock tatsächlich wie bei einer Tarantella gewirbelt. Weißer Tüll, weiße Perlstickerei. Weißer Zuckerguss, dachte Cari. Wenn ich einmal heirate – falls ich jemals heirate –, werde ich etwas Atemberaubendes tragen, aber keinesfalls in Weiß. Ich mag es auch romantisch und verspielt, keine Frage. Das muss ich in meiner Branche auch. Doch meine Hochzeit soll Realität sein und nicht wie ein Trugbild wirken. Blut anstatt Wasser, Stärke und Verlässlichkeit statt einer vorgegaukelten Märchenwelt.

Cari ließ sich ein weiteres Klößchen schmecken, diesmal ein vegetarisches, das ebenfalls köstlich schmeckte. Cari probierte zu gern verschiedene Gerichte – Dim Sum erregte die Geschmacksknospen und machte Lust auf mehr.

»Sind Sie verheiratet?«, hatte die junge Frau bei der Anprobe gefragt.

»Nein.« Cari hatte innerlich gelächelt. Dan hatte zwar schon mehrmals um ihre Hand angehalten, und seit kurzem fragte sie sich, wie oft ein Mann die Ablehnung hinnehmen würde. Ob sie nach ihrer Mutter schlug? Unverheiratet und fest entschlossen, es zu bleiben? Hoffentlich nicht. Sie liebte ihre Mutter, sehnte sich jedoch nach einer großen Familie. Weniger nach Kindern oder besser gesagt: noch nicht. Ihre biologische Uhr hatte schließlich noch nicht zu ticken begonnen. Außerdem besaß sie ein Geschäft, das sie mit viel Mühe und Entbehrungen aufgebaut hatte. Aber sie wünschte sich eine Familie, wollte ihre Wurzeln kennenlernen. Sie wollte einen Anker im Leben haben und das Gefühl der Zugehörigkeit spüren.

Da Tasmin ihrer Tochter bestimmte Familienangelegenheiten stets verheimlicht hatte, war Cari in gewisser Weise ohne Wurzeln aufgewachsen. Dabei brauchte jeder Wurzeln, um aufrecht und gesund groß zu werden. Doch kaum wollte Cari etwas über ihre Vorfahren, Großeltern, Tanten, Onkels, Cousins und Cousinen wissen, winkte Tasmin ab. Wir brauchen keinen von ihnen, pflegte sie der Tochter zu sagen. Wir beide kommen doch wirklich wunderbar allein zurecht.

Aber Cari wollte sich selbst ein Bild verschaffen. Sie mochte es nicht, wenn etwas totgeschwiegen wurde. Tasmin dagegen war auf diesem Gebiet Expertin. Sie lebte im Dunkel; ihre Tätigkeit in der Galerie, ihre Fotografie, ihre Partys, ihre Amouren – vermutlich weiß niemand davon, argwöhnte Cari. Zumindest hielt sie die Bereiche sorgfältig voneinander getrennt. Nichts durfte nach außen dringen. Wovor fürchtet sie sich bloß?

»Ich könnte nicht ohne Gareth leben«, hatte die junge Frau im Geschäft erklärt.

Cari hatte ihrer Kundin in die Augen gesehen und auf Anhieb gewusst, dass es Liebe war und nicht etwa eine Romanze oder irgendwelche Phantasievorstellungen.

Sie hatte die junge Braut falsch eingeschätzt. Diese Frau war beileibe nicht durchschnittlich. Sie zählte zu den Glücklichen. Cari beneidete sie aus tiefstem Herzen.

Cari biss in eine frittierte Riesengarnele und seufzte. Die Liebe … Aber wann wurde die Liebe zu einer Falle? Seit wann genau löste Dans Stimme bei ihr statt des Begehrens nur ein Gefühl der Bedrängnis aus? Seit wann war sie eher genervt als erfreut, wenn sie seine Stimme hörte? Durchlebte sie vielleicht nur eine Phase der Unzufriedenheit? Oder war es mehr als das?

Chili brannte auf Caris Zunge wie heißer Honig. Sie nippte am Wein. Natürlich gab es auch gute Zeiten. Sie öffnete ein neues Schächtelchen und kostete von dem zarten, saftigen, in Zitronensaft schwimmenden Fleisch, das in eine Art Weinblatt gehüllt war. Die Zeiten, wenn sie Dan anrief, sich über eine schwierige Kundin beschwerte oder sich um ihre Mutter ängstigte. Oder wenn sie sich nach einem langen Arbeitstag erschöpft und unendlich dankbar zu ihm begab, um sich zu entspannen.

Cari streckte sich auf dem Sofa aus und stellte sich seine minimalistisch eingerichtete Wohnung vor, die einen femininen Touch vertragen konnte, wie Dan immer wieder betonte. Sie schloss die Augen. Was für ein herrliches Geschenk, verwöhnt zu werden! Nicht zu vergessen die Momente mitten in der Nacht, wenn sie sich beruhigt an seinen mit Sommersprossen übersäten Rücken schmiegen konnte, er sich umdrehte und instinktiv den Arm um sie schlang, selbst im Schlaf wissend, wann sie ihn brauchte – eine Geste, die ihm während des Tages nie in den Sinn käme.

Meine Güte! Wieso vertat sie die Zeit mit Grübeleien über Dan? Cari nahm ihr Buch zur Hand und versuchte sich zu konzentrieren. Doch draußen sang jemand »American Pie«. Der Song hat viel zu viele Verse, dachte sie stöhnend, erhob sich vom Sofa und klaubte den Abfall zusammen. Liebte sie Dan? Hatte sie ihn jemals geliebt? Und weshalb kamen ihre Zweifel stets am Abend und nie bei Tag, wenn sie in ihren Laden hetzte, die Bedürfnisse ihrer Kundinnen zu erfüllen, Termine einzuhalten und Träume zu verwirklichen suchte, oder wenn sie sich in ihrer Freizeit bemühte, einen Besuch bei ihrer Mutter, bei Dan, Lauren oder Meg einzuschieben. Vermutlich war dies ihre Art, sich über die einsamen Stunden zu retten. Falls es überhaupt eine Rettung darstellte.

Sie ging in die Küche, trat an den Kühlschrank und goss sich ein Glas Mineralwasser ein. Dann zog sie die Jalousien hoch, stellte sich dicht ans Fenster und starrte hinunter in den dunklen Garten. Der Mond war nahezu voll und der Himmel so klar, dass sie nicht nur den Umriss ihrer Tabakpflanzen und Lavendelsträucher deutlich erkennen konnte, sondern auch das Basilikum und den Rosmarin, die sie erst kürzlich in Töpfe gepflanzt hatte. Das Steinkraut wand sich bereits über die Einfassung des Hochbeets. Ein winziger Garten – aber ihr eigener.

Sie hatte Dan mit einundzwanzig kennengelernt, und sie waren noch heute – nach acht Jahren – ein Paar. Was hatte das zu bedeuten? Dass sie füreinander bestimmt waren? Oder war es nur ein Zeichen von mangelndem Mut?

Das Schloss ihres Schließfachs hatte geklemmt. Wild fluchend hatte sie den Schlüssel darin umgedreht, weil sie zu einem Referat erwartet wurde und ohnehin spät dran war. »Verflixt noch mal, oh nein, bitte nicht jetzt. Nein!«

»Probleme?«

Cari wandte sich blitzschnell um und blickte in ein freundliches Gesicht voller Sommersprossen. Sie spürte, dass sie den Tränen nahe war. Entweder lag es an all dem Stress oder ihrer bevorstehenden Periode. Wer weiß? Wen interessierte das überhaupt? Oder es lag daran, dass all das Zeug, das sie jetzt dringend brauchte, in einem grauen Fach eingeschlossen und somit unerreichbar war? Sie schlug mit der Faust dagegen. Es war zwar vergeblich, aber erstaunlich entlastend. »Ich kriege dieses verdammte Ding nicht auf.«

»Lass mich mal.« Er zog den Schlüssel ein wenig heraus und drehte ihn vorsichtig.

Männer!, dachte Cari und hätte zu gern wieder selbst angepackt. Weshalb soll man sie eigentlich immer in dem Glauben unterstützen, sie wären fähiger …?

»Schon erledigt!« Er öffnete die Tür weit.

»Ach, du lieber Himmel!« Cari holte ihre Sachen hervor, ehe die Tür erneut zufiel. »Vielen, vielen Dank, ähm …«

»Dan.«

»Dan.« Sie hatte den Eindruck, sie sollte noch eine Weile dableiben und sich mit ihm unterhalten, aber die Zeit drängte. »Du bist mein Held«, scherzte sie.

»Jederzeit«, antwortete er und sah sie aus dunkelbraunen Augen freundlich an. »Ich stelle mich jederzeit als Held zur Verfügung.«

»Oh.« Tja, was sagte man zu einem Angebot wie diesem? Diese unverblümte Art war verführerisch und verdiente es eigentlich nicht, ignoriert zu werden.

Cari verschwand in ihrem Hörsaal, war aber tags drauf nicht allzu überrascht, als er auf sie zukam, um sich mit ihr auf einen Kaffee zu verabreden.

»Okay.« Es war ja bloß auf einen Kaffee.

Beim Cappuccino erzählte er ihr, dass er Betriebswirtschaft studiere und Unternehmensberater werden wolle.

»Nicht schlecht«, antwortete Cari und fragte sich gleichzeitig, wie sicher er sich seiner beruflichen Pläne überhaupt sein konnte. Sie stellte sich die Zukunft immer als einen schwierigen Weg mit verzwickten Kreuzungen vor, auf dem man mit toten Winkeln sowie unüberwindbaren Steigungen und gefährlichem Gefälle zu rechnen hatte. So war das Leben doch, oder nicht?

Cari ließ die Jalousien wieder herunter. Inzwischen hatte sie begriffen, warum er nicht um seine Zukunft bangte: weil er die Vergangenheit seiner Familie kannte. Sie dagegen hatte mehr angenommen von ihrer Mutter, die alle Brücken abgebrochen hatte, als ihr bewusst gewesen war. Im Gegensatz zu Dan … Jedes seiner Ziele und jeder Traum war in seiner Familie verankert.

Aus den gelegentlichen Treffen zum Kaffee war ein Kinobesuch mit dem ersten Kuss geworden. Insgesamt war alles weitaus angenehmer verlaufen, als Cari erwartet hatte. Sie hatte das Gefühl … umsorgt zu sein. Dan hatte angerufen und sie zum Abendessen in ein preiswertes vegetarisches Restaurant in der North Street eingeladen. Es war anregend gewesen. Er war humorvoll und intelligent, doch vor allem verlässlich. Sie entwickelten eine unkomplizierte Beziehung. Die Küsse wurden allmählich intensiver. Eines Tages reichten sie ihnen nicht mehr, und sie schliefen in Caris möbliertem Zimmer miteinander. Es war nicht gerade eine überwältigende Leidenschaft, aber Cari empfand … Zufriedenheit. Sie fühlte sich beschützt und war glücklicher als je zuvor in ihrem Leben. Sie waren ein Paar. Das war vollkommen in Ordnung.

Seit ihren Anfangstagen hatte sich viel ereignet. Dan arbeitete mittlerweile in der Geschäftsleitung, während sie ihr Modestudio eröffnet und eine Wohnung im belebten Zentrum von Brighton bezogen hatte, nicht weit von ihrem Atelier und der North Laine entfernt. Dort gab es eine verrückte Mischung ausgefallener Läden und Märkte nahe der Seepromenade mit ihren großen Regency-Gebäuden, dem Palace Pier und faszinierenden Antik- und Schmuckgeschäften. Brighton wurde seinem Namen gerecht. Die Stadt war lebhaft, bunt, schillernd. Sie riss einen mit und schien niemals zu schlafen. Ganz wie Cari – zumindest im Augenblick.

Nach einigen Monaten hatte Dan sie seinen Eltern vorgestellt, die in der Nähe von Eastbourne wohnten. In ihrem Bungalow an der Küste tranken sie aus zarten Porzellantassen Tee mit Milch. Auf der Anrichte des Wohnzimmers hatten die Familienfotos einen festen Platz. Dan und sein Bruder Toby als kleine Jungen, verschmitzt in die Kamera grinsend; daneben Mr und Mrs Elsmore – an ihrem Hochzeitstag und bei einer Taufe. Mrs Elsmore hatte ein weißes Bündel im Arm, das sowohl Dan als auch Toby darstellen konnte. Daneben Mr Elsmore als junger Mann, die Arme lässig um die Schultern seiner Eltern geschlungen – der Vater gar förmlich im Anzug, in steifer Haltung, die Mutter unsicher wegen ihres Sohnes, der – wann bloß? – zum Mann geworden war.

Cari konnte den Blick nicht von den Fotos wenden, bis Dans Mutter neben sie trat und den Aufnahmen Namen und Orte zuordnete. »In Clacton«, erklärte sie und wies auf ein Bild. »Dan war schon immer ein außerordentlich hübscher Junge.«

»Ach, Mum, Cari interessiert das nicht …«

Cari musste schlucken. Sie entschuldigte sich, durchquerte hastig den Raum, der mit einem gesprenkelten Teppich ausgelegt war und dessen Wände Tapeten mit Magnoliendekor schmückten, und ging die Treppe hinunter zur Toilette, auf die ein kleines Messingschild an der Tür hinwies.

»Verdammt noch mal!«, fluchte sie, drehte den Kaltwasserhahn auf und befeuchtete ihr Gesicht. Ihr Make-up war dahin, aber es war ihr egal. Ihre Wangen brannten. Mit sprühenden Augen und wirrem Haar betrachtete sie sich im Spiegel. Das konnte sie unmöglich sein!

»Das ist unfair!«, stieß sie hervor. »Das ist wirklich unfair!« Aufgebracht schloss sie die Augen. Sie wollte ihre Mutter nicht hassen und ihr nichts nachtragen. Sie liebte Tasmin doch. Aber wo war *ihre* Familie? Wo war das Foto *ihres* Vaters? Ein Name wäre schon mal ein Anfang gewesen. Wo war das Foto *ihrer* Großeltern? Dass sie tot waren, wusste sie, doch seit wann bedeutete »tot sein«, dass man nicht existiert hatte?

Sie lehnte die Stirn an das kühle, beschlagene Glas. »Lass gut sein, Cari!«, hatte Edward mehr als einmal zu ihr gesagt. »Deine Mutter wird dir alles erzählen, sobald sie bereit dazu ist.« Sein Blick war weich geworden. »Frag nicht ständig nach!«, hatte er gebeten. »Sie ist deine Mutter, und sie liebt dich. Lass es damit gut sein. Jedenfalls für den Augenblick.«

Doch wie konnte sie es damit gut sein lassen? Cari hatte sich die Fragen verkniffen, aber ihre Mutter würde niemals zu Antworten bereit sein. Inzwischen hatte sich die Anzahl von Fragen in Caris Kopf bereits vervielfacht, und sie würde mit ihnen ebenso wenig fertig werden wie mit den Trigonometrieaufgaben von einst, die sie nie hatte lösen können. Was war bloß so schmerzhaft, dass Tasmin sich weigerte, über ihre Eltern zu sprechen? Weshalb durfte sie, Cari, es nicht wissen?

»Du kannst dich glücklich schätzen«, hatte Cari zu Dan auf ihrer Zugfahrt zurück nach Brighton gesagt. »Unheimlich glücklich.«

Ich werde schon noch rechtzeitig dahinterkommen, redete sie sich nun zu und ging in ihr Schlafzimmer. Sie war diese Heimlichtuerei satt. Ich werde das Rätsel lösen, bevor es zu spät ist. Keine Geheimniskrämereien mehr! Ich werde Mutter erzählen, wie mir zu Mute ist. Tasmin muss mir reinen Wein einschenken. Mein Gott, ich bin immerhin fast dreißig und an einem Wendepunkt in meinem Leben. Ich muss die Wahrheit erfahren.

»Meine Eltern sind wirklich außergewöhnlich, findest du nicht?«, hatte Dan damals strahlend geantwortet, als hätten er und Cari einen weiteren Schritt auf ihrem verheißungsvollen Weg in die gemeinsame Zukunft zurückgelegt.

»Ja«, hatte Cari geantwortet. Aber darum ging es nicht. Er konnte sich glücklich schätzen, dass er seine Wurzeln kannte. Wurzeln, an denen er sich würde festhalten können, wenn Dinge auseinanderzufallen drohten. Einen Anker, von dem aus er sich verwirklichen konnte. Ein Fundament, auf das er bauen konnte. Und vermutlich auch eine Identität.

Sie hatte Dan ihre Gedanken mitteilen wollen. Doch er hatte so viel Selbstzufriedenheit ausgestrahlt, dass sie beschlossen hatte, es ihm vielleicht ein andermal zu sagen.

Ich habe es ihm immer noch nicht gesagt, überlegte Cari nun. Sie setzte sich aufs Bett. Stattdessen habe ich mir einen Bruchteil seiner Sicherheit zu eigen gemacht. Dan war ihr Fels. Sie würde sich immer auf ihn verlassen können. Und sie mochte ihn sehr, sehr gern. Selbst an fremde, sexy Italiener, die in ihr Schaufenster starrten und sie in eine Unterhaltung verwickelten, würde sie nicht einen Gedanken verschwenden. Was sollte das schon bringen?

Sie steckte ihr Haar mit einer Klammer fest und trug in langsamen Kreisen Reinigungsmilch auf ihr Gesicht auf, während sie sich dabei im Spiegel betrachtete. Die Augen ihrer heutigen Kundin schienen sie aus dem Spiegel anzusehen und sie etwas zu fragen. Ja, es war ein Wendepunkt. Sie wusste es. Sie stand an einer Schwelle zu etwas, was sie nicht begriff. Sollte sie auf der Schwelle verharren oder tief einatmen und einfach drauflosgehen?

Kapitel 3

»Herein, nur herein …« Elena winkte Aurelia ins warme Haus, in dem es köstlich nach Pastete, gefüllt mit *porcini*, Steinpilzen, und gebratenem Gemüse sowie nach Pesto duftete. Essen war in Italien beinahe eine heilige Handlung, und Aurelia wusste genau, dass sich Elena wie jede italienische Frau einen Großteil des Tages hingebungsvoll der Vorbereitung der Mahlzeiten widmete. Wobei selbstverständlich nur besonders frische einheimische Zutaten von erstklassiger Qualität Verwendung fanden.

»*Buona sera.* Wie geht es euch, meine Lieben?« Elena küsste sie liebevoll, als hätten sie einander seit Monaten nicht gesehen. Im Inneren des Hauses war alles blitzblank. Auch das war typisch für Italien, hatte Aurelia gelernt: Man war überzeugt, Gäste könnten sich nur dann wohl fühlen, wenn das Haus zuvor von oben bis unten geschrubbt worden war.

Sie lächelte. Elenas Abendeinladungen waren wirklich ein Vergnügen. Sie hatte Elena über die Jahre hinweg lieb gewonnen, womit sie anfangs gar nicht gerechnet hatte, da Elena die jüngere Schwester von Enricos verstorbener Frau Catarina war. Aber Elena hatte sie so nett aufgenommen und sich so liebevoll um sie gekümmert, als wäre Aurelia wiederum *ihre* jüngere Schwester, und ihr geholfen, sich in Ligurien heimisch zu fühlen.

»Hoffentlich habt ihr genug Hunger mitgebracht.« Elena strich ihr blaues Seidenkleid glatt, das sich an ihre zierliche Gestalt schmiegte. Auch mit Ende siebzig, dachte Aurelia anerkennend, achtet sie wie eh und je auf ihr Aussehen.

»Ich habe Hunger wie ein Bär.« Enrico rollte die dunklen Augen und ging voran ins Wohnzimmer, das von einer mit Perlenschnüren verzierten Lampe und einigen cremefarbenen Kerzen erleuchtet wurde.

»Sehr gut.« Elena hob die schmale braungebrannte Hand. »Während ich also in der Küche die letzten Handgriffe erledige ...« – sie deutete auf das elegante Klavier in einer Ecke des Zimmers –, »... spielst du doch bestimmt etwas für uns, Enrico, *sì*?«

Enrico zuckte die Achseln.

»Ich helfe dir ...«

Aber davon wollte Elena nichts hören. »Entspann dich, und lausche dem Maestro!« Sie nickte. »In Ordnung?«

Wer würde es wagen, dieser Frau etwas abzuschlagen, deren zarte Gestalt in keinem Verhältnis zu der Macht stand, die sie über ihre Freunde und ihre Familie ausübte? Aurelia gewiss nicht.

»Also gut.« Sie setzte sich auf eines von Elenas grünen Sofas und versank in dem weichen, kühlen Leder. Obwohl die Terrasse im Dunkeln lag, konnte Aurelia die Umrisse von Elenas sorgfältig gestutzten Zitronen- und Orangenbäumen ausmachen, die eben erst aus ihrem Winterquartier, der *limonaia*, geholt worden waren, sowie die schattige Pergola aus Kastanienholz, die bald dicht mit Wein berankt sein würde.

»Aurelia, Aurelia ...« Elena sang ihren Namen, während sie einen Schemel herbeiholte. »Ich habe mich immer gefragt, warum du bei deinem ersten Besuch in Italien nicht sofort in das Dorf gefahren bist, nach dem du benannt bist.«

Die Frage überraschte Aurelia nicht. Seit sie Elena und Enrico kannte, äußerten die beiden immer wieder ihre Verwunderung darüber, dass sie denselben Namen trug wie deren Heimatdorf. Das Dörfchen Aurelia, südlich von Tellaro gelegen, nicht weit von der bezaubernden italienischen Riviera entfernt. Natürlich war das purer Zufall. Enrico hatte ihr erzählt, dass es auch eine Via Aurelia gab, die Goldene Straße, die aus der Römerzeit stammte und von Rom bis nach Frankreich führte.

»Es ist doch nur ein Name«, antwortete sie zum soundsovielten Mal, streckte die Beine aus und streifte die Sandalen von den

Füßen. »Erst nachdem ich Enrico kennengelernt hatte, ist mir klar geworden, dass es ein italienischer Name ist.«

»Stimmt.« Enrico nahm auf dem Klavierhocker Platz, strich imaginäre Frackschöße glatt und zwinkerte Aurelia zu. »Was soll ich spielen?«

»Pachelbel, bitte.« Elena schenkte den *aperitivo* ein und setzte eine vielsagende Miene auf. »Deine Mutter hat es doch bestimmt gewusst.«

»Das bezweifle ich.« Mary hatte diesen Namen für ihre Tochter vermutlich nur gewählt, weil er so vornehm klang. Allerdings konnte Aurelia sich nicht erklären, warum ihr Vater Mary nicht gezwungen hatte, sich für einen weniger extravaganten Namen zu entscheiden – beispielsweise Jane oder Susan.

»Oder dein Vater? Wie hieß er doch gleich … Hugh?« Elenas dunkle Augen funkelten neugierig. Sie stellte die Gläser auf den Couchtisch.

Bereits bei ihrer ersten Begegnung hatte sie Aurelias Familiengeschichte erforscht. Aurelia nahm an, dass den Italienern der eigene Stammbaum wichtig war. Sie hielten große Stücke auf ihre Wurzeln.

»Ja …« Es musste das Alter sein. Elena und sie verweilten in letzter Zeit viel in der Vergangenheit und wandelten auf den Spuren ihrer Kindheit. Aurelia dachte an ihre Großmutter und Elena an ihre verstorbene Schwester Catarina und den Bruder, den sie vor so langer Zeit verloren hatte.

Enrico begann zu spielen. Die Töne perlten durch den Raum, und ein Windhauch vom geöffneten Fenster ließ die Kerzen flackern. Der Duft aus dem Backofen nahm an Intensität zu.

»Wie war er?«, fragte Elena.

Auf gar keinen Fall wollte sich Aurelia diesen angenehmen Frühlingsabend von Gedanken an ihren Vater verderben lassen. Mit geschlossenen Augen konzentrierte sie sich auf Enricos Klavierspiel. »Schwierig«, murmelte sie.

Lieber wollte sie an ihre Großmutter denken. Denn von ihr hatte sie erfahren, dass ihr Name etwas Besonderes war. Von

Gramma Hester. Hester, die sie auf Spaziergänge ans Meer mitgenommen und ihr Geschichten von König Artus und Ganymed erzählt hatte, die sie eines Nachts an der Hand gefasst und nach draußen geführt hatte, um mit ihr den Mann im Mond anzusehen, die Marshmallows und Brötchen toastete, die lachte und sang, Sandburgen baute und bei Ebbe die mit Wasser gefüllten Felsenbecken erforschte. Hester hatte Aurelia gezeigt, woraus das Leben bestehen kann. In ihrem Cottage in Cornwall hatte auch sie Gemüse und Pasteten gebacken und cremefarbene Kerzen angezündet. Sie hatte Aurelia ermutigt, zu zeichnen und zu malen, und ihr eine völlig andere Welt gezeigt.

»Es ist ihr keltisches Blut …« Aurelia hörte die Stimme ihres Vaters so deutlich, dass es kein Traum sein konnte.

»Diesmal ist sie zu weit gegangen …«

»Merkst du jetzt endlich, was für einen schlechten Einfluss sie hat …?«

»Wir werden nie mehr einen Fuß über die Schwelle dieses Hauses setzen.«

Der Morris zuckelte über die Landstraßen. Sie waren auf dem Rückweg.

Es ist nicht einfach nur ein Haus, dachte Aurelia. Es ist ein Cottage. Ein Cottage wie aus einem Märchen, mit einer baufälligen, von Geißblatt umrankten Veranda. Samtige gelbe Blüten, deren süßer Duft einen daran erinnerte, dass man jetzt auf dem Land war, während man darauf wartete, dass Gramma Hester die Eingangstür öffnen würde. Sie würde einen zur Begrüßung umarmen, und anschließend würde es eine ganz besondere Teestunde geben – mit Scones und selbstgemachter Erdbeermarmelade und Sahne von dem Bauernhof am anderen Ende der Straße. Mmm …

Die Hintertür war immer offen, was Vater missbilligte. »Reicht es ihr nicht, dass man schon einmal bei ihr eingebrochen hat?«, wollte er wissen.

Das Gesicht der Mutter war ausdruckslos. »Ich glaube nicht, dass etwas gestohlen wurde.«

Enrico spielte weiter. Aurelia hatte das Gefühl, davonzuschweben, der Duft der Pasteten nährte ihre Sinne und nahm sie mit auf eine Reise in längst vergangene Zeiten …

»Lass uns blaumachen«, schlug Gramma Hester vor.

Sie saßen an dem abgewetzten Holztisch in Großmutters gemütlicher Küche. Bunte Flickenteppiche auf den Steinfliesen verhinderten, dass man beim Barfußlaufen kalte Füße bekam. Obwohl es noch nicht einmal sieben Uhr war, verströmte der Ofen den warmen und würzigen Duft nach Fleisch und Pastetenteig, und durch das geöffnete Fenster drangen die Geräusche des Sommers herein – das Scharren der Hühner, der Gesang der Vögel, das entfernte Brummen eines Traktors. Mochte sich Vater beschweren, dass dieses kleine alte Cottage kein Badezimmer besaß und ohne Elektrizität war – Aurelia machte es Spaß, die vielen Kerzen anzuzünden und zu beobachten, wie sich das herabrinnende cremige Wachs in großen Pfützen auf dem hölzernen Büfett und dem Tisch sammelte und eintrocknete. Sie liebte auch die bauchige Öllampe in ihrem Schlafzimmer und war froh, dass sie sich unten in der Küche waschen durfte, in der es nicht so zog wie in dem Badezimmer zu Hause.

»Blaumachen?«, hauchte Aurelia.

»Wir hinterlassen ihnen eine Nachricht. Ich fahre mit dir nach Port Isaac«, sagte Gramma Hester. »Nur wir zwei.«

»Ohne zu fragen?« Aurelia konnte es kaum glauben. Ihre Großmutter hatte vielleicht Nerven! Zu Hause musste für alles Vaters Erlaubnis eingeholt werden.

»Ohne zu fragen.« Hester nickte ernst. »Noch einen Toast?«

»O ja, bitte.«

Eines der schönsten Dinge an den Ferien bei Gramma Hester in Cornwall ist das Frühstück, dachte Aurelia, während sie genüsslich in den knusprigen Toast mit der köstlichen selbstgemachten Orangenmarmelade biss. Zum einen, weil es so viele gute Sachen gibt – mehrere Sorten Schinken und Wurst von der Farm, dazu pochierte Eier, Rühreier oder gekochte Eier mit Brot zum Stippen. Und den ach so leckeren Toast. Außen knusprig, innen weich. Warum nur schmeckte hier auf dem Land jeder Bissen so viel besser als zu Hause? Und zum anderen hatte sie beim Frühstück ihre Großmutter ganz für sich allein. Denn Gramma Hester hatte keine Haushaltshilfe – nicht einmal jemanden, der kochte und putzte –, und in den Ferien schliefen ihre Eltern bis mindestens acht Uhr aus. Während Gramma Hester schon um sechs Uhr aufstand, um die Hühner zu füttern. Bei jedem Wetter. Ohne Ausnahme.

Aurelia spähte dann immer durch den Spitzenvorhang am Fenster ihres rosenrot tapezierten Schlafzimmers und schaute zu. Hester schnalzte mit der Zunge und klang dabei selbst fast wie ein Huhn. Sie griff mit der runzligen sonnengebräunten Hand in ihre geraffte, grün-weiß gestreifte Schürze und streute Getreidekörner für das Geflügel aus, das im staubigen Hinterhof herumpickte und scharrte. Dabei warf sie das lange Haar zurück, dessen Farbe so ungewöhnlich war, dass Aurelia sich manchmal dabei ertappte, wie sie ganz gebannt auf die dichten Locken starrte. Sie schimmerten in einem dunklen Kastanienrot, mit flammend rostroten Strähnen dazwischen. Kastanienrot, das allmählich zu Asche verglühte.

»Warum um Gottes willen lässt sie sich das Haar nicht schneiden? Es sieht einfach lächerlich aus«, regte sich Vater häufig auf. Und wenn er von Gramma Hester oder Cornwall sprach, wurde seine Stimme noch schroffer als sonst. Als hätte er Mühe, seinen Hass zu beherrschen. Aurelia schauderte es. Und manchmal … manchmal … Aber sie wollte nicht so denken, durfte es nicht.

Mutter blieb meistens stumm. Warum? Warum erwiderte sie nichts darauf? Vater liebte sie doch, bestimmt, denn auch wenn sie so oft krank war, war sie doch wunderschön. Und er kaufte ihr so viele hübsche Dinge. Abendkleider, die sich eng an ihren schlanken Körper schmiegten und ihre Knöchel umspielten. Schmuck, Hüte und sogar einen weichen Silberfuchspelz … Ach, bestimmt liebte er sie sehr. Und daher konnte sich Aurelia des

Gedankens nicht erwehren, dass alles besser wäre, wenn Mutter endlich etwas sagen würde. Aber das geschah selten. Traurigkeit senkte sich wie Nebel auf ihre weichen Züge, ehe sie sich abwandte.

Aurelia hoffte inbrünstig, dass Gramma Hester niemals ihr Haar schneiden und auch niemals aufhören würde, exzentrisch auszusehen. Sie wollte keine Großmutter wie jene in Addleton mit ihren langweiligen Mänteln und dem ordentlich gewellten Haar unter den adretten Hüten. Hester sollte bleiben, wie sie war. So wunderbar und farbenfroh wie ein Regenbogen.

Wenn also Aurelia Gramma Hester zum Hühnerfüttern herauskommen sah, hielt es sie nicht lang am Fenster. Sie sauste die Treppe hinunter, um Gramma zu helfen. Mit beiden Händen griff sie in die volle Schürze und warf die Körner ihrem Lieblingshuhn Maddy zu, das leicht hinkte, als wäre es vorn zu schwer, und dessen braune Federn am Kopf abstanden, was seinem kleinen, spitzen Gesicht einen erstaunten Ausdruck verlieh.

»Aber werden sie nicht wütend sein?«, fragte Aurelia jetzt und verspürte das vertraute Ziehen im Bauch, wie immer, wenn sie etwas tat, was ihre Eltern nicht gutheißen würden. Gleichzeitig machte sie das Wissen darum, dass es dennoch einigermaßen in Ordnung war, ganz aufgeregt. Denn Hester würde nur lachen und Vater die Lippen zusammenpressen und nichts sagen. Warum? Es schien, als habe er hier in Cornwall, bei Hester, nicht das Sagen, das er in Addleton hatte. Erwachsenengründe, dachte Aurelia. Gründe, die niemand einer Neunjährigen nennen würde. Doch auch wenn sie ihrer Großmutter überallhin folgte, die Angst konnte diese ihr nicht nehmen.

Hester tat, als sei sie verärgert. »Sollen wir uns etwa darüber Gedanken machen?«, flüsterte sie.

Entsetzt schüttelte Aurelia den Kopf. Nein. Die Aussicht auf ein längeres Zusammensein mit ihrer Großmutter war eine zu große Versuchung, zu spannend, um dem zu widerstehen.

»Ich bereite uns ein Picknick vor«, sagte Gramma Hester, öffnete die Tür des Büfetts und nahm einen geflochtenen Korb und ein blau-weiß kariertes Tuch heraus. Dann holte sie Brot und Butter aus der Speisekammer. »Beeil dich, Liebes!«

Aurelia schlich die Treppe hinauf, um sich fertig zu machen, voller Angst, ihr Vater oder ihre Mutter könnten aufwachen und nach ihr rufen.

Aber nichts geschah, und fünf Minuten später war sie wieder unten und half Hester, den Picknickkorb mit allerlei Köstlichkeiten zu füllen: mit selbstgemachtem cornischem Gebäck, dick mit gelber Butter bestrichenen Broten, Törtchen, Limonade und saftigen roten Äpfeln.

Enrico spielte immer noch.

Fünf Stunden später saßen sie beim Picknick neben dem großen alten Anker am Hafen, der durch hoch aufragende Klippen geschützt war, inmitten der Fischerboote und der zum Trocknen ausgelegten Netze. Aurelia nahm den öligen Fischgeruch wahr, den Geruch der Salzkrusten auf den Kieselsteinen und an den Booten, des grobkörnigen Sandes und der feuchten, modrigen Seile an den Hummerfangkörben. Die Sonne schien warm, und Hester hatte ihre rote Strickjacke ausgezogen und lag der Länge nach am Strand, das Haar auf den Steinen, die Augen geschlossen, die Arme von sich gestreckt wie ein Seestern.

Aurelia war nun doch etwas entsetzt. Ihre Eltern saßen am Strand immer in Liegestühlen, und ihr Vater zog den Anzug nur aus, wenn er ins Wasser ging. Ins Wasser ... Das erinnerte sie an etwas, etwas, was in den Tiefen ihres Unterbewusstseins schlummerte und sich ihrem Gedächtnis entzog. Da mochte sie noch so lange in das Sonnenlicht blinzeln, das wie flüssiges Silber auf dem Wasser tanzte, und sich den Kopf zermartern, es hatte keinen Sinn. Es fiel ihr nicht mehr ein.

Aurelia aß das letzte Törtchen auf und leckte sich die Krümel von den Fingern. »Was werden wohl Vater und Mutter sagen, wenn wir heimkommen?«, fragte sie ihre Großmutter.

Sie hatten einen herrlichen Vormittag verbracht, waren auf den Klippen herumspaziert, hatten die engen, gewundenen Sträßchen und Gassen erkundet, die so lustige Namen wie Squeezibelly Alley trugen, und dem alten Schulhaus mit der Turmuhr einen Besuch abgestattet. Dort war Hester früher zur Schule gegangen, aber Aurelia konnte sich die wilde Haarpracht ihrer Großmutter beim besten Willen nicht in ordentlich geflochtenen Zöpfen oder einem adretten Pferdeschwanz vorstellen. Danach hatten sie am Strand nach Krabben gefischt, mit einem Käscher, den sie aus einer von Hesters Bohnenstangen, dickem Blumendraht und einem alten Vorhang gebastelt hatten. Die Welt daheim mit ihrem *Sprich ordentlich!, Iss ordentlich!, Sitz still!* erschien ihr unendlich weit weg. Und kein einziges Mal hatte Gramma Hester Aurelia befohlen, sich die Hände zu waschen.

Doch wenn Aurelia jetzt ans Nachhausekommen dachte, regte sich ein flaues Gefühl in der Magengegend.

Sie beobachtete, wie eine Möwe herabschoss, um ein Stück Fischabfall zu packen. Hester hatte ihr erzählt, dass Port Isaac schon seit Jahrhunderten ein Fischerdorf war und hauptsächlich Sardinen gefischt wurden. »Früher gab es einen Mann, der auf dem Kliff Ausschau nach Sardinen hielt«, sagte sie mit der Stimme einer Märchenerzählerin, was Aurelia so liebte. »Man nannte ihn Ausrufer.«

Ein Ausrufer. Aurelia probierte im Stillen, wie sich das Wort aussprach.

»Wenn er einen Schwarm entdeckte, wenn er sah, wie diese silbrigen Tänzer aus dem Wasser sprangen und im Sonnenlicht glitzerten …«

»Ja?«

»Dann gab er den Fischern ein Signal, indem er in eine lange Trompete blies …« Sie deutete mit den Händen die Länge der Trompete an, die größer gewesen sein musste als Aurelia. *»Hevva! Hevva! Hevva!«*

Dachte sich die Großmutter das alles aus? Aurelia aß zu Hause manchmal Sardinen auf Toast, aber immer in Tomatensauce, und sie sagte zu Hester, sie könne sich nicht vorstellen, dass Fische tanzten, doch Hester lachte nur. Sie berichtete Aurelia – jetzt mit normaler Stimme –, dass die Sardinen in den Hochzeiten des Fischfangs exportiert wurden, vor allem nach Italien. Nun jedoch seien viele Schwärme nach Süden in sonnigere Gefilde abgewandert.

Komisch, dachte Aurelia. Wenn Gramma Hester Italien erwähnte, nahmen ihre grünen Augen einen entrückten Ausdruck an, als säße sie gar nicht mehr in Cornwall am Strand, sondern wäre ganz weit weg.

»Sie sind mit Trampdampfern aus Genua gekommen«, sagte sie.

»Wer?« Aurelia dachte an Piraten. Es mussten Piraten gewesen sein. Schmuggler hatte es hier jedenfalls gegeben – Gramma Hester hatte ihr schon oft Geschichten darüber erzählt.

»Die Italiener«, erwiderte Gramma Hester mit belegter Stimme. »Auf diesen Schiffen herrschte stets Bedarf an Hilfskräften. Jeder konnte anheuern und mitreisen.«

Aurelia wunderte sich, warum die Leute in Italien so viele Sardinen aßen. »Wie ist es in Italien?«, fragte sie. Ob sie jemals dorthin reisen würde?

»Das ist eine andere Geschichte, Kleines.« Hester klang traumverloren, als sei sie in Gedanken schon wieder in weiter Ferne. »Die Landschaft dort ist ganz anders. Ligurien ist das Land der duftenden Pinien, der Olivenbäume und Weinberge. Die Häuser sind in leuchtenden Farben gestrichen und in die Felsen hineingebaut. Die Sonne brennt heiß vom Himmel. Und das Meer ist blau, so blau …« Sie seufzte.

Aurelia blieb mucksmäuschenstill, um den Bann nicht zu brechen.

»Und wer könnte es den Sardinen verdenken«, fuhr Hester fort und lachte, »dass sie sich nach ein bisschen mehr Sonne sehnen?« Sie reckte die Arme. »Man hat sie in sogenannten Sardinenpalästen geräuchert, Liebling«, sagte sie. »Kannst du dir das vorstellen?«

Aurelia dachte an den Buckingham-Palast und die Wachablösung. Sardinen? Sie musste kichern. »Was fangen die Fischer jetzt?«

»Krabben, Hummer …« Hester schien das Interesse an der Geschichte verloren zu haben.

Aurelia glaubte nicht, dass ihr so etwas auf Toast schmecken würde, aber sie sprach es nicht aus, weil sie nicht erneut von Hester ausgelacht werden wollte. Sie wollte das Gefühl haben, dass auch sie sich auskannte, dass sie und Hester sich auf einer gemeinsamen Ebene trafen. Bei den meisten Erwachsenen spürte sie das nicht. Aber ihre Großmutter war anders. Sie war etwas Besonderes. Aurelia wollte Gramma Hester für sich haben und es wie ein Geheimnis hüten.

Aber Gramma Hester sollte keine Geheimnisse mit Vater haben. Sie sah die Blicke, die sie sich manchmal zuwarfen, ganz flüchtig, ein geheimes Einverständnis … worüber nur?

Und ebenso wenig wollte sie, dass ihre Großmutter mit ihrer Mutter Geheimnisse hatte. Geheimnisse, das hatte Aurelia herausgefunden, machten fast immer jemanden traurig. Und da ihre Mutter schon traurig war, konnten Geheimnisse dies noch verschlimmern. Davor fürchtete sich Aurelia. Es gab Tage, an denen die Augen ihrer Mutter trüb und verletzt wirkten und sie sich ins Bett legte, während Vater unruhig durchs Haus tigerte und – wie Hester es manchmal ausdrückte – so aussah, als sei mit ihm nicht gut Kirschen essen. An solchen Tagen versuchte Aurelia ihm aus dem Weg zu gehen und wollte auch von Geheimnissen nichts wissen. Sie wünschte sich nur, dass es ihrer Mutter besser ginge – und zwar bald. Dass sie wieder kräftiger werden, lächeln und Aurelia »mein Liebling« nennen würde. Aurelia war sich ganz sicher, dass sie dies früher getan hatte, denn es haftete in ihrem Gedächtnis wie eine reale Erinnerung, etwas, was wirklich geschehen war. Außerdem hätte sie sich das doch nicht ausdenken können, oder?

Hester schlug die Augen auf. »Verflixt und zugenäht!«, rief sie aus.

Aurelia musste kichern. Dann bemerkte sie den Gesichtsausdruck ihrer Großmutter. »Was ist denn, Gramma?«

»Komm schnell, Liebes!« Hester sprang auf, strich die türkisfarbene Bluse und den kanariengelben Rock glatt und streckte ihr die Hand entgegen, um ihr aufzuhelfen. »Steh auf!«

»Was ist denn, Gramma?« Gemeinsam sammelten sie die Reste des Picknicks ein und verstauten sie wieder im Korb.

Aurelia folgte ihr den Hügel hinauf, vorbei an den grauen und weißen Häusern, die, wie Großmutter ihr erzählt hatte, aus dem 17. oder 18. Jahrhundert stammten, auf jeden Fall sehr alt waren, viel älter als Gramma Hester.

Hester wirbelte herum, warf ihr Haar zurück und schenkte Aurelia ein spitzbübisches Grinsen. »Ich hab doch glatt vergessen, ihnen eine Nachricht zu hinterlassen.«

Nie mehr Ferien in Cornwall?

Draußen schien die Sonne, aber über Aurelias Wangen strömten Tränen. Sie saßen in Vaters kostbarem Morris Cowley und waren auf dem Rückweg nach Addleton.

Die Mutter drehte sich zu ihr um und drückte ihr die Hand. Aurelia zuckte zusammen. Sie war es nicht gewohnt, von ihrer Mutter berührt zu werden, obwohl sie einmal … bestimmt …

»Jetzt ermutige sie nicht auch noch, Mary!«, zischte der Vater. »Sonst dreht sie demnächst bei jeder Gelegenheit den Wasserhahn auf!« Er trat heftig aufs Gaspedal, als wolle er seine Aussage damit unterstreichen. Der Wagen machte einen Ruck, gehorchte aber.

Die Hand der Mutter verharrte unschlüssig in der Luft.

Aurelia nahm all ihren Mut zusammen. »Mutter«, sagte sie laut und deutlich. »Werden wir Gramma Hester wiedersehen?

Mary warf ihrem Mann einen Blick zu. »Natürlich, Kleines«, sagte sie. »Weil …«

»Nur über meine Leiche!« Aurelias Vater starrte geradeaus auf die Straße, die behandschuhten Hände fest ums Lenkrad geklammert, der Rücken kerzengerade, die Arme verkrampft. »Es reicht, Mary, hast du mich verstanden? Nie wieder.«

Die Hand der Mutter zitterte. Als Aurelia dies sah, hätte sie am liebsten nach der weichen weißen Hand gegriffen und sie gedrückt. Irgendwie wollte sie alles wiedergutmachen. Aber sie wusste, dass es das Falsche wäre. Es würde ihn nur noch mehr verärgern.

Also verhielt sie sich ruhig und blickte nur mitfühlend auf den Hinterkopf ihrer Mutter. Das blonde Haar war im Nacken zu einer geschmeidigen Rolle frisiert, die von einem Haarnetz gehalten wurde. Aurelias Mutter sah immer hübsch aus. Heute Nachmittag trug sie ein Tageskleid in einem hellen Grünton, mit breiten Schultern und eng anliegender Taille. Ihre mit Strasssteinen besetzten Ohrringe funkelten im Sonnenlicht, während Aurelia sie von der Rückbank des Morris aus hilflos betrachtete. Sie glitzern und scheinen dennoch nicht wirklich zu sein, dachte Aurelia, als würden sie ihren Glanz nur vortäuschen. Ihre Mutter saß ruhig da, aber Aurelia spürte die Anspannung, die immer unterschwellig lauerte. Sie hatte Unrecht gehabt, das erkannte sie jetzt. Wenn ihre Mutter etwas sagte, machte es die Sache keineswegs besser. Im Gegenteil.

»Wir hätten niemals zurückkehren sollen«, murmelte ihr Vater. »Nicht nach …«

»Schscht!«

Nach was? Aurelia wartete auf den unweigerlich folgenden Wutausbruch, weil ihre Mutter gewagt hatte, ihm den Mund zu verbieten. Aber obwohl ihr Vater die nächste Kurve zu schnell nahm und den Morris beinahe in einen entgegenkommenden Pferdewagen katapultierte – das Pferd wieherte laut und stieg vor Schreck –, passierte nichts weiter. Warum? Was hatte er sagen wollen?

Aurelia runzelte die Stirn. Sie spürte, wie sich ihre Augen mit Tränen füllten, als die schroffen Felsen und die Moorflächen Cornwalls in der Ferne verschwanden. In Vaters Augen schien etwas mit ihr nicht in Ordnung zu sein. So war es doch? Aber sie durfte nicht mehr weinen. Sie durfte wirklich nicht. Obwohl sie es kaum ertragen konnte. Sie würde es nicht ertragen, Gramma Hester nie mehr wiederzusehen.

Enrico hörte auf zu spielen.

»Das Abendessen ist fertig, meine Lieben«, sagte Elena *sotto voce*. Sie stand vor dem Sofa, die mit Ringen geschmückten Hände gefaltet.

Enrico beugte sich zu Aurelia hinab und berührte ihren Arm. »Hast du geträumt, *cara*?«

Aurelia nickte. Sie nahm sowohl den würzigen Geruch seines Rasierwassers als auch die Düfte aus Elenas Backofen wahr. »Von der Vergangenheit.« Immer noch quälten sie dieselben Fragen. Es gab so vieles, was sie nicht verstand.

Später fuhren sie und Enrico durch das Dorf und über den *lungomare*, die Küstenstraße, entlang zu *La Sirena* zurück. Enrico öffnete das Tor, und sie ließen die Zypressen hinter sich, deren Spitzen sich im Nachtwind bewegten. Es war zwei Uhr morgens, das Haus lag schweigend im Dunkel. Was seltsam war, denn Enrico hatte doch …

»Ich habe das Licht im Flur angelassen«, sagte er.

Natürlich hatte er das. Natürlich. Und Stefano war nicht da. Enricos Sohn war seit ein, zwei Wochen auf Geschäftsreise in England. Aurelia dachte an das Geräusch im Labyrinth. Ihr Stolpern, der Schatten … Warum um alles in der Welt hatte sie nicht …?

»Bleib hier!« Enrico verhielt sich ruhig und souverän, ganz Herr der Lage. Nichts erinnerte mehr an den feinfühligen Pianisten, der die Welt der Musik in den Fingerspitzen trug und dessen Blick in die Ferne gerichtet war. Er zog sein Handy aus der Jackentasche, tippte eine Nummer ein und redete in schnellem Italienisch hinein. »Ich werde nachsehen«, wandte er sich an sie.

»Nein, Enrico.« Aurelia verspürte einen Anflug von Furcht – um sie beide.

Als er sie anblickte, wirkte er beinahe überrascht. »Bleib im Auto.« Er löste den Autoschlüssel von seinem Schlüsselbund und drückte ihn ihr in die Hand. Kühl schnitt er in ihre Handfläche. Glaubte er, dass sie vielleicht fliehen musste?

»Verriegle die Türen!«, sagte er. »Ich bin gleich zurück.«

Aurelia gehorchte automatisch. Früher, dachte sie, wäre ich ihm gefolgt und hätte es darauf ankommen lassen. Aber jetzt, mit fünfundsiebzig, war diese Zeit vorbei. Oder? »Nie im Leben«, murmelte sie, öffnete die Wagentür und stieg mühsam aus. »Enrico?« Vorsichtig schlich sie über die gepflasterte Auffahrt zur Vorderseite des Hauses.

Die schwere Holztür stand offen. In der Öffnung erschien eine Gestalt unter der purpurfarbenen Clematis. Vor Schreck blieb ihr fast das Herz stehen, aber sie fasste sich schnell. Wie dumm von ihr! Es war Enrico. Wie hatte sie ihn mit jemandem verwechseln können?

»Es ist jemand hier gewesen«, verkündete er. »Drinnen herrscht ein einziges Chaos.« Sein Gesicht wurde sanft. »Vor allem in deinem Zimmer, *cara*.«

Aurelia starrte ihn an. In ihrem Zimmer? Was besaß sie schon, das für einen Einbrecher von Interesse sein könnte?

»Mach dir keine Sorgen!« Er nahm sie in die Arme.

Aurelia zuckte zusammen und fühlte, wie er sich anspannte. Verdammt. Warum, oh, warum nur …?

Abrupt ließ er sie los. »Es ist nichts gestohlen worden«, sagte er steif. »Aber du musst dich natürlich noch vergewissern.«

Wie konnte er so sicher sein? Und falls er Recht hatte … Sie dachte an den seltsamen Schatten im Garten, das Geräusch aus dem Labyrinth … Warum war jemand hergekommen und in ihr Heim eingebrochen? Wer waren diese Menschen? Und wonach suchten sie?

Kapitel 4

Cari hatte eine unruhige Nacht verbracht. Am Morgen riss die Türglocke sie unsanft aus dem Schlaf, pflügte wie ein Bulldozer durch ihre Träume und machte jegliche Erinnerung daran zunichte. Sie sah auf den Wecker. Neun Uhr fünfzehn. Wer würde sie an einem Sonntag um diese Tageszeit besuchen wollen? Ihre Mutter? Wohl kaum. Dan? Schon möglich. Cari schlüpfte in den Bademantel und trottete den Flur entlang. Nie hat man seine Ruhe, dachte sie, wirklich nie.

Sie öffnete die Tür. Draußen standen zwei Polizisten in Uniform. Wenn sie doch immer noch im Bett liegen und träumen würde! Aber es war helllichter Tag, das Licht grell und unbarmherzig. Und sie wusste genau, was ihr die beiden mitteilen würden, noch ehe sie die Wohnung betreten hatten.

Aurelia starrte aus dem breiten Fenster ihres Ateliers. Sie konnte sich glücklich schätzen. Von hier aus hatte sie einen herrlichen Ausblick über den Park und das Labyrinth – deutlich waren die drei spiralförmigen Hecken zu erkennen –, auf die blühenden Mandelbäume und die Pinienreihe. Dahinter lag das Meer, das in der Abenddämmerung diesig wirkte. Es war Aurelias liebste Tageszeit. Nicht Tag, nicht Nacht, sondern von beidem etwas. Diese Stunde besaß einen ganz besonderen Zauber, sie schien losgelöst von jeglicher Realität. Man konnte Dinge sehen – und hören –, die sich bei Tageslicht nicht immer klar darstellten. Enrico war der Meinung, sie arbeite zu hart. Aber sie wollte weitermalen.

Sie wandte sich ihren Aquarellfarben zu, die sich in Regalen entlang der kahlen Atelierwand stapelten. Alfonzo hatte sie schon länger um weitere Bilder für seine Galerie gebeten, war sich aber auch gleichzeitig im Klaren darüber, dass Aurelia die Gemälde, die ihr besonders wichtig waren, wie einen Schatz hütete. Sie musste mit ihrer Arbeit fortfahren. Morgen war ihr Geburtstag, doch sie fühlte sich nicht wirklich alt. Und es gab immer noch so viel zu malen, so viel zu tun. Außerdem galt es Antworten zu finden. Und Frieden …

Sie betrachtete ihre Leinwände. Meeresansichten, Bilder von Hügeln, Stillleben und Naturstudien, von einer makellosen, im Gras liegenden Zitrone bis hin zu einem grau belaubten, knorrigen Olivenbaum, Pastellzeichnungen und Aquarelle, ein Querschnitt ihrer Arbeit aus fünfundfünfzig Jahren – eine lange Karriere, wenn man so wollte. Für Aurelia war das Malen eher ein inneres Bedürfnis. Ein Lebensweg, dem sie zwangsläufig folgen musste.

Da war es also. Das Bild, nach dem sie unbewusst gesucht hatte. Es trug den Titel »Drei Spiralen«. Drei Pfade, die sich durch einen Wald schlängelten und das Muster jener drei Spiralen widerspiegelten, die ihr so vertraut waren. Dazu eine Nymphe, ein Satyr und ein wunderlicher Ritter auf einem weißen Ross. Ein Bild, das so ganz anders war als die meisten ihrer Arbeiten. Und das definitiv nicht zum Verkauf stand. Genau dieses Gemälde hatte damals an der Wand des Reisebüros in Lucca Enricos Aufmerksamkeit erregt. Sie hatte es als späte Antwort auf das Geschenk ihrer Großmutter gemalt. An einem anderen Abend in der Dämmerung, an einem anderen Geburtstag, ihrem zehnten …

Als das Geräusch des Türklopfers durchs Haus hallte, drückte sich Aurelia gegen die Wand. Vater war in seinem Arbeitszimmer, wo er unter keinen Umständen gestört werden durfte (als ob das jemand gewollt hätte … Aurelia presste die Hand vor den Mund und unterdrückte das Kichern, das urplötzlich in ihr aufstieg; als ob es jemand wagen würde …)

Sie hörte leises Gemurmel. »Ich kann nicht, wirklich, ich kann nicht …« Es war Dorrie.

»Du musst nur dafür sorgen, dass sie zur Hintertür hinausgeht.« Eine Frauenstimme. War das nicht …?

»Dafür kann ich meine Stellung nun wirklich nicht aufs Spiel setzen.«

Das Gemurmel wurde dringlicher. Aurelia hörte, wie jemand die Haustür schloss.

Sie wartete noch eine Weile, dann flitzte sie leise die Treppe hinunter.

In der Halle stieß sie auf Dorrie, die gerade die große Standuhr mit dem Staubwedel bearbeitete. Dorrie wischte sonst nie um diese Tageszeit Staub, und daran erkannte Aurelia, dass sie nervös und verunsichert war.

Aurelia baute sich vor Dorrie auf und reckte das Kinn. Sie war nicht dumm und kannte die Rollenverteilung nur zu gut. Dorrie war die Angestellte ihrer Familie. Sie, Aurelia, hatte in diesem Fall das Sagen. Mehr oder weniger. »War das meine Großmutter?«, erkundigte sie sich – allerdings mit leiser Stimme, da das Arbeitszimmer ihres Vaters nicht allzu weit entfernt lag.

Ein Stirnrunzeln zerfurchte Dorries rundes Gesicht. »Ja, aber …«

»Ich möchte zu ihr«, sagte Aurelia bestimmt. Einen Augenblick fürchtete sie, Dorrie würde Einwände erheben, an Vaters Zimmertür hämmern oder Mutter von ihrer Näharbeit im vorderen Salon wegholen. »Schließlich ist heute mein Geburtstag«, fügte sie scharf hinzu.

Sie sah einen Funken Mitgefühl in Dorries Augen aufglimmen. »Aber nur eine Viertelstunde, denk dran«, erwiderte diese und deutete auf den Garten hinter dem Haus. »Und ich hab keinen von euch gesehen.«

Das ließ sich Aurelia nicht zweimal sagen. Sie rannte durch die Küche und zur Hintertür hinaus und knöpfte sich die Jacke im Laufen zu.

Draußen senkte sich die Dämmerung auf Bäume und Büsche herab und ließ ihre Umrisse verschwimmen. Aurelia spähte in die Düsternis, traute sich jedoch nicht so recht zu rufen. Sie steuerte auf den Teich zu.

Wie sie vermutet hatte, saß ihre Großmutter auf der feuchten Holzbank am Rand des Teiches. Langsam trat Aurelia näher. Ihre Großmutter sah nachdenklich aus. Fast traurig. Als sie jedoch Aurelia bemerkte, erhellte ein liebevolles Lächeln ihre wettergegerbten Züge.

»Alles Gute zum Geburtstag, mein Liebling.« Sie erhob sich, um Aurelia zu umarmen. Aurelia stellte fest, dass sie müder wirkte als damals in Cornwall. Für Aurelia war ihre Großmutter immer über alle Probleme und Zwänge des Erwachsenenlebens erhaben gewesen, die ihren Vater verärgerten und ihre Mutter beunruhigten. Doch nun schien auch Gramma Hester ein unausgesprochener Kummer zu bedrücken. Und durch ihr faszinierendes gelocktes Haar zogen sich eindeutig mehr graue Strähnen.

»Gramma!« Sie roch nach ihrem Pastetenteig, warm und ein bisschen würzig. Aurelia klammerte sich an sie und wünschte sich, Gramma würde sie nie mehr loslassen.

»Ich habe dir ein Geburtstagsgeschenk mitgebracht. Etwas ganz Besonderes.« Hester zog Aurelia neben sich auf die Bank und reichte ihr ein kleines Päckchen.

Mit zitternden Fingern riss Aurelia es auf. Etwas ganz Besonderes … Eine kleine schwarze Schachtel kam zum Vorschein. Als sie behutsam den Deckel abnahm, entfuhr ihr ein Laut des Entzückens. Auf einem schwarzen Samtkissen umschlängelte eine Silberkette einen herrlichen, alten silbernen Anhänger mit einem glatt polierten Stein, um den herum seltsame kreisförmige Muster eingraviert waren. Er war wunderschön.

Hester zog einige Streichhölzer unter ihrem dicken schwarzen Schultertuch hervor und zündete eines an. Die Flamme mit der Hand schützend, hielt sie das Streichholz so nahe an den rotgoldenen Stein, dass er in den Farben der untergehenden Sonne aufleuchtete.

»Da ist was drin«, sagte Aurelia und deutete darauf. »Da ist was in dem Stein.«

»Das ist nur ein Insekt.« Hester lächelte. »Eine kleine Libelle.«

Für Aurelia sah das Insekt aus, als könnte es im nächsten Augenblick davonfliegen – wenn nur jemand den Stein zerbrechen würde, in dem es gefangen war. »Wie ist es da hineingelangt?«, fragte sie schaudernd.

Hester nahm den Anhänger aus der Schachtel und polierte ihn sorgfältig mit einem Zipfel ihres Tuchs. »Bernstein ist ein Harz«, erklärte sie. »Zunächst ist er eine zähe Masse.«

»Wie bei den Bäumen?« Aurelia kuschelte sich eng an die Großmutter und spürte durch das Schultertuch hindurch die Wärme ihres Körpers. Sie liebte die Geschichten ihrer Großmutter.

»Wie bei den Bäumen. Richtig.« Hester hielt den Stein in die Höhe. »Manchmal bleiben Insekten oder sogar kleine Tiere in dem goldenen Saft hängen. Sie werden darin perfekt konserviert, weißt du.«

Aurelia betrachtete die Libelle noch einmal eingehend. Was hatte sie gedacht – falls Insekten überhaupt denken konnten –, als sie sich nicht mehr rühren konnte und ihr klar wurde, dass sie in dem Harz ertrinken würde?

»Im Laufe von Millionen Jahren«, fuhr Hester fort und zog ihr Tuch fester um sich, »verhärtet das Harz und wird zu Bernstein.«

»Und die Libelle ...«, begann Aurelia. Das Insekt musste demnach auch Millionen Jahre alt sein.

»Ist eingeschlossen.« Hester klang nachdenklich. »Ein in Bernstein eingeschlossenes Insekt. Ja.«

Ein in Bernstein eingeschlossenes Insekt. Wollte ihr die Großmutter damit etwas sagen?

Aurelia griff nach dem Anhänger. Schwer und warm lag er in ihrer Hand. Hester zündete ein zweites Streichholz an, in dessen flackerndem Licht der Bernstein Aurelia zuzuzwinkern schien. Wie eine Schlange wand sich die Gravur darum herum. Aurelia schaute genauer hin. Oder sogar wie drei Schlangen.

»Es ist ein keltisches Symbol, eine dreifache Spirale oder Triskele«, erklärte die Großmutter, als die Flamme erloschen war. »Jeder Pfad führt aus einer Mitte heraus«, sie fuhr mit dem Streichholz die Spirale entlang, »und in eine hinein. Triskele, weil es drei Spiralen sind.« Sie deutete darauf. »Und genau in der Mitte … ein goldenes Auge.«

Aurelia runzelte die Stirn. »Was bedeutet das?« Denn es musste etwas bedeuten. Da schon der Bernstein so wichtig war, wusste sie instinktiv, dass es sich hier nicht einfach nur um ein hübsches Muster handelte.

»Triskelen gibt es schon seit mindestens dreitausend Jahren«, fuhr Gramma Hester fort. »Kannst du dir das vorstellen, Liebes?«

Das konnte Aurelia nicht.

»Die Kelten glaubten, dass sich das Leben in ewig währenden Kreisläufen bewegt. Sie unterschieden drei Abschnitte – Geburt, Tod und Wiedergeburt.« Ihre Stimme war leise und monoton, und sie schien Aurelias Anwesenheit vergessen zu haben. »Körper, Geist und Seele.«

Gottvater, Sohn und Heiliger Geist, dachte Aurelia, aber sie sprach es nicht aus. »Keltisches Blut«, hatte Vater gesagt. Waren die Kelten die Heiden, von denen sie in der Sonntagsschule gehört hatte? War Großmutter eine von ihnen? Hoffentlich nicht. Und doch … Was ihre Großmutter da sagte, klang äußerst seltsam. Behutsam berührte Aurelia den Anhänger. Zu ihren Füßen kroch eine Schnecke durchs feuchte Gras und hinterließ eine glänzende Schleimspur.

»Und die Triade der Frauen.« Hester starrte in den Teich, schien jedoch etwas ganz anderes zu sehen. Etwas sehr Wichtiges. Vielleicht aus ihrer Vergangenheit.

Was war eine Triade? Aurelia blickte ebenfalls in den Teich, als könne sie dort eine Antwort finden, aber in der zunehmenden Dunkelheit waren nur die Triebe der Sumpfdotterblumen zu erkennen und die Umrisse der golden und schwarz gemusterten Fische, die in den trüben Tiefen des Teiches zwischen den Wasserpflanzen hin und her flitzten.

»Jungfrau, Mutter und Greisin.« Hester lachte leise. »Und du weißt bestimmt, was auf mich zutrifft, Liebling.«

Aurelia lächelte. Ihre Großmutter war doch keine Greisin. Greisinnen waren die alten Frauen, die sich am Ende oft als Hexen entpuppten. Gramma Hester war keine Hexe. Aurelia wollte nicht, dass sie eine Hexe war. Es schauderte sie erneut.

»Die Spirale hat mit einer Reise zu tun«, erzählte die Großmutter weiter und legte Aurelia ein Ende des Tuchs um die Schultern.

Wie eine Reise nach Cornwall?, fragte sich Aurelia.

»Der Anhänger wurde stets von Frau zu Frau weitergegeben«, fuhr Hester fort und blickte Aurelia ernst an.

»Von Frau zu Frau?« Mit einem Mal fühlte sich Aurelia sehr erwachsen. Als würde eine Menge von ihr erwartet. Sie setzte sich gerade hin und erhob sich dabei ein wenig von der feuchten Bank. Der Abendnebel verlieh dem Garten etwas Zauberisches, durch die Feuchtigkeit roch er prickelnd und muffig zugleich, und seine Konturen wirkten anders als tagsüber, richtiggehend unheimlich. Die Blumen und Büsche waren nur noch Schemen. Alles war möglich. Beinahe erwartete Aurelia, jeden Augenblick ein Fabelwesen aus dem Gebüsch hervorbrechen zu sehen. Sollte sich eines zeigen, hätte es wahrscheinlich ihre Großmutter mitgebracht.

Gramma Hester umschloss Aurelias kalte Hand mit ihrer warmen. »Und deswegen musst du gut darauf aufpassen, Liebes. Und ihn später an deine Tochter weitergeben.«

»Meine Tochter?« Jetzt war Aurelia gänzlich verwirrt. Zum ersten Mal fragte sie sich, ob Vater in Bezug auf Gramma Hester nicht Recht haben könnte. War sie nicht vielleicht doch ein bisschen verrückt?

Ihre Großmutter nickte. »Wenn es so weit ist.«

Etwas störte Aurelia. »Aber warum hast du ihn dann nicht Mutter gegeben?«, fragte sie.

Großmutters Gesicht wurde traurig. »Ich habe das getan, worum er mich gebeten hat«, war alles, was sie sagte. »Eines Tages, Aurelia …«

Er? Doch Aurelia wusste, was sie meinte – eines Tages würde sie es verstehen. Es würde zu nichts führen, wenn sie jetzt mit dem Fuß aufstampfte und trotzig darauf bestand, es zu erfahren.

Ihre Großmutter hatte aus Gründen, die nur sie etwas angingen, beschlossen, eine Generation zu überspringen. Sie vertraute Aurelia ein besonderes Geschenk an, und Aurelia musste sich dessen würdig erweisen und ihr zeigen, dass sie kein Kind mehr war. Keinesfalls durfte sie ihre Großmutter enttäuschen.

»Ich passe gut darauf auf«, versprach sie. »Darf ich ihn auch tragen?«

»Lieber nicht.« Hester warf einen Blick zum Haus hinüber. »Bewahre ihn gut auf, sehr gut, und trage ihn erst, wenn du frei bist.«

Aurelia blinzelte. Frei?

Bedächtig legte Hester die Hände auf Aurelias Schultern. »Denn du wirst frei sein«, sagte sie. »Das verspreche ich dir. Aber du musst darum kämpfen, Aurelia. Du bist eine Frau. Du musst kämpfen.«

Vom Haus her war ein Geräusch zu hören. Sie blickten auf. Dorrie stand an der Hintertür. Aurelia konnte sie im Nebelschleier nur erkennen, weil sich ihr Umriss im Lichtschein aus der Küche abzeichnete. Dorrie trocknete sich gerade die Hände an einem Tuch ab. »Aurelia?« Sie klang ängstlich. »Wo bist du?«

»Zeit zu gehen.« Gramma Hester drückte ihr zum Abschied die Hand.

»Kommst du nicht mit ins Haus?« Wo würde sie um diese Zeit noch hingehen? Und warum wollte sie das Haus nicht betreten?

»Ich kann nicht.« Sie erhob sich. »Aber ich habe einen Platz, wo ich bleiben kann, also mach dir keine Sorgen.«

Aurelia stiegen die Tränen in die Augen. »Werde ich dich wiedersehen?«, fragte sie.

»Das ist lieb von dir, mein Schatz, aber natürlich.« Hester lächelte. »Ich habe nicht vor, diese Welt schon so bald zu verlassen.«

Es war ein Trost, aber es traf nicht genau das, was Aurelia gemeint hatte.

Hester umarmte sie ein letztes Mal. »Es ist eine schlechte Zeit, Liebes. Darum wollte ich dir den Anhänger jetzt schon geben. Nichts ist mehr sicher. Es gibt Menschen, die Unruhe schüren. Du musst auf dich aufpassen.«

Aurelia grub ihr Gesicht in das Schultertuch. Sie hatte Gerüchte über Unruhen gehört. Sie lauerten in den schäbigen Ecken von Vaters Arbeitszimmer, wenn er Radio hörte oder mit einem seiner Kollegen aus der Bank Whisky trank. Sie hatte sie sogar vom Krieg sprechen hören – obwohl sie oft sagten, dass so etwas nicht wieder geschehen werde, denn wie sei das möglich nach dem letzten Mal? Nein. Sie war nicht dumm, sie wusste, wovon ihre Großmutter sprach.

Unruhen, Veränderungen ... Ihr schwirrte der Kopf. Aber Dorrie rief immer noch nach ihr, und so löste sie sich aus der Umarmung und gab ihrer Großmutter einen Abschiedskuss auf die Wange. Sie hätte schwören können, dass sie feucht war – vielleicht vom Nebel? »Bis bald, Gramma«, sagte sie fest, als ob sie es allein dadurch heraufbeschwören könnte. »Und vielen Dank für den Anhänger.«

Gramma Hester nickte. Erneut starrte sie ins Wasser. »Denk daran, dass du tun kannst, was du willst, Aurelia!«, sagte sie. »Sobald du frei bist.«

Wer ist schon frei?, dachte Aurelia nun, während sie ihr Gemälde betrachtete. War Enrico frei, Enrico mit all seiner Traurigkeit und den Erinnerungen? War sie denn frei mit ihrer Schuld und der Leere in ihrem Herzen, der Lücke, die wahrscheinlich nie mehr gefüllt werden konnte? War Catarina frei? Enrico hatte ihr erzählt, dass sie ein schweres Leben gehabt hatte. Aber über ihren Tod sprach er nie – als ob ihm dies zu große Schmerzen bereiten würde.

Und nun hatte sie, Aurelia, auch noch morgen Geburtstag. Die Jahre vergingen wie im Flug. Sie sollte eine Entscheidung treffen – ehe es zu spät war. Einige Dinge sollten nicht ungelöst bleiben. Es gab einen Grund, warum ihre Vergangenheit so stark in ihr Bewusstsein, in ihre Gegenwart drängte, entschlossen, anerkannt und noch einmal gedanklich erlebt zu werden. Sie musste die Vergangenheit in Ordnung bringen, bevor es zu spät war.

Kapitel 5

Cari saß in der vordersten Bank der kleinen Kapelle zwischen Dan und Edward. Die beiden waren ihr in der letzten Woche eine wichtige Stütze gewesen – seit dem entsetzlichen Augenblick, als die Polizei vor ihrer Tür gestanden hatte. *»Gibt es jemanden, den wir für Sie anrufen könnten, damit Sie jetzt nicht allein sind?«* Dan, oh, ja, Gott sei Dank gab es Dan.

Während sie gehorsam den von ihm zubereiteten süßen Tee mit einem Schuss Brandy getrunken hatte, hämmerte es immerzu in ihrem Kopf: *Sie ist tot, sie ist tot.*

Es konnte nicht sein! Cari begann zu zittern und spürte Dans Hand tröstend auf ihrem Arm. Ich bin da, wollte er ihr damit sagen. Aber ihre Mutter war nicht mehr da, und genau das war der springende Punkt. Ihr Körper lag in dem Sarg, der bald hinter einem Vorhang verschwinden würde. Sie war sehr froh über Dans Beistand. Aber wenn man einen geliebten Menschen verlor, wurden die anderen Menschen im Leben bedeutungslos – zumindest eine Zeit lang. Ihre Mutter war nicht mehr da. Ihre Mutter hatte auf einer Party Ecstasy genommen und war in den frühen Morgenstunden zusammengebrochen – allein, unbemerkt, ohne Hilfe. O Gott. Cari suchte nach einem Taschentuch. Sie durfte sich gar nicht ausmalen, wie es gewesen sein könnte. Das war einfach zu viel.

Vorn sprach der Kaplan ein Gebet. Aber Tasmin und Gebete hatten so wenig miteinander zu tun, dass Cari beinahe lachen musste. Tasmin hätte ihm empfohlen, sich lieber dem Leben zuzuwenden, als sich mit den Toten zu beschäftigen, und ihn voller Verachtung angesehen. Was hat Gott je für mich getan?, hätte sie gefragt. Was hat Gott je für irgendeine von uns armen Seelen getan, die wir einsam und allein in dieser erbarmungslosen Welt ums Überleben kämpfen?

Sie erhoben sich zum Lied »*Love Divine*«. Cari hörte am Klang von Edwards weichem Bariton, wie elend er sich fühlte, und in diesem Moment verschmolz ihrer beider Kummer zu einem breiten Strom der Trauer. Tasmins Chef, dem die Galerie gehörte, in der sie gearbeitet hatte, war siebenundzwanzig Jahre älter als sie und dennoch ihr engster Freund gewesen, der einzige Mensch, an den sie sich wandte, wenn sie nicht weiterwusste. Er hätte mehr für sie getan, hätte Tasmin es zugelassen. Aber sie war immer wild entschlossen gewesen, ihre Unabhängigkeit zu bewahren. Normalerweise lehnte sie jede Hilfe ab.

Die weißen Lilien verströmten einen überwältigenden, nahezu Übelkeit erregenden Duft. Caris Stimme versagte mitten im Vers. Wieder drückte ihr Dan tröstend den Arm. In dem eleganten schwarzen Anzug mit der schwarzen Krawatte wirkte er ziemlich beeindruckend. Richtig smart. »Der Typ ist ziemlich smart«, hatte Tasmin bei ihrer ersten Begegnung geäußert. Im ersten Augenblick hatte Cari gedacht, sie meine damit, *er hat Köpfchen*. Aber dann hatte ihre Mutter den Satz beendet, »… für einen Studenten.«

Und da wurde ihr bewusst, dass es nicht als Kompliment gemeint war. »Wir können nicht alle abgehobene Künstlernaturen sein«, hatte Cari ihr entgegengeschleudert – es war einer ihrer seltenen Streitereien gewesen. »Schließlich ist überhaupt nichts Schlimmes daran, smart und verlässlich zu sein.« Und eine Familie zu haben, hatte sie im Stillen hinzugefügt. Eine echte Familie, echte Wurzeln.

Doch Tasmin hatte so undurchschaubar reagiert wie immer. »Das weiß ich doch, Schätzchen«, hatte sie mit einem Lächeln geantwortet. »Das weiß ich doch.« Auf diese Weise hatte sie scheinbar nachgegeben, ohne das Gesagte zurückzunehmen. Hatte besänftigt, ohne zu trösten. Und nichts preisgegeben. Das ist die Geschichte meiner Mutter, dachte Cari.

Cari erinnerte sich, wie sie als Kind jeden Tag mit der Angst im Nacken zur Schule gegangen war, ihre Mutter werde am Nachmittag nicht da sein, um sie abzuholen. Sie hatte düstere Visionen gehabt von einer unbekümmert vor sich hin summenden Tasmin, die beim Überqueren der Straße von einem Auto überfahren worden war; einerseits war sie voller Leben, andererseits nicht ganz im Hier und Jetzt. Tasmin kam zwar immer, aber meist zu spät, stets heiter und gelassen, ganz die weltgewandte Künstlerin. »Warum machst du dir so viele Sorgen, Schätzchen? Sei nicht so dumm!« Einmal jedoch – nur ein einziges Mal – hatte sie bei der Arbeit die Zeit vergessen (wie sie Cari später erzählte) und war nach Ende des Unterrichts nicht erschienen. Jemand von der Schule musste sie im Büro anrufen. *Könnten Sie bitte kommen und Ihre Tochter abholen, Miss Banks?* Und Cari hatte sich in die Zimmerecke gekauert, wie wild mit Buntstiften gemalt und so getan, als habe sie nicht gehört, wie die Sekretärin das *Miss* betont hatte, und als sei es ihr gleichgültig.

Es gab so viele Bemerkungen, an die sie sich erinnerte …

»Trag auf meiner Beerdigung bloß kein Schwarz«, hatte Tasmin einst in scherzhaftem Ton gesagt. »Zieh etwas leuchtend Gelbes an – ich glaube, ein bisschen Sonnenschein täte mir dann ganz gut. Und Stilettos.« *Über so etwas macht man keine Witze.*

Sonnengelb …? Wie hätte sie diesen Wunsch ignorieren können? Cari hatte in ihrem Kleiderschrank ein schlichtes gelbes Hängerkleid entdeckt, dem sie mit einer goldgelben Gerbera im dunklen Haar noch ein wenig mehr Sonnenglanz verliehen hatte. Dazu trug sie ihre Schuhe mit den höchsten Absätzen. Dans Augenbrauen waren zwar bei ihrem Anblick in die Höhe geschnellt, aber Edward hatte nur gelächelt. Cari hatte immer den Eindruck gehabt, dass Edward Tasmin sehr gut verstanden hatte.

Der Hymnus schien nicht enden zu wollen. Außerdem passte er nicht zu Tasmin. Hätte Cari lieber eine profane Trauerfeier wählen sollen? Sie hatte alles Dan überlassen, sich um nichts mehr gekümmert und nur noch geweint und geweint. Neunundzwanzig war zu jung, um die Mutter zu verlieren. Vor allem, wenn es außer ihr niemanden gab …

Nach dem Lied setzten sie sich wieder, und der Kaplan blickte auf seine Notizen. (Nun ja, woher hätte er Tasmin auch kennen sollen? Sie ging selten in die Kirche – außer zu Hochzeiten oder Beerdigungen …) Er sagte, ihre Mutter sei »in der Blüte ihres Lebens dahingerafft worden«, sei »kreativ und künstlerisch begabt« und »eine liebende Mutter« gewesen. Diese Aneinanderreihung von Klischees verursachte Cari Übelkeit, berührte jedoch einen wunden Punkt in ihrem Innern, sodass ihr nichtsdestotrotz die Tränen in die Augen stiegen. Gott – oder wem auch immer – sei Dank, dachte sie, dass er nicht auch noch davon redet, dass sie nun an einem besseren Ort sei.

Gib mir Kraft!, betete sie. *Gott, gib mir die Kraft, all das bewältigen zu können! Gib mir den Glauben daran, dass ich dies durchstehen kann!* Cari schauderte. Dan hatte den Arm um ihre Schultern gelegt. Sie grub die Fingernägel in ihre Handfläche.

Was war auf der Party geschehen? Edward hatte ihr erzählt, dass Tasmin nach Mitternacht bei ihm angerufen und ziemlich high geklungen habe.

»Und nicht …« Cari konnte es nicht aussprechen.

»In keiner Weise selbstmordgefährdet«, antwortete er knapp.

»Was hat sie gesagt?«, fragte Cari.

»Nicht viel.«

Cari vermutete, dass Tasmins Worte keinen Sinn ergeben hatten.

»Irgendetwas darüber, dass sie mit einer alten Freundin gesprochen hat. Gail Soundso. Und dass sie einiges ändern will. Dass sie etwas tun muss … Ach, du weißt schon, Cari.« Er seufzte. »Sie hat unzusammenhängendes Zeug gefaselt. Aber sie schien in Ordnung zu sein.«

Cari gegenüber hatte Tasmin niemals jemanden mit Namen Gail erwähnt. Und *dass sie etwas tun muss …?*

Es gab ihr einen Stich. Sie spürte Zorn aufsteigen. Es war einfach nicht fair.

Draußen warteten sie, Edward und Dan Seite an Seite auf die Mitglieder der kleinen Trauergemeinde, die nach und nach aus der Friedhofskapelle traten. Caris Ansicht nach waren es weniger Menschen, als Tasmin verdient hatte, aber sie war eben eine Frau gewesen, die aussprach, was sie dachte, und keinerlei Geduld mit Dummköpfen zeigte.

Die gebeugte ältere Frau fiel Cari deswegen auf, weil sie sich nicht in die Schlange der Trauergäste einreihte oder die Blumen betrachtete. In farbloses Beige gekleidet, war sie der Typ Frau, der sich ein Leben lang angepasst hat, der sich daran gewöhnt hat, nicht aufzufallen. Wenn ich einmal alt bin, dachte Cari bei sich, werde ich Sachen in Purpurrot tragen. Aber wer mochte sie sein?

Als Cari wieder aufschaute, betrachtete die Frau sie nachdenklich mit geschürzten Lippen. Es dauerte einen Augenblick, bis Cari ihren Gesichtsausdruck einordnen konnte – die Frau versuchte gerade, eine schwierige Entscheidung zu treffen.

Worüber nur?

Sie musste mit ihr reden. Diese Frau hatte etwas zu sagen, das war Cari plötzlich klar. Zielstrebig ging sie auf sie zu, fand sich jedoch plötzlich von Ariadnes Armen und ihrem Parfüm umfangen.

»Ich fühle mich schrecklich«, jammerte diese. »Dass so etwas passieren musste – in meinem Haus.« Sie küsste Cari auf beide Wangen. »Ich werde nie mehr eine Party geben.«

Cari entzog sich der Umarmung. »Sie Ärmste«, sagte sie klar und deutlich. »Wie werden Sie das bloß verkraften?«

»Cari.« Dan trat einen Schritt vor. Seine Miene verriet ihr, was er dachte. *Jetzt geht es los, jetzt wird sie hysterisch, das musste ja passieren, gut, dass ich da bin.*

»Während ich nur ohne meine Mutter zurechtkommen muss.« Abrupt drehte sie sich um und ging entschlossen in Richtung der alten Frau.

Aber wo war sie hin? Verflixt. Sie spähte umher. Die Frau war verschwunden. Hatte sich in Luft aufgelöst. Oder zumindest …

In der Ferne fiel das Friedhofsportal hinter einer kleinen davoneilenden Gestalt ins Schloss.

Demnach hatte die Frau ihre Entscheidung getroffen. Wahrscheinlich spielte es keine Rolle. Aber Cari wollte es wissen. Sie spürte, dass es etwas Wichtiges war. Wer war diese Frau? Und was hatte sie ihr mitzuteilen?

Ein weiterer herrlicher Frühlingstag, am Morgen und am Abend kühl, aber warm um die Mittagszeit, trotz der Meeresbrise, die die Luft mit Salz tränkte und die zarten weißen Blütenblätter der Mandelbäume im Park rascheln ließ. Daher hatte Aurelia – wie alle anderen im Dorf – ihre Blumentöpfe auf den Balkon und die Terrasse gestellt, die Fensterläden früher als sonst geöffnet und die Gartenmöbel unter der Pergola abgewischt.

Sie war auf dem Rückweg von einem frühmorgendlichen Bad im Meer und ging auf das Labyrinth zu, um für eine Weile allein zu sein. Sie musste nachdenken. Sie wollte sich davon überzeugen, dass es immer noch da war, dieses … ja, was immer es auch sein mochte. Allerdings musste sie rechtzeitig wieder in *La Sirena* sein, da Elena sie zu einer Fahrt nach Tellaro abholen würde. Elena hatte ganz geheimnisvoll getan. *Ich muss dir etwas erzählen, meine Liebe …*

Enrico war immer noch unruhig. Gleich nach dem Frühstück hatte er sich auf den Weg nach La Spezia gemacht und dabei etwas von *polizia* gemurmelt. Der Einbruch saß ihm noch in den Knochen. Sie seufzte. Wie nannte man es, wenn jemand zwar ins Haus eindrang, aber nichts stahl oder zerstörte? Es war weder ein Gelegenheitsdiebstahl noch ein Akt von sinnlosem Vandalismus gewesen. Jemand hatte etwas gesucht …

Die ganzen Spekulationen sind zwecklos, dachte Aurelia, als sie auf dem sandigen Pfad zwischen den Lorbeerbäumen hindurchging, die den zum Meer hin gelegenen Eingang des Labyrinths markierten. Auch die Lorbeerbäume waren Catarinas Idee gewesen, und Aurelia konnte dies gut nachvollziehen. Zwei Torwächtern gleich, hielten sie schweigend Ausschau nach Eindringlingen und sorgten für eine gewisse Sicherheit. Das war Catarina bestimmt wichtig gewesen.

Aurelia schob die Henkel der Stofftasche mit Handtuch, Badeanzug, Skizzenblock und Stiften höher auf die Schulter. Vielleicht würde sie eine weitere Skizze machen, solange sie hier war. Im Labyrinth fühlte sie sich wohl, die Zikaden zirpten, und der Pfad war weich und warm in der Vormittagssonne. O ja, dieses Labyrinth war ihr sehr vertraut. Aurelia hatte sich hier noch nie verlaufen. Sie kannte jeden Pfad wie ihre Westentasche. Nie fühlte sie sich gefangen oder einsam.

Catarina hatte die Pflanzen gezeichnet, die sie für das Labyrinth vorgesehen hatte. Und Aurelia hatte das Bild nach besten Kräften gedeutet. Oleander wurde selten für die Gestaltung von Gartenlabyrinthen verwendet; die englische Entsprechung wäre wohl ein wilder Rhododendron. Aber er war eine robuste Pflanze, die mit dem sandigen Untergrund, der Dürre und der sengenden Hitze fertig wurde und dem starken Wind trotzte, der diesen Küstenstrich ab und an heimsuchte. Er wuchs nicht besonders schnell, besaß aber bereits als junge Pflanze die prachtvollen blassroten Blüten, deren Duft an Mandeln erinnerte. Für Aurelia symbolisierte der Oleander Italien, da er so viele Straßen säumte.

Der Sternjasmin gedieh in großen Mengen auf den ligurischen Hügeln. Aurelia erinnerte sich noch an den Tag – kurz nachdem sie sich entschlossen hatte, das Labyrinth anzulegen –, an dem Enrico sie zum ersten Mal nach Portofino mitgenommen hatte. Sie war bezaubert gewesen von dem winzigen Hafen – sicher hatte er gewusst, dass es ihr gefallen würde –, der umrahmt wurde von Läden und Boutiquen, die sich in den alten Säulengängen befanden, sowie den hohen, schmalen Häusern in Ocker, Rostrot und Safrangelb. Dahinter erhoben sich Hügel mit Pinien und Zypressen. Sie hatten die traditionelle *passegiata* gemacht, einen Spaziergang am *castello* vorbei zum *faro*, dem Leuchtturm, und hatten auf das ihnen zu Füßen liegende Dorf geblickt, wo die Kajütboote und Yachten vertäut lagen, während deren Besitzer die gepflasterten Straßen erkundeten und den Galerien, Töpfereien und den Gucci- und Armani-Läden einen Besuch abstatteten. Als sie auf den Hafen und das herrlich klare türkisblaue Wasser des *Golfo di Genova* hinabsahen, hatte Aurelia zum ersten Mal jenen honigsüßen Duft wahrgenommen, der sie nun täglich vom Frühlingsanfang bis zum Hochsommer begleitete.

»Was ist das?«, fragte sie Enrico und deutete auf die Pflanze, die einer auf Catarinas Zeichnung ähnelte.

»Sternjasmin«, erklärte er. »Er steht für die Liebe, die Sinnlichkeit und prophetische Träume.« Er lachte. »Er gefällt dir, *no*?«

Ja, er gefiel Aurelia. Liebe, Sinnlichkeit und prophetische Träume. Welche Pflanze hätte besser zu dem Oleander im Labyrinth gepasst? Welcher Duft hätte eher das Verheißungsvolle dieser Frühlingstage widerspiegeln können? Honig und Mandel. Die beiden Pflanzen ergänzten sich perfekt.

Aurelia rückte ihren Sonnenhut zurecht. Die Sonne stand bereits hoch am Himmel. Schon als sie Enricos Garten zum ersten Mal gesehen hatte, hatte sie gespürt, dass etwas fehlte. Hinter den Kräutern, der Terrasse und dem ovalen Pool erstreckte sich ein riesiges … Nichts. Nur Gras und Sandflächen, gesäumt von Mandelbäumen und Pinien. »Was kommt da hin?«, hatte sie ihn gefragt.

Er hatte sie bei der Hand genommen und in jenen Teil des Gartens geführt. »Nichts«, sagte er schlicht. »Catarina hatte Pläne, aber …«

Und Aurelia verstand. Sie streichelte seine Hand, denn sie waren Freunde geworden, und sie war schon immer der Überzeugung gewesen, dass Freunde einen wichtigeren Rang einnahmen als Liebhaber. Keine Spielchen. Keine Hintergedanken. Kein Verrat. Und ihr wurde klar, dass Enrico in Bezug auf den Garten nichts unternehmen konnte. Eigene Pläne zu verwirklichen war ihm verwehrt, denn dies würde bedeuten, den Wünschen der Frau zuwiderzuhandeln, die er geliebt hatte. Ebenso wenig konnte er Catarinas Pläne in die Tat umsetzen, nun, da sie tot war. Es wäre zu schmerzhaft. Es war unmöglich. Oder nicht?

»Warum?«, hatte er zunächst gefragt. »Ein Labyrinth ist viel zu viel Arbeit. Warum solltest du dir diese Mühe machen?«

Ein Labyrinth …

Rein zufällig war Aurelia auf die Pläne gestoßen. Sie hatte den alten Sekretär ausgeräumt, den Enrico restaurieren lassen wollte, und da lagen sie … Ein zusammengerolltes Blatt Papier, eine Skizze, die den Garten darstellte, ein Brief. Ungläubig starrte Aurelia auf die Skizze. Ein Labyrinth in Form einer Triskele?

Natürlich dachte sie sofort an ihren wertvollen Anhänger. Nie hatte sie ihn vergessen, obwohl es lange her war, dass sie den schillernden Bernstein betrachtet und mit dem Finger über die spiralförmige Gravur gestrichen hatte. Das war 1974 gewesen. Kurz darauf hatte sie zusehen müssen, wie die Kette wütend durch den Raum geschleudert wurde und unter ein Sofa rutschte.

Dieser prachtvolle, herrliche Bernsteinanhänger. Ihr ganz besonderer Talisman. Der Trost ihrer Kindertage. Wenn sie ihn aus seinem Versteck in der hintersten Ecke der Sockenschublade befreit und ins Licht gehalten hatte … Wenn sie mit der Fingerspitze über den warm leuchtenden Bernstein gestrichen und die kleine Libelle betrachtet hatte – gefangen wie sie selbst …

Was für ein unglaublicher Zufall, dass Catarina ein Labyrinth in Form einer Triskele geplant hatte! Warum sollte Aurelia auch die einzige Frau auf der Welt sein, die um die Symbolik der keltischen Triskele wusste? Und hatte nicht Enrico Catarinas großes Interesse für dieses Thema erwähnt, als sie sich kennengelernt hatten, als er ihr Gemälde mit der dreifachen Spirale sah?

»Sie hat sich dieses Labyrinth so sehr gewünscht«, hatte sie Enrico geantwortet. »Es war ihre Idee.« Sie dachte an den Brief, den unfrankierten, versiegelten Umschlag, den sie bei den Plänen gefunden hatte. Eines Tages war er verschwunden – sie meinte gesehen zu haben, wie der kleine Stefano ihn unter sein Hemd gesteckt hatte und damit die Treppe hinaufgerannt war. Beinahe hätte sie ihn aufgehalten. Aber warum sollte sie? Catarina war seine Mutter, der Umschlag gehörte zu ihren Sachen.

»Keine gute Idee«, hatte Enrico gebrummt. »Eine verrückte Idee. Wer legt schon in seinem eigenen Garten ein Labyrinth an?«

Ja, wer?

Aurelia setzte sich auf die Bank aus Olivenholz und atmete tief den honigsüßen Duft des Jasmins ein. Es war wieder da, sie hatte Recht gehabt.

Im ersten Frühling, nachdem sie alle Pflanzen gesetzt hatten, hatte Aurelia es zum ersten Mal gespürt. Etwas – oder jemand – war hier bei ihr im Labyrinth. Sie war sich ganz sicher. Es war nicht der Wind, der durchs Laub strich, oder das Summen der Insekten. Auch nicht das entfernte Rauschen der Brandung oder das *Dakdakdak* einer Ape – des dreirädrigen Lieferwagens, den die meisten Dorfbewohner benutzten, um mit ihren Arbeitsgeräten zu den *ortos*, den Schrebergärten, oder zu den Rebstöcken und Olivenhainen auf den Hügeln zu fahren. Nein. Sie spürte eine Art Präsenz. Etwas Hoffnungsvolles. Etwas Positives. Sie hatte den Atem angehalten und auf ein Zeichen gewartet.

Und nun war es wieder wie damals. Angestrengt lauschte sie in die Stille. Ja, es war da. Nichts Bösartiges wie in der Nacht des Einbruchs, sondern das Gefühl von einst. Sie täuschte sich nicht. Bestimmt nicht. Aurelia empfand keine Angst, sondern den Wunsch, es auf einem Gemälde festzuhalten. Sie hatte bereits mehrere Vorskizzen gemacht, aber etwas stimmte nicht, etwas fehlte. Und es ließ sich einfach nicht auf die Leinwand bannen.

Sie war heute hergekommen, um sich eine Art Auszeit zu gönnen. Vielleicht würde es ihr ja gelingen, wenn sie nichts erzwingen wollte, die Inspiration fließen ließ.

Im Zentrum des Labyrinths, geborgen zwischen Oleander- und Jasminbüschen, spürte sie, wie sich Frieden in ihrem Inneren ausbreitete. Als würde ihr jemand eine Botschaft übermitteln, eine ganz besondere Botschaft …

Kapitel 6

»Aurelia! Aurelia!«

Aurelia war sofort wach. Nein, sie hatte nicht geschlafen. (Um Himmels willen! Es war schließlich mitten am Tag.) Vielleicht gerade mal eben ein bisschen gedöst. Früher hatte sie den ganzen Tag gemalt und sich höchstens zwischendurch einen Kaffee und ein Sandwich gegönnt. Sie dachte an die Zeit damals in Brighton, als sie den Passanten einen offenbar amüsanten Anblick bot: hochkonzentriert, geradezu andächtig hatte sie vor der Staffelei gestanden und versucht, die Stimmung einzufangen. Der Palace Pier mit all dem Menschengetümmel, dem Karussell, den Ständen mit Zuckerwatte sowie der rot-weiß bemalten Achterbahn, deren Spitze wie ein Leuchtturm aussah, und das dahinterliegende, endlos scheinende Meer, das je nach Lichtverhältnis grau oder grün wirkte. Nur gelegentlich schillerte es in einem überraschend mediterranen, unbeschreiblich hell leuchtenden Blau, als würden jeden Augenblick Delphine zwischen den Wellen auftauchen. Die Stimmung mit Aquarellfarben einzufangen war ihr noch nie gelungen. Immer gab es etwas, was sich ihr entzog.

Aurelia lächelte wehmütig – sogar manchmal heute noch.

Neben ihr, vor dem blassgrünen Zaun der Promenade, schlief damals immer das Baby in dem großen Kinderwagen der Marke »Silver Cross«, während Aurelia gedankenverloren unermüdlich malte. *Welche Mutter …*

»Aurelia!«

»Ja, ja, ich bin hier«, antwortete sie.

Seit einiger Zeit malte sie an den Vormittagen, unterbrach ihre Arbeit gegen Mittag, nahm in *La Sirena* ein spätes Mittagessen im Schatten zu sich und setzte sich anschließend unter die Pergola. Dort döste sie zuweilen den halben Nachmittag, bis es Zeit zum Schwimmen oder zu einem Spaziergang war. Was hatte sie zu diesem Gewohnheitsmenschen werden lassen? Und wie wäre Großmutter Hester damit umgegangen? Gereizt schnalzte Aurelia mit der Zunge. Das Alter war ein wahrer Tyrann – er schloss einem gerade dann die Lider, wenn man unbedingt wach bleiben wollte, und ließ sie in den einsamen frühen Morgenstunden aufklappen, wenn man am liebsten an nichts denken wollte.

»Aurelia, wo bist du?« Die Stimme klang drängend und gebieterisch.

»Auf der Terrasse.«

Elena hingegen ließ sich vom Alter nicht sonderlich einschüchtern. Leichtfüßig erschien sie unter dem Art-déco-Türstock der Verandatüren. »Ach, hier bist du! Ich habe dich überall gesucht. Tut mir leid, dass ich so spät komme.«

Aurelia zuckte die Schultern. Sie war lange genug in Italien, um zu wissen, dass eine Verspätung unter einer Stunde hier völlig normal war und so gut wie nie als »Unpünktlichkeit« galt.

Elena setzte sich kerzengerade auf die Kante des schmiedeeisernen Stuhls. »Bist du so weit, meine Liebe?«

Achtundsiebzig und trotzdem wie ein junges Mädchen, dachte Aurelia. »*Certo.*« Als sie aufstand und aus der schattigen Pergola trat, wurde ihr ein wenig schwindlig. Sie griff nach ihrer Handtasche und ihrem Strohhut, da die Sonne unbarmherzig auf Kopf und Nacken brannte.

»Dann wollen wir mal«, sagte Elena fröhlich, erhob sich und hakte sich bei Aurelia unter.

»*Ciao*, Rosa«, rief Aurelia, als sie das Haus passierten, vorbei an dem ausladenden Feigenbaum, dessen Äste sowohl die Hauswand als auch die Steinkübel berührten, die Aurelia mit Hängegeranien, Lavendel und Hortensien bepflanzt hatte.

Elena drückte Aurelias Arm und schmiegte sich an sie. »Ich kann es kaum erwarten, dir die Neuigkeiten mitzuteilen«, flüsterte sie.

In Aurelias Fiat fuhren sie auf der reizvollen Küstenstraße nach Tellaro. Auf der einen Seite führten Wege und kleine Straßen zu den terrassierten Olivenhainen, den Weingärten und *ortos*, in denen die Dorfbewohner Obst und Gemüse anbauten. Auf der anderen Straßenseite nahmen Pinien und die rankenden Glyzinien die Sicht auf versteckt liegende Villen, wie die auf dem Felsen thronende *La Sirena*, von der sich ein überwältigender Blick über den Golf von La Spezia bot.

Aurelia parkte den Wagen, und sie spazierten den Hügel hinunter. Sollte sie Elena von der seltsamen Erscheinung im Labyrinth erzählen? Enrico gegenüber hatte sie damals kein Wort über die Geschehnisse verlauten lassen. Zwar war sie in den letzten Jahren ein-, zweimal versucht gewesen, ihm davon zu berichten, doch sie hatte diese Absicht jedes Mal wieder verworfen, sobald sie ihm anmerkte, dass er sie für verrückt halten würde. Sie überlegte, wie sie ihre Gefühle auf der Leinwand darstellen sollte. Dazu lief sie für gewöhnlich vorher in ihrem Atelier auf und ab und formulierte ihre Überlegungen laut, was ihr normalerweise die Entscheidung erleichterte. Aber … für wie verrückt sollten die anderen sie denn halten?

Die gewundene Straße führte vorbei an terrakottafarben gedeckten Dächern, senfgelben und dunkelroten Gebäuden mit schmalen Balkonen und grünen Fensterläden, an ausgetretenen Stufen, die zu steilen, mit Palmen und Orangenbäumen bewachsenen Hängen führten. Aurelia sog den intensiven, die Luft erfüllenden Duft der Zitrusgewächse ein. Der Wohlgeruch des italienischen Frühlings.

Sie spazierten auf die Piazza zu. Entsprechend ihrer praktischen Denkweise würde Elena vermutlich wie Enrico reagieren. Und sie ebenso, sollte jemand den Verdacht äußern, in ihrem Park wäre ein Labyrinth, in dem … Ja, was? Eine rätselhafte Kraft ihr Unwesen trieb? Trotz der Wärme fröstelte es Aurelia. Was sagte das über sie aus? Schließlich war sie es gewesen, die das Labyrinth gepflanzt hatte.

Hier und dort erhaschte sie einen Blick auf das ruhige Meer

und die am Ende der Landzunge kauernde, rosarot gestrichene Barockkirche. Nein. Sie würde Elena nichts davon erzählen. Es sollte ihr Geheimnis bleiben – zumindest im Augenblick.

»*Caffè?*«, fragte Elena, als sie die Piazza erreicht hatten.

»Ja, gern!«

Da alle Tische auf dem glitzernden Platz aus Marmor besetzt waren, entschieden sie sich, in dem kühlen Innern des Cafés Platz zu nehmen. Elena bestellte Milchkaffee und *biscotti*.

»Heraus mit den Neuigkeiten!«, drängte Aurelia, als sie wenig später in Korbstühlen an einem der runden, mit rosafarbenen Damasttischtüchern gedeckten Tischen saßen. Auch der Boden und die Wände des Cafés waren aus Marmor. Obwohl sie in unmittelbarer Nähe zu dem für seine Marmorsteinbrüche berühmten Carrara lebten, würde sich Aurelia nie an all den Marmor um sie herum gewöhnen können. Ihr erschien das schlichtweg dekadent.

Elena faltete ihre mit Ringen geschmückten Hände und beugte sich vor. »Es geht um Carmella«, sagte sie. »Sie heiratet.«

»Wie schön!« Aurelia kannte die Tochter von Elenas Stiefsohn zwar nicht näher, hatte sie aber schon oft auf Familienfeiern gesehen und wusste, dass Elena, die zu ihrem Leidwesen selbst keine Kinder hatte bekommen können, Carmella als die Enkelin betrachtete, die ihr verwehrt geblieben war. Insbesondere nachdem Carmellas Eltern gestorben waren.

»Ich bin ganz deiner Meinung«, bekräftigte Elena. »Aber im Augenblick weiß ich einfach nicht weiter.«

»Wie bitte?« Aurelia warf ihr einen liebevollen Blick zu. Obwohl sie nicht auf die Neigung der Italiener zur Dramatik hereinfiel, war sie unendlich dankbar, dass ihr diese außergewöhnliche Frau den Zugang zu Enricos Leben und damit auch zu ihrer Welt ohne Vorbehalte gewährte. Aurelia wusste, dass sich Enrico nach Catarinas Tod an seine Schwägerin mit der Bitte um Unterstützung für sich und Stefano gewandt hatte. Trotz ihres eigenen Schmerzes hatte Elena ihm selbstlos zur Seite gestanden. Die meisten Frauen wären mehr als verstimmt darüber gewesen, dass

Enrico Aurelia in sein Haus aufgenommen und sogar in die Familie integriert hatte. Elena hingegen hatte sie sofort mit offenen Armen aufgenommen, wofür ihr Aurelias Zuneigung bis an ihr Lebensende sicher war.

»Daher muss ich dringend mit dir darüber reden.« Elena rückte den Stuhl näher an Aurelia heran.

Doch Aurelia war mit den Gedanken ganz woanders. Auf dem polierten Tresen stand eine Vase mit herrlichen rosaroten Stargazer Lilien, deren Duft bis zu ihr drang. »Um was geht es denn dabei?«, fragte sie. Dass die Italiener Hochzeiten sehr ernst nahmen, wusste sie, hatte aber nicht die geringste Vorstellung, was das Problem sein könnte.

»Wir suchen den passenden Ort für die Feier«, sagte Elena, »und sind ziemlich verzweifelt. Wir brauchen viel Platz – sowohl im Haus als auch im Freien. Der Ort sollte stilvoll und gleichzeitig abgeschieden gelegen sein. Auf Zaungäste, *peeping Toms*, legen wir keinen Wert.« Als sie das sagte, fragte sich Aurelia erstaunt, wo sie diesen englischen Ausdruck aufgeschnappt haben mochte. Erneut verbiss sie sich ein Lachen.

»Tja, ich weiß nicht ...« An den Wänden des Cafés hingen ein paar moderne Kunstwerke, die jedoch keinerlei Bezug zu Italien besaßen. Aurelia zog die Nase kraus. Vermutlich war sie voreingenommen, aber ihr gefiel das an der hinteren Wand des Cafés in Sepia gehaltene Foto von Tellaros Küstenstreifen nun einmal besser. Ein Segen, dass mehr oder minder alles unverändert geblieben war. Tellaro war zwar ein Touristenmagnet, hielt jedoch an seinem Verbot fest, Gästezimmer zu vermieten.

»Mein Haus ist dafür leider viel zu klein«, warf Elena ein.

»Das stimmt.« Aurelia hätte zu gern durchschaut, worauf das Gespräch abzielte. War sie vielleicht immer noch benommen von der Sonne? Sie nippte an dem starken, cremigen Kaffee, der voll und ganz ihrem Geschmack entsprach. Manchmal bekam sie den Eindruck, man könne das Land von Norden nach Süden und von Westen nach Osten durchqueren und vollkommen sicher sein, dass der Kaffee überall erstklassig war.

»Das Fest in einem Privathaus zu feiern wäre doch ...« – Elena seufzte tief – »wunderbar.«

»Ja, gewiss.« Aurelia löffelte den restlichen Schaum aus der Tasse. Ob sie am Abend wohl noch ein paar Skizzen anfertigen oder sogar mit dem Bild beginnen könnte? Etwas an dem Bild, das sie von dem Labyrinth malen wollte, löste diesen drängenden Impuls in ihr aus. Zudem fühlte sie dort eine verborgene Energie, die sie aufspüren und sich zu eigen machen wollte. Wenn es mir nicht gelingt, das Geheimnis in Worte zu fassen, kann ich es vielleicht im Bild festhalten, überlegte sie. Möglicherweise lässt sich ja auf diesem Weg Klarheit gewinnen.

Elena betrachtete sie einen Augenblick, schüttelte verzweifelt den Kopf und legte ein paar Euro auf das Damasttischtuch. »Lass uns spazieren gehen«, schlug sie vor.

Die beiden Frauen verließen das Café, hakten sich unter und überquerten den herrlichen Platz, vorbei an dem dekorativen Oleander und den Kübeln mit orangefarbenen Lilien. Elena schnalzte leise mit der Zunge, als hätte etwas (Tellaro? Oder Aurelia?) sie traurig gestimmt. Sie stiegen hinab zur *Via Della Pace*, die nur unwesentlich breiter war als eine Gasse, und spazierten durch den Portikus hinunter zum Meer. Aurelia hätte gern einen Umweg gemacht, um Alfonzos Galerie einen kurzen Besuch abzustatten, doch ein Blick auf Elenas entschlossene Miene genügte, um diesen Wunsch zu unterdrücken. Was immer Elena im Sinn hatte, sie sollten rasch darüber reden, damit sich die Spannung löste.

Zu beiden Seiten der mit Kopfstein gepflasterten Straßen standen hohe, terrassenförmig angelegte Häuser, deren ausgebleichter ocker- und rosafarbener Anstrich zum Teil abblätterte und den Blick auf die verwitterte Steinmauer freigab. Dennoch sind die Zeichen einstiger Erhabenheit und Pracht spürbar, dachte Aurelia. Die Strahlen der Nachmittagssonne legten sich sowohl auf den Marmor als auch auf die Mosaike von Eingangsstufen und Fensterbänken sowie auf die alten Laternen und die bereits mit roten Geranien geschmückten Blumenkästen, die vermutlich bald noch üppiger blühen würden. Obwohl Tellaro verwahrlost, ja beinahe verfallen ist, verbreitet es dennoch einen außergewöhnlichen Charme, dachte Aurelia. Sie hatte für die Galleria d'Arte zahlreiche Bilder von den Alleen und der Piazza, aber auch von den Fischerbooten und dem Hafen gemalt.

»Ein Privathaus ...«, nahm Elena das Gespräch wieder auf, als sie die Treppe zu dem Felsvorsprung hinunterstiegen, »... mit Atmosphäre. Verstehst du?«

Und plötzlich begriff Aurelia. »Enrico ...«

»Glaubst du, er würde sich darauf einlassen?«, wandte sich Elena ihr zu. Ihre Augen leuchteten wie braune Glasperlen in der Sonne. Sie klatschte in die Hände. »Das wäre wirklich wunderbar.«

»Nein, ich bezweifle es.« Schon gar nicht nach dem Diebstahl. Die Privatsphäre war Enrico heilig. Und ihr ebenso.

»Nein?« Elena wirkte sichtlich enttäuscht.

Unvermittelt entsprach ihr Aussehen ihrem Alter. Besiegt. Oder eher zurückgewiesen, verbesserte Aurelia sich. Denn hin und wieder ähnelte Elena einem Kind – als habe sie sich dieses Verhaltens bedient, um sich durchzusetzen. »Da musst du Enrico fragen«, sagte sie entschieden. »Du weißt doch, wie sehr er jede Art von Wirbel hasst.« Schließlich war es sein Haus.

Gemächlich stiegen sie die steilen Stufen zu dem winzigen Hafen hinunter, in dem blaue und orangefarbene Boote auf dem Pier nebeneinanderlagen. Aurelia warf einen verstohlenen Blick auf Elena, um zu prüfen, wie sie ihre Worte aufgenommen hatte. Elena hielt den Kopf gesenkt und runzelte die Stirn, ein Zeichen ihrer Unzufriedenheit.

Stolz ragte an der Landzunge die Barockkirche mit ihrer Sonnenuhr und der Bronzeglocke auf und wachte über die bezaubernde Bucht. Am Strand stand eine italienische Familie. Die beiden braungebrannten Kinder bespritzten sich gegenseitig mit Wasser, schrien und kreischten vor Übermut. Weiter draußen schaukelten mehrere vertäute Boote sanft auf den Wellen.

Elena lehnte sich an die Absperrung. »Auf dich, meine Liebe, wird er hören«, sagte sie. »Wenn du es gutheißt, wird auch er nichts dagegen haben. Das weißt du doch genau.«

Aurelia war sich da nicht mehr so sicher. Enrico hatte sie schon lange nicht mehr gefragt, ob sie ihn denn nun heiraten wolle, und ... Ach, mein Gott, wann hatte er ihr das letzte Mal gesagt, dass er sie liebe?

Elena hatte ihre Bestürzung gewiss bemerkt. Und sie falsch interpretiert. »Ist das zu viel verlangt?«, fragte sie.

Dass Elena nicht so schnell aufgeben würde, lag auf der Hand und schürte die Spannung zwischen ihnen noch mehr, nachdem sie die letzten Stufen genommen und sich auf die Felsen neben dem Anlegesteg niedergelassen hatten, die nackten Beine der Sonne zugewandt. Wie Elena trug auch Aurelia in dieser Jahreszeit bequeme bunte Sommerkleider und einen großen Strohhut. Ihnen gegenüber standen weitere hohe, schmale Häuser, deren Fassaden in Ocker, Safran und Kurkuma gestrichen waren. Die Gebäude wirkten, als lehnten sie an dem Hügel. Blumen schmückten die Balkone, Bettlaken und Handtücher bauschten sich an Leinen vor den geöffneten Fensterläden. Eine in Schwarz gekleidete Frau widmete sich auf dem Dachgarten ihren Pflanzen. Kaum hat der Frühling begonnen, dachte Aurelia, erwacht Ligurien zum Leben. Und hinter dem Dorf ... Sie blickte hinauf. Hoch über den mit Kopfstein gepflasterten Straßen bemerkte sie den graugrünen, zarten und geheimnisvollen Dunst der auf den Hügeln liegenden Olivenhaine. Sie seufzte tief. Ja, Elena hatte sie in eine Zwickmühle gebracht. Und dennoch fühlte sie sich hier wie im Paradies. Nie hatte sie den Wunsch verspürt, wieder nach England zurückzukehren.

Natürlich fehlte etwas. Einerseits. Andererseits bot sich ihr hier alles, was ihr wichtig war. Sie hatte ihre Arbeit, bewohnte ein herrliches Haus inmitten der Landschaft, die sie so sehr liebte, hatte einen Gefährten zur Seite, Enrico, der gleichzeitig Freund war, und darüber hinaus Elena, wenngleich deren Gesellschaft zuweilen anstrengend sein konnte. Nicht zu vergessen ihre wertvolle, von Hester gefertigte und 1974 zu erheblichen Kosten nach Italien verschiffte Skulptur.

»Die willst du doch bestimmt nicht mitnehmen?«, hatte Richard gespöttelt. Sollte er sich doch ruhig über sie lustig machen.

Sie hatte sich entschieden – sie würde ihn verlassen, und wohin sie auch ginge, ihre Jade-Skulptur wäre dabei.

Aurelia saß in der Sonne, zurückgelehnt, die Augen geschlossen. Die Skulptur war das Vermächtnis ihrer Großmutter. Das Kunstwerk gehörte so selbstverständlich hierher wie Aurelia. Genau in die Mitte des Labyrinths, neben den Teich und die Bank aus Olivenholz.

Nachdem Hester gestorben war und Aurelia in Cornwall die Vermögenswerte ihrer Großmutter durchgesehen hatte, war einer der Nachbarn erschienen, dessen Hof am Ende der Straße lag, um Aurelia zu erzählen, dass Hester seit Jahren seine Scheune gemietet habe. Daraufhin hatte Aurelia sich in dem Schober umgesehen – und da hatte sie gestanden …

Eine Scheune voller Kunstwerke. Zunächst war ihr vor dem Eingang lediglich ein kleiner Erdhügel aufgefallen, durchsetzt mit braunen und grauen Tonscherben. Möglicherweise ein einfacher Brennofen? Sie öffnete das Holztor zu dem Schober gewaltsam – das Holz splitterte, das Vorhängeschloss war verrostet. Sie hielt den Atem an.

Das war kein gewöhnlicher Heuboden, obwohl er früher möglicherweise als solcher genutzt worden war. Jetzt diente er – oder hatte gedient – als Arbeitsschuppen. Er war angefüllt mit zum Teil abstrakten Skulpturen, hauptsächlich jedoch mit Plastiken von Tieren der Region. Dachse, Füchse, Vögel. Überall standen Tontöpfe, Urnen und glasierte Vasen herum. Zudem waren sämtliche Arbeitsgeräte des Künstlers – oder der Künstlerin – vorhanden. Mit angehaltenem Atem hatte Aurelia die Scheune betreten. In der Ecke neben der Tür lag ein mit Staub und Spinnweben bedeckter Stapel Treibholz. Einige Skulpturen waren aus Holz geschnitzt, andere vermutlich aus dem Gestein der Umgebung.

An einer Wand hatte eine alte Töpferscheibe ihren Platz; daneben ein Emailbecken mit Flecken in Grau-, Braun- und Rottönen. Gegenüber eine alte Werkbank aus Holz und eine Unmenge verstaubter Muscheln, Gefäße mit Glasurmasse neben Papier, Entwürfen, Sackleinen, Meißeln, Holzhämmern und Messern. Alles, was man sich nur vorstellen konnte …

Sie nahm einen der Entwürfe zur Hand – eine Skizze, das Profil eines Gesichts. Erstaunt betrachtete sie das Blatt. Sie wusste, dass ihre Großmutter ihr Einkommen mit dem Verkauf von Gemüse und Eiern sowie von handgemachten Töpfen und dekorativen Collagen aufgestockt hatte, die in dem Laden des Bauernhofs zum Verkauf angeboten wurden. Doch das hier war ihr vollkommen neu und fremd … Hier ließ sich die künstlerische Entwicklung ihrer Großmutter bis in alle Einzelheiten verfolgen.

Fasziniert sah Aurelia sich um, bis es ihr plötzlich ins Auge fiel: ein lebensgroßes Brustbild, das etwas abseits stand. Der stolz wirkende Kopf mit zurückgekämmtem Haar und die Schultern eines Mannes – hohe Wangenknochen, durchdringender Blick, leidenschaftlich wirkende Lippen und ein ausgeprägtes Kinn, ein würdevoller, rauer Charakter, der Aurelia kurz innehalten ließ. Sie ging ein paar Schritte, ehe sie sich umwandte. Während sie einen Fuß vor den anderen setzte, drehte sie sich erneut um. Wie der Blick der Mona Lisa im Louvre begleiteten seine Augen sie unverwandt. Einige Schritte weiter sah sie erneut zurück. Er zog sie in seinen Bann. Ein zweites Mal betrachtete sie die Skizze, die sie in der Hand hielt. Dasselbe Modell. Kein Zweifel. Wieder und wieder kehrte sie zu der Skulptur zurück und legte die Hand auf den kühlen, grau-grün marmorierten Stein, in der Hoffnung, das zu spüren, was ihre Großmutter einst gespürt haben mochte. Um wen handelte es sich bei dem Mann? Woher stammte er? Er schien kein Einheimischer zu sein – alles an ihm sprach vielmehr für einen südländischen Seefahrer, der am Strand von Port Isaac an Land gegangen war. Plötzlich erinnerte sie sich an Gespräche mit Gramma Hester … *Sie sind mit Trampdampfern aus Genua gekommen. Auf diesen Schiffen herrschte stets Bedarf an Hilfskräften.*

Jeder konnte anheuern und mitreisen. Sie erinnerte sich an die Sardinen, die nach Genua exportiert wurden, und lächelte. Trampdampfer, die aus Italien kamen.

»Dort lagert so viel Zeug«, erzählte sie Richard bei ihrer Rückkehr. »Du machst dir keine Vorstellung, wie außerordentlich produktiv sie gewesen ist.«

Er leerte sein Whiskyglas in einem Zug. »Schön und gut, aber du kannst die Sachen nicht hierherbringen.«

Ein unangenehmer Tag lag hinter ihr. Nachdem Richard sich den ganzen Abend über den *verfluchten Regisseur* ausgelassen hatte, war er nicht versessen darauf, sich zu allem Überfluss auch noch etwas über Großmutter Hesters Schätze in der Scheune anzuhören.

»Ja. Ich weiß.« Aurelia hatte sich darüber bereits Gedanken gemacht. Auch wenn sie am liebsten alles behalten würde, fehlte ihnen doch der erforderliche Platz. Sowohl in ihrem kleinen viktorianischen Reihenhaus als auch draußen. Das wäre auch unpassend gewesen. Hesters – ebenso wie Aurelias – Kunst hatte nun einmal ihren Ursprung in der Landschaft, in der sie gelebt hatte, und sollte dort bleiben.

»Ich könnte den Leuten in North Cornwall den Nachlass spenden«, schlug Aurelia vor. »Sie könnten die Werke in einem Park oder woanders aufstellen.«

»Wie bitte?« Plötzlich wirkte er interessiert. »Sie hat so ungeheuer schöne Sachen entworfen, die darf man doch nicht einfach so verschenken. Willst du das damit sagen?«

Geld, immer ging es um Geld. Aber es war wohl die einzige Lösung. Wenn sie ihm die Wahrheit sagen würde, würde er es ihr nie erlauben. »Vermutlich nicht.« Sie drückte verstohlen die Daumen. »Aber all das ist für mich von großem Wert.«

»Du und deine verfluchte Kunst.« Er griff nach der Flasche. »Uns allen ist klar, dass sie dir mehr bedeutet als deine Familie.«

»Unsinn!«

»Auch Tasmin weiß das nur zu gut.« Mittlerweile redete er ziemlich undeutlich.

Das entsprach nicht der Wahrheit. Aurelia nahm all ihren Mut zusammen. Aber sie wollte nicht mit ihm streiten. Zumindest nicht jetzt. Es gab viel Wichtigeres – beispielsweise Tasmin und ihre Arbeit. Es blieb ihr nichts anderes übrig, als die Zähne zusammenzubeißen und ihm etwas vorzuspielen. Er war schließlich ihr Mann. Was auch immer geschehen würde.

»Aber *ein* Stück werde ich auf jeden Fall behalten«, erklärte sie ihm. So einfach würde sie nicht auf *ihn* verzichten.

Sie wartete auf Richards Einwand. Doch er grunzte nur in sein Glas: »Und dann noch zu sagen, ich könne meinen Text nicht. Arschloch!«

Aurelia betrachtete ihn prüfend. Den Mann, den sie einst geliebt hatte, den Mann, den sie geheiratet hatte. Vater ihrer Tochter. Trinker und ... Nein, es war genug!

»Ich helfe dir«, bot sie ihm an.

»Ich brauche keine Hilfe. Von niemandem!«, antwortete er.

Das stimmte nicht. Sie räumte den Tisch ab. Er brauchte Hilfe. Und sie auch.

»Nun, Liebes?« Elenas Stimme sowie der sanfte Gesang der Wellen drangen an Aurelias Ohr und unterbrachen ihre Träumereien. Elena verlangte eine Antwort.

Aurelia dachte daran, was Elena alles für sie getan hatte. Ihre Fingerspitze glitt über eine breite, weiß-silberne Marmorader im grauen Fels.

»Es wäre ganz in ihrem Sinn gewesen«, sagte Elena wehmütig. »Eine Familienhochzeit in *La Sirena*.«

Aurelia beobachtete die Kinder am Strand. Catarina. Würde Enrico es für Catarina tun? Sie seufzte tief. »Ich werde ihn fragen«, entschied sie.

»Mein Schatz!« Elena sprang auf wie ein junges Mädchen und küsste sie auf beide Wangen. »Wir können das alles gemeinsam vorbereiten. Du und ich. Wie Schwestern! Komm, nichts wie los! Zum Auto. Zurück zu *La Sirena*. Wir müssen mit unserer Planung beginnen, *no*?«

Aurelia starrte sie an. Alles vorbereiten? Mit der Planung beginnen? Schwestern? Wurden sie und Elena durch die Inanspruchnahme des Hauses automatisch zur gemeinsamen Ersatz-Großmutter der Braut? Was war mit der Aufgabe, die sie doch stets als ihr Herzblut betrachtet hatte? Und was mit Enricos geheiligter Privatsphäre?

»Alles«, wiederholte Elena mit Nachdruck. »Pah. Sie werden wahrscheinlich sagen, wir sind zwei alte Frauen und daher nicht fähig, eine Hochzeit für die bessere Gesellschaft auszurichten. Ha, wir werden es ihnen schon zeigen! Was meinst du?«

»Äh …« Aurelia schluckte. Sie hatten Enrico ja noch nicht einmal gefragt.

Doch sie brachte es nicht übers Herz, Elena in ihrem Eifer zu dämpfen. Als sie die Stufen hinaufstiegen, redete Elena noch immer wie ein Wasserfall. Sie passierten den Portikus und spazierten erneut zur Piazza. »Im Frühling kommenden Jahres«, schlug sie vor. »April wäre doch wunderbar. Was meinst du, wenn ich das Carmella erzähle … Sie wird es nicht glauben, meine Liebe. Nie und nimmer!«

Der Platz war jetzt noch belebter. Vor dem Café saßen zwei junge Männer unter einem beigefarbenen Sonnenschirm, tranken Bier und unterhielten sich.

Elena blieb stehen.

»Was ist?« Aurelia fasste sie am Arm. »Was hast du?«

»Der Junge dort.« Elenas zerfurchtes Gesicht war sichtlich bleich geworden. »Das ist Saras Enkel.« Sie fluchte leise.

»Wirklich?« Im selben Augenblick drängte Aurelia sie von der Piazza, da der Anblick dieses gut aussehenden jungen Italieners Elena offensichtlich nicht bekam.

»Ich dachte, er sei fortgegangen.« Elena stolperte.

Schützend legte Aurelia den Arm um sie. »Wer ist Sara?«, fragte sie und warf erneut einen Blick auf den jungen Mann. Selten zuvor hatte sie Elena so nervös gesehen.

»Seit ich denken kann, stehen die Bianchis mit dieser Familie auf Kriegsfuß«, sagte Elena geheimnisvoll. »Eine gefährliche

Familie. Früher hatten wir viele gemeinsame Berührungspunkte. Aber jetzt …«

Gefährlich? Das zu glauben fiel Aurelia schwer. Vielleicht übertrieb Elena hier ein wenig. Als sie sich erneut zu dem jungen Mann umwandte, hob er den Kopf und starrte sie an. Selbst aus dieser Distanz spürte sie die Intensität seines Blicks und bemerkte die Veränderung in seinem Gesicht. Eine Veränderung … vielleicht ein Zeichen von Angst? Sie war überzeugt, den Ausdruck richtig interpretiert zu haben. Doch weshalb sollte sich ein gut aussehender junger Italiener vor einer alten Frau fürchten? Sie runzelte die Stirn, beobachtete ihn, als er etwas zu seinem Begleiter sagte, aufstand und hastig in Richtung Meer davoneilte.

»Er ist fort«, sagte sie zu Elena.

Elena schien sich mittlerweile erholt zu haben. »Gut. Wir sollten auch von hier verschwinden.«

Sie stiegen erneut den Hügel hinauf. Obgleich es schon spät war, strahlte die Sonne noch mit wärmender Kraft, und der Duft der Zitrus- und Mandelbäume erfüllte die Luft.

»Du hast meine Unterstützung«, sagte Aurelia. »Falls Enrico einverstanden ist, helfe ich dir bei den Vorbereitungen.« Wie Schwestern, dachte sie. In Ordnung! Wie Schwestern.

Kapitel 7

»Was ist das?« Dan hielt ein Notizbuch mit Spiralbindung hoch, auf dessen Vorderseite ein Engel abgebildet war. Er schlug es auf.

»Gib es mir!« Cari riss es ihm aus der Hand.

»Ich wollte doch nur …«, versuchte Dan sich tief getroffen zu verteidigen.

»Ich weiß«, seufzte Cari. Sie legte das Heft beiseite und trat an seine Seite. Er kniete auf dem Boden, neben sich einen weiteren Karton mit Sachen von ihrer Mutter. Seltsam. Sie hatte gar nicht gewusst, dass Tasmin eine Sammlerin gewesen war, sondern sie immer für jemanden gehalten, der nach dem Motto »Erledigt und weg damit« lebte. Vermutlich ein weiterer Beweis dafür, wie wenig sie ihre Mutter gekannt hatte.

»Entschuldige.« Besänftigend strich sie ihm über das blonde Haar. Sie fühlte sich von der vor ihr liegenden Aufgabe überfordert. Kein Wunder, dass sie gereizt war. Die Habseligkeiten ihrer Mutter auseinanderzudividieren, empfand sie als eine der unangenehmsten Pflichten ihres Lebens. Und obwohl sie Dans Hilfe angenommen hatte, weil sie glaubte, dieses Problem allein nicht bewältigen zu können, ertrug sie seine Anwesenheit plötzlich nicht mehr.

»Ist schon in Ordnung.« Er war immer so verständnisvoll. Was war bloß mit ihr los? Weshalb gelang es ihr nicht, ihm die Anerkennung zu geben, die ihm gebührte? Warum nicht?

»Wahrscheinlich ist es besser, wenn ich die Sachen allein durchgehe.«

Seine dunklen Augen – die ebenso liebevoll waren wie Dan selbst – ruhten auf ihr, als er sagte: »Ich glaube nicht, dass du das schaffst, Babe.«

Sie versuchte sich nicht über diese Bemerkung zu ärgern. Es ging ihm doch um ihre Person. Er wollte sie beschützen, für sie da sein, auch wenn es zuweilen so aussah, als kontrolliere er sie ... Ach, das war ein alberner Gedanke! Dan würde doch alles für sie tun. Sie brauchte ihn nur zu bitten.

»Ja ... natürlich ist es schmerzhaft.« Wie sollte sie es erklären? »Ich muss mich der Sache stellen, um loslassen zu können.« Um ihre Trauer zu bewältigen. Augenblicklich kämpfte sie nicht nur gegen die Trauer an, sondern auch gegen ihre übermächtige Verbitterung und Wut. Weshalb hatte ihre Mutter dieses Zeug geschluckt? Es war so verdammt absurd. Ecstasy war eine Droge, die sich Teenager auf einem Rave einwarfen, aber doch keine siebenundvierzigjährige Frau auf einer Party für Erwachsene. Was zum Teufel hatte sie bloß dazu veranlasst? Ecstasy war wirklich gefährlich. Und darüber hinaus einfach kindisch.

Da Cari wusste, dass Tasmin derartige Gratwanderungen liebte, war sie von jeher in Sorge um sie gewesen. Selbst als Kind hatte sie sich verantwortlich gefühlt; sie hatte ihre Mutter beim Überqueren der Straße an der Hand gehalten, stets einen Blick auf die Autos gerichtet, die aus Einfahrten herausgeschossen kamen; und sie hatte überprüft, ob das Kaminfeuer tatsächlich aus war und wo ihre Mutter die angezündete Zigarette abgelegt hatte. Mit Tasmin an der Seite durfte man nicht einen Augenblick unaufmerksam sein. Angst war für sie ein Fremdwort. Sie war leichtsinnig. Als wäre ihr das eigene Leben einerlei gewesen. Guter Gott ... Sie kniff die Lider zusammen. Schluss mit den Tränen!

»Cari.«

Sie öffnete die Augen. Dan streichelte ihren Arm, und sie spürte, dass sie die Hände zu Fäusten geballt hatte. Zorn. Ja. Ihre Mutter hatte nicht das Recht, mit siebenundvierzig zu sterben. Und noch weniger hatte sie das Recht zu sterben, ohne Cari vorher zu verraten, wer ihr Vater war. Noch dazu hatte sie ihr nicht die Wahrheit über den Rest der Familie erzählt und sie dadurch ihrer Wurzeln beraubt und völlig durcheinandergebracht – so durcheinander wie sich selbst, verdammt noch mal. Woher hatte ihre Mutter das Recht genommen, Cari die Lebenswahrheit vorzuenthalten, nur weil sie selbst mit der Realität – wie immer sie sich darstellte – nicht hatte umgehen können?

Lieber Gott, wie oft hatte sie ihr die Wahrheit zu entlocken versucht! Kurz nach ihrem achtzehnten Geburtstag hatte sie Tasmin erklärt: »Ich komme schon noch dahinter. Du wirst mich nicht davon abhalten.«

»Du kannst es gar nicht herausfinden.« Tasmin hatte sich derart kalt und entschlossen abgewandt, dass Cari zum ersten Mal in ihrem Leben nur zu gern auf ihre Mutter eingeschlagen hätte. »Weil niemand die Wahrheit kennt. Sein Name erscheint nicht auf der Geburtsurkunde. Ich allein kenne ihn.«

Unbegreiflich. Wie hatte sie nur so kalt sein können? Ohne Rücksicht auf die Menschen um sie herum – Menschen, vor allem eine Person, die sie doch eigentlich hätte lieben sollen. Es war, als habe sie damit sagen wollen: So bin ich eben. Entweder ihr nehmt mich, wie ich bin, oder ihr schert euch zum Teufel. Sie hatte Cari stets das Gefühl vermittelt, unfähig zu sein.

Nein, Tasmin hatte kein Recht zu sterben. Es war alles so verdammt sinnlos. Und total rücksichtslos von ihr.

Cari entzog Dan den Arm. Sie wollte nicht von ihm gestreichelt werden. Sie wollte keinen Trost, wollte sich ereifern, rasen, weinen. Und zwar allein. Und niemand sollte sie berühren.

»Ich wäre glücklicher«, erklärte sie stockend (glücklicher? Meinte sie das etwa ernst?), »wenn ich mich alldem allein aussetzen könnte.« Sie wollte auch nicht, dass er die Sachen ihrer Mutter anfasste. Er sollte keinen Einblick in das Leben ihrer Mutter nehmen. Sie strich sich das Haar aus dem Gesicht. Bedeutete das vielleicht, dass sie ihn nicht in *ihrem* eigenen Leben wollte?

»Wirklich?« Dans Blick war so fragend, dass sie wegsah. Das war nicht der richtige Augenblick für Geständnisse.

»Wenn ich dich brauche«, sagte sie, »rufe ich dich an.«

Er zögerte. Verhalten lächelte sie ihm zu, der letzte Versuch. »Ich komme schon zurecht. Ehrlich.«

Widerstrebend erhob er sich. »In Ordnung. Ruf mich an, ja?«

»Ja.«

Er beugte sich hinunter und küsste sie auf den Mund. Cari schloss die Augen. Der Kuss schmeckte nach Sägemehl. Vielleicht lag das Sägemehl auch einfach hier in der Luft, sozusagen als Ersatz für das Zitronengrasparfum ihrer Mutter, einem Vermächtnis dieser mit allem möglichen Kram gefüllten Kartons, die sie in Tasmins Arbeitszimmer gefunden und in ihren kalten, minimalistisch blau und chromfarben eingerichteten Wohnraum geschleppt hatten. Die Schneekönigin, dachte Cari.

Als sie endlich allein war, schlug sie das dicke Notizbuch auf. Auf der ersten Seite stand *Juni 1974*. Du lieber Himmel! Sie hielt den Atem an. Es war ein Tagebuch.

Ich kann kaum glauben, dass sie es wirklich getan hat. Aufgestanden und verschwunden. Einfach so. Sie und diese blöde Ruth. Wer würde schon mit einer Horde dämlicher Ausländer zusammenleben wollen? WARUM? WARUM? WARUM?

Cari starrte auf die Seite. Die letzten drei Worte waren in großen, fetten Buchstaben geschrieben. Einer größer und dunkler als der vorherige. Stammten diese Zeilen tatsächlich von ihrer Mutter? Worte, die eine heftige Gefühlsregung offenbarten. Nein, das war nicht die Stimme ihrer Mutter, oder zumindest kannte sie diese Stimme nicht. Dafür erkannte sie deren steile Handschrift wieder – sie war nicht ganz so steil wie vor ihrem Tod, aber doch rasch als ihre erkennbar. Tasmin war damals vermutlich … Hastig rechnete sie. Achtzehn.

Eilig blätterte sie die Seite um. Es folgte ein Gedicht. Ein Gedicht? Tasmin hatte Gedichte geschrieben? Cari beschäftigte sich eingehend mit jedem Wort, kam jedoch nicht hinter den Sinn. Es handelte von Tränen und Flüssen und unerträglicher Traurigkeit. Ängste eines Teenagers. Cari seufzte. Die Traurigkeit ihrer Mutter wurde so plastisch, dass sie zögerte weiterzulesen. Ihre Worte waren unheimlich … entblößend. Hatte sie gewollt, dass es jemand las?

Andererseits ... Cari schlug das Heft zu und drückte es an die Brust. Das Tagebuch würde die Wahrheit enthüllen, ihr etwas über ihre Familie mitteilen; womöglich sogar über ihren Vater. Jetzt konnte die Wahrheit Tasmin nicht mehr verletzen.

Die Abenddämmerung setzte ein. Aurelia malte. Elena war gleich nach ihrer Rückkehr aus Tellaro nach Hause gegangen. Außerdem hatte Enrico angerufen, um Aurelia zu sagen, dass er über Nacht in Genua bleibe. Sie brauchte sich also nach niemandem zu richten ...

Nach einem Imbiss mit getoasteten *panini* und einem Glas Rotwein ging sie hinunter zum Labyrinth. Dort atmete sie den Geist eines in Schleier gehüllten Geheimnisses sowie den Duft nach Jasmin ein, während sie überlegte, wie sie die rätselhafte Aura des Irrgartens einfangen könnte. Plötzlich kam ihr ein Gedanke. Sie musste das richtige Medium finden. Während sie vorläufige Skizzen anfertigte, hatte sie noch geplant, Aquarellfarben zu nehmen. Viele ihrer Arbeiten basierten auf Aquarellfarben. Mit diesem Material verstand sie umzugehen. Doch diesmal benötigte sie etwas anderes. Ölfarben. Allein mit Ölfarben würde sie den vielgestaltigen Untergrund erschaffen können, um die entsprechende Atmosphäre – das Rätselhafte, Untergründige – zu erzeugen und die Tiefe herauszuarbeiten.

Kaum hatte sie den Entschluss gefasst, wollte sie ihn in die Tat umsetzen. Aufgewühlt und energiegeladen ging sie nach *La Sirena* zurück, holte Staffelei, Pinsel, Palette und Farben und lief den Sandweg entlang bis in das Herz des Labyrinths.

Dort begann sie, so schnell und begeistert zu malen, dass sie die Farben zuweilen auf der Leinwand anstatt auf der Palette zu intensivem Blau und Violett sowie Grün- und Grautönen mischte in dem Versuch, das aufzudecken, von dem sie wusste, dass es vorhanden war. In Italien dominierten dunkles Ocker und Safrantöne, hier jedoch, in dem ligurischen Labyrinth, herrschten die Schatten der einbrechenden Dunkelheit und erinnerten sie an das vor vielen Jahren gemalte Bild der Triskele und des undurchdringlichen Waldes aus der Fabelwelt. Das hier war zwar kein Wald, aber die dichte Hecke löste in ihr unterschwellig das unerklärliche Gefühl aus, nach dem sie bereits damals beim Malen gesucht hatte. Die pfeilförmigen, harten Blätter des Oleanders verwandelten sich in der Abenddämmerung zu winzigen grauen Lanzetten; das tief glänzende Grün der Jasminblätter wiegte die Blüten mit den gelben Spitzen, die nun, nach Sonnenuntergang, kraftlos wirkten. Die Oberfläche des Teiches glänzte wie die Haut von Oliven. Ihre Statue, der südländische Matrose, wirkte fahl und nachdenklich. Selbst der Himmel hatte sich verdunkelt und erschien bleischwer, obgleich Aurelia meinte, die aus der glutheißen, sandigen Erde ausströmende Hitze unvermindert zu fühlen. Zudem spürte sie die zahlreichen Schatten. Aurelia arbeitete weiter, fügte hier einen silbrigen Strich, dort eine düstere Nuance hinzu.

Dass Ölfarben so reagieren, hätte sie wissen müssen. Die Töne ließen sich nicht so präzise auftragen. Andererseits boten sie eine gute Grundlage. Man konnte mit ihnen spielen, sie mischen und einarbeiten. Die Künstlerin wurde gefordert, ihre Gemütsbewegung in das Werk zu übertragen … Und genau das tat Aurelia.

Vor fünfundzwanzig Jahren hatte sie das Labyrinth zum ersten Mal gemalt. Damals kauerte sie zwischen den noch jungen Oleander- und Jasminpflanzen, die noch längst nicht so buschig waren und weit weniger Blüten trugen, und betrachtete die knapp über dem Horizont stehende Sonne und die geränderten rosa Wolken. Damals wie heute hatte sie diese Stimmung als Antwort auf jenes sanfte Rascheln zu Papier gebracht, hinter dem sich mehr als nur eine abendliche Brise oder der Gesang der Grillen verbarg, als Antwort auf die Präsenz, die sie intensiv spürte. Ihren Skizzenblock hatte sie behutsam auf die Bank aus Olivenholz neben sich abgelegt.

»Stefano? Enrico?«

Sie erhielt weder eine Antwort, noch verspürte sie Angst. Jemand beobachtete sie, aber dieser Jemand wollte ihr nicht schaden.

Sanft strich die Abendluft über ihr Gesicht, und der schwere Duft des Jasmins mischte sich mit dem Wohlgeruch des sonnendurchwärmten Weges und dem Salz des Meeres; als die untergehende Sonne ein letztes Mal durch die Wolken brach, legte sie ihren Schimmer wie einen Teppich über das Wasser. Im selben Augenblick wusste Aurelia, wer sich in ihrer Nähe aufhielt. Es konnte nur eine ganz bestimmte Person sein. Sie hatte keine Erklärung dafür, war sich aber vollkommen sicher: Catarina – deren Gegenwart sich so schemenhaft wie die zunehmende Dämmerung bemerkbar machte.

»Catarina?«, flüsterte sie. Enrico würde sie für verrückt halten. Vielleicht war sie es ja tatsächlich – wer sonst, wenn nicht eine Verrückte, würde mit der Exfrau ihres Geliebten sprechen, während sie im Zentrum des Labyrinths saß, das sie zu Catarinas Gedächtnis gepflanzt hatte.

Natürlich antwortete niemand. So gestört war sie nun auch wieder nicht. Doch sie hätte schwören können, eine kaum wahrnehmbare Berührung an ihrer Schulter zu spüren. Eine geöffnete Handfläche, eine Geste des Dankes. Sie wusste, dass sie sich nicht täuschte, und schloss die Augen. Nein, sie würde Enrico nichts davon erzählen. Weshalb sollte sie ihn mit etwas beunruhigen, was er ohnehin als eine Folge überspannter Phantasie abtun würde? Im Übrigen brauchte sie es ihm gar nicht zu erzählen. Es könnte genauso gut ihrer beider Geheimnis bleiben – ihres und Catarinas.

Im Frühling 1979 hatte sie den Irrgarten zum ersten Mal gemalt. Mit anderen Augen und mit einem Gemüt, das sich der Kraft öffnete, die es zu besitzen schien. Warum auch nicht? Sie ließ sich nicht davon abbringen, dass Orte Schwingungen von Menschen und Ereignissen aufnehmen konnten, die einst dort gelebt beziehungsweise sich dort zugetragen hatten. Und der Triskele – so hatte sie sich jedenfalls an Gramma Hesters Worte erinnert – wohnte eine Kraft inne, die bis zu den Kelten zurückführte. Was hatte Gramma damals im Garten erzählt? War es nicht etwas über eine Reise der Frauen gewesen? Geburt,

Tod und Wiedergeburt? Ein Schauer lief Aurelia den Rücken hinunter. Hatte sie diese Reise womöglich wiederholt, indem sie das Labyrinth gepflanzt hatte? In einem Labyrinth ging es um das Reisen und um Orientierungslosigkeit. Um Wegweiser, um Unterdrückung. Sie spürte die Aura des Geheimnisvollen ebenso deutlich wie den berauschenden Duft des Jasmins – als berge das Labyrinth ein ganz besonderes Geheimnis, das ihr jemand oder etwas zu vermitteln suchte. Sie fand nicht heraus, was es war, stellte es aber auch nicht in Frage. Es sollte wohl so sein.

Enrico war überrascht gewesen. Er war an ihre Seestücke gewöhnt, und sie merkte deutlich, dass er mit ihrer neuen Manie wenig anzufangen vermochte – die Kohle- und Bleistiftskizzen, die sie überall im Haus herumliegen ließ, die verträumten Spaziergänge durch das Labyrinth in der Abenddämmerung, das Grau, die Schatten sowie die rosa und blauen Sonnenuntergänge – all die Aquarellfarbenmischungen, die ihre Suche nach der einen perfekten Schattierung begleiteten, um die richtige Stimmung einzufangen. Sie malte das Labyrinth und stellte eine unirdische Figur hinein, deren Umriss sich beinahe im Jasmin und den staubbedeckten Oleanderbüschen auflöste.

Das Bild schenkte sie dem damals neunjährigen Stefano zu Weihnachten.

Sie sah sein Gesicht wieder vor sich. Die Kontur seines Mundes – der Enricos Mund so ähnlich war, wenn er lachte. »Danke, Mama«, hatte er geflüstert.

Das war das erste Mal, dass er sie so genannt hatte.

Er hatte das Bild mit ernstem Blick betrachtet. Das ist nicht der Blick eines Kindes, dachte Aurelia.

»Manchmal rede ich mit ihr«, hatte er gesagt.

Demnach hatte Stefano sie gesehen.

Im selben Augenblick hatte er sich umgedreht, war durchs Haus gerannt, ein Geschenk unter dem Arm, um damit zu spielen. Etwas Unkompliziertes – ein Spielzeugauto oder eine Spielzeugeisenbahn.

Genauso sollte es sein, hatte Aurelia damals gedacht, Enricos Blick meidend. *Nur ein verrücktes Weib würde einem Neunjährigen das Bild eines Labyrinths schenken. Wer sonst?* Etwas Unkompliziertes. So sollte es eigentlich sein.

Aurelia erinnerte sich nicht, wann Catarina – oder besser: die Person, die sie für Catarina gehalten hatte – aus dem Labyrinth verschwunden war. Die folgenden Jahre konzentrierte sich ihre Malerei erneut auf Seestücke, den Blick auf das in der Bucht gegenüberliegende Tellaro, dessen rosa Kirche gleich einem Finger in den Himmel wies; auf die felsigen Strände, die auf dem dunkeltürkis gefärbten Meer dahingleitenden Schiffe, im Wasser planschende Kinder, die Häuser, die vor der Kulisse der Olivenhaine verschachtelt neben dem winzigen Hafen aufragten.

Schließlich war der Tag gekommen, an dem Elena Aurelias Bilder im Haus aufhängte und eine Party gab, zu der sie Alfonzo aus der Galerie in Tellaro eingeladen hatte. Bei der Gelegenheit hatte er sie, Aurelia, gefragt, ob er ihre Arbeiten in Kommission nehmen dürfe. Aurelia dachte, wie weit sie nun von Brighton und der winzigen Kunstgalerie in der Lower Esplanade entfernt war. Die Bilder verkauften sich so gut, dass Alfonzo noch mehr von ihr übernahm und sie Ansehen als Künstlerin gewann. Sie lebte mit einem Mann zusammen, der sie in ihrem künstlerischen Schaffen und ihrer Unabhängigkeit unterstützte und das genaue Gegenteil zu Richard darstellte. Alles hätte wunderbar sein können, war es aber nicht.

Während all dieser Jahre spazierte Aurelia nach dem Schwimmen häufig durch das mit Oleander und Jasmin bepflanzte Labyrinth. Es war der ideale Ort, um den Gedanken freien Lauf zu lassen. An einem Sommerabend wurde ihr klar, was ihr fehlte. Catarina (falls es tatsächlich Catarina und nicht Aurelias Einbildung war) war einfach verschwunden. Als habe Catarina, so stellte es sich Aurelia gern vor, ihre Reise beendet und schließlich in ihrem Haus und Garten Platz für Aurelia gemacht. Aber auch bei Enrico?

Der endgültige Schritt schien sehr groß zu sein. Auch jetzt noch. Aurelia dachte daran, wie er sie geküsst hatte, bevor er in die Stadt gegangen war. Zart auf die Wange. Seine Hand hatte ihren Hals nur sanft berührt. Als würde er ihrer Liebe keine Zukunft mehr geben ...

Sie arbeitete unentwegt, teilte mit ihrem Schabmesser große Brocken leuchtender Farben, mit denen sie arbeiten wollte, führte den Pinsel flink über die Leinwand, als würde er aus eigener Energie angetrieben. Sie begann, indem sie große Farbflächen aussparte, verschmierte Violett und Grau mit dem Pinsel, dem Zipfel eines Lappens, den Fingern. War total versunken in ihre Arbeit, fand Ruhe in der Tätigkeit, die ihr bisher unbekannt gewesen war. Eine völlig neue Art der Befreiung.

Zu Enrico hielt sie jedoch nach wie vor Distanz. Ihm alles zu geben erschien ihr nun doch zu viel. *Until I am whole ...* Plötzlich erinnerte sie sich an die Zeile eines Gedichts, das vermutlich von John Donne stammte. *Bis ich ganz geworden bin ...* Das Problem war, dass sie all die Schuldgefühle und den Groll noch immer empfand. Daran hatten auch die Jahre in Italien nichts geändert. Aurelia war als Künstlerin gewachsen und hatte Selbstwertgefühl entwickelt, das sie bei Richard nie gekannt hatte. Doch nach wie vor vermisste sie *sie* – unablässig. Der Schmerz ließ sich nicht stillen. Sie war ein Teil von ihr. Der Gradmesser ihrer Identität. Und sie würde Enrico erst ohne Vorbehalte gehören können, wenn sie das Gefühl hatte, wieder ganz geworden zu sein und den Schmerz überwunden zu haben.

Als es zu dunkel wurde, brach sie ihre Arbeit ab. Aus der Nähe betrachtet wirkte das Gemälde wirr. Sie trat ein paar Schritte zurück und wartete, wie es sich entwickelte. Es brauchte Zeit. Keine Frage, es würde sich entfalten. Vielleicht sollte sie es in ihrem Atelier vor den Spiegel stellen, um eine neue Perspektive zu bekommen? Der Blick aus einem anderen Winkel öffnete einem stets die Augen.

Sie lehnte sich zurück, erschöpft, aber ermutigt. Etwas hatte sich verändert. In ihr. Etwas wie Intuition hatte sich in ihr geregt. Sie konnte nicht glauben, dass sie sich so sehr hatte mitreißen lassen, so lange zu malen, und das Bild in einer Sitzung nahezu vollendet hatte. Es besaß nicht die Genauigkeit und die Feinheit ihrer Aquarelle. Es war tatsächlich eine völlig andere Kreation.

Erneut schienen die Blätter des Oleanders im leisen Windhauch zu rascheln. Aurelia wartete. Wieder hatte sie das Gefühl, jemand sei in der Nähe. Nein, nicht Stefano, der das Labyrinth seiner Mutter schon lange nicht mehr betreten hatte und der, soweit sie wusste, nach wie vor in England war. Und ebenso wenig Enrico, der sich ohnehin kaum weiter als bis zu den Lorbeerbäumen wagte. Vermutlich lag es an den Erinnerungen. Erinnerungen an Catarina. Catarina würde nicht zurückkehren, davon war sie fest überzeugt. Wer konnte es also sein? Schon am Morgen hatte sie sich diese Frage gestellt. Sie verspürte keine Angst – das war wirklich seltsam. Aber wer mochte es sein?

Kapitel 8

Cari sah auf ihre Uhr. Beinahe Mittag. Eine schwere Tragetasche hing von ihrer Schulter herab und schlug ständig gegen ihr Bein, als wolle sie sich bemerkbar machen. War es überhaupt richtig, die Sachen mitzubringen? Cari hatte immer noch ihre Zweifel.

Wie stets am Wochenende herrschte dichter Verkehr. Tagesausflügler, Touristen sowie die Einwohner von Brighton waren unterwegs. Cari wohnte nur fünf Minuten zu Fuß entfernt, und es zog sie immer wieder hierher. Diese Gässchen waren etwas ganz Besonderes, Relikte des »ursprünglichen Brighton«, das einst – kaum vorstellbar – ein Fischerdorf gewesen war und nicht einmal im Traum damit gerechnet hatte, dass die Bevölkerungsexplosion es vollständig verändern würde. Mittlerweile galten diese Straßen als Einkaufsparadies für Wohlhabende. Cari lächelte in sich hinein. Die neben den alten Straßenlaternen an den Hauswänden montierten Schilder priesen Antiquitäten, Drucke, Edelsteine und Lederwaren an.

Cari spazierte über das terrakottafarbene und graue Pflaster, vorbei an der Austernbar, auf den Platz zu, auf dem die Bistros und Bars im Sommer Tische und Stühle aufgestellt hatten. Heute spielte dort eine Jazzband, deren Musiker leuchtend grüne und pinkfarbene T-Shirts, Jacken und weiche Filzhüte trugen. Mit ihren sinnlichen und traurigen Rhythmen schienen sie die Luft zu erwärmen.

Cari blieb stehen. Den Klang des Saxophons, der ihr durch und durch ging, liebte sie ganz besonders. »The Nearness of You«. Sie seufzte. Doch sie durfte jetzt nicht trödeln, schob die Tasche zurecht und ging weiter.

Obwohl sie sich gern in diesem Teil von Brighton aufhielt, überkamen sie heute gemischte Gefühle, da sie jedes Mal kurz bei ihrer Mutter in der Galerie hineingeschaut hatte. Aber Tasmin war nicht mehr da. Keine Nähe – *No Nearness of You.* Nie wieder ein kurzer Besuch auf ein kühles Mineralwasser mit Eis und Limette, so kühl wie das Dekor in Edwards Galerie (weiß, weiß und noch mehr weiß); so kühl wie ihre Mutter in ihrer weißen Seidenhose oder ihren kurzen schwarzen Kostümen.

Nein. Cari warf im Vorbeigehen einen prüfenden Blick auf ihr Spiegelbild in einem der Schaufenster. Der Schmuckladen. Das nächste Mal würde sie einen anderen Weg nehmen. Bloß keine Gefühlsduselei. Ihre Mutter hatte Gründe für ihre Unnahbarkeit gehabt. Der Sound der Trompete, des Saxophons und des verführerischen Kontrabasses drang bis auf die andere Seite des Platzes. Cari hatte genug in Tasmins Tagebuch gelesen, um ihr Verhalten zu verstehen. Dennoch zögerte sie weiterzulesen, als befürchte sie eine Überdosis vielfältiger Gefühle. Sie las maximal einige Seiten am Tag, und das angespannt und ängstlich. Ob sie das Geheimnis würde lüften können? Was mochte sich hinter alldem verbergen? Und, schlimmer noch, wollte sie es tatsächlich wissen?

Als sie an dem kleinen italienischen Restaurant neben der Galerie vorbeikam, glaubte sie ihren Augen nicht zu trauen. Stand dort nicht der junge Italiener, der sie in ihrem Laden in ein Gespräch verwickelt hatte? Sie hatte ihn so gut wie vergessen, da sie voll und ganz mit Tasmins Tod, Tasmins Leben, Tasmins Arbeit und Tasmins Geheimnissen beschäftigt war und sich daher auch nur selten im Laden aufhielt. Wenn überhaupt, dann meistens nur kurz, um einen Termin mit einer Kundin auf die folgende Woche zu verschieben und eine Notiz »Vorübergehend geschlossen« an die Tür zu heften. Dass sie Einbußen haben würde, war im Augenblick ihre geringste Sorge. Das Leben musste zwar weitergehen, aber noch nicht. Bitte, bitte noch nicht!

Da war er also wieder. Sie hatten eine Fensterscheibe zwischen sich. Er trank Kaffee, stirnrunzelnd, den Oberkörper leicht nach vorn geneigt. Sie erinnerte sich noch gut an ihn und den starken Eindruck, den er bei ihr hinterlassen hatte. Es lag nicht allein an seinem dunklen Teint und seinem auffallend guten Aussehen, auch nicht an seiner Lebhaftigkeit. Es war seine Gesamterscheinung, die ihn so verführerisch machte. Sein Blick, die Art, wie er sprach, ja sogar, wie er seinen Kaffee trank.

Sie musste unwillkürlich lächeln – über sich selbst. Das war vollkommen idiotisch! Im selben Augenblick hob er den Kopf. Ein eigenartiger Ausdruck huschte über sein Gesicht – nicht unbedingt Überraschung und auf keinen Fall ein Zeichen des Nichtwiedererkennens. Seine Reaktion war schwer zu deuten. Doch plötzlich grinste er, hob die Hand und winkte ihr zu. Sie winkte zurück und ging rasch weiter.

Sie wollte nicht mit ihm reden. Nicht jetzt.

Dennoch hatte sie sich sein Lächeln eingeprägt, als sie die Tür zur Galerie aufstieß. Würde sie ihn wiedersehen? Na ja, er wusste ja nun, wie er mit ihr Kontakt aufnehmen konnte …

Trotz der Ausstellung – es gab immer eine – herrschte in der Galerie Stille. Für gewöhnlich wurden Bilder eines ortsansässigen Künstlers oder eines Fotografen gezeigt, da Edward Kunstschaffende aus Brighton unterstützte. Edward wollte als *die* Galerie der Brighton Lanes gelten. In London wäre er ein völlig unbedeutender Galerist unter vielen. Hier war er der *King*.

Kaum hatte Cari die Tragetasche neben einem Tisch abgesetzt, fiel diese in sich zusammen und neigte sich leicht nach rechts, als wolle sie darauf hinweisen, dass sie einen eigenen Willen habe. Cari stieß sacht mit dem Fuß dagegen. Benimm dich! Zwei Besucher standen am anderen Ende des Raumes und betrachteten ein abstraktes Exponat, auf dem sich mit etwas Mühe die in sich verschlungenen Körper zweier Frauen erkennen ließen, die um ihr Leben – oder den Tod, dachte Cari – kämpften. Bei solchen Gemälden musste man umdenken. Man durfte nicht erwarten, dass tatsächlich existente Dinge und Menschen darauf dargestellt sind. Edward hatte Cari schon öfter darauf hingewiesen. Nun, ihre Kunst – von der ihre Mutter oft gesagt hatte, sie lasse sich nicht als solche klassifizieren – war etwas Handfestes. Schließlich entwarf sie Kleider für echte Menschen. Daher war ihre Sichtweise nicht überraschend. Nach einem kurzen Blick auf die kurzärmelige fuchsienfarbige Bluse der Besucherin sowie deren schwarze Baumwollhose und den schweren Goldschmuck erkannte Cari, dass es sich bei dem Paar wohl um Käufer handelte – eine ganz andere Spezies als die Künstler. Der Mann war zwei Köpfe größer als die Frau. Er trug einen Anzug. Sein Gesicht war faltenlos und gebräunt, das Haar schmierig-glatt nach hinten gekämmt – nicht gerade typisch für Brighton. Vermutlich verheiratet. Wahrscheinlich Londoner auf einem Wochenendtrip.

Im selben Augenblick kam Edward über die Wendeltreppe aus dem Untergeschoss herauf.

Als er Cari sah, erhellte sich sein runzliges Gesicht, was sie sehr freute. Sie küsste seine trockenen, eingefallenen Wangen. Er war dünn, aber elegant. Mit dem beigefarbenen Leinenanzug und dem weißen Hemd passte er perfekt hierher.

»Cari! Wie geht es?« Automatisch trat er an den Kühlschrank.

»Ich möchte nichts trinken«, sagte Cari rasch, obwohl es nicht stimmte. Liebend gern hätte sie das kalte Glas in der Hand gehalten, um den aufsteigenden Dampf zu beobachten, wenn das Mineralwasser beim Hinzugießen den Eiswürfel traf, und gespürt, wie die Flüssigkeit ihre Kehle hinunterrann. Aber das hätte sie zu sehr an ihre Mutter erinnert. Nein, das konnte sie im Augenblick nicht ertragen. Es war schon schlimm genug, dass sie Mutters Sachen ordnen musste.

Edward runzelte die Stirn und schob schweigend die Hände in die Hosentaschen.

»Ich war in Mums Wohnung«, erklärte sie ihm. »Es dauert alles länger, als ich gedacht habe.« Allerdings nicht wegen der Menge an Sachen. Sie vermied es, zu der Tragetasche zu schielen. Nein, wegen der Menge all dessen, was ihr im Kopf herumging.

Er nickte. »Schwierig, hm?«

»Es ist furchtbar. Überall stoße ich auf etwas Neues. Wie nach einem Verkehrsunfall oder Ähnlichem.«

Das war ein furchtbares Bild, und kaum sah sie Edwards Miene, bedauerte sie ihre Worte.

»Ich könnte dir zur Hand gehen«, sagte er entschlossen. »Du musst es nicht allein bewältigen.«

»Mein Erbe.« Cari ließ den Blick über das Gemälde an der weißen Wand hinter Edward wandern. Ein abstraktes Bild in Rot, geschickt ausgeleuchtet. Sie wusste, dass Edward stundenlang daran gearbeitet hatte, um alle Exponate ins rechte Licht zu rücken. Gewiss hatte er verschiedenste Hängungen ausprobiert und dabei seine Mitarbeiter (das heißt, Tasmin) mit seinem Perfektionismus zur Weißglut gebracht. Plötzlich überkam sie das Verlangen, lauthals zu lachen. Dieser ganze Aufwand für ein rotes Quadrat! Edward würde sich über den kommunistischen Symbolismus ereifern, aber hallo!, wie Tasmin, kaum dass sie die Galerie verlassen hatte, zu sagen pflegte: »Schätzchen, Künstler sind ein einziges Stück Scheiße.«

Dennoch …

Cari war klar, dass Edward weder wusste, was er sagen, noch, wie er es sagen sollte. Sie merkte, dass sie eigentlich gar keine Ahnung hatte, was in ihm vorging. Da sie selbst so sehr mit ihrem Schmerz befasst war, vermochte sie den Verlust, den er erlitten hatte, kaum einzuschätzen.

»Vermisst du sie?«, fragte sie ihn.

Er wirkte verlegen. Als er den Blick rasch abwandte, erkannte sie, dass er seine Unsicherheit überspielte und vielleicht sogar Tränen zurückdrängte. »Ja …«

»Ich auch«, sagte sie und berührte seinen Arm. Wie sollte sie die Leere, den Abgrund, der sich sowohl vor ihr als auch in ihrem Innern auftat, beschreiben? Jeden Morgen erwachte sie traurig, und Abend für Abend legte sie sich zutiefst mutlos schlafen. Die meisten Menschen verloren zu Lebzeiten ihre Mutter. Wieso war es bloß so schwer? Warum erschien einem das Leben ohne diesen Menschen derart hoffnungslos?

Edward nickte. »Möchtest du wirklich keinen …«

Er musste sich mit etwas beschäftigen. »Na gut«, antwortete

sie. Das erste Mal war immer am schlimmsten. »Mit Eis und einem Spalt Limette.«

»Gern«, sagte er lächelnd und nahm rasch ein hohes Glas aus dem Hängeschrank. Als sie den Eiswürfel auf den dicken Boden des Glases fallen hörte, wandte sie sich ab. Erst als es zischte, drehte sie sich wieder um und lächelte routiniert.

»Nun, was hast du entdeckt?«

Beide sahen dem Paar nach, als es die Galerie verließ und sich dabei leise über die Vorzüge des Bildes unterhielt. Ob sie die beiden einander umarmenden Frauen tatsächlich gesehen hatten?

»Hmm?« Cari beugte sich hinunter und zog die Tasche zu sich heran. Sollte sie es ihm zeigen? Sie war versucht, ihre Meinung noch zu ändern. Hätte Tasmin ihm die Fotos zeigen wollen, hätte sie es doch sicherlich getan, oder? Er war doch genau der Richtige dafür. Mit welchem Recht brachte Cari sie jetzt hierher? Sie zögerte. Tasmin war schließlich sehr auf ihre Privatsphäre bedacht gewesen, aber was hatte sie davon gehabt? Mussten sie sich etwa jetzt, nachdem sie tot war, immer noch ihren Forderungen gemäß verhalten? Aber … Die Bilder waren gut.

»Ich wollte dir etwas zeigen«, sagte sie. Es waren wirklich ganz besondere Fotos.

Sie waren sowohl enthüllend als auch bewegend. Man durfte sie niemandem vorenthalten.

Es war Aurelias Geburtstag. Aurelia und Enrico saßen in der Oper. Auf der Bühne entfaltete Puccinis »Madame Butterfly« ihre düstere, unvergleichliche Tragödie. Betrug an der Unschuld. Eine verhöhnte Frau …

Aurelia blickte aus dem Augenwinkel auf Enrico. Vielleicht war sie voreingenommen, aber obwohl er über siebzig war, konnte man ihn nach wie vor einen gut aussehenden Mann nennen. Die vom Wetter gegerbte Haut mit dieser typisch italienischen, leicht olivenfarbenen Tönung. Die Falten um Mund und Augen deuteten auf ein ausgefülltes Leben hin, während die selbst im Sitzen leicht gebeugten Schultern von vergangenem Schmerz und Verwundbarkeit zeugten. Das drahtig wirkende Haar war weißgrau meliert, was ihn aber nicht zu stören schien. Er trug es mit Würde. Ein gepflegter, eleganter Mann. Sie konnte sich wirklich glücklich schätzen. Wie war es einer zarten blonden Engländerin gelungen, deren einzige Leidenschaft ihrer Palette und der Malerei galt und die sich nicht im Geringsten für ein Abenteuer interessierte, einen Mann wie diesen für sich zu gewinnen und in einer bezaubernden Villa wie *La Sirena*, in einem der schönsten Landstriche dieser Welt zu leben? Sollte sie nicht etwas mehr Dankbarkeit empfinden?

Auf der Bühne baute sich ein Crescendo auf, die Sopranstimme setzte ein, schwang sich wie ein Vogel in die Höhe, unterstützt von der gefühlvoll vibrierenden Tenorstimme. Die Kehle wie zugeschnürt, lebte Aurelia ganz in der Musik mit. Eine Oper bedeutete den emotionalen Overkill. Es gab Arien, bei denen ihr Herz einfach davongetragen wurde.

Schon immer hatte Aurelia Opern geliebt. Anfangs hatte ihr dabei am besten gefallen, dass sie den Text nicht verstand. Alles trug sie fort – die Musik, die Stimmen, die Empfindungen, die herrlichen Kostüme (hier war die Butterfly ohnehin überwältigend) sowie die schiere Melodramatik der Handlung.

Als sie das Italienische allmählich besser sprach und verstand, trübte dies den Opernbesuch mehr, als dass es ein Gewinn gewesen wäre. Sie wollte gar nicht wissen, was der Tenor einem einsamen Stern am Himmel entgegensang, dass das ganze Stück in Gefühlen unterging und vor Wehmut triefte. Sie wollte tiefer forschen, dem ursprünglichen Drama näherkommen. Komödie und Tragödie. Schwarz und Weiß. Liebe und Tod. Überleben und Selbstmord. Hmm.

Aurelia lehnte sich entspannt zurück in den Sessel und schloss – kurz – die Augen. Sämtliche Theaterhäuser auf der Welt rochen gleich. Eine flüchtige Mischung schwerer, staubiger Materialien, Spinnweben und Fettschminke; Haarspray, rohes Holz, Körpergerüche und Parfum. Eine berauschende Kombination, die sie an Richard und Brighton erinnerte, sogar als sich ein

Teil ihres Selbst ein wenig mit der Geisha Butterfly identifizierte, die sich wegen eines Mannes von ihrer Religion und ihrer Familie losgesagt hatte. War das ein Wunder? Bei ihrem allerersten Theaterbesuch hatte sie Richard gesehen. Trotz allem würde sie ihn immer mit diesem einzigartigen Bühnengeruch in Verbindung bringen …

Juni 1946. Kaum hatte Richard die Bühne betreten, war Aurelia wie hypnotisiert. Sie griff an Ivy vorbei zum Opernglas.

Sie waren für einen Tag mit der Dampflok nach Brighton gefahren – Aurelia, Ivy, Ivys Schwester Sonia und ihr Verlobter Johnnie. Es war einer der ersten warmen Tage des Jahres, an dem eine sanfte Brise verheißungsvoll Haar und Wangen liebkoste und sich der Himmel ungetrübt über ihnen wölbte. Das leise Zischen der Wellen, als die Gruppe über die Promenade von Brighton schlenderte, sich eine Weile auf das elegante Geländer stützte und über das weite Meer, den Strand in Richtung Westen zu den zwei prächtigen Landungsstegen blickte.

Ein Tag, dachte Aurelia, an dem es einem möglich schien, alles abzuschütteln – den Krieg, die Verluste, die Bomben, die Zerstörung und all die Erschöpfung, die jeder spürte, nachdem die Euphorie des Sieges vorüber war. Ein unbeschwerter Tag, an dem man sich eine Fahrkarte kaufte und an dem Kiosk im edwardianischen Stil vorbei auf das große Holzdeck des Palace Pier trat, voller Hoffnung auf Frieden, Glück und Zufriedenheit und in der Gewissheit, dass eine neue Ära anbrechen würde.

Erinnerungen an die Kriegsjahre – Ereignisse wie das nächtliche Dröhnen deutscher Kampfflugzeuge, die sie zuweilen noch zu hören glaubte; die Werft in London, nicht einmal zwanzig Meilen entfernt, die vor einem glasklaren Nachthimmel wie ein überdimensionaler Sonnenuntergang brannte; die auf dem Dorfplatz von Addleton deponierte Landmine, die sich als scharf entpuppt hatte und zur Sandgrube außerhalb des Dorfes transportiert werden musste. Bei ihrer Detonation gingen nur ein paar Fenster zu Bruch. Doch wie viel schlimmer hätte es enden können!, dachte Aurelia. Das Häuschen ihrer Großmutter in Port Isaac war nur noch ein Trümmerhaufen. Und Gramma Hester? Hatte sie sich beim Angriff darin aufgehalten? Vater hatte Erkundigungen eingeholt. Alle waren sich einig, dass sie umgekommen war. Krieg. So viel Schmerz. So große Verluste.

Aurelia hatte nur wenige Ausflüge wie den nach Brighton unternommen. Mit achtzehn fühlte sie sich immer noch – so hatte sie einst ihrer Großmutter anvertraut – gefangen wie die Libelle im Bernstein. Bestens konserviert – doch wozu? Trotz des Krieges hatte sie die Schule beendet und war aufgeschlossen für alles, was sich ihr bieten würde. Aber was mochte das sein? Sie verbrachte ihre Zeit mit ihrer Mutter in einem abgedunkelten Zimmer, mied die feindseligen Blicke ihres Vaters, strolchte über die das Haus in Addleton umgebenden Felder, half Dorrie bei der Zubereitung der Mahlzeiten und übernahm Haushaltspflichten. Und träumte. Träumen war gefährlich, nicht wahr …?

Hin und wieder traf sie sich mit Ivy. Sie gingen tanzen oder samstags ins Kino und stellten sich vor, ein Filmstar zu sein. Zuweilen wurde sie zu Cocktailpartys oder zu einem Abendessen eingeladen. Sie wusste, dass der Gastgeber Kontakte zum Schwarzmarkt unterhielt, wenn die Mahlzeit aufwändig war. Der Krieg war zwar vorbei, doch es herrschte keineswegs Normalität. Was hieß überhaupt »Normalität«? Konnte sich überhaupt irgendjemand daran erinnern? Würde es je wieder so werden wie zuvor?

Ivy kicherte, als sich der spitze Absatz von Sonias neuen Schuhen in den Holzlatten des Piers verkeilte. Sie war so stolz auf ihre neue Errungenschaft: Schuhe mit fünf Zentimeter hohen Absätzen, sehr elegant verglichen mit den praktischen flachen Tretern, an die sie bisher gewöhnt waren. Johnnie half ihr, den Schuh zu befreien. Anschließend stellten sie sich alle an das Geländer und beobachteten erstaunt einen Mann, der ohne großes Aufheben von der Bank am höchsten Punkt des West Pier hinuntersprang und auf sie zukraulte.

Aurelia wartete, wusste aber nicht, worauf. Sie wartete einfach. Als ob sie manchmal im Stillen darauf hoffte, einem fremden

Ritter aus alter Zeit zu begegnen, der sie auf seinem Schimmel in die ewige Glückseligkeit entführen würde. Vielleicht verrückt, aber sicherlich sehr romantisch. Doch was wollte sie eigentlich wirklich? Aurelia wusste es nicht. Sie wusste lediglich, was sie nicht wollte.

Sie wollte nicht weiterhin zu Hause leben. Außerdem wollte sie keinen dieser netten jungen Männer, die sie auf Tanzabenden und Abendeinladungen kennengelernt hatte. Sie waren zwar angenehm – höflich, rücksichtsvoll, gut gekleidet. Aber fad wie Grütze.

In der Festhalle versuchte sich Johnnie am Schießstand, während Ivy sich bemühte, ein billiges Parfum aus den Greifarmen der Slotmaschine zu ergattern, das wenige Sekunden, bevor sie seiner habhaft werden konnte, aus den Greifarmen fiel. Sie stöhnte.

Einige der netten jungen Männer zeigten Interesse an Aurelia und wollten wissen, wer sie eigentlich sei. Ihre Lippen kamen Aurelia viel zu nah, als sie ihr Belanglosigkeiten zuflüsterten – doch sie waren leider überwiegend nichtssagend und ziemlich geistlos. Zumindest empfand Aurelia das so. Diese Männer glichen einander wie ein Ei dem anderen. Und Aurelia verhielt sich auch allen gegenüber gleich. Sie perfektionierte ihren herablassenden Blick, ihr lässiges Schulterzucken, die abschätzig hochgezogene Augenbraue – eine Geste, die niemand mit Flirten verwechseln konnte.

Sonia war scharf auf die Autoscooter; Aurelia zog es zur Geisterbahn. Sie wollte sich grausen, wollte wachgerüttelt werden.

Humphrey Staines, einer der netten jungen Männer, schrieb für sie ein Gedicht, in dem er sich nach einem sanften Blick aus ihren stählernen Augen sehnte.

»Wie aufregend, ein stählernes Auge zu haben!«, sagte Ivy, als Aurelia ihr davon erzählte.

Aurelia hatte sich daraufhin im Spiegel betrachtet und erkannt, dass Ivy sich weniger nach einem stählernen Auge sehnte, sondern alles Erdenkliche für ein ihr gewidmetes Gedicht geben würde. Arme, gutbürgerliche Ivy – zu groß, zu dünn, zu verzweifelt.

Aurelia war nicht gerade begeistert. Als Humphrey sie zum Foxtrott aufforderte, regte sich nichts in ihr. Sie roch nur seinen nach Tabak stinkenden Atem und spürte den Druck seiner feuchten Hand an der Taille, was ihr das Gefühl gab, erneut gefangen zu sein und flüchten zu müssen. Was stimmte nicht mit ihr? Wartete sie auf etwas, was es gar nicht gab? Hatten die Erzählungen ihrer Großmutter über die flüchtige Freiheit vor dem Krieg sie in irgendeiner Weise für die zu erwartende Normalität verdorben?

In Brighton hingegen schien alles möglich zu sein. Sonia bestand darauf, die Zigeunerin Rose Lee aufzusuchen. Aurelia war die letzte Kundin. Das Licht war schummrig.

»Jung und so hübsch«, sagte die Frau mit dem roten Schal zur Begrüßung. Ihr Haar war rabenschwarz, ihre Augen leuchteten grün wie das Meer vor Sussex; schwerer goldener Schmuck zierte ihre Finger und Ohren. Als die Zigeunerin in die Kristallkugel blickte, merkte Aurelia, dass sie auf deren blau schimmernde, halb geschlossene Augenlider und den großen, scharlachroten, lächelnden Mund starrte. Aurelia überkam das Verlangen, aus der Kabine zu rennen. Das Ganze war so albern. Was würde diese Frau ihr über ihre Zukunft erzählen können? Wie sollte jemand etwas darüber wissen?

»Dir wird ein dunkelhaariger Fremder begegnen«, sagte sie.

Aurelia konnte gerade noch einen Lachanfall unterdrücken.

»Hier in Brighton.« Die Frau ließ nicht locker. »Hüte dich! Du wirst dein Herz an ihn verlieren. Und du wirst dafür bitter bezahlen.«

Bitter bezahlen? Lächerlich! Aurelia verließ die Kabine.

Später aalten sie sich alle neben dem weiß gestrichenen Geländer in den Liegestühlen, aßen Eiscreme, genossen den Blick aufs Meer und den Strand. Entlang der Kings Road standen einige der elegantesten Gebäude, und viele der großen Hotels hatten den Krieg zum Glück überlebt. Allein hier zu sitzen und die Sonne auf dem Gesicht zu spüren erfüllte sie mit neuer Zuversicht.

»Was hat sie gesagt? Was hat sie dir prophezeit?«, fragte Ivy.

»Sie hat mir gesagt, ich würde eine Reise machen.«

»Richtig«, sagte Johnnie lachend, »zurück nach Hertfordshire.«

Aurelia wollte das Fernglas nicht an Ivy zurückgeben. Sie stellte die Linse auf den Schauspieler auf der Bühne ein. Er besaß eine ganz besondere Ausstrahlung. Seine tiefe Stimme durchquerte den Saal und schien geradewegs in ihr Herz zu treffen. Kaum blickte er in den Zuschauerraum, meinte Aurelia, sein intensiver Blick gelte ihr allein. Als er auf die linke Bühnenseite ging, beobachtete sie seine Bewegungen, und in ihr regte sich der sehnliche Wunsch, an seiner Seite zu gehen. Ein Schauder erfasste ihren Körper. Ihr dunkelhaariger Fremder. Nein. Er war in keiner Weise gewöhnlich.

Ja … Aurelia hatte die Fähigkeit entwickelt, der Oper sowohl zu lauschen als auch nicht. Sie weigerte sich, Enricos Erklärungen zum Handlungsablauf zu folgen, ließ die Worte an sich abprallen und lauschte nur den Klängen, sah nur die Bilder. So wie es möglicherweise ein Kind macht. Bei der Begegnung mit einer fremden Sprache kann man hinter die Sprache und damit zum Kern der Dinge vorstoßen.

Doch heute war sie nicht bei der Sache. Nervös saß sie im Sessel und spürte Enricos Blick. Wann sollte sie ihn fragen? Während der Pause? Während des Schlussapplauses? Bei einem späten Abendessen? Oder kurz vor dem Schlafengehen – bevor sie einander höflich gute Nacht sagten? Wann war es am besten?

Die Arie war zu Ende. Das Publikum applaudierte frenetisch. Auch Aurelia. Niemals, dachte sie. Es wird dafür niemals den richtigen Zeitpunkt geben.

Kapitel 9

»Stell dir vor, Carmella wird heiraten!«, sagte Aurelia betont fröhlich zu Enrico, nachdem sie in der Pause auf den weich gepolsterten roten Samtsesseln des Theaterrestaurants Platz genommen hatten. Sie fächelte sich mit dem Programmheft Luft zu. Nicht etwa, weil es besonders warm war, nein, es lag an dem Thema, das sie nun anschneiden würde. Sie ließ den Blick durch den herrlichen Raum wandern. Über der Bar aus poliertem Mahagoni funkelte ein breiter, mit Blattgold verzierter Spiegel, und an der gegenüberliegenden Wand befand sich ein in Rot- und Blautönen gehaltenes Fresko im Renaissance-Stil, auf dem Putten mit Harfen und Trompeten einen himmlischen Chor bildeten. Aurelia faszinierte die besondere Auffassung von Zeit, die in diesen Fresken zum Ausdruck kam. Aufeinanderfolgende Geschehnisse wurden zeitgleich nebeneinander dargestellt, jede Zeitstufe war auf ewig präsent. Das Motiv des himmlischen Chors setzte sich auf dem weißen Stuckrahmen der Decke fort – noch mehr Putten, Engel, Granatäpfel und Weinreben. Reinste italienische Dekadenz …

Enrico schwärmte von dem Orchester. Er war gut aufgelegt. Also konnte sie ihn ebenso gut jetzt gleich fragen.

Er blickte sie an (misstrauisch? Sie war sich nicht sicher). »Dann werden wir die nächsten Monate von nichts anderem mehr hören«, prophezeite er brummig. »Du wirst schon sehen.«

Kein guter Einstieg, dachte Aurelia. Sie lauschte auf das leise Stimmengewirr an den Nachbartischen. Elegant gekleidete Menschen, die ihre Freizeit genossen. Die Frauen hatten sich dem Anlass entsprechend herausgeputzt – Aurelia bewunderte dieses Gespür für die richtige Kleidung, das den Italienern anscheinend in die Wiege gelegt war – und trugen kurze schwarze Cocktailkleider oder lange, glamouröse Roben, dazu ein lässig über die Schulter oder den Oberarm drapiertes Cape oder eine Stola. Die Füße steckten in hochhackigen Riemchenpumps. Bei den Männern dominierten gut geschnittene Anzüge, Hemd und Krawatte. Enrico trug einen Armani-Anzug von zeitloser Eleganz.

Sie holte tief Luft. »Elena und ich haben neulich ein wenig geplaudert«, begann sie.

»So?«

»Und sie dachte …« Nein, das war nicht genug. Nicht wirklich das, was sie Elena versprochen hatte. »Das heißt, *wir* dachten …«

»Ja?«

Noch nie war Aurelia in Enricos Gegenwart so nervös gewesen. In ihrer Beziehung hatte immer sie die Grenzen gesetzt (Ich kann dir eine Freundin sein, aber ich bin nicht frei, um dich zu lieben … Ich werde bei dir einziehen, aber ich weiß nicht, wie viel ich dir geben kann … Ich werde dir zuhören, aber du wirst nicht alles von mir erfahren). Und sie hatte ihn nie wirklich um etwas gebeten. Er hatte ihr alles angeboten, sein Haus, seinen Körper, sogar einen Heiratsantrag hatte er ihr gemacht. Und sie hatte zumindest einiges davon angenommen. Doch sie hatte nichts verlangt – darauf legte sie Wert. Und nun, da sie ihn um etwas bitten wollte, wirkte er eher … abweisend.

»Wir haben überlegt, dass es doch ganz nett wäre, wenn die Hochzeitsfeier in *La Sirena* stattfinden könnte«, fuhr sie eilig fort. Nun war es heraus. Wovor hatte sie Angst gehabt? Alles, was passieren konnte, war, dass er Nein sagte.

»Nein«, erwiderte Enrico.

»Nein?«

»Wie könnte so etwas nett sein?« Enricos Miene spiegelte ungläubiges Erstaunen wider. Er sah sie an, als sei sie nicht ganz bei Trost. Und das nicht zum ersten Mal, wie Aurelia auffiel.

»Es würde so einen herrlichen Rahmen abgeben«, entgegnete

sie. »Und es ist ausreichend Platz. Es wäre …« Sie dachte an Elena. »*Perfetto.*«

Enrico nippte an seinem Whisky. »Für wen genau?«, wollte er wissen.

Das war einfach. »Für die Braut, für den Bräutigam, für alle Gäste.« Sie beugte sich vor. »Für Elena.«

Er quittierte ihren Erpressungsversuch mit einem fast unmerklichen Nicken. »Und für uns?«, fragte er herausfordernd.

»Wäre es auch nett«, wiederholte Aurelia und versuchte, überzeugend zu klingen. Doch noch während sie es aussprach, erschienen vor ihrem inneren Auge düstere Bilder von Zigarettenkippen im Kräuterbeet, Rotweinflecken auf den Terrassenfliesen und aufgeweichten gefüllten Zucchiniblüten im Pool.

»Es wäre fürchterlich«, lautete die knappe Antwort. »Ziemlich fürchterlich.« Er sah auf seine Uhr, und genau in diesem Moment ertönte das erste Klingelzeichen, um das Ende der Pause anzukündigen.

Aurelia griff nach seiner Hand. Da diese Geste für sie eher ungewöhnlich war, blickte er erstaunt nach unten. »Ich weiß, wie viel dir *La Sirena* bedeutet«, sagte sie. Sie trug ein zierliches goldenes Armband und einen Ring in Filigranarbeit, deren Wirkung allerdings ein wenig durch die verblassten Überreste eines großen blauen Farbkleckses auf ihren Knöcheln geschmälert wurde. Seine Hand war braungebrannt, die Haut ledern – auch wenn Enrico derjenige war, der die Anordnungen erteilte, so hatte er sich doch nie gescheut, beim Schneiden und Ernten in seinem hochgeschätzten Olivenhain mit anzupacken.

»Wirklich, Aurelia?« Er klang skeptisch.

»Ja.« Sie dachte an ihre erste Begegnung in dem Reisebüro, das sie zusammen mit ihrer Freundin Ruth in Lucca geleitet hatte. Ruth, bei der er bereits einige Reisen nach London gebucht hatte, hatte sie einander vorgestellt.

»Aurelia?« Er hatte fassungslos gewirkt. »So heißen Sie?«

»Ja.« Noch nie hatte ihr Name solch eine Reaktion hervorgerufen.

Stirnrunzelnd hatte er Aurelias zahlreiche Skizzen und Aquarelle betrachtet, die die Wände schmückten. »Dann sind Sie die Malerin?«, hatte er gefragt. »Wo ist Ihr Atelier?«

»Ich habe keins. Es ist eher ein …« Sie tastete sich voran in ihrem holprigen Italienisch, das leider nur langsam besser wurde. »Ein Hobby«, brachte sie heraus. »Die meiste Zeit arbeite ich hier.«

»Was ist das?« Seine Stimme hatte sich verändert. Er betrachtete gerade das Bild mit der dreifachen Spirale und dem verwilderten Wald.

»Das ist eine keltische Triskele«, sagte sie auf Englisch.

»Und was wissen Sie von solchen Dingen?«

Sie war verblüfft ob dieser sehr persönlichen Frage, die darüber hinaus in recht zornigem Ton gestellt worden war. »Ich interessiere mich eben dafür«, entgegnete sie steif. »Es hat mit meiner Familiengeschichte zu tun.«

Ihm schien klar zu werden, dass er unhöflich gewesen war. »Bitte entschuldigen Sie.« Er deutete eine Verbeugung an. »Auch meine verstorbene Frau war fasziniert davon, und irgendwie … hat dieses Bild alte Erinnerungen aufgewühlt …«

Aurelias Neugier war geweckt. Sie durfte nicht weiter fragen, da ihn das Thema ganz offensichtlich schmerzte, doch sie hätte gern mehr erfahren.

»Steht es zum Verkauf?«, erkundigte er sich.

»Nein.« Dieses Gemälde würde sie ganz gewiss niemals hergeben.

Er wirkte verletzt. Vielleicht war er nicht daran gewöhnt, dass ihm jemand etwas abschlug.

»Statt in einem Reisebüro zu arbeiten«, bemerkte er, »sollten Sie lieber hauptberuflich malen.«

Er war ein ziemlich ungewöhnlicher Mann. Seine anerkennenden Worte hatten Aurelia gerührt. »Ich muss schließlich von irgendetwas leben«, erklärte sie.

»Hmmm.« Er musterte sie prüfend. »Dann sollten Sie Ihre Arbeiten verkaufen.«

Touché, dachte sie.

»Ich wohne nicht weit entfernt«, fügte er nach einer kurzen Pause hinzu, »in der Nähe eines Dorfes, das Ihren Namen trägt.«

»Wirklich?« Das erklärte in gewisser Weise seine Reaktion auf ihren Namen.

»Aurelia.«

Ihr gefiel, wie er das Wort aussprach, mit rollendem r und in singendem Tonfall.

»Es bedeutet ›golden‹.«

Golden … Auch das gefiel ihr.

»*Sì* …« Er beobachtete sie abwartend. »Es liegt in Ligurien.«

Ligurien … Sie erinnerte sich, dass Hester von der so anderen Landschaft in Ligurien gesprochen hatte. Ein Blick auf die Karte an der Wand des Reisebüros verriet ihr, dass Ligurien ziemlich groß war und die gesamte italienische Riviera umfasste. Enrico Landucci erschien ihr noch faszinierender als zuvor.

In den folgenden Wochen und Monaten kam er immer wieder ins Reisebüro – nicht nur, um Reisen zu buchen, wie Ruth Aurelia neckte. Er lud sie ins Café oder zum Abendessen ein oder besuchte mit ihr Ausstellungen, und Aurelia wartete darauf, dass er sie in das Dorf mitnehmen würde, das denselben Namen trug wie sie.

Schließlich dauerte es fünf Monate, bis er ihr seine geliebte Villa *La Sirena* zeigte und sie mit seinem kleinen Sohn bekannt machte. Ihr war bewusst, dass dies ein besonderer Moment war, eine Wende in ihrer Beziehung, denn er hatte *La Sirena* für seine Frau Catarina gekauft, die erst vor zwei Jahren gestorben war. Und mehr als alles andere wünschte sich Enrico Stabilität für Stefano. Sie wusste, dass er seinem Sohn nicht reihenweise potentielle Stiefmütter vorstellen würde.

Aurelia schätzte das Vertrauen, das er ihr entgegenbrachte. Sie kannte ihn nur als Enrico, aber in Ligurien war sein Name ein Begriff: Enrico Landucci, Grundbesitzer, Geschäftsmann, König der Olivenhaine, obwohl er sich inzwischen zur Ruhe gesetzt und das Geschäft verkauft hatte. In Ligurien war die Olive heilig. Mit fünfhundert Olivenbäumen galt man früher als reicher Mann, und Enrico hatte deutlich mehr besessen.

Und nach all diesen Jahren war er immer noch Enrico … Sie holte tief Luft. »Und ich kenne deine Gefühle für Elena.«

Abrupt stand er auf.

Aurelia fragte sich, ob sie vielleicht zu weit gegangen war. Er bot ihr zwar auf dem Weg zurück zu den Plätzen steif seinen Arm, hielt die Lippen jedoch fest zusammengepresst. Oje. Hoffentlich hatte sie ihm jetzt nicht den Abend verdorben! Das war nicht ihre Absicht gewesen. Aber seine Miene war undurchdringlich.

»Meine Gefühle für Elena haben damit nichts zu tun.« Als sie durch den verzierten Portalbogen mit den roten Samtvorhängen in den Zuschauerraum traten, streifte ein Hauch von Enricos Rasierwasser Aurelia – wie ein Kastanienwald nach dem Regen –, und diese Frische bildete einen starken Kontrast zu der muffigen Ausdünstung der Vorhänge und den anderen typischen Gerüchen des Theaters.

»Aber wenn eine Freundin ein Problem hat …«, begann sie.

»Sie weiß ganz genau …« – plötzlich wurde er heftig, und in seinen dunklen Augen loderte der Zorn –, »… dass ich der Erste wäre, der ihr helfen würde, wenn sie wirklich ein *Problem* hätte.« Mit einer Handbewegung bedeutete er ihr, vor ihm in die Sitzreihe zu schlüpfen. Ursprünglich hatte er eine Loge vorgeschlagen, und Aurelia bedauerte nun, nicht darauf eingegangen zu sein. Sie setzten sich. »Aber hier handelt es sich keineswegs um ein Problem«, stellte er fest.

Aurelia wusste, dass sie es dabei belassen sollte. In gewisser Weise hatte er Recht. Es war kein Problem und wenn doch, dann jedenfalls nicht ihres. Aber sie meinte, noch nicht genug für Elena getan zu haben. »Trotzdem …«, hob sie erneut an.

Enrico lehnte sich zurück. »Kommt überhaupt nicht in Frage«, sagte er nachdrücklich.

Aurelia wurde ärgerlich. »Warum?«

Er legte die Fingerspitzen aneinander und starrte Richtung Bühne, als könne er kraft seines Willens den Vorhang heben. »Ich möchte nicht weiter darüber reden.« Das war endgültig.

Aurelias Zorn machte sich Luft. »Man sollte über alles reden können«, zischte sie. »Jedenfalls in einer partnerschaftlichen Beziehung.« Das Gegenteil hatte sie nur zu gut kennengelernt.

Enrico seufzte. »Ihr Engländer …«

Aurelia wartete.

»Also gut.« Er wandte sich ihr zu. *»Stranieri«*, sagte er eindringlich. »Wildfremde Menschen werden durch mein Haus und meinen Park trampeln und beides nicht mit der nötigen Achtsamkeit behandeln. Bestimmt werden sie auch fotografieren und persönliche Fragen stellen.« Seine Stimme wurde weicher. »Und du wirst antworten, weil …«

»Weil?« Sie fühlte, wie eine weitere Zorneswoge in ihr aufstieg. Er schien sie als Vorwand zu benutzen, um Elena das Gewünschte zu verweigern.

»Weil du eben du bist.« Er zuckte die Achseln. »Sie werden bei uns einfallen. Das Haus und uns vereinnahmen.« Er sah sie lange an. »Willst du das wirklich, *cara*?«

Während der wenigen Augenblicke, in denen er dies sagte, verwandelte sich ihre Wut in Leidenschaft, die so plötzlich aufflammte, als hätte jemand einen Schalter umgelegt. Es war unglaublich. Als sollte ihr bewusst gemacht werden, wie es zwischen ihnen sein könnte, sogar jetzt noch, nach all den Jahren, auch wenn man sie nun als alt bezeichnen konnte. Sie berührte seinen Arm und lehnte sich zu ihm hinüber. Ach, wenn nur, wenn doch nur …

Doch ehe sie etwas erwidern konnte, verlöschten die Lichter. Der Vorhang öffnete sich, und das Orchester begann zu spielen.

»Weißt du …«

Cari blickte von ihrem Teller auf. Sie hatte in den Nudeln auf ihrem Teller herumgestochert – für so etwas eigneten sich Nudeln hervorragend. Die Trauer wirkt sich auf alle Bereiche des

Lebens verheerend aus. Sie versucht alles zu verhindern, was einem Kraft gibt – essen, lächeln, schlafen, lachen.

»Bitte?«, fragte sie Dan. Er wirkte sehr selbstsicher. Zum ersten Mal erkannte sie, dass ihr Schmerz in gewisser Weise sein Wohlbefinden steigerte, ihre Zerbrechlichkeit ihn stärkte. Und sie wusste nicht so genau, was sie davon halten sollte.

»Ich glaube nicht, dass dir das guttut, Baby.«

»Was meinst du damit?« Er hatte ausgesprochen, was sie dachte. Aber sie waren nicht auf derselben Wellenlänge, nicht einmal ansatzweise. Sie spürte, wie sie sich ihm gegenüber verschloss. Wie ein Fächer, der plötzlich zusammengeklappt wird. Im Augenblick schien jede seiner Äußerungen sie zu reizen, und sie hatte keine Ahnung, warum. Zunächst – nach Tasmins Tod – hatte sie sich bei ihm angelehnt, jetzt hätte sie ihn am liebsten weggeschoben. Nicht gerade das, was man als vernünftiges Verhalten bezeichnen würde. Aber wie sollte sie auch im Moment vernünftig sein können? Die Trauer und der Schlafmangel machten sie benommen, sie fühlte sich schwindlig, als befände sie sich in einer surrealen Welt, nicht ganz bei Bewusstsein und ganz bestimmt nicht bei Dan. Er hatte sich nicht verändert. Doch wie stand es mit ihr?

»Du ...« Er schien nach dem richtigen Wort zu suchen. »Du kultivierst deine Trauer ja geradezu.«

»Ich kultiviere meine Trauer?« Sie starrte ihn an. »Bist du wirklich dieser Meinung?«

»Nicht direkt.« Er schob sich eine Gabel voll Nudeln in den Mund.

Cari sah weg. Warum hatte er es dann gesagt?

Sie wusste doch nicht einmal, ob sie überhaupt hier sein wollte. Das Restaurant war eines von vielen italienischen Restaurants zwischen der Strandpromenade und der North Street. Dieses lag in der Nähe von The Lanes. Im Grunde waren sie alle gleich. Dunkelhäutige Kellner mit einem aufregenden Akzent – sie musste an den Italiener denken, der vor ihrem Laden gestanden hatte – servierten Pasta oder Pizza, Salat und Knoblauchbrot. An den Wänden hingen Drucke mit mediterranen Motiven, die Speisekarte offerierte zweitklassigen italienischen Wein.

»Na ja, irgendwie schon …«, fuhr er fort. »Es wirkt eben fast …«

Cari wartete. Krankhaft? Traurig? Schließlich hatte der Tod etwas Krankhaftes und Trauriges an sich. Er war auch im wahrsten Sinne des Wortes fatal, wo also lag sein Problem?

»Fast als würdest du es genießen.«

Ihr Stuhl schrammte über die Holzdielen, als sie abrupt aufstand.

»Cari …«

»Meine Mutter ist tot«, sagte sie mit Nachdruck. »Ich sehe ihre Sachen durch. Finde alles Mögliche. Treffe Entscheidungen. Denke über vieles nach.« Und stelle mir Fragen. Über mich selbst, über Tasmin … Wie sollte ihr jemand das Recht darauf verweigern? Dieses »Kultivieren«, wie er es nannte, war Teil der Trauerarbeit. Oder etwa nicht?

»Setz dich!« Die ruhige Autorität in seiner Stimme ließ sie gehorchen, obwohl sie es eigentlich nicht wollte. Sie wollte kämpfen, aber irgendwie fehlte ihr die Kraft dazu. Und vielleicht brauchte sie genau jemanden wie ihn. Vielleicht sollte sie sich nicht allein und gebrochen ins Nimmerland zurückziehen, sondern jemandem zugestehen, für sie die Entscheidungen zu treffen, die Probleme von ihr fernzuhalten und sie mit einer süßen Droge zu versorgen, die das Vergessen leicht machte und den Schmerz betäubte. Sie wartete.

Er beugte sich vor. »Ich würde dir ja helfen«, sagte er. »Ich möchte dir helfen.«

War es das? Sie durfte ihre Trauer kultivieren, solange sie Dan dabei einbezog? Aber sie war jetzt nicht fair, er machte sich doch nur Sorgen um sie, wollte immer nur ihr Bestes. »Nein.« Sie hob ihre Serviette auf, die auf den Boden gefallen war. Zigmal hatten sie das schon durchdiskutiert. Weshalb konnte er es nicht endlich akzeptieren?

»Warum nicht?«

»Weil ich deine Hilfe nicht will.« Das war hart. Woher hatte sie den Mut dazu genommen?

Er lehnte sich zurück. »Ich könnte einen Entrümpelungsdienst engagieren«, schlug er vor. Sie spürte seinen prüfenden Blick.

»Entrümpelungsdienst?« Sie blinzelte.

»Die nehmen alles.« Er breitete die Arme aus, um ihr anzudeuten, was dieses »alles« umfasste. »Du bräuchtest dir keine Gedanken mehr zu machen, Cari. Du könntest endlich wieder leben wie zuvor.«

Alles. Heute hatte Cari eine Tragetasche auf Edwards Ladentisch ausgeleert, um ihm einige Arbeiten ihrer Mutter zu zeigen. Fotografien. Entsetzliche Bilder vom Leben auf der Straße. In Schwarz-Weiß: ein Platz zum Schlafen und eine Handvoll Essen, das Leben und der Tod …

Es gab mehrere Schnappschüsse von einer Prostituierten, die an dem kitschig-bunten Eingang zum Palace Pier stand. Sie trug ein knappes Top mit Leopardenmuster, das kaum die Brüste bedeckte, und hatte eine Zigarettenkippe zwischen den grellrot geschminkten Lippen. Gelangweilt wartete sie auf den nächsten Kunden. Der vorherige hatte ihr die Netzstrümpfe zerrissen, und eigentlich reichte es ihr für heute. Willkommen im Haus der Freuden … Tasmin war – irgendwie – ganz nah an die Frau herangekommen. Cari berührte der leere Blick der Prostituierten. Er schien zu sagen: *Das ist der Letzte für heute Nacht.* Ein Blick, den man unmöglich vergessen konnte.

Die nächsten Schnappschüsse zeigten einen Mann mit fettigem, verfilztem Haar, der unter einem Umhang lag und ins Nichts starrte. Im Hintergrund war die aus Glas und Metall bestehende Fassade des Bahnhofs zu erkennen. Das Leben ist eine Reise, du gehst deinen Weg und ich meinen. *It ain't no use to sit and wonder why.* Sinnlos, herumzusitzen und sich zu fragen, warum. Neben ihm lagen eine Kappe, aus der er die erbettelten Münzen bereits herausgenommen hatte, ein vernachlässigt aussehender Hund und ein Stück rauchgeschwärzte Silberfolie. Auf einem anderen Foto nahm er gerade einen Schluck aus einer Flasche – ob Bier, Cidre oder Brennspiritus, wer konnte das schon sagen. Er wirkte verzweifelt, Flüssigkeit und Spucke liefen ihm über das stopplige Kinn.

Cari hatte noch mehr Motive entdeckt: eine Obdachlose, die einen mit prallen schwarzen Mülltüten beladenen Einkaufswagen durch die Straßen Brightons schob. Sie wühlte in den Abfallkörben und schob ihn dann weiter. Schob und wühlte. Sie nahm den Einkaufswagen überall mit hin. Er war Teil von ihr. Jeder kannte sie. Keiner kannte sie wirklich.

Der Hintergrund der Fotos wechselte und blieb dennoch immer gleich: die Innenstadtstraßen in der Nähe des Bahnhofs, die Nachtcafés mit ihren beschlagenen Fenstern und fleckigen Tischen, der Strand unter dem Pier, die Spelunken. Und vor dieser Kulisse agierten die Verlorenen und Heimatlosen, die Alkoholiker und die Verzweifelten, die Junkies und die Selbstmörder. Menschen, die innerlich leer waren. Deren Leben alle Farbe verloren hatte. Auf unzähligen Rollen Schwarz-Weiß-Film hatte Tasmin sie festgehalten. Und sie hatte diese Menschen mit einer Ehrlichkeit gezeigt, die fast brutal wirkte – es lag an den scharfen Kontrasten und der Strenge der Komposition, den kompromisslosen Blickwinkeln und den dunklen Schatten.

»Jesus wandte sich ab und weinte bitterlich.« Edward blätterte in dem Stapel. »Wann hat sie diese Fotos gemacht?«

Cari zuckte die Achseln. Wie das Tagebuch waren die Fotos ein weiterer Hinweis auf etwas, was sie nicht akzeptieren wollte – dass sie ihre Mutter kaum gekannt hatte. Sie war ihre Tochter, war unter ihrer liebevollen Obhut aufgewachsen, doch alles, was sie von Tasmin wusste, war der winzige Teil, den Tasmin ihr zugänglich gemacht hatte. Aber nichts vom Rest. Nichts von dem hier. Nichts von dem, was Cari als die wahre Tasmin, die Essenz ihrer Persönlichkeit erschien – die Fotografin, die von den Schattenseiten des Lebens in ihrem direkten Umfeld so betroffen gewesen war, dass sie das Bedürfnis gehabt hatte, sich damit zu beschäftigen. In dieser Arbeit steckte Tasmins Herzblut.

»Wir müssen diese Fotos ausstellen«, sagte Edward.

»Bitte?« Cari warf ihm einen Blick zu. Er wusste doch ebenso gut wie sie, wie sorgsam ihre Mutter ihre Privatsphäre geschützt hatte.

»Wir müssen, Cari.« Er wurde ganz aufgeregt. »Sie sind verdammt gut.«

Sie begann die Fotos einzusammeln. »Nein«, erwiderte sie.

»Nein?«

»Wenn sie gewollt hätte, dass sie gezeigt werden, hätte sie dafür gesorgt, solange sie lebte.« Allerdings konnte sich Cari kein sicheres Urteil mehr über die Wünsche und Beweggründe ihrer Mutter erlauben.

»Sie sollten der Öffentlichkeit zugänglich gemacht werden«, beharrte Edward. »Eine posthume Ausstellung.« Er zog das Foto eines Obdachlosen heraus, der sich mit einer Spritze in der Hand vor einer Tür herumdrückte, und wedelte damit vor ihrem Gesicht herum. »Damit sich die Menschen Gedanken über die Schattenseiten des Lebens machen. Und um der Welt Tasmins Talent zu offenbaren.«

Der Welt? Caris Ansicht nach überschätzte er den Einfluss seiner Galerie ein wenig, aber egal. »Ich hätte sie dir nicht gezeigt, wenn ich gewusst hätte, dass du so reagierst«, knurrte sie.

»Und warum hast du sie mir dann gezeigt?« Edward hatte die Negative entdeckt und betrachtete sie nachdenklich.

Cari ahnte, was ihm vorschwebte. Tasmins Fotografien in Großformat an den grellweißen Wänden. »Ich wollte sie vermutlich mit jemandem gemeinsam ansehen.« Und dieser Jemand war nicht Dan. Edward hatte Tasmin nahegestanden. Sie hatte gewusst, dass er Verständnis haben würde. Er konnte ihre Gefühle nachvollziehen. Wenn auch nicht alle.

»Und ich möchte Brighton teilhaben lassen.« Edward griff nach ihren Händen. »Bitte, Cari! Vertrau mir!«

Cari dachte an Ariadne mit ihrem selbstgefälligen, entschuldigenden Lächeln, die Tasmin nur auf ihre Partys eingeladen hatte, weil diese Einfluss auf Edward besaß – nicht etwa aufgrund ihrer eigenen Verdienste als begabte Fotografin. Mit den Fotos würden sie es allen zeigen. Zur Hölle mit ihnen! Endlich würde Tasmin die Anerkennung bekommen, die sie verdiente.

»Na gut, einverstanden.« Ihr war bewusst, dass etwas in ihr es sich gewünscht hatte, seit sie an diesem Morgen unerwartet auf die Fotos gestoßen war. Deswegen hatte sie sich auch so leicht überreden lassen. Was für eine Entdeckungsreise!

»Keine Entrümpelungsfirma«, erklärte sie Dan. »Ich möchte alles selbst machen.« Es war ihre Pflicht. Eine Pflicht, vor der sie sich keinesfalls drücken würde, denn es war so wichtig für sie, mehr herauszufinden. Sie würde herausfinden, was Tasmin zu dem Menschen gemacht hatte, der sie gewesen war. Sie wollte ihre Mutter kennenlernen, jede Facette ihres Wesens, ihres Lebens, so gründlich wie möglich. Denn nur dann konnte sie sich endgültig von ihr verabschieden.

Kapitel 10

Warum sollte ich ihr zuhören? Hat sie denn jemals etwas für mich getan? Soll sie doch hingehen, wo der Pfeffer wächst!

Am schlimmsten finde ich, dass sie mich nicht ein einziges Mal gefragt hat, was ich will.

Eigentlich hätte ich es wissen müssen. Schließlich war sie schon immer so, auch damals, als ich klein war. Wenn sie mich in den Park mitgenommen hat, hat sie sich nicht etwa mit den anderen Müttern unterhalten, wie es alle taten, sondern die bescheuerte Umgebung gezeichnet. So was von peinlich! Warum konnte sie keine richtige Mutter sein?

Wenn ich zurückdenke, sehe ich immer nur Dad vor mir. Dad, der meine Schaukel anschubst, bis ich kreische und dieses komische Gefühl im Bauch kriege, weil ich Angst habe, jeden Moment einen Überschlag zu machen. Dad, der neben dem Karussell herrennt und es so schnell in Schwung bringt, dass mir ganz schwindlig wird und ich mich total benommen und völlig durchgedreht fühle. Ab und zu hat er sich auch mal auf die Schaukel gesetzt. Das sah lustig aus – sein Mantel flatterte hinter ihm her, und er musste die Beine anziehen, damit sie nicht über den Boden schleiften.

Sie dagegen … Ich will gar nicht mehr an sie denken … Hat sie sich denn überhaupt jemals was aus mir gemacht?

Ich wollte ihr heute Abend nicht zuhören. Und warum sollte ich das haben wollen, was sie mir geben will? Scheiß drauf! War ein tolles Gefühl, das Ding durch den Raum zu schleudern, als wäre es mir völlig egal. Es unters Sofa rutschen zu sehen. Ihren komischen Blick zu beobachten, als würde sie gleich anfangen zu heulen.

Aber sie hat es ja nicht getan. Nicht sie. »Du bist alt genug, um deine eigenen Entscheidungen zu treffen, Tasmin. Das muss ich respektieren.« *Respektieren? Bei diesem Wort könnte ich kotzen. Was hat Respekt mit alldem zu tun?*

Allerdings konnte ich es doch nicht dort liegen lassen, nachdem sie gegangen war. Ich weiß, es soll etwas ganz Besonderes sein. Eine Ewigkeit hat sie darüber schwadroniert. Aber ich werde es wahrscheinlich nicht behalten. Warum sollte ich? Ich will überhaupt nichts von ihren Sachen. Nie mehr.

Cari klappte das Tagebuch zu und öffnete die schwarze Schachtel. Darin lag auf schwarzen Samt gebettet das herrlichste Schmuckstück, das sie je gesehen hatte. Ein Anhänger. Eine silberne Kette wand sich um eine dünne Platte aus gehämmertem Silber, in die ein Muster eingraviert war. Sie erkannte sofort, dass der Anhänger sehr alt und wertvoll sein musste. In der Mitte der Silberplatte befand sich ein Bernstein. Cari nahm die Kette aus der Schachtel und legte sie auf ihre Handfläche. Der goldene Bernstein funkelte und schimmerte im Licht von Tasmins Schreibtischlampe. Bei näherem Hinsehen entdeckte Cari, dass ein Insekt in dem Stein eingeschlossen war – offenbar eine winzige Fliege mit langen zarten Flügeln. Wie außergewöhnlich! Mit dem Zeigefinger fuhr Cari das eingravierte Muster nach. Drei Spiralen. Ein keltisches Symbol? Behutsam öffnete sie den Verschluss, ging zum Spiegel neben der Tür und legte sich die Kette um den Hals. Schwer und tröstlich lastete das Gewicht des Anhängers auf ihrem Brustbein, als gehöre er dorthin.

Cari betrachtete ihr Spiegelbild. Ihr langes dunkles Haar war völlig zerzaust. Der antike Anhänger, der sich an ihre Haut schmiegte, verstärkte diesen Eindruck der Wildheit, verlieh ihrem Spiegelbild den Anflug von Verwegenheit und Unbezähmbarkeit.

Hatte Tasmin dies durchs Zimmer geschleudert? Sanft strich Cari darüber. Wahrscheinlich. Aber sie hatte den Schmuck letztendlich doch nicht weggegeben, sondern all die Jahre aufgehoben, versteckt in einem Geheimfach hinter der obersten Schublade ihres Schreibtischs, wo Cari ihn soeben gefunden hatte – per

Zufall, weil sie die Schublade so weit herausgezogen hatte, dass sie aus der Laufschiene gekippt war. Und daneben, an der Rückwand der Schublade, hatte das Foto geklebt.

Cari nahm es in die Hand. Eine Frau schätzungsweise um die fünfzig. Zierlich, blond, attraktiv. Sie wirkte so energiegeladen, als könne sie es gar nicht erwarten, in ihrer Arbeit fortzufahren. Sie stand in einem parkähnlichen Garten, der sich offenbar in einem südlichen Land befand. Die blühenden Büsche im Hintergrund bildeten eine Art Muster – fast wie ein Labyrinth. Cari tastete nach dem Anhänger. Das Foto und der Bernsteinanhänger. Sie passten zusammen. Sie waren am selben Ort versteckt gewesen. Sicherlich gehörte das eine zum anderen …

Sie strich über das Gesicht der abgelichteten Frau. War das Tasmins Mutter? Caris Großmutter? Es gab keine offensichtliche Ähnlichkeit zu Tasmin, obwohl beide blond und schlank waren. War dies die Frau, die Tasmin so gehasst hatte? (Und doch hatte sie ihr Foto aufgehoben. Behielt man Bilder von Menschen, die man hasste?) War dies die Frau, die ihr das herrliche Schmuckstück geschenkt hatte, die Frau, die im Park gezeichnet hatte, statt mit ihrer Tochter zu spielen? Die ihr Zuhause und auch Tasmin verlassen hatte? Allerdings lebte sie nicht mehr, das zumindest hatte Tasmin ihr erzählt. Die Großeltern (ja, anders als andere Menschen hatte sie nur Großeltern mütterlicherseits, da sie ihren Vater nicht kannte) waren bereits vor ihrer Geburt gestorben.

Also würde sie sie niemals kennenlernen. Cari seufzte. Niemals würde sie die Geschichte hinter der wunderschönen alten Kette erfahren … Es sei denn …

Cari blickte auf die Uhr. Sie hatte die Zeit vergessen. Dan wollte zum Abendessen kommen, und sie hatte noch überhaupt nichts eingekauft. Sie schob das Tagebuch in ihre Tasche. Aber den Anhänger nahm sie nicht ab.

Ich werde ihn behalten, sagte sie sich, während sie ihn unter ihre Bluse schob. Und herausfinden, was es damit auf sich hat.

Beladen mit Tüten, stand Cari vor ihrer Wohnungstür und kämpfte mit dem Schlüssel. Sie hatte es gerade geschafft, ihn ins Schloss zu stecken, als sie im Treppenflur hinter sich Schritte hörte.

»Hallo! Sind Sie nicht die hübsche Lady aus dem Brautmodengeschäft?«

Die Stimme kam ihr bekannt vor. Mit den Tüten in den Armen fuhr sie herum. »Ach, hallo.« Prompt platzte eine der Tüten, und das Gemüse, das sie eingekauft hatte, kullerte über den Boden. Cari fluchte leise.

»Ich helfe Ihnen.« Der junge Italiener bückte sich, um die Tomaten zu retten. »Strauchtomaten. Gut.« Er nickte beifällig.

Cari lächelte. Sie war noch nie in Italien gewesen, hatte jedoch gehört, dass Essen dort zu den großen Leidenschaften zählte. Aber Moment mal … »Was machen Sie überhaupt hier?« Sie dachte an seinen seltsamen Gesichtsausdruck, als sie ihn im Café gesehen hatte.

»Ich wohne hier.« Er ging in die Hocke, um das restliche Gemüse aufzusammeln, blickte zu ihr auf und bewegte die Augen Richtung Decke. »Dort oben. Im zweiten Stock.«

Er wohnte in diesem Haus? »Seit wann?« Bisher hatte es keine Anzeichen für seine Anwesenheit gegeben. Cari wusste, dass das blonde Mädchen von Nummer 2b vorgehabt hatte, auszuziehen, aber ihr war weder ein Umzugswagen aufgefallen noch das bei einem Umzug übliche Kommen und Gehen.

Er runzelte die Stirn. »Seit letzter Woche.«

Wie hätte sie es auch bemerken sollen? Während Cari die Tomaten von ihm in Empfang nahm und sie in eine der anderen Tüten steckte, entspannte sie sich wieder. Sie hatte sich kaum in ihrer Wohnung aufgehalten, und wenn, war sie gedanklich mit anderen Dingen beschäftigt gewesen. »Die Welt ist klein«, sagte sie leichthin und drückte die Tür mit dem Fuß auf. Wirklich verdammt klein.

»Die Welt …?« Er wirkte verwirrt.

»… ist klein.« Sie lachte. »Erst kommen Sie in mein Geschäft …«

»*Sì.*« Er nickte.

»Dann begegne ich Ihnen in dem italienischen Café in The Lanes …«

Er zuckte die Achseln. »Dort gibt den besten Espresso von ganz Brighton.«

»Und dann ziehen Sie auch noch in die Wohnung über mir.« War das vielleicht Schicksal? Aber was war bloß mit ihr los? Sie spürte, wie ihr die Verwirrung die Röte ins Gesicht trieb.

Er warf in gespieltem Entsetzen die Hände in die Luft. »Sie glauben wohl, ich bin gefährlich, stimmt's?«

»Nein«, protestierte sie. Obwohl er in gewissem Sinn gefährlich war mit seinem aufregenden Akzent, seiner glatten olivenfarbenen Haut, dem guten Aussehen, den schwarzen Locken und … Na ja, sein knackiger Hintern war ihr schon bei ihrer ersten Begegnung aufgefallen. »Natürlich nicht. Man sagt das eben so.«

»Die Welt ist klein«, wiederholte er gewissenhaft.

Cari merkte, dass sie immer noch in der Tür stand und auch gar keine Lust hatte, hineinzugehen und das Gespräch zu beenden. »Und wie geht es Ihrer Freundin?«, fragte sie, obwohl sie immer noch nicht von deren Existenz überzeugt war.

»Meiner Freundin?« Er schob die Hände in die Taschen seiner Jeans. Ihrem geschulten Blick fiel sofort auf, dass es teure Jeans waren. Dazu trug er ein Designer-T-Shirt. Lässig, aber elegant. Italienisches Stilbewusstsein.

»Die, die bald heiraten wird.« Sie fragte sich, wie lange er wohl schon in England war. Sein Englisch war ziemlich gut, aber dennoch wirkte er wie jemand, der sich noch nicht in der Fremde zurechtgefunden hatte.

Er fuhr sich mit den Händen durchs Haar. »Es ist eine Tragödie«, verkündete er.

»Oh?« Cari wartete. Eigentlich sollte sie sich jetzt um das Abendessen kümmern. Sie sollte in der Küche herumflitzen, Gemüse klein schneiden und anbraten, damit das Essen fertig wäre, wenn Dan eintraf. Aber …

»Ihr Freund – er hat die Hochzeit abgeblasen.« Sein Gesicht wurde traurig. »Sie ist todunglücklich. Womöglich wird sie sogar nach Italien zurückkehren.«

So schlimm? »Ach, du meine Güte!« Allerdings hatte Cari solche Stimmungsumschwünge schon oft genug erlebt. Darum verlangte sie immer eine stattliche Anzahlung, bevor sie ein Brautkleid nähte. Sonst wäre am Ende sie die Betrogene.

Ungeniert lehnte er sich gegen Caris Türrahmen, als habe er vor, den ganzen Abend zu bleiben. »Ich bin noch einmal zu Ihrem Geschäft gegangen«, erzählte er. »Aber …« Er zuckte die Achseln. »Ich dachte, Sie würden vielleicht Urlaub machen.«

»Meine Mutter ist gestorben.« Die Worte – noch hatte sie sich nicht daran gewöhnt, sie auszusprechen – blieben ihr im Hals stecken.

Er beugte sich zu ihr hinab, ganz in Sorge um sie, ganz Mitgefühl. »Nein! Ihre Mutter?« Er griff nach ihren Händen, sodass sie ihre Tüten wieder loslassen musste. Wenn das so weiterging, konnte sie sich das Schneiden der Tomaten sparen – sie wären ohnehin nur noch Brei. »Das ist ja furchtbar. Wie furchtbar für Sie!«

Bei der Berührung wurden ihr die Knie weich. Sie atmete tief durch. Meistens ging es ihr gut. Doch manchmal traf sie die Erkenntnis wie aus heiterem Himmel und ließ sie beinahe zusammenbrechen. *Sie ist tot. Fort für immer.* »Es war ziemlich plötzlich«, gab sie zu. »Ich bin dabei, ihre Sachen durchzusehen.«

»Sie armes Mädchen! Warten Sie, ich trage Ihnen Ihre Einkäufe hinein.«

Ehe Cari wusste, wie ihr geschah, hatte er die Taschen vom Boden aufgehoben und die Wohnung betreten. Ach, du liebe Zeit!, dachte sie. In was für einem Zustand ist die Wohnung eigentlich? Und überhaupt, soll ich einen Fremden einfach so mir nichts, dir nichts hineinspazieren lassen?

»Das schaffe ich schon. Ehrlich.« Sie schnappte sich die Tüten und stellte sie ab, halb lachend, halb in Panik, während sie den

Haufen schmutziger Wäsche vor ihrem Schlafzimmer registrierte und feststellte, dass der Flurteppich dringend staubgesaugt werden musste. Was hatte dieser Mann nur an sich?

Er kapitulierte. »Tut mir leid. Wirklich.« Rasch wich er rückwärts aus der Tür. Was für verführerische Augen er hat!, dachte Cari. Dunkler Dreitagebart, hohe Wangenknochen und verführerische schwarze Augen. Was für eine Kombination!

»Ich weiß noch nicht einmal Ihren Namen.«

»Marco.« Ein strahlendes Lächeln.

»Es freut mich, dass wir nun Nachbarn sind, Marco.« Sie betonte den Namen, wie er es getan hatte. »Ich bin Cari.«

Er machte eine Verbeugung und küsste ihr die Hand. »Ich bin entzückt, Sie kennenzulernen – wie ihr Engländer immer sagt.« Wieder sah er ihr tief in die Augen.

»Nicht in diesem Jahrhundert.« Sie zögerte. »Sehen Sie, ich würde Sie ja gern hereinbitten, also, ich meine, richtig einladen, nur …« Nur dass Dan jede Minute kommen konnte. Und sie wollte nicht, dass die beiden sich trafen, noch nicht.

Er hob abwehrend die Hand. »Ist schon in Ordnung. Aber wenn Sie irgendwann einmal auf einen Kaffee zu mir kommen möchten …« Er zuckte die Achseln. »Ich besitze eine echt italienische Espressomaschine.«

»Natürlich.« Sie kicherte. War das ein typisch italienischer Flirtspruch?

»Also?«

»Ich würde mich freuen.«

»Okay.« Er klatschte in die Hände. »Heute Abend?«

Cari lachte. »Nein, heute Abend kann ich nicht, ich kriege Besuch von einem Freund.« Warum erzählte sie ihm nicht einfach, dass Dan nicht irgendein Freund, sondern ihr Lebensgefährte war? Warum zierte sie sich so? Sie trat zu ihm an die Tür. »Ein andermal.«

»Ja, ein andermal.« Sein Blick glitt tiefer, und sie fühlte beinahe, wie er den Anhänger fixierte – obwohl er ihn unter ihrer weiten weißen Bluse nicht sehen konnte.

Einem Impuls folgend, zog sie ihn hervor. »Er hat meiner Mutter gehört.«

Seine Augen weiteten sich, und er holte tief Luft. »Er ist wunderschön.« Marco trat näher, griff danach und betrachtete ihn beinahe ehrfürchtig.

Sie standen dicht beieinander. Cari sah, wie sich Marcos Brust unter dem schwarzen T-Shirt hob und senkte. Sie nahm die Bewegungen seines Kehlkopfs wahr und den Schwung seiner dunklen Wimpern. Es ist seltsam, dachte sie, einem Fremden so nahe zu sein. Nahe genug, um ihn zu berühren.

»Vermutlich ist er sehr alt«, sagte er.

»Ja, bestimmt.« Sie glaubte, sein Alter spüren zu können, die vergangenen Jahrhunderte, sogar die Gegenwart der Frauen, die ihn getragen hatten.

»Kennen Sie seine Geschichte?«

»Ich habe keine Ahnung.« Was für eine merkwürdige Frage! Aber italienische Männer, so lernte sie gerade, waren ganz anders als die englischen.

Ihre Blicke trafen sich. Abrupt ließ er den Anhänger los. »Ich muss gehen. Entschuldigen Sie mich bitte.« Und weg war er, zur Tür hinaus und zwei Stufen der Treppe auf einmal nehmend.

Cari blickte ihm nach. Was sollte sie von ihrem neuen Nachbarn halten? Sie schloss die Tür und lehnte sich einen Moment mit dem Rücken dagegen. Er war auf jeden Fall faszinierend, so viel war klar. Und die Welt war doch wirklich klein – oder sollte es aus irgendwelchen Gründen Bestimmung gewesen sein, dass sich ihre Wege kreuzten? Cari schüttelte in gespielter Verzweiflung den Kopf, weil ihre Gedanken schon wieder zu wandern begannen. Bestimmung? Wohl eher Zufall. Und dennoch … Sie freute sich schon jetzt darauf, ein wenig mehr über Marco, den geheimnisvollen Fremden, herauszufinden. Ja, sie freute sich darauf.

Kapitel 11

In dieser Nacht träumte Aurelia von Richard. Vielleicht lag es an dem Theaterbesuch oder an der Auseinandersetzung mit Enrico, vielleicht aber auch einfach daran, dass sie mit zunehmendem Alter häufiger über die ungelösten Probleme der Vergangenheit nachsann, und das mit jedem Tag mehr.

Der Traum handelte von tatsächlichen Ereignissen. Ihre Mutter Mary lebte noch und lag um Atem ringend im Bett. Aurelia saß an ihrer Seite, flößte ihr gesüßten heißen Tee mit Brandy ein und dachte dabei über die Welt außerhalb ihrer eigenen kleinen Welt nach. Sie fragte sich, was die Zukunft bringen würde, nun, da der Krieg vorüber war.

Ihre Mutter war wieder einmal krank. Sie hatte Asthma. Manchmal bekam sie einen Hustenanfall, der ein solch entsetzliches Rasseln in ihrem Brustkorb erzeugte, dass Aurelia am liebsten laut geschrien hätte.

Ihr Vater schickte Dorrie eilends zum Arzt, mit einer kalten, gefühllosen Stimme, die Aurelia schaudern ließ, da dies schlimmer war als seine Zornesausbrüche. Aurelia wachte mit ihrem Vater im Krankenzimmer. Sie hasste jeden seiner Atemzüge – mühelose Atemzüge, wie sie ihrer Mutter nicht vergönnt waren.

Aurelia musste ständig an den Schauspieler Richard Banks denken. Er hatte nach der Vorstellung ein wenig mit ihnen in der Bar geplaudert und gesagt: *Kommen Sie doch und sehen Sie sich noch ein anderes Stück an, wenn Sie das nächste Mal in Brighton sind. Ja, kommen Sie doch einfach vorbei und melden Sie sich …* Aurelia hatte das Gefühl gehabt, es sei mehr als eine höfliche Floskel und insbesondere an sie gerichtet gewesen.

Sie wollte ihn unbedingt beim Wort nehmen. In Brighton einen Schauspieler ausfindig zu machen würde zwar der Suche nach der berühmten Stecknadel im Heuhaufen gleichkommen, doch sie musste es einfach tun. Er verkörperte etwas, wonach sie sich sehnte, und wenn nötig, würde sie darum kämpfen. Vielleicht war sie ja verrückt. Aber wenn sie nicht nach ihm suchte, würde sie sich immer fragen, was hätte sein können.

Sie würde mit Ivy nach Brighton fahren und alles nach ihm abklappern: die Bühnen, die Piers und die Strandpromenade. Sie hatte sich den Namen seiner Schauspieltruppe aufgeschrieben – es musste doch möglich sein. Sie würde nach Richard suchen und für ihre Freiheit kämpfen. Und in ihrem Traum wurden Richard und die Freiheit zu einem Liebespaar, das sich, die Körper ineinander verschlungen, über sie und ihre Erinnerungen lustig machte.

Als Aurelia früh am Morgen erwachte, war Richard noch immer präsent, seine tiefe, tragende Stimme hallte in ihren Ohren wider, und der für ihn typische Geruch nach Rasierwasser und Theaterschminke schien an ihrem Kopfkissen zu haften. Verdammt!

Um auf andere Gedanken zu kommen, trank sie etwas Saft und ging hinunter in die Bucht zum Schwimmen, als könne sie Richard von sich abwaschen. Je länger sie jedoch im morgendlich kühlen, erfrischenden Wasser des Golfs von La Spezia schwamm, desto mehr musste sie an Richard denken. Warum hatte sie sich damals in ihn verliebt? Wenn sie diese Frage beantworten könnte, würde sie sich vielleicht endlich verzeihen.

Sie drehte sich auf den Rücken und ließ sich treiben, ließ sich von den Wellen schaukeln und wiegen wie ein Kind. Es war letztendlich kein Problem gewesen, Richard in Brighton ausfindig zu machen; Ivy und sie hatten das Plakat schon voller Begeisterung bei ihrer Ankunft am Bahnhof entdeckt. Es war auch nicht weiter schwierig gewesen, nach der Vorstellung seine Aufmerksamkeit in der Bar zu erregen. Richard war ein Chamäleon, er hatte so viel Charme. Er schien sie sofort wiedererkannt zu haben, sie hatten sich unterhalten, er hatte ihr Abendessen bezahlt, und als sich Aurelia und Ivy an jenem Abend von ihm verabschiedeten, herrschte bereits ein gewisses stillschweigendes Einverständnis. Sie hatte ihm von ihrer Familie erzählt und wusste – so unglaublich es auch war –, dass sie ihn beinahe ebenso faszinierte wie er sie.

Mit sanften Bewegungen trat Aurelia Wasser und genoss das seidige Gefühl an ihren Schenkeln. Nun wurde ihr klar, warum sie sich in ihn verliebt hatte: weil er anders war als alle Männer, die sie je kennengelernt hatte. Er war ein Verführer. Seine Stimme konnte sowohl zärtlich schmeicheln – wie am Anfang ihrer Beziehung – als auch einschüchtern. Und er besaß Präsenz; er war ein Mann, der beim Betreten eines Raums unweigerlich die Aufmerksamkeit der Anwesenden auf sich zog. Aurelia kniff die Augen zu, da ihr die aufgehende Sonne bereits warm ins Gesicht schien. Und wie Richard es genossen hatte, aufzufallen, angebetet zu werden! Wie Richard sein Publikum geliebt hatte!

Träge drehte sich Aurelia wieder auf den Bauch und schwamm mit weit ausholenden Zügen in Richtung Tellaro. Die Fischerboote liefen mit ihrem Fang ein. Die bunt gestrichenen Häuser im Hafen und die Mauern der Barockkirche leuchteten in der Sonne. Aurelia meinte, den Geruch nach Salz und Fisch, nach Netzen und glitschigen Schuppen wahrzunehmen. In der Ferne erhoben sich Byrons sanft terrassierte Hügel, die mit Olivenbäumen und Rebstöcken bepflanzt waren; in morgendlichen Dunst gehüllt, erwachten die silbriggrauen Olivenhaine zu einem weiteren sonnigen Frühlingstag. Es war noch nicht acht Uhr, aber der italienische Arbeitstag hatte bereits begonnen. Man stand früh auf, um möglichst viel bei angenehmen Temperaturen zu schaffen, bevor man die in Italien übliche dreieinhalbstündige Mittagspause einlegte.

Ja, dachte sie, Richard hat sein Publikum geliebt. Und zwar so sehr, dass er sogar seinen Heiratsantrag vor Zuschauern gemacht hat. War das unfair, so zu denken? Damals wäre ihr das nicht in den Sinn gekommen. Es gab vieles, was sie damals nicht erkannt hatte – beispielsweise, was für ein Mann er wirklich war, was sich hinter dieser Stimme, den Berührungen und den klugen Augen des Schauspielers verbarg.

Es war auf einer dieser Partys in Brighton passiert, auf der sich das glamouröse Künstler- und Theatervolk tummelte, mit dem er sich immer umgab, Bohemiens, die zu viel tranken, viel und laut lachten, sich einander ständig küssten und »Schätzchen« nannten. Die Frauen hatten scharlachrot geschminkte Lippen und rubinrot lackierte Fingernägel. Sie trugen auffälligen Schmuck mit großen Steinen, wehende Schals und knappe Blusen. Auf ein unerfahrenes Mädchen aus Hertfordshire, das in seiner Jugend vor allem die kranke Mutter gepflegt und unter der Strenge des Vaters gelitten hatte, wirkten sie gewagt, gefährlich und unglaublich faszinierend. Aurelias Bewunderung hatte keine Grenzen gekannt.

Sie drehte und schwamm in die Richtung zurück, aus der sie gekommen war. Das Meerwasser liebkoste ihre Haut, ganz wie Richards Stimme damals. Mit den Worten »Das ist mein hinreißendes Mädchen« hatte er sie jenen vorgestellt, die sie noch nicht kannten. Und wie stolz war sie gewesen! Er hatte solches Charisma. Er war etwas Besonderes.

Freundlich hatten sie Aurelia in ihrer Mitte willkommen geheißen. Sie hatte mit ihnen gegessen und gelacht, sich jedoch tief im Innern gefragt, was wohl ihr Vater sagen würde, wenn er wüsste, wo sie war und was sie gerade tat … Sie hatte Richard mehrmals in Begleitung von Ivy in Brighton getroffen, bis sie an jenem Abend zum ersten Mal allein gekommen war. Das hatte aufregende, aber auch beängstigende Möglichkeiten bedeutet, als er sie zum Hotel zurückbegleitete.

Komm, leb mit mir, und sei meine Liebste! Die Worte hallten nun in Aurelias Kopf wider und vermischten sich mit dem Kreischen eines Seevogels und dem sanften Rauschen der heranrollenden Flut. »Komm, leb mit mir, und sei meine Liebste!« Die Wellen schienen sich über sie lustig zu machen.

Als Richard diese Gedichtzeile zitiert hatte, hatte sie erst einmal nach Luft geschnappt und dann die Hand vor den Mund geschlagen und ohne nachzudenken gesagt: »Vater wird aus der Haut fahren.«

Natürlich hatten alle gelacht. Was war sie nur für eine dumme Gans gewesen! So eine idiotische Antwort zu geben, als wäre sie noch ein kleines Mädchen. Dabei war sie damals einundzwanzig, eine erwachsene Frau.

Am längsten hatte eine blonde Schauspielerin namens Janey gelacht. Sie war Aurelia gegenüber stets besonders nett gewesen, aber der eisige Ausdruck in Janeys Augen hatte Aurelia verraten, dass sie es hier in Wirklichkeit mit einer Feindin zu tun hatte. Schlangengleich wand sich Janeys weißer Arm stets um Richards Schultern. Zwar gefiel das Aurelia nicht, doch diese körperliche Intimität schien für alle so natürlich, so selbstverständlich zu sein, dass Aurelia sie darum beneidete.

»Schätzchen«, spottete Janey. »Natürlich darfst du sie auf keinen Fall einem solchen Vater aussetzen.« Abschätzend sah sie Aurelia an. »Du musst das Mädchen heiraten.«

Aurelia hatte ebenfalls versucht zu lachen, obwohl es ihrer begrenzten Erfahrung nach kein Thema war, über das man Witze machte. Aber Richard war schon aufgesprungen und hatte galant ein Knie vor ihr gebeugt.

»Heirate mich, meine Aurelia!«, hatte er gesagt, als befände er sich immer noch auf der Bühne. »Heirate mich, und sei meine Liebste!«

Janeys Lachen klang plötzlich unsicher. Ihr dämmerte wohl, dass der Witz nach hinten losgegangen war.

Hatte Richard es ernst gemeint? Aurelia hatte keine Ahnung gehabt. Sie hatte ihn angestarrt, denn sie wollte nicht schon wieder etwas Dummes, Unüberlegtes sagen. Doch sie war so verliebt gewesen …

Sie war zu weit geschwommen. Sie befand sich in der Nähe der Felsen, aber zu weit draußen. Hier lauerte die tückische Strömung, die auch gute Schwimmer erfassen und hinaus ins offene Meer ziehen konnte. Jetzt war Vorsicht geboten. Man brachte sich in Gefahr, wenn man dem Meer nicht mit gebührendem Respekt begegnete. Und da war etwas … Eine Erinnerung an etwas lang Vergangenes regte sich. Aus einer anderen Zeit, an einem anderen Meer …

Ach, egal! Aurelia wandte sich wieder Richtung Küste, trat Wasser und genoss dabei die Dünung des Ozeans, bis sie ins seichte Wasser gelangte, wo sie stehen konnte und den groben Sand unter den Füßen spürte. Langsam watete sie an den Strand zurück, die Beine mühsam gegen die zurückweichenden Wellen gestemmt. Alte Beine, dachte sie. Müde Beine … Ach, wie verliebt sie damals gewesen war!

Damals hatte sie natürlich nicht begriffen, warum er auf Janeys Bemerkung so reagiert hatte. Sie hatte nicht begriffen, dass er nie beabsichtigt hatte, ihr einen Heiratsantrag zu machen, aber einfach nicht widerstehen konnte, als sich ihm vor Publikum die Gelegenheit dazu bot. Immer im Mittelpunkt, immer der Mann, der beweisen wollte, dass er unwiderstehlich war.

Sie hatte nur gewusst, dass der Schauspieler Richard Banks der aufregendste Mann war, den sie je getroffen hatte. Er warb um sie. Und sie glich einer Frucht, die darauf wartete, gepflückt zu werden, war unschuldig wie ein Krokus im Frühling, mit dem verzweifelten Wunsch, dem Gefängnis zu entkommen, zu dem Hertfordshire geworden war. Vielleicht, so sagte sie sich damals, wird es für Mutter leichter werden, wenn ich gehe. Richard und Brighton lockten sie, versprachen ihr Freiheit. Wer hätte das zurückgewiesen? Die Tanzabende, das Theater, das aufregende Leben in einem Küstenort. Und ihr Herz war so voll, dass es zu bersten drohte …

»Natürlich werde ich dich heiraten, Richard«, hatte sie geantwortet. »Ich liebe dich.«

Aurelia wickelte sich in ihr Handtuch und ging über die ausgetretenen Steinstufen zurück zum Haus. Sie stieß das schmiedeeiserne Tor zu heftig auf, sodass eine malvenfarbene Blüte vor ihr auf den Pfad fiel. Es wurde zunehmend wärmer, und der Himmel hatte ein intensives Blau angenommen. Der Duft der Pinien und Mandelblüten mischte sich mit dem Geruch ihrer vom Salzwasser feuchten Haut. Sie seufzte. Liebe … Pah!

Ein bisschen mehr Rot. Noch eine Spur Blau. Eine leichte Bewegung im Oleander. Eine Andeutung von …

Aurelia runzelte die Stirn. Es wollte nicht gelingen. Die Dämmerung legte sich wie eine hauchzarte graue Stola über die Landschaft, und sie saß hier in der Mitte des Labyrinths neben ihrem südländischen Matrosen (Wer war er? Warum hatte sie das Gefühl, ihn so gut zu kennen?) und malte. Sie versuchte einzufangen, was – oder wer – um diese Tageszeit hier anwesend war. Sie mischte ein wenig Leinöl unter die Farbe. Wie viele beklemmende, dunkle Bilder würde sie noch vollenden, bevor sie es erfassen könnte? Und wie viele würde Alfonzo für seine Kunstgalerie haben wollen? Zwischen diesen Gemälden und den zarten Aquarellen, die sich so gut verkauften, lagen Welten.

Aurelia war hier, um zu arbeiten, aber auch, um dem Haus zu entfliehen. Wieder einmal. Sie seufzte. Die Atmosphäre in *La Sirena* war heute angespannt gewesen. Als sie von ihrem morgendlichen Badeausflug zurückgekehrt war, hatte Enrico mit düsterer Miene an seinem Schreibtisch gesessen und etwas von »Buchführung« gemurmelt. Kein gutes Zeichen. Enrico beschäftigte sich nur mit seiner Buchführung, wenn er schlechter Laune war. Und diese Tätigkeit machte ihn noch griesgrämiger.

Aurelia begriff es nicht, zumal er kaum noch Interesse am Geschäftlichen hatte und ihm ein Buchhalter zur Seite stand, der sich um diese Dinge kümmerte. Aber sie hatte bloß die Achseln gezuckt und für sie beide Kaffee gekocht. Sie hatte früh erkannt, dass die Italiener – Enrico eingeschlossen – sehr schnell lachten oder weinten und dass das italienische Temperament manchmal überschäumte. Am besten tat man diese Launen mit einem Schulterzucken ab und wartete. Meist waren sie rasch wieder verflogen.

Sie genehmigte sich einen kleinen Brunch – eine Neuerung, die sie eingeführt hatte und die für Enrico immer noch so ungewohnt war, dass er sie im Allgemeinen ignorierte, denn seiner Ansicht nach sollte eine anständige Mahlzeit auch zu einem anständigen Zeitpunkt eingenommen werden. *Pranzo* vorzugsweise kurz nach zwölf Uhr mittags, wenn die Glocke der Dorfkirche den *mezzo-giorno* ankündigte. Manchmal fügte sich Aurelia, aber nicht heute. Es gab Spinat-Quiche mit Salat, von Rosa zubereitet, die Enrico vermutlich bedauerte, weil er mit solch einer Barbarin leben musste. Und schlimmer noch, mit einer Barbarin, die weder begriffen hatte, welch vielfältige Köstlichkeiten der Oberbegriff *antipasti* in sich vereinte, noch die unumstößliche Tatsache akzeptierte, dass *antipasti* – sowie alle weiteren Gänge – ganz gewiss nicht zusammen mit Salat gegessen wurden. Und dann auch noch auf demselben Teller … zum *Brunch*?

Nach dem Essen hatte sie noch ein wenig gemalt und mit Elena telefoniert – »Ich fürchte, ich habe schlechte Nachrichten, Enrico ist überhaupt nicht begeistert« –, wobei sie sich darüber gewundert hatte, wie gut auch sie die typisch englische Fähigkeit des Understatement beherrschte. Sie hatte das Haus geputzt, was eigentlich unnötig war, da Rosa demnächst kommen würde, aber diese sah sie mit ihren braunen Augen immer so durchdringend an, dass sich Aurelia wie eine schlechte Hausfrau fühlte, wenn sie nicht wenigstens etwas tat. Nach einem Nickerchen hatte sie mit Enrico das von Rosa vorbereitete Abendessen eingenommen, und nun saß sie hier und benahm sich wie die sprichwörtliche englische Exzentrikerin, für die alle sie wahrscheinlich hielten. Saß zwischen den wachsenden Schatten inmitten der Jasmin- und Oleanderbüsche auf der geschwungenen Bank aus Olivenholz und malte wie besessen, fast wie in Trance.

Mit dem Finger vermischte sie die Farben. Hier draußen fühlte sie sich so wunderbar frei. Die Ölfarben hatten ihrem Gemälde mehr Aussagekraft verliehen, und sie verspürte eine Art Freiheit in der Bewegung, eine nie gekannte Leichtigkeit, die aus der Schulter über ihren Arm in die Hand strömte und sich auf die Pinselspitze übertrug. Aus der Ferne hörte sie Enrico Klavier spielen. Demnach war er mit der Buchführung fertig. Aber nach dem zu schließen, was er Beethovens fünftem Klavierkonzert antat, schien sich seine Laune nicht gebessert zu haben. Und wer konnte ihm das verübeln? Warum sollte er sein Haus den *stranieri* öffnen, warum sollte er Fremde und Familienmitglieder einlassen, die achtlos über seine hellen Teppiche trampeln, Tomatenstücke auf dem cremefarbenen Ledersofa zerdrücken, Asche ins Basilikumbeet schnippen und *farfalle* in den Swimmingpool fallen lassen würden? Fremde, die in seine sorgsam gehütete Privatsphäre eindrangen. Nein … Aurelia rührte mehr Farbe an, sie liebte die dickflüssige, satte Konsistenz, den beißenden Geruch, das Terpentin, das Prickeln in der Nase. Nein, sie konnte es ihm nicht verübeln, überhaupt nicht.

Immer noch drang die Musik durch die Dämmerung. Die Sonne war am Horizont verschwunden und hatte nur einen schmalen Streifen aus Kupfer und Gold hinterlassen, und die an den Rändern scharlachrot glühenden Wolken ähnelten einem Meer rosafarbener Zuckerwatte … Sonnenuntergang in Ligurien.

Und in England? Über welcher Szenerie wohl die Sonne in England unterging? Aurelia fuhr mit kräftigen Pinselstrichen über die Leinwand. Hatte sie wirklich fortgehen müssen? Oder hätte sie schon früher fliehen und Tasmin mitnehmen sollen? (Und wenn Tasmin nicht mitgewollt hätte? Ach, Kinder gewöhnen sich rasch ein. So einfach ist das.) Oder hätte sie Richard verlassen, aber in England bleiben sollen?

Warum schlagen wir einen bestimmten Weg ein? Hier war der passende Ort, um über diese Frage nachzudenken, in diesem engen Labyrinth, in dem jeder neue Pfad genauso aussehen konnte wie der, den man gerade hinter sich gelassen hatte. Aurelia beugte sich hinüber zu dem südländischen Matrosen und strich über seinen grau-grün gemaserten Kopf. Welche Wege hatte er gewählt? Sie wünschte, sie wüsste es. Und was sie selbst betraf … Was wäre von ihrer Persönlichkeit übrig geblieben, wenn sie nicht gegangen wäre? Richard hatte zerstörerisch auf sie als Mutter und Frau gewirkt. Welchen Preis hätte sie für die Selbstaufopferung zahlen müssen?

Eine sanfte Brise, die durch die Oleanderzweige strich, lenkte ihre Aufmerksamkeit wieder auf das Bild. Der Schatten … Sie fügte den Farben auf der Palette eine Spur Schwarz hinzu. Dunkler. Es musste dunkler sein. Gierig atmete sie den Duft des Jasmins ein. Nie konnte sie genug davon bekommen.

Und wenn sie schon früher fortgegangen wäre, wann hätte das sein sollen? Als er sich geweigert hatte, seine Eltern zur Hochzeit einzuladen? (»Ich bin in Gedanken bei ihnen …« – »Sie würden sich hier fehl am Platz fühlen …« – »Du kennst sie nicht, wie ich sie kenne, mein hinreißendes Mädchen …«) O ja, damals war es nicht schwer gewesen, das zu glauben. Aber wer schämte sich schon seiner eigenen Eltern?

Sie lehnte sich zurück und blinzelte. Richard. Er hatte sich geschämt. Bert und Nancy waren nett und umgänglich – jedoch durch und durch Arbeiterklasse. Eine ernste Bedrohung für Richards Glaubwürdigkeit. Ein vollendeter Schauspieler konnte sich immer wieder neu erfinden. Ein vollendeter Schauspieler konnte seinem Publikum jeden auch noch so kleinen Zweifel nehmen. Und er besaß die Fähigkeit, mit seiner Rolle zu verschmelzen.

Oder hätte sie vielleicht gehen sollen, als sein Alkoholkonsum außer Kontrolle geriet? Sie wählte einen dickeren Pinsel, um die Farbe satt auftragen zu können. Als der Whisky Krieg bedeutete? Oder vielleicht, als ihre Eltern starben und sie erkannte, weshalb der geldgierige Richard sie geheiratet hatte … Oder vielleicht, als er seine erste Affäre hatte …

Das Bild nahm Form an. Ja, so passte es. Aurelia hielt inne. Es war Zeit aufzuhören, es ins Atelier zu bringen und dort die Feinarbeit vorzunehmen. Erschöpft ließ sie sich gegen die hölzerne Lehne sinken.

Und wenn sie Richard verlassen hätte, jedoch in England geblieben wäre? Aber dort hätte er immer noch Macht über sie ausgeübt, sie musste weit fort. Sie hatte geglaubt, dass Tasmin sich ihr anschließen würde. Doch damit hatte sie Richards Einfluss auf die Tochter, die sie beide liebten, ernsthaft unterschätzt. Aurelia war erst siebenundvierzig gewesen. Italien hatte ihr die

Chance auf einen Neuanfang geboten. Sie hatte das Gesicht ihrer Matrosenskulptur betrachtet, Ruths Argumenten gelauscht und gespürt, dass Italien sie lockte. Sie hatte wieder die Stimme ihrer Großmutter gehört, die von Freiheit sprach, und erkannt, dass sie ihr Gefängnis in Hertfordshire nur gegen ein anderes in Brighton eingetauscht hatte. Was für eine Ironie!, dachte Aurelia jetzt, dass Richard einst meine Gelegenheit zur Flucht verkörpert hat. Und das musste ausgerechnet mir passieren, die so oft über die Ehe ihrer Eltern nachgegrübelt und sich gewundert hat. Warum war Mary wohl geblieben? Wie konnte sie einem Mann die Treue halten, der sie tyrannisierte und seiner Frau alles verweigerte, was ihr wichtig war? Niemals hätte sie, Aurelia, gedacht, dass sie wie ihre Mutter in eine Falle geraten könnte – wie die Libelle, die in der Zeit gefangen, im Bernstein eingeschlossen war. Aurelia hatte es so lange für eine Schwäche ihrer Mutter gehalten – die Entscheidung, sich dem Mann um eines friedlichen Lebens willen unterzuordnen. Mary hatte getan, was er verlangte, und sich dabei nach und nach in ihre schlechte Gesundheit geflüchtet. Sie wurde so zart wie ein Schneeglöckchen, das gar zu schnell verblühte.

Erst jetzt, so schien es, konnte sie Hugh und Mary mit anderen Augen sehen. Wie war es zu diesem Ungleichgewicht in der Beziehung gekommen? Und welche Möglichkeiten hatte Mary als Ehefrau und Mutter in den Zwanziger- und Dreißigerjahren tatsächlich besessen, als es ihr noch gut genug ging? Wie unmöglich musste ihr ein Ausbrechen erschienen sein? Wie viel Wut mochte in Mary geschlummert haben, überdeckt von der Traurigkeit, die Aurelia immer gespürt hatte?

Sie, Aurelia, war jedenfalls wütend gewesen, als sie noch mit Richard verheiratet war, und sie war auch jetzt wütend. Stellvertretend für ihre Mutter, für alle Frauen. Manchmal loderte der Zorn ganz plötzlich in ihr auf. Und vielleicht war es die Erinnerung an ihre Mutter gewesen, die sie schließlich zum Handeln gedrängt hatte. Ich werde ausbrechen. Ich werde frei sein. Sie musste fort. Aber wie ließ sich eine achtzehnjährige Tochter dazu zwingen mitzugehen? Richard liebte Tasmin. Richard würde sich um sie kümmern. Tasmin. Ach, Tasmin …

Sie hätte zwischenzeitlich nach England zurückkehren können. Sie hatte Tasmin lange Briefe geschrieben, und sie hätte zurückgehen können, wäre auch zurückgekehrt, wenn da nicht dieser eine Brief gewesen wäre, den Tasmin ihr als Antwort geschickt hatte. Aurelia begann ihre Malsachen zusammenzupacken. Es wurde zunehmend dunkler. Die von Düften gesättigte Nacht war still bis auf ein gelegentliches Motorengeräusch, das von der Küstenstraße herüberdrang, und das Rauschen der einsetzenden Flut.

Wage bloß nicht, mich wiederzusehen zu wollen!, hatte ihre Tochter geschrieben. *Falls du es versuchst, bringe ich mich um, das schwöre ich dir. Und komm ja nicht zurück!* Wie hatte sie deswegen geweint! Ruth hatte sie damit zu beruhigen versucht, dass es sich um die Reaktion einer hysterischen Achtzehnjährigen handelte. Sie solle sich das nicht so zu Herzen nehmen, Tasmin ein, zwei Jahre Zeit geben …

Aber Aurelia erinnerte sich an den Gesichtsausdruck ihrer Tochter, als sie den Bernsteinanhänger durchs Zimmer geschleudert hatte. Aus ihrem Blick hatte blanker Hass gesprochen. Sie hatten beide zugesehen, wie der Anhänger unters Sofa schlitterte. Am liebsten wäre Aurelia hingestürzt und hätte ihn sich wiedergeholt, hätte Tasmin in die Arme genommen, sie einfach gepackt und mit nach Italien geschleppt. Aber eine innere Stimme sagte ihr, dass sie Tasmin längst verloren hatte. Sie würde ihr die Bernsteintriskele überlassen – als Schutz, aus Liebe, weil ihre Großmutter gewollt hatte, dass sie sie an ihre Tochter weitergab, weil sie das Kostbarste war, das sie besaß. Tasmin zu verlieren war der Preis, den sie für ihre Flucht zahlen würde.

»Aurelia?«

Sie fuhr zusammen. Sie hatte ihn nicht kommen hören und war ein wenig überrascht, dass er sie gefunden hatte. »Enrico?« Nur selten betrat er das Labyrinth. Rief es immer noch zu viele schmerzliche Erinnerungen wach – an Catarina und an das, was er verloren hatte?

»Was machst du da?« Seine Stimme klang sanft. Der Zorn war durch das Klavierspiel verflogen. Enrico hatte ihn an den Tasten ausgelassen.

Sie versuchte zu lachen. »Ich male. Ich wollte spezielle Lichtverhältnisse einfangen …«

Er streckte die Hand aus. »Wenn es dir so wichtig ist, *cara*«, sagte er, »dann wird die Hochzeitsfeier in *La Sirena* stattfinden.«

»Nein.« Das konnte sie nicht zulassen, da sie genau wusste, wie er darüber dachte.

»Doch«, erwiderte er entschieden. »Ich habe Elena bereits angerufen und es ihr mitgeteilt.«

Aurelia spürte, wie eine Traurigkeit von ihr Besitz ergriff.

»Aber ich bin nicht glücklich damit, Aurelia«, fügte Enrico hinzu. Er wirkte plötzlich alt und müde. »Ganz und gar nicht glücklich.«

Kapitel 12

Cari nippte an ihrem Pinot Grigio und gab sich ganz der Musik hin. Es war so beruhigend, einfach da zu sein und Marco zuzuhören.

Sie beobachtete, wie gekonnt seine schlanken braunen Finger die Saiten der Gitarre anschlugen. Er hielt den Kopf gebeugt, sodass die dunklen Locken ihm wild ins Gesicht fielen. Die winzige Creole im Ohrläppchen machte das Bild eines Bohemien perfekt. Zudem hatte er eine schöne Stimme, tief und ein wenig rauchig. Allerdings wusste sie nicht, wovon das Lied handelte, weil er auf Italienisch sang. Sie liebte die Laute, den Tonfall, das rollende R, die langen Vokale. Mmmm. Diese Sprache war wirklich erotisch.

Sie hatten es sich in seinem Wohnzimmer auf dicken Sitzkissen bequem gemacht. Die gelb gestrichenen Wände waren kahl bis auf einen wuchtigen venezianischen Spiegel, den er vor ein paar Wochen in North Laine entdeckt hatte. Die Wohnung gab Cari Rätsel auf – Marco wurde immer geheimnisvoller. Einerseits hatte er nur wenige Möbelstücke, was den Schluss nahelegte, dass er Student und knapp bei Kasse war. Die Sitzkissen waren aber aus reiner Seide und von Hand bestickt, und Cari wusste, dass so etwas teuer war. Seine Küche war gut bestückt mit teuren Delikatessen aus dem Feinkostladen und einem Weinregal mit italienischen Weinen, ein Esstisch fehlte jedoch. Außerdem schien er nur wenige Kleidungsstücke zu besitzen. Die, die er trug, waren allerdings von erstklassiger Qualität. Ob er ein reicher Student war, der nicht allzu lange in Brighton bleiben wollte? Und wer war er? Cari wusste so wenig über ihn.

Als er das Lied beendet hatte, stellte sie ihr Glas vorsichtig auf dem ausgetretenen grünen Teppich ab und applaudierte. »Das war toll.«

»Danke.«

»Um was ging es in dem Lied?«

»Ah.« Er tat geheimnisvoll. »Es war natürlich ein Liebeslied.«

»Das dachte ich mir schon.« Das italienische Temperament. Leidenschaft ... Sie wünschte, sie würde einmal einen Engländer erleben, der mit solcher Inbrunst sang.

»Wir Italiener singen gern von der Liebe.« Seine Augen leuchteten.

Cari lachte. »Das machst du wirklich gut.« Sie fühlte sich wohl in Marcos Gesellschaft. In den Wochen seit ihrer zufälligen Begegnung hatten sie sich ein paarmal getroffen – nicht nur im Treppenhaus, sondern auch ganz zwanglos auf einen Kaffee in seiner oder ein Glas Rotwein in ihrer Wohnung. Sie hatte ihm von Dan erzählt, und er hatte nur verständnisvoll genickt und gemeint, sie könne von Glück sagen, dass sie jemanden gefunden habe, den sie liebe. Cari hatte sich zu jener Zeit allerdings eher so gefühlt, als ersticke sie. Immer wieder nahm sie sich vor, sich von Dan zu trennen. Natürlich war er nett, großzügig und ihr Fels in der Brandung. Aber eine Frau musste atmen können ... Davon erzählte sie Marco jedoch nichts. Sie vermutete, dass dieser romantisch veranlagte Mann keine Freundin hatte – erstaunlich, wenn man bedachte, wie umwerfend er war.

»Hast du in Italien eine Freundin?«, fragte sie ihn.

Er zuckte die Achseln. »Keine, die mir mehr bedeutet.«

Das hieß wahrscheinlich, dass er sich nicht festlegen wollte. Das war das Problem mit diesen sexy aussehenden südländischen Männern – sie vermittelten einer Frau stets das Gefühl, für sie die Einzige zu sein. Und der nächsten auch und der übernächsten ebenso. Bei Dan wusste sie wenigstens, woran sie war. Sie war die Nummer eins. Auf seine Loyalität konnte sie sich hundertprozentig verlassen, und das bedeutete eine Menge, vor allem, wenn man sich sein ganzes Leben lang nach Sicherheit gesehnt hatte.

»Erzähl mir von deiner Familie!«, forderte sie ihn auf.

Seine Miene verdüsterte sich – oder bildete sie sich das nur ein? »Meine Eltern sind tot«, antwortete er.

»Das tut mir leid.« Vielleicht hatte er deswegen so verständnisvoll auf ihren Schmerz reagiert. Dan dagegen hatte versucht, das Ruder in die Hand zu nehmen, sie zu übereilten Entscheidungen zu drängen, und sie letztendlich beschuldigt, ihre Trauer zu kultivieren. Du meine Güte! Während dieser Mann mitfühlend lächelnd ihren Blick erwidert und gesagt hatte: »Deine Mutter ist gestorben. Du brauchst Zeit. Jeder braucht bei so etwas Zeit.« Er hatte ihr zugehört, ihre Entscheidungen respektiert. Das bedeutete ihr sehr viel.

Und zum Dank hatte Cari ihm ihre Freundschaft geschenkt. Sie hatte sich ihm als Fremdenführerin in Brighton angeboten, ihm gezeigt, wo es das feinste Essen und die besten Cocktails gab, wo die interessanten Ausstellungen, tolle Live-Musik und spannende Lesungen stattfanden. Sie hatte ihm mit Zucker ausgeholfen und nach einer langen Kneipentour seinen Kater kuriert. Es mochte nicht viel sein, aber sie waren Nachbarn und füreinander da. So einfach war das. Allerdings … Vielleicht war es doch nicht ganz so einfach …

Er zuckte noch einmal die Achseln. »Es ist schon lange her. Also wohne ich nicht in ihrem Haus – übrigens, in Italien ziehen die jungen Leute viel später bei den Eltern aus als hier in England …« Sie hatte das Gefühl, dass er sich über sie lustig machte. Oder über die Engländer, die so eifrig darauf bedacht waren, die Bindung zu den Eltern zu lösen und sich in das Risiko der Unabhängigkeit zu stürzen.

»Ist das wahr?«

»Aber ja. Es gilt als Respektlosigkeit, so bald von zu Hause auszuziehen.« Er legte die Gitarre zur Seite. »Ich wohne bei meiner Großmutter.«

Immerhin hast du eine Großmutter, dachte Cari. Es war unfair, aber sie verübelte es Tasmin nach wie vor, dass sie ihr jeden Zugang und jede Information über ihre Vorfahren verweigert hatte. In Italien wäre so etwas bestimmt nicht möglich. Familienbande hatten oberste Priorität. »Wo?«, fragte sie ihn.

»In einem kleinen Dorf südlich von Genua ...« Seine Augen nahmen einen träumerischen Ausdruck an. »Es liegt auf einem Hügel, nur anderthalb Kilometer vom Meer entfernt, hoch über einem terrassierten Hang ...«

Caris Blick war fragend.

»Früher«, sagte er mit gespieltem Ernst, »legte man Terrassen für die Weinstöcke und Olivenhaine an. So haben die Bauern die Hügel nutzbar gemacht.«

Sie nickte. Sein Englisch klang wirklich charmant.

»Alle Familien lebten einst von dem, was das Land hervorbrachte«, erzählte er weiter.

»Und wie ist das Dorf?«

»Es ist von Pinienhainen und Kastanienwäldern umgeben.«

Sie versuchte es sich vorzustellen.

»Die Häuser sind leuchtend bunt gestrichen, das ist überall in den Küstenstädten so. Hast du das gewusst?«

Cari nickte. Sie hatte Bilder von italienischen Dörfern am Meer gesehen, Grüppchen von bunten Häusern in einer Bucht, in der Fischerboote ankerten.

»Aber es ist eigentlich kein richtiger Küstenort.« Er schüttelte energisch den Kopf. »Es ist ein mittelalterliches Dorf mit einer langen Geschichte. Ein Teil der alten Stadtmauern steht noch.« Er hielt inne.

Cari hätte gern mehr über die Geschichte dieses Orts gehört. Aber sie schwieg. Sie wollte seinen Redefluss nicht unterbrechen, nun, da er ihr endlich etwas über sich selbst erzählte.

»Oben auf dem Hügel liegt eine große Piazza. Sie wird von Orangenbäumen umrahmt.« Er malte ein großes Viereck in die Luft. »Hier ist das Rathaus, der *Palazzo Comunale*, das früher eine Burg war. Und von dort blickt man über die alten Stadtmauern hinunter zu den Terrassen und *ortos* bis zum Meer.«

»*Ortos?*«, fragte sie.

Er runzelte die Stirn. »Wo die Leute Gemüse und Obst anbauen.«

»Ach, du meinst Schrebergärten.« Sie nickte.

»*Sì.*« Er nahm einen Schluck Wein. »Und wenn man von der Küstenstraße, dem *lungomare*, in das Dorf hineinfährt, trifft man auf eine andere Piazza. Mit einem Olivenbaum, einer Bank und einem Brunnen. Und natürlich einer Bar.«

»Oh, natürlich.« Cari lächelte und schloss die Augen, um sich alles besser vorstellen zu können.

»Die Straßen sind ein Labyrinth aus engen Gässchen. Und die Häuser sind hoch und schmal und stehen eng beieinander …« Er sah sie an und wartete auf ihre Bestätigung, dass sie verstanden hatte.

»So ähnlich wie Reihenhäuser?«

Er runzelte noch einmal die Stirn, schien aber dann zu akzeptieren, dass man dieses Wort verwenden konnte.

»Wie Reihenhäuser. Damit die Gassen Schatten bekommen«, fuhr er fort. »Um die Sonne abzuhalten.«

Ach ja, die Sonne … Cari streckte die Beine aus und stellte sich vor, wie die warmen Strahlen ihre Haut streichelten.

»Überall sind Blumen.« Er breitete die Arme aus. »Auf den Hängen, aber auch in Körben und Töpfen, an den Balkonen, in Blumenkästen.«

Cari konnte es sich lebhaft vorstellen. Eine duftende Farbenpracht aus roten und weißen Geranien und Lilien. Und vielleicht himbeerfarbene Bougainvilleen, die sich an den Steinmauern hochrankten.

»Und natürlich gibt es eine Kirche …«

»Natürlich.«

»Sie ist rosa und weiß gestrichen. Von außen sieht sie nicht besonders toll aus. Aber im Innern …« Er hielt inne. »Innen ist sie herrlich.« Wieder warf er die Arme in die Luft. »Wie eine Kathedrale.«

Cari lächelte. »Und wie ist das Haus deiner Großmutter?« Sie war neugierig. War es eines dieser schmalen Häuser in einer engen Gasse, oder stand es an der Piazza mit dem Brunnen und dem Olivenbaum? Oder war es vielleicht eine elegante Villa, die irgendwo versteckt mitten in der Landschaft lag?

»Das Haus meiner Großmutter liegt auf halbem Weg den Hügel hinauf«, sagte er. »Man erreicht es durch einen schmalen, von Jasmin gesäumten Pfad. Das Haus ist hellrot gestrichen und hat dunkelrote Fensterläden.« Er schloss einen Moment die Augen, als stelle er sich vor, dort zu sein. »Es hat einen schmalen Balkon und eine verwitterte steinerne Balustrade. Steinstufen führen hinauf zum Eingang. Das Haus ist alt.« Pause. »Und schön.«

Sehr poetisch. Marco mochte zwar in einer ihm fremdem Sprache sprechen, aber er wusste mit Worten umzugehen. »Das klingt phantastisch.« Sie spürte, dass er sein Zuhause liebte und es vermisste.

»Im Innern ist es eher dunkel und kühl«, fuhr er fort. »Draußen steht ein Kirschbaum. Und eine mit Wein bewachsene Pergola, unter der man an warmen Sommerabenden sitzt und seinen *aperitivo* trinkt.« Wie um ihr das zu demonstrieren, nahm er einen Schluck aus seinem Weinglas. »Das Haus ist seit vielen Generationen in Familienbesitz.«

Cari blickte aus dem Fenster. Die Landschaft hier war so anders als die von Marco beschriebene. Es regnete. Sommer in England, dachte sie. »Und was tust du dann hier?«, fragte sie ihn.

Sein Blick wurde abwesend, als wisse er es selbst nicht. Marco hatte etwas Lauerndes, Raubtierhaftes an sich, als könnte er sich im nächsten Moment auf sie stürzen. Und wenn er es tat? Wie, so fragte sie sich träge, würde sie reagieren? Bisher hatte er sich ihr gegenüber wie der perfekte Gentleman verhalten. Nein, sie hatte keine Gewissensbisse, weil sie hier in seiner Wohnung saß und mit ihm Wein trank. Warum auch? Zwischen ihnen war nichts vorgefallen. Warum also hatte sie Dan nichts von ihm erzählt? Forderte sie nun den Freiraum, den er ihr nicht zugestand? Oder war da doch mehr, etwas, was sie nicht wahrhaben wollte – zumindest jetzt noch nicht?

»Ich lerne Englisch«, meinte er. »Und ich arbeite.«

»Ach?« Das hatte sie nicht erwartet. Er hatte eindeutig den Eindruck erweckt, Student zu sein. »Seit wann?«

»Seit gestern«, lachte er.

»Wo?«

Leichtfüßig sprang er auf. »In dem Bistro in The Lanes. Das *Bella Pizza.*« Er verließ den Raum und kam gleich darauf mit der gut gekühlten Weinflasche zurück.

Sie hielt ihm ihr Glas zum Nachschenken hin. »Und ist sie auch *bella*?«, fragte sie. »Die Pizza?«

Er verzog das Gesicht. »Wenn du wirklich italienisch essen willst«, meinte er, »musst du nach Italien fahren. Das ist der einzige Weg.« Beim Einschenken streifte er ihre Hand. Ob zufällig oder absichtlich, konnte sie nicht sagen.

»Vielleicht nehme ich dich beim Wort«, erwiderte sie. Sie hatte das Gefühl, dass ihr Leben wieder in einigermaßen geordneten Bahnen verlief. Sie arbeitete, kümmerte sich wie eh und je um ihre Kunden, als hätte sich in ihrem Leben nichts verändert. Aber wie konnte das sein? Das Leben sollte eigentlich gar nicht »normal« sein, denn Tasmins Tod hatte alles auf den Kopf gestellt. Cari fühlte sich ziellos, als hätte sie die Orientierung verloren. Alles war irgendwie verrückt. Edward bereitete die Ausstellung von Tasmins Fotos vor, die in zwei Tagen eröffnet werden sollte, Dan drängte sie in eine gemeinsame Zukunft, bei jedem Treffen ein bisschen mehr. Und nachts lag sie lange wach, las im Tagebuch ihrer Mutter und versuchte sich einen Reim darauf zu machen. Wohin führte ihr Weg?

»Gut.« Marco nickte beifällig.

Ihr wurde klar, dass er ihr Zufluchtsort war. Ein Hafen der Ruhe, wo sie entspannen konnte und der Druck von ihr abfiel. Erneut schloss sie die Augen. Hier wurde sie von niemandem unter Druck gesetzt.

Doch als sie die Augen öffnete, begegnete sie seinem forschenden Blick. Als ob … Sie seufzte. Jeder wollte etwas von ihr, nicht wahr? Aber im Augenblick glaubte sie nicht, dass sie noch mehr zu geben hatte.

Cari schlug das Tagebuch auf.

Er trinkt immer mehr. Ich weiß, er kann nicht mehr aufhören. Morgens geht es ihm ganz gut – zwar brummt ihm der Kopf, aber das ist ja auch verständlich. Und er ist verbittert – das ist ihre *Schuld. Mittags fängt er an. Er isst sehr schnell, als könne er es gar nicht erwarten. Und dann geht es los. Ein großes Glas Whisky. Und noch eins. Der Alkohol bestimmt unseren Tagesablauf.*

Manchmal bekomme ich Angst. Nachts ist er lange mit Janey und den anderen unterwegs. Janey ist ein billiges Flittchen – in dem Punkt muss ich ihr *Recht geben. Und wenn er nach Hause kommt, will er reden. Reden und …*

Mein Gott, ich will kein Ersatz für meine Mutter sein! Das werde ich nie sein! Ich kann ihn nicht verlassen, nicht jetzt. Aber sie sollte eigentlich hier sein. Warum mutet sie uns all diesen Mist zu? Was geschieht nur mit uns? Früher waren wir eine Familie. Und nun …

Und nun? Caris Magen verkrampfte sich. Was meinte sie mit diesem *und nun*? Was geschah genau, wenn Tasmins Vater Richard spät in der Nacht betrunken nach Hause kam …?

Es ist spät, dachte sie. Kein guter Zeitpunkt für die Lektüre dieses Tagebuchs und erst recht kein günstiger Zeitpunkt, um sich wilden Spekulationen hinzugeben. Aber ihr Herz wurde schwer, wenn sie an Tasmin dachte. Sie war erst achtzehn, ihre Mutter hatte die Familie verlassen, der Vater trank. Wen wunderte es da, dass sie Cari nie von den Großeltern erzählt hatte? Dass sie die Vergangenheit begraben und zusammen mit ihrer Tochter ganz neu anfangen wollte?

Cari knipste das Licht aus, doch es dauerte lange, bis sie Schlaf fand. Die Worte, hingeworfen in der großzügigen, steilen Handschrift ihrer Mutter, wirbelten in ihrem Kopf herum. *Und nun … Und nun …*

Sie hatte nachgerechnet und festgestellt, dass sich die Eintragungen im Tagebuch dem Zeitpunkt ihrer Zeugung näherten. Ein seltsames Gefühl. Sie wusste gar nicht, wie sie es geschafft hatte, nicht weiterzublättern und weiter hinten nachzuschauen – schließlich brannte sie darauf, es zu erfahren … *Wer war ihr Vater?* Vermutlich hielt die Angst sie zurück. Denn sie wusste überhaupt nicht, was sie erwartete. Und ob sie die Wahrheit verkraften könnte.

Kapitel 13

Aurelia fühlte sich angesichts dessen, was sie Elena mitzuteilen hatte, nicht besonders wohl in ihrer Haut. Sie hatte sich unter der Pergola auf Elenas bequemer Holzbank eingerichtet, die Beine hochgelegt, Rücken und Schultern mit Kissen gepolstert. Es hatte zu regnen aufgehört, und die heiße Maisonne brach durch die Wolken, sodass sich die Terrasse wie so oft als der angenehmste Ort erwies. Kaum saß Aurelia aufrecht auf der Bank, bot Elena ihr zusätzlichen Komfort an – *hier, nimm den Schemel und noch ein paar Kissen. Lehn dich zurück, entspann dich!* … Elena machte ihre Gäste zu hilflosen Wesen, um ihnen nach Herzenslust Getränke und Essen aller Art aufdrängen zu können. Bestimmt glaubte Elena, ihre Freundin sei wieder einmal auf irgendeiner englischen Diät (wie sonst wäre sie so dünn?).

Die in Terrakottakübeln gepflanzten Orangen- und Zitronenbäume bildeten mit den bereits üppig blühenden weißen und rosaroten Petunien ein Quadrat. Gärten in Italien, so hatte Aurelia festgestellt, unterlagen bestimmten Regeln. Sie warf einen Blick auf das Haus hinter ihr, durch dessen Terrassentür sie das Klavier sehen konnte. Zum Glück gab es keinen Ton von sich. Sie hatte in den letzten Wochen wahrlich genügend Musik gehört.

Elena ist eine vernünftige, freundliche Frau und wird bestimmt Verständnis für mich haben – sofern sie sich meine Erklärung anhört, dachte Aurelia. Zugleich fragte sie sich, ob sie überhaupt zu Wort kommen würde.

Nachdem Elena den Kaffee und einige mit Oliven, *crostini* und köstlichem Gebäck gefüllte Schalen auf den Tisch gestellt hatte, setzte sie sich kerzengerade auf einen schmiedeeisernen Stuhl und ließ sich über das Hochzeitskleid der Braut aus. »Carmella weiß genau, was sie will«, erklärte sie und warf den Kopf zurück. »Und so soll es auch sein. Aber die Couturiers in der Toskana … Pah! Die kann man wirklich vergessen!« Sie schob die *crostini* in Aurelias Richtung. »Wir müssen dafür nach Mailand fahren«, erklärte sie. »Oder nach Rom.«

Wir? Aurelia hatte nicht die geringste Lust, in eine Auseinandersetzung über weiße Spitze und elfenbeinfarbenen Satin verwickelt zu werden. »Enrico macht mir Kummer«, platzte sie heraus.

Elena setzte die Espressotasse ab. Der *caffè* war so sämig und schwarz wie Melasse. Enrico mochte ihn so auch am liebsten. »Ist er krank?«, fragte sie besorgt.

Aurelia fühlte sich bestätigt. Natürlich freute Elena sich auf die Hochzeit, doch am wichtigsten war ihr das Wohlergehen der Menschen, die sie liebte. Bei dieser Gleichung musste allerdings auch Carmellas Wohl einbezogen werden.

»Das nicht«, antwortete sie zögerlich. »Aber er äußert sich sehr zurückhaltend zu alldem.« Einsilbigkeit widersprach dem Naturell der Italiener generell und dem von Enrico im Besonderen. Für gewöhnlich hielten sie mit ihrer Meinung nicht nur nicht hinterm Berg, sondern waren außerordentlich mitteilsam.

»Wozu?« Elena wirkte mindestens ebenso verschlossen.

»Zu der Hochzeit.« Aurelia wünschte beinahe, sie hätte geschwiegen. Sie dachte an Enricos bedrückendes Schweigen, das nur durch das Umblättern der Zeitungsseiten unterbrochen wurde. Und wie er die Tasten anschlug, sobald sie ihre Malutensilien zusammenpackte und das Haus verließ. Der ihr Schuldgefühle einflößende Rhythmus verfolgte sie durch den Park, am Labyrinth vorbei bis zur Bucht. Zuweilen hatte sie das Gefühl, sie könne ihm nur entkommen, indem sie in das warme Salzwasser des Golfs eintauchte.

»Wortkarg?«

»Sein Widerwille, *La Sirena* anlässlich der Feier für unzählige Menschen zu öffnen, ist unvorstellbar. Glaub mir.« Und es ließ sich nicht leugnen, dass mit einer großen Gesellschaft zu rechnen war. Aurelia hatte sich die vorläufige Gästeliste angesehen – sie war geradezu beängstigend. Aurelia lehnte sich zurück und sah zu den Weinranken auf. Noch waren die Trauben winzig und grün, doch bis Ende des Sommers würden sie mattrot, prall und saftig sein. Was, überlegte sie, mochte sich bis zum Ende des Sommers noch verändert haben?

Elena spreizte die runzligen Hände. »Mir bleibt keine andere Wahl. Es gibt Menschen, die eingeladen werden müssen. Menschen, die gekränkt wären, wenn sie nicht dazugebeten würden. Wir sind eine große Familie, wir haben viele ...«

»Das weiß ich doch.« Aurelia nahm einen Schluck Kaffee, während Elena ihr den Teller mit Gebäck zuschob. »Enrico fürchtet um unsere Privatsphäre. Er empfindet es so, als würden Leute in sein Haus kommen, die nichts anderes im Sinn haben, als ihre Nasen in unsere Angelegenheiten zu stecken.« Sie warf Elena einen vielsagenden Blick zu. Während die Italiener mit ihren Emotionen nicht hinter dem Berg hielten, zeigte sich diese Familie Fremden gegenüber meist lieber zurückhaltend.

»Pah!« Elena verdrehte die Augen. »Wen laden wir denn seiner Meinung nach ein? Etwa Krethi und Plethi?«

»Nein, aber ...«

»Glaubt er tatsächlich, mir mangele es an Taktgefühl?«

»Nein, aber ...«

»Nein ...« Elena verschränkte die Arme über der Brust. »... ich sei unsensibel?«

Aurelia war von Anfang an klar gewesen, dass ein hartes Stück Arbeit vor ihr lag. Deshalb hatte sie einige Wochen verstreichen lassen, bevor sie dieses Thema ansprach. Doch die Uhr tickte. Außerdem ertrug sie Enricos distanzierte Höflichkeit und seine spürbare Verletzung nicht länger – von der Lautstärke seines Klavierspiels ganz zu schweigen. »Es geht nicht allein darum«, sagte sie. »Es ist unter anderem auch die Vorstellung, dass so viele Menschen in *La Sirena* durch die Räume spazieren, die Gartenanlagen zertrampeln ...« Und das Labyrinth, fügte sie unhörbar hinzu. Was würde aus ihrem eigens in Form einer Triskele angelegten Labyrinth, ihrem Rückzugsort, ihrem Paradies der Ruhe?

Aus Elenas Gesichtsausdruck war eindeutig zu lesen, dass sie die italienische Neigung zum Pathos ein wenig zu weit trieb.

»Hochzeiten können in … übermütige Zusammenkünfte ausarten, bei denen möglicherweise Dinge zu Bruch gehen«, beendete sie ihre Ausführungen matt. Ebenso konnte die friedvolle Atmosphäre Schaden nehmen, die sie und Enrico in *La Sirena* immer gepflegt hatten, was ihnen schon jetzt Qualen bereitete. Sie ließ den Blick über Elenas friedlichen Garten schweifen. Der Duft der Zitrusfrüchte erfüllte die Luft. Abgesehen von gelegentlichem Hundegebell, Gesprächsfetzen sowie dem Geklingel eines durch das Dorf fahrenden dreirädrigen Lieferwagens, die der sanfte Wind aus der Ferne herübertrug, war alles still. Weshalb, in Gottes Namen, hatte sie sich von Elena dazu überreden lassen, Enrico zu fragen? Sie hätte doch wissen müssen, dass es bloß Ärger geben würde. Und warum hatte er zugestimmt, wenn er eindeutig »nein« meinte?

»Was glaubt er denn, mit welchen Menschen ich mich umgebe?« Aufgebracht schnalzte Elena mit der Zunge.

»Na ja …«

»Mit keinem, der Gartenanlagen zertrampelt«, erklärte sie empört, stürzte den restlichen Espresso hinunter und leckte sich hörbar die Lippen.

»Elena«, sagte Aurelia und schlug einen entschiedeneren Ton an. »Enrico hat sein Einverständnis gegeben. Deinet- und meinetwegen. Weil er wusste, dass es uns wichtig ist. Aber im Grunde ist er dagegen, und das solltest du keinesfalls vergessen. Noch sind die Einladungen nicht verschickt. Vielleicht gibt es ja eine Alternative.«

Elena sagte überraschenderweise kein Wort, sondern runzelte nur die Stirn.

Aurelia wollte soeben ihren Vorteil ausnutzen, als es an der Tür klopfte – ein vertrautes Klopfen. Die Tür wurde aufgestoßen, gefolgt von einem Ruf. »*Salve!*«

Elenas Augen weiteten sich. »Carmella!«, flüsterte sie. »Was sollen wir ihr sagen?«

Aurelia fühlte sich ohne ihr Zutun in das Familiendrama verstrickt. Was nun?

»*Ciao, ciao!* Hallo, hallo!« Carmella hastete durch die weit geöffneten Terrassentüren, um alle zu begrüßen. Sie trug ein kornblumenblaues Kleid, das dunkle Haar war kunstvoll und gleichzeitig schlicht über einem Ohr mit einem Kamm aus Schildpatt festgesteckt. Sie strahlte.

»*Ciao,* Carmella.« Aurelia wünschte, sie wäre Lichtjahre entfernt.

Carmella klatschte in die Hände. Der große Diamant am Mittelfinger ihrer linken Hand war nicht zu übersehen.

»Was für ein schöner Ring!«, bemerkte Aurelia.

Carmelia streckte die Hand aus, damit sie das Schmuckstück aus der Nähe in Augenschein nehmen konnten.

Elena schniefte. »In Italien hält man den Diamanten für den besten Stein«, erklärte sie Aurelia traurig. »Der Diamant ist aus der Flamme der Liebe geboren.«

Carmella nickte zustimmend. Sie sieht entzückend und glücklich aus, und ihre Augen glänzen ebenso wie Elenas, dachte Aurelia, bemüht, den Kloß im Hals loszuwerden.

»Ich wollte mit euch über die Blumen für die Hochzeit reden«, sagte Carmella. Sie ließ den Blick über Elenas Gemüsebeet gleiten, als suche sie zwischen den purpurfarbenen Artischocken, den Bohnen und Tomaten geeignete Kandidaten.

»Ja, gern ...« Mit einer entsprechenden Geste ermunterte Elena sie weiterzureden, obwohl ihr Blick nach wie vor sorgenvoll war.

»Letzte Nacht habe ich von Narzissen geträumt«, erzählte Carmella. »Von ganz frischen Narzissen mit einem geradezu bestechenden Duft.« Sie seufzte. »Und ich habe mir vorgestellt, wie sie nach der Hochzeit den Raum mit ihrem herrlichen Aroma erfüllen ...«

Frisch, geradezu bestechend ... Aurelia seufzte. Auch sie war einst im Frühling verliebt gewesen. Selbst wenn sie nach so vielen Jahren die Augen schloss, roch sie noch den Duft der Narzissen in Richards Garderobe nach »Wie es Euch gefällt«.

Damals war sie mit Tasmin schwanger gewesen, überglücklich in der wohligen Zuversicht, dass neues Leben in ihr wuchs und die Natur gleichzeitig explosionsartig erwachte – die Knospen der Narzissen, die jungen Triebe an den Bäumen, die Frühlingsbrise –, warm und zugleich mit einer unglaublichen Frische, die diese Jahreszeit durchströmte. Als würde sie den Frühling zum ersten Mal erleben.

Die Neuigkeit glühte geradezu in ihr, denn noch hatte sie Richard nichts von ihrer Schwangerschaft erzählt …

Sie saß im Zuschauerraum, beobachtete ihn, genoss den Anblick, als er über die Bühne schritt, sog den Klang seiner vollen, dunklen Stimme auf und erinnerte sich an den Augenblick, an dem sie ihn zum ersten Mal gesehen hatte. *Wer liebte je und nicht beim ersten Blick*, vernahm sie von der Bühne. O ja!

Kaum war die Vorstellung zu Ende, hastete sie in seine Garderobe. Sie wollte nicht wie verabredet in der Bar auf ihn warten, denn es drängte sie, ihn zu sehen und von ihm umarmt zu werden. Sie platzte beinahe vor Aufregung, ihm die Neuigkeit mitzuteilen. Richard würde gewiss ein wundervoller Vater sein. Das würde ihm über schwierige Zeiten hinweghelfen, sollte er beispielsweise die Rolle, die er sich erhofft hatte, nicht bekommen und tagelang vor sich hin brüten. Es würde ihn davon abhalten, sich zu viele Drinks zu genehmigen, wenn er eine Geste als mangelndes Interesse deutete und jedes Wort auf die Goldwaage legte. Die neue Situation würde ihn erden und ihre Beziehung auf ein festes Fundament stellen.

Der Duft der Narzissen war das Erste, was sie beinahe umwarf, als sie die Tür öffnete. Zu stark und penetrant in dem kleinen Raum. Der zweite Schock war Janey, die, nach wie vor mit Bühnen-Make-up und im Shakespeare-Kostüm, auf Richards Schoß saß. Er küsste sie und liebkoste ihre Brüste, die aus dem aufgeschnürten Mieder ihres Kleides ragten.

Aurelia stand in der Tür – fassungslos. Kurz darauf spürte sie einen stechenden Schmerz im Leib. Nein! Nein, bitte nicht! Sie wollte ihrem ungeborenen Kind zurufen: *Es ist alles in Ordnung.*

Ich bin hier. Ich behüte dich. Sie legte die Handflächen auf den Bauch, als solle das Kind nicht sehen, was sich in der Garderobe abspielte. Wie konnte er nur so etwas tun?

»Klopfst du nie vorher an?« Janey erhob sich träge, schob ihre Brüste zurück in das Kleid und griff nach dem Glas Wein, das auf dem Schminktisch stand und an dem bereits Spuren ihres scharlachroten Lippenstifts hafteten.

Um Fassung ringend, sprang Richard auf Aurelia zu. »Es tut mir leid, mein hinreißendes Mädchen, wir waren nur gerade ein bisschen albern. Das Adrenalin, die Freude über den Applaus. Du verstehst schon.« Er gab sich wie ein Kind und berührte ihr Kinn. »Oder?«

Aurelia starrte ihn an. Sie verstand ihn nur zu gut. Der Vorhang hatte sich gehoben, und nun sah sie ihn, ihren Mann, ihre Liebe, wie sie ihn noch nie zuvor gesehen hatte. Sie war regelrecht dankbar für den Zorn, der sie erfasst hatte. »Wie kannst du nur?«, fragte sie. »Noch dazu mit ihr?«

»He, warte mal eben!« Janey griff erneut nach ihrem Weinglas und bewegte sich zur Tür. Sie beugte sich vor, bis ihr und Aurelias Gesicht einander beinahe berührten.

Aurelia roch Janeys Atem. Wein und abgestandener Rauch, vermischt mit dem schweren Geruch der Narzissen, ließen sie beinahe würgen. Ihr Magen hob sich.

»Vergiss nicht«, zischte Janey ihr zu. »Ich war zuerst da, *Schätzchen*!«

Aurelia drehte sich um und lief hastig davon. Auch als sie seine Stimme hörte, blieb sie nicht stehen, umklammerte ihren Bauch und stieß geradewegs mit Stanley zusammen, dem Regisseur des Theaters.

»Aber hallo!«

Aurelia riss sich zusammen. Nein, sie würde nicht weinen. Nicht hier. Sie würde jetzt nach Hause gehen. Und dort weinen.

»Nehmen Sie es nicht so ernst!«, sagte Stanley.

Aurelia erkannte das Mitgefühl in seinen Augen. Wie dumm sie doch gewesen war! Er wusste es. Alle wussten es. Nur sie nicht.

Richard und Janey waren schon ein Paar, bevor sie Richard kennengelernt hatte. Warum sollte sich irgendetwas ändern? Weshalb sollten sich durch eine Ehefrau – eine naive, alberne, dumme Ehefrau – Dinge ändern? »Ist schon in Ordnung«, sagte sie und versuchte zumindest einen Rest an Würde zu wahren. Würden sich alle später in der Bar über sie lustig machen? Sie konnte den Gedanken nicht ertragen.

Sie würde ihn verlassen, entschied sie, nachdem sie in das kleine viktorianische Reihenhaus zurückgekehrt war. Ihr blieb keine andere Wahl. Wie sollte sie nach dieser Begegnung mit ihm leben? Sie würde das Baby allein großziehen ... Fragte sich nur, wohin sie gehen sollte. Nach Hertfordshire? Aurelia lief es kalt den Rücken hinunter. Auf keinen Fall würde sie zu ihm zurückkehren. Aber wie würde ihr Leben dann aussehen? Wie würde sie ihr Kind ernähren?

Sie war nicht gegangen – oder besser gesagt: nicht zu dem Zeitpunkt. In den Fünfzigerjahren, es war 1956 gewesen, tat man so etwas nicht. Selbst in Brighton nicht. Wie einst ihre Mutter saß Aurelia in der Falle. Sie blieb wegen des Kindes. Doch nach diesem Zusammenstoß mit Janey wusste sie, dass sie sich ihm in Zukunft entziehen würde. Richard würde ihre Beziehung eventuell weiterführen wollen, aber etwas in ihr würde sich ihm nie mehr öffnen. Und das würde er niemals ertragen können.

Aurelia warf einen Blick auf Carmella und wünschte ihr aus vollem Herzen alles Glück dieser Welt.

Carmella wandte sich Aurelia zu. »Ich habe ganz vergessen, mich bei dir und Enrico zu bedanken«, sagte sie. »Du kannst dir überhaupt nicht vorstellen, was es für mich bedeutet, unseren Hochzeitsempfang nicht in einem Hotel geben zu müssen. Es ist etwas ganz Besonderes. Absolut perfekt.«

Elenas Gesicht verdunkelte sich. »Setz dich, mein Schatz!«, sagte sie. »Ich habe schlechte Nachrichten.«

Im selben Augenblick verschwand alles Strahlen aus Carmellas Miene. »Was ist denn? Ist was passiert?«

Aurelia konnte den Anblick nicht ertragen. Sie schob ihre Kaffeetasse beiseite. »Es ist mir eine Freude. Es wird …« Sie streifte Elena mit einem Blick. »… Leben in das Anwesen bringen.«

Elena warf ihr einen Blick zu. »Und Enrico?«

Aurelia zuckte die Schultern. »Er denkt genauso wie ich.« Das war immerhin keine Lüge. Elena drückte ihr die Hand. »Dann ist doch alles gut. *Sì?*«

Nein, dachte Aurelia bei sich. Nicht alles. Aber die Feier würde in *La Sirena* stattfinden. Das war die einzige Lösung. Zumindest bis jetzt.

»Also, was wolltest du mir erzählen?«, wandte sich Carmella an Elena. »Geht es um das Kleid? Wenn das zu viel ist, könnte ich …«

»Nein, nein!« Elena brauchte keine zusätzliche Ermutigung. Sie nahm ein Notizbuch aus dem Schreibpult neben ihrem Stuhl. »Alles ist in Ordnung. Aber da du schon mal da bist … Ein paar kleine Änderungen …«

Carmella war sichtlich erleichtert.

Genug! »Ich muss noch etwas erledigen.« Mühsam erhob sich Aurelia. Zu Hause würde sie sich wieder Klavierspiel anhören müssen und Enrico würde seine Maske tragen. Im tiefsten Innern ihres Herzens wusste sie, dass es nicht nur um die Hochzeit und *La Sirena* ging. Sie musste mit Enrico sprechen …

»Ich habe dich gestört. Tut mir leid.«

Dabei tat es ihm offenbar gar nicht leid. Aber Cari bemerkte, wie sein Blick das aufgeschlagen auf dem Tisch liegende Tagebuch, die halb leere Kaffeetasse sowie den zurückgeschobenen Stuhl streifte. Außerdem stand auf dem Tisch das Foto der Frau im Garten.

»Nein, es tut dir nicht leid.« Aber er störte. Sie redete sich erneut zu, er sei doch nur ein Freund, traf ihn aber immer häufiger, wie sie schockiert feststellte – fast so oft wie Dan. Wie war es dazu gekommen? Wie hatte dieser fremde Italiener zunächst ihr Nachbar und so rasch ihr Freund werden können? So konnte es unmöglich weitergehen, oder vielleicht doch? Dan wusste nichts von Marco. Er würde es nicht gutheißen. Mit anderen Worten, wenn sie mit Dan zusammen sein wollte …

»Du liest.« Marco deutete auf das Tagebuch. Heute trug er dunkelblaue Jeans und ein weißes Hemd ohne Kragen, das seinen dunklen Teint und die schwarzen Locken besonders gut zur Geltung brachte.

»Das Tagebuch meiner Mutter.« Sie stand auf und holte – ganz selbstverständlich – den Wein. So unkompliziert war es zwischen ihnen.

Der Abschnitt, den sie gerade gelesen hatte, war allerdings weniger erhellend. Tasmin berichtete von der Begegnung mit Edward anlässlich einer Ausstellung ihres Colleges, in der auch Fotografien von ihr gezeigt wurden. Die Beschreibung klang eher vage – ein älterer Herr, der sich den Künsten und der Jugend verschrieben hatte und ihre Arbeiten so sehr bewunderte, dass er ihr einen Job in seiner Galerie angeboten hatte. Ein freundlicher Mann und zudem großzügig – was Cari jedoch bereits wusste. Es folgte eine lange Zeit ohne Eintragungen, als habe Tasmin ihre Erlebnisse aus dem Gedächtnis tilgen wollen. Ob sie zu schmerzlich waren, als dass ihre Mutter sich daran erinnern wollte?

Marcos Augen leuchteten. »Wie spannend! Du willst herausfinden, wer sie wirklich war?«

Cari fühlte sich verstanden. Sie füllte sein Glas mit Rotwein. »Ich komme allmählich dahinter, wie grandios sie sich auf das Versteckspiel verstand«, erklärte sie.

Er nahm das Glas entgegen. *»Alla tua Salute!«*

»Salute!«, antwortete sie, obgleich ihr nicht nach feiern zumute war. Wenn es doch nur einen Anhaltspunkt gäbe! Etwas, was sie auf die richtige Spur führen würde!

»Hat sie sich vor dem Leben versteckt?«, hakte er nach. »Oder vor sich selbst?«

»Vermutlich vor beidem.« Keine emotionsgeladenen Passagen mehr über ihren Vater und dessen Trunksucht; keine Hasstirade gegen die Mutter, die sie verlassen hatte. Stattdessen schien alles geglättet, als habe sich die Verfasserin bemüht, vollkommen normal zu wirken. Oder Kontrolle zu bewahren.

Er setzte sich neben sie auf die Couch und streckte lässig die Beine aus.

Relaxed, dachte Cari, eine Haltung, die Dan vollkommen fremd ist. Während Dan immer absolut aufrecht stand wie ein Fels, ähnelte Marco eher einer Eidechse. Er war beweglich und gab sich zwanglos, was ihn und sie betraf. Andererseits hatte sie das ungute Gefühl, eine Frau sollte sich vor Eidechsen in Acht nehmen. Besaßen sie nicht auch gespaltene Zungen?

»Hat sie dir keine Geschichten erzählt, als du klein warst?« Ein träumerischer Ausdruck malte sich auf seinem Gesicht, während die langen Finger mit dem Stiel des Weinglases spielten. »Meine Mutter und meine Großmutter haben mir immer Geschichten erzählt.«

Cari beneidete ihn glühend darum und wollte sie zur ihrer eigenen Überraschung auch hören – irgendwann einmal. »Nein. Meine Mutter hat mir nichts erzählt«, antwortete sie. »Sie sagte, ihre Eltern seien beide tot. Das war alles. Nichts über ihre Kindheit, nichts über ihre Großeltern.« Sie kam sich so betrogen vor.

»Tot?« Er wirkte überrascht.

Warum bloß? Weil Italien mit all seinen gesunden Gemüsesorten und dem gesundheitsfördernden Olivenöl Großeltern zu Ur- oder sogar zu Ururgroßeltern werden ließ? Sie nickte. »Mit anderen Worten, ich habe keine Familie mehr.« Das klang nach Selbstmitleid. Und das empfand sie auch.

»Und diese Dame?« Er sprang auf, griff nach dem Foto auf dem Tisch und betrachtete es prüfend.

»Sie sieht meiner Großmutter ähnlich«, erwiderte sie. »Hast du eine Idee, wo es aufgenommen sein könnte?«

Er reagierte zögerlich. »Keine Ahnung. Das Foto scheint alt zu sein. Es ist schon etwas vergilbt«, antwortete er und setzte sich wieder.

Damit hatte er möglicherweise Recht. Wahrscheinlich war es sinnlos, darüber zu spekulieren. »Ist ja auch egal. Selbst wenn es sich tatsächlich um meine Großmutter handelt – ich werde sie nie kennenlernen.« Sie ließ sich im Schneidersitz neben ihm nieder. »Ich kann es nicht ändern.«

»Aber du willst immer noch wissen, wer sie war?« Sein Fuß berührte leicht ihr Bein. »Richtig?«

»Und woher der hier stammt.« Sie nahm den Anhänger in die Hand. Der mysteriöse Bernstein schien ihr zuzuzwinkern, die winzige Libelle, die offenbar mitten im Flug erstarrt war – als wolle sie entkommen, dachte sie. »Ich weiß nichts darüber«, wiederholte sie. »Es gibt so viele offene Fragen …«

Er nickte verständnisvoll.

»Beispielsweise, wie der Anhänger in den Besitz meiner Mutter gelangt ist.« Edward, den Einzigen, der ihrer Meinung nach die Wahrheit wissen könnte, hatte sie bereits gefragt. Aber er hatte den Anhänger noch nie gesehen. Wenn der Anhänger Tasmin so stark an die ungeliebte Mutter erinnerte – warum hatte sie ihn dann aufgehoben? War er so wertvoll? Bernstein war nur ein Halbedelstein. Aber dieser war alt – vermutlich jahrhundertealt, oder? – und besaß vielleicht wegen des eingeschlossenen Tieres Seltenheitswert. Wie auch immer, der Anhänger – ob wertvoll oder nicht – hatte zweifellos eine Geschichte. Vielleicht sogar eine, die mit ihrer Familie zusammenhing.

Marco deutete auf das Tagebuch. »Vielleicht erzählt sie es dir später«, sagte er. »Hast du es zu Ende gelesen?«

»Nein.« Sie musste das Tagebuch in kleinen Dosen zu sich nehmen. Sie hatte ja schließlich noch andere Pflichten: ihre Kundinnen, die Eröffnung der Retrospektive in der kommenden Woche, zu der sich Edward nahezu täglich wegen dieses und jenes Details an Cari wandte. Und außerdem gab es noch Dan. Und Marco. Der wahre Grund jedoch war, dass sie bei der Lektüre beinahe jedes Mal in Tränen ausbrach. Weinen laugte aus. Aber Cari brauchte all ihre Kraft.

»Dann findest du vielleicht noch, was du wissen willst.« Marco schien sich sehr sicher zu sein.

Er sah sie so lange an, dass Cari gezwungen war, den Blick abzuwenden. Dan fehlte die Muße, um sich mit ihren Familiengeschichten zu beschäftigen. Er konnte nicht einmal verstehen, warum sie den Anhänger tragen wollte. Die Herkunft des Schmuckstücks interessierte ihn nicht. »Du solltest es verkaufen«, hatte er vorgeschlagen. »Du musst in die Zukunft schauen, anstatt ständig in der Vergangenheit zu graben.« Als fürchte Dan, Caris Interesse an ihrer Familiengeschichte ließe keinen Raum mehr für ihn.

War es tatsächlich so?, fragte sich Cari. Spürt er, dass ich von ihm forttreibe und mich nach etwas anderem als nach der Sicherheit und Unterstützung sehne, die er mir immer bieten will, und will er mir deshalb nicht gestatten, ich selbst zu sein?

Nein, sie würde den Anhänger nicht verkaufen. Niemals! Sie besaß ohnehin nur wenige wertvolle Erinnerungen an ihre Mutter. Das Schmuckstück war Tasmins Vermächtnis, das Cari bis an ihr Lebensende hüten würde.

Als sie den Kopf hob, ruhte Marcos Blick immer noch auf ihr. »Wir sind, wie sagt man, das Produkt unserer Vergangenheit«, erklärte er, als habe er ihre Gedanken gelesen.

Cari nickte.

Marco setzte sein Glas ab und nahm ihre Hand. Sanft strich er mit dem Daumen über ihr Handgelenk und verharrte auf ihrem Puls. »Du findest deinen Weg schon«, murmelte er. »Du wirst herausfinden, was du wissen willst.«

Cari war wie hypnotisiert. Seine Hand war so warm, so einladend. Aber welcher Weg mochte das sein? Welcher Stimme sollte sie folgen? Was konnte Marco möglicherweise darüber wissen? Und weshalb hatte ihre Hand gezittert? Warum überkam sie der Wunsch, dass er sie an sich ziehen, sie mitnehmen möge … und wohin? Lieber Gott, irgendwohin! Einfach fort von hier.

Sie hielt den Atem an. Was war los mit ihr? Sie benahm sich wie eine schwache Romanheldin. War Trauer so kräftezehrend, dass sie einem nicht nur die Vernunft, sondern auch den Seelenfrieden raubte?

Es klopfte.

»Cari?« Ohne eine Antwort abzuwarten, platzte Dan herein. Wie immer, dachte Cari.

»Dan …« Sie schien sich wie in Zeitlupe zu bewegen.

Misstrauisch sah Dan sie an. »Was geht hier vor, verdammt noch mal?«

Kapitel 14

Es war nur ein kurzer Fußweg von Elenas Haus auf dem Hügel bis zu *La Sirena*, und Aurelia war der Meinung, ein Spaziergang sei jetzt genau das Richtige. Es war noch früh am Abend, die Luft kühl und erfrischend, und es ging talabwärts. Wie angenehm war es, in leichten Sandalen über das Kopfsteinpflaster zu spazieren, vorbei an hohen rötlichbraunen, sand- und ockerfarben gestrichenen Fassaden mit grünen Fensterläden und Blumenkübeln und Balkonen mit üppig blühenden Geranien. Aurelia liebte Italien im Frühling, diese Heiterkeit, die einem die allmählich wärmer und länger werdenden Tage vermittelten. Und es gab noch keine Touristenströme.

Aurelia gönnte sich neben den ausgetretenen Stufen zu einer geöffneten Eingangstür eine Verschnaufpause und lauschte dem Wortschwall einer Mutter, die eines ihrer Kinder wegen der verspäteten Rückkehr zum Abendessen rügte. Wie sie festgestellt hatte, waren die Dorfbewohner hinsichtlich der Pünktlichkeit zu den Mahlzeiten unerbittlich.

Was hatte das Dorf für Touristen denn auch zu bieten? Der Strand war aufgeteilt in Privatbuchten – eine davon gehörte *La Sirena* –, und die winzige Piazza konnte sich nur eines Lebensmittelhändlers, eines Obst- und Gemüseladens, eines Metzgers, eines Bäckers und einer Bar rühmen. Es gab gottlob weder trendige Restaurants noch Lederboutiquen oder Souvenirläden, die den Schiefen Turm von Pisa in Modellausführung anboten. Selbst Tellaro – das sich zu einem bevorzugten Ort für betuchte Italiener entwickelt hatte – war es gelungen, sich das ursprüngliche Flair zu bewahren. Sein Strand war zu felsig für Sonnenanbeter, die Straße zu steil und zu eng, die Geschäfte eher auf den Bedarf der Dorfbewohner ausgerichtet als auf die Erfüllung von Touristenträumen. Mit Ausnahme natürlich von Alfonzos Galleria d'Arte, die ihren Sitz dort hatte, wo sich das vornehme, kulturell anspruchsvolle Publikum tummelte. Aurelia schmunzelte. Die Flaniermeile war in nichts mit der Lower Esplanade in Brighton vergleichbar, die für jeden Geschmack, für gefüllte und weniger pralle Geldbörsen etwas zu bieten hatte.

Der Regen hatte gutgetan, fand Aurelia. Die Straßen waren längst nicht mehr so staubig, alles wirkte insgesamt sauberer – aber das mochte nur eine Täuschung sein, weil Italiener ihre Häuser innen und außen blitzblank hielten. Zudem duftete die Luft nach Harz und der üppigen Vegetation.

Als Aurelia die Piazza am Fuß des Hügels erreicht hatte, beschloss sie, sich ein kühles Bier zu genehmigen. Sie musste ihre Gedanken ordnen.

Enrico hat Recht gehabt, gestand sie sich ein, als sie über das Kopfsteinpflaster auf die Bar zusteuerte: Die Hochzeit wird uns das ganze Jahr in Anspruch nehmen. Der Sommer in Ligurien sollte eigentlich der Erholung dienen, aber das, was auf sie zukam, ähnelte eher einem Waldbrand. Wie oft schon hatte sie diese Flächenbrände auf den umliegenden Hügeln gesehen, die sich, erkennbar an einem roten Glühen am Himmel, ganz allmählich entwickelten. Ein Vorhang undurchdringlichen, erstickenden Rauchs, der sich über Kilometer ausbreitete – oft sogar bis zur Bucht. Für gewöhnlich bekamen die Feuerwehrleute Unterstützung von Helikoptern, die Behälter voller Sand und Löschwasser transportierten. Vor einigen Jahren war sie mit Enrico in den Olivengärten spazieren gegangen und hatte einen dieser Brandherde aus der Nähe gesehen. Für die Olivenhaine bestehe keine Gefahr, hieß es, aber das konnte Aurelia kaum glauben. Das Feuer hatte sich enorm ausgeweitet. Die Luft schien zu dröhnen, und die heißen Flammen brannten sich einem schier in die Knochen. Ein grellroter Fleck, der mit Hilfe des Windes ausgedörrtes Gras und Ginsterstauden erfasste und sich bis in die Täler ausbreitete. Gottlob hatte er weder die Olivenhaine noch Behausungen erreicht. Doch Aurelia würde sich nie an diese Gefahr gewöhnen.

Auch die bevorstehende Hochzeit entwickelte sich allmählich zu einem Brandherd. Elena wieselte mit dem Elan einer Frau mittleren Alters umher und spannte auch Aurelia ein, ob diese nun wollte oder nicht. Ständig gab es etwas zu besprechen, sei es die Speisenfolge oder die Frage eines Zeltes. Elena hatte Aurelia auch darüber informiert, dass sie einige Musiker ansprechen und die Auswahl der musikalischen Untermalung allein Enrico übertragen wolle.

»Das kannst *du* ihm ja erzählen«, hatte Aurelia geantwortet.

Nun betrat sie die schummerige Bar. *»Buona sera. Una birra, per favore.«*

Der grauhaarige Mann, der servierte, blickte sie finster an. Luigi. Sie hatte bereits von ihm gehört, aber für gewöhnlich bediente seine Frau in der Bar. Luigi blickte eigentlich immer nur finster.

Aurelia war diese Art Umgang in dem Dorf, das ihren Namen trug, bereits gewohnt. Sie neigte dazu, sich diese Behandlung nicht zu Herzen zu nehmen, und hielt sich stattdessen öfter in Tellaro auf, einem ihrer Meinung nach weitaus kultivierteren Ort. Aber es überraschte sie dennoch, da sie beinahe überall in Italien überaus freundliche Menschen angetroffen hatte. Aus braungebrannten, zerfurchten Gesichtern lächelte man ihr entgegen und grüßte sie mit *Buon giorno*, noch ehe sie der italienischen Sprache mächtig war, verwickelte sie in Gespräche und Plaudereien und gab Ratschläge, als sie die Sprache beherrschte. Aber wieso war es in dem Dorf Aurelia so anders? Betrachteten die Bewohner sie etwa als Feindin, weil auch sie diesen Namen trug? Waren sie in Sorge, dass sie ihr Dorf womöglich einnehmen wollte?

»Schöner Tag, nicht wahr?«, wandte sie sich an Luigi. Britisch bis ins Mark – im Zweifel unterhält man sich eben über das Wetter, eine Gegebenheit. Wie könnte das zu Kontroversen führen?

Doch Luigi ließ eine Tirade in einem Tempo los, die sie nur bruchstückhaft verstehen konnte. Der Inhalt hatte aber offenbar nichts mit dem Wetter zu tun. Aurelia war sprachlos.

»*Euh!*« Zornig sah er sie an. Mit jeder Sekunde verfärbte sich sein Gesicht mehr.

Vielleicht hat er ja zu viel Grappa getankt, überlegte Aurelia. Irgendetwas stimmt nicht mit ihm.

»Hat er Ihnen erzählt, wie sie gestorben ist?«, fragte Luigi plötzlich gut verständlich.

Sie starrte ihn an. Nein, sie brauchte nicht zu fragen, von wem er sprach. So viele Jahre waren vergangen, aber sie wusste es auf Anhieb … »*Danke.*« Sie bot alles an Würde auf, was ihr zur Verfügung stand, nahm ihr Bierglas und ging hinaus. Bedächtig nahm sie unter der schattigen Pergola Platz. Warum …?, fragte sie sich. Warum, nach so langer Zeit? Was mochte er über Catarinas Tod wissen?

Sie hatte natürlich auch schon darüber nachgedacht. Vermutlich wäre jeder neugierig, wenn er einen Mann kennenlernte, dessen Frau vor nicht allzu langer Zeit gestorben war, obwohl sie erst Ende vierzig war. Aurelia war nicht die Einzige, die sich die Frage nach der Todesursache stellte. Aber ihr Taktgefühl und ihre Sensibilität hatten sie anfangs davon abgehalten, sich danach zu erkundigen.

Sie nippte an ihrem Bier, genoss die kühle Flüssigkeit, die ihre Kehle hinunterlief. Gleichzeitig fühlte sie sich unbehaglich. Worauf wollte Luigi hinaus?

»Es war ein Unfall«, hatte Enrico eines Tages erklärt. »Aber ich möchte nicht darüber sprechen. Versteh das bitte!«

Aurelia hatte sich erst ein, zwei Wochen später an Elena gewandt, nachdem Enrico ihr vorgeschlagen hatte, zu ihm zu ziehen. Sie hatte das Gefühl, sie müsste es erfahren, bevor sie diesen Schritt tat – was doch verständlich war.

»Es war sehr tragisch.« Elena hatte diesmal nicht übertrieben. »Catarina hatte eine Schlaftablette zu viel genommen. Ein Unglück, natürlich. Als Enrico sie fand, war es bereits zu spät.«

In den folgenden Monaten hatte Aurelia mehr darüber in Erfahrung gebracht. Catarina schlief schlecht, und Stefano war ein schwieriges Baby. Überdies war Enrico eines Nachts verschwunden … Wenn mehr an der Sache gewesen wäre (Aurelia wusste nicht, was das hätte sein sollen), würde sich doch jeder weigern, noch darüber zu sprechen. Es war Vergangenheit. Für beide ein schmerzliches Geschehen. Wie sehr musste Enrico die Fragen gehasst haben, die unweigerlich folgten! Kein Wunder, dass ihm seine Privatsphäre über alles ging. Konnte man es ihm verdenken?

Aurelia schob die düsteren Gedanken beiseite und trank das Glas zu hastig leer, legte ein paar Euro auf den Tisch und erhob sich.

Im selben Moment stand Luigi neben ihr. Sein gebräuntes Gesicht war noch fleckiger als vorher. »Er hat sie dazu getrieben«, sagte er. »Wir werden es niemals vergessen.«

Aurelia wollte es nicht hören. »*Grazie*. Äh …« Sie wandte sich zum Gehen, doch er verstellte ihr den Weg – ein kleiner, aber kräftiger Mann, die Hände in die Hüften gestemmt, mit dunkler, wettergegerbter Haut, schwarzem Haar und einem stoppeligen Kinn, das sich ihr entgegenreckte. Sie roch den alkoholisierten Atem, der sich mit seinem üblen Körpergeruch mischte.

»Er hat sie allein gelassen. *Sì, sì*. In der Nacht, als sie starb, war er bei einer anderen Frau.«

Aurelia versuchte, nicht hinzuhören.

»Sie … Sie war verzweifelt«, fuhr er fort. »Und er? Pah! Er hatte nur seine Geschäfte im Kopf. Geld!« Luigi schnippte derartige habgierige Interessen mit einer Handbewegung fort. »Er hat sie so früh ins Grab gebracht.« Er fluchte und spuckte auf die Straße. »Bastard!«

»*Basta!* Es reicht.« Aurelia umrundete ihn und hastete über die Piazza. Warum rannte sie eigentlich? In ihrem Magen rumorte es. Und weshalb duldete sie überhaupt, dass jemand, der keine Ahnung von den Umständen hatte, sie so in Rage brachte?

»Ehebrecher! Mörder! Abschaum!« Die Stimme bohrte sich geradezu in ihren Kopf und verfolgte Aurelia, bis sie den Fuß des Hügels erreicht hatte.

Sie eilte weiter, bog in den gepflasterten Weg ein, der durch den Kastanienwald hinunter zur Küstenstraße führte. Die Glyzinien rankten sich an der Befestigungsmauer entlang, verhüllten sie, so weit das Auge reichte, mit ihren purpurfarbenen Blüten. Doch diesmal schenkte sie ihnen kaum einen Blick. So viel Bosheit … Ob Enrico überhaupt ahnte, wie verhasst er in Aurelia war? Das erklärte das Verhalten der Dorfbewohner, die ihr mit einer Mischung aus Misstrauen und Mitleid begegneten.

Doch wieso hatte niemand in all den Jahren ein Wort darüber verloren? Aber weshalb sollten sie auch mit einer Fremden darüber reden? Obwohl sie schon so lange hier lebte, war sie für die Bewohner des Ortes nach wie vor eine der *stranieri*. Zumindest für alle außer Rosa und vielleicht Maria. Und wie oft hatte sie ihnen Gelegenheit gegeben, darüber zu reden?

Aurelia zitterte so stark am ganzen Körper, dass sie kaum in der Lage war, die schweren Eisentore zu *La Sirena* aufzudrücken.

Es konnte nicht wahr sein. Natürlich war es nicht wahr. Enrico hatte Catarina geliebt, immer, er konnte vor Trauer kaum von ihr sprechen oder gar das Labyrinth aufsuchen. Sie war seine Welt, seine Frau, sein Ein und Alles gewesen. Die Hand immer noch auf dem warmen Torgitter, hielt sie inne. Wenn es ihm aus einem Schuldgefühl heraus gar nicht möglich war, von ihr zu sprechen? Was, wenn Luigis geifernde Tirade der Wahrheit entsprach? Und wenn tatsächlich eine andere Frau im Spiel gewesen wäre? Was, wenn …

Sie schloss das Tor hinter sich und wanderte die Auffahrt hinauf, vorbei an den in der Abendbrise zart schimmernden, stattlichen Zypressen, blieb stehen und betrachtete das weiße, mit grauen Fensterläden versehene Gebäude im Schein der untergehenden Sonne. Sie überlegte, was sie zu Enrico sagen würde.

Irgendwie gelang es Cari, gelassen zu bleiben. Trotz Dans wütendem Gesichtsausdruck hatte sie sich nichts vorzuwerfen.

Sie empfing ihn mit einem Lächeln. Sie hatten vereinbart, einander anzurufen, wenn sie sich treffen wollten, hatten geklärt, wie viel Privatsphäre jeder benötigte, hatten Grenzen abgesteckt. Doch offenbar hatte Dan Gründe, sich nicht an ihre Absprachen zu halten.

»Dan, das ist Marco«, sagte sie fröhlich.

»Wer ist …?«, brummte er.

»Caris Nachbar, aus dem oberen Stock.« Marco schnellte vom Sofa auf und hielt Dan die Hand entgegen. »Nett, Sie kennenzulernen.« Marco war so charmant, dass Cari sich nicht gewundert hätte, wenn er Dan die Hand geküsst hätte. Zum Glück sah er davon ab.

»Gut.« (Was redete sie da? Gut? Rein gar nichts war an dieser Situation gut.) »Etwas Wein, Dan?«, fragte Cari und merkte im selben Augenblick, dass sie Marco keinen mehr anzubieten brauchte, so gut verstanden sie sich.

»Ich nehme mir ein Bier aus dem Kühlschrank«, knurrte Dan.

Er markiert sein Gebiet, stellte sie fest. Na ja, das konnte man ihm nicht verübeln. Immerhin war er auf niemanden losgegangen. Noch nicht.

»Marco ist Italiener«, sagte Cari, was – wenn man darüber nachdachte – ziemlich überflüssig war. »Ich habe ihm das Wichtigste über Brighton erzählt.«

»Hier gibt es einen Haufen mieser Bars«, brummte Dan.

»Wie bitte?«

»Er sagt, du müsstest ein paar Bars besuchen«, erklärte Cari lachend. »Ich gebe dir eine Liste mit den Namen der Bars, die du besser meiden solltest.«

»Und tanzen?« Marco sah Cari an.

Sie verspürte plötzlich den Wunsch, die Kissen nach ihm zu werfen. »Welche Art?«, fragte sie.

Er fuhr mit den Fingern durch seine Locken. »Salsa?«

Auch Tasmin hatte gern Salsa getanzt. Cari dagegen hatte es

nie probiert. Ohne Dan würde ich mich bestimmt viel wohler fühlen, erkannte sie plötzlich, und wohl kaum an Salsa-Schritte denken.

»Da gibt's genügend!« Rasch ging sie zum Tisch, riss ein Blatt aus ihrem Notizbuch und notierte ein paar Namen von Lokalen, in denen Salsa getanzt wurde. »Viel Spaß beim Salsa-Tanzen!«

Er verstand den Wink. »*Ciao*«, sagte er, hob die Hand und ging zur Tür. »Bis demnächst.«

Dankbar begleitete Cari ihn zur Tür.

»Von wegen. Dir werde ich was husten«, grummelte Dan.

Cari seufzte tief. Und nun?

Kapitel 15

»Der Kerl ist mir suspekt«, sagte Dan, nachdem Marco die Wohnung verlassen hatte.

»Warum?« Na ja, zugegeben, es ist bestimmt nicht gerade angenehm, einen fremden Typen in der Wohnung seiner Freundin anzutreffen. Aber es war doch alles total harmlos. Außerdem war sie nicht Dans Eigentum. Wieder einmal spürte Cari den Zorn, der in ihr hochkochte. Sie gehörte niemandem.

»Er wirkt hinterhältig.« Dan setzte sich an den Tisch. Für gewöhnlich steuerte er direkt auf das Sofa zu, doch es war nun offensichtlich mit Marcos Spuren behaftet.

»Inwiefern?«

»Er hat einen verschlagenen Blick«, antwortete er und funkelte sie an.

Der böse Blick?, fiel ihr dazu ein. »Du magst Italiener nicht, was?«

Er bestritt es nicht. »Sie sind anders, das ist alles. Schleimerisch. Aalglatt. Falsch.«

Charmant und unterhaltsam, dachte sie. Unberechenbar. »Verdammte Ausländer! Willst du das damit sagen?« Sie schenkte Wein nach. Sollte es zum Streit kommen, könnten sie ebenso gut abgefüllt miteinander zanken.

»Du sagst es.« Er kippte sein Bier rasch, ein weiterer Hinweis darauf, dass sich etwas zusammenbraute. »Sich hinter meinem Rücken hier reinzuschleichen …«

»Jetzt halt mal die Luft an! Er ist überhaupt nicht hier ›reingeschlichen‹. Ich habe ihn ermuntert, vorbeizukommen, wann immer er möchte …«

»Ach, wirklich?«

»Ja, wirklich. Und keineswegs hinter deinem Rücken. Sondern ganz offen.« Sie zögerte einen Augenblick. Doch das musste er sich jetzt auch noch anhören. »Du wohnst nicht hier, Dan. Du kannst mir nicht vorschreiben, was ich zu tun und zu lassen habe.«

Schweigen.

Cari trat ans Fenster. Sie war der Sache nicht wirklich gewachsen, das wusste sie. Seufzend bemühte sie sich, der Anspannung Herr zu werden. Sie starrte hinaus in die dunkle Nacht. Die Vorhänge waren nicht zugezogen; sie liebte den Anblick der Stadt bei Nacht. Die helle Straßenbeleuchtung, die rote Neon-Leuchtreklame sowie die schimmernden Schaufenster im Erdgeschoss der majestätischen Gebäude aus der viktorianischen und edwardianischen Zeit und die breiten Boulevards, von denen schmale Gassen abzweigten. Die roten Busse und blau-weißen Taxis, die zahlreichen Autos sowie die Menschen jeglicher Hautfarbe und unterschiedlichsten Aussehens, bunt gekleidet, von schrill bis elegant, erschreckendem Gothic-Look bis hin zum Flower-Power-Outfit. Das kosmopolitische, lebendige Brighton – eine Stadt, in der Vielfalt gefeiert wurde und in der sich jeder zu Hause fühlen konnte. Sie atmete tief ein und nahm alles in sich auf. Im Westen konnte sie gerade noch die hohen Türme des grauen Uhrenturms auf dem Hügel sehen, aber zum Glück nicht das Churchill-Square-Einkaufszentrum – den Klecks am Horizont – Richtung Norden. Außerdem den Royal Pavilion mit seinen elfenbeinfarbenen, stark mit dem Nachthimmel kontrastierenden Kuppeln, der von Scheinwerfern angestrahlt wurde.

Cari war glücklich, dass sie im Zentrum wohnte. Zwar hatte Brighton mehr Straßenkriminalität, Drogendelikte und Gewalt als die Umgebung zu verzeichnen, aber es war lebendiger und verrückter, barg ein weitaus größeres künstlerisches Flair, war chaotisch und ungeheuer bunt.

Dan war plötzlich seltsam still.

Als sie sich umwandte, sah sie, dass er in Tasmins Tagebuch las. »He!«

Sie trat an ihn heran und riss es ihm aus der Hand.

»Aha, das ist also auch off-limits?« Dan stand auf und packte sie am Arm. »Wenn ein verfluchter Italiener hier rumspioniert, scheint das völlig in Ordnung zu sein, aber …«

»Er ist weder ein verfluchter Italiener, noch hat er rumspioniert!«, konterte Cari. Sie schüttelte ihn ab. »Und das hier ist meine Privatsache.«

»Mich hat das offenbar überhaupt nicht zu interessieren, was?« Wie ein kleiner Junge sah er sie an.

Sie merkte, dass sie ihn verletzt hatte. Nicht indem sie ihm das Tagebuch ihrer Mutter verweigert oder Marco eingeladen hatte. Würde Dan sich sicher fühlen, würde all das keine Rolle spielen. Bisher hatte er stets ihre Privatsphäre respektiert, doch auf einmal bedrängte er sie ständig. Und sie kannte den Grund, obgleich sie es noch nicht ausgesprochen hatte. Nicht einmal vor sich selbst. Sie zuckte die Schultern. »Nein. Niemanden.«

Dan setzte sich erneut an den Tisch, Cari nahm gegenüber Platz, das Tagebuch im Arm. Sie musste es ihm erklären. »Hör mal«, begann sie. »Nur weil ich nicht jede freie Minute meines Lebens mit dir verbringe, heißt das doch nicht, dass du mir gleichgültig bist.« Sie legte das Tagebuch auf den Schoß.

Dan ergriff ihre Hände. »Aber vielleicht bedeutet es, dass du mich nicht gern genug hast.«

War ihr dieser Gedanke nicht auch schon gekommen? Cari betrachtete seine großen Hände. Jetzt war die Gelegenheit, ganz offen mit ihm darüber zu reden. Ihm zu erklären, dass sie sich längst nicht mehr so sicher sei, dass sich etwas in ihr verändert habe und sie sich im Augenblick nicht im Klaren sei, wie es bei ihr weitergehen solle, sondern nur wisse, dass sie auf der Suche sei und Angst habe.

Sie wollte keine vorübergehende Beziehung. Sie war sich nicht einmal sicher, ob sie einen Lover wollte. Sie schätzte Dan sehr, sie hatten schöne Zeiten miteinander verlebt, doch jetzt hatte sie den Wunsch nach … Sie wusste selbst nicht so genau, wonach. Nur, dass es etwas anderes sein musste.

»Vielleicht hast du Recht«, sagte sie.

»Cari …« Er verzog das Gesicht.

Ob sie noch mehr ertragen würde? Sie fühlte sich so furchtbar schuldig, verdammt noch mal. Dan hatte nichts falsch gemacht. Er hatte nicht verdient, verletzt zu werden. Er war ein guter, liebenswürdiger Mensch. Aber ihn hinzuhalten – falls es das war, was sie tat – war noch schlimmer. »Vielleicht sollten wir uns eine Zeitlang nicht sehen«, schlug sie vor. »Damit wir die Dinge mit Abstand betrachten können.«

»Dinge?« Seine Stimme klang trostlos.

»Der Tod meiner Mutter, mein Leben, uns …« Wie sollte sie es ausdrücken? Welche Worte sollte sie finden, ohne ihn zu verletzen? Es war unmöglich.

Diesmal zog Dan die Hände fort. Sein Gesichtsausdruck veränderte sich. »Dich hat es ziemlich erwischt, was?«

»Was? Mich erwischt?«

»Na ja, mit deinem verdammten Nachbarn, dem Makkaronifresser. Der hat es dir ja ganz schön angetan.«

»Hör auf damit, bitte!« Müde legte sie das Tagebuch zur Seite und erhob sich. Warum ging es bei Männern immer um Konkurrenz? Weshalb gelang es ihnen nicht, darüber hinaus zu denken?

»Cari.« Sie fürchtete einen Augenblick, er breche in Tränen aus. Doch er stand auf und öffnete die Arme.

Zögernd ging sie auf ihn zu. Sie war so sehr daran gewöhnt. Wollte sie wirklich hier sein, oder war es schlichtweg die schmerzloseste Wahl?

»Du bist erschöpft.« Er strich ihr übers Haar. »Die letzte Zeit ist sehr anstrengend gewesen – die Sache mit deiner Mutter und alles, was damit zusammenhängt.«

Er hatte Recht. Cari spürte, wie sich ihre Anspannung löste. Sie war wirklich müde … Vielleicht würde sie am nächsten Morgen anders über all dies denken.

»Du bist durcheinander. Es war alles zu viel für dich.«

Sie wurde ruhiger. Das war der Dan, den sie so sehr schätzte. Der sie von der Anspannung des Nachmittags mit einer schwierigen Kundin befreite und der es fertigbrachte, dass sie einschlief, indem er ihr übers Haar strich. Sie brauchte diesen Dan.

Er schwieg. »Ich werde immer für dich da sein«, sagte er. »Das musst du mir glauben.«

Cari schloss die Augen. Wenn er sich so gab, schien alles einfach zu sein, zu einfach. Ihr Fels …

»Lass uns für ein paar Tage wegfahren«, schlug er sanft vor. »Ich buche etwas für uns. Auf dem Festland. Was hältst du von Paris?«

Cari seufzte. Der Bann war gebrochen. Ja, er war sehr fürsorglich. Doch reichte das? »Vergiss nicht, ich habe Kunden«, erwiderte sie. »Und Mums Ausstellung wird bald eröffnet, schon vergessen?«

Sie spürte seine Enttäuschung, fand jedoch nicht die Worte, um einen Rückzieher zu machen. Außerdem verspürte sie auch keinen Wunsch dazu. Sie wollte keinen Mann, der nur dann verfügbar war, wenn es ihr schlecht ging. Sie wollte mehr.

Er hatte Recht, ein Tapetenwechsel würde ihr guttun. Aber nicht mit Dan, konstatierte sie traurig. Sie wollte allein sein.

Bedächtig nippte Aurelia von dem Vin Santo. Er schmeckte weich und nussig und schien sich geradezu an den Gaumen zu schmiegen. Sie schloss die Augen. Der Tag war nicht einfach gewesen. Geheimnisse … Hatte jeder Geheimnisse? Enrico in Bezug auf Catarina, Richard mit seiner Familie … *(Ja, natürlich kannst du sie besuchen, sie möchten dich unbedingt kennenlernen …)* Wie viele geplatzte Treffen waren vorausgegangen, ehe sie ihm die Wahrheit mit Gewalt hatte entlocken können! Bis er ihr eingestand, dass er sich seiner Familie schäme und sie daher aus seinem Leben ausgeblendet habe, dass seine Familie, wenn es nach ihm gehe, ebenso gut tot sein könne. Richard, der arme Kerl, hatte mit allen Mitteln versucht, seiner Herkunft zu entkommen. Dazu hatte er sogar ein Mädchen geheiratet, das jener Gesellschaftsschicht angehörte, die ihm so erstrebenswert erschien.

Sie stellte das Glas auf den Holztisch neben sich. Trotz dieses Gefühls von Traurigkeit musste sie doch beinahe über ihr einstiges Naturell lachen. Als sie Richard kennenlernte, war sie offensichtlich ein anderer Mensch als heute.

Sie lehnte sich in dem beigefarbenen Ledersessel zurück und sah sich in dem mit Marmor ausgestatteten Salon um. Wie elegant! Geradezu kühl. Gschmackvoll, aber doch irgendwie kalt. Richard … Wie lange lagen diese ersten Ehejahre zurück, in denen sie noch so hoffnungsfroh in die Zukunft blickte? Als sie eng umschlungen die zugige Promenade von Brighton entlangschlenderten, er ihr Zuckerwatte kaufte und ihr die Süße von den Lippen leckte. Als sie Hand in Hand, das Haar vom Wind zerzaust, über die salzverkrusteten Kiesel zum Meer liefen und kreischend zurückwichen, kaum dass die schaumgekrönten Wellen sie einzuholen drohten. Und später, auf die glatten Geländer des Palace Pier gestützt, sowohl auf das Wasser als auch auf ihren neuen Horizont blickten – plaudernd, lachend, den Kopf voller Pläne. Er würde ein berühmter, gefragter Schauspieler werden, und sie würden fünf Kinder haben und gemeinsam die Welt erkunden.

Was seine Eltern betraf, hatte sie die romantische Vorstellung besessen, Richard und sie würden die beiden in ihrer Sozialwohnung besuchen (wie arrogant sie doch gewesen war!) und es wäre sofort eine instinktive gegenseitige Zuneigung spürbar, die sie alle wieder zusammenführen würde. Eine große, glückliche Familie. Das Geld war kein Thema für sie gewesen, und das Milieu schien keine Rolle zu spielen. Ha! Aurelia nippte erneut an dem Wein mit dem nussartigen Aroma. Enrico hatte ihr einen Teller mit *biscotti* hingestellt, aber sie hatte das Gefühl, nichts mehr in sich aufnehmen zu können – weder an Essbarem und Wein noch an Gedanken und Ängsten.

In Wahrheit war Richards Mutter boshaft gewesen. Sie hatte ihre frischgebackene Schwiegertochter herablassend behandelt und vielsagend die Nase gerümpft. Sein Vater war ein Trinker (ob das wohl genetisch bedingt war?) und sein Bruder ein äußerst heimtückischer Kerl, der sie nicht nur bei der ersten Begegnung, sondern auch später bei jeder Gelegenheit um Geld angebettelt hatte. Kein Wunder, dass Richard seine Familie verleugnen wollte. Kein Wunder, dass er Aurelia hatte fernhalten wollen. Sie, Aurelia, hatte ihren Vater zwar auch gehasst, aber er hatte immerhin ihre Welt geteilt und ihre Verbindung hatte bis zu seinem Tod bestanden.

Aurelia schob den Gedanken an Hugh beiseite. Wie konnte der aufgeschlossene, liebenswerte, aufrichtige Richard aus einer derart heuchlerischen Familie stammen?, überlegte sie. Es war verständlich, dass er seine Eltern nicht zur Hochzeit eingeladen hatte. Natürlich hatte er sich ihrer geschämt … Wer hätte das nicht?

Wie naiv ich doch war!, wunderte sich Aurelia und schloss die Augen. Naiv gegenüber der Welt mit all ihren Richards.

»Verzeih mir!«, hatte er sie am Morgen gebeten, nachdem sie ihn mit Janey in seiner Garderobe überrascht hatte. »Ich bin ein hoffnungsloser Fall.«

Sie hatte geschwiegen. So bitter und übermächtig waren der Schmerz und die Enttäuschung, dass sie all das überhaupt nicht fassen konnte.

»Ohne dich bin ich nichts«, hatte er gefleht. »Ich brauche dich. Hilf mir, mich zu bessern! Hilf mir, so zu werden, wie du es verdienst!«

In guten wie in schlechten Zeiten … Aurelia hatte ihm in die blauen, scheinbar hilflosen Kinderaugen geblickt. Der liebenswerte Richard. Er war gestrauchelt, doch sie konnte ihn wie der barmherzige Samariter wieder aufrichten. Es mangelte ihr nicht an Kraft. Sie trug sein Kind. In guten wie in schlechten Zeiten … Sie musste fortan an ihre Familie denken. An sich, an Richard, an ihr gemeinsames Kind.

»Schluss mit den Frauen. Ich schwöre es«, erklärte er.

Schluss mit den Frauen. Aurelia blickte durch die Terrassentüren hinaus in die Nacht, an Enrico vorbei, der mit der Lesebrille auf der Nase dasaß und Zeitung las. In guten wie in sehr, sehr schlechten Zeiten.

Cari hatte die Passage gefunden, auf die sie gespannt und voller Furcht gewartet hatte …

Dan hatte eigentlich bei ihr übernachten wollen, aber Cari hatte es abgelehnt. Sie wollte allein sein, Kakao trinken und in Tasmins Tagebuch lesen. Doch was sich ihr darbot, ließ ihr Inneres erstarren.

Ich weiß nicht, warum das geschehen ist … Doch, ich weiß es. Ich war einsam (eigentlich keine Entschuldigung) und habe vier Flaschen Barley-Wein getrunken.

Ich erinnere mich nicht, wie es dazu gekommen ist. Doch – ich weiß es. Ich habe auf ihn gewartet. Ich habe ihm erklärt, was ich wollte, nicht wahr? Ich habe ihn geküsst.

Es hätte nicht geschehen dürfen. O mein Gott, nein. Die Gründe brauche ich hier nicht zu nennen. Kann ich niemandem erzählen. Wie könnte ich auch?

Ich versuche mich zu erinnern. Ich spürte seine Lippen – fremd und trocken. Alte Lippen. Fest. Nicht vergleichbar mit Stevie M oder Tony, nicht einmal mit Nick – diese nassen Schmatzküsse von Jungs. Diese Lippen waren routiniert. O ja! Lippen, die Dutzende Male Frauen und Mädchen geschmeckt hatten. Lippen mit Erfahrung. Lippen, die flüsterten: »Wir sollten das nicht tun. Es ist nicht in Ordnung. Nein.«

Aber es schien ganz in Ordnung zu sein.

Ich zog mich ganz aus und stand splitternackt vor ihm – halb so alt wie er, mindestens. Die Tochterfigur. Trotz all seiner Ungezwungenheit und seines savoir faire *sah er weg.*

»Komm zu mir«, sagte ich.

»Was möchtest du?«

Wir lachten beide, als er das sagte – als wäre das nicht sonnenklar.

»Ich möchte, dass wir beide Sex haben«, erklärte ich ihm, absichtlich das Wort Liebe nicht aussprechend, das so oft vorgibt, alles annehmbar und akzeptabel erscheinen zu lassen. Aber das war weder akzeptabel noch angenehm. Nicht auf diese Weise.

Er unterbrach das Gespräch, trat nahe an mich heran und führte seine Hände langsam über meine Arme und Schultern.

»Ich bin mir sicher«, sagte ich, obwohl er mich nicht gefragt hatte. »Aber ich werde dir danach nichts …«

Er hielt inne.

»… versprechen.« Ich blickte ihm ins Gesicht, um sicherzugehen, dass er verstanden hatte. Ich wollte jede Regel außer Kraft setzen, jede Konvention in Frage stellen. Gegen jeden Zwang aufbegehren, die die Gesellschaft mir – uns – auferlegen wollte.

Er nickte. Vielleicht nahm er an, es würde alles zwischen uns ändern. Vielleicht meinte er, ich wäre bedürftig und verletzlich und er könne mein Beschützer werden … Vielleicht glaubte er, dadurch ließen sich sowohl seine wie auch meine Probleme lösen.

Vielleicht hätte ich mir einen Fremden suchen sollen.

Jemand, der ihr nicht fremd war. Der älter war. Mit dem sie sich um nichts in der Welt hätte einlassen dürfen …

Zornig schlug Cari das Tagebuch zu. Sie wollte nicht darüber nachdenken. Noch nicht. Nicht jetzt. Kein Wunder, dass ihre Mutter nicht über ihre Vergangenheit hatte reden wollen. Offenbar empfand sie ihre Biografie als derart erbärmlich, dass sie *niemandem* davon zu erzählen gewagt hatte.

Wie anders sind doch die Geschichten, die Marcos Großmutter ihm von dem Dörfchen mit dem Olivenbaum und dem Brunnen auf der Piazza erzählt hat!, dachte sie verbittert. Marco … Ich werde an Marco denken, entschied sie. Und nicht an das Tagebuch meiner Mutter. Dazu fehlt mir im Moment die Kraft.

Dans plötzliches Erscheinen hatte Marco offenbar nicht beunruhigt. Hoffentlich würde er auch weiterhin zu Besuch kommen. Sie wollte nicht, dass er wegblieb …

Cari stand auf und tappte ins Bad, um sich die Zähne zu putzen. So viele Fragen, so viel zum Grübeln! Dan und Marco, Tasmins Ausstellung. Und noch dazu das Tagebuch. Sie konnte es nicht einfach ignorieren. Wer war ihr Vater? Wer war ihre Familie? Und was wollte ihre Mutter verheimlichen? Fragen über Fragen, die Antworten verlangten.

Kapitel 16

»Du hast etwas auf dem Herzen.«

Sie hatten den ganzen Abend im Haus verbracht, zu zweit und doch allein. Aurelia war nicht wie üblich zum Labyrinth gehastet, um es in der Dämmerstunde zu malen, und Enrico hatte sich nicht an den Flügel gesetzt. Die meiste Zeit hatten sie sich angeschwiegen. Sie wusste nicht, wie sie ihn am besten fragen sollte, aber ihr war klar, dass sie es zumindest versuchen musste. Sie wollte nicht schon wieder mit Heimlichkeiten leben. Er sollte ihr gegenüber alles offenlegen, damit sie eine Entscheidung treffen konnte. Heimlichkeiten gehörten in ihre Vergangenheit, nicht in ihre Zukunft.

»Ja«, bekannte sie. Auch wenn es vielleicht immer noch Geheimnisse gab, unterschied sich das Leben an Enricos Seite völlig von der Ehe mit Richard. Sie registrierte Enricos Höflichkeit und Charme, ohne davon jemals weiche Knie zu bekommen. Was für eine Ironie, wenn man bedachte, dass Enricos Charme echt war, während sich bei Richard alles als künstlich, als reine Täuschung herausgestellt hatte! Das Neigen des Kopfes, der Handkuss, der tiefe Blick in die Augen, das Zurechtrücken des Stuhls, der Kniefall – nichts als leere Gesten. Sorgfältig einstudiert und ohne Bedeutung. Richard in einer seiner tragenden Rollen.

Sie mochte vielleicht nicht alles über Enrico wissen, aber bis jetzt hatte sie noch nie an ihm gezweifelt. Allerdings hatte sie sich auch nie in ihn verliebt (wie hätte sie sich denn nach den enttäuschenden Erfahrungen mit Richard jemals wieder so verwundbar machen können?), aber sie fühlte sich wohl in seiner Gegenwart. Sie hielt ihn für einen grundanständigen Mann und schätzte ihn als Liebhaber und als Freund. Schließlich war sie auch nur ein

Mensch. Sie hatte die enge Beziehung zu einem Mann vermisst und deutlich die Leere in ihrem Herzen gespürt, die sich zwar zeitweise überdecken, aber offenbar durch nichts füllen ließ.

Daher war sie dankbar für die Begegnung mit Enrico gewesen. Er war ein intelligenter, freundlicher Mensch mit vielen Fähigkeiten. Ein Mann, der sie begehrte und gleichzeitig respektierte. Ihr war bewusst, welches Glück sie gehabt hatte, dass sie nach Richard eine zweite Chance bekommen hatte.

Aurelia nippte an ihrem Tee, nach wie vor ihr bevorzugtes Getränk zum Tagesausklang. Enrico und Elena erklärten sie deshalb für verrückt, brachte Tee doch angeblich die von den Italienern so hoch gepriesenen Verdauungssäfte durcheinander. Doch Aurelia hielt immer dagegen, dass Tee ihr helfe, innerlich Ruhe zu finden. Und in Italien war ohnehin kein Zeitpunkt für schwarzen Tee mit Milch vorgesehen. Es war eine typisch englische Sitte.

Damals, in dem Reisebüro in Lucca, hatten sie und Ruth regelmäßig Teepausen eingelegt. Diese englische Tradition war ihnen lieb und teuer. Bei Tee und Keksen hatten sie über Gott und die Welt geredet, auch über Aurelias immer enger werdende Beziehung zu Enrico. Aurelia musste unwillkürlich lächeln. Ruth, ihre pragmatische, bodenständige Freundin. Vor allem Ruth hatte sie es zu verdanken, dass sie in Italien gelandet war. Ruth hatte sie gerettet, und Aurelia vermisste die Freundin schrecklich. Vor zehn Jahren war sie an Krebs gestorben, in England, wohin sie zurückgekehrt war, weil dort ihr Bruder wohnte, der einzige noch lebende Verwandte. Aurelia würde sie nie vergessen. Und noch weniger würde sie vergessen, wie sehr Ruth sie dabei unterstützt hatte, ihre Freiheit zu erlangen.

»Ich liebe ihn nicht«, hatte sie Ruth damals gestanden. »Wahrscheinlich werde ich ihn niemals lieben.«

»Liebe? Pah!«

Ihre Freundin lebte damals schon so lange in Italien, dass sie bereits wie eine Italienerin sprach. Genau wie Aurelia inzwischen auch.

Ruth stippte einen Keks in ihren heißen, starken Tee. »Was haben Frauen und Tiere schon von der Liebe?«

Ja, was haben wir von der Liebe? Aurelia dachte darüber nach. Die Liebe hatte ihr auf jeden Fall Leidenschaft geschenkt. Und diese Leidenschaft hatte länger angehalten, als sie sich eingestehen wollte – trotz Richards Seitensprüngen, trotz seiner Selbstsucht, trotz allem. Die Leidenschaft hatte ihr eine herrliche Euphorie verschafft – anfangs, als es nur sein Gesicht, seine Stimme, seine Berührungen gab und sie sich nahezu nach ihm verzehrte. Doch die Liebe war ein zweischneidiges Schwert, und damals war sie ständig den Tränen nahe gewesen. Aurelia betrachtete diese Zeit inzwischen als eine Phase der Schwäche, in der sie sich untergeordnet und damit zufriedengegeben hatte, Richards Leben zu leben, ohne sich auf die eigenen Bedürfnisse zu besinnen.

Ruth war ganz ihrer Meinung gewesen. »Ist es das wert?«, hatte sie eindringlich gefragt. »Möchtest du das wirklich noch einmal erleben?« Als Freundin hatte sie einen Großteil der Probleme mit Aurelia gemeinsam durchgestanden, hatte immer ein offenes Ohr oder eine Schulter zum Ausweinen für sie gehabt. Drohte Aurelias Energie zu erlahmen, war Ruth die treibende Kraft gewesen. Sie hatte Aurelia ermahnt, Widerstand zu leisten, wenn Richard ihren Willen brechen wollte, hatte sie ermutigt, in ihrer künstlerischen Arbeit Erfüllung und damit zu sich selbst zu finden, und hatte sie letzten Endes gedrängt, sich die Freiheit zu erkämpfen, indem sie ihn verließ.

»Nein.« Ganz sicher nicht. Warum also nicht die nächstbeste Gelegenheit beim Schopf packen und die Freundschaft und Sicherheit annehmen, die Enrico bot? Die Kameradschaft eines grundanständigen Mannes, der ebenfalls einen geliebten Menschen verloren hatte. Eines Mannes, der sie zum Lachen bringen konnte und ihr den Freiraum ließ, den sie brauchte, um sie selbst zu sein. Warum also nicht?

Nur dass es nicht ganz so komplikationslos gelaufen war, wie sie es sich erhofft hatte. Enrico – von dem sie sicher gewesen war, dass er Catarina immer noch liebte – wollte sie heiraten und konnte nicht verstehen, warum sie, Aurelia, so zurückhaltend reagierte. Manchmal verstand sie es ja selbst nicht. Nach dieser langen Trennungszeit hätte sie sich ohne weiteres von Richard scheiden lassen können. Aber die Vergangenheit glich einer Schlingpflanze, die alles überwucherte. Richard, Tasmin, Gefühle der Liebe und Schuld waren wie Fangarme, die sie umklammerten, bis sie sich nicht mehr rühren konnte. Sie war gefangen wie die Libelle, die im harten Bernstein des wundervollen keltischen Anhängers eingeschlossen war. Ihr Erbstück. Ihr Geheimnis. Und doch würde sie wahrscheinlich weder den Anhänger noch Tasmin je wieder zu Gesicht bekommen.

»Lass uns hinausgehen«, schlug Enrico vor und öffnete die Terrassentür. »Es ist so eine herrliche Nacht.«

Aurelia stand auf und folgte ihm. Die Luft war mild, ein milchig weißer Mond leuchtete am dunklen Firmament und tauchte alles in silbriges Licht: die glatte Wasseroberfläche des Pools, die Terrakottatöpfe auf der Terrasse, in denen Geranien, Lavendel und Hortensien blühten, das Kräuterbeet mit dem gezackten Rucola und dem glattblättrigen Basilikum, das in das von Enrico so heiß geliebte Pesto wandern würde. Aurelia warf einen Blick zurück auf das Haus. Die knorrigen Zweige des Feigenbaums wirkten wie die Tentakel eines Seeungeheuers; nackt und düster zeichneten sie sich vor der hellen Hauswand ab.

»Also, was ist?«, fragte er.

Sie konnte es nicht länger vor sich herschieben. »Luigi hat mich heute angesprochen«, sagte sie und ließ dabei die Hand sanft über das Geißblatt gleiten, das sich um ein Spalier neben der Terrassentür rankte.

»Luigi?« Er runzelte die Stirn. »Aus dem Dorf?«

Sie nickte.

»Aha.« Er ging ein paar Schritte weiter und trat dabei auf die Thymianzweige, die zwischen den Steinplatten wuchsen. Mit einem leisen Knacken, als würden sie protestieren, setzten sie ihren aromatischen Duft frei. Enrico hatte sich dem Pool zugewandt, die Hemdsärmel aufgekrempelt, die Hände in den Hosentaschen. Er wartete.

Aurelia straffte die Schultern. Jetzt mach keinen Rückzieher!, ermahnte sie sich.

»Er hat vorgeschlagen, ich sollte dich einmal fragen, wie Catarina gestorben ist.« Sie hörte, dass sich ihre Stimme fragend hob. Es folgte ein langes Schweigen. Sie nahm jetzt auch die Süße des Geißblatts wahr, die sich zusammen mit dem Geruch der trockenen, sandigen Erde und der frischen Seeluft zu dem berauschenden Duftgemisch vereinte, das für Ligurien typisch war. Heute Nacht herrschte in dem sonst so friedlichen Park eine angespannte Stille. Nun war es an ihr zu warten.

Endlich drehte sich Enrico zu ihr um. Sie versuchte seinen Gesichtsausdruck zu deuten, aber sein Blick – oder ihr Blick? – war verschwommen. »Und was wollte er damit andeuten?« Er verzog den Mund. »Dass ich meine Frau umgebracht habe?«

»Natürlich nicht.« Aurelia wünschte sich plötzlich zurück ins Haus. Hier draußen in der Dunkelheit ging eine Intensität von Enrico aus, die ihr Angst einflößte. Und dennoch fühlte sie sich auf unerklärliche Weise davon – und von ihm – angezogen. Sie trat auf ihn zu. Diese Intensität kannte sie nicht an ihm, nur in seiner Musik war sie manchmal spürbar, in den Tönen, die er dem Flügel entlockte.

»Was dann?« Er packte sie fest am Arm und zog sie zu sich heran.

Sie zuckte zusammen. Noch nie hatte er sie so hart angefasst. »Es ist doch nur Dorfklatsch.« Vielleicht hätte sie lieber den Mund halten sollen.

»Was genau?«

Ihr war klar, dass sie es ihm erzählen musste. »Er hat gemeint, du hättest sie vernachlässigt«, sagte sie schließlich. »Und dass sie unglücklich war …«

»Ja?« Sein Griff verstärkte sich. Der Duft seines Rasierwassers stieg ihr in die Nase. »Noch was?«

War das noch nicht genug? Sie spürte, wie sich ihr Körper versteifte.

»Was ist? Hast du jetzt Angst vor mir, ist es das? Nun sag schon!«

»He!« Sie schüttelte seine Hand ab. »Nein, ich habe keine Angst vor dir. Aber du tust mir weh.«

Er sah sie lange an. »Und was ist mit mir? Glaubst du etwa, du tust mir nicht weh?«

Sie hatte ihn verletzt. Dennoch gab es nun kein Zurück. Er musste alles hören. Sie starrte in die Tiefen des Pools. »Er hat behauptet, du hättest dich regelmäßig mit einer anderen Frau getroffen. Und wärst sogar bei ihr gewesen, als Catarina starb.«

Jetzt war es heraus. Es war schrecklich, jemanden in dieser Weise zu beschuldigen – geschweige denn den Lebenspartner, der sich einem gegenüber immer liebenswürdig und zuvorkommend verhalten hatte. Aber nicht ich beschuldige ihn, beruhigte sich Aurelia. Ich wiederhole nur, was Luigi gesagt hat. Und nun warte ich darauf, dass Enrico alles abstreitet.

»Ich verstehe.« Er wandte sich ab.

Ich verstehe? Sie trat wieder näher zu ihm. »Ja, und?«

Enrico wirbelte herum und sah sie an. »Ich habe meine Frau nicht umgebracht«, sagte er. »Ich habe sie geliebt.« Sein Blick war wie versteinert. Langsam ging er zurück ins Haus, die breiten Schultern leicht gebeugt.

Aurelia sah ihm nach. Drückten Schuldgefühle ihn nieder? Sie fühlte mit ihm. Was hatte sie gesagt? Was hatte sie getan? Und was hatte sie sich nur dabei gedacht? Was immer auch in der Vergangenheit geschehen sein mochte, sie lebten jetzt, und sie waren zusammen. Sie sollte dem Mann, der ihr so viel bedeutete, zur Seite stehen, statt ihn so mit der Vergangenheit zu konfrontieren.

Abrupt drehte sie sich um und machte sich automatisch auf den Weg zum Labyrinth. Sie überlegte nicht, wohin sie ging oder warum. Aber sie musste daran denken, dass er die Behauptung, es habe eine andere Frau gegeben, nicht bestritten hatte. Ebenso wenig wie die Anschuldigung, er sei mit ihr in der Nacht von Catarinas Tod zusammen gewesen.

Von wem würde sie die Wahrheit erfahren? Denn sie musste es wissen. Es war alles so lange her, und doch spürte Aurelia, dass es ohne dieses Wissen keine gemeinsame Zukunft, kein Vertrauen geben konnte. Und keine Liebe. Falls es also tatsächlich eine Andere gegeben hatte … Aurelia blieb bei den Lorbeerbäumen und dem Jasmin stehen, die gepflanzt worden waren, um die Erinnerung an Catarina wachzuhalten. Wer konnte es gewesen sein?

Kapitel 17

»Auf Tasmin Banks!«

Blitzte da eine Träne in Edwards Augen? Cari hob ihr Glas. »Auf Tasmin.«

Die vielen Besucher, die sich zu dieser ganz besonderen Vernissage in der Galerie eingefunden hatten, nahmen ihre Unterhaltungen wieder auf. Sie nippten an dem kostenlosen Champagner, ließen sich die Cocktailhäppchen schmecken, die von zwei elegant in Schwarz-Weiß gekleideten jungen Kellnern herumgereicht wurden, und betrachteten die Fotografien, die Edward gekonnt in Szene gesetzt hatte.

Cari fing Marcos Blick vom anderen Ende des Raums auf. Er prostete ihr zu und schenkte ihr ein strahlendes Lächeln. Sie spürte förmlich, wie Dan an ihrer Seite erstarrte. Ungeduldig wandte sie sich von ihm ab. Natürlich hatte sie beide eingeladen. Was denn sonst? Sie gehörten beide zu ihrem Leben – Dan schon seit vielen Jahren, und Marco … Nun, Marco war wie ein Schmetterling in ihr Leben geflattert und würde vielleicht eines Tages ebenso schnell wieder daraus verschwinden. Aber in jüngster Zeit hatte sie ihm mehr anvertraut als Dan. Und sie wusste auch, warum. Er zeigte Verständnis für ihre Gefühle und schien wirklich daran interessiert zu sein, mehr über ihre Mutter und ihre Vergangenheit zu erfahren – von der sie zugegebenermaßen im Moment regelrecht besessen war. Wohingegen sie für Dan nur eine Portion besonders leckerer Eiscreme darstellte. Am liebsten hätte er sie vermutlich mit Haut und Haaren verschlungen.

»Die Leute zeigen mehr Interesse, als ich zu hoffen gewagt habe.« Edward strich sich über sein schütteres blondes Haar. Auf seiner Stirn glänzte Schweiß. Er zog das Leinenjackett aus und hängte es sich über den Arm. »Und es sind nicht nur die Lokalzeitungen da, Cari.«

Sie folgte seinem Blick und entdeckte einige Fotografen und zwei Männer, die etwas auf Notizblöcke kritzelten, Journalisten vermutlich. »Warum sollten die daran interessiert sein?«

»Hier hast du deine Antwort.«

Er deutete auf einen kleinen glatzköpfigen Mann in karierter Weste und enger schwarzer Hose, die sich über dem Bauch spannte. »Kent Rotherfield«, sagte er.

Sollte sie ihn kennen? »Wer …?«

»Er besitzt eine Galerie an der South Bank. Er hat sich auf kommende Fotografietalente spezialisiert.«

Cari war die Ironie an dem Ganzen nicht entgangen. Als sie ihr Glas leerte, spürte sie einen ungewohnt bitteren Geschmack auf der Zunge. »Aber Mum ist tot.«

Edward zuckte die Achseln, als wäre das unerheblich.

Hätte Cari nicht gewusst, wie viel ihm ihre Mutter bedeutet hatte, wäre sie wütend geworden. Aber er war der beste Freund ihrer Mutter gewesen.

»Ihr *Werk* ist im Kommen«, erklärte er. »Sie ist Teil eines neuen Trends, Cari.«

»Welcher Trend?« Manchmal ärgerte sie sich schlichtweg über die Kunstwelt. Warum konnte eine posthume Ausstellung nicht genau das sein, was sie war? Eine Retrospektive, um das Werk ihrer Mutter zu ehren. Eine Möglichkeit, ihr eine Stimme zu verleihen, obwohl sie realiter keine mehr hatte.

»Bilder vom Leben auf der Straße. Die dunkle Seite des Kapitalismus. Vernichtung unerwünschter Elemente. Es handelt sich um eine Richtung des ›Dirty Realism‹, weißt du.«

Dirty Realism? Schmutziger Realismus? Cari fragte sich, aus welchem Buch oder Ausstellungskatalog er gerade zitiert hatte. »Huh.«

»Was ist schiefgelaufen? Die Gesellschaft des Computerzeitalters ist bereits im Kern verfault. Du kennst doch solche Aussagen.«

Allmählich begann Cari zu begreifen. Sie betrachtete das Bild, vor dem sie gerade stand. Es zeigte nur ein Paar ängstliche Augen. Sie hätten jedem x-beliebigen Menschen gehören können. Was in gewisser Weise auch zutraf. »Heißt das, sie war ihrer Zeit voraus?«

Er nickte. »Ich wünschte, sie wäre jetzt hier und könnte es miterleben.« Tröstend legte Edward ihr die Hand auf die Schulter.

Cari verzichtete auf den Hinweis, dass niemand die Fotos zu Gesicht bekommen hätte, wäre Tasmin noch am Leben. Zumindest nicht zum jetzigen Zeitpunkt. Tasmin hätte sie unter Verschluss gehalten, bis dieser besondere Trend vorbei war, wie immer er auch heißen mochte.

»Und das ist noch nicht alles.« Er senkte die Stimme. »Siehst du die Frau da drüben in dem roten Kostüm?«

Cari nickte. Die junge Frau mit den grellrot geschminkten Lippen wirkte spröde und trug eine gelangweilte Miene zur Schau. »Noch eine Journalistin?«

»Eine Verlegerin.« Edward füllte ihr Glas neu.

»Für eine Verlegerin erscheint sie mir aber ziemlich jung.«

»Das sind sie alle«, bemerkte Edward grimmig. »Wie dem auch sei, sie meint, wir sollten ein Buch machen.«

»Ein Buch?« Cari hatte allmählich das Gefühl, dass das Ganze etwas außer Kontrolle geriet. Was würde Tasmin dazu sagen? Das würde ihr doch bestimmt gegen den Strich gehen, oder? Cari war sich nicht sicher. Sie hatte gedacht, die Lektüre des Tagebuchs würde Rückschlüsse auf das Leben ihrer Mutter zulassen. Stattdessen hatte sich etwas völlig anderes offenbart. Manchmal beschlich sie der Verdacht, dass sie über den Menschen Tasmin nun noch weniger wusste als vorher.

»Denk darüber nach, Cari!«

Edward verschwand in der Menge. Einen Augenblick lang hatte Cari einen freien Blick auf den Eingang, und da … Meine Güte! Das war sie wieder! Die ältere Frau, die so zögernd in der Tür stand und ein wenig verloren wirkte, war ihr doch schon auf

Tasmins Beerdigung aufgefallen. Damals hatte sie so ausgesehen, als wolle sie etwas loswerden.

Entschlossen steuerte Cari auf die Besucherin zu. Dieses Mal würde sie herausfinden, wer sie war und was sie wusste. Was sie ihr zu erzählen hatte. Entschuldigungen murmelnd kämpfte sie sich durch die Menge. Wer immer diese Frau war – heute würde sie Cari nicht entwischen.

»Wie war eigentlich Enricos Frau Catarina?«

Natürlich war Aurelia bei Maria nicht sofort mit dieser Frage herausgeplatzt. Sie wollte im Dorfladen Gemüse für ihre Version eines toskanischen Eintopfs kaufen und hatte sich, da sie zunächst Oliven erstanden hatte, bereits ausführlich mit Maria über die Olivenernte unterhalten (wann die Netze aufgespannt werden sollten, warum die ligurischen Oliven weniger bitter schmeckten als die norditalienischen und wie man Olivenöl am besten lagerte, um sein Aroma bis zum nächsten Jahr zu erhalten). So kaufte man in einem italienischen Dorf ein. Erst danach fühlte sich Aurelia berechtigt, ein persönliches Thema anzuschneiden.

Marias nussbraunes Gesicht verzog sich zu einem Lächeln. Sie schien keineswegs überrascht zu sein, nach einer Frau gefragt zu werden, die schon vor langer Zeit gestorben war. Aber Aurelia hatte sowieso den Eindruck, dass die Vergangenheit in diesem Dorf immer noch präsent war und es sich noch nicht vollständig von den vergegangenen Jahrhunderten verabschiedet hatte.

»Ah, *bella*«, antwortete Maria. »Eine wunderschöne Frau. Es war so traurig.« Sie seufzte tief und fuhr fort, rote Paprikaschoten zu sortieren. Thema beendet.

Aurelia wusste, dass Maria gern ein Schwätzchen hielt. Manchmal stand Aurelia eine halbe Stunde lang wartend in dem abgedunkelten Verkaufsraum, während Maria mit einem Kunden die Vorzüge bestimmter Obst- und Gemüsesorten erörterte, um gleich im Anschluss daran eine intensive Diskussion über die Methoden des Konservierens und Kochens zu führen, ehe die genannten Waren den Besitzer wechselten. Sicher war es nur eine Frage des richtigen Anstoßes, um sie zum Reden zu bringen.

»Aber sie und Enrico waren doch glücklich«, sagte Aurelia, bemüht, so unverfänglich zu klingen, als wäre es eine Feststellung und keine Frage.

»Mmpf …« Ein Wasserfall aus Paprikaschoten ergoss sich in eine Kiste.

Die erste Ernte, dunkelrot und saftig, verströmte einen warmen, süßlichen Geruch – ein Riesenunterschied zu den anämischen, in Plastik eingeschweißten Paprikaschoten in den englischen Supermärkten. Aber dies hier war, als wolle man einen Stein zum Reden bringen. Hatten die Dorfbewohner von Luigis giftigen Bemerkungen gehört? Hatte es sich schon wie ein Lauffeuer verbreitet? Wusste Maria davon? Vielleicht hatte sie bereits damit gerechnet, dass Aurelia kommen und Fragen stellen würde. Von Rosa hatte Aurelia nichts in Erfahrung gebracht, denn Rosa war Enrico gegenüber durch und durch loyal. Möglicherweise hatte ja das ganze Dorf ein Schweigegelübde abgelegt.

»Oder meinen Sie nicht?«, setzte Aurelia unschuldig hinzu.

Maria warf ihr einen düsteren Blick zu. »Am Anfang schon«, antwortete sie. »Aber später …« Sie zuckte die Achseln, um anzudeuten, dass noch mehr dahintersteckte. *Sagen* würde sie es jedoch keineswegs.

Aurelia legte zwei Paprikaschoten in ihren Korb. Sie beschloss, es mit einem vertraulichen Gespräch unter Frauen zu versuchen. Dieses Unterfangen wurde zu einer richtigen Herausforderung. »Die Zeit nach der Geburt eines Kindes ist nicht einfach«, sagte sie und nickte wissend. »Dadurch verändert sich das Verhältnis zwischen Mann und Frau.« O Gott, vergib mir!, dachte sie. Was tue ich da? Diese Art, sich Informationen zu verschaffen, ist hinterhältig; ich bin illoyal und hintergehe Enrico. Aber wenn er es mir doch partout nicht erzählen will …? Verdammt wollte sie sein, wenn sie noch einmal mit dieser Unsicherheit, diesem Unwissen leben würde – vor allem in ihrem Alter. Mit fünfundsiebzig sollte man über so etwas hinaus sein.

»Ah, *sì, sì.*« Maria nickte heftig. Mit einer schwungvollen Bewegung leerte sie einen Korb Auberginen aus, als wären allein diese für die Wechselfälle des Lebens verantwortlich. »Männer! Pah! Sie verstehen nichts. Wie sollten sie auch? Immer brauchen sie Aufmerksamkeit, immer müssen sie die Nummer eins sein, nicht wahr?«

Aurelia dachte an Richard. Oh, ja, das kam ihr bekannt vor. Aber sie hätte nicht erwartet, dass Enrico genauso sein würde. »War Enrico auch so?«, fragte sie, als wüsste sie nichts über die Vergangenheit ihres Lebensgefährten.

Maria warf ihr wieder diesen Blick zu. Einen Blick, der besagte, du bist vielleicht nicht verheiratet – meinst du etwa, das wüssten wir nicht? –, aber im Endeffekt ist er dein *marito*, und wenn *du* nicht weißt, wie er wirklich ist, woher sollte ich es dann wissen? Ja, dieser Blick sagte alles.

Aurelia versuchte es mit einem lässigen Schulterzucken, der wichtigsten Vokabel, die sie seit ihrer Ankunft in Italien gelernt hatte. Sie konnte alles bedeuten.

Und Maria reagierte prompt. »Er war ein vielbeschäftigter Mann«, fuhr sie fort. »Vielleicht hatte er keine Zeit für Signora Catarina.« Sie begann die Auberginen zu sortieren, die so dunkelviolett waren, dass sie fast schwarz wirkten. Man glaubte beinahe, sich in ihrer glänzenden Oberfläche spiegeln zu können. »Vielleicht hat er nicht gemerkt, wie unglücklich sie war. Wer weiß?«

Ja, ja. Natürlich wusste Aurelia, dass Dinge, die zwischen einem Mann und einer Frau vorfallen, nur die beiden etwas angehen. »Hat Catarina das so gesagt?«, drängte sie Maria. »Hat sie es so empfunden?«

Sie spürte, wie Maria zögerte. War sie zu weit gegangen? Schließlich war sie immer noch eine der *stranieri*. Und sie stellte wirklich bohrende Fragen. Hatte sie inzwischen lange genug hier gelebt, um Marias Vertrauen zu verdienen, sie um Hilfe bitten zu dürfen?

»Nach der Geburt des kleinen Stefano«, sagte Maria, nahm eine besonders schöne Aubergine und hielt sie ans Licht, um einen dunklen Fleck auf der Schale zu inspizieren, »ist sie nicht mehr viel ausgegangen.«

So? Aurelia wartete. Es war doch ganz natürlich, dass man eher zu Hause blieb, wenn man sich um ein Neugeborenes kümmern musste.

»Die Leute sagen« – Maria senkte die Stimme –, »weil er es nicht gerne sah.« Die erhobene Augenbraue sollte Aurelia zu verstehen geben, dass es sich hier um ein unbestätigtes Gerücht handelte, das jedoch möglicherweise der Wahrheit entsprach.

»Wirklich?« Das erschien Aurelia eher unwahrscheinlich. Sie versuchte sich Enrico als karrierebesessenen Geschäftsmann vorzustellen, der keine Zeit für seine Frau erübrigte und ihr gleichzeitig verbot, ins Dorf zu gehen – und scheiterte kläglich. Sie schalt sich eine Närrin, weil sie überhaupt gefragt hatte. Enrico war so ein netter, umgänglicher Mann. Sie lebte lange genug mit ihm zusammen, um das zu wissen. Aus welchem Grund also mochte Catarina nicht mehr ausgegangen sein? Aber wo Rauch ist, da ist auch Feuer …

Maria zögerte. »Wenn sie allerdings doch mal ins Dorf kam …«

»Ja?« Aurelia konnte den Auberginen nicht widerstehen. Sie wählte zwei besonders prächtige Exemplare der glänzenden Eierfrüchte aus.

Maria hatte die Stimme noch mehr gesenkt. »Dann sagte sie seltsame Sachen.«

»Was für Sachen?« Augenblicklich verlor Aurelia das Interesse an dem Gemüse, so herrlich es auch sein mochte.

»Darüber möchte ich nicht reden.« Maria presste die Lippen zusammen.

Dafür ist es jetzt ein bisschen spät, dachte Aurelia. Unverwandt sah sie Maria in die dunklen, ehrlichen Augen. Es funktionierte.

»Sie sagte, jemand versuche sie umzubringen.«

»Wie bitte?« Aurelia starrte sie an. »Das hat Catarina behauptet?«

Maria nickte. »Ich habe es mit eigenen Ohren gehört.« Sie deutete mit beiden Zeigefingern auf ihre Ohren, als sei Aurelia des Italienischen vorübergehend nicht mehr mächtig.

Die Ladenglocke ertönte. Eine weitere Kundin trat ein. Es war die Frau aus dem Dorf, die immer nur Schwarz trug. Ein Schultertuch aus Spitze bedeckte den Kopf und den faltigen dunklen Hals. Ihr langes Gesicht war ernst.

Zeit zu gehen. Aurelia packte ihre Einkäufe ein. Maria rollte genussvoll mit den Augen, und Aurelia hatte fast das Gefühl, sie müsse ihr ein Trinkgeld hinterlassen als Bezahlung für die erhaltenen Informationen. Jedenfalls würde sie später genügend Zeit haben, über all das nachzudenken – der Tag war noch lang, und nach dem, was sie eben gehört hatte, war ans Malen nicht mehr zu denken. Ach, Enrico …

»*Grazie*, Maria«, sagte sie und reichte ihr einen Zehn-Euro-Schein. Sie würde dieser Sache auf den Grund gehen. Irgendwie.

»Bitte kommen Sie doch herein.« Sanft zog Cari die alte Frau nach drinnen.

Die blassen Augen der Besucherin unterzogen Cari einer eingehenden Prüfung. »Sie sind Tasmins Tochter, nehme ich an.«

Cari seufzte tief. Sie hatte es doch gewusst! »Sie haben meine Mutter gekannt?« Dies hier war aber weder der richtige Ort noch der richtige Zeitpunkt für Gespräche – inmitten der Ausstellungsbesucher, die tranken, aßen und Smalltalk machten. Anklagend sah Tasmins Werk auf die Menschen und ihr bequemes Leben herab.

Die Frau zögerte. Sie betrachtete das Foto, neben dem sie stand, und schauderte.

Das ist es, was meine Mutter sich gewünscht hat, dachte Cari. Dass es die Leute bei diesem Anblick schaudert.

»Ich habe Ihre Mutter nicht besonders gut gekannt«, sagte die Frau. »Nur als Kind. Sie war früher ab und an mit ihrer Mutter zu Besuch bei den Großeltern in Hertfordshire. Später bin ich dann nach Brighton gezogen, um ihrer Mutter zu helfen. Das war, nachdem Mistress Mary gestorben war, Gott hab sie selig.«

»Mary?« Schlagartig erwachte Caris Interesse.

»Das war Ihre Urgroßmutter. Den größten Teil meines Lebens habe ich für Mary gearbeitet. Und wenn man an eine Familie gewöhnt ist ...« Sie seufzte. »Aber Mary war immer kränklich. Nach dem Krieg ist sie bettlägerig geworden und hat sich nie mehr richtig erholt.« Beim Gedanken daran schüttelte die Besucherin traurig den Kopf.

»Sie haben für meine Urgroßmutter gearbeitet?« Wie alt mochte diese Frau dann sein? Achtzig? Neunzig? Cari nahm sie beim Arm und führte sie in die einzige einigermaßen ruhige Ecke der Galerie, wo ein leeres blaues Sofa stand. Sie musste unbedingt verhindern, dass die Frau wieder ging. Ein Leben lang hatte sie darauf gebrannt, all diese Dinge herauszufinden, und nun war die Gelegenheit endlich da.

»Aber ja. Damals, als Ihre Großmutter noch klein war.« Mit einem erleichterten Ächzen ließ sich die Frau auf das Sofa sinken.

»Meine Großmutter?« Cari hielt den Atem an.

»Aurelia.«

»Aurelia.« Cari wiederholte den Namen, ließ ihn sich auf der Zunge zergehen. »Aurelia.« Es klang vertraut und gleichzeitig geheimnisvoll.

Die Frau nickte. »Ihre Großmutter Aurelia.«

»Was für ein wunderschöner Name!« Cari erinnerte sich plötzlich wieder an ihre Manieren. »Oh, entschuldigen Sie bitte. Und Sie sind ...?«

»Dorrie Smith.« Sie streckte eine mit Altersflecken übersäte Hand aus. »Ich habe als Hausmädchen bei der Familie gelebt. Kochen, putzen, die Familie versorgen. Mit sechzehn habe ich angefangen.«

Mit sechzehn ... Cari ergriff die faltige, schwielige Hand und drückte sie fest. Sicher hatte diese Frau sich gut um die Familie gekümmert. »Sie waren auf der Beerdigung meiner Mutter.«

»Ich habe die Todesanzeige im *Argus* gelesen. Ich wollte ihr die letzte Ehre erweisen.«

Und ich wollte mit Ihnen reden, dachte Cari. Das will ich immer noch.

Dorrie schien ihre Gedanken zu lesen. »Was genau möchten Sie wissen, meine Liebe?«

Tja, was? Etwas über ihre Großmutter? Ihre Urgroßmutter? Cari wusste nicht, wo sie anfangen sollte. So viele Fragen schwirrten ihr im Kopf herum. Zu viele, um sie in einer überfüllten Kunstgalerie zu stellen, in der gerade die Fotografien ihrer Mutter gezeigt wurden. »Alles«, stieß sie hervor.

»Cari?« Plötzlich stand Dan neben dem Sofa. Er sah verwirrt aus. »Wer ist das? Was machst du da? Da sind ein paar Leute, mit denen du dich eigentlich unterhalten solltest.«

»Ich bin beschäftigt«, wies sie ihn ab. Ich rede mit der einzigen Person, die wirklich wichtig ist. Und wenn Tasmin noch hier wäre, wäre sie bestimmt einverstanden. Sie hat nie viel für die Anhänger der Kunstwelt übriggehabt. Cari betrachtete Dorrie, die sehr zerbrechlich wirkte. »Möchten Sie vielleicht eine Tasse Tee?«, murmelte sie.

Dorries Augen leuchteten auf, und sie ließ sich tiefer in die Polster sinken. »Dazu würde ich nicht Nein sagen.«

»Dan?« Cari stand auf und fasste ihn am Arm. »Könntest du uns etwas Tee bringen? Bitte, es ist wichtig.«

Sie merkte, dass er kurz mit sich kämpfte, ehe er nickte und verschwand. Gott sei Dank lichtete sich die Besucherschar bereits. Die Leute waren im Aufbruch begriffen.

Cari machte es sich wieder auf dem Sofa bequem. »Werden Sie mir alles erzählen?«, fragte sie. »Werden Sie mir von Mary und Aurelia erzählen?«

»Aber natürlich, meine Liebe.« Dorrie griff tief in ihre große, eckige Handtasche und holte ein zerknittertes Stück Papier hervor. »Ich gebe Ihnen meine Adresse. Wenn Sie Lust haben, können Sie mich gern besuchen kommen.«

»Und ob ich Lust dazu habe!«

Dorries Schrift neigte sich zur Seite wie die eines Kindes. »Dann hat Ihnen Ihre Mutter wohl nie viel über Ihre Familie erzählt, meine Liebe?«

»Rein gar nichts.« Cari musste an sich halten, um Dorrie das Stück Papier nicht aus der Hand zu reißen. »Ich habe nicht einmal den Namen meiner Großmutter gekannt.«

Dorrie nickte. »Ihre Mutter hatte gern Geheimnisse.« Sie beugte sich vor und tippte Cari mit einem knochigen Finger aufs Knie. »Aber wissen Sie, wem Sie nachschlagen, meine Liebe?«

»Nein.« Cari wartete. Mary? Aurelia? Wem wohl?

»Hester«, sagte Dorrie. »Sie haben ihr Haar, meine Liebe. Kastanienbraun.« Sie kicherte. »Nicht wie die anderen. Die waren alle so blond wie ein Weizenfeld.«

»Wer?« Cari hielt den Atem an. Das war beinahe zu viel. »Wer war Hester?«

Dorries Blick wurde abwesend, als reise sie in die Vergangenheit. »Wie ich schon sagte, ich war fast selbst noch ein Kind«, flüsterte sie. »Aber sie sind manchmal nach Cornwall gefahren, um Hester zu besuchen, als Aurelia noch klein war.«

Cari hatte einen Geistesblitz. »Aurelias Großmutter?«, murmelte sie. »Marys Mutter?«

Dorrie nickte. »Sie haben gedacht, sie sei im Krieg umgekommen«, meinte sie. »Das wollte er jedenfalls den Leuten weismachen.«

Cari lehnte sich vor, damit ihr kein Wort entging. Sie fürchtete, den Zusammenhang zu verlieren, nicht alle Einzelheiten ihrer kostbaren Familiengeschichte zu erfassen. »Aber sie ist damals gar nicht gestorben?«

»Nein, erst 1961.« Dorrie schnalzte mit der Zunge. »Mary hat es nicht gewusst, Gott hab sie selig. Dass sie früher sterben musste als die eigene Mutter. Aber Aurelia …«

»Ja?« Cari wollte mehr über Aurelia erfahren.

»Sie konnte damit umgehen. Aurelia war immer ein tapferes kleines Ding.« Sie seufzte. »Ich werde nie verstehen, warum sie es so lange mit ihm ausgehalten hat.«

Mit ihm? Cari war verwirrt. Dorrie hatte Marys Ehemann bisher kaum erwähnt, aber nun schien sie sich auf einen anderen Mann zu beziehen. Konnte es Aurelias Mann sein, ihr Großvater, der Vater, den Tasmin so abgöttisch geliebt hatte?

Dan brachte den Tee. Cari reichte eine Tasse an Dorrie weiter, die Zucker hinzufügte und mit zitternder Hand gedankenverloren umrührte. »Es war mir ein Bedürfnis, Sie kennenzulernen«, gestand sie.

Cari tätschelte ihr die Schulter. »Ich bin sehr froh darüber«, bestätigte sie. »Ich glaube, Mum hat eine Menge Erinnerungen ausgeblendet – wo doch ihre Eltern so früh gestorben sind und so.«

»Gestorben?« Dorries Kopf fuhr hoch. »Aurelia ist tot, wollen Sie das damit sagen?« Die milchigen Augen füllten sich mit Tränen.

»Aber ja.« Cari war gerührt von so viel Anteilnahme. »Sie ist bereits vor meiner Geburt gestorben, wissen Sie.«

Dorries Tasse klirrte alarmierend auf der Untertasse. »Nein, ganz sicher nicht.« Sie sah Cari fest an. »Sie ist 1974 nach Italien gegangen. Das hat sie getan.«

Cari dachte an das Tagebuch. »Aber bald darauf ist sie gestorben«, entgegnete sie und wünschte sich, sie könnte es ihr schonender beibringen.

»Unsinn!«, erwiderte Dorrie energisch und nahm einen großen Schluck Tee. »Vor nicht ganz fünf Jahren habe ich Ihre Mutter in der North Street getroffen, und da hat sie es mir selbst erzählt.«

»Ihnen was erzählt?«

»Sie hat gesagt, dass ihre Mutter immer noch in Italien lebt. Und dass sie gerade einen Brief von ihr bekommen hat.«

Cari verschlug es die Sprache. Aurelia hatte an Tasmin geschrieben? Wie war das möglich?

»Aber Ihre Mutter meinte, sie würde die Briefe nie beantworten.« Dorrie stellte die Tasse wieder auf der Untertasse ab und schmatzte genüsslich. Sie drückte Caris Hand. »Manche Menschen, meine Liebe«, sagte sie, »können eben niemals verzeihen.«

Kapitel 18

Es war ein warmer, sonniger Mainachmittag. Festivalzeit in Brighton. Cari war auf Marcos Vorschlag eingegangen, sich ein wenig in der Stadt umzusehen und Festivalluft zu schnuppern. Im Stadtviertel North Laine drängten sich die Menschen um die verschiedenen Straßentheater, deren Aufführungen unter dem Motto »Streets of Brighton« stattfanden. In ihrer Nähe übten sechs Frauen in Motorradkluft auf Einrädern eine Tanzfigur. Marco fielen fast die Augen aus dem Kopf. Am Ende der Straße lauerte eine riesige, über sechs Meter hohe schwarze Spinne mit dicken Beinen, deren Anblick Cari Gänsehaut bereitete, und als ob das nicht schon genug gewesen wäre, steuerte auch noch ein mit einer Wasserpistole bewaffneter Roboter auf dem Gehsteig direkt auf sie zu. Cari kreischte auf und ging hinter Marco in Deckung, der eine Ladung Wasser abbekam.

Er lachte. »Das ist ja wie im Karneval!«

»Es ist total irre!« Sie gesellten sich zu einer Gruppe, die sich um einen »Stierkampf« geschart hatte. Aus einem kleinen schwarzen Lautsprecher dröhnte spanische Musik. Zwei Matadore in voller Montur schwenkten mit dramatischen Gesten rote Tücher vor einem elektrisch betriebenen Stier, der nur wenige Zentimeter groß war.

»Ist der Karneval in Italien auch so?«, fragte Cari, als sie weiterschlenderten.

»Nicht ganz.« Er nahm ein Glas mit in Olivenöl eingelegten Paprikaschoten von einem Marktstand und wog es gedankenverloren in der Hand. »In Ligurien verkleidet man sich auch, aber ganz anders.« Er nickte. »Man tanzt auch, ja, und musiziert.« Er betrachtete sie ernst. »Und die Stiere sind höchstwahrscheinlich keine Spielzeugstiere.«

Das war nicht weiter erstaunlich. Sie blickte auf das Glas in seiner Hand. »Erinnert es dich an zu Hause?«

»*Sì, sì* …« Seine schwarzen Augen verrieten ihr, dass er sich im Augenblick weit weg von ihr und North Laine befand. Der Anblick der roten Paprika hatte ihn in ein heißes, staubiges italienisches Dorf mit einem Brunnen und einem Olivenbaum versetzt. Wer wartet dort wohl auf ihn?, fragte Cari sich. Wer ist ihm in Italien so wichtig?

Sanft berührte sie seinen Arm. »Vermisst du deine Leute sehr?«

»Was sagst du da?« Er lachte. Das schalkhafte Glitzern kehrte in seine dunklen Augen zurück. Der traurige Moment war vergessen. »Wie kann ich mein Zuhause vermissen, wenn ich hier lebe, in einer so aufregenden und bunten Stadt?« Er streckte den Arm aus und meinte mit dieser Geste ganz Brighton – die Theater, die Geschäfte und die Menschen. Cari empfand es ebenso. Hier herrschte eine geradezu überschäumende Lebensfreude, und das nicht nur während des Festivals. Überall in North Laine fanden sich Läden mit handgearbeitetem Silberschmuck und exotischen Kunstgegenständen aus Afrika – Überwürfe, handgewebte Kelims, Holzmöbel und blank polierte Statuen – Seite an Seite mit Kostümverleihern, die vor allem Kostüme in den Nationalfarben Rot, Weiß und Blau sowie aus glitzernden Stoffen führten, und mit Markthändlern, die alles von verrückten Sonnenbrillen bis hin zu eingelegtem Knoblauch anpriesen. In anderen Geschäften konnte man Jonglierbälle, Rollerblades und Kleidung aus längst vergangenen Epochen erstehen. North Laine bot alles, was schräg und ausgefallen war. Ein Einkaufsparadies für Bohemiens, die in Scharen herbeiströmten – Schallplattensammler, Gourmets, Studenten und andere Schnäppchenjäger.

»Und wenn ich hier durch die Stadt laufe … mit einer so schönen Frau wie dir«, fuhr er fort.

Cari deutete einen Knicks an. »Der Herr ist zu gütig.«

»Die Signorina ist zu liebenswürdig.«

Ihre Blicke trafen sich.

Er wandte sich als Erster ab. Sie kamen am Bühneneingang des Theatre Royal vorbei. Die Sonne schien ihnen ins Gesicht, und er zog die Sonnenbrille aus der Brusttasche seines Hemdes. Cari musterte ihn von der Seite. Mit der dunklen Brille erschien er ihr noch geheimnisvoller als zuvor. Aber sie wollte dieses Rätsel Marco lösen. Wollte seine Meinung über Italien und andere Dinge hören. Sie wollte nicht nur den Marco kennen, der sich nach außen präsentierte mit dieser Fassade aus gewinnendem Charme. Sie wollte den Marco dahinter ergründen – was immer da auch zum Vorschein treten mochte.

Er unterbrach ihre Gedanken. »Hast du inzwischen etwas erfahren?«, fragte er. »Von Dorrie?«

»Hmm.« Sie bogen um die Ecke. Das Viertel North Laine bestand aus einer Reihe kleiner, meist verkehrsberuhigter Straßen, die sich von der Bond Street im Süden bis zur Trafalgar Street im Norden erstreckten. Sie hatten keine Verbindung zu den alten Lanes von Brighton, waren aber eine Fortsetzung der Altstadt und hatten sich ihr alternatives, künstlerisches Flair erhalten. Es war sehr tapfer von der alten Dorrie gewesen, sich ganz allein zu einer Fotoausstellung in einer Galerie aufzumachen. Sie war mutig und eine treue Seele. Den Großteil ihres Lebens hatte sie Caris Familie gewidmet, vor allem den Frauen, einer nach der anderen – Mary und Aurelia und sogar Tasmin.

»Was ist mit Ihrer eigenen Familie?«, hatte Cari sie gefragt, als sie bei Tee und vor Butter triefenden getoasteten Rosinenbrötchen zusammensaßen. Cari hatte wiederholt versucht, einen Teil der Butter mit der Serviette abzutupfen, aber es war ein hoffnungsloses Unterfangen gewesen. Deshalb hatte sie beschlossen, diese altmodische Opulenz einfach zu genießen und sich in eine Zeit zurückzuversetzen, in der kein Mensch einen Gedanken an gesättigte Fette und Cholesterinwerte verschwendet hatte.

Dorrie war ein Einzelkind gewesen, und sämtliche Familienmitglieder waren bereits seit langem tot. Sie stand auf und zeigte Cari einige Fotografien, sepiafarbene Bilder in angelaufenen Silberrahmen von ihren Eltern und Großeltern, einer Tante und einem Onkel. »Ihre Familie war meine Familie, meine Liebe«, hatte sie erklärt. »Als das habe ich sie jedenfalls betrachtet.«

»Ja, hab ich«, vertraute Cari Marco an. Sie gingen gerade an Infinity Foods – einem Naturkostladen – und dem Komedia Theatre vorbei, wo Cari eines der Programme mitnahm, die draußen in einem Wandhalter steckten. Dorrie hatte erzählt, dass Mary, Caris Urgroßmutter, eine schöne, aber kränkelnde Frau gewesen war, deren Leben von Traurigkeit überschattet wurde – obwohl niemand genau wusste, woher dieser Zustand rührte, und dass Marys Mutter Hester allein in Cornwall gelebt hatte. In Port Isaac, einem kleinen Fischerdorf an der Küste.

»Die Familie hat Hester manchmal besucht«, hatte Dorrie ihr erzählt. »Sie haben eine Woche am Meer verbracht, und ich hatte frei.«

Cari sah sich in der kleinen, vollgestopften Wohnung um und fragte sich, wie viel freie Zeit Dorrie in all diesen Jahren wohl gehabt hatte – vermutlich verschwindend wenig. Harte Arbeit, Einsatzbereitschaft und Loyalität gegenüber dem Arbeitgeber betrachtete man in jener Zeit als selbstverständlich. Die Rechte der Arbeiter hatten sich nicht auf Hausangestellte wie Dorrie erstreckt.

»Und plötzlich hörten diese Fahrten auf.« Dorrie bestrich ein weiteres Rosinenbrötchen großzügig mit Butter. »Aus heiterem Himmel.«

Warum wollte Mary ihre Mutter nicht mehr besuchen? Cari nahm das Brötchen in Empfang und legte es auf ihren Teller. Hester, dachte sie. Die Frau, von der ich anscheinend das kastanienbraune Haar und die grünen Augen geerbt habe. Noch eine Frau in der Familiengeschichte. Es waren immer die Frauen …

»Nach dem letzten Besuch der Familie in Cornwall ist Hester allerdings eines Abends nach Hertfordshire gekommen«, fuhr Dorrie fort. »Sie hat sehr geheimnisvoll getan.« Als sie in ihr Brötchen biss, blieb ein wenig Butter an den Härchen über ihrer Oberlippe hängen. Sorgfältig wischte sie sich den Mund mit einer verblichenen Leinenserviette ab.

»Geheimnisvoll?« Cari war fasziniert.

Dorrie, die in einem alten Ohrensessel saß, nickte und beugte sich vertraulich vor. »Es war am Geburtstag der Kleinen, wissen Sie.«

An Aurelias Geburtstag … Cari war fasziniert von Dorries Gedächtnis. Aber ältere Menschen konnten sich oft besser an weit zurückliegende Ereignisse erinnern als an den gestrigen Tag. In Dorries Wohnung war die Vergangenheit allgegenwärtig – die verblassten Fotos ihrer eigenen Familie auf dem Sekretär, Figurkrüge und gesprungene Vasen auf dem Kaminsims, ein alter, angelaufener Spiegel und eine verschossene Tapete mit altmodischem Magnolienmuster, dazu handbestickte Kissenbezüge und Schonbezüge über den Sesseln.

»Dieses Haar …« Die alte Frau streckte eine knochige Hand aus und legte sie Cari auf den Kopf. »Damals wurde Hesters Haar schon grau.« Sie nahm die Hand weg. »Sie hat wie eine dieser wilden Frauen ausgesehen, die in der Nacht ihr Unwesen treiben, als sie so, in ihr Umschlagtuch gewickelt, vor der Tür stand.« Sie kicherte.

Cari ließ ihrer Phantasie freien Lauf. Eine wilde Frau …

»Was denn genau?« Marco löste den Blick von den Auslagen im Esoterikshop: Tarotkarten unterschiedlichster Stilrichtungen – präraffaelitisch, Art déco, märchenhaft, modern –, Bücher über Astrologie und Hexerei, Kristalle, Kerzen und bunte Glaslampen. Als jemand das Geschäft verließ, schlug ihnen der Duft von Räucherstäbchen entgegen. Zitronengras und Lavendel.

Aus irgendeinem Grund beschloss Cari, Marco nichts von Hester zu erzählen. »Mary – meine Urgroßmutter – war sehr unglücklich«, begann sie. »Dorrie hat es nicht direkt gesagt, weil sie viel zu loyal ist, aber mein Urgroßvater Hugh scheint ein übler Typ gewesen zu sein.« Mary hatte ihn vermutlich einmal geliebt – warum hätte sie ihn sonst geheiratet? Aber vielleicht war diese Liebe gestorben. Oder Hugh hatte sie irgendwie zerstört. »Er muss ein ziemlich dominanter Mann gewesen sein«, sagte sie. »Ein absoluter Kontrollfreak, selbst für die damalige Zeit.« Er hatte nur zu gern Macht über andere ausgeübt, davon war sie überzeugt.

Marco zog eine Augenbraue hoch. Wahrscheinlich ist das für ihn feministisches Geschwätz, dachte Cari. »Aber um fair zu sein, muss ich sagen, dass Mary meistens krank war«, fügte sie hinzu, »also war es bestimmt für niemanden leicht.« Vor allem nicht für Aurelia.

Vielleicht lag es an dem Foto, das sie gefunden hatte, oder daran, dass ihre Großmutter als einzige ihrer weiblichen Vorfahren – wenn man Dorrie glauben konnte – noch lebte, jedenfalls fühlte Cari sich ihr sehr nahe. Außerdem waren sie beide ohne Geschwister aufgewachsen und hatten sich mit sich selbst beschäftigen müssen. Beide waren sie einsam gewesen und hatten unter dem Gefühl der Isolation gelitten, das Kindern aus großen Familien fremd ist.

Aber immerhin hat Aurelia ihre Großmutter gekannt, dachte Cari. Hester, die wilde Frau.

Während sie an den Kensington Gardens entlangschlenderten, musste sie unwillkürlich lächeln. Sie kamen an Cafés vorbei, deren Stühle und Tische wie im sonnigen Süden auf dem Gehsteig standen, an noch mehr Marktständen mit Silberschmuck, Geldbörsen, Bandanas und Sarongs und schließlich an einem Geschäft, das Kattun, Musselin und auch Stoffe für Hochzeitskleider verkaufte, wo Cari sich immer eindeckte.

Vom anderen Ende der Straße kam ihnen ein Schneewittchen auf Stelzen entgegen, begleitet von den sieben Todsünden, wie auf einem Plakat zu lesen war. Cari sah sich einen von Schneewittchens Begleitern näher an. Wen oder was sollte wohl das helle Gelb symbolisieren? Ihre Gedanken wanderten zurück zu

Hester. Aurelia und Hester mussten sich sehr nahegestanden haben, wenn Hester den weiten Weg von Cornwall nach Hertfordshire auf sich genommen hatte, um ihre Enkelin zum Geburtstag zu besuchen.

»Ich durfte Hester nicht ins Haus lassen.« Dorrie hatte bei diesen Worten traurig ausgesehen. »Dafür konnte ich meine Stellung nicht aufs Spiel setzen.«

»Aber warum denn nicht?«, fragte Cari erstaunt. Hester war Aurelias Großmutter, Marys Mutter. Weshalb um alles in der Welt sollte sie das Haus nicht betreten dürfen, nachdem sie doch extra zu Aurelias Geburtstag den weiten Weg nach Hertfordshire zurückgelegt hatte?

»Ich weiß es nicht, meine Liebe.« Dorries wirkte ebenso verwirrt wie Cari. »Ich hatte meine Anordnungen und musste tun, was mir gesagt wurde. Ich habe nie erfahren, was zwischen ihnen vorgefallen war.«

»Und Mary?« Hatte sie denn ihre eigene Mutter nicht sehen wollen? Oder hatte sie zu viel Angst vor ihrem Mann gehabt, um gegen ihn aufzubegehren? Cari stellte den Teller mit Rosenmuster auf Dorries Teewagen zurück.

Dorrie seufzte. »Die Frauen damals haben längst nicht so viele Freiheiten besessen wie die jungen Frauen heutzutage, meine Liebe. Es ist sicher schwer für Sie, sich das vorzustellen.«

Das stimmte. »Demnach hat Aurelia ihre Großmutter gar nicht mehr gesehen?«, fragte Cari betrübt. Sollte Hesters Reise völlig umsonst gewesen sein?

Dorrie kicherte. »Ich habe nicht gegen die Anweisungen verstoßen«, sagte sie mit triumphierendem Glitzern in den hellen Augen. »Die Kleine hat sich im Garten mit ihr getroffen. Dazu konnte ich nicht Nein sagen. Es wäre nicht recht gewesen.«

»Das haben Sie gut gemacht.« Cari stand auf und griff nach der Teekanne aus zartem Porzellan, um die Tassen nachzufüllen. »Und wie war Aurelias Verhältnis zu ihrem Vater?«, fragte sie, entschlossen, mehr herauszufinden.

Dorrie setzte eine vielsagende Miene auf und nahm sich reichlich Zeit, die Falten ihres Rocks zu glätten. »Er duldete keinen Unsinn«, sagte sie. »Nicht Mister Hugh.«

Cari spürte, dass das nicht alles war. Sie wartete.

»Und manchmal habe ich mich gefragt …«

»Ja?«

Aber Dorrie war plötzlich wieder verschlossen wie eine Auster. »Darüber steht mir kein Urteil zu«, erwiderte sie. »Es schickt sich nicht, über die Toten Schlechtes zu sagen.«

Noch mehr Geheimnisse, dachte Cari. Dorries Loyalität gegenüber den Familienmitgliedern währte noch über deren Tod hinaus. Cari stellte die Tasse ab. Für jede Einzelheit, die sie aufdeckte, tauchte offenbar ein neues Geheimnis auf. Warum hatte die Familie Hester nicht mehr besucht? Was dachte Dorrie wirklich über Hugh? Und was war Hesters Meinung dazu?

Gelb. Natürlich, das musste der Neid sein.

»Aber jetzt kommt das Wichtigste«, sagte Cari zu Marco. »Ich habe erfahren, dass Aurelia Brighton 1974 verlassen hat, um nach Italien zu gehen. Und meine Mutter hat Dorrie erst vor ein paar Jahren erzählt, dass meine Großmutter noch lebt.« Die Sonne schien warm auf sie nieder. Sie griff nach Marcos Arm. »Stell dir vor, Marco …« Fast wagte sie nicht, daran zu glauben. Doch wieso sollte Dorrie lügen?

Sie hatten die Sydney Street erreicht, die Heimat flippiger Accessoires. Hier befand sich Fat Mama's Skateshop, hier tummelten sich Punk, Glamour und Retro. An der Ecke stand ein bärtiger Poet auf einer Seifenkiste und rezitierte Gedichte.

»Dann könnte sie noch am Leben sein.« Marco nahm die aufgeregte Cari bei der Hand und zog sie in einen Laden mit Secondhand-Kleidung. Ein muffiger Geruch schlug ihnen entgegen. Cari rümpfte die Nase. Eine Puppe im Schaufenster trug ein türkisfarbenes Ballkleid aus den Fünfzigern mit eng anliegender Taille und gerüschtem Rock. Auf dem Kleiderständer im Inneren des Geschäfts hingen mehr Kleider aus den Fünfzigern, echte alte Spitze, Anzüge und Smokings aus den Dreißigern und Vierzigern, Schlaghosen und Flower-Power-T-Shirts aus den Sechzigern. Die gesamte Mode des letzten Jahrhunderts schien hier vertreten zu sein.

Stimmt, dachte sie. Sie könnte noch am Leben sein.

»Was sollen wir anprobieren?« Marco nahm einen Filzhut von einem Hutständer und setzte ihn sich in einem verwegenen Winkel auf den Kopf.

»Für dich brauchen wir eindeutig einen Anzug aus den Vierzigern.« Cari grinste.

»Und für dich?« Er sah die Kleider an einer Stange durch.

Sie zog ein bodenlanges scharlachrotes Abendkleid der Dreißigerjahre hervor – eine Lage bestickter Seidenchiffon über einem Unterkleid aus Seidencrêpe, das jede Rundung betonte. Es war bezaubernd. Das Oberteil war figurbetont und besaß am Rücken einen tiefen Ausschnitt, der mit lockerem Faltenwurf fast bis zur Taille reichte. Das Design war gewagt, die Farbe gefährlich. Ein zeitloses Kleid, das den Charme einer vergangenen Epoche und die Verheißungen der Zukunft in sich vereinte. Ein gewagtes Kleid, dachte sie. Ein leidenschaftliches Kleid. Sie wünschte, sie hätte es erschaffen, den eleganten Schnitt entworfen, den Stoff in diese geschmeidige Fülle verwandelt, die sich nun über ihrem Arm bauschte.

»Es ist wie für dich gemacht.« Er stand neben ihr. Sie spürte seinen Atem heiß in ihrem Ohr, seine Stimme schmelzend wie ein mit Cappuccinocreme gefülltes Praliné aus einer Schachtel exquisiter Pralinen. Ein köstlicher Schauder lief ihr über den Rücken. Warum nicht?

Sie traten gleichzeitig aus den nebeneinanderliegenden Umkleidekabinen.

Er sieht aus wie ein Mafiaboss, dachte sie. Flott, dunkel, bereit, zum Dinner auszugehen, die Nacht durchzutanzen und die Frauen reihenweise zu verführen. Und sie … Nun, sie konnte an seinem Gesicht ablesen, dass das Kleid ihr stand. Das seidige Oberteil passte wie angegossen, und der rotgolden schimmernde

Bernstein des keltischen Anhängers, den sie immer noch trug, harmonierte wider Erwarten mit dem Scharlachrot des Kleids.

Der Inhaber des Ladens hielt sich dezent im Hintergrund. »Ein bezauberndes Paar«, murmelte er beifällig. »Geradezu umwerfend.«

Seite an Seite betrachteten sie sich im Spiegel. Der Mann hat Recht, dachte Cari. Wir sehen wirklich umwerfend aus – und wirken tatsächlich wie ein Paar.

Langsam wandten sie sich einander zu. Am liebsten hätte sie dieses Kleid nie wieder ausgezogen. Was um alles in der Welt würde Dan sich zusammenreimen, wenn er sie jetzt so sähe? Sie wusste es nicht, aber ihr war klar, dass sie so etwas mit Dan niemals unternehmen würde. Dieser Gedanke machte sie traurig. Doch bereits im nächsten Augenblick spürte sie Erleichterung.

»Cari.« Marco berührte ihr Gesicht, legte den Daumen mit sanftem Druck gegen ihre Wange.

Begehren loderte in ihr auf. »Wir sollten uns besser wieder umziehen«, flüsterte sie.

Er zog sie bei den Schultern zu sich heran und küsste sie – zuerst ganz zart, dann zunehmend inniger. Fest nahm er sie in die Arme, ohne sich um den Ladeninhaber zu kümmern, der sich hastig zurückzog – er witterte wohl ein Geschäft.

Cari gab sich ganz und gar dem Kuss hin. Es war der Kuss eines Liebenden, und sie reagierte wie eine Liebende. All ihre Sinne waren geweckt. Sie glaubte zu fallen, versank in seinem Geruch, sie schmeckte Marco, spürte die Wärme seiner Arme, die Berührungen seiner Zunge.

Schließlich befreite sie sich mit Mühe aus seiner Umarmung, obwohl ihr ganzer Körper nach mehr verlangte. Sie holte tief Luft. »Marco, wie lange wirst du in England bleiben?«, fragte sie mit gespielt neckischer Stimme. Denn es war ja nur ein Kuss … oder?

»Kommt darauf an.« Seine Miene verfinsterte sich. Sie wurde nicht schlau daraus. Las sie so etwas wie Angst in seinem Blick?

»Ich mag dich, Cari«, sagte er. »Ich mag dich sehr.«

Sie hörte das »aber« in seiner Stimme und wartete.

»Aber es ist kompliziert.«

Sie hatte gewusst, dass es jemanden oder ein Hindernis gab … Sie hatte es gewusst und wollte es doch nicht wissen. Sie legte ihm den Finger auf die Lippen. »Es spielt keine Rolle«, erwiderte sie. Es war doch nur ein Kuss.

Er hatte seine Hände um ihr Gesicht gelegt. »Oh, doch, es spielt eine Rolle.«

So wollte sie ihn immer in Erinnerung behalten: wie er ihr Gesicht in den Händen hielt, die dunklen Augen so nahe und doch so weit entfernt. Woanders.

»Ist es zu früh für uns?«, murmelte er. Als würde er laut denken.

Er hatte Recht. Es gab so viele Dinge zu erledigen, Geheimnisse aufzudecken. Zunächst musste sie die Sache mit Dan regeln. Und außerdem hatte Cari einen Plan, den sie für niemanden aufschieben wollte. Er bestimmte momentan ihr Leben und gab ihr die Richtung vor.

Dennoch lastete die Enttäuschung schwer auf ihr, als sie den Vorhang der Umkleidekabine zurückzog. Sie wollte das rote Kleid nicht ausziehen. Und sie wollte nicht verlieren, was sie noch gar nicht besaß. Marco …

Kapitel 19

Lässt sich so etwas nachempfinden? Hilflos zuzusehen, wie jemand einfach … untergeht? Der nicht einmal einen Rest Freude verspürt, zutiefst trübsinnig wird? Wie soll ich das ertragen?

Um wie viel besser wäre es, der Tod träte plötzlich ein wie bei einem Herzinfarkt oder als Folge ihres *Abschieds. Ein gezielter Tritt in die empfindlichen Körperteile. Oh! Ein scharfer Schmerz. Ein Tritt, der einem den Atem verschlägt, einem keinen weiteren Schritt mehr erlaubt … den man nur ganz selten verkraften muss. Gott sei Dank. Sonst wären wir alle Krüppel.*

Nichts erscheint einem schlimmer als solch eine Qual. Langsam unterzugehen kann kaum schrecklicher sein. Ist es aber. Zwei Schritte vor, drei zurück, einer vor, zwei zurück, kurze Pause, Rückfall. Und weiter geht's. Bei uns ja, bei ihm nicht.

Am schlimmsten daran ist das Gefühl, völlig hilflos zu sein. Ich kann ihm nicht helfen. Denn so sehr er mich auch liebt, ich kann nichts dafür, dass er sinkt. Er hat alles verloren. Alles, was seinem Leben den Sinn gegeben hat. Er hat es versäumt, sich eine Reserve zu schaffen … Ich bin diese Reserve nicht, oder? Ich verleihe seinem Leben doch keinen Sinn.

Ich versuche ihn hochzuziehen, aber er ist groß und viel zu schwer. Ich knie mich neben ihn, bin an seiner Seite, doch er spürt nichts mehr, kann mich nicht mehr wahrnehmen. Und jedes Mal frage ich mich, ob ich noch die Kraft besitze, mich selbst aufzurichten.

Wenn er mir etwas von seiner Bürde anvertrauen würde, könnte ich sie ihm abnehmen, keine Frage. Ich bin jung. Ich bin stark. Es gibt Tage, da habe ich das Gefühl, ich könnte es mit der ganzen Welt aufnehmen. Aber während sie ihm nach und nach von den Schultern gleitet und ich sie fassen möchte, nimmt sie ihn erneut gefangen. Er ist ein Gejagter. Alles wird schwerer. Jetzt sind wir wohl beide auf dem Weg abwärts, oder? Wir steigen auf der dunklen Leiter hinab in die Tiefe.

Nein, ich nicht. Weder für ihn, meinen Vater, noch für sie. *Ich muss mich um jemand anderen kümmern, richtig? Um etwas, was in mir wächst und keine Mutter verdient, die sich nur für andere aufopfert. Dieses Etwas braucht eine Mutter, die ihre Kraft bewahrt und es stärkt. Ich schaffe es. Wir werden ohne Familie auskommen. Ich brauche das Kind, und das Kind braucht mich. Es ist ein Vertrag. Ich möchte ihm keinen Schaden zufügen; es wird mich retten.*

Ich versuche ihm etwas davon zu vermitteln. Ob es ihm hilft? Ehrlich gesagt ist es doch einerlei, wie oder warum ich es empfangen habe. Es zählt einzig und allein, dass es die Reise angetreten hat und auf seinem Weg meine Unterstützung benötigt.

Doch er kann nicht zuhören, kann es nicht mehr aufnehmen. Für ihn ist es nur ein weiteres Etwas aus einer völlig anderen Welt als der, in der er lebt. Es ist nichts.

Unsterblichkeit war sein Motiv, seine Liebe, sein Traum, der Gott, an den er immer hatte glauben wollen. Der Ruhm ist die Stimme, die ihm zuflüstert, er sei großartig, die Stimme, die ihm gestattet zu vergessen. Die ihn schlummern lässt, als ruhe er in tiefem Schnee. Und wir alle wissen ja, was geschieht, wenn wir uns in tiefen Schnee legen. Es ist himmlisch beruhigend, bringt uns aber den Tod.

Doch was ist er ohne diese Stimme? Ein gescheiterter Mensch. Der Mann, den ich abgöttisch liebe. Mein Vater. Meine Liebe.

Cari schlug das Tagebuch zu und blickte über den Palace Pier hinweg auf das Meer. Sie hatte sich zwischen zwei Terminen eine Mittagspause gegönnt, doch ihr Sandwich lag unangetastet neben ihr auf der Bank. Da sie ohne Vater aufgewachsen war, war sie sich nicht sicher, ob sie die Zuneigung einer Tochter zu ihrem Vater tatsächlich begriff. Dabei hatte sie gemeint, es sei ihr möglich; sie stellte es sich unkompliziert vor, basierend auf Vertrauen, Kameradschaft und Achtung. Doch Tasmins Zuneigung für ihren Vater war offenbar anderer Art gewesen. Sie war sowohl stärker als auch geringer. Die Worte ihrer Mutter schienen ihr hintergründig und mit Bedeutungen unterlegt, die Cari nicht zu verstehen wagte.

Auch dieser Maitag war sommerlich warm. Silbrig funkelte das ruhige Meer unter einer hoch am Himmel vorüberziehenden blassen Wolke, während die zarten, wie mit Spitze gesäumten Wellen flüsternd auf den Strand zuglitten. Anders als sonst wehte auf dem Pier kaum ein Lüftchen. Cari sog die Wärme der staubigen Holzbohlen und den Duft nach Salz und Meer ein. Ein Duft, der sich mit dem Aroma von Zuckerwatte, kandierten Äpfeln, dem leicht sauren Geruch nach Garnelen, Herzmuscheln und intensivem, von den Buden hinter ihr herüberwehenden Wohlgeruch gerösteten Kaffees mischte. Diese unerwartete Attacke auf all ihre Sinne erinnerte Cari an Marco, und erneut lief ein Schauder des Verlangens durch ihren Körper. Was, so überlegte sie, hätte Tasmin getan, wenn es sie, die noch ungeborene Cari, nicht gegeben hätte? Hätte sie die Hand ihres Vaters gehalten und wäre in die Dunkelheit gesprungen, von der sie gesprochen hatte?

Schließlich biss sie in ihr Sandwich. Es schmeckte alt, obwohl sie es erst vor dreieinhalb Stunden zubereitet hatte. Sie warf es ins Meer und beobachtete, wie die Möwen kreischend herabglitten und sich ihren Teil nahmen. Ich sollte so etwas eigentlich nicht tun, wies sie sich zurecht. Die Möwen hatten längst verlernt, dass sie sich ihre Mahlzeiten aus dem Meer holen sollten, und plünderten stattdessen die Abfalltonnen. Cari beobachtete die Vögel bei ihrem Kampf um das Brot. Tasmin hatte gekämpft, nicht wahr? Sie hatte sich stark genug gefühlt, um es mit der Welt aufzunehmen. Cari durchströmte eine Welle des Stolzes. Bis die Welt sie ihr entrissen hatte.

Beim Gedanken an ihre Mutter war es Cari wieder, als schnüre ihr jemand die Kehle zu. Diese Empfindung regte sich zu den eigenartigsten Tag- und Nachtzeiten; nicht nur, wenn sie in Tasmins Tagebuch las, sondern zuweilen auch aus heiterem

Himmel, ohne ersichtlichen Anlass – ein Gefühl, das weder mit dem Verlust der Mutter zu tun hatte noch mit der Tatsache, dass sie sich mit deren Tod nicht abfinden konnte.

Ob Aurelia ahnte, was sie zurückgelassen hatte? Ob sie wusste, was aus ihrem Mann und ihrer Tochter geworden war? Interessierte es sie? Dorrie hatte einen Brief an Tasmin erwähnt. Briefe zu schreiben war ja auch einfach. Weshalb hatte Aurelia ihre Familie nie besucht? Weshalb hatte jemand, der als tapfere, zähe kleine Person galt, so schnell aufgegeben?

Cari stand auf. Es war Zeit, in den Laden zurückzukehren. Die nächste Kundin wartete bereits. Rasch ging sie über das breite Holzdeck zurück zu dem Kiosk, der seit König Edwards Regentschaft am Eingang zum Pier stand. Sie musste versuchen, ihre Großmutter zu finden. So lautete ihr Plan. Nur so würde sie Antwort auf ihre Fragen erhalten. Dank Tasmins Tagebuch ließen sich viele Lücken schließen, aber ihr war klar, dass sie viel weiter zurückgehen musste, um der Wahrheit auf die Spur zu kommen.

Im Gehen tastete Cari nach dem Bernsteinanhänger, führte ihn an die Lippen und drückte einen Kuss auf das Harz. Sie würde viel tiefer graben und bis in die Zeit vor ihrer Geburt zurückgehen müssen.

Aurelia und Elena ertranken in Menüvorschlägen. Elena hatte offenbar zu jedem Caterer in Ligurien Kontakt aufgenommen. Sie saßen auf der Terrasse von Elenas Haus mit Blick auf die Terrakotta-Dächer, auf den Glockenturm, die gepflegten Gärten im Tal sowie den dichten Baumbestand der Lunighiana im Norden. Elenas mit Wein berankte Pergola bot ihnen Schutz vor der Nachmittagssonne.

Der schöne, dekorative schmiedeeiserne Tisch war mit Speisekarten übersät. Obwohl Aurelia die Schwäche der Italiener für Essen kannte, staunte sie erneut über die Vielfalt für die bevorstehende Hochzeit, die sich ihr darbot: *crostini*, *bruschette* und *focacce* mit Salami, Steinpilzen oder Mozzarella, *stracchino*, Schimmelkäse aus der Lombardei, und Pecorino; gefüllte Muscheln und Zucchiniblüten; Gemüsetörtchen mit Auberginen, kleinen Zwiebeln, Artischocken, Spargel, Tomaten, Champignons und Anchovis; Pasta: Ravioli, Gnocchi, Tortellini; Salate und Desserts: Parfaits, *pandolce*, Hefegebäck aus Genua; Kuchen und Früchte … Die Liste nahm kein Ende. Fotos der Delikatessen auf diversen mit weißen Tischtüchern bedeckten Tischen ließen ihr das Wasser im Mund zusammenlaufen.

»Wie glücklich wäre Catarina über einen Hochzeitsempfang in *La Sirena* gewesen!« Elena sprang vom Sessel auf, um ihren Notizblock zu suchen. »Ich muss den Blumenhändler anrufen«, murmelte sie leise vor sich hin und machte sich eine Notiz.

Aurelia rutschte auf der Holzbank, die sie zu ihrem Stammplatz erkoren hatte, hin und her. Ihr war heiß, und sie schien förmlich auf dem Sitz zu kleben, war aber zu müde, um aufzustehen. Es kam Elena nicht in den Sinn, dass Aurelia solche Äußerungen über Enricos verstorbene Frau verübeln könnte. Ich bin fünfundsiebzig, sagte sie sich und glättete die Falten ihres gemusterten Rocks, eines hübschen, praktischen Kleidungsstücks für warme Frühlingstage. Trotz ihres Alters legte sie Wert auf ihr Aussehen, was sie sich vor zwanzig Jahren noch nicht hätte vorstellen können. Mit fünfundsiebzig müsste ich doch über Empfindungen wie Eifersucht erhaben sein, Himmel noch mal! Ich sollte mich endlich mit unserer liebevollen Partnerschaft zufriedengeben, die wir nach unseren früheren Leidenschaften eingegangen sind. Nichts, was ich vorher erlebt habe, ist mit dem, was ich an der Seite von Enrico erfahren habe, zu vergleichen. Wir haben uns mit dem Zweitbesten begnügt, dachte sie. Das ist kein Geheimnis. Das weiß auch Elena.

Nun gut. Sie setzte sich auf, rückte ihren breitkrempigen Sonnenhut und die Sonnenbrille zurecht und sortierte die Speisekarten nach Kostenaufwand. Ihre Aufgabe war es, zu helfen und nicht nur zuzusehen und zu grübeln. Elena musste zwangsläufig alles noch einmal überdenken, und da würde ihr eine gewisse Logik und Ordnung hinsichtlich der Menüvorschläge sehr zustatten kommen. Und außerdem … Sie, Aurelia, hatte genau die Art von Beziehung, die sie sich mit Enrico gewünscht und auf der sie immer bestanden hatte. Also, was hatte sich denn verändert?

Elena stellte zwei Aperitifs auf den freien Fleck, den Aurelia soeben geschaffen hatte.

»*Grazie.*« Sie nahm einen Schluck. Köstlich. Sie wusste nicht, ob ein Aperitif tatsächlich den Magen öffnete und ihn auf die folgenden Speisen vorbereitete, wie die Italiener so gern andeuteten, doch sie hatte sich im Laufe der Zeit tatsächlich daran gewöhnt.

»Gern geschehen, meine Liebe.« Elena betrachtete sie, wenngleich etwas geistesabwesend. In Gedanken war sie nach wie vor beim Catering, beim Blumenhändler und beim Hochzeitskleid, vermutete Aurelia.

»Sie waren glücklich«, sagte Aurelia, ohne sich sicher zu sein, was sie hören wollte. »Nicht wahr?«

»Hmmm?«

»Catarina und Enrico.« Es fiel ihr immer noch schwer, die beiden Namen in einem Atemzug zu nennen. Und sie wusste auch, dass es Elena seltsam erschien, dass sie – nach all den Jahren – danach fragte.

Elena setzte das Glas ab. »Natürlich waren sie glücklich«, sagte sie rasch und hastete wieder davon. »Mmm, wo habe ich denn nur mein Handy hingelegt?« Aurelia sollte ihre Augen nicht sehen.

Als sie zurückkam, beugte sich Aurelia vor und legte die Hand auf ihren Arm. »Wirklich? Waren sie wirklich während ihrer gesamten Ehe glücklich?«

Einen Augenblick lang glaubte sie, etwas wie Angst in Elenas hagerem Gesicht zu erkennen. Angst? Doch wovor?

»Ja, natürlich.« Sie schob Aurelias Hand fort. »Nun sag schon, was ist los? Was bedrückt dich?«

Aurelia konnte es nicht benennen. Ob Enrico ein Mörder ist oder nicht, wäre wohl kaum eine gute Antwort gewesen, abgesehen davon, dass sie davon nicht eine Sekunde lang überzeugt gewesen war. Es schien wohl eher ein Zufall zu sein, dass Catarina wenige Wochen vor dem Tod eine Angst zum Ausdruck gebracht hatte, die sich später bewahrheitete. Was sonst? Aurelia atmete tief durch, um zurück zu ihrer Ruhe zu finden, die sie derzeit so oft verlor. Das Alter, vermutete sie. Hin und wieder konnte sie kaum Atem holen, und ihre Lungen schmerzten. Vielleicht war sie ja doch zu lange gegen den Strom geschwommen. Sollte sie vielleicht ein wenig kürzertreten?

»Ich weiß es nicht«, bekannte sie. Dass Enrico Catarina betrogen haben könnte, war eine der unausgesprochenen Befürchtungen, die sie umtrieben. Sie versuchte, alles vernünftig zu betrachten. Selbst wenn es so gewesen wäre, hatte das dann wirklich Auswirkungen auf ihre eigene Stellung? Schließlich lag alles so weit zurück, und sie liebte Enrico nicht einmal. Sie schätzte ihn als Freund, ja, und natürlich als einen Menschen, dessen Leben sie teilte, aber nicht als Liebhaber; jedenfalls empfand sie nicht diese alles verzehrende Eifersucht, die sie jahrelang für Richard empfunden hatte, während er sie betrogen hatte. Und das beinahe täglich. Womöglich das Einzige, dessen sie sich sicher sein konnte.

Aurelia lehnte sich wieder zurück. *Dieser Mistkerl!* Die Sonne war inzwischen weitergewandert, und ein Sonnenstrahl fiel durch eine Weinranke auf ihre mit Leberflecken übersäte, faltige Rechte, die Hand, mit der sie malte – vielleicht sogar ihr wichtigster Körperteil.

Aurelia zog sie fort. Gehörte Unaufrichtigkeit zum Erfolg? Unsicherheit gehörte gewiss dazu. Ebenso wie Unsicherheit mit dem Wunsch einherging, Bewunderung, Verehrung und Liebe zu erfahren.

Die wärmende Nachmittagssonne machte sie schläfrig. Ihre Gedanken führten sie wie so oft in diesen Tagen zurück in die Vergangenheit, nach Brighton, zu Richard. Je öfter Richard eine bestimmte Rolle nicht bekam – *Stanley ist ein Feigling. Er befürchtet, dass ich den Hauptdarsteller in den Schatten stelle; verlangt nach jemand Älterem/Jüngerem/Hässlicherem; hat eine Affäre mit der Frau/Schwester/Mutter von irgendjemandem; man hat ihn besto-*

chen/ihm geschmeichelt/ihn überredet/erpresst –, je mehr er litt, desto unsicherer wurde er. Und je unsicherer er wurde, desto brutaler musste er sein Ego stärken (durch Frauen – egal welche). Je öfter er den starken Mann markierte, desto öfter trank er.

Und umso tiefer sank er, fügte Aurelia insgeheim hinzu. Sobald sie den Kopf wandte, konnte sie über Elenas Zitronen- und Orangenbäume hinweg das friedliche Blau des *Golfo dei Poeti* sehen. Gegen den Strom schwimmen … Es wurde zunehmend schwieriger, gute Rollen zu bekommen. Und kaum bot sich ihm eine Chance, vermasselte er sie: zu viel Whisky, zu viele Frauen, um sich an seinen Text zu erinnern. Er war so sehr damit beschäftigt, seine Frau zu betrügen, dass er keine andere Rolle auch nur halb so gut spielen konnte.

Aurelia fiel wieder ein, was sie zu tun hatte, und sie bemühte sich, die Aufmerksamkeit erneut auf die Speisekarten zu richten. Aber es bereitete ihr Schwierigkeiten. Der Wohlgeruch der Zitrusfrüchte verlieh den Düften in Elenas Garten eine intensivere Note – die wohlriechenden Geranien und Petunien in den Terrakottakübeln auf den bröckelnden Steinmauern und in den Töpfen vor dem Gewächshaus, in dem die Zitronenbäume überwinterten. Nur Tasmin konnte ihm helfen. Die Rolle des großzügigen Vaters war seine Rettung. Stundenlang spielten sie ihr Lieblingsspiel. Anfangs sah sie ihnen zärtlich zu, später nicht mehr. Stundenlang gab Richard sich dieser Zuneigung hin, die geradezu der Anbetung gleichkam. Er hätte sich nichts Besseres wünschen können als diese Tochter. Tasmin …

Nun gut. Brüsk schichtete Aurelia den sortierten Stapel auf Elenas Tisch und legte einen Briefbeschwerer darauf, obwohl sich kein Lüftchen regte.

»Warum hast du danach gefragt?« Elena stand vor ihr, die Hände in die mageren Hüften gestemmt. »Hat jemand im Dorf dummes Zeug geredet?«

»Gut möglich.« Da Elena sich als streitbare kleine Italienerin gebärdete, zweifelte Aurelia, ob sie die Angelegenheit überhaupt verfolgen sollte. Wie viel einfacher war es, die Augen zu schließen, den Aperitif zu trinken und sich dem ligurischen Frühlingsnachmittag mit all seinem berauschenden und einschläfernden Zauber hinzugeben. Wo nichts mehr eine Rolle spielte. Rein gar nichts.

»Dann hör doch nicht hin! Was wissen die schon?« Aurelia öffnete ein Auge und sah, dass Elena ihr mit einem ihrer knochigen Finger drohte.

»Und was weißt *du*?«, gab sie zurück. Elena protestierte nun wirklich zu viel.

»Pah! Es ist vorbei. Vorbei!« Entschieden wedelte sie mit den Armen. »Es liegt alles so lange zurück. Außerdem …«

»Außerdem?«

»Ach, nichts. Gar nichts.« Elena näherte sich. Ihre dunklen Augen waren nahezu schwarz, glänzten aber in der Sonne wie die nassen Felsen am Strand von Tellaro. Aus diesen Augen sprach derart viel Vergangenes – ein wahrer Ozean … »Catarina war meine Schwester«, entgegnete sie. »Ich würde es wissen.«

Stimmt. Sie würde es wissen. Aurelia erhob sich. Zeit zu gehen. Ich werde mich in der Abenddämmerung in das Labyrinth setzen, entschied sie. Einfach verschwinden, nicht etwa auf den gewundenen Wegen, sondern in dem Teil des Irrgartens mit der geheimnisvollen Atmosphäre, die ihr so viel Frieden vermittelte. Natürlich wusste Elena Bescheid. Sie und Catarina waren schließlich Schwestern. Und wenn es tatsächlich einen Anlass zu Zweifeln gegeben hätte, wüsste Elena Bescheid, und sie hätte Enrico niemals vergeben.

»*Ciao.*« Aurelia verabschiedete sich von Elena mit einem Wangenkuss.

Kurz darauf meldete sich die verflixte leise Stimme erneut. Elena hätte Enrico niemals vergeben. Es sei denn …

Kapitel 20

»Es tut mir wirklich leid, Cari.« Dan schüttelte traurig den Kopf, nachdem sie ihm von ihrem Vorhaben erzählt hatte.

»Leid?« Diese Reaktion hatte sie nicht erwartet. Sie hatte sich vor dem Gespräch gefürchtet und wollte den Schmerz in seinen Augen nicht sehen. Dabei war gar kein Schmerz zu entdecken. Was gut war, oder etwa nicht? Sie widmete sich wieder ihren Spaghetti und der Käsesauce. Dan hatte sie gefragt, wohin sie essen gehen wollte, woraufhin sie, ohne lange zu überlegen, ein kürzlich am Churchill Square eröffnetes italienisches Restaurant genannt hatte. Wurde Italien ihr etwa zur Obsession?

Und weshalb tat es Dan leid?

»Es ist unmöglich«, fügte er mit ausdruckslosem Gesicht hinzu und füllte beide Gläser nach.

Unmöglich? Weshalb? Cari zog die Stirn kraus. Sie hatte ihm erzählt, sie plane, mit einem Teil ihres geerbten Geldes nach Italien zu reisen, und ihm deutlich zu verstehen gegeben, dass es ein großer Wunsch von ihr war, den Ort aufzusuchen, den sich ihre Großmutter 1974 als neue Heimat ausgesucht hatte. Sie wollte sich eine Auszeit nehmen, Abstand gewinnen, etwas finden … Nun ja, ohne recht zu wissen, was sie womöglich entdecken würde. Aber sie spürte, dass es das Richtige wäre. Und das hatte den Ausschlag gegeben. Weshalb sollte es nun unmöglich sein? Sie trank den Wein in kleinen Schlucken, um den allmählich in ihr aufkeimenden Ärger zu unterdrücken. Warum musste Dan immer alles kontrollieren? Er sollte sich lieber auf sein Leben konzentrieren und ihr nicht ständig dreinreden. Ob sie nun etwas vermasselte oder genießen würde – es war ihre Verantwortung, ihr Leben!

»Ich kann mir nicht so lange freinehmen«, antwortete er. »Vielleicht ein paar Tage, höchstens eine Woche.«

O nein! Cari seufzte. Hatte sie sich nicht klar ausgedrückt? »Ich fahre allein nach Italien, Dan«, sagte sie. »Ich habe dich nicht gebeten mitzukommen. Sei nicht böse!« Sie wickelte die Spaghetti um die Gabel. Vielleicht war es nicht gerade *die* Königsidee gewesen, in ein italienisches Restaurant zu gehen.

Erstaunt sah er sie an. »Allein?« Seine Gabel schwebte in der Luft, und ein Stück Pizza mitsamt Mozzarellafaden hing von seiner Gabel herab.

»Ich dachte, ich hätte es dir schon mal erklärt.« Hatte er nicht kapiert, wovon sie die letzte halbe Stunde gesprochen hatte? Es war alles ohnehin schon schwierig genug, und nun wurde es nur noch schwieriger. Cari legte die Gabel zurück auf den Teller. Sie fühlte sich erschöpft. In der letzten Nacht hatte sie den Tagebucheintrag ihrer Mutter über Richards Tod gelesen. Er war grausam. Tasmins Worte besaßen eine erbarmungslose Härte, als könne sie nur auf diese Weise damit fertig werden. Dennoch konnte sie die tiefe Wunde hinter der sachlichen Beschreibung nicht verbergen. Wie sie ihn am Morgen im Bett vorgefunden hatte, erstickt an seinem Erbrochenen, in die Toilette gehastet war und endlos gekotzt hatte. *So lange, bis ich das Gefühl hatte, alles, was mich ausgemacht hat, sei nun in der Toilettenschüssel und ich hätte mich von allem befreit.*

Cari bemühte sich, nicht daran zu denken.

»Wenn ich recht verstehe, willst du also nach Italien fahren.« Dan schob sich eine volle Gabel in den Mund, nahm das Messer und säbelte den Rest der Pizza Quattro Formaggi so heftig in Stücke, als wolle er seinen Ärger an ihr auslassen. Er schluckte. »Mir ist allerdings nicht klar, was du dir davon erhoffst.«

»Das habe ich dir doch bereits erklärt: Ich suche meine Wurzeln.« Gut, das klang ziemlich dämlich. Vielleicht war es das ja auch. Vielleicht war es ja auch gar nicht wichtig, etwas über ihre Vorfahren herauszufinden? Zu wissen, warum ihre Großmutter die Familie verlassen und nach Italien gegangen war oder wieso ihr Urgroßvater Hester gehasst hatte ... sowie all die anderen offenen Fragen zu beantworten, die ihr nachts den Schlaf raubten? Sie war die, die sie war – Cari Banks, Modedesignerin. Tochter von Tasmin und ...?

Sie schob den Teller zurück. Plötzlich überkamen sie Zweifel, ob sie überhaupt jemals die Wahrheit erfahren würde. Ihre Mutter hatte ihr von mehreren Jungen erzählt, mit denen sie bekannt gewesen war – Steve Soundso und Nick Irgendwer. Aber Cari wusste nicht einmal die Nachnamen und hatte auch keinen Anhaltspunkt dafür, dass ihre Mutter mit ihnen geschlafen hatte. Was den rätselhaften Fremden betraf, mit dem Tasmin garantiert Sex gehabt hatte ... Cari zitterte. Eigentlich wollte sie gar nicht darüber nachdenken. Aber um wen hatte es sich dabei wohl gehandelt?

Sie seufzte. Sollte sie vielleicht der Herkunft des wertvollen Anhängers nachgehen, den sie um den Hals trug? Beinahe unabsichtlich berührte sie den Stein. Er war zu ihrem Talisman geworden; sie glaubte fest daran, dass er ihr Schutz bot.

Cari goss sich Mineralwasser nach. Sie musste einen klaren Kopf behalten. »Ich möchte meine Großmutter ausfindig machen.« Dan – sie wusste es bereits – würde sofort antworten, auf was für ein aussichtsloses Unterfangen sie sich damit einließ.

»Das ist aussichtslos«, sagte er.

Tja.

»Und was schlägst du vor?« Wieder fing er an zu kauen und heftig zu schlucken.

Ihr Blick glitt zu den anderen Tischen. Andere Paare aßen, tranken, plauderten und lachten miteinander. Am Nebentisch fütterte eine dunkelhaarige Frau ihren Begleiter grinsend mit einer schwarzen Olive aus dem Salat, den sich beide teilten. Er aß sie, lehnte sich zurück und zündete sich eine Zigarette an. Der Rauch mischte sich mit dem Duft nach Tomaten, Basilikum und Mozzarella sowie nach warmem Fladen- und Knoblauchbrot. Seine Partnerin beugte sich leicht vor, und er berührte lächelnd ihre Hand. Cari empfand Neid. Niemand führte hier eine ähnliche Unterhaltung wie Dan und sie. Was war zwischen ihnen schiefgelaufen? Und wie viele ihrer zumeist ernsten Unterhaltungen hatten in Brightons Cafés und Restaurants stattgefunden? So gut wie alle. Es gab mal einen Song, dass zwei Menschen die wichtigsten Entscheidungen in ihrem Leben im Bett treffen. Das traf auf sie und Dan nicht zu. Im Bett hatten sie Sex (manchmal), der berechenbar oder sogar langweilig war, sie lasen und schliefen. Dort fanden weder Gespräche statt, noch küssten sie sich.

Aber jetzt redete Dan. »Das heißt, von Stadt zu Stadt reisen, mit einem Foto von ihr in der Hand? Ein Foto, das, sagen wir, vor zwanzig Jahren aufgenommen worden ist?«

Cari zuckte zusammen. »Dorrie hat mir erzählt, in welche Gegend sie gezogen ist.« Sie hatten eine Stunde lang gemeinsam die Landkarte studiert, während Dorrie sich über den Namen der Stadt den Kopf zerbrach, in die Aurelia hatte fahren wollen. Nun ja, das alles lag wirklich sehr lange zurück. Cari erhoffte sich nicht besonders viel. »Sie wurde von jemandem gesehen«, sagte Dorrie. »Ich habe es irgendwo aufgeschrieben, weißt du. Jemand hatte sie gesehen … Lass mich nachdenken.«

»War es Süditalien?«, bohrte Cari weiter. Vielleicht verlor Dorrie ja den Faden.

»Toskana!« Dorrie erinnerte sich. »Ich hatte mir eine Sendung darüber im Fernsehen angesehen und dachte: Dorthin ist sie gefahren. Ich bin mir ganz sicher.«

»Machen Sie sich keine Gedanken, dass Sie sich nicht genauer erinnern!«, beruhigte Cari sie. Doch vorsorglich zählte sie Städte der Toskana auf. »Florenz, Pisa, Siena …«, Namen, die man mit Kirchen, Deckenmalerei und Renaissance-Kunst, sanften Hügelketten, Olivenhainen und Sonnenblumenfeldern in Verbindung brachte.

Kaum hatte Cari sich endgültig dazu durchgerungen, hätte sie sich am liebsten auf der Stelle auf die Reise gemacht. Ruhelos war sie durch die Straßen von Brighton gelaufen. In Gedanken stand ihr Koffer schon zum Aufbruch bereit. Die Welt – ihre Welt – nahm sie nur noch vage auf, als sei ein Teil von ihr bereits unterwegs. Ob sich Aurelia so gefühlt hatte, damals, 1974?

Cari blätterte in ihrem Terminkalender, informierte ihre Kunden und nahm keine Aufträge mehr an. Sie hatte Glück – eine ihrer Freundinnen aus der Branche wollte das Atelier übernehmen. Sie würde sich einarbeiten, die Kunden weiter betreuen und Cari die Ladenmiete erstatten. Der Gewinn würde an sie gehen, während sie im Gegenzug alle fälligen Rechnungen begleichen würde. Perfekt.

»Nein, nein, Schätzchen. Falsch, ganz falsch.« Scharfe Falten gruben sich in Dorries Stirn.

Cari betrachte erneut die Karte. »Bologna, Lucca …«

»Das ist es!«

»Was ist es?«

»Lucca.« Dorrie schien sehr zufrieden mit sich zu sein. »Ein neugieriger Beobachter hat es mir zugetragen.«

»Ach. Ich verstehe.« Vollkommen klar! Cari lächelte. Gewitzte Dorrie!

»Das war 1974«, sagte Dan. »Ich bitte dich, Cari, du glaubst doch nicht etwa an Märchen.«

»Hat sie nicht auch daran geglaubt?« Manchmal wünschte sie, es wäre so gewesen. »Vielleicht ist sie noch dort. Es ist immerhin einen Versuch wert.« Früher hatte er sie viel stärker unterstützt. Er hatte immer voll und ganz hinter ihr gestanden. Aber jetzt … Er war nicht einmal mehr auf ihrer Wellenlänge.

»Es ist deine Entscheidung, okay?« Böse funkelte er sie an. »Wenn du unbedingt deine Zeit verplempern willst …«

»Zeit verplempern«? Selbst wenn sie ihre Großmutter nicht würde finden können – was, zugegebenermaßen, ziemlich wahrscheinlich war –, würde sie doch wenigstens durch dieselben Straßen laufen, die gleichen Dinge sehen, eine ähnliche Atmosphäre aufsaugen, wie Aurelia sie in all den Jahren eingeatmet hatte. Mehr brauchte sie nicht. Cari würde ihren Besuch in Italien als langen Urlaub betrachten und auf den Spuren ihrer Großmutter wandeln. Sie würde nur das Foto mitnehmen und das Beste hoffen. Vielleicht gab es ja einen Weg … Verschwunden geglaubte Personen tauchten manchmal wieder auf, nicht wahr? So etwas hörte man immer mal wieder.

»Nichts bringt mich mehr davon ab, Dan«, sagte sie. »Mein Entschluss steht fest.« Sie beobachtete ihn, als er um die Rechnung bat. Er schien ihr den Freiraum, den sie dringend benötigte, nicht zugestehen zu wollen. Vermutlich hatte er Angst. Zu gern hätte sie den Arm ausgestreckt und seine Hand gedrückt, aber irgendetwas hielt sie davon ab. Auch sie hatte Angst.

Er warf einen Blick auf die Rechnung und knallte seine Kreditkarte auf den Tisch. Als sie nach ihrem Portemonnaie griff, schob er ihre Hand fort.

Der dunkelhäutige Kellner mit den freundlichen braunen Augen nahm die Karte und kam nach einer Minute mit dem Zettel für die Unterschrift zurück.

»Nur das zählt.« Dan erhob sich. Sein Stuhl scharrte über den Boden.

»Was?« Cari trat aus dem Restaurant. Weshalb war er denn bloß so verärgert? Sie verließ ihn doch nicht endgültig.

»Du, du, du … Nur deine Wünsche zählen!«

»Hä?« Was sollte das denn heißen? Sie folgte ihm hastig in der Dunkelheit, als er auf eine Fußgängerampel zusteuerte.

Kaum hatte er davor Halt gemacht, packte sie ihn am Arm. »Was redest du da überhaupt?« Vor einem Hamburger-Lokal mit Neonreklame standen ein paar blödelnde Halbwüchsige. Die Straßenlaternen beleuchteten den feuchten Gehsteig. Offenbar hatte es geregnet, während sie in dem Lokal gesessen hatten. »Dan.«

Als die Ampel auf Grün sprang, überquerte er rasch die Straße, während Cari nach wie vor an seinem Arm hing. Was tat sie da eigentlich? Und wie verhielt er sich? Sie ließ ihn los.

»An mich denkst du nie«, murmelte er. »An uns denkst du nie.«

Wirklich?

Cari betrat hinter Dan den Hausflur. Jetzt wusste sie, was sie zu tun hatte. Es war nur fair. »Dan, vielleicht …«

»Lass gut sein!«, sagte er und fasste sie bei den Schultern.

Sie sah ihn durchdringend an. Seine Augen wirkten zornig.

»Fahr nach Italien«, sagte er. »Tu, was du tun musst! Aber gib mir bloß nicht den Laufpass, ehe du verschwindest.«

Cari seufzte. Sie hob den Kopf, um ihm einen Kuss auf die Wange zu drücken. »Natürlich nicht.« Obwohl ihr die Worte auf der Zunge gelegen hatten.

Sie wandte sich um, kramte den Wohnungsschlüssel hervor und steckte ihn in das Schloss. Ach, Dan ... Sie waren beide nun wirklich schon lange zusammen. Er hatte Recht. Sie hatten mehr als das verdient. Sie würde nach Italien fahren. Fern von Dan, fern von Marco würde sie sich vielleicht über ihre Gefühle klarer werden.

Italien. Es lockte sie unaufhaltsam. Sie musste dorthin. Es blieb ihr kaum eine andere Wahl.

Aurelia spazierte durch das Labyrinth aus Oleander und Jasmin, wo sie nachdenken und ihren Gedanken freien Lauf lassen konnte. Der aromatische Duft des in bestimmten Abständen entlang des Weges gepflanzten Thymians mischte sich mit dem schweren Aroma des Jasmins, der salzigen Meeresbrise und dem Geruch nach warmer Ciabatta, der aus *La Sirena* herüberwehte.

Sie hatte heute ein Bild in Angriff genommen, mit dem sie sehr zufrieden war und das sie »Das Labyrinth in der Abenddämmerung« genannt hatte. Damit war alles gesagt. Sie hatte in ihrem Atelier mit seinen wunderbar großen, der Parkseite zugewandten Fenstern gesessen, mit Blick auf den Irrgarten und den türkisfarbenen Golf von La Spezia mit den glatten, glänzenden Felsen und den von ihr so sehr geliebten Kiesstränden. Sie sah die freundlich leuchtenden Fassaden der Häuser von Tellaro, die an das seichte Ufer grenzten. Unvermittelt konnte das Meer zu einem tiefen, gefährlichen Gewässer werden, sobald die Strömung einen forttrieb. Geradezu heimtückisch, dachte Aurelia.

Auf der Staffelei wartete ihr Werk auf die letzten Pinselstriche. Es liegt am Licht, dachte Aurelia, während sie ihre Farbpalette vorbereitete. Der Trick, den sich das Licht erlaubt, wenn die Dämmerung einsetzt, die Schatten länger werden und sich ein Gefühl von Vollendung, Endgültigkeit und Vergebung einstellt.

Natürlich suchte sie genau danach, selbst jetzt. Nach der Vergebung ihrer Tochter. Vergebung und Verständnis – wertvolle Geschenke.

Während sie malte, dachte sie an ihre ersten Aquarelle auf der Promenade von Brighton, einem völlig anderen Meerespanorama als das, was ihr der Blick aus dem Atelierfenster unter dem Dach von *La Sirena* bot. Nicht allein die himmlische Aussicht machte diesen Raum so außergewöhnlich, der früher Catarina als Salon gedient hatte.

Was mag sie hier getan haben?, überlegte Aurelia, während sie weiterarbeitete. Verfolgten sie schreckliche Träume von einem Ehemann, der sie längst nicht mehr begehrte? Hingen ihre Gedanken nach wie vor in diesem Zimmer, von den Steinwänden aufgesogen, in Mörtel gebettet, dem Mobiliar einverleibt? Und falls dem so war, warum konnte Aurelia sie dann nicht entziffern? Es war ein Raum, der eine meditative Aura verströmte. Ein Raum ohne negative Atmosphäre, die ihre Arbeit sicher empfindlich gestört hätte.

Während sie nun durch das Labyrinth spazierte, fielen ihr die Tage in Brighton wieder ein, sah sie Tasmin im Kinderwagen liegen und später die Lower Esplanade neben den King's Road Arches hinauf- und hinunterstapfen, dort, wo Aurelia des Öfteren ihre Staffelei aufstellte und zu malen pflegte. Tasmins blonde Locken tanzten in der Meeresbrise, die kleinen Hände waren zu Fäusten geballt. »Lass mich malen, Mummy, lass mich malen!«, quengelte sie.

Aurelia lenkte die Gedanken noch weiter zurück und dachte an Hester und die Ferien, in denen jeder Tag mit Abenteuern und zahllosen tollen Einfällen ausgefüllt gewesen war. Hester hatte stets zwei Malblöcke in der Picknicktasche mit sich getragen, und sie sammelte unterwegs die unterschiedlichsten Dinge – einen Stein mit ungewöhnlichen Einkerbungen, einen vielfarbigen Strang Seetang in Port Isaacs Angelbucht; Glockenblumen im Wald nahe der Farm; eine Vogelfeder, ein Stück Treibholz, einen lohfarbenen Pilz oder ein zartes Blatt. Später – entweder im Schneidersitz am Strand, Hester im Liegestuhl oder im Wald auf einem Baumstumpf sitzend – begannen sie zu zeichnen.

Aurelia tat sich anfangs schwer, etwas nachzuzeichnen. Seufzend beobachtete sie, wie Hester mit Kohle sicher und flüssig Striche über die Seite zog. Doch nach und nach wurde auch sie mutiger.

Eines Tages schob Hester ihr langes kastanienbraunes Haar entschlossen zurück und sagte: »Gut gemacht, meine Süße. Dein Schiff bewegt sich in den Wellen. Sieh mal!«

Aurelia starrte auf das Papier und fragte sich, was sie denn nun richtig gemacht hatte. Zwar wusste sie, dass es stimmte, empfand aber dennoch Zweifel. Wie sollte sie denn jemals herausfinden, wie es ihr gelungen war, dass sich das Boot bewegte? Wie konnte sie es einfangen, festhalten und bewusst wiederherstellen?

»Das ist ein erster Schritt, mein Schatz.« Gramma Hester lächelte. Sie verstand offenbar. »Mach dir darüber keine Gedanken. Sobald du gehen kannst, wirst du auch lernen zu rennen.« Sie schnipste so laut mit den Fingern, dass Aurelia erschrak. »Es ist so einfach wie das ABC.«

Als sie abends daheim saßen und Mutter und Vater zu einem Spaziergang aufgebrochen waren, fertigten sie eine Collage mit all den Dingen an, die sie gesammelt hatten. Schweigend arbeiteten sie in der gemütlichen kleinen Küche. Alles, was sie zusammengetragen hatten, lag auf dem großen Tisch, und sie fügten ihre Errungenschaft zusammen.

»Sollen wir es Mutter zeigen?«, fragte Aurelia, als sie fertig waren.

Hesters fröhliche Miene verdunkelte sich. »Nein«, entgegnete sie. »Ich finde, das sollte unser Geheimnis bleiben.«

Als sie tags darauf im Regen nach Hertfordshire zurückfuhren und Aurelia so traurig wie nie zuvor in ihrem Leben war, schob Hester ihr ein Päckchen in die Tasche des Regenmantels, während sie ihn zuknöpfte. »Du hast eine besondere Gabe«, flüsterte sie ihr zu. »Nutze sie!«

Damals hatte Aurelia angenommen, sie solle das Geschenk nutzen. Natürlich würde sie es benutzen – was immer es enthalten mochte. Sie hielt es während der ganzen Fahrt fest an die Brust gepresst, rannte nach ihrer Ankunft – vor Neugier schier platzend – hinauf in ihr Zimmer, um es zu öffnen.

Das Päckchen enthielt eine Schachtel Kohlestifte, Pastellfarben und einen Skizzenblock – brandneu! *Für Aurelia, die Künstlerin!* stand auf dem Papier. *Von ihrer sie liebenden Großmutter.*

Aurelia hütete das Geschenk und benutzte die Stifte und den Block so oft sie konnte – heimlich, da sie befürchtete, Vater hätte etwas dagegen einzuwenden (was Gramma Hester betraf, schien ihm nichts recht zu sein).

Doch erst viel, viel später begriff Aurelia, dass Hester damit nicht auf die Kohlestifte oder den Skizzenblock angespielt hatte, als sie von der »Gabe« gesprochen hatte, sondern von ihrem *Talent*. Ein Talent, das Gramma Hester erkannt und genährt hatte. Aurelias besondere Gabe. Und ihre Großmutter hatte die Gabe besessen, ihr dafür die Augen zu öffnen.

Kaum schüttelte Tasmin die blonden Locken und wollte malen, überlegte Aurelia nicht lange und setzte sie – versehen mit einem Stift und einem Skizzenblock – auf die höchste Erhebung des Strandes. Zu ihrer Linken erstreckte sich der weit ins Meer ragende, auf Pfähle gesetzte und mit weißem Geländer gesicherte »Pointing Finger« des Palace Pier. Den orientalisch anmutenden Pavillon krönten – reichlich bizarr, wie sie fand – eine glitzernde Kugel und eine Wetterfahne. Dahinter lagen die Achterbahn mit dem gestreiften Dach und der Vergnügungspark. Sie wandte sich um. Hier standen die Buden des Fischmarktes, 216 King's Road Arches, aufgereiht. Dort war es laut, und der durchdringende Geruch vermischte sich bei jedem Atemzug mit der Meeresluft. An diesem besonderen Tag ging es auf dem Platz mit jeder Minute turbulenter zu – jemand hatte einen Karton umgedreht und rief ein Publikum für eine politische Stegreifrede zusammen. Der Lärm der Störaktion schwappte bis zu Aurelia, doch sie konnte die Botschaft nicht verstehen. Ihr Blick schweifte über die Buden, Souvenirläden, Eiscafés und die Old Penny Arcade, auf der sich die Menschenmenge unterhalb der Promenade entlangschob … Über ihnen ragte die elegante, mehrmals übermalte Regency-Fassade des Old Ship Hotel sowie andere schemenhaft sichtbare Gebäude auf der King's Road auf. Sie wandte sich um zum Meer, dessen Wellen sich in der Dunkelheit unter dem Palace Pier wälzten und überschlugen und im Sonnenlicht metallisch funkelten.

Hier offenbart sich das Leben in all seinen Facetten, dachte Aurelia. Was brauchen wir mehr? »Zeichne, wozu du Lust hast«, ermunterte Aurelia ihre Tochter. »Was immer du magst. Alles. Zeichne die Welt.«

Tasmin starrte eine alte Frau an, die in der Nähe saß, und schlug den Block auf. Ihre rosafarbene Zungenspitze lugte zwischen den Lippen hervor. Sie betrachtete die Frau so lange, bis diese Tasmin beunruhigt musterte. Erst dann glitt der Stift der Kleinen über das Papier.

»Aber es stimmt nicht«, jammerte Tasmin. »Das ist sie nicht.«

Die alte Frau zuckte zusammen.

Aurelia bemühte sich, ihre Tochter zu beruhigen, erklärte ihr, dass sie doch erst am Anfang stehe und Geduld aufbringen müsse. So wie Hester es einst bei ihr gemacht hatte. Aber es wollte nicht gelingen. Tasmin war anders. Sie wollte alles auf einmal in sich aufnehmen. In der Schule und im College setzte sich Tasmins Freude an Kunst und Textilarbeiten fort. Doch interessanterweise war es schließlich die Fotografie, die es ihr angetan hatte. Auf eine billige Instamatic folgte die anspruchsvollere Olympus, mit der sie im College schwarz-weiß zu fotografieren begann.

Als Aurelia sich dem Herzen der Triskele näherte, bückte sie sich und berührte den glatten steinernen Kopf ihres graugrünen, leicht hochmütig wirkenden südländischen Matrosen – ihr Andenken an Hester, ihr ganz besonders gut gehüteter Schatz. »Wer bist du?«, flüsterte sie. Doch auch diesmal blieben seine Lippen versiegelt.

Ob Tasmin sich an ihre gemeinsamen Spaziergänge auf der Promenade von Brighton erinnerte? An ihre Skizzen, ihre unverhohlenen Blicke, ihre Streifzüge über den Palace Pier, an die Zuckerwatte und den rosa-braunen Krustenkandis, die Fahrt mit der Geisterbahn? Ob sie noch das krachende Geräusch im Ohr hatte, wenn man in einen kandierten Apfel biss? Erinnerte sie sich an den Geschmack der salzigen Herzmuscheln, die sie mit Hilfe eines hölzernen Cocktailspießes gegessen hatte? Oder an den Duft des wunderbar aromatischen gerösteten Kaffees, den Aurelia sich gönnte, ehe sie nach Hause zurückkehrten? Spazierte sie vielleicht gerade die Promenade entlang und spürte den salzigen Wind im Haar, vernahm das Kreischen der Möwen, schlenderte sie über die breiten Stege des Palace Pier, lehnte sich an das Geländer und blickte über das Meer hinaus zum fernen Horizont? Ob sie an ihre Mutter dachte? Ob sie ihr jemals einen Gedanken gewidmet hatte?

Aurelia saß inmitten des Labyrinths auf der Bank aus Olivenholz neben dem winzigen Teich, blickte ins Wasser und dachte voller Zuneigung an ihre Tochter. Welche Gabe hatte sie an Tasmin weitergegeben? Wo ließ sich die so schwer fassbare Wahrheit aufspüren? Und wie könnte es ihr gelingen, endlich Frieden zu finden?

Mit Blick auf die Pflanzen flüsterte sie sanft ihren Namen und vernahm eine ebenso verhaltene Antwort – von wem auch immer. Sie verharrte so lange in der zunehmenden Dunkelheit, bis sie von all den Gedanken an Tasmin wie benommen war. Schließlich fand sie die Kraft, zu *La Sirena* zurückzugehen. Zurück in mein jetziges Leben, dachte sie. Und nicht etwa in das Leben, das hinter mir liegt.

Kapitel 21

Als sie auf der Terrasse saßen und die späte Nachmittagssonne genossen, spürte Aurelia, dass sie sich allmählich entspannte. Die Atmosphäre in *La Sirena* hatte sich gewandelt. Kaum war Stefano nach Ligurien zurückgekehrt, schien der Friede allein durch seine Gegenwart wiederhergestellt zu sein. Erst jetzt wurde ihr bewusst, wie nervös sie in den vergangenen Wochen gewesen war. Sie lehnte sich zurück und lauschte der Unterhaltung zwischen Vater und Sohn. Die Familie war ein wesentlicher Bestandteil der italienischen Lebensart. Waren sie – Enrico, Stefano und Aurelia – nun wieder eine Familie?

Aurelia nippte an ihrem Aperitif und genoss die Gemeinschaft. Sie erkannte, dass ihre Impulse, zu malen, spazieren und schwimmen zu gehen, mitunter das Zusammenleben störten, worunter Enrico ganz besonders zu leiden schien. Sie war glücklich, Stefano wiederzusehen, obwohl es angenehm wäre, zu wissen, dass sie und Enrico als Paar auch ohne ihn zurechtkommen würden. Ob das jemals der Fall sein würde?

Hier im Sonnenlicht, das ihre nackten Beine und Arme wärmte, und mit den um die Lavendelbüsche tanzenden weißen Schmetterlingen zog Aurelia es vor, die Beobachterin zu spielen, anstatt sich an der Unterhaltung zu beteiligen: Enrico, lässig zurückgelehnt, ganz der Hausherr, stets elegant und vollkommen entspannt in dem beigefarbenen Anzug, den er eigens zum Abendessen angezogen hatte, mit dem die Rückkehr seines Sohnes gefeiert werden sollte. Und Stefano, der sich aufmerksam vorbeugte und mit leuchtenden dunklen Augen und eindringlicher Stimme von seinen Aufgaben im Marketingbereich, seinen Oliven und von England erzählte …

In seinem leicht knittrigen schwarzen Leinenanzug wirkte er von Kopf bis Fuß wie ein erfolgreicher junger Künstler. Aber er war ein Geschäftsmann. Zu Enricos großer Enttäuschung – er war ein Mann der Traditionen und hatte sein Unternehmen immerhin mit der ausdrücklichen Absicht aufgebaut, dass Stefano es eines Tages übernehmen würde – hatte Stefano nicht seine Nachfolge als Olivenerzeuger angetreten. Stefano kümmerte sich stattdessen um den Export dieser und anderer Oliven nach England, wo sie in Läden mit mediterranen Waren verkauft wurden – an Kunden, die bereit waren, für hochwertige Produkte etwas mehr zu zahlen.

»Die Oliven, die man in britischen Supermärkten erhält, kann man vergessen.« Mit seiner manikürten Hand nahm Stefano aus der Schüssel vor ihm eine eingelegte Olive, die mit Anchovis gefüllt und prall, glatt und glänzend war. »Man drückt, und …« Er demonstrierte den Vorgang. Die Olive entließ Saft, Öl und Anchovis. Stefano schob sie sich in den Mund und leckte sich hörbar die Lippen. *»Perfetto«*, erklärte er. »Eine gewöhnliche englische würde trocken und bröckelig wie Wüstensand sein, was meinst du?« Fragend sah er Aurelia an.

Von wegen, trocken und bröckelig wie Wüstensand. Aurelia hatte das Bedürfnis, ihre Landsleute und deren Supermärkte zu verteidigen. »Bestimmt sind sie dir sehr dankbar«, entgegnete sie scharf. »Immerhin zeigst du ihnen, wo es langgeht – zumindest was die verehrte Olive betrifft.«

Enrico zog eine Augenbraue nach oben und schnalzte leise mit der Zunge.

Stefano nahm eine weitere Olive aus der Schale. Er ist ja geradezu verrückt danach, dachte Aurelia. Nicht nur er, sondern auch der Rest der Familie. Oder um genau zu sein: Ganz Italien war besessen von Oliven.

»Britischer Sarkasmus.« Stefano schüttelte enttäuscht den Kopf. »Sag, liebste Mama, woran erkennt man, ob ein Engländer es ernst meint?«

Aurelia lachte. Sie bemerkte, dass die Lilien in dem Topf neben dem Pool bereits ihren leuchtend roten Blütenstaub wie

Blutstropfen verloren und den Thymian zwischen den Steinplatten rot färbten. »Man sieht es ihm nicht an. Aber vergiss nicht, die Engländer schützen sich mit Hilfe von Sarkasmus.« Sie ignorierte Enricos vernichtenden Blick. »Sie sind zu empfindlich, um ihre echten Gefühle oder Gedanken zu zeigen. Man sollte ihnen Verständnis entgegenbringen. Sie können das Leben eben nicht in vollen Zügen genießen, da ihnen die italienische Leidenschaft abgeht.«

»Sich schützen?« Enricos Lachen klang harsch in Aurelias Ohren. »Weshalb sollten sie sich schützen, wo sie doch so hart wie die Felsen an der Küste sind? *Sì, sì.* Und genauso empfindlich.« Er stand auf und ging ins Haus. »England, *uuh*!«, hörten sie ihn murmeln.

Aurelia sah ihm nach. Kannte er sie tatsächlich so schlecht? England … Der Gedanke an dieses Land berührte sie nach wie vor.

Sie erinnerte sich noch recht gut an ihre Empfindungen, als sie in Lucca angekommen waren. Überwältigt saßen sie im Rund des einstigen Amphitheaters, an einem Ort mit einer unendlich langen Vergangenheit, und tranken auf der Terrasse eines Cafés Tee mit Zitrone; das sinnliche Vergnügen, die staubigen, heißen Straßen mit all den Geschäften, Bars und Restaurants entlangzuschlendern und das verführerische Aroma von Tomatensauce und Brioches, *panini*, Gebäck und köstlichem Pecorino einzuatmen. Die Begeisterung über etwas Neues. Der Gedanke: Genau hier möchte ich sein. Gleichzeitig ein leises Schuldgefühl und so etwas wie Angst. Und die bange Frage: Hätte ich sie alleinlassen dürfen?

»Stimmt etwas nicht?«, fragte Stefano. »Ist zwischen euch etwas vorgefallen?« Er musterte sie eindringlich. Vielleicht fürchtete er, sie seien zu alt, um ihren Gefühlen Beachtung zu schenken.

Sie zuckte die Schultern. »Bei uns ist eingebrochen worden«, erklärte sie ihm, weil sie wusste, dass Enrico es nicht erwähnen würde, Stefano jedoch darüber informiert sein sollte. »Sieh mal nach, ob dir etwas fehlt.« Das Gefühl, dass sich irgendetwas verändert hatte, verfolgte sie seit dem Einbruch. Die Dinge waren Enrico entglitten. Sie war auf sich allein gestellt.

»Einbruch?« Alarmiert schreckte er hoch. »Was wurde denn gestohlen?«

»So gut wie gar nichts.« Seufzend äußerte Aurelia den Gedanken, der ihr bereits mehr als einmal durch den Kopf gegangen war. »Sie scheinen nach etwas ganz Bestimmtem gesucht zu haben, verstehst du?«

Er runzelte die Stirn. »Warum? Wie kommst du denn darauf?«

»Durchwühlte Schubladen. Unsere Sachen überall verstreut. Ein furchtbares Durcheinander.« Sie erschauderte bei der Erinnerung daran – das Wissen, dass jemand in ihre Privatsphäre eingedrungen war, machte ihr Angst.

Stefano nahm ihre Hand und streichelte sie tröstend, wirkte jedoch seltsam zerstreut. »Kein Wunder, dass du so aufgebracht bist«, sagte er wie zu sich selbst. Er schien wütend zu sein. »Weißt du, wer es war?«

Die Spätnachmittagssonne beleuchtete nun den Tisch, den sie zuvor unter der Pergola hervorgeholt hatten, um so viel Wärme wie nur möglich zu tanken. Die Hälfte der Terrasse lag bereits im Schatten. »Wir wissen es nicht«, erklärte sie ihm. Natürlich hatte die Polizei Ermittlungen aufgenommen. Enrico hatte darauf bestanden, über den Verlauf der Untersuchung unterrichtet zu werden. Doch es hieß, die Sache sei unklar. Der Einbrecher war offensichtlich sehr geschickt vorgegangen. Er – oder sie – hatte Handschuhe getragen. Es gab weder Spuren noch andere Anhaltspunkte. Und da offenbar nichts fehlte, war man übereingekommen, die Ermittlungen einzustellen. Wozu sich weiter darüber den Kopf zerbrechen? Das Leben geht schließlich weiter.

»Und was ist danach passiert?«, fragte er, immer noch in Gedanken.

»Danach?«

Er wies auf das Haus. Kaum ertönte Enricos Klavierspiel, wehte auch schon der Duft der Sauce Bolognese und des zerlaufenden Parmesans der Lasagne herüber, die Aurelia in den Backofen geschoben hatte. »Habt ihr Streit gehabt?«

»Nein, nichts von Bedeutung.« Natürlich durfte sie ihm nicht sagen, was sie von Luigi in Erfahrung gebracht hatte. Sie musste das Thema wechseln. »Und wie geht es dir?«

»Mir? Was gibt es da schon zu erzählen?«

Aurelia zuckte die Schultern. »Wie war es in England?« Manchmal konnte sie kaum glauben, wie lange sie schon von dort fort war. Des Öfteren meinte sie sogar, sie befinde sich wie einst in England und Italien und die Gegenwart seien nur zum Teil real. Um sich abzulenken, stand sie auf, nahm die Schere vom Tisch und ging in den Kräutergarten, um ein paar Blätter Basilikum zu holen für den Salat aus köstlichen, reifen Strauchtomaten, die sie bereits gepflückt hatte. Erneut wandte sie sich an Stefano. Er hatte ihre Frage nicht beantwortet. »Hast du in England gefunden, was du dir erhofft hast?«

Zu ihrer Überraschung fuhr er zusammen.

»Was gefunden? Was meinst du damit?«

Um ihn nicht zu verärgern, nahm sie sich zurück wie damals, als er noch ein Kind gewesen war. Sein sensibles Wesen hatte sie immer wieder überrascht. »Wenn wir reisen, sind wir doch auf der Suche, meinst du nicht? Es ist eine Veränderung – eine Art Verwandlung.« Stefano schien ständig auf der Suche zu sein, als fehle ihm etwas, als gebe es nach wie vor etwas, was er finden müsse.

Er ließ sich auf den Stuhl fallen. »Ich habe mich nicht verändert«, entgegnete er. »Ich bin immer noch derselbe.«

»Wirklich?« Sie lächelte. Einen Augenblick wirkte er wieder wie der kleine, störrische Junge, der ihr geholfen hatte, das Oleander- und Jasminlabyrinth zu pflanzen. Und trotz allem hatte er sie stets akzeptiert, wofür sie ihm sehr dankbar war.

Sie erinnerte sich an den Tag, an dem sie nach dem tränenreichen Abschied von Ruth, Bianca und dem Reisebüro in Lucca in Enricos Haus eingezogen war. »Bianca wird das gewiss gut machen«, hatte Ruth ihr versichert. »Aber wir werden dich natürlich vermissen – keine Frage.« Bianca mit den braunen Augen hatte sie in den Arm genommen. »Werde glücklich«, hatte sie ihr zugeflüstert. Fortan hatte Bianca das Reisebüro geführt, zumal Ruth krank war. Vermutlich führte sie es immer noch.

Aurelia war in Enricos Alfa Romeo gestiegen – eine ungewöhnlich traurige, schweigsame Fahrt nach *La Sirena*. Sie fragte sich, ob sie richtig gehandelt hatte. Konnte man sich jemals sicher sein?

Stefano – damals erst fünf Jahre alt – hatte vor dem Tor gestanden, um sie zu begrüßen. »*Welcome*«, hatte er in perfektem Englisch gesagt und stolz zu seinem Vater aufgeblickt. »Wir freuen uns, dass du da bist.«

Aurelia war dahingeschmolzen. Sie hatte sich hinuntergebeugt und ihn umarmt, und es sollten noch viele Umarmungen folgen.

»Und ich freue mich, hier zu sein«, hatte sie geantwortet.

Sie trat nun wieder an den Tisch und legte eine Hand auf Stefanos Schulter. »Alles in Ordnung?«, fragte sie ihn. »Mit dir, meine ich.« An sich sollte sie in die Küche gehen, den Salat zubereiten und den Tisch decken, aber sie glaubte zu spüren, dass er noch etwas auf dem Herzen hatte.

»Weshalb sollte etwas nicht in Ordnung sein?« Stefanos Gesichtsausdruck passte nicht zu seinen Worten. »Ich mag meinen Job, ich reise gern, ich komme gern zu dir und Papa zurück ...«

»Wirklich?«

Er senkte den Blick. »Ich habe in England eine Frau kennengelernt ...«

»Ach?« Aurelias Interesse war sofort geweckt. »Wie ist sie?«

Er erhob sich und schlang den Arm um ihre Schultern.

Wie traumhaft musste es für ein junges Mädchen sein, diesen faszinierenden dunkelhaarigen Mann in sich verliebt zu wissen. Ein Italiener und eine Engländerin – Stefano folgte dem Beispiel seines Vaters.

»Sie ist lustig, sehr hübsch, ein bisschen verrückt, verstehst du?«

»Sehr gut!« Aurelia lachte. »Und …?«

Sie gingen in Richtung Küche. Aurelia hielt sich das Basilikum an die Nase und sog den wunderbaren Duft nach Sonne und Erde ein.

»Ja, du hast Recht«, sagte Stefano. »Ich wollte dich etwas fragen.«

Bin ich tatsächlich ein hoffnungsloser Fall? Lerne ich erst durch einen anderen Menschen zu leben? Und wenn schon. Ich komme von der Liebe nicht los.

Ich weiß nur eines: Sie hat mich gerettet. Diese Zeit war wunderschön – sie lag an meiner Brust, sie brauchte mich. Ich habe ihr Schlaflieder gesungen, sie betrachtet, als sie schlief. Es ist unfassbar. Ihr erstes Glucksen, ihr erstes Lächeln, ihre ersten Worte. Einfach wunderbar. Ist das etwa schlimm? Wir beide gegen den Rest der Welt. Ich werde immer zu ihr halten. Immer. Wehe, es kommt jemand und nimmt sie mir fort.

Es war schwieriger, als Cari es sich vorgestellt hatte. Die Worte ihrer Mutter verrieten so viel Gefühl.

Sie stopfte das Tagebuch in ihre Reisetasche. »Du und ich, Mum, machen diese Reise gemeinsam.«

Sie merkte, dass die Lektüre des Tagebuchs Teil der Reise war. Tasmins Worte waren die Verbindung zur Vergangenheit, zu den Frauen der Familie, aus denen diese Vergangenheit bestand. Eine Generationskette, deren Glieder miteinander verbunden und so stark waren, dass sie nicht auseinandergerissen werden konnten.

In der großen, kühlen Küche mit dem schweren Eichentisch, den zwei Öfen, von denen einer mit Holz befeuert wurde, und einer Vielzahl von Kupfertöpfen und -pfannen – einem Erbe von Catarina – prüfte Aurelia die Lasagne. Da sie bereits schön braun war, nahm Aurelia den Ofenhandschuh vom Haken, holte die Auflaufform vorsichtig aus dem Backofen und setzte sie zur Seite.

Stefano schwieg.

Aurelia wusch die Tomaten unter kaltem Wasser und wartete, was er ihr zu sagen hatte. Er war wie sein Vater – manchmal dauerte alles seine Zeit.

»Ich frage mich«, setzte er an, während er in der Küche hin- und herlief, »ob du dich noch daran erinnerst, wie wir angefangen haben, das Labyrinth anzulegen.«

Was für eine Frage! Wie könnte sie das jemals vergessen! Aurelia war überrascht. Damit hatte sie nun wirklich nicht gerechnet. Eigenartig, dass Stefano eine Frage stellte, mit der sie sich selbst seit kurzem so intensiv beschäftigte. So als wäre all dies – oder Catarina – nach wie vor präsent.

»Aber sicher!« Sie schnitt die Tomaten in die Salatschüssel und atmete ihr phantastisches Aroma ein. Diese herrlichen Früchte verströmten den Duft der Sonne.

»Und erinnerst du dich auch noch an die Pläne, die Mama gezeichnet hatte?«

»Natürlich!« Sie zerpflückte das Basilikum, ohne Stefano anzusehen, da er nach wie vor in der Küche umherlief. Ob es ihm schwerfiel, danach zu fragen? Es spielte keine Rolle. Sie konzentrierte sich lieber auf den Salat, mischte ihn zusammen und fügte Zwiebeln hinzu.

Plötzlich blieb Stefano stehen. »Hat es noch andere Pläne gegeben?«

»Andere Unterlagen?«

Aus dem Wohnzimmer schwoll Enricos Klavierspiel zu einem Crescendo an. Beide erschraken. Die Töne dröhnten durch das Haus, laut und dissonant schrien sie Angst heraus, die sich für Aurelias Ohren wie Schmerz anhörte.

»*Madonna mia!*«, rief Stefano. »Seit wann tobt er sich so am Flügel aus?«

Aurelia bemühte sich um Ruhe. Sie musste Enricos Verhalten – seinen Zorn derart zur Schau zu stellen und damit Stefano in ihren Streit hineinzuziehen – ignorieren. »Seit kurzem«, flüsterte sie. »Zu lange schon.« Ihre Blicke trafen sich. Ich möchte nicht darüber sprechen, flehte sie ihn schweigend an. Noch nicht.

Stefano durchkämmte sein Haar mit den Fingern und wanderte erneut durch die Küche. Vom Kamin zur Hintertür. Von der Hintertür zum Kamin.

Gewiss glaubt er, er sei in einem Irrenhaus gelandet, dachte Aurelia und nahm den Faden wieder auf. »Was meinst du genau?«

Er zuckte die Achseln. »Unterlagen, Briefe, Schmuck.« Er drehte sich um und sah sie an. »Was auch immer.«

Aurelia erinnerte sich an den Brief. Aber hatte Stefano ihn nicht an sich genommen? Und an einen ihr unbekannten Platz gelegt – eine kleine, ganz persönliche Erinnerung an seine Mutter? »Es gab da einen Brief …« Sie zögerte.

»Hast du ihn gelesen?« Er stand unmittelbar neben ihr. Seine Augen waren noch dunkler als Enricos, dunkler als die Deckenbalken aus Kastanienholz, und gaben nichts von seinen Gefühlen preis.

»Nein.« Sie löste zwei Zehen von der Knoblauchknolle, legte sie in eine Schüssel, zog die äußere Haut ab und schob sie in die Knoblauchpresse. Dick, cremig und aromatisch quollen sie aus der Presse. Natürlich war sie versucht gewesen, den Brief zu lesen. Aber er war nicht für sie bestimmt gewesen.

Stefano schien sich mit ihrer Antwort zufriedenzugeben. »Hast du noch etwas anderes entdeckt?«, fragte er weiter.

»Nicht, dass ich mich erinnern könnte.«

Er zögerte. »Etwas Wertvolles vielleicht?«

»Etwas Wertvolles?« Vermutlich ist er knapp bei Kasse, schoss es Aurelia durch den Kopf. Aber war das möglich? Er war so gut gekleidet wie ein wohlhabender junger Italiener und hatte eine einträgliche Arbeit. Nein, hier ging es nicht um Geld.

»Ich dachte ja nur«, sagte er und zuckte die Achseln.

Armer Stefano! Er klammerte sich an einen Strohhalm. Aurelia hatte alles getan, was in ihrer Macht gestanden hatte, aber es war nun einmal nicht einfach für ihn gewesen, die Mutter so früh zu verlieren. Er hatte so wenig von ihr gehabt. Wie schmerzhaft mussten diese Erinnerungen für ihn sein! Und wie viel Kraft mochte es ihn gekostet haben, sich überhaupt daran zu erinnern.

»Es tut mir so leid«, sagte sie, »aber da war sonst nichts.« Er war offensichtlich auf der Suche. Aber wonach?

Stefano seufzte. »Ist nicht so wichtig.«

»Du kannst jederzeit deinen Vater fragen.« Das erschien ihr eine überzeugende Lösung. Aurelia hatte inzwischen die Salatsoße zubereitet und goss sie in ein Kännchen. Vermutlich hatte Catarina unendlich viele Dinge zurückgelassen und Enrico das ein oder andere aufgehoben. Sie wusste nichts darüber. Sein Arbeitszimmer war für sie tabu, und sie durchwühlte auch keine Schachteln und Kisten im Loft. Die Pläne waren ihr erst in die Hände gefallen, als sie sich entschieden hatten, das alte Büro auszumisten.

»*Sì, sì.*« Er wirkte nicht überzeugt.

Aurelia legte die Hand auf seinen Arm. »Warum jetzt?«, fragte sie.

Aus dem Wohnzimmer war kein Laut zu hören. Der Sturm hatte sich gelegt.

Stefano half ihr dabei, die Lasagne, den Salat, drei Teller und Besteck auf das Tablett zu verteilen. »Du kennst das doch«, begann er. »Wenn du jemand kennenlernst …«

»O ja.« Und ob!

»… fängst du manchmal an nachzudenken.«

Aurelia folgte ihm in den Flur, in der einen Hand einen Korkenzieher, in der anderen eine Flasche Rotwein. Frieden!, dachte sie und sog die Ruhe ein. Genieße ihn, wenn es dir möglich ist.

Kapitel 22

Cari nippte an ihrem Cappuccino. Die Nachmittagssonne schien auf sie herab, und sie war mit sich und der Welt in Einklang. Sie saß in einem Straßencafé mit roter Markise im mittelalterlichen Stadtkern von Lucca, genau dort, wo sich einst das römische Amphitheater befunden hatte. Es ist schon etwas Besonderes, hier in der ehemaligen Arena Cappuccino zu trinken, dachte sie, während sie die hohen, in verblasstem Gelb gestrichenen Fassaden mit den grünen Fensterläden betrachtete, die das Oval säumten und auf deren Balkonen bunte Frühlingsblumen und Grünpflanzen aus Blumenkästen und Töpfen quollen. Mit allen Sinnen nahm sie die geschäftige Atmosphäre dieser historischen Stadt in sich auf. Es war ihr dritter Tag in Lucca, und bereits jetzt hatte dieser Ort ihre Erwartungen übertroffen. Sie war seinem Charme vollständig erlegen. Ihre Großmutter wäre hier doch gewiss nicht weggezogen?

Die ersten beiden Tage hatte sie die Stadt zu Fuß erkundet und sich dabei bemüht, nicht jede ältere blonde Frau mit englischem Aussehen neugierig anzustarren. Zunächst war sie die Einkaufsstraßen entlanggebummelt. In der eleganten Via Fillungo hatte sie den herb-süßen Geruch nach italienischem Leder eingesogen – sie würde sich auf jeden Fall noch eine Handtasche kaufen, bevor sie nach Hause zurückkehrte – und die Auslagen in den Schaufenstern der Juweliere und der Feinkostläden bewundert, in denen man Luccas erstklassiges Olivenöl, weiße Bohnen und Gebäck erstehen konnte. Wie alle Touristen spazierte sie durch die *città vecchia*, die Altstadt, vorbei an Palazzi, Wohntürmen von Adligen, Torbögen mit Maßwerk und elegant geschwungenen schmiedeeisernen Balkonen. Heute Morgen hatte sie sich für die

Passeggiata delle Mura entschieden, den Weg auf den Festungswällen, die die Stadt umgaben und ihr diese geschützte, isolierte Atmosphäre verliehen, die Cari so mochte. Als wäre in Lucca die Zeit stehengeblieben, als wäre es unberührt, unverdorben, nur mit der eigenen Geschichte beschäftigt.

In Italien schien jede Piazza eine Überraschung zu bergen. Cari gefiel das Labyrinth aus schmalen Sträßchen, die sich zwischen hohen romanischen Fassaden und Ladenfronten hindurchzwängten. Unweigerlich wurde der Blick der Fußgänger auf diese phantasievoll und vornehm wirkenden Häuser gelenkt, da sie nur einen schmalen Ausblick auf den Himmel und die Landschaft erlaubten. Bis die Gasse – meist völlig unerwartet – in einen Platz mündete. Einen geräumigen Platz, oft mit einem Brunnen, einer Kirche oder einer Kathedrale. Da waren beispielsweise die grün und weiß gemaserte Marmorfassade des Duomo San Martino, gleißend hell in der Mittagssonne, mit Arkaden und kunstvoll gearbeiteten Säulen, gekrönt von einem Intarsienfries; oder die schattigen Renaissance-Arkaden in der Loggia des Palazzo Pretorio; die Platanen, die die Piazza Napoleone säumten; ein Café, eine Mauer oder eine Bank, auf der Cari ausruhen und über ihre Reise nachdenken konnte.

Cari lehnte sich zurück und beobachtete das lebhafte Treiben auf der Piazza – vor und hinter den Toren großer Gebäude, vor und in den Läden, den Cafés sowie an den Ständen der Pizzabäcker, die *pezzi di pizza* verkauften. Zielstrebig eilten die Menschen vorüber, während sie hier entspannt sitzen und zuschauen konnte. Und sich über das seltsame innere Bedürfnis wunderte, das sie hierher geführt hatte.

Sie hatte eine Unterkunft gefunden – ein Einzimmerappartement am Stadtrand, einfach, aber sauber und preiswert – und in Cafés wie diesem hier gesessen und die Welt an sich vorüberziehen lassen.

Da die Inhaberin des Cafés sehr gut Englisch sprach, hatte Cari sich ihr gestern anvertraut. »Meine Großmutter hat hier gelebt«, sagte sie. »Vielleicht wohnt sie immer noch hier.« »Vielleicht« war wohl zu hoch gegriffen …

Hatte sie ein Wunder erwartet?

Fiorella hatte die Achseln gezuckt. »In Lucca sind so viele Menschen«, hatte sie erwidert und zur Bestätigung mit ihrem sonnengebräunten Arm in Richtung Piazza del Mercato gedeutet.

Das war Cari auch schon aufgefallen.

»*Sì, sì*, viele Engländer.« Erneutes Nicken, erneutes Armwedeln.

Wo war doch gleich …? Cari wühlte in ihrer Tasche nach dem braunen Umschlag mit Aurelias Foto. »Das ist sie.« Es war zumindest einen Versuch wert.

Fiorella betrachtete das Foto mit höflichem Interesse und trocknete sich die Hände an dem Geschirrtuch ab, das über ihrer Schulter hing. »Eine nette Dame«, bemerkte sie nach einer kleinen Ewigkeit.

»Aber sie kommt Ihnen nicht bekannt vor?« Dans höhnisches Gelächter klang Cari in den Ohren. Na gut, dann hatte er eben Recht gehabt. Der Versuch, Aurelia in Lucca zu finden, glich der Suche nach einer Nadel im Heuhaufen. Aber wer wirklich liebte, sollte den anderen nicht verhöhnen.

Fiorella kniff die Augen zusammen und sah noch einmal genauer hin. Doch dann schüttelte sie den Kopf. »Hübscher Garten«, war ihr einziger Kommentar.

Cari unterdrückte ein Seufzen. »Vermutlich gibt es in Lucca eine Menge solcher Gärten?«

»Nicht viele. Nicht viele, die so groß sind«, antwortete Fiorella kichernd und hielt das Foto auf Armeslänge von sich entfernt. »Nicht mit so vielen Pflanzen. Wo wohnt denn Ihre Großmutter?« Sie wirkte verwirrt, fragte sich womöglich, warum ihr junger Gast sich nicht bei ebenjener Großmutter einquartiert hatte. Zweifellos wunderte sie sich auch, warum Cari ihr überhaupt Fotos zeigte. Die Italiener hatten einen ausgeprägten Familiensinn, das wusste Cari von Marco. Aber würde Cari zu einer ausführlichen Erklärung ansetzen, würde die arme Fiorella vermutlich nur hilflos zuhören.

»Ich weiß nicht, wo sie ist«, sagte sie daher nur. »Ich bin hier, weil ich sie finden möchte.«

Fiorellas dunkle Augen weiteten sich. »Ah …« Sie tippte mit einem molligen Finger auf das Foto.

Ah?

»Ihre Großmutter lebt außerhalb der Stadt«, meinte sie. »Wer weiß, wo.«

Wer weiß, wo. Caris Hoffnung sank. Damit wäre das hier also erledigt. Lucca war eine wunderschöne Stadt, und Aurelia hatte hier gelebt, war aber weggezogen. Cari würde ihr also weder zufällig beim Stadtbummel begegnen noch bei einem Kaffee im Café Paradiso. Sie würde auch nicht in der Galerie Pinacoteca an ihr vorübergehen oder beim Kauf eines Stücks Pizza Margherita hinter ihr in der Schlange stehen. Aurelia war nicht hier.

Aber Cari war hier. Meilenweit von Dan entfernt, der sie mit versteinertem Gesicht zum Flughafen gebracht hatte. Nur ein Zucken der Mundwinkel hatte seine Gefühle verraten, während er ihren Koffer auf einen Gepäckwagen lud, und sein kurzes Zögern, bevor er ihr zum Abschied übers Haar gestrichen und sie flüchtig auf den Mund geküsst hatte.

»Pass auf dich auf«, hatte er gesagt. »Und denk an mich! Aber nur im Guten, okay?«

»Als ob es anders sein könnte«, hatte sie ihn geneckt. Doch dann war alles so schnell gegangen. Von der Abflughalle ins Flugzeug und in den italienischen Luftraum. Schließlich hatte sie in Pisa italienischen Boden betreten und sich sofort wohl gefühlt – auch ohne Dan.

Schließlich legte sie ein paar Euro auf den kleinen Teller mit der Rechnung und verließ das Café. Ein Besuch stand noch aus, ehe sie in ihr Zimmer zurückkehrte. Sie bemerkte, dass sie sich trotz der räumlichen Entfernung Marco eher nahe fühlte. Wahrscheinlich, weil sie sich in seiner Heimat befand. Sie hatte in seiner Wohnung gesessen und den Erzählungen über sein Dorf gelauscht – über den Platz mit dem Brunnen, die Hügel und die Olivenhaine. Über die Dorfbewohner, die Pilze und Wildkräuter für den Salat sammelten und ihr Olivenöl in großen Korbflaschen in den Weinkellern lagerten, neben Knoblauch, Zwiebelzöpfen und Gläsern mit eingelegten Früchten. Die für die Wintermonate Unmengen von Tomaten zu Mark einkochten. Marco hatte ihr so viel darüber erzählt. Ebenso von den Festen und den Tänzen, den mehrgängigen Abendessen und dem Kartenspiel in der Dorfbar. Vielleicht hatte sie es Marco zu verdanken, dass sie Geschmack am italienischen Lebensstil gefunden hatte.

Sie hatte es nicht mehr geschafft, ihn vor der Abfahrt noch einmal zu treffen – mehrmals war sie hinauf zu seiner Wohnung gegangen, doch seit dem Tag, an dem sie gemeinsam durch North Laine geschlendert waren und die Sachen im Secondhand-Laden anprobiert hatten, war er wie vom Erdboden verschluckt. Seit dem Tag, an dem sie sich geküsst hatten …

Also hatte sie zögernd eine Nachricht auf einen Zettel gekritzelt und ihn unter seiner Tür hindurchgeschoben. Würde er noch in Brighton sein, wenn sie zurückkam? Würde sie ihn je wiedersehen? Sie hätte sich so gern von ihm verabschiedet.

Auf den Straßen herrschte noch reges Treiben, als Cari sich durch die von einem Gewölbe überspannte Gasse zurück zur malerischen Via Fillungo aufmachte, vorbei an dem Turm mit den Bäumen, der Casa dei Guinigi, einem gotischen Ziegelbau, auf dem tatsächlich zwei ziemlich große Steineichen wuchsen. Ihr Ziel war das kleine Reisebüro, das sie vorhin entdeckt hatte. Ein Schild im Schaufenster verkündete, dass man hier ein Auto mieten könne, und ein Auto war genau das, was sie brauchte, um ihre Suche auszudehnen. Lucca war eine Stadt voller Atmosphäre, eine perfekte Ausgangsbasis. Aber sie wollte auch etwas von der Landschaft sehen, der italienischen Riviera einen Besuch abstatten und vielleicht auch Pisa und Florenz besichtigen. Obwohl Fiorella düstere Andeutungen gemacht hatte, sie solle sich bei einer Fahrt nach Ligurien vorsehen, da es dort fast so heidnisch zugehe wie in Umbrien. Einen Ausflug nach *bella Firenze* sei nur mit dem Zug zu empfehlen. Cari lächelte. Auch wenn sie ihre

Großmutter nicht finden würde, sie wollte das Beste aus dieser Reise machen.

Die Dame im Reisebüro, eine Frau mittleren Alters, war gut gekleidet, sorgfältig geschminkt und sehr hilfsbereit. Italienischer Schick, dachte Cari, die sich in ihren kurzen Hosen und dem T-Shirt ein wenig schäbig vorkam. Das Namensschild am Revers ihres marineblauen Kostüms wies die Dame als Bianca aus. Sie füllte die Formulare aus und schien nicht überrascht, dass Cari weder wusste, wie lange sie bleiben, noch wie lange sie den Wagen brauchen würde.

»Es spielt keine Rolle«, sagte sie in fließendem Englisch, was Cari daran erinnerte, dass sie endlich ihre Italienischkenntnisse vertiefen sollte. Kaffee und Pizza bestellen zu können reichte wahrhaftig nicht aus. »Sie müssen nur jeweils drei Tage im Voraus zahlen, in Ordnung?«

»Sie sprechen ausgezeichnet Englisch«, lobte Cari.

Bianca nickte. »Für meinen Beruf ist das von Vorteil.« Sie lächelte. »Wir organisieren Reisen nach London und haben sogar eine Niederlassung dort.«

Cari war in Versuchung, sich ihr anzuvertrauen. Sollte sie? Sie öffnete den Mund, um ihr Sprüchlein aufzusagen, erinnerte sich dann jedoch an Fiorellas Reaktion auf das Foto. Was hatte es für einen Sinn? Diese Frau würde sie nur für verrückt halten (genau wie Fiorella vermutlich). Warum sollte sie Caris Großmutter kümmern? Warum sollte es überhaupt jemanden kümmern?

»Der Wagen steht auf diesem Parkplatz.« Bianca malte mit einem neongrünen Stift einen Kreis auf den Stadtplan. »Und hier sind die Schlüssel.«

Cari zögerte.

»Kann ich sonst noch etwas für Sie tun?«

Sie stand auf. »Nein, eigentlich nicht.« Als sie jedoch die Schlüssel zu dem braunen Umschlag in ihre Tasche steckte … »Na ja, also …« Warum nicht? Warum sich eine Chance entgehen lassen, und sei sie auch noch so klein?

Da klingelte das Telefon. Bianca nahm ab und ließ einen italienischen Wortschwall vom Stapel. Sie zuckte entschuldigend die Achseln und tippte auf ihre Uhr – *nur eine Minute, dann bin ich wieder für Sie da.*

Cari winkte ab. Egal. Die italienische Körpersprache hatte sie schon recht gut verinnerlicht. Immerhin etwas. Sie hob zum Abschied die Hand. Das Auto würde sie erst morgen abholen, sie hatte ja keine Eile. Und sie konnte jederzeit noch einmal vorbeikommen. Oder auch nicht …

Kapitel 23

Dauernd stellt sie Fragen. Eine Menge Fragen. Aber warum sollte ich ihr erzählen, wer ihr Vater ist? Was spielt es für eine Rolle? Was würde es ändern?

Verärgert schleuderte Cari das Tagebuch ins Gras. Weil jeder Mensch das Recht hatte zu erfahren, wo er herkam, darum. Weil es sehr wohl eine Rolle spielte. Wenigstens wüsste sie dann genau, *wer* sie war. Anstatt sich isoliert zu fühlen, vaterlos, ohne Wurzeln. Wie Treibgut. Menschen, die ihre Eltern kannten, hatten ja keine Ahnung, was es für ein Gefühl war, dass einem etwas fehlte.

Sie hob das Tagebuch wieder auf. Überall um sie herum lagerten Leute auf dem Rasen, unterhielten sich, tranken Mineralwasser oder schauten hinauf zur schwindelerregenden *Torre Pendente* – dem Schiefen Turm von Pisa, dem berühmtesten Glockenturm der Welt. Seinem Abbild begegnete man in ganz Italien – auf Schlüsselanhängern, Vasen, Tellern, Kacheln und vielem mehr.

Wieder überquerten Menschen die Grünfläche der Piazza dei Miracoli, um sich einer Führung anzuschließen. Cari las weiter. Die Lektüre war zu einem Dialog geworden, der die Bindung zu ihrer verstorbenen Mutter manchmal verstärkte, manchmal aber auch zu einer wütenden Auseinandersetzung mit ihr führte.

Sie hat doch mich. Das sollte genügen.

Wie arrogant! Wie selbstsüchtig! Wen versuchte sie zu überzeugen? Und wen hatte Cari denn jetzt?

»Und wenn du stirbst?« Sie merkte nicht, dass sie es laut gesagt hatte, bis ihr auffiel, dass einige Leute neugierig zu ihr herüberstarrten. Aber wahrscheinlich waren es ebenfalls Touristen, und selbst wenn sie etwas verstanden hatten, was machte es schon? Eine verrückte Engländerin, die Selbstgespräche führte … Das war doch nichts Neues.

Weiß der Himmel, warum sie so in Selbstmitleid badete. Vielleicht hätte sie das Tagebuch in ihrer Wohnung lassen sollen, um sich auf Pisas Erhabenheit konzentrieren zu können. Vielleicht. Cari verspeiste den letzten Bissen Pizza mit den saftigen schwarzen Oliven und spürte die Fäden, die der Mozzarella zog, weich auf der Zunge. Sie saß im Schatten des Doms auf dem Rasen der unglaublich überfüllten Piazza, die von strahlend weißen, hoch aufragenden Marmorgebäuden dominiert wurde – dem Baptisterium, den Arkaden des Camposanto, dem gewaltigen Kreuz der Kathedrale und natürlich dem wie betrunken wirkenden Schiefen Turm, der einem das Gefühl gab, mit dem eigenen Sehvermögen stimme etwas ganz und gar nicht. Und zwar in mehr als einer Hinsicht …

Am frühen Nachmittag war sie die dreihundert Stufen emporgestiegen, hatte diese trotz der Schlagseite und des dadurch ausgelösten Schwindelgefühls gemeistert. Wenn sie schon in Pisa war und der Turm glücklicherweise geöffnet hatte, nachdem er die meiste Zeit seines Bestehens als zu gefährlich gegolten hatte … Sie hatte sich vorsichtig hinaufgetastet, als könnte ein tiefer Atemzug oder ein zu starkes Verlagern des Gewichts das gesamte Gebäude zum Einsturz bringen – vermutlich war deswegen die Zahl der Besucher bei jeder Besteigung begrenzt. Sehr beruhigend …

Sie war Touristin, also wollte sie auch die Sehenswürdigkeiten abklappern. Den Turm besteigen. Die Aussicht genießen. Sich den Dom ansehen. Die Fresken im Camposanto bewundern. Die Auslagen der Marktstände begutachten, die die Straßen vom Parkplatz vor den Stadttoren bis hin zur Piazza dei Miracoli säumten. Taschen und nochmals Taschen. Meistens Ramsch.

Schmuck, Geldbörsen, afrikanische Kunstgegenstände. Ebenfalls fast alles Ramsch. Und Bilder vom Schiefen Turm. Na ja … Bei ihrer Ankunft hatte Cari ein dringendes Bedürfnis verspürt. Es gab keine öffentlichen Toiletten, und die Bars verlangten für die Benutzung ihrer Toiletten eine Gebühr; sie kassierten schamlos ab. Diese kommerzielle Seite Italiens war Cari neu, und sie gefiel ihr nicht besonders.

Cari beschloss, hinab zum Arno zu spazieren und sich zu überzeugen, ob die andere Seite von Pisa tatsächlich existierte, die elegante, künstlerische Seite, von der im Reiseführer die Rede war. Anschließend würde sie nach Lucca zurückkehren, in das Einzimmerappartement, das vorübergehend ihr Zuhause geworden war.

Sie klappte das Tagebuch noch einmal auf. Nächster Eintrag. Das Datum verriet ihr, dass sie zu diesem Zeitpunkt vier Jahre alt gewesen war.

Es würde ihr nicht guttun, es zu wissen.

Manchmal erinnerte Tasmin an einen Hund, der seinen Knochen nicht hergeben wollte. Wen versuchte sie da eigentlich zu überzeugen?

Nicht jetzt.

Warum nicht jetzt? Weil er nicht da war? Wütend funkelte Cari den Schiefen Turm an. Weil ihr Vater tot war? Dann sag es doch, verdammt noch mal …

Und doch spielt sie immer heile Familie mit ihren blöden Puppen.

Oh, ja, das hatte sie. Weil sie sich verzweifelt nach einer vollständigen Familie gesehnt hatte. Martha und Ben. Und ihre Kinder Velvet, Scarlet und Star (meine Güte, woher hatte sie nur diese Namen?). Sie setzte die Puppen zum Abendessen hin – Martha war eine gute Köchin. Wie die Frau in der Brühwürfel-Werbung damals, nur modischer. Und natürlich war ihre Suppe selbstgemacht. Cari zog ihre Puppen an und aus, und später – genau, so hatte es angefangen – nähte sie ihnen Kleider … Die Kinder bekamen am Nachmittag nach dem Spielen im Garten Milch und Brownies. Ach, du liebe Güte! … Ben kam von der Arbeit nach Hause. *Hallo, meine Liebe* (zu Martha). *Hallo, Kinder* (zu den anderen). Das perfekte Familienglück. Herr und Frau Saubermann aus der Paradiesstraße. Tasmin war entsetzt gewesen.

Tasmins Tagebuch.

Sie wird es erfahren …

Aurelia war zur Bucht gegangen, um zu schwimmen. Nahe der Stelle, an der Shelley ertrunken war, was sie jedoch normalerweise nicht beunruhigte. Im seichten Wasser wurde ihr schnell langweilig. Sie liebte die Tiefe. Nur dort stellte man sich die Frage: Wohin treibe ich? Nur dort hatte man das Gefühl, sich zu verlieren.

Vormittags war sie auf dem Markt von La Spezia gewesen. Sie versuchte, regelmäßig jede Woche hinzufahren, schon wegen der faszinierenden Fülle von Farben, Düften und Menschen. Die Aromen von frischen Erbsen, Minze, Basilikum, Zitrusfrüchten, rohem Fleisch und Fisch vermischten sich zu dem typischen Marktgeruch. »*Carciofi freschi … Funghi belli …*«, drangen die heiseren Schreie der Verkäufer an ihr Ohr. Seit Wochen wurden auf dem Markt bereits Wassermelonen, Erdbeeren und Aprikosen aus Süditalien angeboten, und Aurelia füllte ihren Korb immer mit Obst sowie dem traditionell in Blätter gewickelten oder in Asche gewälzten Pecorino und Fisch. Da gab es eisgekühlte Tabletts mit Brassen, deren Schuppen in allen Regenbogenfarben schimmerten, Fässer mit Sardellen, Kisten mit Sardinen, schwarzblau glänzende Miesmuscheln und dicke Blöcke Thunfisch auf blutigen Holzbrettern.

Gewandt drehte Aurelia sich auf den Rücken und ließ sich im Wasser treiben. Dieser weite Himmel … Azurblau – die Farbe der Träume. Wenn sie zur Seite blickte, erkannte sie in der Ferne den Turm der Barockkirche an der Landzunge von Tellaro, der ihr wie immer die Richtung wies. Die Sonne ließ die Oberfläche des Gebäudes aufleuchten, die sogar aus dieser Entfernung erkennbar war, rosafarbene Tupfen, die mit Grau verschmolzen, ein Grau, das in Beige überging und sich in den darunterliegenden massigen Felsen und Steinstufen wiederholte. Die Künstlerin in ihr würdigte dieses Bild.

Aurelia schloss die Augen, legte den Kopf zurück und ließ sich treiben. Sie fühlte sich wie eine Opfergabe, die sanft im Licht der Sonnenstrahlen hin und her geschoben wird, der Gnade Neptuns ausgeliefert. Sie lächelte zufrieden.

Heute werde ich mit Enrico und Stefano bei Elena zu Abend essen. Stefano hat ja nichts damit zu tun, rief sie sich ins Gedächtnis, aber wir anderen werden uns zum ersten Mal seit Luigis bösen Anschuldigungen, meiner Auseinandersetzung mit Enrico und meiner Unterhaltung mit Elena über Catarina und diese geheimnisvolle »Andere« treffen. Ob zwischen uns wohl eine Spannung fühlbar sein wird? Oder werden wir unbeschwert miteinander lachen und uns unterhalten wie in alten, unschuldigen Zeiten? Aurelia streckte sich, um besser zu schweben. Wie sie sich nach diesen alten Zeiten sehnte!

Die heiße Nachmittagssonne schien ihr ins Gesicht. Sie konnte sich nicht erinnern, hier jemals einen derart heißen Frühling erlebt zu haben. Seit Tagen hatte es nicht mehr geregnet. Sie schloss die Augen, aber nun brannte die Sonne auf Lider und Wangenknochen. Das Wasser jedoch beruhigte Körper und Geist, die in Aufruhr waren, und flüsterte ihr zu, dass alles gut werden würde. Die Luft war salzig und erfrischend. Sie konnte den Sand riechen, spürte die Lebendigkeit des Ozeans und ihres eigenen Körpers, obwohl sie nun mit fünfundsiebzig bereits in ihren letzten Lebensabschnitt eingetreten war. Sie hatte immer geglaubt, dass diese Phase von Sorglosigkeit und Behaglichkeit geprägt sein würde. Eine ruhige Zeit ohne Dramen. Davon hatte sie schon zu viele mit Richard durchlebt. Mit ihm hätte sie es bestimmt nicht bis zum Schlussakt ausgehalten. Und ohne Kämpfe – keine Kämpfe mehr um das Recht auf Selbstbestimmung oder die Liebe ihrer Tochter. Stattdessen hatte sie sich bequem zurücklehnen und vielleicht den Problemen anderer lauschen wollen, die weise Frau mit der bewegten Vergangenheit.

Aurelia musste kichern – obwohl selbst das Kichern der Jugend vorbehalten zu sein schien – und schluckte beinahe Wasser. Nein, sie musste sich vorsehen. Schließlich war Shelley hier umgekommen. Aurelia wurde wieder ernst.

Statt meinen Traum von Ruhe und Entspannung verwirklicht zu sehen, grübelte sie, bin ich immer noch unruhig, voller Ängste und mir meines Partners nicht sicher. Und ich weiß nach wie vor nicht, wohin mein Weg führt. Dabei sollte ich meinen Platz mittlerweile gefunden haben …

Sie ruderte mit den Armen, um sich wieder der Küste zu nähern, denn ihr wurde bewusst, dass sie zu weit hinausgeschwommen war. Sollte Enrico das sehen – zum Glück ging er selten in die Bucht –, würde er wild umherspringen, rufen, sich die Haare raufen und sie für tot oder verrückt oder beides halten.

So weit hinaus gelangte man nur, wenn man sich den Wellen überließ. Dann jedoch musste man wieder aktiv werden – oder ertrinken. Das war die süße Verlockung des Meeres. Man lieferte sich dieser riskanten zärtlichen Liebkosung aus. Mit kräftigen Zügen entfernte sich Aurelia aus der Gefahrenzone.

»Ich will nicht, dass du dich noch einmal mit ihr triffst«, hatte Richard eines Tages gefordert, lange nachdem er seine charmante Maske hatte fallen lassen.

»Wie bitte?« Aurelia war gerade von einem Mittagessen mit Ruth zurückgekehrt. Woher hätte sie auch wissen sollen, dass ihr Ehemann zu Hause saß und erwartete, dass sein Käsetoast pünktlich auf dem Tisch stand? »Mit wem?«

»Mit dieser verfluchten Lesbe. Ich will nicht, dass du dich weiter mit ihr triffst. Sie soll aus unserem Leben verschwinden, und zwar ein für allemal.«

Wieder einmal merkte Aurelia deutlich, wie egoistisch er war, und fragte sich, was Ruth sagen würde, wenn sie wüsste, dass ihre sexuellen Vorlieben hier Gegenstand der Debatte waren. Kalter Zorn stieg in ihr auf.

»Mach dich nicht lächerlich!«, entgegnete sie.

Das war ein Fehler. Er packte sie hart beim Handgelenk und verdrehte es, bis die Haut brannte. »Sag so was nie wieder!«, knurrte er. »Nie wieder!«

Sie merkte, dass er getrunken hatte. Whisky ließ ihn handgreiflich werden. Gewalttätig.

»Lass mich los«, forderte sie.

Er drückte nur noch stärker zu.

Sie würde sich weder Angst noch Schmerz anmerken lassen, denn das funktionierte bei Richard ohnehin nicht. Mitgefühl war für ihn ein Fremdwort. Er wollte Macht ausüben, Menschen kontrollieren. Das befriedigte ihn.

»Lass los, hab ich gesagt!« Sie sah ihm fest in die Augen. Auch sie kämpfte darum, die Oberhand zu behalten.

Er lockerte den Griff ein wenig.

»Ich diskutiere das nur mit dir, wenn du mich loslässt«, versuchte sie zu verhandeln. Obwohl er klargemacht hatte, dass es keine Diskussion darüber geben würde. Aber wenn er sie losließe, könnte sie sich umdrehen und gehen. Nur – wohin?

Verächtlich ließ er ihren Arm los, als wäre es unter seiner Würde, sie überhaupt zu berühren.

Einen kurzen Moment verspürte sie Erleichterung – bis ein Schlag auf ihrer Wange brannte, sie zur Seite schleuderte und ihr den Atem nahm. Dieser Bastard! Immer musste er das letzte Wort haben.

»Nun?«, fragte er.

Dies war nicht der richtige Zeitpunkt. Aurelia bemühte sich um eine würdevolle Haltung und ging mit hoch erhobenem Kopf davon. Erst wenn sie sich in ihrem Zimmer eingeschlossen hatte, würde sie weinen. Sie würde jedoch nicht aufhören, sich mit Ruth zu treffen. Ruth war nicht ihre Geliebte, aber ihr Rettungsanker. Ihre Stärke und ihre Zuflucht. Ruth war der Meinung, sie solle Richard verlassen, war immer der Meinung gewesen, sie solle Tasmin nehmen und gehen. »Viele Frauen tun das«, sagte sie. »Frauen, die weit weniger ertragen müssen als du.«

Doch Ruth hatte keine Familie. Sie begriff nicht, wie abgöttisch Tasmin ihren Vater liebte, und konnte sich nicht vorstellen, dass es auch gute Zeiten gab. Sie wusste nichts von Familienbanden und der Notwendigkeit, etwas durchzustehen, wie schlimm die Dinge auch sein mochten. Und Aurelia wusste, dass dies keine Schwäche, sondern eine Stärke war. Kein Aufgeben, sondern Kampf. Ein Kampf um die Herrschaft.

Einen Augenblick schien das Sonnenlicht gedämpfter zu werden, und Aurelia merkte, dass ihr Gesicht halb unter Wasser war. Die Wellen schlugen über ihr zusammen, als sei sie ein Stück totes Holz. Entschlossen drehte sie sich wieder auf den Bauch. Sie war weit hinausgetrieben. Mit kräftigen Zügen schwamm sie Richtung Küste, kraulte, pflügte gegen die Strömung durchs Wasser. Doch ganz allmählich gewann die Strömung die Oberhand.

Schon nach wenigen Minuten ermüdete Aurelia. Sie zwang sich, langsamer zu schwimmen, und fragte sich zum ersten Mal, ob sie sich vielleicht doch zu weit hinausgewagt hatte. Kam sie überhaupt voran? Würde sie es schaffen? Auf welche Weise konnte sie verhindern, wie Treibgut ins offene Meer hinausgezogen zu werden? Wie sollte sie mit der Angst umgehen, die in ihr aufstieg, Adrenalin freisetzte, ihr Krämpfe bescherte und sie zu überwältigen drohte? Sie fürchtete, dass sie dem kaum etwas entgegensetzen könnte.

Im selben Augenblick stieg eine Erinnerung in ihr auf, drängte in ihr Bewusstsein. Sie schob sie fort. Dafür war jetzt keine Zeit. Mit fünfundsiebzig wollte sie noch nicht sterben, und ganz gewiss nicht im Meer wie Percy Shelley. Erst der Dichter, dann die Malerin. O nein.

Sie zwang sich, ruhig zu atmen und langsam und gleichmäßig

weiterzuschwimmen. Ganz gemächlich. Sie durfte sich nicht verausgaben. Fließende Bewegungen. Ruhe bewahren!

Stetig schwamm sie weiter, nicht zum Strand, sondern Richtung Felsen, weil sie dabei nicht so stark gegen die Strömung ankämpfen musste. Die Felsen hier draußen waren tückisch, aber immerhin festes Land. Näher und näher – mit Muscheln übersät, düster und gefährlich ragten sie vor ihr auf.

Eine letzte Anstrengung. Sie griff zu und hielt sich fest, verzweifelt mit den Füßen Halt suchend. Sie sah das Blut, kümmerte sich jedoch nicht darum. Im Wasser schwebend, klammerte sie sich an den Fels, ritt auf den Wellen, damit ihre Beine nicht gegen die Felsen schlugen.

So wartete sie eine halbe Ewigkeit, bis die See sich beruhigte, die Strömung nachließ. Mit neuer Kraft stieß sie sich ab. Jetzt konnte sie es bis zur Küste schaffen.

Sicherheitshalber blieb sie nahe an den Felsen, für den Fall, dass sie eine Pause brauchte oder wieder einen Krampf bekam. Meter für Meter legte sie zurück. Ihre Glieder schmerzten, der Schreck saß tief. Aber nun war es gut. Sie würde es schaffen. Aurelia schwamm, bis sie merkte, dass das Wasser heller wurde und sie wieder stehen konnte. Die Wellen waren nur noch ein Wispern und wirkten harmlos. Sie versuchte, darüber zu lachen, hievte sich mühsam aus dem Wasser und wickelte sich in ihr rotes Handtuch. Ich fühle mich wie neunzig, dachte sie reuevoll, ehe sie auf dem Strand zusammensackte.

Die Erinnerung wurde klarer. Cornwall. Ihr Vater. Gramma Hester. Überall Wasser um sie herum, unter ihr, über ihrem Kopf zusammenschlagend. In ihren Ohren, in der Nase, in den Augen. Sie ringt nach Luft, ihre Lungen schmerzen, ihr Kopf scheint zu platzen. Ein Moment – eine Ewigkeit – voller Dunkelheit. Ein tiefschwarzer Tunnel, in den sie kopfüber eintaucht.

Tageslicht dringt in ihr Bewusstsein. Helles Licht, der Geruch nach Erbrochenem und besorgte Gesichter. Sie schnappt Fetzen der Unterhaltung auf. *Wieso hast du so lang gebraucht? Ich habe dich gesehen. Du hast am Strand gestanden und zugeschaut. Was hast du dir nur dabei gedacht, um Gottes willen?*

Nicht jetzt. Nicht jetzt.

Schritte knirschen auf dem Kies, kommen näher und wühlen den nassen Sand auf. Mutter.

»Aurelia! Meine Kleine!«

Sie ist in Sicherheit. Ich bin in Sicherheit. Ich bin hier. *Sie ist wieder da.*

Aber sie hatte diese Erinnerung verdrängt. Sie hatte keine Ahnung, wann das passiert war.

Aurelia wusste nicht mehr, wie lange sie auf den warmen Kieseln gesessen hatte. Lange genug, um zu ihrem Gleichgewicht zurückzufinden – falls das überhaupt möglich war. Lange genug, um neue Kräfte zu sammeln. Und lange genug, um sich zu erinnern.

Cari hatte das Gefühl, Gespenster zu sehen. Der Tag in Pisa war lang und anstrengend gewesen, und sie hatte aufgeatmet, als sie in das relativ ruhige Lucca zurückgekehrt war. Eigentlich hatte sie nur den Wunsch gehabt, einen *caffèlatte* im Paradiso zu trinken, vielleicht eine Portion Pasta zu verdrücken, sich einen Prosecco zu genehmigen und dann schlafen zu gehen. Doch dann hatte sie etwas gesehen … War es eine Fata Morgana …?

Sie blinzelte. Nein. Das konnte doch nicht wahr sein! Sie war nach Lucca gereist, um ihre Großmutter ausfindig zu machen – und nicht …

Sie beobachtete, wie er sich nach links wandte und in einer der Arkaden des Palazzos verschwand. Schlank, dunkel, nur ein wenig größer als sie selbst. Sahen nicht die meisten jungen Italiener so aus? Nein – nicht ganz.

Cari eilte zum Palazzo – zu ebender Arkade, in der er verschwunden war. Sie wollte ihn sehen – natürlich wollte sie ihn sehen. Und doch …

Abrupt blieb sie unter dem Bogen stehen, lehnte den erhitzten Rücken gegen den kühlen weißen Stein. Was machte Marco hier? Ein scheußlicher Verdacht keimte in ihr auf. War er ihr etwa gefolgt? Stellte er ihr nach?

Ehe sie sich entschließen konnte – bleiben oder gehen –, kam er zurück. Er schien einfach an ihr vorbeispazieren zu wollen. Dann – womöglich spürte er ihren prüfenden Blick – wandte er plötzlich den Kopf.

»Cari?« Niemand hätte dieses Erstaunen in den schwarzen Augen vortäuschen können. Oder das breite Lächeln, das von einem Ohr zum anderen reichte. »Cari?«

»*Ciao*, Marco.« Cari ging ihm entgegen und fühlte sich von seinen Armen umfangen. Im Augenblick spielte es keine Rolle, aus welchen Gründen sie beide hier waren.

Kapitel 24

»Es will mir einfach nicht in den Kopf«, sagte Marco. »Wieso hast du mir nicht erzählt, dass du nach Italien fährst?«

Es war am folgenden Tag. Sie verließen Lucca, nicht wie ursprünglich geplant in Caris gemietetem Fiat, sondern in Marcos verbeultem rotem Maserati, einem Zweisitzer mit Ledersitzen und einem Armaturenbrett aus Nussbaumholz. Meine erste Bekanntschaft mit seinem Fahrstil, dachte sie mit einem Anflug von Galgenhumor, als Marco plötzlich ohne Vorwarnung ausscherte, um einen Lastwagen zu überholen, und sich dann, ohne zu blinken, wieder einordnete. Dass die Italiener Meister darin waren, sich auch noch durch das dichteste Verkehrsgewühl elegant hindurchzuschlängeln, war ihr bereits aufgefallen. Vermutlich entwickelten sie schon in frühester Jugend einen sechsten Sinn für das Vermeiden von Zusammenstößen. Auf den Straßen verhielt man sich aggressiv, aber wie üblich in Italien entflammte der Zorn plötzlich und spontan und endete eher in Gelächter und gegenseitigem Schulterklopfen als in Handgreiflichkeiten.

»*Dito*«, bemerkte sie.

»Hm?« Mit dem Zeigefinger schob er die Sonnenbrille nach unten und betrachtete sie über deren Rand hinweg. Er war sichtlich überrascht.

Pass auf die Straße auf!, hätte sie am liebsten geschrien. Stattdessen wandte sie demonstrativ den Blick ab und tat es selbst. *Sieh dir die vielen Autos an, Marco. Du fährst einhundertzehn. Wäre es da nicht ratsam, auf den Verkehr zu achten?* Aber sie erwiderte nur: »*Dito*. Damit meine ich, dasselbe könnte ich zu dir sagen.«

Er dachte kurz darüber nach und nickte zustimmend. »Gut. Wir denken ähnlich.« Und schon trat er wieder aufs Gas.

Hm, vielleicht hatte er ja Recht. Gestern Abend hatte sich Cari gefühlt, als stehe sie unter Schock. Sie hatten sich umarmt, sich auf die Wangen geküsst und waren geradewegs ins Paradiso gegangen, wo sie gemeinsam frischen Thunfisch mit Nudeln gegessen und Wein getrunken hatten. Ihre Unterhaltung hatte sich nicht um die Gründe, aus denen sie England verlassen hatten, sondern um Lucca gedreht.

»Ich wohne nicht weit von hier«, hatte er gesagt, ohne näher darauf einzugehen.

»Wo denn?«, fragte sie herausfordernd.

Aber er lachte nur. »Morgen zeige ich es dir auf der Karte.«

Morgen? Er schien anzunehmen, dass sie einige Zeit miteinander verbringen würden. Hatte er vor, ihr seine Heimat zu zeigen, so wie sie ihm Brighton gezeigt hatte?

Als er sie schließlich untergehakt zu ihrer Wohnung zurückbegleitete und sie entspannt über dies und jenes plauderten, fragte er sie endlich, warum sie in Lucca sei.

»Das erzähle ich dir morgen«, erwiderte sie verschmitzt. »Wenn wir die Karte studieren.«

Er drehte sie zu sich um, sodass sie ihn ansehen musste. Die Geschäfte mit Schmuck, Lederwaren und toskanischen Delikatessen, die die Straße säumten, waren immer noch hell erleuchtet. Durch die dünnen Sohlen ihrer Sandalen spürte sie die Wärme, die das Kopfsteinpflaster in der Hitze des Tages gespeichert hatte, und in der Via Fillungo hing der Duft nach Mozzarella und Olivenöl, gebratenen Paprika und *panini* in der Luft.

»Du wolltest allein herkommen?« In dem gedämpften Abendlicht wirkten seine Augen dunkler denn je. In seinem Blick lag eine Herausforderung.

»Ja.«

»Und Dan?«

Cari zögerte. Sie hatte nicht so oft an Dan gedacht, wie sie es hätte tun sollen, und nicht so oft, wie sie versprochen hatte. Ihre gemeinsamen Jahre wurden von etwas überschattet – von diesem italienischen Abenteuer, von der intensiven Beschäftigung mit der ungewohnten Umgebung und Tasmins Tagebuch sowie von der langwierigen Suche nach ihrer geheimnisvollen Großmutter. Was war zwischen ihnen geschehen? Hatte sie sich verändert und von Dan entfernt? Oder hatten sie sich schlicht in verschiedene Richtungen entwickelt und brachten es beide nicht über sich, den Bruch herbeizuführen, der ihnen die Freiheit schenken würde zu gehen?

Cari betrachtete Marco. Dieser Schritt ins Ungewisse machte ihr Angst.

Früher wollte Dan wissen, was sie dachte, was in ihr vorging, wie sie ihren Tag verbrachte, was den Menschen Cari ausmachte. Dann schien er anzunehmen, alles über sie zu wissen und was das Beste sei. (Das Beste für ihn? Für sie? Für sie beide?) Vielleicht hatten sie aufgehört, sich gegenseitig solche Fragen zu stellen wie »Wer bist du?«, »Wie fühlst du dich?«, weil zwei Individuen zu einer Einheit verschmolzen waren. Aber sie und Dan waren doch nicht nur eine Einheit! Jeder Mensch existierte als Individuum. Und es war auch nicht natürlich. Innerhalb einer Einheit konnte man sich nicht weiterentwickeln, sondern wurde eingeengt.

Marco und Cari schlenderten ein Stück weiter die Straße entlang. Sie spürte Marcos Arm. Und Dan? Was war jetzt mit Dan? Augenblicklich befand sie sich auf einer Reise, und sie war sich keineswegs sicher, ob Dan dabei eine Rolle spielte. Es tut mir leid, Dan, dachte sie.

»Wir brauchen ein wenig Abstand voneinander«, antwortete sie. »Vielleicht für länger.« Vielleicht für immer.

Als sie bei ihrer Wohnung angelangt waren, schloss er beide Hände um ihr Gesicht, küsste sie sanft auf den Mund und zog sie in eine unbeleuchtete Nische. Dabei schreckten sie eine dürre streunende Katze aus dem Schlaf. Mit einem Satz sprang sie an ihnen vorbei und lief vorwurfsvoll miauend davon.

Der Kuss wollte und wollte nicht enden. Schließlich klammerte sich Cari wie eine Ertrinkende an Marcos Schultern und gab sich ganz diesem Kuss hin. Einen Lidschlag lang hatte sie das Gefühl, sich aufzulösen, zu zerfließen, und sie warf alle Bedenken über Bord. Er presste sie an sich, seine Schenkel an ihren Schenkeln, seine Brust an ihren Brüsten, seine Hände auf ihrem Rücken, wo sie unter den dünnen Pullover glitten und ihre Schulterblätter liebkosten. Er zog sie an sich, als wolle er sie in sich aufnehmen …

Irgendwo schlug ein Fensterladen. Sie fuhren auseinander. Cari zitterte und war atemlos. Hatte sie so etwas je mit Dan empfunden? Hatte sie jemals dieses Begehren gespürt, den drängenden Wunsch, ihn nackt in den Armen zu halten, ihn zu berühren, zu küssen, ihn in sich zu spüren, sich von diesem flüssigen Feuer verzehren zu lassen? Nein. Dies war italienische Leidenschaft.

Marco wirkte noch aufgewühlter als sie, so das überhaupt möglich war. »Ich muss gehen«, sagte er knapp.

Die Enttäuschung versetzte Cari einen Stich. Was war mit ihr los? Wollte sie mit ihm schlafen? Jetzt? Sie war sich nicht sicher. Sie sollte es nicht tun – es schien falsch zu sein, solange sie und Dan noch ein Paar waren. Und dennoch … Sie sehnte sich mit jeder Faser ihres Körpers danach. Und sie wollte ihn nicht gehen lassen.

»Wo übernachtest du?« Sie fragte sich, was morgen sein würde. Würde es auch noch ein Morgen geben, wenn sie sich getroffen hatten, und danach noch mehr gemeinsame Tage?

Er zuckte die Achseln, hatte sich bereits wieder in der Gewalt. Er ging auf Distanz zu ihr, locker und lässig, als habe es den Kuss nicht gegeben oder als habe sie falsche Schlüsse gezogen. »Ich habe Freunde hier«, erwiderte er.

Wartete er darauf, dass sie den ersten Schritt tat? »Marco …« Sie konnte den Mut für sie beide aufbringen. Es gab genug Kälte zwischen den Menschen.

»Nein.« Er legte ihr den Finger auf den Mund. »Ich habe wirklich Freunde hier.«

»Es ist immer noch zu früh für uns«, flüsterte Cari. »Meinst du das?«

Es schien eine Ewigkeit zu dauern, bis er zu einer Antwort ansetzte. »Ich wünschte …«, begann er. »Ich wünschte …«

Was wünschte er?

Aber er hatte sich bereits abgewandt und ging davon, ohne sich noch einmal nach ihr umzudrehen. Italiener tun das nicht, erinnerte sich Cari.

»Bis morgen«, rief er dann und hob die Hand zum Abschied. »So gegen zehn.«

Was elf Uhr bedeutete. Sie lächelte. Also würde es wenigstens ein Morgen geben. »Okay.« Sie sah ihm nach. »*D'accordo*, Marco.«

Gleich nachdem sie die *autostrada* verlassen hatten, gelangten sie in ein Dorf, in dem sich eine riesige Menschenmenge mit Fahnen versammelt hatte. Blau-weiße Flaggen hingen auch aus den Fenstern, und die Straße war übersät mit Blütenblättern.

Marco schnalzte mit der Zunge. »Hier findet eine *festa* statt«, sagte er. »Wir müssen einen Umweg fahren.«

Cari reckte sich, um einen Blick auf das Volksfest zu erhaschen, und klatschte in die Hände. Eine Blaskapelle marschierte durch die Hauptstraße.

Ihre kindliche Begeisterung entlockte ihm ein Lachen. »Ein Fest mit Tanz«, meinte er und grinste. »Allerdings ohne Spielzeugtiere.«

Demnach erinnerte er sich also an Brighton …

»Wo fahren wir hin?«, fragte Cari, als sie links abbogen und das farbenfrohe Dörfchen hinter sich ließen. Sie hatte sich sorgfältiger als sonst zurechtgemacht und trug eine himbeerrote Leinenhose mit geschlitztem Saum in asiatischem Stil und ein besticktes Oberteil, das zugleich bequem und elegant war. Zu jeder Schandtat bereit, hatte sie sich geneckt, als sie sich bei einem letzten, wohlwollenden Blick in den Spiegel noch einmal kurz durch das Haar gefahren war. Sie hatte nur ein leichtes Make-up aufgelegt – falls es wieder so heiß werden sollte wie gestern, würde alles zerfließen – und steckte ein paar Utensilien in ihren

Waschbeutel, die sie für eine Übernachtung brauchte. Man konnte ja nie wissen … Bereit sein ist alles.

»An die Küste«, sagte er. »Ich möchte dir einen bestimmten Ort zeigen.«

Aha. »Deine Heimatstadt?« Cari rutschte auf dem Sitz hin und her. Das war sicher ein Beweis für seine Gefühle. Obwohl sie in dieser Phase noch nicht bereit war, über ihre Gefühle für ihn nachzudenken.

»Nein.« Seine Stimme veränderte sich, sein Gesichtsausdruck wurde düster.

Warum tat er nur so geheimnisvoll? Was – oder wen – hatte er zu verbergen?

»In so einem kleinen Dorf gibt es nichts zu sehen.« Er machte eine anmutige wegwerfende Bewegung mit der Hand. »Ich habe beschlossen, dir stattdessen einen Ort zu zeigen, an dem ich gern bin. Einen Ort, der mir sehr wichtig ist.«

Es klang, als sei es eine schwierige Entscheidung gewesen, und das faszinierte sie. »Dann nichts wie hin!« Wenn Marco den Geheimnisvollen spielen wollte, bitte schön. Zumindest im Moment.

An diesem Morgen glich der Golf von Genua einem glatten blauen Laken. Nichts deutete mehr auf die heftige Strömung hin, die Aurelia gestern beinahe ins offene Meer hinausgezogen hätte. Um Haaresbreite. Aurelia dachte darüber nach, während sie auf ihrer Palette große Farbkleckse mit Leinöl verrührte. Sie drückte mehr von der Farbpaste aus der Tube. Wieder einmal arbeitete sie mit Ölfarben – diesmal würde sie das Meer malen. Sie wollte diese friedliche Stimmung einfangen und doch die darunter lauernde Strömung andeuten – kaum wahrnehmbar, aber gefährlich. Der Feind im Innern …

Gestern hatte sie jeden Gedanken an den Badeausflug beiseitegeschoben, der plötzlich zu etwas Furchteinflößendem geworden war. Ebenso die Erinnerungen, die in ihr aufgestiegen waren und ihr seltsamerweise genauso viel Angst eingejagt hatten. Es war ihr gelungen, so zu tun, als sei alles in bester Ordnung, Elenas Einladung zu folgen und sich am Tischgespräch zu beteiligen … Wie immer war es ein angenehmer Abend gewesen. Sie genoss die freundschaftliche, entspannte Atmosphäre zwischen ihnen. Obwohl sie sich von Zeit zu Zeit unwohl fühlte und nach Zeichen früherer Intimität zwischen Enrico und Elena forschte, wies sie sich selbst scharf zurecht. Mein Gott, du bist fünfundsiebzig! Also wirklich, du solltest nicht so töricht sein!

Beim Essen hatten sie unter der Pergola gesessen. Zwar hatte Elena darauf bestanden, dass es sich lediglich um einen »Happen« handelte, doch dieser hatte aus mehreren Gängen bestanden: Es gab mit Petersilie und Knoblauch gefüllte Artischockenherzen, eine köstliche Bohnensuppe mit Fadennudeln und knusprigem Brot, Rippchen in pikanter Soße und zu guter Letzt Pecorino und frisch geerntete grüne Birnen. Ein »Happen«. Soso.

Elena war wie immer zwischen der Küche und dem Esstisch hin- und hergeschwirrt, der an diesem Abend mit einem bestickten weißen Spitzentuch gedeckt war, das, wie sie Aurelia erklärte, bereits seit Generationen in der Familie weitervererbt wurde. Aurelias Angebot, ihr zu helfen, tat sie mit einer Handbewegung ab. Elenas einziges Gesprächsthema war die Hochzeit gewesen, bis Enrico und Stefano ihr mit den Worten Einhalt geboten hatten, genug sei genug. Daraufhin hatte Elena alle auf den neuesten Stand gebracht, was die Familienangelegenheiten und den Dorfklatsch betraf. Schließlich fragte Stefano seinen Vater nach dem Einbruch in *La Sirena*.

Aurelia setzte sich kerzengerade hin und war ganz Ohr.

»Hast du irgendjemanden gesehen?«, erkundigte er sich. »Hast du eine Ahnung, wer es gewesen sein könnte? Weißt du, wonach sie gesucht haben?«

Da war etwas in Stefanos Blick … Aurelia beobachtete ihn genau, während er Enrico ins Kreuzverhör nahm. Und später, als Enrico im Badezimmer war und Elena in der Küche Kaffee zubereitete, beugte sie sich vor und sagte: »Du weißt es, nicht wahr?«

»Was soll ich wissen?« Stefano zündete sich eine Zigarette an und blies den Rauch zu den Weintrauben hinauf, die an der Pergola reiften. Es war bereits dunkel, aber die Luft immer noch mild, sodass sie hier bei Kerzenlicht unter den Sternen saßen.

»Du weißt, wonach sie gesucht haben.«

Er runzelte die Stirn. »Vielleicht.«

Aurelia war klar, dass es keinen Zweck hatte, weiter zu bohren. Stefano war schon immer ein Geheimniskrämer gewesen. »Weißt du vielleicht auch, wer eingebrochen hat?«

Nachdenklich sah er sie an. »Schon möglich.«

Also wirklich … Aurelia schüttelte ungläubig den Kopf. Wie konnte er es wissen? »Dann musst du es deinem Vater sagen.« Was würde Enrico davon halten? Dass sein Sohn mehr über den Einbruch wusste als die Polizei, als er selbst?

»Noch nicht.« Erneut runzelte Stefano die Stirn. »Ich muss erst ganz sicher sein, das verstehst du doch bestimmt.«

Nein, eigentlich nicht. Aurelia aß das letzte Stückchen Käse von ihrem Teller. »Was sollen wir also deiner Meinung nach tun?«, drängte sie.

Stefano schnippte die Asche von seiner Zigarette auf Elenas Steinfliesen, die noch warm vom Tage waren. »Ich habe mich noch nicht entschieden.« Dann legte er beschwörend den Finger auf die Lippen.

Enrico kam aus dem Badezimmer. Sie hörte, wie er mit Elena sprach und fragte, ob er etwas mit hinausnehmen solle. »Ich brauche keine Hilfe«, war die Antwort, »setz dich hin und ruh dich aus!«

Aurelia nickte. Gut, sie würde vorerst nichts sagen. Aber sie drückte seinen Arm. Es klang ganz so, als wolle Stefano Detektiv spielen, und das hielt sie für keine gute Idee. »Sei vorsichtig!«, mahnte sie.

Ja, es war ein schöner Abend gewesen. Aber jene Erinnerungen ließen sich nicht länger verdrängen. Seit dem Morgen waren ihre Gedanken viel zu häufig in ihre Kindheit zurückgewandert, eine

Zeit, die wie der Sog des Ozeans bis gestern im Verborgenen geblieben war. Um Himmels willen … Wie hatte sie dieses lebensbedrohliche Ereignis so lange ausblenden können?

Aurelia hielt inne und betrachtete die Farben, die sie angemischt hatte. Zu hell, zu türkis. Sie mischte erneut. Und dann die gelben Kleckse – für die Spiegelungen des Sonnenlichts vielleicht –, impressionistische Lichtpunkte, die das Ganze abrunden und die Atmosphäre schaffen würden, die sie einzufangen suchte.

Und *warum* hatte sie diese Erinnerung verdrängt? Na ja, das war vielleicht einfacher zu beantworten. Nachdenklich blickte sie hinaus aufs Meer. War das möglich? Hatte ihr Vater tatsächlich am Strand gestanden und tatenlos zugesehen, wie sie beinahe ertrank? Wenn dem so war, würden vermutlich alle versuchen, es zu vergessen. Zumindest wenn sie sich ihr seelisches Gleichgewicht einigermaßen erhalten wollten. Ihr fiel die Zeile aus Larkins Gedicht ein. *They fuck you up your mum and dad* … Sie tun es nicht absichtlich, hatte er gesagt. Aber hatte Hugh es beabsichtigt? Hatte ihr Vater sie wirklich so sehr gehasst, dass er ihren Tod wollte?

Szenen ihrer Kindheit tanzten vor ihrem inneren Auge, reihten sich am Horizont auf und schienen sich über sie lustig zu machen. Ihr spartanisch eingerichtetes Kinderzimmer mit der verblassten braunen Tapete und den dunklen, muffigen Möbeln. *Nein, wozu sollen wir es gelb streichen* … Der Abend nach der Feier ihres zehnten Geburtstags, als sie am Treppenabsatz vor dem Spiegel mit dem vergoldeten Rahmen stand, in der Hoffnung, darin eine Antwort zu finden. *Wer bin ich? Warum lebe ich? Was kann ich tun, damit mein Leben schöner wird?* Es war der einzige Spiegel, in dem sie sich ganz sehen konnte – mit Ausnahme des Spiegels im Schlafzimmer ihrer Eltern, aber das durfte sie seit kurzem nicht mehr betreten. Ebenso wenig durfte sie morgens auf Mutters Bett klettern, um sich an sie zu kuscheln. *Du bist schließlich kein Baby mehr. Also benimm dich gefälligst auch nicht so!*

Aber hatte er sie gehasst?

Manchmal, wenn er außer Haus war und Mutter im unteren Stockwerk und Dorrie anderswo beschäftigt war, hatte sie den Kopf zur Schlafzimmertür hineingesteckt, gerade lang genug, um einen Blick auf die eisblaue Tagesdecke und die Frisierkommode mit ihrem Sammelsurium aus Tiegeln, Flakons, Bürsten und Tuben zu werfen und den Duft von Mutters Parfum auszumachen, der noch in der Luft hing, den Duft von Puder und Rosen, überlagert von Vaters strengem Geruch – der Pomade, die er benutzte, um sein Haar zu glätten, der Seife, die nach Teer roch. Dieser Geruch verstopfte ihr die Nase, bis sie glaubte, daran ersticken zu müssen. Wie sollte sie nur Luft bekommen? Rasch schloss sie die Tür, aber das half nichts, sie musste in die Küche rennen, um einen Schluck Tee oder Wasser zu trinken. Nie gab es selbstgemachte Limonade, nie etwas Süßes, das man sich genüsslich auf der Zunge zergehen lassen konnte, und sei es auch nur für einen Augenblick. Es war ihr Zuhause, aber manchmal fürchtete sie es in dem Maß, wie sie es verabscheute.

Hatte er sie gehasst?

Sie erinnerte sich an das neue Kleid, das sie zum Geburtstag bekommen hatte. Maßgeschneidert, mit fünf Knöpfen und einem steifen weißen Kragen, der kratzte. An einer Stelle am Hals scheuerte er ganz besonders, und als sie das Kleid an jenem Abend auszog, war die Stelle stark gerötet. *Wozu brauchst du ein Partykleid?* Sie sah aus wie eine Vogelscheuche. Das war es, was mit ihrem Leben nicht stimmte. Sie hatte sich ein Puppenhaus gewünscht mit winzigen Möbeln und Miniaturpüppchen, die sie von Raum zu Raum bewegen konnte, ganz wie es ihr gefiel. Eine Welt, die nur ihr gehörte. Und was hatte sie bekommen? Ein Paar vernünftige schwarze Schuhe und das Kleid mit dem weißen Kragen. Nützliche Geschenke. Geschenke für ein heranwachsendes Mädchen, das viel zu schnell wuchs. Nichts für ein Baby. Nichts, woran sie sich erfreuen konnte. Nichts, was ihr helfen konnte, einen Raum in ihrem Innern zu finden, der ihr ganz allein gehörte.

Du kannst dich glücklich schätzen. Aurelia fühlte sich nicht glücklich, überhaupt nicht. Natürlich wusste sie, dass sie mehr hatte als viele andere Kinder; ständig erinnerte Vater sie daran: Elektrizität, ein Auto, ein richtiges Badezimmer mit fließend warmem Wasser, anständiges Essen, ordentliche Kleider ... Manchmal betete er diese Liste herunter und funkelte sie dabei so böse an, als sei sie das undankbarste Kind auf der ganzen Welt. Oft jedoch dachte Aurelia, dass das Wichtigste – das, was fehlte – bestimmt besser war als all diese Dinge.

Verschwendete Jahre. Jahre, in denen sie von ihrer geliebten Großmutter und sogar von Mary ferngehalten wurde – *deine Mutter hat Kopfschmerzen, du würdest zu viel Lärm machen, sie muss sich ausruhen* –, dabei hätte Aurelia nichts lieber getan, als die fieberheiße Stirn ihrer Mutter zu kühlen oder still neben ihr zu sitzen und ihre Hand zu halten. Später, als sie erwachsen war, wurden diese Dinge von ihr erwartet. Sie musste ihre Mutter pflegen, wenn Hugh Besseres zu tun hatte – wenn er mit seinen Freunden Whisky trank und über Politik diskutierte, im Club aß und Schach spielte oder mit der hübschen Witwe von nebenan flirtete.

Kein Kuss, keine Umarmung, kein Lächeln, keine Zeit für sie ... Ja, er hatte sie gehasst. Vielleicht war sein Hass groß genug gewesen.

Aurelia schauderte trotz der Wärme der ligurischen Sonne, die auf den Sonnenschirm herniederbrannte, den sie auf dem Kiesstrand aufgestellt hatte. Heute war sie zum Malen nach Riomaggiore gekommen, das noch hinter La Spezia lag. Es gehörte zu den berühmten Dörfern der Cinque Terre, deren Geschichte von Isolation und Entbehrung sie beinahe ebenso faszinierte wie die atemberaubende Schönheit der Landschaft. Wie viel Arbeit und Mühe hatten die Kleinbauern aufwenden müssen, um diese steilen und tückischen Felsen in fruchtbare Terrassen für die Weingärten zu verwandeln, in denen die Trauben für den berühmten Sciacchetrà-Wein reiften?

Direkt über der zerklüfteten Küstenlinie waren die in leuchtenden Farben gestrichenen, mit Stuck verzierten Häuser verschachtelt neben- und übereinander in die Felsen gebaut, wo sie als buntes Häufchen thronten, als warteten sie nur auf ein Signal, um ins Meer abzutauchen. Aurelia freute sich schon darauf, die Farben für diese Häuser zu mischen, die sich wie Blüten an dem felsigen Hang entfalteten – dunkles Gelbbraun, helles Bernstein, die verschiedenen Abstufungen von Ocker, Goldgelb und Safran. Die Fensterläden waren geöffnet, vor den mit Blumenkästen geschmückten Fenstern hingen Handtücher und Laken zum Trocknen. Unterhalb lagen Fischerboote auf dem Strand oder an dem schmalen Anlegesteg vertäut, Farbkleckse in Blau, Orange und Gelb. In der Ferne waren die gezackten Klippen zu sehen, terrassierte Hügel, die in üppigem Grün prangten und deren Bäume vom starken Wind verformt waren. Dort befanden sich auch die Steinstufen der berühmten Via d'Amore, eines Weges für Liebespaare, der an der felsigen Küste entlang bis Manorola führte. Darüber ein strahlend blauer Himmel – Italien wie aus dem Bilderbuch. Das Umrunden dieser Landspitze glich einer Reise in die Vergangenheit.

Aurelias Gedanken wanderten ebenfalls zurück. War sie im Weg gewesen? Hatte sie einen Keil zwischen Hugh und die Frau getrieben, die er liebte? Vielleicht hatte sie zu viel Aufmerksamkeit verlangt? Zu viel von ihrer Mutter gefordert? Oder hatte Hugh zu viel von ihrer Mutter gewollt?

Sie hat ihn doch bestimmt geliebt.

Aurelia runzelte die Stirn und skizzierte einen Entwurf auf die Leinwand. Lappen und Pinsel verströmten den intensiven Geruch nach Terpentin und Leinöl, der sich mit dem der Seeluft mischte. Sie begann mit dem Meer, arbeitete nass auf nass mit schnellen, kühnen Strichen und schuf die grobe Struktur des Bildes. Ein Teil von ihr war völlig auf das Gemälde konzentriert, der andere erlaubte ihren Gedanken, in die Vergangenheit zurückzukehren, als könnten die Kindheitserinnerungen Einfluss auf ihre Arbeit nehmen. Sie fragte nicht nach dem Grund. Manche Dinge, so hatte sie gelernt, musste man eben einfach akzeptieren.

Während ihr Pinsel über die Leinwand glitt, als führe er ein Eigenleben, versuchte sie sich an Liebesbeweise von Marys Seite zu erinnern. Mary hatte ihn geheiratet, das war das Entscheidende. Sie hatte ein Kind mit ihm, wenn auch nur eins – wie sehr hätte sich Aurelia über ein Geschwisterchen gefreut! Mary hatte sich meistens seinen Forderungen gebeugt, auch wenn es ein Opfer bedeutet hatte. Aber hatte sie sich ihm je mit leuchtenden Augen zugewandt und ihm versichert, dass sie ihn liebe? Gewiss nicht in Aurelias Gegenwart. Wenn sie so darüber nachdachte, grenzte Marys Verhalten eher an Furcht als an Leidenschaft, eher an Erdulden als an Liebe.

Ach ja … Draußen auf dem Meer schaukelten noch mehr Fischerboote, und Aurelia beschloss, sie erst später einzufügen, vielleicht zu Hause. Sie griff nach ihrem Skizzenblock und dem schwarzen Stift und machte eine Vorstudie. Sie spürte eine Spannung in der Luft, eine unheimliche Stille und eine Schwüle, die sich in der letzten halben Stunde aufgebaut hatten. Aurelia war diese Stimmung nicht neu. Enrico hatte sie in den vergangenen Jahren viele Male darauf aufmerksam gemacht. Er hatte die Stirn gerunzelt und in den Himmel und zum Horizont gestarrt, als hielte er Ausschau nach etwas, und achtete auf das leiseste Blätterrauschen oder auf die wie wild umherkrabbelnden Ameisen. Dabei war er in Gedanken bei seinen geliebten, wertvollen Trauben und Oliven, wohl wissend, dass ein Unwetter im Spätsommer sie vernichten oder auf jeden Fall entscheidende Auswirkungen auf die Qualität des Weins und des Öls haben konnte … Eine gute Ernte hing sowohl vom richtigen Zeitpunkt als auch vom Wetter ab. Mutter Natur konnte ebenso zerstörerisch wie lebenspendend sein.

Aurelia arbeitete rascher, da sie nun wusste, dass das Gewitter bald losbrechen würde. Wenn Mary so empfand, warum hatte sie ihn dann geheiratet? Aber das fragte die Richtige! Diese Frage hätte man genauso gut ihr stellen können. Manche hatten es auch getan.

»Warum hast du ihn geheiratet?«, hatte Ruth sie oft gefragt.

»Warum hast du ihn geheiratet?«, echote Stanley, Richards Regisseur. Stanley hatte sie, Aurelia, geliebt – das hatte sie immer gewusst. Vielleicht war es auch Richard nicht verborgen geblieben, da der arme Stanley Richards Verachtung immer ganz besonders zu spüren bekam. *Dieser hässliche Zwerg …*

Aber Aurelia hatte diesen kleinen Mann gemocht. Mehr war da allerdings nicht, jedenfalls nicht das, was sich Stanley erhofft hatte. Stattdessen hatte sich zwischen ihnen eine Beziehung entwickelt, die ihr wie Ruths Freundschaft geholfen hatte, zu überleben, stark zu bleiben, fortzugehen.

Nachdem sie mit der Skizze zufrieden war, blickte sie wieder hinaus aufs Meer. Es bereitete sich auf seinen großen Auftritt vor. Wind war aufgekommen, der ihr zweimal fast den Sonnenhut vom Kopf wehte, die Wellen schlugen höher, und wenn sie gegen die Felsen krachten, waren ihre Schaumkronen nicht mehr zart wie Spitze, sondern eine Gischt wie von funkelnden Diamanten, die als ein Feuerwerk aus Wassertropfen aufspritzte.

War dieses Ereignis – dass sie in ihrer Kindheit beinahe ertrunken wäre – der Grund, warum Mary bei jedem Besuch in Cornwall so in Sorge um ihre Tochter gewesen war? Und waren sie letztendlich deswegen nie mehr dorthin zurückgekehrt?

Die Wellen türmten sich höher. Aurelia war unentschlossen. Sollte sie die rollende Brandung mit einbeziehen? Wo der Himmel verschwommen azurblau gewesen war, leuchtete er nun in der Farbe von Quecksilber, und auch das Meer sah jetzt kälter aus, in das Blau hatte sich ein Granitgrau gedrängt. Oder sollte sie lieber gleich ihre Sachen packen und nach Hause fahren?

Nun gut, vielleicht war es das Meer, das Mary in Cornwall Sorgen bereitet hatte. Aber bei diesem letzten Aufenthalt in Port Isaac hatte die Tatsache, dass sie einen Tagesausflug mit ihrer Großmutter gemacht hatte, Hugh zu der Bemerkung veranlasst: *So, jetzt ist Schluss, es reicht …* Das ergab doch überhaupt keinen Sinn! Gramma Hester hatte nichts Schlimmes getan. Nicht *sie* hatte dabeigestanden und zugesehen, wie …

Es sei denn …

Schon einmal war sie an diesem Punkt angelangt. Diese drei Wörter tanzten wie Kobolde in ihrem Kopf herum. Aber im Augenblick war es einfach zu viel.

In der Ferne sah sie einen Hubschrauber über dem Meer vor La Spezia schweben. Was war da los? Es war kein Rettungshubschrauber. Wusste der Pilot denn nicht, dass ein Unwetter drohte? Es war ein gefährlicher Zeitpunkt für einen Rundflug.

Und nicht mehr die geeignete Stimmung, um zu malen.

Aurelia packte ihre Sachen zusammen. Der Wind peitschte die Palmen entlang der Küstenstraße, düstere Wolken zogen auf. Bald würde es regnen. Sie musste nach Hause, musste sich beeilen, ihr Auto auf dem Hügel zu erreichen, ehe die ersten Tropfen fielen.

Sie wollte, ja, musste sich an alles erinnern. Sie dachte an ihren Geburtstag – den Tag, an dem ihre Großmutter ihr die Bernsteintriskele geschenkt hatte. Und sie dachte an die Unterhaltung, die ihr gestern wieder eingefallen war. Wer hatte sie aus dem Wasser gezogen? Ihr Vater oder ihre Großmutter?

Und Mary? Hatte man ihr über die Geschehnisse dieses Tages je die Wahrheit erzählt?

Kapitel 25

Cari und Marco schlenderten den Hügel hinunter. Im Gleichschritt, Seite an Seite, jedoch ohne einander zu berühren, was bei Cari ein angenehmes Prickeln auslöste. Immer wieder erhaschte sie hinter den mit Terrakotta-Schindeln gedeckten Dächern, terrassiert angelegten Gärten, Orangenbäumen und Springbrunnen einen Blick aufs Meer. Sie passierten üppige Gemüsegärten mit Erbsen, Bohnen und Strauchtomaten, spazierten an Töpfen mit Geranien, Oleandersträuchern und Lilien vorbei, die sowohl am Wegesrand als auch auf den Trockenmauern standen.

»Das ist Tellaro«, sagte Marco, als sich die Straße zu einer großen Piazza öffnete. »Hättest du Lust auf einen Kaffee?«

Cari kannte Italien inzwischen gut genug, um zu wissen, dass man sich, kaum hatte man eine Piazza erreicht, einen Kaffee gönnte. Und wie ließ sich die zurückhaltende Eleganz eines ligurischen Dorfes besser erspüren, als sich auf einer Piazza dem Rhythmus Italiens hinzugeben? »Gern«, antwortete sie.

Sie nahmen neben einem Kübel mit Feuerlilien unter einem cremefarbenen Sonnenschirm Platz. Cari fiel auf, dass Marco sowohl den Kellner als auch einen rauchenden jungen Italiener in der Bar kannte. Das hieß, sofern es nicht Marcos Heimatstadt war – und seine Beschreibung deutete nicht darauf hin –, lag sie doch immerhin in der näheren Umgebung.

Nachdem der Kaffee serviert worden war – ein starker, dunkler Espresso mit einem Hauch *crema* für ihn, ein sämiger Cappuccino für sie –, fragte Marco sie noch einmal nach dem Grund ihrer Reise nach Lucca.

Cari rührte mit dem Löffel in ihrem Kaffee. Bisher hatte er

sich sehr verständnisvoll gezeigt. Daher würde sie ihm alles erzählen. »Erinnerst du dich an Dorrie?«, fragte sie.

Er nickte. »*Certo.*« Träge streckte er seine langen, mit Jeans bekleideten Beine aus und verschränkte die Hände hinter dem Kopf. Jede Regung in seinen Augen wurde von der dunklen Sonnenbrille verborgen.

»Sie hat sich daran erinnert, dass Aurelia, meine Großmutter, nach Lucca gezogen ist.«

»… und vielleicht immer noch dort wohnt?« Anders als Dan äußerte er sich aber keineswegs skeptisch.

»Ja, gut möglich. Erinnere dich, kurz bevor meine Mutter starb, hatte sie mit ihr Kontakt aufgenommen. Ich bin mir ziemlich sicher, dass sie noch lebt.« Cari lehnte sich zurück. Die Sonne schien ihr warm auf den Kopf.

»Es ist nicht auszuschließen …« Er schien mit den Gedanken ganz woanders zu sein.

Cari nippte an ihrem Cappuccino. »Also werde ich sie suchen müssen.«

»*Certo, sì, sì, certo*«, sagte er und musterte sie eingehend.

Sie holte tief Luft. Vielleicht konnte er ihr ja behilflich sein. »Fragt sich nur, wo ich anfangen soll.«

Marco nahm eine Zigarette aus der Packung, zündete sie an und inhalierte genüsslich. »Ich werde darüber nachdenken«, antwortete er halb zu sich selbst.

Cari wartete. Um auf andere Gedanken zu kommen, ließ sie den Blick über die Piazza mit ihren herrlichen Marmorplatten, den Mosaiken und den kurz vor der Blüte stehenden weißen und lachsfarbenen Oleandern in eleganten Kübeln schweifen. Diese Pflanzen fielen ihr immer wieder ins Auge. Sie säumten Straßenränder und Plätze, dienten sowohl privaten Gärten als auch Parks als Sichtschutz und Schmuck. Sie beschloss, Italien näher zu erkunden. Sie fühlte sich gewissermaßen verpflichtet, das Land zu erforschen, in dem sich ihre Großmutter eine neue Heimat geschaffen hatte. Das Land, das ihrem Eindruck nach möglicherweise sogar Teil ihrer Familiengeschichte war. Sein Reiz war ihr nicht verborgen geblieben, ja, sie hatte sich bereits ein wenig in dieses Land verliebt. Und was Marco betraf …

»Aber warum ist es so wichtig, sie zu finden?«, fragte Marco schließlich. »Warum die Dinge aufrühren?«

Cari sah ihn verständnislos an. Bis sie schließlich begriff. »Ach so, du meinst wahrscheinlich, Vergangenes aufwühlen, oder?«

»Ja. Warum willst du alles von deinem Leben aufgeben …?« Er ballte die Faust und öffnete sie wieder. »Dein berufliches Vorwärtskommen, deinen Freund …«

»Nein …« Cari wollte protestieren. Alles war in der Schwebe und ganz anders, als er es sich vorstellte. Sie hatte ihre berufliche Laufbahn nicht aufgegeben – sondern sich lediglich eine Auszeit erlaubt. Und das galt gleichermaßen für ihre Beziehung zu Dan.

»Trotzdem«, sagte er einlenkend. »Ist es nicht eine ziemliche Investition in eine Großmutter, die du gar nicht kennst?«

»Ja, natürlich.« Cari fragte sich, wieso ihn das so beschäftigte. Er war schließlich überhaupt nicht davon betroffen. Sollte er sich nicht freuen, dass sie nach Italien gekommen war – falls sie ihre Beziehung richtig einschätzte? Während sie ihren Cappuccino in kleinen Schlucken trank, versuchte sie ihre Gedanken zu ordnen. »Versteh doch, Marco, vermutlich kann sie mir eine Menge über meine Familie erzählen.«

Er nickte, wirkte aber seltsam betroffen.

»Und da ich keine Ahnung habe, wer mein Vater ist, ist sie möglicherweise sogar meine einzige Verwandte.« Er als Italiener musste das doch begreifen.

Er nickte erneut.

»Außerdem …« Cari zog den Bernsteinanhänger aus ihrer bestickten Bluse. »Vermutlich kennt sie auch die Geschichte dieses Schmuckstücks.«

Mit zusammengepressten Lippen musterte er den Anhänger, beugte sich vor und nahm die Kostbarkeit in die Hand.

Beinahe eine besitzergreifende Geste, dachte sie und wurde sich der Wärme seiner Hand an ihrer Haut bewusst. Sie konnte sich vorstellen, wie er ihre Brüste berührte, wie er sie in die Arme nehmen würde.

Er rieb den Bernstein mit einem Zeigefinger, als habe er Aladins Wunderlampe vor sich. *»Bella«*, murmelte er. *»Bellissima.«* Doch seine Augen waren nach wie vor hinter der Sonnenbrille verborgen.

»Und schließlich …« Nur mit Mühe brachte sie die Worte heraus. »… ist sie meine Großmutter.«

»Sì, sì, la nonna.« Abrupt ließ er den Anhänger aus den Fingern gleiten. »Mir brauchst du nicht zu erklären, wie wichtig eine *nonna* ist«, sagte er ernst. »In Italien spielen Großeltern eine wichtige Rolle in der Familie. Sie haben das Recht, sich einzumischen.«

Cari drückte seine Hand. Sie hatte einen Nerv getroffen. Sie wusste, dass Marcos Großmutter ihm seit dem Tod seiner Mutter zur Seite stand. Es stimmte, ihm brauchte sie nicht zu erzählen, wie wichtig die Großmutter war. Also würde er sie gewiss verstehen, oder? »Wie geht es deiner Familie?«, fragte sie, um von dem Thema abzulenken. Hier auf der Piazza wirkte er angespannt und bei weitem nicht so locker wie am Abend zuvor. »Hast du sie seit deiner Rückkehr gesehen?«

»Meine Großmutter liegt im Sterben.« Er stürzte den Rest seines Espressos hinunter.

Cari schluckte. Wie traurig! Bestimmt war er deshalb so Hals über Kopf nach Italien zurückgefahren. Sie hatte nicht nachgedacht. »Oh, das tut mir leid, Marco.« Was sollte sie sonst sagen? Sie hatte ohne Ende über ihre ihm unbekannte Großmutter gefaselt, während er sich um seine geliebte *nonna*, die ihn aufgezogen hatte, sorgte. Und noch etwas kam ihr in den Sinn. Sollte er nicht bei ihr sein? Sollte er seine Zeit nicht mit seiner Großmutter verbringen, anstatt mit ihr die italienische Riviera entlangzufahren?

»Ich stehle dir zu viel Zeit«, sagte sie. »Du warst sehr hilfsbereit, aber …«

»Hilfsbereit?« Er lachte zwar, doch der Zug um seinen Mund wirkte bitter. »Vermutlich findest du mich nicht mehr so nett, wenn du mich erst besser kennst«, entgegnete er.

Wirklich? Cari beugte sich zu ihm. »Es kommt auf einen Versuch an.«

Sie schwiegen. Endlos lange, bis es richtig unbehaglich wurde. Am anderen Ende der Piazza standen zwei Italienerinnen und unterhielten sich, während sie Kirschen und Birnen aus den Kisten vor dem Obst- und Gemüseladen aussuchten. Ein junges Mädchen – schick und zugleich zwanglos in hautenge Jeans und ein figurbetontes T-Shirt gekleidet – spazierte an ihrem Tisch vorbei. Als sie die Tür zu dem Café aufstieß, wurde sie unter lautem Hallo stürmisch begrüßt. Cari meinte, in der Ferne die sich an den Felsen brechenden Wellen sowie ein zartes Summen zu hören. Entweder waren es Insekten oder das Dröhnen eines Mopeds. Doch ansonsten war alles still.

»Komm!« Marco sprang auf.

»Wohin?« Cari hatte sich bereits an einen beschaulichen Morgenkaffee gewöhnt. Sie setzte die Tasse an die Lippen.

»Ich habe entschieden«, sagte er und fuchtelte mit der Hand. »Ich habe etwas ganz Wichtiges, was ich dir zeigen muss. Und ich weiß, wie wir es am besten machen.«

»Deine Heimatstadt?«, vermutete Cari und wurde sich zugleich bewusst, dass sie immer noch nicht herausgefunden hatte, wo sie war.

Er fasste sie an den Händen und zog sie hoch. »Warte«, sagte er und nahm die Sonnenbrille ab. Seine schwarzen Augen wirkten ernst. »Nach dem *pranzo*«, sagte er. »Dann wirst du es sehen.«

Sie hatten zu Mittag gegessen, und wo waren sie jetzt? Cari bekam allmählich den Eindruck, als seien ihr die Pläne für den Tag entglitten – dabei hatte sie im Grunde gar keine gehabt. Ich habe jegliche Kontrolle über mich verloren, schalt sie sich, schon beim Kuss gestern Nacht.

Die Mahlzeit mit Marco war ein einziger Genuss gewesen. Sie hatten *cozze alla marinara* bestellt – gekochte Muscheln mit Zitronensaft und Petersilie und knusprigem Brot – und dazu einen herrlichen Prosecco getrunken – Cari vermutlich ein Glas zu viel. Heikle Themen wie Dan, England oder Marcos Familie hatten sie erfolgreich umschifft. Stattdessen hatte Marco ihr von seinem Lebenstraum erzählt. »Ich möchte ein eigenes Restaurant eröffnen«, sagte er. »Aber nicht irgendein altes Lokal.«

»Wirklich?«, entgegnete sie sowohl neckend als auch erfreut, dass sich Mr Misterioso endlich redseliger zeigte und sie etwas über ihn erfuhr.

»O nein«, antwortete er. »Es wird das beste Restaurant von Ligurien sein.«

Ligurien … Seltsam, wie sehr er an dieser Gegend hing! Während viele Menschen in England ihren Geburtsort verlassen wollten, um frei zu sein, zu reisen und ihre Zelte an einem anderen Ort aufzuschlagen, schienen die Italiener unendlich eng mit ihrer Heimat verbunden zu sein.

»In meinem Restaurant«, fuhr Marco fort, während er eine pralle Muschel aus der Schale löste und sie Cari entgegenhielt, »werden die Muscheln mit Thunfisch, Weißwein, Mortadella, Pecorino, Ei und Majoran gefüllt.« Er legte die Finger an die Lippen und vollführte eine Geste der Verzückung.

»Klingt köstlich.« Cari öffnete den Mund und kostete das schmackhafte Häppchen. Von einem anderen Menschen etwas Essbares anzunehmen, etwas aus seinen Händen entgegenzunehmen, ist eine sehr intime Gebärde, dachte sie.

»Ist es auch.« Ernst nickte er ihr zu. »Die Zubereitung erfordert viel Geduld. Jede rohe Muschel muss Stück für Stück geöffnet werden.«

Obwohl Cari schon immer die Meinung vertrat, dass das Leben selbst zu kurz sei, um gefüllte Champignons zuzubereiten, hätte sie nichts dagegen, wenn jemand ihr diese Arbeit abnehmen und sie mit dem Ergebnis füttern würde. Sie bemühte sich, nicht auf seine langen, sonnengebräunten Finger zu sehen, während er Muscheln aus den glänzenden Schalen löste.

»Es ist ein altes ligurisches Rezept«, erklärte er.

Das hatte sie bereits vermutet.

Nach dem *pranzo* waren sie eine Weile die Küstenstraße entlanggefahren, durch heiße, während der Siesta ausgestorben wirkende Dörfer mit geschlossenen Fensterläden, vorbei an Hängen mit Kastanienbäumen, wilden Schwertlilien und Ginster, bis der Maserati schließlich in der Einfahrt zu einer Villa mit roten Fensterläden und altrosa gestrichenen Hauswänden mit bleiverglasten Fenstern und einer halb verfallenen Steinbalustrade parkte. Aha! Cari blickte aus dem Fenster. Alles wirkte ziemlich ungepflegt. Ihr schwante nichts Gutes. Wo waren sie eigentlich?

»Das Haus gehört einem Freund von mir«, erklärte Marco beiläufig, als er ihr die Wagentür aufhielt.

Mmm. Was wollte er ihr damit sagen?

»Tritt ein!«, forderte er sie auf und schwenkte einen Hausschlüssel zwischen Zeigefinger und Daumen.

Hatte er das geplant? Cari zögerte. Vergangene Nacht hätte sie ihm so vertraut, dass sie ihn sogar in ihr Bett gelassen hätte – falls Vertrauen überhaupt das richtige Wort wäre. Aber jetzt … Das war eine völlig andere Situation. Plötzlich war sie sich bewusst, dass sie sich in einem fremden Land aufhielt, dessen Sprache sie nicht beherrschte, und im Begriff war, ein fremdes Haus zu betreten mit … Und? Vertraute sie Marco?

Ihr fiel die Szene ein, die sie in Tasmins Tagebuch gelesen hatte. Ihre Mutter hatte von ihrem Salsa-Unterricht berichtet und vom dem Moment, in dem es »Klick« gemacht und sie gespürt hatte, dass sie sich darauf einlassen musste.

Es entsprach weder Caris Wesen noch dem ihrer Mutter, sich blindlings mitreißen zu lassen, aber sie hatte trotzdem weitergelesen …

Es ist der Augenblick, in dem du die Entscheidung fällst, dich all dem auszuliefern, hatte Tasmin geschrieben. *Das bedeutet keineswegs, die Kontrolle zu verlieren – denn es ist eine bewusste Entscheidung. In dem Augenblick der Benommenheit, in dem alles durcheinanderwirbelt, liegt ein flüchtiges Vertrauen.*

Cari beobachtete, wie Marco den Schlüssel in das Schloss der alten Holztür steckte. Die Stufen, auf denen sie standen, waren aus rosa-grauem Marmor. Dieser Ort roch nach einer Menge Geld, so viel war klar. Flüchtiges Vertrauen?

Also entspannst du dich, hatte Tasmin geschrieben, *sagst dir, was soll's! – und lässt dich darauf ein.*

Was soll's!, dachte Cari und folgte ihm ins Hausinnere.

Kapitel 26

Was immer sie erwartet haben mochte, es kam vollkommen anders.

Marco nahm sie bei der Hand und führte sie durch einen hohen dunklen Gang. Ihre Schritte auf dem Holzboden hallten durch das ganze Haus. Es war das einzige Geräusch. »Offenbar ist niemand daheim«, bemerkte er unnötigerweise.

Sie betraten ein großes, feucht und modrig riechendes Esszimmer. Es blieb ihr kaum Gelegenheit, den Mahagonitisch sowie den kunstvollen Kristallleuchter an der Decke oder die Renaissance-Drucke an den Wänden wahrzunehmen, als Marco bereits die Tür entriegelte und sie auf die Terrasse führte.

Welche Erleichterung, wieder frische Luft zu atmen! Es war sehr still. Beinahe zu still. Es wehte nicht die geringste Brise, kein Blatt bewegte sich. Selbst die kleinen, kaum erkennbaren Eidechsen an der Hausmauer verharrten regungslos. Cari blinzelte in die Sonne, setzte die Sonnenbrille auf und sah sich um. Wer immer hier lebte – vorausgesetzt, das Anwesen war tatsächlich einmal bewohnt gewesen –, hatte Grund und Boden ziemlich vernachlässigt. Der Garten wirkte ungepflegt, die Terrakottakübel wiesen Sprünge auf oder lagen in Scherben. Nirgendwo blühte eine Blume, und die Farbe an den Außenwänden der Villa war abgeblättert und gab den Blick auf das Mauerwerk frei. Zwischen den staubigen Bodenplatten wucherte Unkraut; ein schwarzer, an den unteren Nähten aufgeplatzter Sack mit Gartenabfällen sowie diverse Blechteile lagen verstreut umher. Selbstverständlich gab es die obligatorische Pergola, doch der verwahrloste, wild rankende Wein hing traurig von dem Holzspalier herab.

»Komm!« Marco verschwand hinter einer Ecke. Ein Mann mit einer Mission …

Und nun? Weshalb waren sie hier? Cari konnte sich keinen Reim darauf machen. War das etwa der Ort, den er ihr hatte zeigen wollen?

Natürlich folgte sie ihm, das schien ihr zur Gewohnheit zu werden. Langsam bog sie um die Hausecke.

»Ach, du lieber Himmel!« Fassungslos blieb sie stehen.

Marco stand neben einem Helikopter. Sie glaubte ihren Augen nicht zu trauen. Auf einem kleinen betonierten Flecken neben dem Haus parkte ein Hubschrauber. Marco lehnte daran und erweckte den Eindruck, der Besitzer zu sein.

Cari gefielen die Gedanken nicht, die sich in ihr regten. »Was macht denn der hier?«, fragte sie.

»Der hier?« Er lachte. »Hast du denn noch nie einen Hubschrauber gesehen, Cari?«

Nicht aus dieser Nähe. Und nicht unter so mysteriösen Umständen. Außerdem hatte er ihre Frage nicht beantwortet.

Er blickte sie über den Rand seiner Sonnenbrille an und hob fragend die Brauen. »Wie wär's mit einem kleinen Rundflug?«

»Nie und nimmer!« Cari verschränkte die Arme und rührte sich nicht vom Fleck. Mit ihm in seinem Maserati weiß der Himmel wohin zu fahren oder gar in das Anwesen fremder Leute einzudringen, das war eine Sache. Aber in einen Hubschrauber zu steigen, der absolut nicht flugtauglich zu sein schien, war etwas völlig anderes. Das wäre Wahnsinn!

»Na, was ist?« Marco öffnete die Arme, eine für ihn typische Geste, die an einen kleinen Jungen erinnerte. »Hast du etwa Höhenangst, *povera piccina*, hmm?«

»Es kommt drauf an, wo ich bin, wenn ich hinunterschaue«, entgegnete sie.

Grinsend zuckte er mit den Schultern und schwang sich auf den Pilotensitz. Vermutlich war das die korrekte Bezeichnung dafür. Und nun? Wo wollte er eigentlich hin? Besaß er für diesen Vogel überhaupt eine Fluglizenz?

»Ich habe eine Fluglizenz«, rief er.

»Herzlichen Glückwunsch!« Damit wäre immerhin diese Frage geklärt. Aber Cari weigerte sich dennoch. Wieso sollte sie ihm eigentlich glauben? Ehrlich gesagt kannte sie ihn doch kaum. Außerdem, wie viele Gläser Prosecco hatte *er* denn beim Mittagessen getrunken?

»Ich habe nur *ein* Glas getrunken«, sagte er, als könne er Gedanken lesen.

Hmm. Das hieß, dass sie drei getrunken hatte. Ach, du liebe Güte! Hatte er versucht, sie betrunken zu machen, um mit ihr diesen bescheuerten Flug mit dem Helikopter zu unternehmen? »Wem gehört er?« Womöglich demselben Freund, dem das Haus gehörte? Ein weiterer mysteriöser Freund aus Marcos Umfeld?

»Diesem Freund«, antwortete er und grinste wieder. »Einem sehr guten Freund.«

Offensichtlich.

»Ich darf diesen kleinen Vogel fliegen, wann immer ich möchte.« Er versetzte dem Äquivalent des Armaturenbretts eines Autos einen Klaps, woraufhin im Bauch des Vogels irgendetwas bedrohlich schepperte.

Cari erinnerte sich plötzlich daran, dass er ihr etwas zeigen wollte. Und, etwas genauer, *wie* er es ihr zeigen wollte. »Und wohin würdest du …«

Sie wurde von dem Schwirren der Rotorblätter unterbrochen. Er hatte also tatsächlich den Motor angelassen. Der Krach vervielfachte sich. Demnach beabsichtigte er offensichtlich, irgendwohin zu fliegen. Und was sollte *sie* tun, gestrandet in einem fremden Haus, während ihr Chauffeur in einem klapprigen Flieger in eine Traumwelt abhob?

»Steig ein!«, rief er ihr über den Lärm hinweg zu.

Hielt er sie für lebensmüde? »Nein!« Zur Bekräftigung schüttelte sie den Kopf – bei dem Krach würde er sie ohnehin niemals hören können – und stampfte mit dem Fuß auf, um ihm erneut klarzumachen, was sie von alldem hielt. Sie war frustriert. Verärgert, verflucht noch mal. Das Kind in ihr drohte sich zu zeigen, um seiner Empörung Luft zu machen. Sie wollte keinen Vergnügungsflug in einem Hubschrauber machen. Sie wollte nach Hause … Wo immer dieses Zuhause sein mochte.

»Warum nicht?«, schrie er.

Blöde Frage! Sie näherte sich vorsichtig – bloß den Rotorblättern nicht zu nahe kommen, die die Luft zu zerschneiden schienen, einen unerhörten Sog erzeugten und einfach ihre Gedanken hinwegfegten. Staub wirbelte auf, sodass Cari froh war, ihre Sonnenbrille zu tragen. Der Druck in ihren Ohren nahm zu, und selbst ihr Kopf schien zu vibrieren. Oder war es bloß Migräne? Sie hätte sich das letzte Glas Prosecco wirklich besser verkneifen sollen.

»Wovor fürchtest du dich denn, Cari?«, schrie Marco und hielt ihr einen Sturzhelm mit Mikrofon entgegen. »Ich bin ständig in diesem Ding unterwegs. Es ist wirklich sicher.«

Cari zögerte.

Unvermittelt musste sie an Dan denken. Nie und nimmer würde er in so eine Maschine steigen – oder zumindest erst, nachdem er Marcos Fluglizenz geprüft und sichergestellt hätte, dass alles mit rechten Dingen zuging, ungefährlich und einwandfrei war. Das heißt, nicht einmal dann würde er sich dazu hinreißen lassen. Er würde sich nur in einen Helikopter setzen, wenn es sich um einen organisierten Ausflug handelte, sämtliche erdenklichen technischen Checks durchgeführt, jegliche Versicherungslücken geschlossen und alle nur möglichen unberechenbaren Umstände ausgeschaltet wären.

Und dann fiel ihr ihre Mutter ein. Tasmin hätte mit Sicherheit nicht eine Sekunde gezögert, in den Helikopter einzusteigen.

Und sie selbst, Cari? Wer war sie eigentlich? Welchen Weg wollte sie nehmen? Wollte sie eigentlich wissen, was Marco ihr zeigen wollte? Oder lieber nicht?

Sie zog den Kopf ein und näherte sich der Maschine. Ganz schön warm. Der Staub tanzte über dem Beton und der Grasfläche, die Rotorblätter über Caris Kopf malten einen milchigen Halo – beängstigend nahe. Sie duckte sich tiefer, schob die Haare aus dem Gesicht, um zu sehen, wo sie hintrat, und versuchte nicht an Anne Boleyn zu denken.

»Hier ist dein Helm«, rief Marco über den ohrenzerreißenden Lärm der Rotorblätter hinweg und reichte ihn ihr. Er deutete neben sich. »Setz dich dorthin. Schnall dich an, und halt dich an dem Griff fest!«

Das ließ Cari sich nicht zweimal sagen. Eingezwängt saß sie auf ihrem Platz. Die Knie auf Höhe des Kinns, die Schultern berührten ihre Ohren. Mit rauer, trockener Kehle, den schmerzenden Kopf in den Helm gezwängt, atmete sie tief ein und bemühte sich, vollkommen gelassen zu sein. Wenig später wandte sie den Kopf. Zu ihrer Rechten war nichts als Himmel. Beinahe hätte die Panik sie überwältigt. »Wo ist die Tür?«, brüllte sie in ihr Mikrofon.

Er fuhr zusammen. »Dort drüben.« Er wies auf den hinteren Teil der Startbahn – falls die heruntergekommene Piste überhaupt diesen Namen verdiente.

Caris Blick fiel auf einen Haufen Schrott. »Ach, du lieber Gott!«, stöhnte sie und klammerte die Hände noch fester um den Griff. Warum hatte sie sich darauf eingelassen? War sie denn vollkommen von Sinnen?

»Halt dich fest!«

Jetzt gab es kein Zurück mehr. Der Hubschrauber hob in einem Schwenk vom Boden ab, der ihren Magen in Aufruhr brachte, und schwebte hoch über den Bäumen wie eine Libelle über einem Weiher, ehe er abdrehte.

Ins Ungewisse, dachte Cari schaudernd. Sie starrte aus den großen Scheiben in Flugrichtung und vermied den Blick zu der offenen Seite, die einzig mit einer Strebe gesichert war. Wie sollte eine horizontal angebrachte Strebe verhindern können, dass man hinausfiel? Noch wollte sie nicht in die Tiefe blicken. Der Hubschrauber wirkte so leicht und instabil. Sie schwebten in einer ungeschützten Blase – wie fragil mochte diese Blase sein? –, und sie klammerte sich so fest, dass die Knöchel weiß wurden. Marco besaß Macht über ihr Schicksal. Und noch nie hatte sie sich so ausgeliefert gefühlt.

Dieses Gefühl hielt zunächst an, doch nach ungefähr zehn Minuten fand Cari allmählich Gefallen an ihrem Ausflug. Hier oben am Himmel war man sehr isoliert, aber auch frei. Inmitten dieser blauen Atmosphäre, über allem schwebend, weit entfernt und losgelöst von den Dingen unter ihr, überkam Cari ein unbeschreibliches Gefühl von Freiheit. Als flöge sie selbst. Sie bemerkte, dass sie auf prächtige Wälder, Weinberge, Olivenhaine und die zerklüftete Küste der Italienischen Riviera blickte, ohne noch über ihre riskante Situation nachzudenken. Alles wirkte irgendwie irreal. Selbst das Meer sah aufgewühlter aus als zu Beginn des Tages. Als der Hubschrauber in eine Turbulenz geriet, war Cari nicht verängstigt, sondern eher erstaunt. Der Tag hatte sich doch so ruhig angekündigt.

Kaum flog Marco die Küstenlinie entlang, lehnte Cari sich entspannt zurück und genoss den Nervenkitzel. Wenn sie einer Herausforderung gegenüberstand, ähnelte sie möglicherweise mehr ihrer Mutter, als sie geahnt hatte …

Sie hatte beinahe vergessen, dass Marco ihr etwas zeigen wollte, bis sie plötzlich seine Stimme vernahm.

»Siehst du die Stadt auf dem Hügel dort unten rechts? An der Küste? Die Häuser sind rot, gelb und terrakottafarben gestrichen. Siehst du sie? Da steht eine Kirche in Rosa und Beige mit einem Glockenturm.« Er schwenkte etwas nach unten, damit sie es besser sehen konnte.

»Ja«. Sie lächelte. Wie hübsch! Herrlich, dieses Städtchen aus diesem Blickwinkel zum ersten Mal zu sehen. Ein Dorf auf einem Hügel. »Da bist du zu Hause?«, fragte sie ihn über ihr Mikrofon.

Sie sah, dass er nickte. »Richtig.«

»Wie heißt der Ort?«

»Dort unten liegt das Dorf … Aurelia«, antwortete er zögernd.

Aurelia? Cari verschlug es die Sprache. Das Städtchen hieß Aurelia? Doch ehe sie ganz begriff, was er gesagt hatte, sank der Hubschrauber. Er schien zu taumeln.

»Und jetzt verfolge mit den Augen einen Weg«, fuhr Marco fort. »Vom Dorf Aurelia nach Westen, hinunter zum Meer.«

Bildete sie sich das nur ein, oder schwang tatsächlich ein Unterton mit, als würde er diesen Ausflug bereits bedauern?

Sie gehorchte. »Das ist ein Labyrinth.« Hatte er das gemeint? Das eindeutige dreidimensionale Muster auf einem blassen sandigen Untergrund? Aber es war nicht nur ein Labyrinth, stellte sie fest. Sie umklammerte den Griff fester. Die Hecke bestand aus drei kleinen Spiralen, in deren Mittelpunkt ein winziger blauer Fleck erkennbar war.

»Siehst du es?«, fragte er mit ausdrucksloser Stimme.

»Ja.« War das Zufall? Konnte es ein Zufall sein, dass hier in Ligurien, wo vielleicht ihre Großmutter lebte, ein Dorf namens Aurelia existierte und sich in unmittelbarer Nähe ein spiralförmiges Labyrinth befand, dessen Grundriss mit dem Muster ihres wertvollen Bernsteinanhängers übereinstimmte?

Cari wollte nicht länger in der Luft bleiben. Der Himmel war inzwischen verhangen, und das Ganze war ihr nicht mehr geheuer. Sie wollte darüber nachdenken, was all das bedeutete.

Als wisse Marco genau, was sie empfand, machte er eine Kehrtwendung und flog zum Ausgangspunkt zurück. Jetzt herrschte eine vollkommen andere Atmosphäre im Flugzeug – eine fühlbare Spannung, die der Witterung entsprach und Cari nur noch mehr verwirrte. Was wusste Marco über ihre Großmutter Aurelia und die drei Spiralen auf dem Bernsteinanhänger?

Als sie wieder im Maserati saßen, lenkte Marco den Wagen schweigend. Ein heftiger Regen nahm ihm die Sicht beinahe völlig. Die Wischerblätter jagten über die Scheibe, während sie auf der gewundenen Küstenstraße in Richtung Lerici fuhren. Cari verlor kein Wort über das schnelle Tempo, mit dem Marco den Wagen trotz des schlechten Wetters steuerte. Sie hatte begriffen, dass die dunklen Wolken aufgezogen waren – und das nicht nur über der Landschaft.

Geräuschvoll kam das Auto vor dem schmiedeeisernen Tor

einer Villa zum Halten. Auf einer Tafel war der Name des Anwesens genannt. Durch den Regenvorhang hindurch versuchte Cari ihn zu entziffern. *»La Sirena«*, murmelte sie.

»Die Meerjungfrau«, übersetzte er.

»Wo sind wir?«, fragte Cari, obwohl sie es bereits wusste.

»Ich hole dich in zwei Stunden wieder ab.« Er hatte die Sonnenbrille abgenommen, doch seine dunklen Augen verrieten nichts.

»In Ordnung.« Nie zuvor in ihrem Leben war Cari so nervös gewesen. Sie stieg langsam aus dem Auto. Es regnete immer noch, aber sie nahm kaum Notiz davon. Sie hatte nicht die leiseste Ahnung, was sie erwarten würde. Sie hoffte und wagte gleichzeitig kaum zu hoffen.

»Ciao.« Marco hob die Hand, winkte und preschte davon.

Nicht auszudenken, was passieren würde, wenn ihm einer entgegenkäme.

»Ciao«, flüsterte sie und öffnete das Tor.

Aurelia fluchte, als ein roter Maserati sie vor einer Kurve überholte. Nie im Leben würde sie sich an die italienischen Autofahrer gewöhnen. Lauter Wahnsinnige auf der Straße – zu schnell, zu ungeduldig und eindeutig zu ichbezogen. Hatte man Pech und musste an einer Ampel anhalten – was ihr schon des Öfteren passiert war –, äußerte die gesamte Schlange (und es entstand immer eine Schlange) hinter ihr unüberhörbar Missfallen. Nun war der Himmel bedeckt, Regen sammelte sich auf der Fahrbahn und klatschte gegen die Windschutzscheibe. Sie würde ihren Fahrstil niemals dem der Italiener angleichen.

Weshalb sollte sie auch wie die Italiener fahren – schließlich strömte nicht ein Tropfen italienisches Blut durch ihre Adern. Sie mochte hier leben, aber das hieß nicht, dass sie alles so machte wie die Einheimischen – einschließlich Autofahren –, zumal sie immer noch als Fremde galt.

Vorsichtig nahm Aurelia die nächste Kurve – für den Fall, dass wieder so ein verrückter Maseratifahrer an ihr vorbeirasen wollte.

Doch es ging gut. Und der Wagen, der sie überholt hatte, war längst außer Sicht. Vermutlich hatte ein heißblütiger Jüngling bei seiner Freundin Eindruck schinden wollen. Es war nur zu hoffen, dass er sie nicht mit sich in den Tod riss.

Sie warf einen Blick zur Seite. Die Sträucher am Straßenrand könnten einen Schnitt vertragen. Die Blüten der Glyzinien und des Jasmins lagen wie dunkelrotes und weißes Konfetti auf der Straße. Sie vernahm dunkles Donnergrollen, dem nur Sekunden später ein heller Blitz am schieferfarbenen Himmel folgte. Was für ein Gewitter!

Lieber Gott im Himmel! Da war der rote Maserati schon wieder! Er raste ihr entgegen, und sie konnte nur um Haaresbreite einen Zusammenstoß vermeiden. Sie bremste abrupt und hupte nach italienischer Manier ununterbrochen. Durch den Regenvorhang war es ihr nicht einmal möglich, das Gesicht des Fahrers auszumachen, aber sie war sich absolut sicher, dass er keinerlei Notiz von ihr genommen hatte. Ein selbstmordgefährdeter Verrückter. Aurelia wechselte den Gang und kehrte mit ihren Gedanken zurück zu dem Problem, das sie derzeit beschäftigte.

Erst vergangene Woche hatte sie mit Maria darüber gesprochen, warum sie in all den Jahren im Dorf immer noch als Fremde angesehen wurde. Maria war ein tragendes Mitglied der Dorfgemeinschaft (mindestens fünf Generationen ihrer Familie hatten hier gelebt) und mit den Gesetzmäßigkeiten bestens vertraut, auch wenn sie ihnen dann und wann widersprach.

»Es wäre anders, wenn der Signor hier geboren wäre«, hatte sie geflüstert.

Aha. So etwas hatte sie bereits vermutet. Es lag an Enrico. Meine Güte! »Warum?«, fragte sie. »Was ist daran so schlimm, dass Enrico nicht von hier stammt?« Aurelia nahm eine Rispe Tomaten in die Hand.

Maria zuckte die Achseln, als gebe es eine ganz einfache Erklärung dafür. »Auch er ist ein Fremder«, sagte sie.

Enrico? Ein Fremder? »Er ist doch Italiener.« Aurelia konnte sich immer noch keinen Reim darauf machen.

»Italiener? Pah!« Maria fegte die Antwort mit einer Handbewegung fort und widmete sich erneut den Zucchini. »Er stammt nicht aus Ligurien, das ist der Grund!«

Aurelia runzelte die Brauen. »Na ja, aber …« Sie dachte an die Weingärten und die Olivenhaine. »Sein Besitz …?«

»Den hat sein Vater erworben.« Maria warf ihr einen ihrer undurchschaubaren Blicke zu. Ein ganzes Zeitalter sprach aus Marias braunen Augen. Sie beugte sich vor. »Der nicht einmal hier gelebt hat.«

»Aha.« Langsam dämmerte es Aurelia. Was für eine Beleidigung für die stolze Dorfgemeinschaft, Oliven und Wein auf ligurischem Boden anzubauen und ligurische Arbeiter zu beschäftigen, ohne selbst auf dem Besitz zu leben, durch den er zu Wohlstand gekommen war! Marias Gesichtsausdruck nach zu urteilen, war das ohne Zweifel mit Hochverrat gleichzusetzen.

»Er hat in der Toskana gelebt«, zischte Maria.

Aurelia trug ihren Korb zur Kasse. Toskana. Das Ende der Welt? Nein. Nur gerade eben auf der anderen Seite der Grenze. Gerade mal drei Meilen von *La Sirena* entfernt, weniger als fünf von dem Dorf nahe dem Hügel. Da steckte eine Logik dahinter, die für sie zu hoch war. Aber als sie an das Verhältnis von England und Schottland dachte, keimte in ihr ein Funken Verständnis auf.

»Aber Enrico ist doch in das Dorf gezogen«, erinnerte sie Maria. »Ligurien war ihm zweifellos gut genug. Er liebt diesen Ort.«

»*Sì, sì.*« Maria schob jede Sorte Gemüse in eine separate braune Papiertüte.

»Aber er war die erste Generation …«

»*Sì* …«

»Die Sünden der Vorväter?«, fragte Aurelia.

Maria verdrehte die Augen. Eine Geste, die Bände sprach.

»Und als er Catarina heiratete?« Aurelia verstaute das Gemüse in ihrer Einkaufstasche. Weshalb musste sie Maria denn immer alles aus der Nase ziehen? Maria machte eigentlich nicht den

Eindruck, als widerstrebe es ihr, diese Dinge anzusprechen. Doch offenbar war es Sitte, den Eindruck zu wecken, man gebe all dies nur ungern preis. Keinesfalls durfte man als Klatschbase auftreten, selbst wenn man eine war. Natürlich sollte man private Dinge – die auch das Dorf betrafen – nicht bereitwillig an die *straniera* preisgeben, selbst wenn man sie seit nahezu zwanzig Jahren kannte. »Damit gehörte er doch dazu, oder?«

»Einerseits …«, gestand Maria ein. »Andererseits …«

»Ich verstehe.« Aurelia nahm einen Zehn-Euro-Schein aus der Geldbörse. Sie hatte Luigis Worte noch im Ohr. Catarina war offenbar durch das Dorf gerannt und hatte überall verlauten lassen, dass jemand sie umbringen wolle und Enrico sie mit einer anderen Frau betröge. (Jeder im Dorf hatte daraufhin natürlich zwei und zwei zusammengezählt und sich seinen Reim darauf gemacht.) Doch niemand konnte leugnen, dass Catarina einsam und unglücklich gewesen war. Und sie war nun einmal eine von ihnen. Daher war es schwer vorstellbar, Enrico in die Dorfgemeinschaft aufzunehmen, nicht wahr? »Aber Elena lebt doch auch schon so lange hier«, sagte sie. »Und sie und Enrico sind sich doch sehr verbunden …« Aber hoffentlich nicht zu sehr, dachte sie.

Maria betrachtete ihre Kundin mit größter Skepsis. »*Sì.*« Sie zählte Aurelias Wechselgeld langsam und ganz bewusst aus.

Aurelia begriff, dass Maria die Unterhaltung am liebsten beenden wollte.

»Es gibt Schwierigkeiten.« Maria war im Begriff, sich wieder ihren Gemüsekisten zu widmen. »Alte Familienstreitigkeiten. Die will ich Ihnen lieber ersparen.«

Dabei interessierte Aurelia sich gerade dafür. Aber es war sinnlos, die Angelegenheit weiterzuverfolgen. Nicht zuletzt, weil sich in diesem Augenblick der Perlenvorhang teilte und Stella den Laden betrat. Seit dem Tod ihres Mannes vor zwanzig Jahren ging sie in Schwarz und wirkte verbittert und traurig.

Aurelia hielt den Wagen an, stieg aus und öffnete die hohen, schweren Eisentore. Uff … Entweder wurden die Tore täglich schwerer oder sie immer schwächer.

Binnen zwei Minuten war sie nass bis auf die Haut. Sie fuhr in die Einfahrt und parkte hinter den Zypressen, so nahe wie möglich an der Haustür.

Erst als sie, geschützt durch eine große Plastikplane, die im Kofferraum gelegen hatte, ihre Malutensilien aus dem Auto nahm, hatte sie das Gefühl, nicht allein zu sein. Jemand stand auf den Eingangsstufen. Wegen des Regens hatte sie es nicht bemerkt. Eine schmale, verloren aussehende Person.

Unter ihrer Last leicht wankend, ging Aurelia auf sie zu. Die Augen der jungen Frau waren leuchtend grün und erinnerten sie irgendwie an jemanden …

»Kann ich Ihnen helfen?«, fragte sie höflich auf Italienisch.

Die junge Frau schien sie nicht verstanden zu haben. Sie war älter, als Aurelia zunächst angenommen hatte. Vielleicht Mitte, Ende zwanzig. *»Buona sera …«* Sie tat sich schwer mit der Sprache.

»Sind Sie Engländerin?« Aurelia setzte ihre Sachen auf der Terrasse ab und steckte den Schlüssel in die Haustür. Wer um alles in der Welt war sie? Und weshalb wirkte sie so vertraut?

Die Besucherin nickte.

»Nun gut, treten Sie ein«, sagte sie einladend. »Sie sind ja nass bis auf die Haut.« Wer immer sie sein mochte, sie würde sie selbstverständlich nicht auf den Stufen stehen lassen. Das gebot die italienische Gastfreundschaft.

Kapitel 27

Cari blinzelte die Regentropfen von den Wimpern. Sie konnte es kaum glauben. Die lebhaft wirkende Frau – obschon vermutlich bereits in den Siebzigern –, die aus dem Auto in den Regen hinaustrat und wunderlich vor sich hin brummelte, war die Frau auf dem Foto in ihrer Handtasche. Eindeutig. Die Frau musste ihre Großmutter sein!

Ihr wurde ganz flau, und sie war derart verwirrt, dass sie nur ein Guten Abend auf Italienisch herausbrachte. Wirklich erbärmlich! Ihre Großmutter – unglaublich! Und die weiß getünchte Villa, *La Sirena* – oder zumindest die Parkanlage –, die sie vom Hubschrauber aus gesehen hatte, war genau der Ort, an dem das Foto aufgenommen worden war. *La Sirena.* Heimat des Triskelen-Labyrinths. Geschützt und warm spürte Cari den Bernsteinanhänger auf der Haut. Was hatte all das zu bedeuten?

Die Frau – war es wirklich Aurelia? – hatte die typische Ausstattung einer Malerin dabei. Und in dem weißen, zerzausten Haar, das ihr runzliges Gesicht umrahmte, schimmerten blaue und grüne Farbkleckse. War ihre Großmutter Künstlerin? Sah ganz danach aus. Tasmin, die Fotografin, hatte gewiss einige kreative Gene ihrer Mutter geerbt.

»Sind Sie Engländerin?«, fragte sie Cari. Ihre Augen waren leuchtend blau. Wie interessant sie aussieht, dachte Cari beruhigt. Und freundlich. Gottlob!

Cari nickte. Am liebsten hätte sie sich ihr in die Arme geworfen, doch vermutlich würde sie damit die arme Frau zu Tode erschrecken. Also zwang sie sich zur Zurückhaltung, spürte aber nach wie vor, dass ihr Gesicht vor Freude leuchtete. Trotz aller Widrigkeiten hatte sie ihre Großmutter tatsächlich gefunden.

Die Villa strahlte eine gewisse Kühle aus. Neugierig sah Cari sich um. Auf dem Marmorboden lagen in Beigetönen gemusterte Wollteppiche. Auf einem Glastisch im Flur stand eine hohe weiße Keramikvase mit weißen Lilien. Durch eine offene Tür erhaschte Cari einen Blick auf cremefarbene Ledersofas und einen beeindruckenden Flügel.

Die Gastgeberin zögerte kurz, als sei sie unsicher, welchen Platz sie ihrem Gast anbieten solle, und musterte Cari mit fragendem Blick.

Cari beantwortete ihn mit einem ermunternden Lächeln. Wo sollte sie beginnen? Sie hatte ihrer Großmutter so viel zu sagen. Um eine Erklärung kam sie keinesfalls herum. Wie behutsam sollte sie sich denn vorstellen?

»Sie kennen mich nicht …«, setzte sie an. Na, toll. Bestätigung der gegebenen Umstände – warum eigentlich nicht?

Aurelia führte sie den Flur entlang in eine geräumige Küche. Ein großer Herd, über dem an einer Halterung glänzende Kupfertöpfe hingen, nahm nahezu eine gesamte Seite ein. In der Mitte des Raumes stand ein alter Eichentisch. »Wie wäre es, wenn wir uns erst einmal einen Kaffee machen?«, schlug sie vor und deutete Cari mit einer Geste an, sich zu setzen.

»Danke«, sagte Cari und nahm Platz. Nun war ihre Odyssee endlich zu Ende, und sie wusste nicht so recht, was sie tun sollte. Immerhin hatte diese Frau ihren Mann und ihre halbwüchsige Tochter verlassen und war auf Nimmerwiedersehen verschwunden. Vielleicht bereitete es ihr ja gar keine so große Freude, urplötzlich einer ihr unbekannten Enkelin gegenüberzusitzen.

Aurelia hob fragend eine Augenbraue. »Vermutlich trinken Sie ihn nicht schwarz, oder?«

Caris Anspannung löste sich ein wenig. »Nein«, bestätigte sie, »bitte mit viel Milch.« Kaffee würde gewiss hilfreich sein.

»Zuvor sollten Sie aber Ihre nassen Sachen ausziehen.« Aurelia griff in eine Schublade und warf ihr ein weiches weißes Handtuch zu. »Sonst erkälten Sie sich noch.«

»Danke.« Cari zog ihre Strickjacke aus und trocknete sich Gesicht, Hals und Haar. Hier in der gemütlichen Küche fühlte sie sich sehr wohl. Sie kam sich … ja, wie kam sie sich denn eigentlich vor? Bemuttert? Be-großmuttert? War das nicht ein bisschen zu spät? Und war sie deshalb so weit gereist? Weil sie keine Mutter hatte und damit überhaupt nicht fertig wurde?

Während sie darüber nachsann, summte der Kaffeeautomat, er zischte, gurgelte und produzierte schließlich eine Tasse schaumigen Cappuccino, die Aurelia vor Cari hinstellte.

»Es ist mir sehr unangenehm, Sie so zu überfallen«, sagte Cari. Aurelia schien sie auf merkwürdige Art zu mustern. War es die Malerin in ihr? Oder hoffte sie etwas Bestimmtes zu entdecken? Ob sie vielleicht ahnte, wem sie gegenübersaß?

Aurelia schenkte sich Kaffee ein und trat an den Tisch. »Ich setze mich«, erklärte sie. »Und jetzt schießen Sie los.«

Cari holte tief Luft. »Als Sie noch in England lebten, haben Sie vermutlich meine Mutter gekannt.«

Die Frau betrachtete sie eingehend. »Und wer ist Ihre Mutter?«

Ganz schön schwierig, es über die Lippen zu bringen. Cari meinte, ein Blitz durchzucke ihren Körper, und hätte es beinahe herausgeschrien. »Tasmin Banks.«

Die Frau wurde bleich. Sie umklammerte die Tischkante so fest, dass die Knöchel weiß hervortraten.

Bingo, dachte Cari. Jetzt oder nie. »Sind Sie ihre Mutter?« Sie hörte die Aufregung in ihrer Stimme. »Sind Sie Aurelia Banks?«

Aurelia schwieg zunächst, ehe sie den verschleierten, abwesenden Blick auf den Tisch lenkte.

Was mochte sie denken? Cari hätte es zu gern erfahren. Abgesehen von einem schlichten Amethyst am kleinen Finger der linken Hand trug sie keinerlei Schmuck. »Aurelia?«, flüsterte sie. Das war der entscheidende Augenblick. Würde sie Cari in ihrer Familie willkommen heißen oder ihr die Tür weisen?

Aurelia schwieg noch immer, griff zum Löffel und rührte beinahe eine Ewigkeit in ihrer Kaffeetasse.

Cari konnte es nicht ertragen. Am liebsten hätte sie ihr den Löffel entrissen und ihn quer durch die Küche geschleudert. »Nun?«, fragte sie, schärfer als beabsichtigt. Die Spannung, das Warten auf Antwort – es war ihr einfach alles zu viel.

Aurelia blickte hoch. »Du bist Tasmins Tochter?«

Cari nickte. Sie hielt den Atem an.

»Meine Enkeltochter.« Aurelia schüttelte fassungslos den Kopf.

»Ja.« Cari seufzte erleichtert. Sie hatte Recht gehabt.

»Hat Tasmin dich geschickt?« Urplötzlich wirkte Aurelia zerbrechlich. Sie ließ die schmalen Schultern hängen und sah Cari flehend an.

Cari streckte den Arm aus und berührte Aurelias Hand. Wie sollte sie ihr erklären, dass ihre Tochter gestorben war? »Nein«, antwortete Cari. »Nicht wirklich.«

Aurelia entzog ihr die Hand nicht. »Verstehe«, antwortete sie und straffte die Schultern. Doch ihr Bewusstsein weigerte sich offenbar, Caris Worte aufzunehmen. Wie sollte es auch anders sein?

Und Cari war nicht in der Lage, ihr die Wahrheit zu sagen. Noch nicht. »Ich habe ihr Tagebuch gelesen«, sagte sie stattdessen. »Und dabei Ihr Foto entdeckt.« Sie nahm es aus ihrer Tasche.

Ein glückliches Lächeln malte sich auf Aurelias Gesicht. »Sie hat es aufgehoben?« Offenbar nahm sie keinen Anstoß daran, dass Cari das Tagebuch ihrer Mutter gelesen hatte. Liebevoll berührte sie das Foto. »Sie hat es aufgehoben. Die ganzen Jahre über.«

»Und das hier auch.« Cari zog den Bernsteinanhänger unter ihrer bestickten Bluse hervor. Ihr schien, als müsse sie ihre Identität beweisen. Die unbekannte Enkelin … Gleichzeitig fiel ihr die Passage in Tasmins Tagebuch ein, in der sie davon schrieb, dass sie den Anhänger unter das Sofa kickte, nachdem ihre Mutter ihn ihr gegeben hatte. »Ich weiß, dass Ihnen dieser Anhänger sehr viel bedeutet hat«, sagte Cari.

»Also hat sie ihn auch aufgehoben.« Aurelia beugte sich über den Tisch und barg ihn – wie Marco es getan hatte – in ihrer

Hand. Eine besitzergreifende Geste. Marco … Wie hing das zusammen?, fragte sie sich erneut. Was hatte Marco damit zu tun? Wieso wusste er davon?

»Der Anhänger muss schon sehr alt sein«, riskierte sie zu sagen.

Aber Aurelia schien sie nicht zu hören. Ihr Zeigefinger fuhr über das eingravierte Muster. »Erstaunlich.« Sie lachte in sich hinein, als habe sie einen Witz gemacht. Wunderte sie sich denn gar nicht, dass Cari ihn trug?

Erst beim Anblick des Anhängers wurde Aurelia sich ihrer Enkelin wirklich bewusst. »Ich kenne nicht einmal deinen Namen, meine Liebe«, sagte sie.

»Cari.«

»Tasmins Tochter.« Sie seufzte tief. »Meine Enkelin.« Die Überraschung stand ihr ins Gesicht geschrieben. »Ich habe es nie erfahren«, sagte sie. »Sie hat mir nie geschrieben, weißt du …« Sie beugte sich über den Tisch und schloss ihre Hände um Caris Gesicht. »Lieber Gott«, flüsterte sie sanft. »Lieber Gott!«

Cari schloss die Augen. Wie oft hatte sie sich diesen Augenblick schon ausgemalt. Dabei war er in Wirklichkeit um vieles herzlicher. Doch gleichzeitig war sie etwas verwirrt. Aurelia schien ein so wundervoller Mensch zu sein. Weshalb mochte sie England – und Tasmin – verlassen haben? Auf Nimmerwiedersehen.

»Tasmin …« Aus den Augen ihrer Großmutter sprach sowohl Trauer als auch … Bedauern? »Komm her, Liebes!«

Aurelia stand auf, als Cari auf sie zutrat, und sie umarmten einander stumm.

Aurelia fühlte sich in Caris Armen klein und zerbrechlich an. Cari hatte ihre Großmutter bereits ins Herz geschlossen. Es war richtig gewesen, nach ihr zu suchen. Es ließ sich nicht in Worte fassen, wie viel es ihr bedeutete. »Erzählst du mir etwas über meine Familie?«, fragte Cari. »Erzählst du mir, was sich damals zugetragen hat?«

Aurelia konnte den Blick nicht von der jungen Frau wenden. Im Zeitraffer spulten ihre Gedanken die Vergangenheit ab. Track eins, Track zwei … Dieses Mädchen, Cari, ihre Enkelin … Unfassbar! Sie schloss die Hände um die Tasse. Cari erinnerte Aurelia stark an ihre eigene Großmutter. Geradezu unheimlich. Cari war so jung, das Gesicht arglos, ohne eine Falte, aber sie besaß Hesters Augen – grün, strahlend, vor Energie sprühend – und dichte dunkle Wimpern; Hesters hohe Wangenknochen und ihr entschlossenes Kinn; und Hesters unbezähmbares kastanienbraunes Haar.

»Du siehst meiner Großmutter sehr ähnlich«, sagte sie zu Cari. Es mochte ziemlich albern klingen, aber sie wusste, dass dieses Mädchen verstand, was sie meinte. Hester hatte Aurelia in ihren Malversuchen unterstützt und sie in der Entwicklung eines unabhängigen Geistes gefördert. Ob Cari diese Wesenszüge auch geerbt hatte? Wie auch immer … Jetzt war sie hier, und das allein zählte.

»Hester.« Cari nickte.

Aurelia war verwundert. »Hat dir deine Mutter von Hester erzählt?«

Cari zuckte zusammen.

Weshalb bloß?, fragte sich Aurelia und zwang sich, einen Schluck Kaffee zu trinken. Es war wirklich seltsam. In der Küche saß ein Mädchen, das behauptete, Tasmins Tochter zu sein. Tasmin – wie mochte es ihr gehen? Ob sie Cari fragen sollte? Aber Cari war zweifellos Tasmins Tochter. Sie wusste sogar etwas über Hester. Doch wohl kaum von Tasmin, oder? Tasmin hatte sich nie für ihre Familie interessiert; hatte nie die Fragen gestellt, die eine Mutter von ihrer Tochter erwarten würde. Und sie hatte Hester, die schon nicht mehr lebte, als Tasmin noch ein Kind war, nie kennengelernt. Aurelia konnte kaum die Tasse halten, so heftig zitterten ihre Hände. Eine wahre Flut von Gefühlen überwältigte sie.

»Nein. Ich habe mit Dorrie gesprochen«, erwiderte Cari.

»Dorrie?« Aurelia schob ihre Tasse fort. Meine Güte, was für Überraschungen am Nachmittag! Die gute Dorrie. Sie hatte sich immer so liebevoll um Aurelia gekümmert, und sie waren sich später sehr nahegekommen, besonders in der Zeit, in der sie gemeinsam Mary umsorgt hatten und Hugh am liebsten zum Teufel geschickt hätten! Dorrie war nach Tasmins Geburt für eine Woche nach Brighton gekommen, um Aurelia zur Hand zu gehen. Doch Aurelia wollte ihre Mutter nicht länger als nötig mit Hugh allein lassen und hatte Dorrie, sobald sie Kind und Haushalt bewältigen konnte, zurück nach Hertfordshire geschickt.

Sie sah Cari an, die vollkommen gelassen wirkte. »Dorrie ist doch noch …?«

»Am Leben?« Cari grinste. »Aber sicher! Sie war es, die mir erzählt hat, dass du 1974 nach Lucca gegangen bist.«

Na! Aurelia setzte sich aufrecht hin. Dabei ist Dorrie bestimmt schon in den Neunzigern. Demnach steht Tasmin nach wie vor mit Dorrie in Kontakt, dachte Aurelia, sie hat ihr von mir erzählt und das Foto und die Triskele aufbewahrt. Sie versuchte zu ergründen, was all das bedeuten mochte. Aber etwas an diesem Bild schien nicht zu stimmen. Wieso ist Cari hierher gereist, um mich zu besuchen? Das ist – nach all den Jahren – doch nahezu unverständlich. Immerhin hat Tasmin nie von sich hören lassen. Sie hat mich in dem Glauben gelassen, dass sie mir nie verziehen hat …

Doch Cari redete, und Aurelia zwang sich, ihr zuzuhören.

»Hattest du zu deiner Großmutter Hester ein enges Verhältnis?«, fragte Cari. Dabei sah sie aus, als wisse sie mehr, als sie preisgeben wollte.

Wie viel mag Dorrie ihr erzählt haben?, fragte Aurelia sich. Von den Familienferien in Cornwall? Von Hesters Besuch in Hertfordshire und von Hugh und Mary? »Als Kind, ja.« Und ehe Aurelia sich versah, erzählte sie Cari von Port Isaac und Hesters Häuschen am Meer und von dem Abend, an dem sie ihr die Bernsteintriskele überreicht hatte. Eine Libelle, in Bernstein gefangen, vergleichbar mit dem Schicksal ihrer Mutter, die ebenso in die Falle gegangen war. Und Aurelia genauso, bis sie sich schließlich von Richard hatte befreien können. *Drei Spiralen,*

Geburt, Tod, Wiedergeburt. Die weibliche Triade – Jungfrau, Mutter, Greisin. Ihre Großmutter war eine sehr ernste Frau gewesen. Aurelia sah sie vor sich – in ihr schwarzes Tuch gehüllt, von Kopf bis Fuß die Heidin, dessen Hugh sie bezichtigt hatte.

»Die keltische Triskele verkörpert Selbstfindung«, erklärte Aurelia ihrer Enkelin, wie es ihre Großmutter eines Abends im Garten in Hertfordshire erklärt hatte. »Die wichtigste Reise überhaupt. Das waren Hesters Worte, als sie mir den Bernsteinanhänger überreichte.«

Cari erwies sich als gute Zuhörerin, die Aurelias Worte offensichtlich gierig aufsog. »Und nach dem Krieg?«, bohrte sie weiter. »Hast du Hester wiedergetroffen?«

»Ihr Haus war zerbombt«, antwortete Aurelia seufzend und lehnte sich zurück. Unzählige Male hatte sie die Bilder vor ihrem inneren Auge vorbeigleiten sehen. »Mein Vater hat uns davon überzeugt, dass sie keine Überlebenschance hatte. Wie auch?«

»Aber sie hatte überlebt?« Im Gegensatz zu Aurelia beugte Cari sich vor, das Kinn in die Hände gestützt.

Zwar hatte sie den Anhänger wieder unter die Bluse geschoben, doch Aurelia konnte nach wie vor die schwere Silberkette an ihrem schlanken Hals sehen. Ob sie das Schmuckstück ständig trug? Aurelia hatte es nie angelegt. Denn sie hatte Hester versprechen müssen, niemandem davon zu erzählen und sie erst zu tragen, wenn sie frei sei. Und dann? Na ja, Richard hatte die Kette nie gemocht. Meistens lag sie in einer Schublade zwischen ihren Strümpfen und der Unterwäsche. Natürlich hatte sie das Schmuckstück oft herausgenommen und betrachtet, aber im Grunde schien es ihr viel zu wertvoll und auch zu stark an die Vergangenheit geknüpft zu sein, um es täglich zu tragen. Vielleicht war es ihr aber auch zu geheimnisvoll vorgekommen.

Cari wartete sichtlich interessiert auf eine Antwort. Aurelia nickte. »Als Tasmin noch klein war, habe ich den Ort aufgesucht, an dem Hesters Häuschen gestanden hatte.« Sie hatte nicht damit gerechnet, es noch dort vorzufinden, aber man konnte ja nie wissen … Mary und Hugh waren bei einem schrecklichen Autounfall ums Leben gekommen, und es hatte viel Zeit gekostet, ihre Habe zu sichten und zu ordnen. Sie überlegte, wie anders sich die Beziehung zu ihrer Mutter hätte entwickeln können, wenn Mary gesund gewesen wäre und es Hugh nicht gegeben hätte – und dass sie in gewisser Weise erleichtert war, dass Mary nun einer Ehe entkommen war, die für sie gewiss die Hölle bedeutet hatte. Oder nicht? Die Reise zu Hesters Häuschen war vermutlich eine Art Bußgang gewesen und der Versuch, der Wahrheit näher zu kommen.

Unterdessen war der Kaffee kalt geworden, doch Aurelia war gedanklich zu sehr in ihrer Vergangenheit gefangen, um erneut einen Kaffee aufzusetzen. Wahrscheinlich hätte sie Cari etwas zu essen anbieten sollen. Was war sie doch für eine miserable Gastgeberin! Doch irgendwie fehlte ihr augenblicklich die Kraft dazu.

»Ich stand dort, wo sich das Cottage befunden hatte.« Aurelias Erinnerung war so klar, als sei all das erst gestern gewesen. Sie dachte an das Geißblatt und den üppig rankenden weißen Rosenstrauch, die freudige Überraschung auf Hesters Gesicht, wenn sie die Tür öffnete und die Künstlerin und Bildhauerin gedanklich wieder zur Großmutter wurde und in die gemeinsame Welt zurückkehren musste. Ja, man hätte es ohne weiteres als Pilgerreise bezeichnen können – sowohl für Mary als auch für sich selbst.

»Und während ich dort stand und überlegte …« – ihre Stimme stockte –, »… näherte sich ein Bauer auf seinem Traktor.«

»Und?«, drängte Cari.

Aurelia erinnerte sich an sein sonnenverbranntes, runzliges Gesicht. Die Bauern in Cornwall hören offenbar nie zu arbeiten auf, sondern werden mit jedem Jahr zäher. »Er hat mich wiedererkannt.« Sie schmunzelte. »Und mir gesagt, Hester sei am Leben.«

Cari entschlüpfte ein leiser Seufzer.

»Und nicht nur das! Er wusste sogar, wo sie wohnte – gerade mal eine halbe Meile entfernt.«

»Ach, wie wunderbar!« Cari atmete erleichtert auf.

Aurelia nickte. Sie erinnerte sich nur zu gut an ihre Freude. »Aber sie lag im Sterben, meine Kleine.« Sie tätschelte Caris Hand, als brauche sie Trost. »Und als ich sie schließlich zu Gesicht bekam, wirkte sie ziemlich verwirrt.«

Hester hatte während Aurelias einzigem Besuch vor dem Tod der Großmutter seltsamerweise von Italien gesprochen. Aurelia hatte jedoch ihren Worten keinen Sinn entnehmen können. Das war lange, bevor Aurelia jemals daran gedacht hatte, selbst nach Italien zu gehen. Hesters Worte waren vollkommen unverständlich gewesen. Hauptsächlich Namen, und immer wieder den Namen eines Mannes hatte sie genannt. Antonio. Aurelia lächelte. Vermutlich hatten Hester und Antonio vor langer Zeit eine Liebesbeziehung gehabt – vielleicht sogar in Italien, wo Hester sich einige Zeit aufgehalten hatte. Damals hatte Hester von der »andersartigen Landschaft« gesprochen, die sie so sehr liebte. *Aurelia, Aurelia*, hatte sie immer wieder vor sich hin gesagt. *Aber ja, Gramma, ich bin hier.*

Doch Hester hatte nur noch enttäuschter als je zuvor gewirkt.

Aurelia glättete ihren Rock. So ist es, wenn man alt und senil wird, dachte sie. Man reist in Gedanken in die Vergangenheit, während man kurz zurückliegende Ereignisse vergisst. Stattdessen erinnert man sich plötzlich klar an seine Kindheit und Jugend.

Aurelia blickte an Cari vorbei durch das Küchenfenster hinaus in den Garten, wo Kräuter, Gemüse und Salat wuchsen. Ja, der Gedanke, dass Hester sich an einen ehemaligen italienischen Geliebten und an stürmische Momente erinnerte, gefiel ihr. Obgleich sie eigentlich etwas ganz anderes hatte erfahren wollen.

»Erinnerst du dich an die Bernsteintriskele?«, hatte Aurelia Hester gefragt und ihr den Anhänger gezeigt. Sie hoffte, dass der Anblick des Schmuckstücks Erinnerungen in ihr wecken würde.

»Ja«, hatte Hester lächelnd geantwortet, die faltigen Finger um das Schmuckstück geschlossen und nur gemurmelt: »Antonio.« Ach je. Und wenig später, kurz vor dem Einschlafen: »Gino.«

Cari blickte ihre Großmutter verwirrt an. »Aber weshalb hat sie sich denn nach dem Krieg weder mit dir noch mit deiner Mutter in Verbindung gesetzt?«, fragte sie. »Warum hast du nicht in Erfahrung gebracht, dass sie noch am Leben war?«

»Sie hatte Briefe geschrieben.« Aurelia hatte stets ein distanziertes Verhältnis zu ihrem Vater, dennoch fiel es ihr nun schwer, diese Frage zu beantworten – selbst gegenüber ihrer Enkeltochter. Sie stand auf und ging um den Tisch herum zu Cari. »Mein Vater hat ihre Briefe abgefangen. Nach seinem Tod habe ich einen gefunden. Vielleicht hat es mehr gegeben, die er aber vermutlich alle vernichtet hat.« Nach wie vor verübelte sie das ihrem Vater.

Aurelia ging zum Kühlschrank und nahm eine Flasche Pinot Grigio heraus. Es war höchste Zeit, ihrer Enkelin anstelle alter Erinnerungen eine Erfrischung anzubieten. »Aber ich hätte mir nie träumen lassen, dass sie nach so vielen Jahren überhaupt noch lebt.« Sie stellte die Flasche auf den Tisch und nahm zwei Gläser aus dem Schrank. Sie zögerte kurz, als sie einschenken wollte. »Natürlich hatte ich es mir erhofft. Schließlich bin ich hauptsächlich deshalb nach Cornwall gefahren. Aber …«

Cari schwieg. Verständlich, dachte Aurelia und schob ihr ein Glas zu. Etwas über seine Angehörigen zu erfahren ist eine Sache, aber etwas über sie erzählt zu bekommen, was einem unangenehm ist, eine andere. Dinge, die man nicht begreifen konnte. Oder die es einem schwer machten, sie zu mögen. Doch ihre Enkelin erweckte den Eindruck, als könne sie die Wahrheit ertragen.

»Kennst du den Grund?«, fragte Cari, dankte lächelnd und nippte am Wein.

»Nur vage.« Aurelia dachte erneut an jenen Tag, an dem sie beinahe ertrunken war. In den vergangenen Tagen war sie der Erinnerung an den Vorfall ziemlich nah gewesen. Und dennoch hatte sie die Beziehung zwischen Hugh und Hester nie richtig einzuschätzen vermocht. Sie war fest davon überzeugt, dass sie einander gehasst hatten. Auch war Verbitterung spürbar gewesen.

Weshalb nur? Waren vielleicht einfach nur zwei ungleiche Menschen aufeinandergetroffen, oder hing es – wie sie vermutete – mit dem zusammen, was sich an jenem Tag am Strand von Port Isaac zugetragen hatte? Stück für Stück nahm das Puzzle in ihrem Kopf Gestalt an. Doch in ihrem Alter war dies ein langsamer Prozess und noch dazu ein Thema, das sie nur mit halbem Herzen vor ihrer Enkelin ausbreiten wollte.

Cari musterte sie mit ernstem Blick.

Aurelia fand es an der Zeit zu fragen, was sie wirklich wissen wollte. »Und Tasmin?«, erkundigte sie sich zögernd und beugte sich über den Tisch, als müsste sie sich abstützen. »Was ist mit meiner Tochter?«

Cari wurde blass und biss sich auf die Lippe.

»Was?« Aurelias Brustkorb schnürte sich zusammen, ihre Kehle wurde plötzlich trocken. *Ich habe ihr Tagebuch gelesen*. Aus welchem Grund sollte Cari Tasmins Tagebuch gelesen haben? Und die Fotografie? Und der Bernsteinanhänger …?

»Es tut mir so leid.« Caris Augen füllten sich mit Tränen, als sie Aurelia ansah.

Aurelia schüttelte den Kopf. Sie hatte es bereits geahnt. Die Hände auf die Tischplatte gestützt, näherte sie sich langsam dem Stuhl und setzte sich. Das letzte noch fehlende Puzzleteil, das sie in den zurückliegenden Monaten intensiv beschäftigt hatte, war nun endlich an seinem Platz. »Wie?«, fragte sie.

Cari zuckte die Schultern, doch Aurelia konnte ihren Schmerz nachempfinden. Dieses Mädchen hatte seine Mutter verloren.

»Sie hat auf einer Party eine Ecstasy-Pille geschluckt«, erklärte sie, »und sie nicht vertragen.«

Die Wahrheit verschlug Aurelia die Sprache. »Auf einer Party?«, wiederholte sie. Dein Kind darf niemals vor dir sterben. Das ist gegen die Natur. Und noch dazu auf einer Party …? »Wann?«, fragte sie weiter.

»Vor ein paar Monaten.« Cari seufzte tief und ließ die Schultern hängen. »Sie hat mir ein kleines Erbe hinterlassen, und ich bin mit dem Geld nach Italien gefahren.«

Um mich zu finden … Aurelia war tief bewegt. Wie in Trance erhob sie sich, und die beiden Frauen gingen instinktiv aufeinander zu. Aurelia konnte Caris mild nach Zitronen und Rosen duftendes Parfum sowie ihre wunderbar weichen Haare riechen, die in der warmen Küche getrocknet waren und ihr nun in dunkelbraunen Zöpfen auf die Schultern fielen. Die Tochter ihrer Tochter.

Sie dachte an das Labyrinth, in dem sie das eigenartige Gefühl von Vergebung erfahren hatte. Und zwar nicht nur ein-, sondern zweimal. Sie war überzeugt, dass es beim ersten Mal um Catarina gegangen war. Doch beim zweiten Mal? Dem Irrgarten wohnte eine Spiritualität inne, die sie noch nie in Frage gestellt hatte, auch wenn ihr weder klar war, weshalb diese Spiritualität davon ausging, noch worauf sie beruhte. War es Tasmin gewesen? Hatte sie Aurelia nun doch einen Besuch abgestattet?

»Ich danke dir, mein Liebes«, sagte sie. Sie spürte, wie das Gefühl von Verlust von ihr Besitz nahm. Der Verlust von Tasmin und … »Und Richard?«, fragte sie Cari.

»Ich habe ihn nie kennengelernt. Er ist vor meiner Geburt gestorben.«

Aurelia hatte oft darüber nachgedacht. Richard lebte also seit vielen Jahren nicht mehr. Das bedeutete, dass Tasmin bei Caris Geburt noch sehr jung gewesen war. Ich bin Witwe!, schoss es Aurelia durch den Kopf. Eine ungebundene Frau, ohne es je gewusst zu haben. Sie trat einen Schritt zurück. »Ich danke dir, dass du mich gesucht hast.«

Kapitel 28

In der Ferne hörte Cari eine Glocke schlagen – zweifellos die Glocke des gedrungenen Kirchturms, der das Dorf auf dem Hügel beherrschte. Sie warf einen Blick auf ihre Uhr. Zeit zu gehen. Marco wartete sicher schon. Aber wie konnte sie so einfach aufstehen und sich verabschieden, nachdem sie hier hereingeschneit war und Aurelia mit all diesen Dingen über ihren früheren Mann und ihre Tochter konfrontiert hatte? Sie beugte sich vor und drückte Aurelias Hand, die wie das Haar mit blauen und grünen Farbspritzern übersät war. Was sie wohl gerade gemalt hatte? Das Meer?

Aurelia wischte sich mit der anderen Hand die Tränen aus den Augen und blinzelte heftig. Mühsam rang sie um Fassung. »Dann wusstest du also, dass ich in Lucca war?«

Offensichtlich versuchte sie immer noch, die Zusammenhänge zu begreifen. Cari nickte. Marco würde bestimmt Geduld haben. Vermutlich war ihm klar, dass sich bei solch einer Begegnung weder vorhersagen ließ, wie man aufgenommen wurde, noch wie lange sie dauern würde. Sie dachte an sein angespanntes, verschlossenes Gesicht, als er sie heute Nachmittag nach dem Hubschrauberrundflug im strömenden Regen hierher gefahren hatte.

»Bist du in das Reisebüro gegangen? Hat dir Bianca erzählt, wo du mich finden würdest?«

»Ins Reisebüro?« Wie seltsam. Cari dachte an die Frau, bei der sie den Wagen gemietet hatte. Perfektes Make-up, elegantes Kostüm, Namensschild … Ja, sie hieß tatsächlich Bianca. Vage erinnerte sich Cari daran, dass sie überlegt hatte, ihr das Foto zu zeigen, und musste lächeln. Letztendlich hätte sie Aurelia also doch finden können, indem sie herumfragte – das musste sie Marco unbedingt erzählen. Obwohl sie erst vor zwei Tagen mit Bianca gesprochen hatte, schien es bereits Monate zurückzuliegen. Sie war ihr nur noch verschwommen in Erinnerung … Inzwischen hatten sich allerdings die Ereignisse überstürzt. Sie hatte Marco getroffen. Und ihre Großmutter gefunden …

»Ja, das Reisebüro in der Nähe des Marktplatzes.«

»Nein, Marco hat es mir gesagt«, gestand Cari.

»Marco?«

Cari fiel auf, dass sie nicht einmal seinen Nachnamen wusste. Zufall? »Ein Freund.« Obwohl sie sich dessen nicht ganz sicher war. Er war wohl mehr als das, wenn auch nicht ihr Liebhaber. Sie war ihm begegnet, sie hatten miteinander geredet, und er hatte ihre Hand gehalten. Dabei sehnte sie sich nach einer Wiederholung dieses langen, sinnlichen Kusses, dieser innigen Umarmung, die ihr das Gefühl gegeben hatte, ihm liege tatsächlich etwas an ihr.

»Ach?« Aurelia hob fragend die Augenbrauen.

Wie viel sollte sie ihr erzählen? Marco hatte so geheimnisvoll getan, aber offensichtlich kannte er Aurelia. Dennoch hatte ihre Großmutter überhaupt nicht reagiert, als sie seinen Namen erwähnt hatte. *Vermutlich findest du mich nicht mehr so nett, wenn du mich erst besser kennst.* Seine Worte klangen ihr in den Ohren. Was genau hatte er damit gemeint? Und würde sie je die Chance bekommen, ihn besser kennenzulernen? Sie würde ihn gewiss nicht durch sanfte Methoden zum Sprechen bringen, nein, den Panzer von Mr Misterioso musste man vermutlich mit gewaltigen Gefühlen knacken. Cari seufzte.

»Er wohnt im Dorf«, erklärte sie, obwohl sie nicht einmal das mit Sicherheit sagen konnte. »Ich habe ihn in Lucca kennengelernt.« Sie hielt es für einfacher, ihrer Großmutter nicht zu erzählen, dass sie ihm bereits in England begegnet war. Das würde wohl eher befremdlich wirken. Ein sehr seltsamer Zufall. Und sie wollte, dass Aurelia Marco sympathisch fand. Über die Gründe dafür würde sie sich ein andermal Gedanken machen.

Ehe Aurelia weitere Fragen stellen konnte, hörten sie ein Motorengeräusch. Ein Wagen bremste vor dem Haus. Aurelia warf Cari einen Blick zu, den diese nicht zu deuten vermochte, putzte sich hastig die Nase und holte tief Luft. »Mein Lebensgefährte«, sagte sie. »Dies hier ist sein Haus.«

Nicht ihr Ehemann? Nicht *unser Haus*? Cari war überrascht. Sie hatte angenommen, dass Aurelia wieder verheiratet war. Es wäre doch sicher nicht schwer gewesen, sich nach einer so langen Trennungszeit von Richard scheiden zu lassen? Aber dann hätte sie natürlich auch herausgefunden, dass keine Notwendigkeit mehr für eine Scheidung bestand.

Eine Tür schlug zu, und Schritte näherten sich der Küche. Aurelia setzte sich kerzengerade auf. Ihre Schultern waren angespannt.

»*Ciao.* Ich dachte, du wärst vielleicht draußen, jetzt, wo es aufgehört hat …« Ein weltmännisch wirkender Italiener um die siebzig betrat das Zimmer. Er trug weite Chinos und ein weißes Seidenhemd, das dunkle, von grauen Strähnen durchzogene Haar war nach hinten gekämmt. Seine Augen waren braun – und freundlich.

»Oh, *scusi*«, sagte er in plötzlich verändertem Tonfall. »*Buona sera …*«

Aurelia stand eilig auf. »Das ist Enrico«, stellte sie vor. »Enrico, das ist Cari.«

Cari wartete darauf, dass ihre Großmutter zu einer Erklärung ansetzen würde, aber als sie nichts dergleichen tat, ergriff sie die ihr entgegengestreckte Hand. Sein Händedruck war warm und fest. Er lächelte und sah sie interessiert an, stellte aber keine Fragen.

»Es freut mich sehr, Sie kennenzulernen«, begrüßte er sie in perfektem Englisch. »Cari.«

»Hallo.« Cari warf Aurelia einen Blick zu. Vielleicht war das alles etwas zu viel für sie gewesen. Vielleicht sollte sie jetzt besser gehen, damit Aurelia unter vier Augen mit ihm sprechen konnte. Wieder sah sie verstohlen auf die Uhr. Marco würde bereits auf sie warten. Womöglich wurde er langsam ungeduldig und fragte sich, ob sie jemals wieder auftauchen würde?

»Ich möchte nicht unhöflich sein …« Cari spürte die Spannung, die seit Enricos Ankunft herrschte. Sie hatte hier im Moment nichts mehr verloren. »Aber ich muss leider gehen. Marco wollte mich wieder abholen, weißt du.« Wenigstens brauchte sie sich jetzt keine Sorgen mehr um ihre Großmutter zu machen. Enrico würde sich um sie kümmern. Jedenfalls wirkte er wie ein Mann, der so etwas tun würde. Trotz der unübersehbaren Probleme zwischen den beiden. Hoffentlich war es nichts Ernstes.

Aurelias Augen waren noch immer gerötet. Sie sah besorgt aus. »Du kommst doch wieder?«

Enricos Stirnrunzeln vertiefte sich.

»Aber natürlich.« Cari küsste sie auf die Wange. »Nichts wird mich davon abhalten.«

»Wie wär's mit morgen?« Aurelia stand auf. »Am besten kommst du vormittags und bleibst dann zum Mittagessen. Wird dein Freund dich wieder herbringen?«

Ihr Freund. Cari hatte nicht die leiseste Ahnung. Mr Misterioso hatte vielleicht etwas anderes vor. »Falls nicht, fahre ich selbst«, antwortete sie. Sie winkte Enrico zu und folgte Aurelia aus der Küche. Zum wiederholten Male fragte sie sich, weshalb Aurelia Richard und Tasmin verlassen hatte. Eine so nette Frau wie sie. Warum hatte Tasmin sie so gehasst?

»Und morgen zeige ich dir das Labyrinth.« Aurelias Augen füllten sich erneut mit Tränen. »Tasmin …«

Cari brannten ganz bestimmte Fragen auf den Nägeln – hatte Tasmin Freunde mit nach Hause gebracht? Gab es darunter einen, der vielleicht …? Doch das musste bis morgen warten. »Wirst du es Enrico erzählen?«, fragte Cari, als sie in der Tür standen.

Aurelia nickte. Erneut drohte die Traurigkeit sie zu überwältigen. »Wir werden uns besser kennenlernen«, sagte sie. »Du und ich.«

»O ja.« Cari hoffte es sehr.

»Und bring deinen Freund beim nächsten Mal auf einen Kaffee mit herein. Ich würde diesen Marco nur zu gern kennenlernen.«

»Mach ich.« Cari trat hinaus. Wenn er mitkommen würde. Wie immer nach einem Wolkenbruch war die Luft schwer, süß und von Feuchtigkeit gesättigt. »Auf Wiedersehen.«

Sie rannte die nasse Auffahrt hinab, an den hohen Zypressen vorbei, von denen das Wasser tropfte, und zog das schwere schmiedeeiserne Tor auf. Der rote Maserati parkte direkt davor.

»Marco!« Mit Schwung riss sie die Wagentür auf. »Es tut mir leid, dass es so lange gedauert hat.«

»Aber sie ist es?« Forschend sah er sie an.

Natürlich. Als ob er es nicht längst gewusst hätte! »Woher hast du gewusst, dass diese Frau die Aurelia ist, die ich suche?«, bohrte sie.

Er ließ den Motor an. Das Auto nahm sofort Geschwindigkeit auf. »In dieser Gegend gibt es nicht viele Engländerinnen, die Aurelia heißen. Erst habe ich es für einen Zufall gehalten. Aber dann habe ich mich an das Muster auf deinem Anhänger erinnert …«

Cari sah die Landschaft vorübergleiten. Das nasse Unterholz, niedergedrückt von der Gewalt des Unwetters, glänzte. Schlaff hingen die triefenden Glyzinien herab. Der Himmel sah wie frisch gewaschen aus und ließ an einen Neuanfang denken. Aber sie behielt es für sich. Ein Neuanfang mit ihrer Großmutter – und mit Marco?

Er redete immer noch. »Ich habe irgendwann gemerkt, dass es kein Zufall sein kann. Ich dachte, he, das ist doch diese verrückte Malerin, die in *La Sirena* wohnt.«

Sie hörte zu. Es klang plausibel. Aber wieso hatte sie trotzdem das Gefühl, dass er ihr etwas verbarg und diese Erklärung herunterspulte wie auswendig gelernt?

»Wie ist dein Name?«, fragte sie.

»Hm?« Er bremste scharf, weil ihnen ein Fahrzeug entgegenkam.

»Dein Nachname, Marco. Wie lautet er?«

Eine Weile blieb er still, konzentrierte sich scheinbar aufs Fahren, beschleunigte auf einer geraden, übersichtlichen Strecke, bremste vor einer Kurve ab, das Lenkrad mit beiden Händen fest umklammert.

»Also?« Warum nur musste er dauernd so verdammt geheimnisvoll tun?

»Es ist so, Cari«, meinte er schließlich, als er vor einer Ampel bremste. Bald würden sie die *autostrada* erreichen und in kürzester Zeit zurück in Lucca sein. »Was meinen Namen angeht …«

»Ja?«

»Such dir einfach einen aus!«

Kapitel 29

Marco fuhr Cari am nächsten Tag wieder zu *La Sirena*, jammerte aber dabei wie ein kleines Kind. *Wieso gehst du da schon wieder hin? Und was ist mit mir?*
Ja, was ist mit dir?, hatte sie sich gefragt, wohl wissend, dass er es nicht wirklich ernst meinte, dass er seinen Unmut so schnell an- und ausknipsen konnte wie seinen Charme … Ein Mann ohne Namen. Was hatte das gestern Abend gesollt? Er hatte sie bei seiner Antwort herausfordernd angesehen, als erwarte er, dass sie nicht lockerlassen und versuchen würde, ihm den Namen zu entreißen. Aber Cari hatte keine Lust auf solche Spielchen. Sie wollte einen Mann, keinen kleinen Jungen. Und doch … Sie betrachtete sein Gesicht und konnte die Augen nicht von seinem Mund wenden. Er sprach über die Landschaft – über die Geschichte der Weinberge und der terrassenartig angelegten Olivenhaine, die sie durchquerten. Sie begehrte ihn.

Aurelia schien sich über das Wiedersehen zu freuen. Enrico würde den ganzen Tag unterwegs sein (ihre Großmutter wirkte darüber erleichtert). Ja, sie hatte ihm von Cari und Tasmin erzählt. Ja, sie hatte geweint und würde sicher noch mehr weinen. Aber nun war Cari hier, nur das zählte. Sie würden den gemeinsamen Tag genießen und vieles aufholen.

Zunächst führte Aurelia ihre Enkeltochter in ein beengtes Dachzimmer mit schrägen Wänden und Panoramafenstern, durch die das Licht hereinflutete. Der Raum mit seinen kornblumenblau gestrichenen Wänden wirkte völlig anders als der übrige Teil der kühlen weißen Villa. »Mein Atelier«, erklärte Aurelia mit Stolz in der Stimme.

Cari war beeindruckt – nicht nur von dem Atelier, sondern auch von der Tatsache, dass ihre fünfundsiebzigjährige Großmutter immer noch mit solcher Leidenschaft malte. Sie trat ans Fenster. Was für ein phantastischer Ausblick! Sie konnte den gesamten Park überblicken, der sich bis zur Bucht hinab erstreckte, und dahinter die Pinien, die einen Rahmen für das klare, in der Junisonne blau schimmernde Meer bildeten.

»Du kannst das Labyrinth von hier aus sehen.« Aurelia stand neben ihr.

Cari erkannte zwar, dass die Hecken teilweise aus rosa blühendem Oleander bestanden, aber die Spiralform ließ sich nicht so gut ausmachen wie gestern vom Hubschrauber aus. Auch den kleinen blauen Fleck im Zentrum konnte sie nicht entdecken. Anscheinend war Aurelia ihre Enttäuschung nicht verborgen geblieben.

»Ich bringe dich später hin«, versprach sie.

Sie ließ sich auf ein Sofa mit rotem Samtüberwurf nieder, während Cari im Atelier umherspazierte und die Atmosphäre in sich aufnahm. An den Wänden lehnten Stapel von Leinwänden, die Regale waren vollgestopft mit Malutensilien – Pinsel, Farben, Kohlestifte, Papier, Ölfarben ... Alles, was das Malerherz begehrte. Der Geruch nach Terpentin hing in der Luft, ein wenig bitter, ein wenig muffig, der berauschende Duft eines Künstlerateliers.

»Woran arbeitest du gerade?«, fragte Cari. Sie hatte bereits einiges von Aurelias Werk zu Gesicht bekommen – Seestücke in leuchtenden Farben, italienische Dorfszenen, darunter die lebendige Darstellung eines Marktplatzes, in dem Cari die Piazza von Tellaro wiedererkannte. Auch der Gemüseladen mit seinen farbenfrohen Auslagen fehlte nicht: feuerrote Paprika und Tomaten, grüne Bohnen und Zucchini, glatte purpurfarbene Auberginen und dicke gelbe Melonen und Grapefruit waren in Kisten vor dem Laden gestapelt. Und sie hatte ein oder zwei Bilder von Brighton gesehen – und darauf die Lower Esplanade und den West Pier erkannt. Dann gab es ein Haus mit Garten, das Haus in Hertfordshire, von dem Aurelia erzählt hatte, wo sie aufgewachsen war und mit Dorrie und ihren Eltern gelebt hatte, und auch eine alte Collage mit blassen Muscheln und Seegras.

»Aus Port Isaac«, sagte Aurelia. Ihre Augen wurden feucht. Zweifelsohne eine Erinnerung an ihre Großmutter, die berüchtigte Gramma Hester. Wie gern hätte Cari diese unbeugsame und unabhängige Frau kennengelernt!

Cari, die sich inzwischen einem weiteren Stapel Leinwände zugewandt hatte, hielt inne. »Das ist hübsch.« Obwohl »hübsch« ein unzureichender Ausdruck dafür war. Das Gemälde, ganz in Purpur, Blau und Silber gehalten, zeigte einen geheimnisvollen Wald sowie Gestalten aus der Sagenwelt und der Mythologie. Die Pfade innerhalb des Waldes bildeten eine Triskele.

Aurelia stand auf. »Das ist ein Versuch, die keltische Dreifachspirale zu malen.« Sie drehte die Leinwand um, die auf der Staffelei stand. »Genau wie dieses Bild. Daran arbeite ich im Moment.«

Cari trat einen Schritt näher. Es war ein Bild des Labyrinths. Nicht, wie sie es gerade vom Fenster oder gestern vom Hubschrauber aus gesehen hatte, sondern zu einer anderen Tageszeit – vielleicht zur Dämmerung –, wenn es dunkler, der Eindruck intensiver war. Der bloße Anblick flößte ihr Unbehagen ein. Da war etwas …

»Ich wollte etwas einfangen …« Aurelia zuckte die Achseln, als sei sie sich nicht sicher, was sie einzufangen versucht hatte. »Ich wollte eine ganz außergewöhnliche Stimmung einfangen. Das Gefühl, das mich überkommt, wenn ich dort bin.«

»Es ist auf jeden Fall ein sehr kraftvolles Bild.« Cari wusste nicht so recht, was sie davon halten sollte. Warum versteckte ihre Großmutter es? Weil es so anders war als ihre früheren Arbeiten?

»Es gibt noch mehr.« Aurelia ging in eine andere Ecke des Dachzimmers, hob ein mit Farbflecken übersätes Tuch und winkte Cari zu sich. »Dieses Thema beschäftigt mich schon eine ganze Weile«, sagte sie beinahe entschuldigend.

Cari sah die vielen Leinwände durch. Manche waren unvollendet, als habe Aurelia den Kampf aufgegeben, nur um dann wieder von vorn anzufangen. Sie waren völlig anders als ihr restliches Werk und auch ein wenig verstörend. Und düster – dunkles Tannengrün, Purpur und Brauntöne, dazu viele schwarze Schatten. Man hatte das Gefühl, die Farbe sei schwungvoll mit großzügigen Pinselstrichen aufgetragen worden, nicht mit der künstlerischen Sorgfalt wie bei den zarten Meeresaquarellen. War die Künstlerin von etwas anderem als der Umgebung übermannt und inspiriert worden?

Cari runzelte die Stirn. Die Motive hatten etwas Brütendes. Nur ungern würde sie diese Bilder in ihrem Wohnzimmer in Brighton aufhängen. War Aurelia von dem Labyrinth besessen? Cari dachte an Marco. Er hatte von dem Labyrinth gewusst. Wenn es darum ging, erschien ihr Aurelia fast ebenso rätselhaft wie Marco. Wann würde sie es betreten dürfen? Was bedeutete *später*? Besaß dieses Labyrinth besondere Kräfte, die sich erst nach dem *pranzo* zeigten? Sie lächelte. Aber als ihre Großmutter die Gemälde wieder zudeckte, musste sie ein Schaudern unterdrücken. Was genau hatte Aurelia da einfangen wollen?

Das Mittagessen bestand aus einer köstlichen Fischsuppe, die Aurelia in zwei Schüsseln servierte – die eine enthielt eine kräftige Brühe mit dicken Brotstücken, die andere Fisch, Garnelen und Tintenfisch, mit denen die Suppe gekocht worden war. Dies erklärte sie Cari beim Weißwein, den sie sich zur Suppe schmecken ließen.

Danach, beim Kaffeetrinken auf der Terrasse, erzählte Aurelia von ihrer Kindheit, den Blick träumerisch in die Ferne gerichtet. Cari hörte ihr gebannt zu, beglückt über all die Geschichten, auf die sie schon so lange gewartet hatte. Doch als ihre Großmutter den Namen ihres Vaters Hugh erwähnte, wurde ihre Stimme hart.

»Habt ihr euch gut verstanden?«, fragte Cari.

»Nein, nie«, stieß Aurelia heftig hervor, die mit Altersflecken überzogenen Hände leidenschaftlich zu Fäusten geballt.

Cari spürte, dass ihre Großmutter eine starke und zähe Frau war. Mit ihrer zierlichen Gestalt wirkte sie auf den ersten Blick zerbrechlich, aber sie konnte auch hart wie Stahl sein.

»Er vertrat die Ansicht, Kinder sollte man weder sehen noch hören«, fuhr sie fort. »Er war froh, wenn ich aus dem Weg war. Sehr froh.«

Ihre Verbitterung war nicht zu überhören. Ob das nun der Wahrheit entsprach oder nicht, für ein Kind musste es furchtbar sein anzunehmen, dass der eigene Vater so empfand.

»Manchmal glaube ich, er hat mich gehasst.« Aurelia warf ihrer Enkelin einen Blick zu, als wolle sie deren Reaktion testen.

Cari war überrascht über diesen Gefühlsausbruch. Sie strich mit der Hand über die metallene Platte des Gartentisches, als wolle sie die Gefühle ihrer Großmutter besänftigen. »Als Kind denkt man so etwas oft, nicht wahr?«, sagte sie. »Vor allem im Hinblick auf den Vater. Und wenn du kaum Zeit mit ihm verbracht hast …«

»Ich wollte keine Zeit mit ihm verbringen.« Aurelia zitterte heftig, obwohl die Sonne heiß auf die mit Wein berankte Pergola niederbrannte, in deren wohltuendem Schatten sie saßen. »Glaub mir, Cari, er war kein angenehmer Mensch.«

Das glaubte Cari ihr aufs Wort. Aber wenigstens, so schoss es ihr durch den Kopf, hattest du einen Vater, kennst deine Herkunft, deine Wurzeln. Du hattest Eltern und Großeltern mit Namen und Gesichtern.

Nicht zum ersten Mal erinnerte sie sich an die entsprechenden Abschnitte in Tasmins Tagebuch. Nur ein Name tauchte dort immer wieder auf. Es gab nur einen Mann, den ihre Mutter abgöttisch geliebt hatte. Richard, ihren Vater. Also …? Aber sie würde diesen Gedanken in den hintersten Winkel ihres Gedächtnisses verbannen. Es hatte keinen Sinn, dauernd darüber nachzugrübeln. Sie war, wer sie war. Sie brauchte keine Wurzeln, wo sie doch eine Großmutter und Erinnerungen an ihre Mutter hatte … Das musste genügen.

»Und was ist mit dir?«, fragte Aurelia freundlich.

»Mit mir?«

»Kommst du gut mit deinem Vater zurecht?« Als sich Aurelia vorbeugte, fing sich ein Sonnenstrahl in den weißen Strähnen ihres Haars und verwandelte sie in gleißendes Silber. »Hat meine Tasmin einen netten Mann geheiratet?«

Cari hätte beinahe laut herausgelacht. Nur dass sie plötzlich einen Kloß im Hals spürte und befürchtete, stattdessen weinen zu müssen. *Einen netten Mann?* Eher nicht. *Geheiratet?* Keine Chance. Was würde Aurelia sagen, wenn sie die Wahrheit wüsste?

»Ich weiß nicht, wer mein Vater ist«, gestand sie. »Sie hat es mir nie erzählt. Und sie hat auch nie geheiratet.«

So ausgedrückt klang es trostlos. Aurelia wirkte schockiert – aber das war ja verständlich. »Ach, mein Liebes …« Sie wollte aufstehen.

»Ist schon in Ordnung.« Cari wollte kein Mitleid. Nicht jetzt. Das würde ihr den Rest geben und die Schleusen endgültig öffnen. »Ich habe es nie erfahren. Aber es ist kein Thema für mich.« Eine fromme Lüge …

»Aber du hast deine Mutter verloren.«

Oh ja, das stimmte. Und dazu – wie Aurelia wahrscheinlich bewusst war – die Möglichkeit, die Wahrheit herauszufinden. »Gab es da jemanden?«, fragte Cari. »Irgendjemanden, der vielleicht …?«

Aurelia runzelte die Stirn. »Natürlich hatte Tasmin Freunde«, erwiderte sie, »aber keiner von ihnen schien ihr besonders viel zu bedeuten.« Sie tätschelte Caris Hand. »Es tut mir leid, Liebes.«

Cari zuckte die Achseln. Das hatte sie sich schon gedacht. Niemand, der ihr besonders viel bedeutete – außer ihrem Vater, den Tasmin geradezu angebetet hatte. »Erzähl mir von deiner Mutter«, sagte sie schnell, um das Thema zu wechseln. »Erzähl mir von Mary!«

Aurelia zögerte.

»Bitte!«

Aurelia nickte. »Also gut.« Ein zärtliches Lächeln huschte über ihr Gesicht. »Ich habe mir immer Sorgen um sie gemacht – schon als ich noch sehr jung war.« Ihre Stimme wurde weich.

Wie bei Tasmin, dachte Cari. Mutter hat etwas Selbstzerstörerisches an sich gehabt, und ich habe immer geglaubt, sie beschützen zu müssen, als wäre ich die Erwachsene und Mutter die Verletzliche, Schwache. Was sich letzten Endes leider bewahrheitet hatte.

»Sie war nie richtig gesund.« Aurelia erklärte ihr, dass Marys schlechter Gesundheitszustand der Grund gewesen sei, warum sie Hertfordshire nicht verlassen hatte – bis sie Richard traf.

Und dann erzählte sie von ihm. Richard … Nur die wesentlichen Punkte, aber Cari konnte sich durch Tasmins Tagebucheintragungen und ihre eigenen Mutmaßungen den Rest zusammenreimen. Sie wusste von seiner Alkoholabhängigkeit und vermutete, dass er fremdgegangen war. Sie konnte sich Aurelias sanfte Würde angesichts von Richards Verhalten vorstellen, ihre Verwirrung aufgrund seines Charmes. Sie wusste nicht genau, was ihre Großmutter alles hatte ertragen müssen, aber wie konnte sie ihr einen Vorwurf machen, weil sie gegangen war? Vor allem, als Cari erfuhr, dass Aurelia Tasmin gebeten hatte, sie nach Italien zu begleiten. Aber natürlich hätte Tasmin niemals Richard verlassen, dazu liebte sie ihn viel zu sehr …

»Lass uns ein Stück spazieren gehen!« Aurelia stand auf und hakte sich bei Cari unter. »Es wird Zeit, dass ich dir das Labyrinth zeige.«

Bei den beiden Lorbeerbäumen, die den Eingang bildeten, hielten sie inne. *»Ecco!«*, verkündete Aurelia. »Hier ist es also. *Benvenuta al labirinto!* Willkommen im Labyrinth!«

Die erste Spirale. Langsam schlenderten sie zwischen den Jasmin- und Oleanderhecken hindurch. Der Oleander begann gerade erst zu blühen. Noch trug er teilweise fest geschlossene rosa Knospen, während der Jasmin bereits in voller Blüte stand und seinen honigsüßen Duft verströmte. Aurelia erzählte Cari, wie sie die Pläne gefunden hatte, und von ihrem Bedürfnis, dieses Projekt in die Tat umzusetzen.

»Und da hast du einfach die ersten Pflanzen gesetzt«, sagte Cari. »Aber doch sicherlich nicht allein?«

Aurelia lächelte. Sie wusste, was ihre Enkelin meinte – sie wurde älter, ging langsamer, gebeugter, war gewiss nicht mehr die Frau, der man zutraute, ein solches Labyrinth allein anzulegen. »Zusammen mit Stefano«, antwortete sie.

Cari konnte es sich lebhaft vorstellen: Aurelia, die den Schubkarren mit den jungen Oleander- und Jasminpflanzen schob, Stefano, der bewaffnet mit Pflanzenheber und Grabegabel neben ihr her marschierte.

»›Werden die Hecken wachsen?‹, hat Stefano gefragt, die braunen Augen groß vor Aufregung. ›So hoch, dass wir nicht mehr drübergucken können?‹

›Hoch genug, dass man sich darin verlaufen kann‹, habe ich ihm versichert. ›Es wird herrlich duften und wundervoll aussehen‹«, erzählte Aurelia. »Die Pläne für das Labyrinth waren relativ leicht umzusetzen. Der Entwurf der dreifachen Spirale gestaltete sich zunächst schwierig – sogar auf dem Papier –, doch sobald ich verstanden hatte, dass man zuerst zu sich selbst zurückfinden muss, ehe man vorwärtsgehen kann, war alles klar: Jede Spirale hat ihr eigenes Zentrum und ist gleichzeitig mit den beiden anderen verbunden. Dort, wo sie zusammentreffen, befindet sich das eigentliche Herz – das durch Lücken in den Hecken erreicht werden kann. Diese Lücken waren auf Catarinas Plan genau markiert. Man muss die Hecken regelmäßig schneiden lassen, damit die Durchgänge nicht zuwuchern. Die drei Spiralen schaffen außerdem drei natürliche Pfade. Einer führt zum Haus, einer zum Gartentor und zur Küstenstraße und einer zum Meer.«

»Wie herrlich!«, hauchte Cari.

»O ja, das ist es.«

Aurelia und Stefano hatten den ganzen Frühling über gearbeitet und es Rosa, ihrer Haushaltshilfe aus dem Dorf, überlassen, sich um das Haus und die Küche zu kümmern. Das Anlegen des Labyrinths war eine Aufgabe, die sie völlig in Anspruch nahm. Auch

Rosas Mann Carlo und ihr Sohn Roberto hatten angepackt, die ganze Familie, fasziniert von dem verrückten Gartenprojekt dieser exzentrischen Engländerin. Manchmal hatte sogar Enrico beim Graben geholfen. Aurelia beobachtete, wie er die Grabegabel in die verkrustete, von der Sonne ausgetrocknete Erde stieß, den schweren braunen Stiefel quer auf die Gabel setzte, die staubtrockene Erde aufbrach und den feuchten, krümeligen Humus darunter freilegte. Das Pflanzen jedoch überließ er Aurelia und Stefano. Eine braungebrannte Hand zum Abschied erhoben, trottete er zum Haus zurück, die Schultern gebeugt unter der Last der Erinnerungen.

Dann regten sich in Aurelia Schuldgefühle. Nicht wie die Schuld, die sie immer mit sich herumtrug, die Schuld, die zum Jahr 1974 und zu England gehörte. Aber sie fragte sich: Habe ich das Richtige getan? Wäre ein leeres Stück Land, das viele Möglichkeiten in sich barg, für Enrico nicht leichter zu ertragen? Durfte ich den Traum einer anderen verwirklichen? Hatte ich überhaupt das Recht dazu, da doch die Liebe, die ich für Enrico empfinde, nur die Liebe zu einem Freund ist und ich mich ihm nie so werde öffnen können, wie er es verdienen würde?

»Stefano war bestimmt begeistert.« Cari klang nachdenklich. Sie drückte Aurelias Arm.

Aurelia wurde plötzlich bewusst, dass auch Cari ein Einzelkind gewesen war. Ein Einzelkind und einsam dazu.

»Es war etwas, was uns verband«, erklärte sie. Ihr gemeinsames Projekt. Etwas, was sie mit Enricos Sohn teilen konnte. Auch wenn es ihm seine Mutter nicht zurückgeben konnte – nichts konnte das –, war es ein schöner Ort der Erinnerung an sie. Ein Ort, den er in stillen Augenblicken aufsuchen konnte, um der Mutter nahe zu sein, die er so früh verloren hatte.

Aurelia hatte für Stefano getan, was sie konnte, und versucht, ihn für seinen Verlust zu entschädigen. Aber Stefano hatte auch ihr gutgetan. Hier durfte sie wieder die Mutterrolle übernehmen, die ihr so plötzlich versagt worden war. Dieser bittere Verlust hatte eine schmerzende Wunde hinterlassen und sie in einen Strudel tiefer Schuldgefühle gestürzt. Die Beziehung zu Stefano war ihr wie eine zweite Chance vorgekommen. Diese Art des Mutterseins – Büsche zu pflanzen, im Park spazieren zu gehen, im warmen Golf zu baden – war etwas anderes. Keine Verantwortung, keine Forderungen, niemand, der etwas von ihr erwartete. Es war bei weitem leichter und natürlich nicht dasselbe. Was hätte je dasselbe sein können?

Aurelia nahm Caris Arm und führte sie in einen anderen Pfad. *»A sinistra«*, murmelte sie. »Nach links. Rechts ist eine Sackgasse.«

Schließlich gelangten sie zu dem Punkt, an dem sich die drei Spiralen trafen. »Da sind wir.«

»Ah, der kleine blaue Fleck!« Aurelia merkte, wie entzückt Cari von dem Teich mit der gelben Seerose und den darin umherflitzenden Fischen war.

»Was sollen wir in die Mitte setzen?«, hatte Stefano gefragt.

Aurelia fuhr ihm zärtlich durchs Haar. Für jede Spirale hatte Catarina einen Baum vorgesehen – einen Olivenbaum. Aber für das eigentliche Herz … Aurelia nahm die Pläne noch einmal genauer unter die Lupe. Sie hatte das Gefühl, Catarinas Handschrift so gut wie ihre eigene zu kennen. Doch in diesem Fall war Catarinas Absicht unklar. Da war nur ein Fleck aus Blau, Gold und Grau eingezeichnet. »Ich habe keine Ahnung«, musste sie zugeben.

Stefano spähte ihr über die Schulter. »Das Meer.«

»Nein, das ist unmöglich«, erklärte sie ihm. »In der Mitte eines Labyrinths kann schließlich kein Meer sein.«

Stefano runzelte die Stirn und schob trotzig die Unterlippe vor. »Aber das hat sie bestimmt gewollt«, sagte er.

Was mochte nun Catarinas Wunsch gewesen sein? Wonach hatte sie hier gesucht? Aurelia lächelte Stefano zu. Sein dichtes Haar fiel ihm wie ein Seidenvorhang in die Stirn. Ganz der Vater. »Wir werden einen kleinen Teich anlegen«, sagte sie. Das könnte mit dem Blau gemeint sein.

Stefano war noch nicht überzeugt.

»Mit einer Seerose, so leuchtend gelb wie die Sonne.« Das Gold.

»Aber …«

»Und Fische.«

»Fische?« Er strahlte übers ganze Gesicht.

»In allen Farben des Regenbogens.« Aurelia nickte. »Und wir stellen die Bank aus Olivenholz auf, die deine Mutter so gemocht hat. Dann kannst du, wann immer du Lust hast, herkommen und hier sitzen.« Ja, das hätte Catarina sicher gefallen.

»Ein Teich?«, hatte Enrico gestöhnt. Aber er hatte ihn in jenem Herbst selbst angelegt, eine Pumpe installiert, mit Carlos Hilfe die elektrischen Leitungen verlegt und war sogar dabei gewesen, als sie die Fische aussuchten und ihnen Namen gaben.

»Ein paar englische und ein paar italienische Namen«, forderte Stefano und deutete auf einen Fisch. »Johnnie«, sagte er. »Und Renato.«

»Jane«, hatte Aurelia ihrerseits vorgeschlagen. »Und der mit den schwarzen Flossen könnte Diana heißen.«

»Ihr seid komplett verrückt, alle beide«, lautete Enricos unverblümter Kommentar.

Zwei Jahre hatte es gedauert, den Miniatur-Irrgarten mit den drei Spiralen zu pflanzen, die zu dem Mittelpunkt, dem Teich, führten. Zum Schluss lud Enrico mit regloser Miene die Bank aus Olivenholz auf den Schubkarren.

Elena erfüllte die Vollendung des Labyrinths mit Begeisterung. »Catarina hätte sich so gefreut!« Sie klatschte in die Hände. »Früher gab es in unserer Familie einen besonderen …« Sie stockte. »Sicher hast du kein Interesse an diesen alten Geschichten.«

Aurelia umarmte sie. Sie liebte alte Geschichten. »Erzähl ruhig weiter«, bat sie Elena.

Elenas Blick verschleierte sich. »Catarina hat es nie leicht gehabt. Sie hat sehr an ihrem Bruder gehangen. Er war für sie wie ein Vater. Sie hat ihn abgöttisch geliebt.«

»Was ist mit ihm geschehen?« Aurelia drückte Elenas Hand. Es tat ihr weh, sie so traurig zu sehen.

»Er ist auf See umgekommen.« Ihre Stimme wurde energisch. Es war ganz offensichtlich, dass sie nicht darüber sprechen wollte. »Und hat sein Geheimnis mit ins Grab genommen.«

Geheimnis? Aurelia war fasziniert. Doch da Elena sich eine Träne von der Wange wischte, beschloss sie, nicht weiterzufragen. So viele Geheimnisse!, dachte sie.

Cari merkte, dass ihre Großmutter ihren Gedanken nachhing. »Wohnt Stefano immer noch in *La Sirena*?«, fragte sie. Er musste Anfang dreißig sein, aber sie wusste von Marco, dass unverheiratete Italiener gern so lange wie möglich zu Hause lebten – oder zumindest erwarteten das ihre liebenden Mamas von ihnen.

»Eigentlich nicht«, erwiderte Aurelia. »Ich hoffe, du hast bald Gelegenheit, ihn kennenzulernen. Er ist viel unterwegs, mal hier, mal dort. Er hat oft geschäftlich in England zu tun.« Sie hielt inne und führte Cari noch einmal nach links und bog einen Oleanderbusch zur Seite, damit Cari vorbeigehen konnte. »Übrigens war er erst vor kurzem in Brighton.«

»Wirklich?« Was für ein Zufall! Cari brannte darauf, ihm zu begegnen. Da Aurelia ihn praktisch großgezogen hatte, wäre er doch so etwas wie ein Bruder für sie. Familie und noch mehr Familie – sie konnte gar nicht genug davon bekommen. Am liebsten hätte sie all diese neuen Familienmitglieder in die Arme geschlossen und nie mehr losgelassen.

»Wer ist das?« Cari deutete auf eine Skulptur, die neben einer Bank aus gebogenem Holz stand. Es war die Büste eines verwegenen jungen Mannes, die aus körnigem, grün-grau gemasertem Stein gehauen war.

Aurelia kicherte. »Das ist Hesters südländischer Matrose.«

»Wow!« Cari grinste. »Glaubst du, das ist der Italiener, von dem sie gesprochen hat?«

»Antonio?« Aurelia fuhr mit den Fingern die Linie seiner hohen Wangenknochen nach. »Ich weiß nicht. Gut möglich.« Sie wechselten einen Blick und setzten sich.

Cari schloss die Augen und ließ den Kopf gegen die Rückenlehne der Bank sinken. Frieden durchströmte sie. Sie schwiegen beide, nahmen die Atmosphäre des Labyrinths in sich auf, die für Cari überhaupt nichts Verstörendes an sich hatte, jedenfalls nicht im Moment. Sie glich keineswegs der Stimmung auf den Bildern, die ihre Großmutter gemalt hatte. Zumindest jetzt nicht.

»Erzähl mir von Tasmin!«, forderte Aurelia sie nach einer Weile auf, als hätte sie schon den ganzen Tag Kraft für diese Bitte gesammelt. »Ich wollte immer wissen, was sie aus ihrem Leben gemacht hat.«

»Sie war Fotografin.«

Schweigend hörte Aurelia zu, als Cari von ihrem gemeinsamen Leben, von Tasmins Arbeit, von der Galerie und Edward erzählte.

»Ich bin froh, dass sie einen so guten Freund hatte«, bemerkte Aurelia.

»Und er hat sie auch in ihrer Arbeit als Fotografin ermutigt, wenngleich sie vieles davon unter Verschluss gehalten hat. Wir waren sehr erstaunt, als wir ihre Sachen durchgegangen sind.«

Aurelia lächelte und drückte Caris Arm. »Sie hatte schon immer Geheimnisse«, flüsterte sie.

Cari berichtete ihr von der Ausstellung. Von Tasmins Projekt »Die anderen Straßen von Brighton«. Die Sonne schien heiß auf sie herab, doch zum Glück war die Hecke hoch genug, um ein wenig Schatten zu bieten, und vom Meer wehte eine kühle Brise herauf. Cari ließ den Wind über ihr Gesicht streichen. Sie empfand die reine Glückseligkeit. Der süße, schwere Duft der gelbweißen Jasminblüten hing in der Luft. Sie fühlte sich geschmeichelt, dass Aurelia ihr den Ort gezeigt hatte, den sie aufsuchte, um nachzudenken und allein zu sein.

»Ich freue mich, dass sie sich dafür entschieden hat«, sagte Aurelia schließlich. Neugierig sah sie Cari an. »Was hat sie dir von mir erzählt?«

»Sehr wenig.« Cari wollte sie nicht belügen, aber auch nicht verletzen. Die Wahrheit – dass Tasmin ihr gesagt hatte, Aurelia sei tot – brachte sie einfach nicht übers Herz.

»Ein Kind allein großziehen zu müssen …« Aurelia streichelte Caris Hand. »Ich wünschte, ich hätte davon gewusst. Ich wünschte, ich wäre nach England zurückgekehrt. Nur …« Ihre Stimme verlor sich. Erneut füllten sich ihre Augen mit Tränen. »Cari, du ahnst nicht, wie viel es mir bedeutet, dich hierzuhaben. Komm!« Sie stand auf und lotste Cari durch eine weitere Spirale des Labyrinths. »Diese Spirale führt zum Meer«, erklärte sie.

Cari folgte ihr, völlig eingenommen vom Zauber des Labyrinths. In England wäre heute ein grauer, stürmischer Tag. Hier jedoch … Ihr erschien dieser Ort wie das Paradies.

»Jeden Tag gehe ich an den Strand und male«, sagte Aurelia.

Innerhalb weniger Minuten verließen sie die Spirale durch ein von Glyzinien umranktes Tor. Dahinter führten ausgetretene Steinstufen hinunter in die Bucht. Aurelia rückte ihren breitkrempigen Sonnenhut zurecht und ging wieder voran. »Ich mache oft einen Spaziergang durch den Park oder ins Dorf und setze mich dann hier ins Labyrinth.«

In Caris Ohren klang das nach einem ziemlich angenehmen Leben. Sie schaute sich um. Die Bucht war nicht sonderlich groß und ziemlich steinig, aber in der Nähe des Wassers wichen die Kiesel weiß-goldenem Sand. Das Meer mit seinen kleinen schaumgekrönten Wellen wirkte kühl und einladend. In der Ferne ragten einige kahle schiefergraue Felsen aus dem Wasser, an denen sich die Wellen brachen, und etwas weiter die Küste entlang entdeckte sie die rosa-beige getünchte Kirche auf der Landzunge von Tellaro – eine Landschaft, an der man sich berauschen konnte. Sogar das Licht war hier anders. Klarer und irgendwie heller als in England.

»Und du verbringst Zeit mit Enrico«, sagte Cari, denn Aurelia hatte den Eindruck vermittelt, ihr Leben sei ziemlich einsam, obgleich sie im Paradies lebte.

»Enrico … Ach!« Aurelia schüttelte den Kopf. »Damit möchte ich dich nicht langweilen.«

Cari hätte jedoch nichts dagegen gehabt. Im Gegenteil, sie wollte alles wissen. Nach all den Jahren der Unwissenheit gierte sie geradezu nach Informationen. Darüber hinaus gefiel ihr der Gedanke nicht, ihre Großmutter könne unglücklich sein. Nun, da sie Aurelia gefunden hatte, wünschte sie sich ein Happyend. Mit etwas anderem würde sie sich nicht zufriedengeben.

Sie gingen zum Wasser. Vermutlich wegen des Windes war die Strömung erstaunlich stark. Cari streifte die Sandalen ab und quietschte, als das Wasser um ihre Füße spülte.

Aurelia lächelte. »Aber eine Familie zu haben …« Es klang wehmütig. Sie schlüpfte ebenfalls aus den Schuhen, raffte ihr langes geblümtes Kleid und lief ins Wasser. Nach wenigen Schritten reichte es ihr bereits bis zu den Waden. Plötzlich schien ihr etwas einzufallen, und sie wandte sich um. »Wann musst du zurück nach England, Liebes?«

Darüber hatte Cari noch gar nicht nachgedacht. Natürlich würde ihr Geld nicht ewig reichen, und früher oder später musste sie wegen ihres Brautstudios sowieso zurück, wollte sie nicht ihren Ruf und ihre Glaubwürdigkeit aufs Spiel setzen. Und dann gab es ja auch noch Dan … Sie musste ihn anrufen, unbedingt, er würde sich Sorgen machen. Sie konnte es nicht länger hinausschieben. Er hatte ihr mehrere E-Mails geschrieben – sie hatte ihren Maileingang in einem Internet-Café in Lucca überprüft, einen Tag, bevor sie nach Pisa gefahren war –, doch sie hatte ihm nur sehr knapp geantwortet. Und das war nun schon einige Tage her. Sie zählte nach. Beinahe vier Tage, um genau zu sein. Aber was sollte sie sagen, wenn sie ihn anrief? *Ich habe zufällig den geheimnisvollen Marco getroffen, und er hat mich zu meiner Großmutter gebracht.* Was würde sich Dan da zusammenreimen? Sie musste einen Schlussstrich ziehen. Es wäre sonst unfair.

Sie bemerkte, dass sie Aurelia die Antwort schuldig geblieben war. »In ein oder zwei Wochen«, entgegnete sie. »Vielleicht ein bisschen später, je nachdem, wie lange mein Geld reicht.«

Aurelia watete durch das Wasser auf sie zu. Sie wirkte fast wie ein kleines Mädchen, wie sie da im Meer planschte, mit der einen Hand das Kleid bis zu den Knien gerafft, mit der anderen den Hut festhaltend, der im Wind flatterte. »Dann komm doch nach *La Sirena*, als unser Gast«, schlug sie vor.

»Oh, aber ich …« Cari hoffte, es würde nicht so wirken, als hätte sie ihr einen Wink mit dem Zaunpfahl geben wollen.

»Keine Widerrede!« Aurelia klang entschlossen. »Du bleibst bei uns, und zwar solange du möchtest.«

Arm in Arm schlenderten sie wieder den Strand hinauf. Ihre Großmutter hatte das Kleid losgelassen, sodass es an ihren nassen Waden klebte.

»Sehr gern, vielen Dank.« Aber Caris Neugier war noch nicht vollständig befriedigt. »Wohin führt die dritte Spirale?«, fragte sie, während sie die Steinstufen hinaufstiegen.

Aurelia öffnete das Tor. »Zu einem weiteren Tor, das genauso aussieht wie dieses hier«, meinte sie. »Dahinter liegt die Straße ins Dorf.«

Aha. Ein Pfad zur Villa, einer zum Meer, und einer …

»Um zu fliehen«, schloss Aurelia. »Dahinter liegt die große weite Welt.«

Cari konnte nicht schlafen. Sie konnte nicht schlafen, weil sich ihre Gedanken wie ein Mühlrad im Kopf drehten … Aurelia, Tasmin … und natürlich Marco. Wenn sie die Augen schloss, erschien sein Gesicht vor ihr, dunkel und rätselhaft. Unmöglich, etwas daraus zu lesen. Sein Lächeln schwebte in den Schatten ihres Zimmers. Seine Augen wachten über sie oder blickten tief in ihr Inneres. Morgen würde sie Lucca verlassen. Würde sie morgen auch Marco sehen? Sie wusste es nicht. Sie wünschte sich nur, er würde nicht länger in ihrem Kopf herumspuken.

Cari gab vorerst den Gedanken ans Einschlafen auf und griff nach Tasmins Tagebuch. Jede gefundene Antwort barg eine neue Frage in sich. Warum, warum, warum?

Außenstehende sind der Meinung, sie hätten alles verloren. Aber diese Menschen sind etwas Besonderes. Natürlich haben sie manches verloren – sie unterwerfen sich nicht mehr der Stechuhr, sind nicht versessen auf materielle Dinge, auf Dinge, die Körper und Seele nicht wirklich brauchen. Alles, auf das wir versessen sind, wir mit unseren Häusern, unseren Geschirrspülmaschinen und teuren Kaffeemaschinen, alles, was unser Leben bestimmt und kontrolliert – das haben sie verloren.

Wir halten uns für frei. Aber sie haben mehr Freiheit als wir. Diese Menschen auf den Straßen, für die es einzig und allein ums Überleben geht.

Warum hatte sie nichts davon mitbekommen? Sie hatte das Tagebuch auf der Suche nach diesem Abschnitt durchgeblättert. Sie fühlte sich getäuscht von Tasmin, die all diese Gedanken für sich behalten und nur ihrem Tagebuch anvertraut hatte. Warum hatte sie nichts von den Gefühlen ihrer Mutter gewusst? Warum hatte Tasmin nicht darüber gesprochen, verflixt noch mal?

Ich möchte all das einfangen: diese Trostlosigkeit, das grundlegende Bedürfnis jener, die all den Mist, mit dem und für den wir leben, hinter sich gelassen haben. Ich möchte die Blöße in ihren Augen sehen. Verzweiflung, ja. Schmerz, ja. Aber noch viel mehr. Sie wissen so viel mehr über das Leben – Dinge, die wir uns nicht einmal vorstellen können.

Cari legte das Tagebuch weg. Was würde Dan sagen, wenn er erfuhr, was sie hier in Italien erlebt hatte? Es würde ihm nicht gefallen, dass sie hier länger blieb, und noch weniger, dass sie sich mit Marco traf. Was sollte sie ihm von Marco erzählen? *O ja, jedes Mal, wenn ich ihn sehe, möchte ich, dass er mich in die Arme nimmt und leidenschaftlich liebt. Er tut es nur nicht.* Nein. Es war unfair, Dan weiter hinzuhalten. Ihm vorzugaukeln, es gäbe noch Hoffnung. Sie wusste, dass es vorbei war.

Ruhelos wälzte sie sich auf die andere Seite. Und was Marco

anging: Er war – Überraschung! – nicht besonders angetan gewesen, als sie ihm erzählt hatte, dass sie bei Aurelia wohnen würde.

»Dann werde ich dich überhaupt nicht mehr zu Gesicht bekommen«, brummte er und brachte den Maserati unsanft auf dem Gehsteig vor ihrer Wohnung zum Stehen.

Das ließ hoffen. Sie rutschte näher …

»Gute Nacht, Cari.« Er küsste sie – auf die Wange. Ein flüchtiger Kuss auf die Wange? Fand er sie nicht attraktiv – oder hielt er sich aus irgendeinem geheimnisvollen Grund zurück, den er ihr natürlich nicht auf die Nase binden würde? Kein Wunder, dass sie nicht schlafen konnte.

»Aber ich wohne ja nicht weit weg. Warum solltest du mich nicht zu Gesicht bekommen?« Cari verstand nicht, wo das Problem lag. Weshalb weigerte er sich, ihrer Großmutter zu begegnen, wegen der sie schließlich nach Italien gereist war? Und darüber hinaus wollte ihr nicht in den Kopf, warum er ihr seinen Nachnamen verschwieg und warum er nicht preisgab, was er über ihre Familie wusste.

Verdammt … Sie stand wieder auf und trottete in die Kochnische, um sich ein Glas Wasser zu holen. Vor allem konnte sie nicht einsehen, weshalb zum Kuckuck dieser aufregende Mann ihr keinen anständigen Gutenachtkuss geben wollte!

Kapitel 30

»Madonna!«

Ein weiblicher Wirbelwind fegte durch die Terrassentür hinaus auf Elenas Patio.

Die Anwesenden sprangen auf. Cari hatte gerade entspannt einer Unterhaltung zwischen ihrer Großmutter und Elena zugehört, die rasant in einer Mischung aus Italienisch und Englisch plauderten, vermutlich mit Rücksicht auf sie, da sie zum ersten Mal Gast bei Elena war. Meist verstand sie jedoch nur Bahnhof, und darüber hinaus war es anstrengend. Sie hatte aufgegeben, etwas begreifen zu wollen, hatte sich stattdessen der sommerlichen Trägheit überlassen und nur noch dem Rhythmus, dem Auf und Ab der Worte gelauscht, die am Rande ihrer Wahrnehmung dahinplätscherten. Woher nahmen diese beiden Frauen ihre schier unerschöpfliche Energie?

Der Wirbelwind war eine junge Frau, groß, sonnengebräunt und schön. Sie warf die Arme in die Luft und brach schluchzend und äußerst elegant auf Elenas Korbsofa zusammen.

»*Cara mia, cara mia* …« Elena setzte sich zu ihr und schlang die Arme um die schlanken Schultern des Mädchens, das etwas auf Italienisch hervorsprudelte, unterbrochen von wilden Schluchzern und dramatischen Gesten.

»Was ist passiert?«, fragte Cari besorgt.

»Nichts weiter. Mach dir keine Sorgen!«, sagte ihre Großmutter beschwichtigend.

Nichts weiter? Das klang aber gar nicht so. Cari lehnte sich zurück und blickte hinauf zu der Pergola, durch die sich einzelne Sonnenstrahlen verirrten. War das vielleicht ein weiteres Beispiel für die wohlbekannte italienische Melodramatik? Diese beiden

Frauen – Aurelia und Elena – waren unglaublich. Daheim in England hätte inzwischen ein Rollentausch stattgefunden. Dort würde sich die Familie zu einem gewissen Grad um die Mittsiebzigerinnen kümmern, man würde sie umsorgen und für sie einkaufen. Vielleicht würde man sogar betreutes Wohnen oder ein Pflegeheim in Betracht ziehen. Hier jedoch hatten sie das Sagen. Weisheit und Erfahrung waren in Italien ein hochgeschätztes Gut.

»Das ist Carmella«, stellte Aurelia vor.

Die junge Braut. »Was hat sie denn?« Cari runzelte die Stirn. Carmella schien sich nicht zu beruhigen, im Gegenteil, das Schluchzen klang jetzt nahezu hysterisch.

»Es gibt ein Problem mit der Hochzeit.«

»*O la Madonna …*« Und wieder ging das Ganze von vorn los.

Ach je! Cari wohnte erst seit einer Woche bei Enrico und Aurelia und wusste dennoch eine Menge über diese Hochzeit. Erst eine Woche! Dabei erschien es ihr viel länger, so ausgefüllt war die Zeit gewesen. Sie hatten geredet, in Erinnerungen geschwelgt und voneinander viel Neues erfahren. Cari hatte ihre Großmutter besser kennengelernt und ihre Beweggründe nachvollziehen können, sie hatte etwas über Hester, Richard und Tasmin als junges Mädchen, über Mary und Hugh erfahren, ihre Familie, von der sie schon immer hatte hören wollen. Und ganz allmählich breitete sich in ihr ein – wenn auch noch zartes – Gefühl der Sicherheit aus, das nie gekannte Empfinden, dass auch sie eine Vergangenheit besaß.

»Ist es etwas Ernstes?« Cari versuchte sich zu konzentrieren, obwohl die italienischen Wortsalven, die Nachmittagssonne und Elenas Mittagessen sie schläfrig machten. Die Siesta – was für eine Errungenschaft der Zivilisation! Italien erschien ihr zunehmend perfekter, sodass sie sich genötigt fühlte, sich gegen das zu wappnen, was danach auf sie zukommen würde.

»Nun …«

»Er hat sie doch nicht etwa sitzenlassen?« Was für eine schreckliche Vorstellung! Bei diesen Worten musste Cari unweigerlich an Dan denken. Sie sollte ihn endlich anrufen. Heute Abend. Aus den Augen, aus dem Sinn – das mochte zwar für sie gelten, aber was war, wenn Dan nicht so empfand? Was, wenn er sich daheim in England um sie sorgte und glaubte, zwischen ihnen sei alles in bester Ordnung? Sie hatte Marco in dieser Woche nicht oft gesehen – es war schwierig, da er sich weigerte, *La Sirena* zu betreten –, aber wie die Sache mit Marco auch ausgehen würde, es änderte nichts an ihren Gefühlen für Dan. Es war Zeit für einen Schlussstrich. Dan war ihr Fels in der Brandung gewesen. Eine Ersatzfamilie, er hatte Sicherheit bedeutet. Marco dagegen … Wieder schlich er sich in ihre Gedanken.

Vorgestern hatte er sie in die wilde und zerklüftete Landschaft der Cinque Terre entführt. Während sie Riomaggiore, das erste Dorf, auf dem Küstenpfad umrundeten, erzählte er ihr etwas über die Geschichte dieser Gegend. Er deutete auf den steil aufragenden terrassierten Hügel, der zum Meer hin abfiel, eine Landschaft, die der Mensch geschaffen hatte, wie er es ausdrückte. Eine siebentausend Kilometer lange Trockenmauer diente als Stütze.

Cari bewunderte das gewaltige Ausmaß an Arbeit, das die Menschen hatten auf sich nehmen müssen. Diese Landschaft war um des Überlebens willen von Hand geschaffen und bearbeitet worden. Terrassierte Weingärten wechselten sich mit Olivenhainen ab, unterhalb des Küstenpfades jedoch hatte die mediterrane Macchia wieder die Oberhand gewonnen, stark duftender Ginster, rosafarbene Zistrosen, Kakteen und Wolfsmilchgewächse. Das hoch oben auf dem nackten Felsen thronende Dörfchen Riomaggiore wirkte von hier aus wie ein Mosaik aus leuchtend bunten Häusern, Boutiquen, Geschäften und Galerien, die sich um schmale Straßen und kleine Piazzen gruppierten.

»Wir sind hier auf der Via d'Amore«, erläuterte Marco, »dem Pfad der Liebenden, dem berühmten Verbindungsweg zwischen Riomaggiore und Manarola, dem zweiten der fünf Dörfer.«

Der Pfad der Liebenden. Der Weg war in den Fels geschlagen, und unter ihnen lag der kobaltblaue Golf von Genua. Der

Seewind zerzauste Caris Haar und strich sanft über ihre Wangen. Würden sie jemals Liebende sein? Sie war sich nicht mehr so sicher. Marco hielt nicht einmal ihre Hand.

Nach einer Weile rasteten sie auf einer der Steinbänke mit Meeresblick. Er erzählte ihr von seiner Familie, von seiner Großmutter, deren Kräfte nachließen, deren Verstand jedoch scharf und wach war, und von deren Vater – abenteuerliche Geschichten, die mit Schmuggelei zu tun hatten.

Der weiche Klang seiner Worte, die verführerische Mischung aus Englisch und Italienisch und seine tiefe Stimme sprachen Caris Sinne an. Er gab ihr Einblick in sein Leben. Und nicht nur das. Ihr war, als webe er seine Geschichte um sie wie feine Gaze, doch so stark und fest wie ein Spinnennetz. Er wickelte sie darin ein, bis sie trunken war von der Hitze der Sonne, dem Duft des Ginsters und des Jasmins, dem tiefblauen Meer – und seiner Stimme.

Sie erfuhr mehr über ihn. Aber wer war er?

»Bist du bereit für den Tunnel der Liebe?«, scherzte er, als sei es ein selbstverständlicher Teil dieses Ausflugs.

Cari stand auf und lehnte sich Halt suchend an den grauen Felsblock. Marco sollte nicht merken, wie es um sie stand.

Sie betraten den Tunnelabschnitt der Via d'Amore.

Ihr war sehr bald klar, woher der Weg seinen Namen hatte. Die Mauern waren mit ausdrucksstarken Wandgemälden geschmückt, die allesamt mit Graffiti bedeckt waren. Aber nicht den üblichen Graffiti. Tausende von Namen, tausende von Botschaften. Und alle drehten sich um das Thema Liebe.

Marco grinste und zog einem Zauberer gleich einen dicken schwarzen Filzstift aus der Tasche seines Hemdes. »Sollen wir? Es ist so Brauch.«

Cari zuckte die Achseln. »Natürlich.« Andere Länder, andere Sitten. Am besten einfach mitmachen.

In Großbuchstaben schrieb er erst CARI, dann MARCO, ohne jedoch ihre beiden Namen miteinander zu verbinden. Cari versuchte ihre Enttäuschung zu verbergen. Was hatte sie denn erwartet – und warum? Sie waren Freunde, oder? Nicht mehr.

Marco schien zu zögern. Dann malte er rasch ein schwarzes Herz um ihre beiden Namen. »Ein Herz«, sagte er.

Ihre Blicke trafen sich. Und schon war er wieder auf und davon, zeigte ihr die Felsspalten, durch die sie das Meer sehen konnte, zog sie zu einer schmalen Bank aus Stein und überredete einen jungen Italiener, mit Marcos Kamera ein Foto von ihnen zu machen. Als ob, dachte sie und lauschte auf die Wellen, die tief unten gegen die Felsen schlugen. Als ob …

Ja, Dan hatte ihr sehr viel gegeben. Aber nun wollte sie etwas, was nur ihr gehörte. »Es tut mir leid, Dan«, flüsterte sie bei sich.

Währenddessen hatte sich Aurelia auf Carmellas andere Seite gesetzt und drückte ihre Hand. »Um Himmels willen, nein.« Plötzlich war ihr offenbar eine Idee gekommen, und sie redete hastig auf Carmella ein.

Die junge Frau wandte sich um und sah Cari an. Ihre braunen Augen glänzten vor Tränen. »Du?«, fragte sie auf Englisch.

»Ich?« Cari runzelte die Stirn. Was ging hier vor?

»Carmella wurde betrogen«, erklärte Elena. »Es ist furchtbar.«

Um was in aller Welt handelte es sich wohl? Cari nickte mitfühlend.

»Der Couturier, der ihr Hochzeitskleid anfertigen sollte – er ist weg, spurlos verschwunden, er hat das Land offenbar verlassen.« Jedes Wort wurde mit ausgreifenden Handbewegungen unterstrichen.

»*Bastardo*«, fügte Carmella hinzu.

Dieses Wort verstand Cari.

»Daher habe ich überlegt …«, begann Aurelia.

Alle starrten Cari an, die sich wie ein Ausstellungsstück in einer italienischen Kunstgalerie vorkam.

»Genau das machst du doch, nicht wahr, meine Liebe? Das ist dein Metier – Kleider zu schneidern, speziell Hochzeitskleider.«

»Äh …« Ja, natürlich, aber sie hatte nicht erwartet, ihren Beruf in einem Land ausüben zu müssen, dessen Sprache sie nicht beherrschte. Sie wusste nicht, wo sie Materialien kaufen konnte, und hatte keine Ahnung, was man von ihr erwartete.

Plötzlich fuhr Carmella hoch und kniete sich vor Cari hin, die dunklen Augen flehend. *»Per favore?«* Sie ergriff Caris Hand.

»Könntest du vielleicht einspringen?«, fragte Aurelia, als bäte sie Cari nur darum, mal eben im Dorf ein paar Tomaten einzukaufen. »Du machst das sicher ganz wunderbar.«

Elena rang die Hände. »Wir wären dir wirklich sehr dankbar«, sagte sie.

»Hm ...« Merkten sie denn gar nicht, was sie da von ihr verlangten? Sahen sie nicht, was für eine Verpflichtung sie damit eingehen würde? Zunächst einmal – wie viel Zeit würde es in Anspruch nehmen? Und dann alles andere, was damit zusammenhing ...?

Drei Augenpaare waren auf sie gerichtet. Ihre neue Familie. Sie konnte die Bitte wohl kaum abschlagen, oder?

Heute Abend würden sie reden. Aurelia band ihre blaue Schürze um. Heute Abend würde sie kochen.

Sie hatte das Gefühl, als hätte sie eine Chance auf ein neues Leben bekommen. Der Tod ihrer Tochter war ein furchtbarer Schlag gewesen – natürlich. Doch die bittere Wahrheit sah so aus, dass sie praktisch ihr ganzes Leben ohne Tasmin verbracht hatte.

Aurelia wusch sich die Hände in der Spüle und trocknete sie an der Schürze ab. Wie sehr hatte sie gehofft, ihre Tochter eines Tages wiederzusehen! Vielleicht hätte sich die Verbitterung mit der Zeit gegeben. Aber es hatte nicht sein sollen ... Schlimmer jedoch waren die Schuldgefühle gewesen. Und diese Schuldgefühle waren ihr nun endlich genommen worden – durch ihre Enkelin. Durch Cari, die nach Italien gekommen war, um sie zu suchen.

Aurelia nahm das Gemüse aus der Frischhaltebox, die auf dem Abtropfbrett stand. Zucchini, Strauchtomaten, Auberginen und Bohnen. Cari war ein Engel. Für sie bestand kein Zweifel, dass Tasmin Aurelia geliebt hatte, dass Tasmin ihr vergeben hatte.

Warum sonst hätte sie den Bernsteinanhänger behalten? Und dein Foto? Diese Gewissheit strahlte ihr aus Caris lebhaften grünen Augen entgegen, die Aurelia nach Port Isaac zu Hester zurückversetzten. Einfach so. Sie entfernte den Stiel einer Aubergine. *Sie hat dich geliebt. Ich weiß es.* Und allmählich gestand Aurelia sich zu, es zu glauben. Falls sie eine Bestätigung brauchte, so fand sie sie in der friedlichen Atmosphäre, die nun im Labyrinth herrschte. Also – keine Schuldgefühle mehr. Ganz sicher. Sie fühlte sich befreit. Vollkommen frei.

Aber so schön es war, Cari hierzuhaben, war Aurelia sich doch schmerzlich der Probleme mit Enrico bewusst. Sie hoffte, er würde bald zu Hause sein. Dann würde sie ihm einen Aperitif einschenken und ihn fragen, wie sein Tag gewesen war. Sie hatte seine Bedürfnisse zu lange vernachlässigt. Sie wollte nett zu ihm sein.

Er war sehr freundlich zu ihrer Enkelin gewesen – ein charmanter Gastgeber. Keine Mühe war ihm zu viel gewesen. Aber das war Enrico, wie er sich nach außen hin präsentierte, der Geschäftsmann, der Vater und Lebenspartner. Doch was war mit dem Mann Enrico? Sie hielt inne und sah aus dem Fenster hinaus in den Park. Von hier aus konnte sie die Kräuter und Salate im Küchengarten sehen, die Kübel mit den Hortensien, die Terrasse und den Pool.

Was war mit dem Mann Enrico – der ihr nachts im Bett den Rücken zuwandte, der seine leidenschaftlichen Sonaten mit heftigem Zorn spielte, der Aurelia mit eisiger Höflichkeit begegnete, wenn sie allein waren? Diese eisige Höflichkeit ließ Aurelias Herz gefrieren. Was spielte es schon für eine Rolle, warum oder wie Catarina gestorben war? Was spielte es für eine Rolle, wen er warum geliebt hatte? Sie lebten jetzt.

Jetzt … Das reichhaltige Angebot an kleinen, festen Zucchini in Marias Laden hatte Aurelia auf die Idee gebracht, gefüllte Zucchini auf den Tisch zu bringen. Summend präparierte sie das Gemüse. Warum sollte sie nicht optimistisch sein? Viel hatte sich zwischen ihnen verändert, aber es gab keinen Grund, warum es sich nicht wieder zum Besseren wenden sollte. Mit den richtigen

Worten, den passenden Gesten. Sie hatte sich von der Vergangenheit befreit, und das konnte Enrico auch – wie auch immer die Wahrheit aussehen mochte.

Aurelia schaute auf die Uhr. Sie brauchten nur ein bisschen Zeit für sich. Cari war immer noch bei Elena – mit einem Anflug von Panik, doch Aurelia setzte großes Vertrauen in ihre Enkelin. Schließlich kam sie aus einer Künstlerfamilie. Sie würde Carmella ein Hochzeitskleid schneidern, das einer Prinzessin würdig war. Schon stellte sie sich Berge von Spitze und Chiffon vor, ein glänzendes Mieder aus Satin, natürlich in Weiß, das Carmellas dunkle Haut gut zur Geltung bringen würde. Cari würde sich gewiss noch eine Weile dort aufhalten. Elena würde darauf bestehen, dass sie zum Abendessen blieb, und nach Aurelias Erfahrung dauerten Elenas üppige Mahlzeiten mindestens zwei Stunden.

Sie würden also allein sein. Autsch! Aurelia hatte nicht aufgepasst und sich mit dem scharfen Gemüsemesser geschnitten. Sie saugte an ihrem Finger. War es nicht erstaunlich, dass auch noch mit fünfundsiebzig das Blut kraftvoll durch die Adern strömte? Sie schmunzelte. Stefano war schon wieder auf Geschäftsreise, was Aurelia überraschte. Sie glaubte sich zu erinnern, er habe gesagt, er werde einige Monate nicht reisen. Hoffentlich kehrt er bald zurück, damit ich ihn Cari vorstellen kann, dachte sie.

Sie goss ein wenig kalt gepresstes Olivenöl in eine Pfanne mit Kupferboden. Die erste Pressung sah aus wie flüssiges Gold. Wäre es nicht wunderbar, wenn … Nein. Sei nicht albern!, wies sie sich zurecht. Stefano hat dir doch erzählt, dass er in England ein Mädchen kennengelernt hat. Anscheinend ist es etwas Ernsteres, wenn er sich so viele Gedanken darüber macht …

Die Klaviermusik überraschte sie. Sie hatte Enrico gar nicht hereinkommen hören. Aurelia hielt inne. Bildete sie es sich nur ein, oder spielte er viel sanfter, wehmütiger als sonst? Sein Spiel wirkte zugänglicher. Sie legte das Messer weg, wickelte ein Papiertuch um den Finger, glitt leise aus der Küche und schlich über die kühlen weißen Fliesen der Diele. Sie wollte ihn nicht stören und womöglich den Bann brechen.

Enrico saß mit dem Rücken zu ihr auf dem Klavierhocker.

Aurelia hörte zu und wartete.

Mitten im Stück brach er ab.

Aurelia machte einen Schritt auf ihn zu.

Er fluchte leise.

Aurelia hielt inne. Stille. Das gefiel ihr ganz und gar nicht. Es war die Stille vor dem Sturm.

Ganz allmählich füllte ein anderer Laut den Raum – ein abgehackter, leiser, herzzerreißender Laut. Das Weinen eines Mannes. Ihres Mannes.

Aurelia trat einen weiteren Schritt näher. Es schien ein ganz privater Schmerz zu sein, aber sie war schließlich seine Lebensgefährtin. Durfte, sollte sie nicht an seiner Trauer teilhaben?

Er griff nach einem Foto, das in einem vergoldeten Rahmen auf dem Flügel stand. Es stand schon da, solange sich Aurelia erinnern konnte. Immer noch schluchzend, betrachtete er es.

Aurelia fühlte den Impuls, zu ihm zu gehen. Nur noch wenige Schritte, und sie wäre bei ihm.

Aber sie blieb wie angewurzelt stehen. Hoffnungslosigkeit und Hilflosigkeit überkamen sie. Am liebsten wäre sie selbst in Tränen ausgebrochen. Sie dachte an Ruth und ihre Worte über die Liebe. *Wer braucht sie schon?* Nun, Aurelia brauchte sie. Was Enrico anging, hatte sich die Liebe sozusagen von hinten angeschlichen und sie überrascht. Aber sie war da. Irgendwann während all der Jahre als Freunde war sie auf leisen Sohlen gekommen, ohne dass Aurelia es bemerkt hatte. Sie liebte ihn. Und sie konnte sich ein Leben ohne ihn nicht vorstellen.

Geräuschlos drehte sie sich um und schlich zurück in die Küche. Zum ersten Mal fühlte sie sich in diesem Haus wie ein Eindringling.

Wie konnte sie ihm helfen – wenn das Foto, das er in der Hand hielt, gar nicht sie zeigte?

Seine Tränen galten nicht Aurelia oder dem, was zwischen ihnen vorging. Es war Catarinas Foto, das er in Händen hielt. Sein Herz gehörte noch immer Catarina …

Kapitel 31

Sie hatten sich in Elenas Wohnzimmer zurückgezogen, das von eierschalfarbenen Kerzen und einer zierlichen, mit Perlenschnüren versehenen Lampe beleuchtet wurde. Cari saß auf Elenas grünem Ledersofa und lauschte Carmellas und Elenas Unterhaltung. Carmella redete (und redete und redete …), und Elena übersetzte – in Kurzfassung, vermutete Cari.

»Eine lange weiße Schleppe«, übersetzte Elena. Die Arme hinter dem Rücken, watschelte sie demonstrativ ein paar Schritte an ihnen vorüber. »Ein üppiger Schleier mit Pailletten und Blumen«, setzte sie hinzu und legte mit ausdrucksloser Miene die Hände über das Gesicht. »Da und dort eine Falte …« Sie zupfte an ihrem Rock. »Vereinzelte Volants. Eine Schärpe …«

»Elena – Moment mal!« Cari atmete tief durch. Wie sollte sie sich verständlich machen? Ihre Kleider entsprachen ganz und gar nicht Carmellas Vorstellung. Sie entwarf Kleider anderer Art. Zudem ahmte sie niemals Entwürfe anderer Couturiers nach. Dieses Projekt würde zu einer Katastrophe ausarten, falls man von ihr erwartete, Carmellas ursprüngliche Idee umzusetzen.

»*Sì?*« Elena und Carmella blickten sie erwartungsvoll an.

»Eure Idee folgt der klassischen Linie …«, setzte Cari an. Sie beugte sich auf dem Sofa, das sie nicht freizugeben schien, nach vorne.

Elena dolmetschte.

»Und die ist ziemlich …« – durfte sie es aussprechen? – »… altmodisch.«

Nachdem Elena Caris Bemerkung übersetzt hatte, zogen sowohl Elena als auch Carmella die Stirn kraus, woraufhin Cari beinahe entschuldigend die Hände hob. »Ich arbeite anders.«

Nachdem die beiden Frauen sich besprochen hatten, nahm Elena lächelnd einen Stift und ein Blatt Papier, auf dem sie offensichtlich eine ihrer endlos langen Hochzeitslisten geschrieben hatte, und überreichte Cari beides.

»Zeig uns, wie du es dir vorstellst«, sagte sie. »Zeig uns deinen Entwurf!«

Als Aurelia das Abendessen servierte, schien Enrico sich etwas gefangen zu haben. Er war sich vermutlich gar nicht bewusst, dass seine Trauer nicht unbemerkt geblieben war. Sein durchdringendes Schluchzen versiegte ungefähr zu dem Zeitpunkt, als Aurelia wieder in der Küche stand – das Haus war immerhin groß genug, um Privatsphäre zu gewährleisten.

Während sie die gefüllten Zucchini zubereitete, durchlebte sie ein Wechselbad unterschiedlichster Gefühle. Zum einen nagte natürlich die Sorge um Enrico an ihr – ihn unglücklich zu sehen war für sie kaum erträglich, und sie hatte vermutlich noch dazu beigetragen, indem sie die Vergangenheit auf ihre typische Art erneut ans Licht gezerrt hatte. Hatten sie nicht den Weg gemeinsam fortgesetzt? Waren sie nicht Freunde gewesen, ehe sie ihn mit all ihren Fragen über Catarinas Tod bombardiert hatte?

Enrico und sie hatten nie das Gefühl zarten Erwachens einer Liebe erfahren (erneut musste sie an Ruth denken). Sie waren nicht einmal mehr jung gewesen. Aber sie hatten die Gesellschaft des anderen genossen, waren immer gute Freunde geblieben, nicht wahr? Und nach ihrer Ehe mit Richard hatte sie erkannt, dass Freundschaft weit wertvoller war als Lust, Betörung, ja, selbst Liebe.

Doch hinter allem Zweifel gärte Enttäuschung, musste sie sich eingestehen. Sie schob die Zucchini zur Seite und wandte sich roten Paprikaschoten und einer Chilischote zu. Eine Traurigkeit, die ihr immer wieder bitter aufstieß. Enrico hatte nie einen Hehl aus seiner Zuneigung zu Catarina gemacht. Sie war sich immer im Klaren darüber gewesen, dass sie Catarina niemals das Wasser würde reichen können. Catarina war nun einmal seine große Liebe …

Als sie Zwiebeln hackte, traten ihr Tränen in die Augen, was sie auf die Zwiebelsäfte zurückführte … Und weshalb sollte Catarina auch nicht seine große Liebe sein dürfen? Sie waren schließlich verheiratet gewesen, hatten ein gemeinsames Kind. Und dennoch hatte Aurelia stets geglaubt, es sei auf ihr eigenes Zögern zurückzuführen, dass sich die Beziehung zu Enrico nicht hatte entwickeln können. Die Erkenntnis, dass es sich umgekehrt verhielt, hatte sie sehr getroffen.

Sie erhitzte bestes grünes Olivenöl in der Pfanne und fügte die Zutaten hinzu. Der Duft nach Zwiebeln, Chili und Paprika erfüllte die Küche. Vom Weingestell wählte sie eine Flasche fruchtigen, herrlichen Wein aus der Region, entkorkte sie und goss sich mit der einen Hand ein Glas ein, während sie mit der anderen einen Holzlöffel nahm und das Gemüse in der Pfanne wendete.

Was sollte sie nun tun? Welche Möglichkeiten blieben ihr? Sie hatte sich entschlossen, mit ihm über Richards Tod und ihre Beziehung zu reden. Andererseits konnten sie genauso gut so weitermachen wie bisher. Aber – konnten sie es tatsächlich? Oder …?

Als das Gemüse gar war, mischte sie es mit dem wohlschmeckenden Risottoreis, den sie bereits zuvor gekocht hatte. Köstlich! Andererseits konnte sie natürlich genauso gut so tun, als habe es diesen Nachmittag nicht gegeben, als habe sie ihn weder schluchzen gehört noch gesehen, wie er Catarinas Foto sichtlich liebevoll betrachtete.

Wie blauäugig sie doch gewesen war! Sie hatte das Labyrinth nach Catarinas Plänen angelegt – gegen seinen Rat – und damit die Erinnerungen wiederaufleben lassen. Sie hatte alles Erdenkliche getan, um Catarina lebendig zu erhalten.

Jetzt war es ihr klar. Aurelia beträufelte die gefüllten Zucchini mit Olivenöl, streute Parmesankäse darüber und schob sie in einer Backform in den Ofen. Es war nur eine Frage der Zeit.

Sie entschloss sich, mit Enrico nur über Richard zu sprechen. Denn welche Zukunft gäbe es denn für sie beide, wenn sie nicht mehr miteinander redeten? Selbst ihre Freundschaft würde darüber zerbrechen. Die Freundschaft, die sie sich über all die Jahre hinweg bewahrt hatten.

Als das Essen fertig war, lächelte sie Enrico zu und setzte die auf weißen Tellern angerichteten gefüllten Zucchini auf dem Terrassentisch ab. Sofern es warm genug war, saßen sie immer dort.

Er wirkte überrascht. Hatte sie ihn so selten angelächelt?

»Enrico«, sagte sie, »können wir miteinander reden?«

Sie hatten geredet, gegessen und noch ein wenig mehr geredet. Elenas Wohnzimmer war mit Entwürfen übersät. Sie ging auf und ab und studierte die Skizzen, während Carmella barfuß auf dem Couchtisch stand und Cari ihre Maße nahm.

Die beiden Frauen diskutierten immer noch. Mittlerweile, zu Caris Vorteil, hauptsächlich auf Englisch mit gelegentlichem Rückfall ins Italienische, sobald der Meinungsaustausch die Gemüter zu sehr erhitzte.

»Das Kleid muss weiß sein«, erklärte Elena. »Das entspricht der Tradition.« Sie wandte sich an Cari. »Das ist anders als bei euch. Ihr Engländer seid nun mal sehr modern und kühn.«

Das kam auf die Betrachtungsweise an. Cari legte das Maßband zur Seite und notierte sich etwas auf dem kleinen Block.

»Aber hier sind wir eher konservativ.« Das heißt, wir bevorzugen den *richtigen Weg*, hätte Elena hinzufügen können, als sie nickte, um ihren Standpunkt zu untermauern.

Carmella zog die Nase kraus. »Weiß gefällt mir nicht«, wandte sie ein.

»Aber gestern hat es dir noch gefallen.«

»Gestern war gestern.« Verschmitzt grinste sie Cari an. »Heute ist heute.«

»Cremefarben wäre eine gute Alternative«, schlug Cari vor.

Carmella, so vermutete Cari, zählte zu der Sorte Frau, die für gewöhnlich das bekam, was sie wollte. Aber sie war bezaubernd und konnte auch über sich selbst lachen.

Im Laufe des Abends hatten sie sich vom konventionellen Entwurf, dem Elena zunächst den Vorzug gegeben hatte, über eine Anzahl anderer Vorschläge und Konzepte seitens Cari – die von Carmella mit Begeisterung und von Elena kritisch aufgenommen wurden – zu einem Modell vorgearbeitet, das Carmella gefiel. Letztlich hatte sie sich behauptet. Ihr Kleid würde lang, mit Perlen besetzt, figurschmeichelnd und sexy sein, anstelle einer Schleppe jedoch einen tiefen, geschlitzten Ausschnitt und eine großzügige Zierfalte bekommen. Elena hatte sich nur schwer davon überzeugen lassen. Sämtliche bei der Trauung anwesenden Frauen würden Carmella um diesen Traum beneiden. Und jeder Mann würde sich beinahe in sie verlieben. Dieses Kleid würde allen den Atem rauben.

»Cremefarben? Uuh!« Carmella wirkte nicht überzeugt. Sie neigte den Kopf, vollführte eine halbe Drehung und warf dabei Cari beinahe um. »Welche Farbe würdest du für dein Hochzeitskleid wählen, Cari?«

»Falls ich heirate …« Cari hielt inne, das Maßband locker in den Händen haltend. Sie dachte zurück an einen bestimmten Tag in Brighton. Als sie und Marco durch North Laine spazierten und sie gemeinsam vor dem Spiegel in dem schrägen kleinen Geschäft standen – Marco in dem Anzug aus den Vierzigerjahren und sie in …

»Ich würde Scharlachrot tragen«, antwortete sie.

»Scharlachrot?« Carmella runzelte die Stirn.

»Leuchtend rot.«

»Puh!« Elena streckte die Hände in die Luft. »Diese Engländer … Wie soll man mit ihnen umgehen? Scharlachrot? Das ist nun wirklich verrückt.«

»Scharlachrot?« Carmella musterte Cari schmunzelnd. »Das ist ein toller Vorschlag, oder?«

Kapitel 32

Enrico füllte sein Glas mit dem restlichen Wein. Aurelia hatte nur an ihrem Glas genippt, während Enrico seit Beginn des Abendessens reichlich getrunken hatte. Und falls sie sich ein Zeichen erhofft hatte, dann war dieses keinesfalls ein gutes. Sie hatte sich einen behaglichen Abend gewünscht – mit Enrico auf der Terrasse in der Abenddämmerung dem Zirpen der Zikaden zu lauschen, während die Nacht hereinbrach und sie sich dem Duft der Lilien, des Geißblatts und der Kräuter hingaben. Untermalt vom zarten, aus der Ferne herüberdringenden Murmeln der Wellen, die sich sanft auf dem Strand brachen. Doch die augenblickliche Stimmung wirkte auf Aurelia keinesfalls friedvoll. Ganz im Gegenteil.

»Aurelia, ich verstehe nicht, was genau du mir mitteilen möchtest«, sagte er.

Sie seufzte. Die Eiseskälte in seiner Stimme machte sie nervös. Wie entspannt ihr Beisammensein mit Enrico doch früher gewesen war! Stellte er sich etwa absichtlich so begriffsstutzig?

»Ich fühle mich frei«, sagt sie erneut zu ihm, in der Hoffnung, einen Blick von ihm aufzufangen. Wenn er ihr in die Augen blickte, würde er ihre Liebe zu ihm erkennen, oder etwa nicht? Dann würde er es begreifen.

Aber er sah sie nicht an. Er blickte über ihre Schulter hinweg in Richtung Labyrinth. »Frei, um was zu tun?«

Verflixt! Sie bemühte sich, alles Sentimentale zu unterdrücken. Sollte sie es ihm etwa vorbuchstabieren? Sie liebte diesen Mann. Sie wollte ihn heiraten. Sie hatte ihre Meinung geändert, Himmel noch mal, und wusste, was sie zu geben bereit war. Sie wollte alles geben. »Um ich selbst zu sein«, sagte sie. »Um mein Leben zu leben ...«

»Ah, *dein* Leben? *Sì, sì.*«

Was? Was hatte sie denn jetzt schon wieder Falsches gesagt? Wenn er sie doch nur ausreden ließe ... Sie schob den Teller zurück, obwohl sie die Hälfte des Essens nicht angerührt hatte. Aber es war ohnehin bereits kalt. Es hatte ihr also nicht nur die Sprache, sondern auch den Appetit verschlagen. »Um mich von der Vergangenheit zu befreien«, erklärte sie ihm beinahe schnippisch. Schließlich machte er es ihr nicht gerade leicht. »Du weißt, was ich gegenüber Tasmin empfunden habe, oder? Ja, und jetzt ...«

»Du fühlst dich wohl«, warf er ein. »Seit deine Enkelin sich in dein Leben eingeklinkt hat, fühlst du dich nicht mehr schuldig. Ich weiß.«

Sie starrte ihn an. Er klang so verbittert. War er es? Er trommelte mit den Fingern auf den Tisch. Mochte er nicht reden? Für einen Mann, den sie gut zu kennen glaubte, war er plötzlich ein Buch mit sieben Siegeln. Hatte er denn so wenig begriffen? Nicht nur von alldem, was sie ihm im Augenblick zu erklären versuchte, sondern auch von den zahlreichen Gesprächen in der Vergangenheit. Einst war er ihr Freund und Vertrauter gewesen. Niemand außer ihm schien sie so gut zu verstehen – hatte sie zumindest immer geglaubt.

»Ja, Aurelia, ich weiß, wie du dich fühlst«, wiederholte er. »Du hast es mir letzte Nacht immer wieder gesagt.«

Jetzt fühle ich mich nicht mehr schuldig, dachte sie erleichtert. Aber sie war tief getroffen. War er tatsächlich der Meinung, sie habe die ganze Nacht über nur von sich selbst geredet? Und hatte sie ihn damit tatsächlich gelangweilt? Wollte er ihr das damit bedeuten?

»Ich sehe mich als freie Frau«, flüsterte sie. »Ich dachte, ich wäre noch mit einem anderen Mann verbunden. Aber das stimmt nicht. Es stimmt schon seit Jahren nicht mehr.«

»Was sagst du?« Enrico trank den letzten Schluck. Aurelia

spürte, dass sie über diese Dinge nicht reden sollten, solange er trank. Es war einer vernünftigen Unterhaltung nicht zuträglich und weckte in Enrico Gefühle, die momentan eher kalten Zorn als eine zärtliche Liebesnacht verhießen.

»Ich bin ab sofort nicht mehr verheiratet«, sagte sie. Klare Worte … Er konnte nicht so tun, als würde er die nicht verstehen.

Unvermittelt stand Enrico auf. Sie roch den zarten Duft seines Rasierwassers, der an frisch gesägtes Holz erinnerte. Trotz seines zerfurchten Gesichts, das von Sonne und Wind wie gegerbt wirkte, war er doch nach wie vor ein gut aussehender Mann. Wenn er lächelte, sah er hinreißend aus. Aber er lächelte nicht.

»Was würde sich dadurch für uns möglicherweise verändern?«, fragte er ungerührt.

Aurelia schluckte. Ihre Kehle wurde eng. Sie legte die Hand an den Hals. Es wurde allmählich kühl hier draußen. Sie hätten sich besser ins Haus setzen sollen. Das Gespräch hätte nicht so verlaufen dürfen. Hätte sie doch nur den Mund gehalten! Warum war sie nicht ihrem Grundsatz treu geblieben, die Dinge zu lassen, wie sie waren? »Ich dachte …«

»Möchtest du wissen …« Wieder ließ er sie nicht ausreden. Das entsprach Enrico gar nicht; normalerweise war er ein äußerst zurückhaltender Mensch. »… was ich denke?«

»Natürlich.« Sie wartete. Es wurde immer dunkler. Sie wollte vorschlagen, hineinzugehen, doch es schien nicht der richtige Augenblick zu sein. Enrico wirkte sehr angespannt. Sie spürte es geradezu körperlich, und das machte ihr Angst.

»Mir scheint, du vertraust mir nicht«, sagte er.

»Na ja …«

Er unterbrach sie, indem er die Hand hob. »Jetzt bin ich an der Reihe«, sagte er leise.

Stimmt. Sie nickte. »Sprich weiter!«

»Tatsache ist, du vertraust mir nicht – das hast du mir ziemlich eindeutig zu verstehen gegeben.«

Von Vertrauen zu reden ist völlig in Ordnung, dachte Aurelia und straffte die Schultern. Doch hatte er ihr jemals ausreichend vertraut, um ihr die Wahrheit zu erzählen? Und überhaupt – wer sagte denn jemals die ganze Wahrheit? Hatte sie Cari etwa die ganze Wahrheit gesagt?

»Und da du mir nicht mehr vertraust« – sein Mund war jetzt nur mehr ein Strich. Sie versuchte, seine Augen in dem Zwielicht zu sehen –, »fällt es mir schwer, mir eine gemeinsame Zukunft vorzustellen.«

Aurelia sah ihn entgeistert an. Wovon redete er, um Gottes willen? Keine Zukunft? Himmel noch mal …

»Vertrauen, und dem wirst du sicherlich zustimmen, sollte die Basis für jede Beziehung zwischen einem Mann und einer Frau sein.« Er schürzte die Lippen. »Wenngleich ich es genossen habe, dass unsere Beziehung nie konventionell war.«

Seit wann, fragte Aurelia sich. Seit wann war er so verletzt?

»Es spielt doch keine Rolle«, entgegnete sie. Sie fürchtete sich jetzt umso mehr. »Was immer sich in der Vergangenheit zugetragen hat – es spielt jetzt keine Rolle mehr. Das können wir vergessen und hinter uns lassen.«

»Doch, es spielt eine Rolle!« Enrico schob seinen Stuhl an den Tisch. Die Stuhlbeine kratzten über die Terrasse. »Sogar eine große Rolle!«

Wie in Trance erhob sich Aurelia und stellte das schmutzige Geschirr zusammen. Warum tat sie das? Warum brach sie nicht in Tränen aus? Verdrängung, dachte sie bei sich. Denk nicht dran, dann wird es auch nicht Realität! Sie würde sich nicht gehen lassen. Sie würde ihre Würde wahren, koste es, was es wolle. »Was schlägst du vor, Enrico?«, fragte sie schließlich, sich seinem Ton angleichend, während sie das Geschirr auf das Tablett stapelte.

Er musterte sie eingehend. Sie spürte seinen Blick. »Als Erstes, getrennte Zimmer.«

Aurelia stockte der Atem. Sie nahm das Tablett. Es half ihr, die Fassung zu bewahren.

Enrico ging auf das Haus zu. Die weißgetünchte Villa stach aus der zunehmenden Dunkelheit heraus. Er trat durch die Verandatüren ins Haus, auf seinen verdammten Flügel und sein verdammtes Foto zu. Ohne Zweifel.

»Und dann …« Er warf ihr die Worte über die Schulter entgegen. »Und dann sehen wir weiter.«

Cari rief Dan von der Telefonzelle im Dorf an. Sie wollte ungestört sein und hatte außerdem ihr Handy am Tag ihrer Ankunft in Italien ausgeschaltet. Niemand in England sollte mit ihr Verbindung aufnehmen können. Sie brauchte Abstand.

»Dan?« Sie hatte beinahe angenommen, dass er zu dieser Tageszeit nicht erreichbar wäre. Sie sah auf die Uhr. Zweiundzwanzig Uhr dreißig. In Italien waren sie eine Stunde weiter.

»Cari! Hallo, Süße!«

Er klang so fröhlich, so erfreut, etwas von ihr zu hören, dass sie sich erneut schuldig fühlte. Wie sehr hatte sie sich erhofft, dass sich ihre Beziehung auch für ihn gemäß dem Sprichwort »aus den Augen, aus dem Sinn« entwickeln würde!

»Was ist passiert? Wo bist du?«

»Das errätst du nie.« Sie warf einen Blick aus der hell erleuchteten Telefonzelle in die dunkle Nacht. Sie befand sich im Augenblick auf der Piazza des Dorfes – dem Platz, den Marco ihr in Brighton beschrieben hatte – mit dem Olivenbaum und dem Brunnen. Und der Telefonzelle.

»Na, dann versuche ich es gar nicht erst. Also wo?«

»Ich bin in einem Dorf namens Aurelia.« Sie bemühte sich, den Namen wie die Italiener auszusprechen: Starke Betonung auf der zweiten Silbe, die in einem duftigen Schnörkel ausläuft. Mmh, klang gar nicht mal schlecht!

»Wie bitte?«

»Du hast richtig gehört!« Sie lächelte. Immer noch saßen einige Leute in der Bar auf der anderen Seite des Platzes, tranken Grappa und Espresso, rauchten und spielten Karten. Als habe jemand die Zeit zurückgedreht.

»Wahrscheinlich nach deiner Großmutter benannt, oder?« Er lachte. Dennoch war sein Groll unüberhörbar. Vermutlich weil sie kein Interesse daran gehabt hatte, mit ihm in Verbindung zu bleiben. Sie zuckte die Achseln. Sie hatte versucht, ihre Beziehung vor ihrer Abreise nach Italien zu beenden, aber Dan war darauf nicht eingegangen.

»Vermutlich nur das Aufeinandertreffen verschiedener Ereignisse«, entgegnete sie. Ein weiterer jener eigentümlichen Zufälle, die sich anscheinend ohne eigenes Zutun an ihre Familie hefteten. Familie. Cari durchströmte ein freudiges Gefühl. Sie hatte eine Familie … »Aber sie lebt hier.«

»Du hast sie ausfindig gemacht?« Seine Worte kamen so klar, als sei er hier im Dorf. Doch gleichzeitig schien er tausend Meilen entfernt zu sein, denn seine Stimme erreichte sie nicht, löste kein Gefühl in ihr aus. Er war jetzt ganz weit weg – als wäre er ein Fremder. England und Dan schienen zu einem anderen Leben zu gehören, zu einer anderen Cari. Hatte Italien sich durchgesetzt? Italien, ihre Großmutter und Marco …?

»Nicht nur das«, antwortete sie. »Ich wohne auch bei ihr.« Das zarte Plätschern des Springbrunnens sowie Lachsalven von der Bar drangen zu ihr herüber.

»Du schwindelst!«

»Nein. Es ist wahr.« Siehst du, ich habe Recht behalten. Obgleich seine Worte sie nach wie vor trafen. Wäre es nach Dan gegangen, wäre sie niemals hierher gefahren und säße immer noch in Brighton. Sie hätte weder ihre Großmutter kennengelernt noch einen Auftrag für den Entwurf eines umwerfenden, scharlachroten, mit Perlen bestickten Hochzeitskleides bekommen. Cari grinste, als sie an Elenas entsetztes Gesicht dachte. »Scharlachrot? Niemals!«

Und Carmellas Entschlossenheit. »Es ist meine Hochzeit. Und ich möchte in Scharlachrot heiraten. Oder …« Sie hatte die Arme in die Hüften gestemmt und den Kopf in den Nacken geworfen. »Oder wir sagen die Hochzeit ab.«

»Und wie hast du sie gefunden?«, bohrte Dan weiter. »Über eine Kontaktanzeige?«

Du lieber Himmel! Cari holte tief Luft und nahm allen Mut

zusammen. »Ich bin Marco begegnet«, sagte sie. »Und er kennt sie zufällig. Gewissermaßen.« Na ja, gewissermaßen …

»Marco?«

»Ja.« Sie hörte es an seiner Stimme – und er hatte ja Recht: Die Geschichte klang von vorn bis hinten an den Haaren herbeigezogen. Sie blickte auf den Platz, der jetzt dunkler wirkte als zuvor. Sie sollte besser zu *La Sirena* zurückfahren.

»Habt ihr euch hier in Brighton abgesprochen, euch zufällig in Italien zu treffen?«

»Nein, wie kommst du denn darauf?« Sie wechselte den Hörer auf das andere Ohr und warf ein paar Münzen nach. »Er wohnt in der Nähe. Purer Zufall.« Noch ein seltsamer Zufall.

»Ja. Verstehe.«

Das führte nirgendwohin. Und genau aus diesem Grund hatte sie ihn nicht anrufen wollen. Sie wusste, dass er sie einschüchtern und ihr Schuldgefühl, das ohnehin ziemlich groß war, nur noch verstärken würde.

»Hör mal, Dan …«, begann sie.

»Cari, du fehlst mir«, sagte er hastig. »Es wäre so schön, wenn du wieder bei mir wärst. Wann kommst du nach Hause?«

Nach Hause … Sie seufzte. »Ich weiß nicht.« Es war schon spät. Ein paar Männer traten aus der hell erleuchteten Bar und verabschiedeten sich gut gelaunt voneinander. *Ciao. Ciao.*

»Du weißt es nicht? Was soll das heißen?«

Es war um so vieles schwieriger, als er überhaupt ahnen konnte. »Dan, das hier ist nicht nur ein Erholungsurlaub«, erklärte sie.

»Hängt es mit Marco zusammen, diesem Mistkerl?«, fragte er bitter. »Ja? Möchtest du deshalb in Italien bleiben? Bist du …?«

»Nein«, unterbrach sie ihn. Sie wollte ihn nicht anlügen müssen. »Ich bleibe hier, weil ich mit meiner Großmutter zusammen sein möchte.« Genau. Und mit den anderen. Ja, auch mit Marco.

»Aber du musst doch wissen, für wie lange?« Womit er, zugegebenermaßen, Recht hatte.

»Außerdem schneidere ich gerade ein Hochzeitskleid.«

»Wie bitte?«

Cari starrte in die Dunkelheit. Nachdem eine Wolke über den Mond geeilt war, leuchtete er nun wieder voll und erhellte das Wasser im Springbrunnen sowie die mattgrauen Blätter des Olivenbaums. Es war bereits Juni. Wollte sie den Sommer in Italien verbringen?

»Hör mal, das ist alles ziemlich kompliziert. Ich kann es jetzt nicht erklären.« Sie wollte nur eines: das Gespräch beenden. *Pronto.* »Ich muss zurück. Es ist schon spät.«

»Ist er dort?«

Sie seufzte. »Nein.«

»Bist du allein?« Er klang besorgt. »Kannst du dir ein Taxi nehmen?«

Sie lachte. »Ich glaube kaum, dass es hier Taxis gibt. Und wenn, muss man sie vermutlich eine Woche vorher bestellen.« Wieder verließ jemand die Bar und winkte ihr freundlich zu. Sie winkte zurück. »Aber ich bin hier vollkommen sicher. Mach dir keine Sorgen!«

»Gib mir die Nummer von deiner Großmutter. Ich rufe dich an.« Er sprach schnell, als fürchte er, dass sie die Verbindung abbrach und ihn nie wieder anrief. »Nenn sie mir, Cari. Los.« Doch ihr missfiel sein fordernder Ton.

»Nein.« Pause. »Das heißt, ich weiß sie nicht, Dan.« Was natürlich nicht stimmte.

Sie hörte, wie er nach Atem rang. »Dan?«

»Gib mir die Nummer, Cari!«

Die Leitung schien gestört zu sein. Sie warf weitere Münzen in den Schlitz. »Es ist aus zwischen uns, Dan«, erklärte sie. »Ich weiß nicht, wann ich zurückkomme. Aber falls ich es tue, werden wir kein Paar mehr sein.« Sie schwieg in Erwartung eines Wutanfalls am anderen Ende der Leitung. Nichts. »Dan?«

Die Stille wurde ersetzt durch den Wählton. Hatte er sie gehört? War die Botschaft bei ihm angekommen? »Es tut mir leid, Dan«, flüsterte sie in den Hörer. »Ich wollte dich niemals verletzen.«

Kapitel 33

Am Nachmittag des darauffolgenden Tages – Cari stand in der Küche von *La Sirena* – klingelte das Telefon. Aurelia nahm den Hörer ab. »*Un momento per favore*«, sagte sie und reichte Cari den Handapparat.

»*Ciao*«, sagte er.

»*Ciao,* Marco.« Cari konnte das urplötzliche Verlangen, das sie beim Klang seiner Stimme überfiel, kaum unterdrücken. Jetzt war *er* es, der sich anhörte, als sei er ganz nah. Überhaupt nicht unerreichbar. Seine Stimme war ihr so vertraut. Sie setzte sich an den großen Eichentisch und bemerkte, dass Aurelia zögernd die Küche verließ. War es so offensichtlich?

»Ich habe gehört, dass du eine Weile in Ligurien bleibst«, sagte er. »Stimmt das?«

»Ja.« Sie runzelte die Stirn. »Woher weißt du das?«

Er lachte. »Unser Dorf ist klein, und die Gerüchteküche brodelt hier umso stärker.«

Hmm. Sie überlegte. Spionierte er ihr nach? Oder kannte er ihre Familie besser, als sie dachte?

»Und vermutlich«, fuhr er fort, »bleibst du nur wegen des Hochzeitskleides hier, *sì*?«

»Weshalb sonst?« Sie presste den Hörer stärker an ihr Ohr. Oder *wegen wem sonst* …? Ach, Marco! Ein Flirt war etwas Wundervolles, und es gab nichts dagegen einzuwenden, aber wann würde sie Antworten erhalten?

»Oh!« Er seufzte mit der für Italiener wohlbekannten Theatralik. »Ich hatte gehofft …«

»Wirklich?« Cari stand auf und stellte sich an die geöffnete Tür. Wie friedlich es an diesem Nachmittag im Park von *La*

Sirena war! Neben dem zarten Rauschen der Wellen war nur das Summen der Insekten zu hören, die dem Duft der Lilien, des Lavendels und des Geißblatts erlagen. Über dem Park schwebte der für den Spätnachmittag typische Dunst. Es war vollkommen windstill, nichts bewegte sich, selbst im Pool kräuselte sich keine Welle. Frieden. Eine derartige Stille hatte sie in England nie erlebt und ebenso wenig die einfachen Freuden des Alltags. Das war vermutlich das, was die Italiener *la dolce vita* nannten.

»Ich fürchte, du wirst mir das Herz brechen.«

Cari grinste. »Damit ist wohl kaum zu rechnen, Marco.« Im Kräutergarten erhoben sich die spitzen Nadeln des Rosmarins über das makellos leuchtende Blau des Borretsch. Cari beugte sich hinunter, zupfte ein Blatt vom Basilikum ab und rieb es zwischen den Fingern. Augenblicklich entfaltete sich sein Aroma. Rieb man zu stark, verflüchtigte es sich. Wer wollte das schon?

»Möchtest du heute mit mir ausgehen und … es ausprobieren?« Seine leicht heisere Stimme ließ sie schaudern. Woran lag es, dass italienische Worte dermaßen sexy klangen?

»Hmm …« Mochte sie? Sie hatte schon gedacht, er werde sie nie fragen. Besser also die Gelegenheit nutzen; wer weiß, ob sie eine zweite Chance bekommen würde. »Man könnte mich überreden«, antwortete sie, während sie eine kleine hellgrüne Eidechse beobachtete, die über die weiße Wand der Villa flitzte und im Schutz der Steinmauer verschwand.

»*Benissimo.*« Stille.

Überdachte er vielleicht den nächsten Schachzug? Führte er sie womöglich an der Nase herum? Oder ging die Phantasie mit ihr durch? In dieser Hitze konnte man den Bezug zur Realität verlieren. Wen wundert es, dass die Italiener ein derartig leidenschaftliches Volk sind?, dachte sie.

»Ich wüsste einen Ort …«

Cari schloss die Augen. War er sich bewusst, welche Gefühle er in ihr auslöste? Ob er diese Wirkung auf alle Mädchen hatte? »Daran zweifle ich nicht eine Sekunde«, flüsterte sie.

»Einen ganz besonderen Ort.«

Cari bemühte sich, ihren Atem unter Kontrolle zu halten. Jetzt mal ganz ruhig! Um was ging es denn eigentlich? Redeten sie hier von Cafés, Restaurants oder …?

»Einen sehr abgeschiedenen Ort.«

»Aha.« Also eine dritte Wahlmöglichkeit. Anfangs wollte er sie nicht küssen und jetzt das! Er steckte voller Überraschungen! Doch wollte sie das wirklich? Ging es nicht zu schnell?

Cari setzte sich auf die Schwelle und streckte die Beine aus. Schon jetzt waren sie sonnengebräunter denn je, obwohl sie sich so gut wie nie in die Sonne gelegt hatte. Aber die Italiener lebten mehr oder weniger im Freien. Es war so viel angenehmer. Den Kaffee trank man auf der Terrasse, und auch das Mittagessen wurde für gewöhnlich dort eingenommen – und am Abend aß man im Garten mit Kerzen auf dem Tisch, während Laternen den Pool, die Hortensien und Lilien in den ausgebleichten Terrakottakübeln beleuchteten.

»Und? Was hältst du davon?« Er wartete. Während sie vollkommen blockiert war – sowohl im Kopf als auch was die Sprache betraf.

»Um wie viel Uhr?«, fragte sie zurück. »Ich wollte gerade mit Aurelia einen Spaziergang machen. Außerdem hat sie bereits das Abendessen vorbereitet.« Er sollte lieber ein wenig vorausplanen, dachte sie. Spontaneität war etwas Tolles, aber schließlich muss man sich auch nach anderen Menschen richten.

Er lachte. »Familie, Familie, mmh?«

Sie versuchte, seinen Ton zu deuten. Ja. Familie. Die Familie war vermutlich das Wichtigste.

»Um zehn?«, schlug er vor. »Am Tor?«

Cari zögerte. »Ist das nicht ein bisschen spät, um auszugehen?« Was würde Aurelia denken? Aber eigentlich war das egal. Sie war schließlich neunundzwanzig und konnte über sich selbst bestimmen. Dennoch … Warum holte er sie nicht ab? Warum wollte er ihre Großmutter nicht kennenlernen?

»Unsinn, *cara*.« Seine Stimme klang entschlossen. »In Italien ist zehn Uhr früh. Vertrau mir!« Er schwieg. »Du vertraust mir doch, oder?«

Vertraute sie ihm? Sie sollte es nicht tun, wenn sie vernünftig sein wollte. Aber sie hatte auch diesmal einfach keine Lust, der Vernunft zu folgen. Ihr gefiel Marcos Spontaneität, und sie wünschte, sie könnte ebenso spontan sein. O ja, sie wollte es. Sie wollte ihn.

»Ich vertraue dir, Marco.« Sie stand auf, klopfte den Staub von den Shorts und ging summend ins Haus, um das schnurlose Telefon wieder an seinen Platz zu legen. Wahrscheinlich ganz schön blauäugig, oder?

»Erinnerst du dich an eine Freundin meiner Mutter namens Gail?«, fragte Cari ihre Großmutter, als sie Arm in Arm durch das Labyrinth spazierten. Diese Frage brannte ihr bereits seit einiger Zeit auf den Nägeln, nicht nur weil diese Person auf der Party gewesen war – wenngleich nicht bei Tasmins Beerdigung –, sondern auch wegen Tasmins Anruf bei Edward am Abend ihres Todes. Noch ein Geheimnis. Sie bezweifelte es zwar, aber vielleicht konnte Aurelia Licht in diese rätselhafte Geschichte bringen.

Aurelia war stehen geblieben. Sie warf einen Blick auf Cari, wand sich aus ihrem Arm und beugte sich hinunter, als würde sie die Blüte eines Oleanders inspizieren.

Eine eigenartige Reaktion. Andererseits hatte sich Aurelia schon den ganzen Tag über seltsam verhalten. Sie wirkte verletzt und hatte keine Lust zum Malen. Allein Letzteres war ungewöhnlich. Stattdessen hatte sie auf der Terrasse gesessen und Löcher in die Luft gestarrt, während Cari sich Notizen zu Carmellas Kleid machte. Sie überlegte, wie viel Material sie benötigte, ob sie Carmella zu einem kleinen Schleier – kurz und sexy – aus rotem Netzgewebe überreden sollte oder zu einem exzentrischen Haarreif mit Federschmuck – was augenblicklich in England der letzte Schrei war. Es würde keinen großen Aufwand bedeuten, die Federn in dem gleichen Rot wie das Kleid einzufärben. Enrico war irgendwohin verschwunden – für jemanden, der im Ruhestand war, verschwand er ziemlich oft –, und Aurelia wirkte eindeutig verstört.

Sie war offenbar zu einer Entscheidung gekommen. »Ja, ich

kannte sie recht gut.« Sie spazierte den sandigen Pfad entlang. Sehr zerbrechlich. Sehr aufrecht. Sehr sicher. Ihr großer Sonnenhut saß ein wenig schief auf dem Kopf, doch bot er immerhin Schutz vor der Hitze.

Recht gut? Das Verhältnis zwischen Tasmin und Aurelia überraschte Cari zuweilen immer noch. Waren sie einander wirklich nah gewesen? Oder hatte es für Tasmin immer nur Richard gegeben? Sie folgte Aurelia auf einem nach rechts abbiegenden Weg, der in das Herz des Labyrinths mündete. Der sinnliche Duft des Jasmins schwebte an dem trägen Spätnachmittag in der Luft. Und womit war heute Abend zu rechnen?

Aurelia drehte sich hastig um. »Weshalb fragst du?«

Cari überlegte, wie viel sie ihr erzählen sollte. Sie wollte sie nicht noch mehr in Aufregung versetzen. Aber da sie das Thema aufgegriffen hatte … »Meine Mutter hat Edward von der Party mit ihrem Handy angerufen«, erklärte sie.

»Edward – der Mann aus der Galerie?« Sie hatten das unvermeidliche Ziel erreicht – den Teich und die Bank aus Olivenholz – und ließen sich erleichtert darauf nieder. Aurelia benötigte wahrscheinlich eine Pause, und Cari musste unbedingt ihre Gedanken ordnen.

Cari nickte. »Das ist vermutlich nicht ungewöhnlich – schließlich waren sie befreundet und besprachen viele Dinge miteinander.« Mehr als Tasmin jemals mit Cari besprochen hatte. »Er war so etwas wie eine …« Sie zögerte.

»Vaterfigur?« Aurelia legte die Hand auf Caris Arm. »Ich verstehe, Liebes. Aber was hat das mit Gail zu tun?«

Cari betrachtete den südländischen Matrosen. Großartig. Das musste ein Italiener sein. Irgendwie erinnerte er sie an Marco. Ein Gefühl von Vorfreude durchströmte ihren Körper, und sie versuchte den Schauder zu unterdrücken. Weshalb war sie so von ihm fasziniert? Wie hatte sie sich so bezirzen lassen können?

»Sie hatte sie getroffen«, sagte sie. »Auf der Party. Deshalb hatte sie telefoniert. Das hat Edward zumindest gesagt.«

Aurelia erhob sich. Sie nahm einen kleinen Ast vom Boden

auf und schob ein paar Algen, die die Seerose zu ersticken drohten, beiseite.

Und nun?, wunderte sich Cari. War das so etwas wie eine Übersprungshandlung?

»Bist du dir da sicher?« Aurelia wandte sich zu ihr. »Ich habe mir nie vorstellen können, dass sie in Verbindung bleiben würden.« Erstaunt schüttelte sie den Kopf. »Nach … Na ja, Tasmin war damals erst siebzehn und Gail noch nicht einmal sechzehn …« Ihre Stimme verebbte.

Cari stand auf und stellte sich neben sie an den Teich. Die grelle Sonne wurde von der Wasseroberfläche reflektiert, und es dauerte eine Weile, bis sich ihre Augen daran gewöhnt hatten. Erst dann konnte sie die goldfarbenen und schwarzen Fische erkennen, die gewandt durch das Wasser flitzten und kleine Wellen erzeugten, in denen sich das Sonnenlicht brach. Zierliche, langbeinige Insekten flogen und taumelten über die Wasseroberfläche, und während sie deren Tanz zusah, schwebte eine übermütige rote Libelle über dem Wasser, ehe sie sich im perfekten Sturzflug auf ihre Beute stürzte.

»Ich kann mir kaum vorstellen, dass sie Kontakt miteinander hatten«, sagte Cari. »Vermutlich war ihr Anblick ein Schock für Mum. So hat sie es auch gegenüber Edward ausgedrückt.«

Aurelia schauderte. »War das alles, was sie gesagt hat?«, fragte sie leise.

Da war also etwas gewesen! Und was hatte sie damit aufgedeckt? Cari nahm ihre Großmutter am Arm und führte sie zur Bank zurück. »Nur, dass sie sich unterhalten hätten«, antwortete Cari. Edward hatte ihr erzählt, Tasmin habe high geklungen und total abgefahren. Was vermutlich auf die Droge zurückzuführen war. Zu dem Zeitpunkt hatte sie die Pille bereits geschluckt gehabt. *Es ist an der Zeit, etwas zu verändern*, hatte sie zu ihm gesagt. Waren das die Worte eines suizidgefährdeten Menschen? Fragte sich nur, welche Veränderungen.

Sie erzählte es Aurelia, bemühte sich, sie zu beruhigen, und hoffte, die Sache damit nicht etwa noch zu verschlimmern.

»Hat sie oft Ecstasy genommen?«, wollte Aurelia wissen.

Ohne ihre Sonnenbrille wirkte sie irgendwie noch verwundbarer. Doch ihre Augen waren klar. Cari war sich bewusst, dass sie ihr die Wahrheit sagen musste.

»Sie hat hin und wieder andere Drogen geschluckt«, antwortete sie. »Gelegentlich Kokain, auf Partys Marihuana.«

Aurelia zuckte zusammen. »Aber kein Ecstasy?«

»Nicht, soweit ich weiß. Nein, ich glaube nicht.« Davon war in ihrem Tagebuch nie die Rede. Tasmin war keinesfalls jemand, den Cari als gewohnheitsmäßige Drogenkonsumentin bezeichnen würde. Offenbar nahm sie das Zeug, wenn es verfügbar war. Ob sie sich dadurch vielleicht an depressiven Tagen besser gefühlt hatte? Möglicherweise hatte es ihr den Eindruck verschafft, das Leben sei schön.

Was mochte Aurelia denken? Dass Gail ihr die Droge gegeben hatte? Niemand hatte sich dazu geäußert – aber das würde vermutlich auch niemand tun, oder?

Aurelia blickte immer noch hinüber zum Teich. Die Mischung – der süße Duft des Jasmins, die summenden Insekten und das sanfte Plätschern des Wassers – wirkte normalerweise einschläfernd, doch im Augenblick fühlte Cari sich hellwach. »Was?«, fragte sie. »Was ist es? Du musst es mir sagen!« Warum ist es oft so schwierig, hinter die Wahrheit zu kommen?

Aurelia hatte sich offenbar entschieden. »Mein Mann hat sie sexuell missbraucht«, gestand sie. »Sie war damals erst fünfzehn.«

Cari starrte sie entgeistert an. Sie spürte plötzlich einen Druck im Kopf, als habe man ihr ein Eisenband umgelegt und es immer enger gezogen … Einen Augenblick nahmen die schrecklichsten Ängste vor ihren Augen Gestalt an. »Gail?«, flüsterte sie.

Aurelia nickte. »Ich bin genau in dem Augenblick hinzugekommen. Er hat sofort von ihr abgelassen. Tasmin hat es nie erfahren.«

»Weshalb nicht?« Cari schrie, obwohl sie es nicht beabsichtigt hatte.

Ihre Großmutter zuckte zusammen. »Sie hat ihn angebetet«, sagte sie. »Verstehst du? Ich konnte es ihr nicht erzählen. Es hätte ihr das Herz gebrochen.«

Kapitel 34

An diesem Abend stieg Aurelia nach dem Essen die ausgetretenen Steinstufen zur Bucht hinunter. Sie wollte ein wenig allein sein, und die Nacht war dafür wie geschaffen.

Beim Tor hielt sie inne. Der fast volle Mond warf seinen hellen Schein aufs Wasser und glitzerte auf den Wellen, die gegen den Strand brandeten. Aurelia konnte sich nicht erinnern, wann sie das letzte Mal nachts schwimmen gewesen war. Früher waren sie und Enrico an milden Sommerabenden oft in die Bucht hinabgegangen, aber wie lange hatte er sie nun schon nicht mehr begleitet?

Behutsam setzte sie Fuß vor Fuß. Cari hatte gesagt, sie würde sich mit Marco treffen. Wer war dieser Marco? Sollte es ihr nicht zu denken geben, dass sie ihm nie begegnete? Sollte sie vielleicht Elena, Rosa oder Maria nach ihm fragen? Oder mischte sie sich da in Sachen ein, die sie nichts angingen? Nein, sie würde sich jetzt keine Sorgen machen. Allerdings kam ihr der Ausdruck auf Caris Gesicht nur allzu bekannt vor …

Aurelia breitete ihr Handtuch auf den Kieseln aus, die immer noch warm waren von der Hitze des Tages. Es war nicht so einfach, plötzlich mit fünfundsiebzig Großmutter zu werden, noch dazu, wenn die Enkelin bereits auf die dreißig zuging. Cari war erwachsen und konnte hervorragend auf sich selbst aufpassen. Aber in einer Familie kümmerte sich einer um den anderen – vor allem in Italien. Und das wollte Aurelia für Cari tun.

Sie streifte die Träger ihres geblümten Kleides von den Schultern und ließ es zu Boden gleiten. Früher einmal hatte sie hier nackt gebadet, da die Bucht völlig abgeschieden lag, aber es wäre ihr unangenehm, wenn Cari oder Enrico – oder vielleicht sogar Elena – plötzlich auftauchen und sie im Evaskostüm ertappen würden. Meine Güte, das würde sie bestimmt schockieren! In ihrem Alter … Sie lachte in sich hinein. Doch warum sollte ihr das etwas ausmachen?

Vielleicht weil ihr Körper ihr keinen sinnlichen Genuss mehr bereitete. Wie lange mochte es her sein, dass sie und Enrico …? *Getrennte Schlafzimmer?* Worauf würde es am Ende hinauslaufen? Auf getrennte Wege? Meinte er letztendlich das? Die meisten Leute dachten wahrscheinlich, dass sie sich mit Dingen wie Sex nicht mehr abgaben; vielleicht war es vielen Menschen über siebzig auch egal. Aurelia wusste es nicht. Aber ihr Sexualleben war immer gut gewesen. Leidenschaftlich und doch sanft. Und das vermisste sie, das Gehaltenwerden, die Nähe, die Vertrautheit. Schon vor langer Zeit war daraus Liebe geworden. Warum nur hatte sie es stets geleugnet?

Jedenfalls trug sie unter dem Kleid ihren blauen Badeanzug. Sie legte das Kleid ordentlich gefaltet neben die Sandalen und trat zögernd ans Wasser. Die Steine bohrten sich in ihre Fußsohlen, doch die waren daran gewöhnt. Aurelia musste lächeln. Auch ihre Seele hatte sich eine Hornhaut zugelegt.

Hatte sie sich heute Abend Cari gegenüber richtig verhalten? Hätte sie ihr vielleicht lieber nichts von Richard und Gail erzählen sollen? Die Arme seitlich ausgestreckt, wappnete sich Aurelia für den Schritt ins Wasser. Sie hatte immer geglaubt, dass sie es keiner Menschenseele je anvertrauen würde. Wenn sie nicht davon sprach, so hatte sie gehofft, würden die Bilder eines Tages aus ihrem Gedächtnis getilgt werden. Aber das war nicht geschehen, und Cari hatte es verdient, die Wahrheit zu erfahren.

Brrr! Sie zuckte zusammen, als das kalte Wasser über ihre Füße spülte. Aurelia sah hinauf zum Mond. Es grenzte an Verrücktheit, wenn man in ihrem Alter noch nachts allein schwimmen ging, oder?

Niemals würde sie Gails Augen vergessen. Dieses Bild hatte sich tief in ihr Bewusstsein gegraben. Sie watete tiefer ins Wasser. Die Wellen liebkosten ihre Schenkel.

Das Mädchen hatte in einer Ecke der Küche neben dem Kühlschrank gestanden. Richard dicht vor ihr, mit dem Rücken zu Aurelia, die wie angewurzelt in der Tür verharrte, unfähig, auch nur ein Wort herauszubringen.

Aurelia hatte die Situation mit einem Blick erfasst, beinahe als habe sie dies schon einmal erlebt (was in gewisser Weise zutraf, damals, mit Janey) oder als habe sie damit gerechnet (und das hatte sie wohl auch, denn in diesem Haus hatte seit Wochen eine Zeitbombe getickt).

Aurelia beugte sich vor, als wollte sie das Wasser umarmen, schöpfte es mit der hohlen Hand und spritzte ein wenig auf den Oberkörper. Es fühlte sich nun wärmer an, weicher, wie eine Decke, in die sie sich hineinschmiegen, einsinken, eintauchen konnte.

Im Blick des Mädchens hatte Angst gelegen – die Augen eines Kindes, das vorgab, erwachsen zu sein. Und die gesamte Situation ... Gail in einem kurzen Rock und einem knappen Top, das nichts der Phantasie überließ, und Richards keuchender Atem ... Bestimmt hatte er getrunken, denn er trank immer. Gail hatte es bloß für ein Spiel gehalten (und bisher war es auch ein Spiel gewesen, aber die Bombe hatte die ganze Zeit getickt), ein Erwachsenenspiel, das sie auf sicherem Terrain mit dem Vater einer Freundin spielen konnte.

Doch plötzlich hatte sich etwas verändert, und unbemerkt war aus dem Spiel Ernst geworden.

Aurelia tauchte in die Wellen. Auf einen Moment des Schreckens folgte Erleichterung, und schon wurde sie vom Wasser getragen.

Im Bruchteil einer Sekunde hatte Richard eine Hand auf Gails Brust gelegt, während die andere wie eine Schlange unter ihren Rock geglitten war.

Gail schluckte fassungslos. »Ich glaube, das sollten Sie nicht tun, Mr Banks.« Ihre Stimme klang dünn und hoch. Sie trat den Rückzug an, aber der Kühlschrank versperrte ihr den Weg. Sie war gefangen.

»Sag doch Richard zu mir! Gefällt es dir nicht? Ich könnte dir beibringen …«

»Nein …!«

Aurelia erwachte aus ihrer Erstarrung. Hoch erhobenen Hauptes trat sie in die Küche. Ein Störenfried, kochend vor Wut. Jetzt sahen beide erschrocken aus.

Richard hatte sich mit dem Handrücken den Mund abgewischt und gesagt: »Sie hat's ja drauf angelegt. Dieses kleine Miststück.«

Aurelia drehte sich auf den Rücken. Im Wasser fiel ihr diese Bewegung viel leichter als nachts im Bett, wenn sich die von Arthritis geplagten Gelenke beschwerten. Ihr Blick verfolgte eine Wolke, die am Mond vorbeizog. Dieser Anblick übte eine fast hypnotische Wirkung auf Aurelia aus. Auch wenn sie zu den unzähligen Sternen am tintenblauen Himmel emporsah, hatte sie das Gefühl, sie würden wie in Trance zu tanzen beginnen.

Gail weinte. Ohne Richard zu beachten, legte Aurelia den Arm um das Mädchen, obwohl sie sich dazu überwinden musste. Sie bemühte sich, ihre Haut nicht zu berühren, die sich unangenehm feucht und kalt anfühlte, wie die eines Fisches.

Sie führte Gail ins Wohnzimmer. »Hat er dir etwas angetan?«

»Nein.« Schon trockneten die Tränen, und der Blick wurde wieder trotzig und überheblich.

»Alles in Ordnung?« Aurelia gelang es nicht, ihrer Stimme einen freundlichen Klang zu verleihen. Gail hatte sich ihm geradezu angeboten – seit Wochen schon, sogar in Aurelias Gegenwart. Sie flirtete, streckte die Brust heraus, ließ den Rock höher rutschen. Provokativ. Eine Zeitbombe. Aber um Gottes willen, sie war erst fünfzehn.

»Klar.«

»Sicher?«

»Natürlich bin ich mir sicher.« Und schon stolzierte sie davon.

Aurelia drehte sich wieder auf den Bauch und schwamm weiter hinaus. Allerdings nicht zu weit. Sie hatte ihre Lektion gelernt. Mit fünfundsiebzig war es Zeit, sich zu mäßigen. Das hieß nicht, dass sie resignierte. Sie war nur realistisch.

»Erzähl es bloß nicht Tasmin!«, hatte Aurelia Gail eingeschärft.

Hatte sie »nie« hinzugefügt? Offensichtlich hatte Gail es ihr nun doch erzählt, und Aurelia würde nie mehr in Erfahrung bringen, welche Wirkung dieses Wissen auf ihre inzwischen siebenundvierzigjährige Tochter gehabt hatte.

Bestimmt hatte es ihr einen Schock versetzt.

Aurelia prüfte, wie tief das Wasser war. Es reichte ihr bis zu den Schultern. Perfekt. Tief genug, um sich genüsslich hineinsinken zu lassen. Sie wandte sich um und schwamm mit kräftigen Zügen Richtung Tellaro. Die Fenster der Häuser am Ufer waren erleuchtet, ebenso die Laterne der Barockkirche, ein Signalfeuer, das vor den glatten, tückischen Felsen warnte.

War der Schock so groß gewesen, dass Tasmin nicht mehr leben wollte? Aurelia sog beim Schwimmen den Geruch des salzigen Wassers ein. Nachts roch das Meer anders, erdiger, nach Tang und Schalentieren.

Nein, das konnte sie sich nicht vorstellen. Anscheinend hatte Tasmin diesem Edward gegenüber etwas von *Veränderungen* erwähnt … Wie Cari, Gott segne sie, gesagt hatte – kaum die Worte eines Menschen, den Selbstmordgedanken umtreiben.

Welche Veränderungen? Sie schwamm zurück. Nun, sie würde es niemals erfahren, hoffte aber, Cari würde verstehen, warum sie hatte verhindern wollen, dass jemand es Tasmin hinterbrachte.

Müde erreichte Aurelia den Strand, fand Halt im grobkörnigen Sand und watete mühsam weiter, die Haut runzlig vom Wasser. Wie eine verschrumpelte Pflaume, dachte sie.

Für Aurelia war der Vorfall mit Gail der Tropfen gewesen, der das Fass zum Überlaufen gebracht hatte. Der endgültige Verrat. Jetzt hatte sie beim besten Willen nicht mehr bei Richard bleiben können.

Sie wickelte sich in ihr Handtuch und schlüpfte mit noch feuchten Füßen in die Sandalen. Umziehen würde sie sich im Haus.

Italien war ihr derart verlockend erschienen. Ruth hatte schon seit langem versucht, sie zum Fortgehen zu bewegen. Sie arbeitete für eine Reisegesellschaft und sollte eine neue Niederlassung in der Toskana übernehmen. Und Aurelia sollte mitkommen. Italien … Gramma Hesters andere Welt.

Aurelia war bis zu Tasmins achtzehntem Geburtstag geblieben. Keinen Tag länger. Wie hätte sie all das ertragen sollen?

Cari öffnete das Tor. Marco stand neben seinem roten Maserati, eine Hand auf die Motorhaube gestützt. Er trug ausgeblichene Bluejeans und ein ärmelloses weißes T-Shirt, die Lederjacke hing lässig über der braungebrannten Schulter. Mmm. Sein schwarzes Haar war zerzaust, kleine Locken ringelten sich im Nacken … Er sah gefährlich aus, einfach umwerfend.

Angeber!, dachte Cari.

Nachdem sie sich zur Begrüßung auf die Wangen geküsst hatten, öffnete er schwungvoll die Wagentür.

»Wie schön, dich zu sehen!« Er verschlang sie geradezu mit Blicken, sodass sie vorsichtshalber rasch auf dem Beifahrersitz Platz nahm.

»Ebenso.« War das schwarze Kleid mit dem gerüschten Rock und dem tiefen rüschenbesetzten V-Ausschnitt wirklich eine gute Idee gewesen? Sie zog am Saum, vergeblich bemüht, ihre Knie zu bedecken. Sie war eindeutig overdressed. Unbewusst hatte sie etwas Verführerisches ausgesucht.

Wie üblich fuhr er schnell. Cari lehnte sich zurück und genoss den Blick auf die vorbeieilende Landschaft. Es war noch hell, und sie liebte diese gewundene Küstenstraße nach Lerici, die verlockenden Ausblicke auf den blauen Golf von Genua zwischen Pinien und Jasminbüschen hindurch, die schmiedeeisernen, mit Bougainvilleen oder Glyzinien bewachsenen Tore, die zu am Strand gelegenen Villen mit Pool und Zitronenbäumen führten.

Allmählich gelang es ihr, sich zu entspannen. Die Stimmung beim Abendessen mit Enrico und Aurelia war unbehaglich gewesen. Die zwei hatten kaum ein Wort gesprochen. Hatte sie den Keil zwischen den beiden noch tiefer getrieben? Sollte sie vielleicht lieber wieder ausziehen?

Als sie die Beine übereinanderschlug, spürte sie Marcos Blick. Doch sie hatte keine Lust auf Smalltalk und er offenbar ebensowenig. Sie würden später reden.

Es war verständlich, dass Aurelia nach ihrer Unterhaltung im Labyrinth über Tasmin, Richard und Gail ihren Gedanken nachhing. Wie schrecklich das gewesen sein musste, die beiden in solch einer eindeutigen Situation in der Küche anzutreffen. Der eigene Mann!

Aber es war wirklich frustrierend. Warum sah ihre Großmutter das nicht ein – hätte sie damals nur ein klein bisschen mehr an sich selbst gedacht und Tasmin von dem Vorfall erzählt, dann hätte Tasmin vielleicht viel früher erkannt, was für ein Mensch ihr Vater wirklich war. Wer weiß? Vielleicht hätte sie dann den Kontakt mit ihrer Mutter nicht abgebrochen. Womöglich wäre sie sogar mit Aurelia nach Italien gegangen … So aber schien die Schuld bei Aurelia zu liegen, und Richard war fein heraus. Meine Güte, dieser Mann hatte wirklich eine Menge zu verantworten!

Draußen wurde es allmählich dunkel, obwohl der Mond, der immer noch voll war, einen Lichtkegel aufs Meer zauberte. War das ein gutes Zeichen? Was musste Tasmin empfunden haben, als sie nach all den Jahren entdeckte, dass der so abgöttisch geliebte Vater versucht hatte, ihre fünfzehnjährige Freundin zu vergewaltigen? Sie schauderte. Das konnte nicht leicht gewesen sein.

»Du bist so still.« Marco griff nach ihrer Hand und drückte sie kurz. »War es schwierig wegzukommen?«

»Überhaupt nicht.« Aurelia war ausgegangen, und Enrico hatte gewirkt, als wolle er allein sein. »Aber warum holst du mich nie direkt am Haus ab?«

Sein Griff ums Lenkrad wurde fester. Oh, Vorsicht, Minenfeld!, dachte Cari.

»Ich glaube, das wäre keine gute Idee«, antwortete er. »Vertrau mir!« Er bremste scharf, weil ihnen ein Auto entgegenkam.

Vertrau mir, vertrau mir … Allmählich hatte Cari diesen Satz oft genug gehört. »Kennst du meine Großmutter?«, bohrte sie. »Ist es das?«

Er presste die Lippen aufeinander. Sie hatten die Küstenstraße verlassen und fuhren nun bergauf. Marco bewältigte die Haarnadelkurven mit der lässigen Selbstsicherheit eines Menschen, der eine Strecke in- und auswendig kennt. Cari war gespannt. Wieder einmal hatte sie nicht die leiseste Ahnung, wo sie sich befand. Wieder einmal hatte Marco sie ins Unbekannte entführt.

»Ich kenne sie nicht«, meinte er. »Jedenfalls nicht persönlich. Aber ich habe von ihr gehört.«

Sie wurde dieses Gefühl nicht los … Hatte es mit Stefano zu tun? Es war doch komisch – das hatte Aurelia auch gesagt –, dass Stefano kurz nach ihrer, Caris, Ankunft verschwunden war.

Marco bog von der Straße ab und brachte den Wagen auf einem Stück Ödland mit einem kleinen, baufälligen Schuppen abrupt zum Stehen.

»Sind wir schon da?« Cari hatte nicht unbedingt ein Fünf-Sterne-Hotel erwartet, aber zumindest hätte die Umgebung etwas, nun ja, romantischer sein können.

Seine schwarzen Augen funkelten. Bisher ging ja alles glatt. Eine kurze Fahrt entlang der Straße der Verführung, und schon waren sie beide in Stimmung.

»Komm!« Er stieg aus. Diesmal hielt er ihr die Wagentür nicht auf.

Na toll!, dachte Cari. Wohin kommen? Sie kletterte aus dem Auto und schlug heftig die Tür zu. Marco war bereits meterweit entfernt, bald würde ihn die Dunkelheit verschluckt haben.

Im Gehen drehte er sich um. »Was ist mit Dan?«, fragte er mürrisch. Sein Gesicht konnte sie zwar nicht sehen, aber sie hörte es an seiner Stimme.

»Ich habe mit ihm gesprochen.« Sie versuchte ihn einzuholen, aber es war düster und der Untergrund tückisch. Mit ihren hochhackigen schwarzen Riemchenpumps verfing sie sich im Brombeergestrüpp und zerkratzte sich die nackten Schienbeine.

Ohne darauf zu achten, ging er weiter. »Ich verstehe« war alles, was er sagte.

Verstand er wirklich? Cari hatte so ihre Zweifel.

Endlich holte sie ihn ein. Er sah hinunter ins Tal, und als sie neben ihn trat, war sie überrascht, auf welcher Höhe sie sich befanden. Der Blick war atemberaubend – sogar bei Nacht. Die dicht mit Bäumen bestandenen Hügel fielen sanft zum Tal hin ab, wo sich ein im Licht des Mondes glitzernder Fluss seinen Weg zum Meer bahnte. Weingärten und Olivenhaine betonten die Konturen der welligen Landschaft. Auf einem der Hügel nicht weit unter ihnen blinkten die Lichter eines Dorfes in der Dunkelheit.

Er deutete darauf. »Das Dörfchen Aurelia.«

»Es ist wunderschön!« Sie verstand jedoch immer noch nicht, warum um alles in der Welt sie hier waren.

Marco entspannte sich sichtlich. »Setz dich doch!« Er wischte den Staub von einer alten, umgedrehten Holzkiste, die als Sitzgelegenheit dienen konnte, und breitete seine Jacke darüber.

Als Cari Platz genommen hatte, setzte er sich neben sie. Irgendwo schrie eine Eule. Cari vernahm das laute Zirpen von Zikaden, aber abgesehen davon herrschte vollkommene Stille.

Es dauerte eine Weile, bevor er zum Sprechen ansetzte. »Ich habe dieses Stück Land gekauft.«

»Oh.« Nun war es ihr klar. »Du meinst …?«

Er nickte. »Hier werde ich mein Restaurant bauen«, verkündete er. »Und genau hier werden die Tische stehen, draußen, im Garten.«

»Wow!« Mit diesem phantastischen Ausblick … Es war so friedlich hier. Man schien sich fernab von der Zivilisation zu befinden, und nach genau solchen Orten suchten die Urlauber, die Italien im Sommer bevölkerten. »Wirst du es selbst bauen?«, fragte sie. Sie wusste nicht, worin er gut war, wo seine Fähigkeiten lagen. In mancher Hinsicht kannte sie ihn immer noch so wenig.

»Ich bin kein Handwerker, aber ich werde eng mit ihnen zusammenarbeiten«, antwortete er. »Ich habe die Baugenehmigung bereits in der Tasche und werde mir das Geld nach und nach verdienen. In zwei oder drei Jahren …« Er zuckte die Achseln.

Er tut so, als müsse er nur mit dem Finger schnippen, dachte Cari. Sie rückte näher an ihn heran. »Was sagt deine Großmutter dazu?«, fragte sie. »Sie ist doch sicher begeistert.«

Er starrte sie an. In der Dunkelheit waren seine Augen tiefschwarz. »Sie weiß es noch nicht«, sagte er. »Ich habe es bisher noch niemandem erzählt.«

»Niemandem?« Cari hielt den Atem an.

»Nur dir.«

Es dauerte eine Weile, ehe ihr klar wurde, was das bedeutete. So sehr vertraute er ihr also, dass er seinen Traum mit ihr teilte! Cari fühlte sich unglaublich geschmeichelt. Zum ersten Mal hatte sie das Gefühl, dem wirklichen Marco zu begegnen.

Sie spürte seine Hände, die zärtlich über ihr Haar strichen. »Und ich werde das Restaurant *Carissima* nennen«, raunte er. »Nach dir.«

Er war so nah. Tief atmete sie seinen Geruch ein, Mandeln und Kaffee mit einem Hauch Zitrusduft, bis sie ihn in sich trug, er ein Teil von ihr war. Spielerisch fuhr sie mit der Hand durch die schwarzen Locken in seinem Nacken und spürte die Wärme seiner Haut. Seine Lippen näherten sich den ihren, und seine Augen zogen sie magisch an.

Der Kuss schmeckte nach reifen Früchten und Espresso. Ihr zweiter Kuss, ein langer, inniger Kuss, der das Verlangen weckte. Wieder wurde Cari bewusst, wie sehr sie ihn begehrte – mit jeder Faser ihres Körpers. Marco …

Nach dem Kuss hielt er sie fest an sich gepresst. »Vertraust du mir, Cari?«, flüsterte er. »Vertraust du mir genug?«

Sie wusste genau, was er meinte. Am besten wäre es, einfach mit Ja zu antworten und weiterzumachen. Sie wollte nicht aufhören. Aber diese irritierende Stimme in ihrem Innern, die einfach nicht zum Schweigen zu bringen war, sagte wieder das Falsche. »Du weißt alles über mich, Marco. Aber ich weiß nichts über dich.«

»Du weißt alles, was wichtig ist«, murmelte er in ihr Haar. Sein Atem war heiß und süß, und die Haut in ihrem Nacken reagierte mit einem wohligen Prickeln.

»Und doch kenne ich noch nicht einmal deinen Familiennamen.« So, jetzt war es heraus. Sie erwartete, dass er sich wieder mit den üblichen Floskeln aus der Affäre ziehen würde, aber das tat er nicht. Er löste sich auch nicht aus der Umarmung. Sie wartete.

»Er lautet Timpone.«

Das war alles? Sie konnte kaum fassen, dass er dieses Mal sofort nachgegeben hatte. Was war denn so besonders an den Timpones?

Er rückte ein wenig von ihr ab. »Wenn du das deiner Großmutter erzählst, wird sie …« Er legte eine Hand um seinen Hals und tat so, als werde er erwürgt.

Cari lachte. Es war einfach lächerlich. »Das glaube ich nicht.« Sie zog ihn wieder an sich. »Warum sollte sie?«

Seine Hände lagen jetzt auf ihren nackten Schultern. Sanft fuhr er mit den Fingern unter die dünnen Träger ihres Kleides. »Es handelt sich um eine alte Familienfehde«, erklärte er.

Cari fröstelte. »Mit Aurelia?« Wie konnte das sein? Sie hatte doch nicht einmal Familie in Italien – abgesehen von Enricos und Elenas Familien natürlich, aber mit ihnen war sie ja ganz offensichtlich nicht blutsverwandt.

Er streifte die Träger von ihren Schultern und beugte sich vor, um sie auf den Nacken zu küssen. »Mit den Bianchis«, raunte er an ihrem Hals.

Ein Schauder von Verlangen rieselte durch ihren Körper, als sie die Berührung seiner Zunge spürte, und wurde stärker, als er seine Lippen zu ihren Schultern wandern ließ. Das Kleid glitt kaum merklich nach unten. Eine alte Familienfehde? Ein leises Lachen stieg in ihrer Kehle auf. Das war es, was ihn bisher zurückgehalten hatte?

Er küsste die Mulde an ihrem Hals.

Sie fuhr ihm mit beiden Händen durchs Haar und zog ihn zu ihren Brüsten herunter.

»In Italien ist das eine ernste Angelegenheit«, murmelte er, während er kurz den Kopf hob und sie mit seinen schwarzen Augen fixierte.

Das traf vermutlich auch auf die körperliche Liebe zu. Cari hätte gern mehr erfahren, wollte jedoch gleichzeitig keine Unterbrechung. »Es betrifft aber doch nicht mich«, sagte sie fest, während sich ihr Körper ihm entgegenwölbte. Mehr, mehr … Näher, ganz nah …

Warm schmiegten sich seine Hände an ihre Brüste. Er gab einen Laut von sich, der anscheinend seine Skepsis ausdrücken sollte.

»Wieso …« Sie rang nach Atem. »Wieso sollte es mich betreffen?«

»Ach, du weißt schon, Familien …« Er befreite ihre Brüste aus dem schwarzen trägerlosen BH und küsste eine ihrer Brustwarzen.

Beinahe wäre Cari von der Kiste gefallen. Sie klammerte sich an ihm fest. Ihr Kleid war nach oben gerutscht. Er hob ihre Beine, sodass sie auf der Kiste zu liegen kam, liebkoste mit den Fingerspitzen die zarte Haut in ihrer Kniekehle und fuhr dann an der Innenseite ihrer Oberschenkel hinauf. Höher, immer höher … »Es … würde … mich nicht … betreffen«, stieß sie hervor, »wenn ich dich liebte.«

Er hielt abrupt inne und setzte sich auf.

Mist!, dachte sie. Ausgerechnet …

»Und, tust du das, Cari?« Er legte die Hände um ihr Gesicht. »Liebst du mich?«

Sie sah ihn an. Seine Miene war undurchdringlich. War es die

Dunkelheit? Oder war es immer so schwer, darin zu lesen? Es ist, als würde man eine neue Sprache lernen, dachte sie. Man braucht Zeit und Übung. »Ich bin möglicherweise gefährlich nah dran«, flüsterte sie.

Mit einem Lachen ließ er sie los. »Ach, ihr Engländer! Immer diese Angst davor, sich auf etwas einzulassen, Leidenschaft zu zeigen.«

He, Moment mal … Mühsam rappelte sie sich auf. »Du hast gut reden«, fauchte sie und rückte ihren BH wieder zurecht. Wie sollte man solch eine Unterhaltung führen, wenn man halbnackt war? »Die ganze letzte Woche oder noch länger hast du mich nicht einmal geküsst.«

»Ach, Cari.« Er packte sie bei den Händen und zog sie zu sich hoch. »Wenn du wüsstest, wie sehr ich mich danach gesehnt habe, mehr als das zu tun.«

»Wirklich?«

Einen Augenblick standen sie schweigend da, erforschten das Gesicht des anderen und blickten auf die geschwungenen Hügel und Täler Liguriens hinab.

Schließlich machte Cari den ersten Schritt. Sie schob sein T-Shirt nach oben und zog es ihm mit einer schnellen Bewegung über den Kopf. Seine Brust war glatt, kaum behaart und muskulös. Mit den Fingerspitzen strich sie über seine Schultern, die Arme und die Brust. Dann öffnete sie den Ledergürtel und den Reißverschluss seiner Jeans, stieg aus ihrem Kleid und streifte BH und Tanga ab. Sie wollte, dass sie beide nackt waren. Haut an Haut.

So stand sie vor ihm im Mondlicht.

Marco hielt den Atem an. Sanft legte er die Hände um ihre Brüste. Dann entledigte er sich mit einer flinken Bewegung seiner Hose und zog Cari an sich. Ihre Körper berührten sich, zögerten und blieben dann umschlungen.

»Das ist der romantischste Ort auf der ganzen Welt, Cari«, sagte er.

»Ich weiß.« Mit einem Kuss brachte sie ihn zum Schweigen.

Am nächsten Tag nahm Enrico Cari wie vereinbart nach Genua mit. Er hatte dort etwas Geschäftliches zu erledigen, und Cari wollte nach einem geeigneten Stoff für Carmellas Kleid Ausschau halten. Außerdem hatte sie beschlossen, ein Internet-Café aufzusuchen. Sie hoffte auf eine Nachricht von Dan – alte E-Mails waren sicher auch da, aber vielleicht auch ein paar Zeilen, die ihr verrieten, ob er das, was sie am Telefon gesagt hatte, auch verstanden hatte.

Zum Glück schwieg Enrico die meiste Zeit. Cari war so von den Gedanken an Marco in Anspruch genommen, dass sie keine richtige Unterhaltung hätte führen können. Marco …

Nachdem sie sich geliebt hatten … Sie schloss die Augen und ließ alles noch einmal Revue passieren … Er hatte sich aufgesetzt und den Kopf in die Hände gestützt.

»Was ist los?«, hatte sie gefragt, und all die schönen Gefühle der Leidenschaft und Liebe waren zu einem dicken Knoten der Angst in ihrer Brust zusammengeschrumpft, der sie zu ersticken drohte.

»Wir hätten das nicht tun sollen«, murmelte er.

»Warum nicht?« Wer war denn hier der Feigling?

Cari bemerkte, dass sie stocksteif, mit hochgezogenen Schultern, dasaß. Enrico raste – natürlich – zum Klang klassischer Musik über die *autostrada* und verbarg, was in ihm vorgehen mochte, hinter seiner Sonnenbrille. Er konnte schließlich auch nicht wissen, was *sie* dachte. Cari ließ die Schultern fallen und zwang sich zu entspannen.

»Weil ich weiß, dass ich dich verlieren werde«, hatte Marco gesagt.

Der Druck in ihrer Brust ließ ein wenig nach.

»Weshalb denn?«, wollte sie wissen, packte ihn an der Schulter und zwang ihn, sie anzusehen.

»Ach, Cari …« Er streichelte ihr Gesicht.

»Was?« Am liebsten hätte sie ihn angeschrien. Noch mehr Geheimnisse?

»Ich bringe dich jetzt besser nach Hause.«

Und obwohl er ihre Hand nahm, als sie zurück zum Maserati gingen, obwohl er ihr die Wagentür aufhielt und sie zum Abschied vor *La Sirena* zärtlich küsste und wisperte: »*Sogni d'oro*, träum süß, meine Liebste«, war Cari immer noch unsicher und verwirrt.

Gegen vier Uhr nachmittags hatte Cari den perfekten Stoff für Carmellas Hochzeitskleid gefunden – scharlachroten Seidenchiffon, stilvoll und doch gewagt. Außerdem erstand sie Crêpe de Chine und Pailletten und riskierte auch die Federn für den Haarschmuck. Er würde der Hochzeitsgarderobe die grenzenlose Eleganz verleihen, die ihr vorschwebte. Sie konnte es kaum erwarten anzufangen.

Im Internet-Café tippte sie ihre Adresse ein. Eine Menge E-Mails von Dan, die sie rasch überflog. Alle aus der Zeit vor dem Telefonat, in denen er ihr seine Liebe beteuerte. Er vermisse sie und sehne sich nach ihrer Rückkehr. Alles würde anders werden. Er hat Recht, dachte Cari düster, es wird tatsächlich alles anders werden.

Zu ihrer Überraschung fand sie auch eine Nachricht von Edward vor. Sie hatte hier in Italien selten an Edward gedacht, aber jetzt wurde ihr bewusst, dass er ihr gefehlt hatte. Er war nicht nur ihrer Mutter, sondern auch ihr ein guter Freund gewesen und seit Tasmins Tod ihre wichtigste Stütze. Vielleicht etwas wegen der Ausstellung? Erwartungsvoll öffnete sie die E-Mail. Und las die Worte mit wachsendem Entsetzen. Sie musste nach Hause.

Sie überflog die Nachricht noch einmal und tippte rasch eine kurze Antwort. *Ich versuche, so schnell wie möglich einen Rückflug zu bekommen. Bis bald, Cari.*

Die E-Mails von Dan beantwortete sie nicht.

Kapitel 35

Als das Flugzeug in den wolkenlosen Himmel aufstieg, musste Cari beim Blick aus dem Kabinenfenster unweigerlich an den berauschenden Helikopterflug mit Marco denken. Die herrliche Küstenlinie! Dieser wunderbare Tag! Eine Offenbarung … Und nun, nicht ganz zwei Wochen später, verließ sie Italien bereits. Allerdings eher unfreiwillig …

Cari versuchte einen allerletzten Blick auf die Terrassen, Felsen und Buchten des Golfs von Genua zu werfen. Ich werde zurückkehren, versprach sie Ligurien, sobald es möglich ist.

Furchtbare vierundzwanzig Stunden lagen hinter ihr. Zum Glück (obwohl ihr das Wort Glück in diesem Zusammenhang eher unpassend erschien) hatte sie sofort einen Flug bekommen. Wie betäubt hatte sie ihren Koffer gepackt, in Gedanken bei anderen Dingen.

Aurelia hatte mit Bestürzung reagiert – *so plötzlich … Nun haben wir uns endlich gefunden, und schon muss ich dich wieder hergeben …* – und mit kummervoller Miene hinzugefügt: »Ich hoffe, dein Freund wird wieder gesund.« Oh ja, dachte Cari, das hoffe ich auch. Von ganzem Herzen.

Enrico hatte sie freundlicherweise wieder nach Genua gefahren, ihr Gepäck getragen und gewartet, bis sie eingecheckt hatte. An der Sicherheitskontrolle hatte er sich von ihr verabschiedet. Und Marco …

Cari hatte mehrmals versucht, ihn auf seinem Handy zu erreichen, selbst überrascht, wie groß ihr Bedürfnis war, mit ihm zu reden. Irgendwie war er zu dem Menschen geworden, der ihr am meisten bedeutete. Derjenige, mit dem sie zusammen sein, mit dem sie Gutes und Schlechtes, die großen und kleinen Ereignisse des Alltags teilen wollte. Sie hoffte, dass auch sie ihm wichtig war. Edwards E-Mail hatte ihr den Boden unter den Füßen weggezogen, und sie brauchte jemanden, der ihr Halt gab, dem sie sich anvertrauen konnte. Sie wünschte sich Marcos Schulter, seinen Arm, seinen Trost. Liebte sie ihn? Sie war wohl doch mehr als gefährlich nah dran ... Vielleicht hätte sie ihm das sagen sollen.

Doch sein Handy blieb abgeschaltet. Den ganzen Tag und die ganze Nacht. Das bedeutete, dass sie von ihm keinerlei Unterstützung erwarten durfte und keine Möglichkeit hatte, ihm mitzuteilen, dass sie Italien verließ. Er würde sich hoffentlich irgendwann in *La Sirena* melden. Aber was mochte er von ihrer plötzlichen Abreise halten? Und wenn er gar nicht vorhatte, noch einmal Kontakt mit ihr aufzunehmen? Vielleicht hatte er das Handy ja abgeschaltet, weil er nicht von Cari belästigt werden wollte?

Bei dem Gedanken schoss ihr das Blut ins Gesicht. Rasch senkte sie den Kopf und widmete sich dem Buch, das Aurelia ihr als Reiselektüre mitgegeben hatte. Nicht, dass sie sich aufs Lesen hätte konzentrieren können ... Was war, wenn er sie nicht mehr wollte? Nun, da sie miteinander geschlafen hatten?

Sie schlug den Roman auf – die Geschichte einer Frau, die nach Italien reiste, wo sie sich verliebte und eine Sprachenschule eröffnete, o nein ... – und klappte das Buch sofort wieder zu. Um Himmels willen, was war nur los mit ihr? Wie kam sie nur auf einen so dummen Gedanken? Natürlich würde er sie wiedersehen wollen. Es war wundervoll gewesen, einzigartig, aufregend, leidenschaftlich und ... Sie dachte daran, was für ein Gesicht er hinterher gemacht hatte. Er hatte es bedauert. Aber das würde vergehen. Schließlich hatte er ihr seinen Traum anvertraut.

Schon war es Zeit fürs Essen. Die Passagiere klappten die Tische herunter und beäugten misstrauisch die kleinen, mit Zellophan umwickelten Schalen. Auch Cari nahm eine von der Stewardess in Empfang. Geschnetzeltes Hühnerfleisch (angeblich) in einer dicken, klebrigen gelben Soße – es wirkte nicht gerade appetitanregend. Nein danke! Lieber bestrich sie einen Cracker mit Butter.

Wann war es passiert? Sie hatte nicht auf das Datum von Edwards E-Mail geachtet, aber da sie erst noch vor ein paar Tagen mit Dan gesprochen hatte, musste es danach passiert sein. Hatte er sich nach ihrem Telefonat ins Auto gesetzt und wie ein Irrer Gas gegeben? Verdammt …

Dan hatte einen Autounfall. Sein Zustand ist kritisch. Wir wissen nicht, wie wir dich sonst kontaktieren könnten. Kannst du nach Hause kommen? Edward.

Nach Hause? War es immer noch ihr Zuhause? Wie schön wäre es, alle wiederzusehen, wieder in der eigenen Wohnung zu sein. Aber nicht unter diesen Umständen. Und sie war, verflixt noch mal, nicht bereit gewesen, nach Hause zu kommen. Tut mir leid, Dan. Aber ich war noch nicht bereit.

Sie hätte Dan ihre Telefonnummer in *La Sirena* geben sollen. Warum hatte sie das nicht getan? Man konnte (sollte?) sich nicht völlig aus der Welt ausklinken, in der man lebte. Man trug für die Menschen, die einen liebten, Verantwortung. Dan gegenüber. Kein Mensch ist eine Insel.

Kritisch? Würde Dan sterben? Cari ballte die Faust. Das Plastikmesser brach mitten entzwei.

Bitte stirb nicht, murmelte sie, bitte stirb nicht, Dan!

Es war fast wie bei einem Wetterhäuschen, bei dem die eine Figur verschwindet, sobald die andere in Erscheinung tritt: Kaum hatte Cari die Villa verlassen, tauchte Stefano auf der Terrasse auf. Aurelia nutzte gerade die Mittagszeit, um ein wenig zu zeichnen. Sie war nicht ganz bei der Sache – aber was hätte sie sonst tun sollen? Wenn ihr auch die Kunst nicht mehr helfen konnte, dann ging es ihr schlechter, als sie vermutet hatte.

»Stefano!« Es wirkte fast, als habe er Cari absichtlich gemieden. Aber wie war das möglich? Er wusste doch nicht einmal, dass sie existierte.

»*Ciao, Relia.*« Braungebrannt und lässig schlenderte er auf sie zu. Er trug khakifarbene Bermudashorts und ein Baumwollhemd mit offenem Kragen und hochgekrempelten Ärmeln.

»Wo bist du bloß gewesen?«, beklagte sich Aurelia und gab ihm einen Kuss. »Ich wusste gar nicht, dass du wieder weg wolltest. Du hast gesagt …«

»Was für eine Begrüßung!« Er schlang einen Arm um ihre Schultern und drückte sie herzlich. »Ich habe Papa angerufen und ihm gesagt, wo ich bin und wann ich zurückkomme. Redet ihr zwei nicht mehr miteinander?«

Aurelia schwieg. *Getrennte Betten*, dachte sie. Nachdem Cari am Morgen gefahren war, hatte sie ihr Bett in dem kleinen Dachzimmer neben ihrem Atelier aufgeschlagen. Die Verrückte unterm Dach? Hm. Nun gut. Wenn man schon dabei war, dann nicht nur getrennte Zimmer, sondern gleich getrennte Stockwerke.

Stefano betrachtete sie prüfend.

Sie blinzelte zu ihm hoch. Er stand außerhalb des Schattens, den die Pergola warf, im strahlenden Sonnenschein. Er würde einen guten Vater abgeben, dachte sie. Zum Beispiel würde er sofort erkennen, wenn eines seiner Kinder log.

»Ich verstehe das als ein Nein.« Er ließ den Arm fallen und setzte sich neben sie. »Also, wo ist er? Weißt du es?«

»Natürlich«, antwortete Aurelia energisch, um ihre Verwirrung zu verbergen. »Er bringt Cari zum Flughafen und wird erst gegen …«

»Cari?« Sein Gesichtsausdruck veränderte sich. Er verschränkte die Arme und musterte sie fragend.

»Ach, Stefano …« Sie beugte sich über den Tisch und ergriff seine Hand. »Ich habe dir ja so viel zu erzählen. Cari ist meine Enkelin. Sie ist einfach so hier aufgetaucht, kannst du dir das vorstellen?«

»Was hatte sie hier zu suchen?«

Warum war er plötzlich so schlecht gelaunt?

»Na, mich natürlich.« Aurelia lachte in sich hinein. »Und ich wusste nicht einmal, dass ich eine Enkelin habe.«

Das eintretende Schweigen wurde nur durch das entfernte Dröhnen des Verkehrs auf der Küstenstraße, das leise Rauschen der Wellen, die sich in der Bucht brachen, und das Summen der

Bienen unterbrochen, die den Lavendel umschwirrten. Stefanos Blick wanderte zum Labyrinth. Für einen Moment schloss Aurelia die Augen. Die Luft roch heute süß und frisch, die Meeresbrise salzig und unverbraucht. Dachte Stefano an seine Mutter? Aurelia hatte sich geirrt: Catarina hatte das Labyrinth nicht verlassen, im Gegenteil, ihre Präsenz und ihre Kraft waren inzwischen noch stärker spürbar.

Stefano schien einen Entschluss gefasst zu haben. Er stand auf. »Dann sollte ich dich wohl zum Mittagessen ausführen«, schlug er vor. »Dabei kannst du mir alles erzählen.«

Im Café von Tellaro bestellten sie beide *Pesto alla Genovese* – ein köstliches Nudelgericht mit Pinienkernen, Parmesan und Pecorino – und ein kaltes Bier. Sie saßen auf der Piazza an einem der Tische im Schatten eines Sonnenschirms. Der pink- und lachsfarbene Oleander in den Kübeln trug die ersten zarten Blüten.

»Und sie ist urplötzlich aufgetaucht, diese …« – Stefano zögerte – »… deine Enkelin.«

»Aus heiterem Himmel.« Und obwohl Cari ebenso unvermittelt verschwunden war, vertraute Aurelia darauf, dass sie zurückkommen würde. Sie wusste, Cari hatte nicht gehen wollen, aber sie musste einem Freund helfen, der in Not war. *Das bin ich ihm schuldig*, hatte sie gesagt. *Ich habe ihn schon genug enttäuscht.*

»Ich nehme an, deine Enkelin lebt in England?« Stefano klang sehr förmlich – fast als würde er sie verhören. Er war wirklich in einer eigenartigen Stimmung.

»Ja, in Brighton.« Sie hatte ihm ein wenig über Tasmin und Richard erzählt. Ihrer Erfahrung nach konnten sich Italiener nur schwer vorstellen, dass Familien auseinanderbrachen, dass sich Menschen, die blutsverwandt waren, jahrelang nicht trafen oder einander sogar nie begegneten.

»Aber wie hat sie dich gefunden?« Sie hörte den Zweifel in seiner Stimme. Er war doch nicht eifersüchtig darauf, dass sie noch anderweitig Familie besaß, abgesehen von seiner Familie, den Bianchis?

»Über einen Freund von ihr«, entgegnete sie. Sie beobachtete, wie die Inhaberin des Obst- und Gemüseladens ihre Kisten mit dem leuchtend bunten Gemüse einsammelte und hineintrug. Bald würde sie für eine Weile die Rollläden herunterlassen. Zeit für die Siesta.

»Sì?«

Aurelia ließ sich von seinem beiläufigen Tonfall nicht täuschen. Warum interessierte ihn das überhaupt so? »Marco Soundso«, entgegnete sie.

»Marco wie?« Die Hand, mit der er gerade eine Gabel Salat zum Mund führte, verharrte auf halbem Weg in der Luft.

Worum ging es hier eigentlich? Immerhin schien es wichtig zu sein. Und hatte sie sich nicht auch Gedanken über diesen Marco gemacht? Sogar Cari hatte ihr erzählt, dass er ihr ein Rätsel war. »Lass mich nachdenken. Wie hieß er doch gleich?« Sie starrte auf die Marmorplatten der Piazza, helles, von der Sonne ausgebleichtes Rosa und Grau. Cari hatte den Namen erwähnt, bevor sie nach Genua gefahren war, an dem Tag, an dem sie die E-Mail erhalten hatte. Wenn Aurelia so darüber nachdachte, hatte sich auch Cari seltsam verhalten, ganz so als erwarte sie, dass die Erwähnung dieses Namens bei Aurelia einen hysterischen Anfall hervorrufen würde. Aber er war ihr fremd. Hätte sie den Namen kennen sollen? Aurelia zog die Stirn kraus. Ah, da war er, aus dem hintersten Winkel ihres schlechten Gedächtnisses aufgetaucht. »Timpone«, sagte sie triumphierend.

Stefano ließ die Faust auf den Marmortisch niedersausen.

Aurelia zuckte zusammen. »Was um Himmels willen ist denn los? Kennst du ihn etwa?«

»Oh, ja, und zwar ziemlich gut.« Stefanos dunkle Augen funkelten vor Zorn. »Relia, es kann doch nicht wahr sein, dass du diesem Mann erlaubt hast, unser Haus zu betreten …«

»Das habe ich auch nicht.« Aurelia hörte, dass sich ihre Stimme hob. Stefano nahm sich wirklich zu viel heraus. »Falls du es unbedingt wissen musst, ich bin diesem Mann nie begegnet.«

»Und was ist mit ihr?« Stefanos Miene drückte Skepsis aus. »Woher willst du wissen, ob sie tatsächlich deine Enkelin ist?«

»Bitte?« Aurelia starrte ihn ungläubig an. »Was sagst du da? Natürlich ist sie meine Enkelin.«

»Das verstehe ich nicht«, murmelte Stefano leise. »Deine Enkelin? Wie kann das sein?« Misstrauisch beäugte er Aurelia. War er von allen guten Geistern verlassen?

»Stefano …«

»Wie konntest du sie in *La Sirena* herumspionieren lassen?«, sagte er anklagend. »Diese … diese …«

»Jetzt hör mir mal zu, Stefano.« Er war zu weit gegangen. Aurelia straffte die Schultern und nahm einen Schluck Bier, um sich zu beruhigen. Ein Wutausbruch würde gar nichts bringen, aber sie würde ihm auf keinen Fall erlauben, so von Cari zu sprechen. »Erstens waren dein Vater und ich sehr froh, Cari bei uns zu haben. Wir haben sie eingeladen. Zweitens hat sie nicht ›herumspioniert‹, wie du es nennst. Und drittens …«

Finster blickte er sie an. »Eine Freundin von Marco Timpone …«

»Ich würde wirklich gern wissen, was mit dir los ist. Oder wovon du da redest.«

»Du hast dich offenbar nie mit Tante Elena unterhalten.« Seine Stimme wurde eine Spur weicher. Er widmete sich wieder seinem *panino*, wohingegen Aurelia der Appetit gründlich vergangen war.

»Über Cari?« Verwirrt – und das nicht zum ersten Mal – rückte sie ihren Stuhl weiter in den Schatten.

»Über Marco Timpone«, knurrte er.

Aurelia breitete die Arme aus. »Wer ist er?«, fragte sie ihn. »Sag es mir, Stefano! Ich muss es wissen.«

Er lehnte sich zurück und hob abwehrend die Hand, als sei das Thema für ihn beendet. Einen Augenblick erinnerte er sie auf irritierende Weise an Enrico. Italienische Männer scheinen es gar nicht zu bemerken, wenn sie abstoßend arrogant sind, dachte sie.

»Frag Tante Elena!«, wiederholte er. »Sie wird dir alles über die Timpones erzählen und darüber, was sie unserer Familie angetan haben.«

»Also gut.« Sie hatte ihn großgezogen und liebte ihn, als wäre er ihr eigener Sohn. Aus diesem Grund würde sie es dabei belassen. Aber sie würde bei der erstbesten Gelegenheit mit Elena sprechen. Was ging hier vor? Sie wollte Klarheit. Die Zeit der Geheimnisse war endgültig vorbei. Sie würde die Wahrheit herausfinden.

Kapitel 36

»Aurelia?« Das schnurlose Telefon fest ans Ohr gepresst, ließ sich Cari auf ihr gemütliches Sofa sinken. Die Bezeichnung »Großmutter« wollte ihr immer noch nicht über die Lippen. Vermutlich würde sich das nie ändern. Schließlich hatten sie sich erst als Erwachsene kennengelernt.

»Bist du das, Cari?«

»Ja.« In Italien war es jetzt neun Uhr. Aurelia würde bereits zu Abend gegessen haben und nun zum Sonnenuntergang mit einem Getränk auf der Terrasse sitzen. Cari legte die Füße auf den Couchtisch. Immerhin spazierte Aurelia nicht gerade durch das Labyrinth oder war in der Bucht beim Schwimmen. Sie musste lächeln. *Meine exzentrische Großmutter …*

»Wie geht es deinem Freund?«

»Besser, danke.« Dan hatte sich mehrere Rippen gebrochen und eine schwere Gehirnerschütterung erlitten, sollte aber offenbar in einigen Tagen bereits entlassen werden. Gewiss würden sich seine zahlreichen Verwandten allesamt darum reißen, ihn gesund pflegen zu dürfen. Cari fühlte sich überflüssig. Seine Eltern besuchten ihn jeden Tag, seine Schwester war aus Bristol herbeigeeilt, und zu den Besuchszeiten erschienen immer diverse Tanten, Onkels, Cousinen, Cousins und Großeltern, die ihn mit Weintrauben, Schokolade und Zeitschriften überhäuften. Kein Wunder, dachte Cari, dass ich Dans Familie gern als die meine adoptiert hätte.

»Heißt das, du kommst bald zurück?« Aurelia klang weit entfernt.

Cari überlegte, ob sie sie nach Marco fragen sollte, verwarf es jedoch. Sie zog die Beine an und kuschelte sich in die Polster.

Marco. Sie hatte es nie geschafft, die beiden einander vorzustellen, und Aurelia hatte sein Name nichts gesagt. Warum also sollte sie inzwischen etwas über ihn wissen?

»Ach, Cari, einen Augenblick, bitte!«

Cari hielt das Telefon ans andere Ohr. Sie vermisste Marco, obwohl sie tapfer dagegen ankämpfte. Sie versuchte der Tatsache nicht zu viel Wert beizumessen, dass sie in den zwei Wochen, die sie wieder in England war, nur einmal kurz telefoniert hatten. Wie er sie bei ihrer Rückkehr nach Ligurien wohl empfangen würde?

Immer noch mit dem Hörer in der Hand, stand sie auf, ging zum Tisch und steckte die Geldbörse und ihr Make-up in die Handtasche, dazu Taschentücher, Schlüssel und Handy. Marco hatte sie nicht gefragt, wann sie zurückkommen würde. Sie hatte ihm erzählt, was geschehen war und warum sie so plötzlich hatte abreisen müssen. Seither herrschte zwischen ihnen Schweigen.

Dann liebst du ihn also noch? Sie konnte seinen Tonfall nicht deuten, obwohl sie sich das Gespräch schon mindestens hundert Mal ins Gedächtnis gerufen hatte. *Nein*, hatte sie erwidert. Aber …

Sie schlüpfte in ihre Riemchenpumps. Marco hatte ihr immer noch nicht gesagt, was er für sie empfand. Sie wusste nun seinen vollen Namen, aber der Mann selbst war ihr immer noch ein Rätsel.

»Entschuldige, Liebes.« Aurelia war wieder am Apparat. »Meinst du, dass du bald wieder bei uns bist?«

»Das hoffe ich.« Cari sah die Terrasse von *La Sirena* genau vor sich. Die nächtliche Stille, die Windlichter, deren Schein an den weißen Wänden der Villa tanzte, das Geißblatt, die Töpfe mit den leuchtend bunten Blumen, das Licht des Mondes auf dem Holztisch … Was für ein Unterschied zu hier! Sie sah aus dem Fenster. Es hatte den ganzen Tag geregnet, und die Straßen Brightons glänzten vor Nässe. Sie war mit Edward zum Abendessen verabredet, und sie trug über ihrem weißen Leinenanzug eine warme Jacke. Und das Ende Juni! Sie würde auch noch für alle Fälle einen Regenschirm einstecken.

»Ich habe vor, mich morgen mit Dan auszusprechen«, fuhr Cari fort. Wenn sie denn endlich einmal allein mit ihm sein konnte. Er war jetzt sicher ausreichend genesen, denn er hatte ihr bereits lange, liebevolle Blicke zugeworfen und ihre Hand gehalten, während sie an seinem Bett saß. Sollte er damals am Telefon verstanden haben, dass es zwischen ihnen aus war, hatte er es offenbar verdrängt.

»Gut. Ich kann es kaum erwarten, dich wiederzusehen.«

»Mir geht es umgekehrt ganz genauso.« Cari stellte sich vor, wie Aurelia sich in ihrem Stuhl zurücklehnte und die Düfte des Gartens einsog. Sie sah die Silhouette des Feigenbaums vor der Hauswand, den staubigen Pfad, der zum Labyrinth führte. Und dort im Zentrum Aurelias südländischen Matrosen.

»Carmella ist außer sich.«

Cari lächelte in sich hinein. Auch das konnte sie sich lebhaft vorstellen.

»Übrigens …«

»Ja?«

»Ach, das erzähle ich dir, wenn du wieder hier bist«, erwiderte Aurelia leichthin. »Außerdem ist Stefano zurück.«

Der so schwer zu fassende Stefano … »Und wie geht es Enrico?«

Ein kurzes Zögern am anderen Ende der Leitung. »Ach, weißt du …«

Cari unterdrückte ein Seufzen. Offenbar hatte sich nichts geändert. »Und lass mich raten, bestimmt ist es jeden Tag wolkenlos und sonnig?«

»Es ist heiß.« Ihre Großmutter klang müde. »An manchen Tagen fühle ich mich zu allem zu träge.«

Träge war nicht unbedingt ein Begriff, den Cari mit ihrer Großmutter in Verbindung bringen würde. »Woran arbeitest du gerade?« Sie warf einen Blick auf die Armbanduhr. Edward würde bald kommen.

Sie freute sich darauf, ihn zu sehen. Nun, da Dan außer Lebensgefahr war, stellte Cari fest, dass sie ihrer Rückkehr nach

England auch gute Seiten abgewinnen konnte. Es hatte Spaß gemacht, sich mit Meg und Lauren über die neuesten Ereignisse auszutauschen. Laurens Tochter Jade war mittlerweile im Kindergarten, und Lauren hatte wieder angefangen, halbtags zu arbeiten; Meg hatte sich an der Universität von Sussex eingeschrieben, um ihren Magister in Alter Geschichte zu machen. Cari hatte den Eindruck, sich bereits sehr weit von ihnen entfernt zu haben. In ihrem Brautstudio hatte sie sich nützlich machen können, und außerdem war sie in ihrer kleinen Wohnung, die bei ihrer Ankunft so leer und trostlos gewirkt hatte, wieder heimisch geworden. Und ja, Edward häufiger zu sehen, hatte ihr überraschend gut getan. Wahrscheinlich, weil er der engste Freund ihrer Mutter gewesen war und somit ein Bindeglied zu Tasmin darstellte. Wenn Cari mit ihm über ihre Mutter sprach, konnte sie sicher sein, dass er sie verstand.

»Ich lasse es im Moment etwas ruhiger angehen, Liebes«, entgegnete Aurelia. »Um die Wahrheit zu sagen, habe ich nicht mehr gemalt, seit du weg bist.«

»Wirklich?« Das klang so gar nicht nach Aurelia. Cari verspürte einen plötzlichen Anflug von Sorge. »Ist alles in Ordnung?«

»Aber ja.« Die Antwort kam ohne Zögern, doch Cari war nicht überzeugt. Sie wollte wieder nach Italien, und zwar so schnell wie möglich.

Sie hörte das Zischen von Reifen auf der nassen Straße vor dem Haus und blickte nach draußen. Edward.

»Ich muss aufhören«, erklärte sie ihrer Großmutter. »Pass auf dich auf!«

»Du auf dich auch, Liebes«, antwortete Aurelia. »Komm bald zurück zu uns!«

Was könnte mich davon abhalten?, dachte Cari und legte auf.

Edward führte sie ins Le Gourmet, ein französisches Restaurant in einer Seitenstraße der North Street. »Ich dachte mir, dass du vielleicht für den Moment genug von italienischem Essen hast«, meinte er. Doch als er ihr Gesicht sah, fügte er hinzu: »Oder vielleicht kannst du es gar nicht erwarten, wieder hinzufahren?«

Cari lachte. War sie so leicht zu durchschauen? »Ich liebe französisches Essen«, versicherte sie ihm. »Aber du hast Recht. Ich kann es wirklich kaum erwarten.«

»Ich hätte dich nicht zurückrufen sollen.« Edward setzte seine schmale Lesebrille auf und begann die Speisekarte zu studieren. »Ich habe nicht gewusst, wie die Dinge zwischen dir und Dan stehen.«

Auch mit siebzig wirkt er immer noch recht flott, dachte Cari. Eher wie ein Künstler als ein Geschäftsmann. Wie eh und je trug er einen leicht verknitterten Leinenanzug, ein italienisches Seidenhemd und Lederschuhe. Sein graues Haar war modisch geschnitten, die blauen Augen waren immer noch scharf und von Lachfältchen umgeben, wie früher, als sie klein war und ihre Mutter sie in die Galerie mitgenommen hatte. *Sei jetzt leise! Mach keinen Lärm! Fass nichts an!*

Die Galerie war ihr als ein kalter, weißer Ort erschienen, voller Bilder, auf denen oft nichts Konkretes zu erkennen war. Eine Art verbotenes Terrain. Einziger Lichtblick war Edward gewesen, der sich zu ihr hinuntergebeugt, sich mit ihr unterhalten und ihr manchmal ein Eis gekauft hatte.

Sie kann auch ganz gut mal eine Stunde still sitzen, ohne dabei ständig unterhalten zu werden, war Tasmins Meinung gewesen. Edward hatte nur gelächelt und Cari Papier zum Zeichnen gegeben.

Sie fragte sich, warum er nie geheiratet hatte. Tasmin hatte immer gesagt, er sei mit seiner Galerie verheiratet, und auch bisher gab es keinerlei Anzeichen dafür, dass er sich zur Ruhe setzen wollte, obwohl er mehr und mehr Arbeit an seine Mitarbeiter delegierte. In gewisser Hinsicht ist er ein Einzelgänger, dachte Cari. Nicht einsam, aber selbstgenügsam. Vielleicht füllte die Galerie ihn völlig aus.

Er schaute sie über den Rand der Brille hinweg an. »Aber Dan hatte offenbar nach dir verlangt. Seine Familie war ganz aufgelöst.«

Das konnte sich Cari lebhaft vorstellen. Was Dan auch brauchte oder glaubte zu brauchen, musste unter allen Umständen herbeigeschafft werden, auch wenn es sich dabei um eine nach Italien entschwundene Exfreundin handelte. Sie konnte ihnen jedoch kaum einen Vorwurf machen. Dan war wirklich sehr krank gewesen. »Es ist schon gut, dass ich zurückgekommen bin. So kann ich mich wenigstens mit ihm aussprechen«, gab sie zurück.

»Du gibst ihm den Laufpass?« Edward machte eine Bewegung mit dem Ellbogen.

Cari ließ die Speisekarte sinken. »Ich habe mehr als einmal versucht, es ihm vor meiner Abreise nach Italien schonend beizubringen. Und dann habe ich ihn von Italien aus angerufen …«

»Manche Menschen weigern sich einfach zuzuhören.« Edward winkte den Ober herbei, der ihre Bestellung aufnahm.

Kurz darauf kam er mit dem Wein zurück und füllte ihre Gläser.

»Glaubst du, meine Mutter war auch so?«, fragte Cari Edward, als der Ober wieder gegangen war. Schließlich hatte Tasmin immer stur darauf beharrt, dass es für Cari nicht nötig sei, etwas über ihre Familie zu wissen, und war für keine Argumente zugänglich gewesen. »Hat sie früher jemals auf etwas gehört, was ihr nicht in den Kram gepasst hat?« So hatte sie Cari beispielsweise nie zugehört, wenn diese mit ihr über die Partys, die Drogen und ihren Tanz am Abgrund sprechen wollte.

Edwards Miene verdüsterte sich. »Sie hatte immer, hm, sagen wir mal, sehr feste Ansichten«, räumte er ein. »Über bestimmte Themen hat sie mit sich reden lassen, über andere nicht.« Bei diesen Worten sah er traurig aus. Vermisste er Tasmin? Oder dachte er dabei an etwas Bestimmtes?

»Wie beispielsweise die Beziehung zu ihrer Mutter?«, schlug Cari vor.

Edward nahm die Brille ab, legte sie zusammen und steckte sie in die Jackentasche. »Ein gutes Beispiel«, pflichtete er bei. »Aber ich habe es nicht für meine Aufgabe gehalten, dies zu kommentieren, Cari. Ich würde mir niemals anmaßen, mich in eine Beziehung zwischen Mutter und Tochter einzumischen.«

Cari nahm einen Schluck von ihrem Wein – einem roten, fruchtigen Carcassonne. Edward verstand sich auf Wein. Und auf Restaurants. Dieses war klein und gemütlich, ohne dass man sich eingeengt fühlte. Die Tische standen weit genug auseinander, um eine gewisse Privatsphäre zu garantieren, und der Ober hielt sich stets in der Nähe auf, wahrte aber dennoch einen angemessenen Abstand. Mit der schlichten Innenausstattung in Weinrot und Creme erinnerte es entfernt an ein französisches Bistro.

»Und was ist mit der Beziehung zwischen Vater und Tochter?«, fragte Cari. »Was war mit Tasmin und Richard?« Noch nie hatte sie sich über diese Dinge mit Edward unterhalten. Aber sie wollte wissen, was sich da abgespielt hatte. Edward hatte es schließlich miterlebt. Er hatte ihre Mutter bereits als Achtzehnjährige gekannt. Aurelia hatte erzählt, wie eng die Beziehung zwischen Tasmin und Richard gewesen war, wie abgöttisch Tasmin ihren Vater geliebt hatte, der in ihren Augen ohne Fehl und Tadel gewesen war. Aber was war zwischen den beiden geschehen, nachdem Aurelia fortgegangen war?

Edward blickte sie eindringlich an. »All diese Fragen kann dir doch sicherlich das Tagebuch deiner Mutter beantworten«, sagte er freundlich.

»Ach, komm schon, Edward!« Er wich ihr aus, darüber waren sie sich beide im Klaren. Das Tagebuch ihrer Mutter enthielt nur einen kleinen Teil der Geschichte. Zudem hatte Cari mit der Lektüre so gut wie aufgehört. Sie war sich nicht sicher, ob sie noch mehr wissen wollte, denn eigentlich wusste sie schon genug. Manchmal tat die Wahrheit weh. Und manchmal hatte Cari das Gefühl, auf die Folter gespannt zu werden. Ihre Nerven waren zum Zerreißen gespannt, wenn sie in Tasmins Aufzeichnungen las, und das war ihr oft zu viel.

Bevor Edward etwas entgegnen konnte, brachte der Ober die Vorspeisen – Miesmuscheln für Cari und Jakobsmuscheln für Edward. Sie wollte Edward begreiflich machen, wie schwer ihr die Lektüre von Tasmins Tagebuch gefallen war. Wie jeder Absatz sie in die Welt ihrer Mutter versetzt hatte – eine Welt, von der sie vor Tasmins Tod keinerlei Vorstellung gehabt hatte. Dass es manchmal einfach zu schmerzhaft war, um weiterzulesen.

Edward breitete die Serviette über seinen Schoß. »Mir ist nicht ganz klar, was genau du wissen willst«, bemerkte er.

Das wusste Cari auch nicht. *Alles* war wohl zu viel verlangt. »Du hast ihn doch gekannt?«, fragte sie. »Du hast Richard gekannt, meinen … Großvater?«

»Nicht besonders gut.« Er spießte eine Muschel und ein Rucolablatt auf und tunkte die Gabel in die Soße. »Ich habe ihn nur ein paar Mal kurz vor seinem Tod getroffen.« Als er die Gabel zum Mund führte, hielt er inne. »Du weißt offenbar von seinen Problemen?«

Welche meinte er? Seine zahllosen Affären? Seine Unfähigkeit, Arbeit zu finden? Die Beziehung zu seiner Tochter? Seinen Alkoholismus? Seinen Tod?

Anscheinend hatte sie ein zweifelndes Gesicht gemacht, denn Edward fuhr fort. »Er war starker Trinker.«

»Alkoholiker.« Cari aß eine Muschel. Sie war gummiartig und schmeckte herb, nach Salzwasser, nicht so saftig und zart, wie sie erwartet hatte. »Ich weiß, dass Aurelia mit ihm die Hölle durchgemacht hat, und kenne den Grund, warum sie ihn verlassen hat.«

Edwards Augenbrauen schnellten nach oben. »Da weißt du mehr als ich«, gestand er ein. »Tasmin hat fast nie über ihre Mutter gesprochen. Ihr Vater … Na ja, sie hat sich große Sorgen um ihn gemacht, das war doch nur verständlich.«

»Er ist an seinem Erbrochenen erstickt, das hat sie in ihrem Tagebuch recht drastisch geschildert.« Cari aß noch eine Muschel. Sie empfand kein Mitleid für Richard.

Müde blickte Edward auf seinen Teller. »Und was willst du sonst noch wissen?«

Das war einfach. Sie wollte wissen, *warum*. »Was für einen Eindruck du von ihrer Beziehung hattest«, erwiderte sie.

»Zu diesem Zeitpunkt habe ich deine Mutter noch nicht sehr gut gekannt.« Edward widmete sich wieder seiner Vorspeise.

Cari empfand das Ganze allmählich als frustrierend. »Aber sie muss doch irgendwas gesagt haben«, beharrte sie. »Du musst doch gemerkt haben, was da vor sich geht.« Was für ein Arbeitgeber war er eigentlich? »Sie hat es dir doch bestimmt später erzählt, als ihr Freunde geworden wart?«

Edward legte die gespreizten Hände auf den Tisch. »Sie war meine Angestellte«, begann er. »Ich hatte ihre Arbeiten bei einer Ausstellung von Studenten gesehen, und da sie mir gefallen hatten, habe ich ihr mit Freuden einen Job angeboten.« Er zögerte. »Ihr Privatleben war dabei kein Thema.«

Cari wartete.

»Ich wusste wohl, dass es Schwierigkeiten gab, aber sie wollte nicht darüber sprechen, Cari. Du weißt doch, wie verschwiegen deine Mutter war.«

Cari war enttäuscht. »Ja, das weiß ich.« Sie aß die letzte Muschel und schob den Teller zurück. »Hat sie denn unglücklich gewirkt?«, bohrte sie weiter. »Nachdem Aurelia fort und Richard gestorben war?«

Diesmal brauchte er lange, ehe er antwortete.

»Sie war furchtbar unglücklich«, sagte er schließlich. »Es muss schrecklich für sie gewesen sein. Du weißt ja …« – wieder zögerte er, als sei dies alles sehr schwer für ihn – »… dass sie erst achtzehn war, als ihr Vater starb?«

Cari nickte. Und schwanger. Sie war auch erst achtzehn gewesen, als sie Cari geboren hatte.

Der Ober räumte die Teller ab.

Edward beugte sich vor. »Aber weißt du, Cari, ich bin sicher, Tasmin würde sich darüber freuen, wenn sie wüsste, dass du nach Italien gegangen bist und Aurelia gefunden hast.«

»Wirklich?« Wie konnte er sich da so sicher sein?

»Absolut.« Er rieb sich die Hände und strahlte übers ganze Gesicht. »Übrigens werden in Zukunft mehr Leute das Andenken an deine Mutter ehren als du und ich, meine Liebe. Ihr Werk wird die Achtung erfahren, die es verdient.«

Caris Gesicht war ein einziges Fragezeichen.

»Das Buch macht gute Fortschritte. Heute Morgen hat die Verlegerin ihr Einverständnis gegeben.«

»Das Buch?« Wovon redete er da? Welches Buch?

»Das Buch über die Retrospektive deiner Mutter«, erklärte er. »›Die anderen Straßen von Brighton‹.«

»Ah.« Das hatte Cari völlig vergessen. Doch jetzt erinnerte sie sich – die Verlegerin in dem roten Kostüm bei der Vernissage.

»Und sie möchte sich mit dir unterhalten.«

»Mit mir?« Cari konnte sich nicht vorstellen, wozu.

»Tasmin hat doch sicher eine Menge über das Projekt in ihr Tagebuch geschrieben?« Edward hielt inne, als der Ober das Hauptgericht brachte – *Poulet Chasseur* mit Reis für Cari und Boeuf Bourguignon für Edward. »Oder?«

»Na ja, schon, aber …«

»Sie möchte, dass du ihr einige Auszüge lieferst«, sagte Edward. »Als Begleittext zu den Fotografien.«

»O nein, das geht nicht.« Das würde Tasmin doch gewiss nicht wollen, oder? Das Tagebuch enthielt ihre intimsten Gedanken. So etwas war nicht für die Öffentlichkeit bestimmt.

»Nur ein paar Sätze, die den Zugang zu ihrem Werk erleichtern.« Edward tätschelte ihr die Hand. »Alle Erlöse fließen in das städtische Obdachlosenprojekt, Cari. Meinst du nicht, dass Tasmin das gefallen hätte?«

»Vermutlich.« Obwohl Cari es bezweifelte. Aber sie hatte ja auch gezweifelt, ob sie die Fotos Edward übergeben sollte. Das war eines der Probleme mit dem Tagebuch – die Eintragungen verrieten Launenhaftigkeit. Tasmin sprang von einem Thema zum anderen. Cari lernte dabei eine neue Tasmin kennen – aber nur in Fragmenten. Diese Bruchstücke zusammenzusetzen, herauszufinden, wer ihre Mutter wirklich gewesen war und was sie wirklich gewollt hatte, war der schwerste Teil der Aufgabe.

Eine Zeitlang aßen sie schweigend. Edward ließ das Thema ruhen, um ihr Gelegenheit zum Nachdenken zu geben. Sie war dankbar dafür, dass er sie nicht drängte.

»Und was ist mit Italien?«, fragte er schließlich. »Fliegst du bald zurück?«

»Sobald ich mit Dan gesprochen habe.« Cari schob das Gemüse von einer Seite des Tellers zur anderen. Plötzlich überkam sie ein furchtbares Heimweh. Heimweh nach Ligurien, nach Aurelia, nach Marco. *Heimweh?* »Ich überlege, ob ich die Wohnung verkaufen soll.«

Wie kam sie plötzlich darauf? Sie staunte über sich selbst. Eine Reise nach Italien, ein längerer Aufenthalt, sogar ein ganzer Sommer waren eine Sache … Aber hatte sie wirklich vor, dort zu leben?

»Um nach Italien zu ziehen?« Edward wirkte erschrocken. Seine Augen verschleierten sich.

Er mochte sie, das erkannte sie jetzt. Und sie war seine Verbindung zu Tasmin, genauso wie er ihre. Bis zum Tod ihrer Mutter hatte sie Edward nicht wirklich nahegestanden – er war nur eine Randfigur in ihrem Leben gewesen, immer da, aber wenig beachtet. Das bedauerte sie jetzt. Er war der Freund ihrer Mutter gewesen und hätte auch der ihre sein können.

»Ich weiß es noch nicht sicher.« Sie zuckte die Achseln. Vielleicht hatte sie das Gefühl, dort zu Hause zu sein, weil sie in Italien ihre Großmutter gefunden hatte, weil sie sich unter dem weiten italienischen Himmel verliebt hatte. Reichte das aus? Doch sie wusste, dass da noch mehr war.

Edward konzentrierte sich auf seinen Teller, als wage er nicht, sie anzusehen. »Aber du musst doch von etwas leben. Was wird aus deinem Brautmodengeschäft?«

»Das wird nicht weiter schwierig sein.« Cari zuckte erneut die Achseln. »Ich kann überall Kleider entwerfen. Und zufällig schneidere ich gerade schon eines.« Sie erzählte die Geschichte von Carmellas Hochzeit.

»Und wenn du keine weiteren Kunden findest?«

»Dann arbeite ich einfach in einer Bar oder gebe Englischunterricht.« Sie griff nach seinem Arm. »Ich brauche einen Tapetenwechsel«, bekräftigte sie. »Einen Neuanfang. Ich glaube, das kann mir Italien bieten.« Und Marco? Wie viel davon hatte mit ihren Gefühlen für Marco Timpone zu tun?

Er nickte zögernd. »Ich könnte deine Wohnung für dich vermieten, falls du sie doch lieber erst mal nicht verkaufen möchtest.«

Sie schüttelte den Kopf. »Ich brauche einen sauberen Schnitt.« Außerdem wollte sie etwas Geld zur Verfügung haben – nur für den Fall.

»Das ist eine schwerwiegende Entscheidung.« Wenigstens lächelte er dabei. »Du wirst mir fehlen, Cari.«

»Du mir auch.« Sie erkannte, dass es der Wahrheit entsprach.

Genau wie Aurelia würde sie England vermissen. Doch etwas zog sie unwiderstehlich zurück nach Italien. Sie konnte sich nicht dagegen wehren. Und sie würde diesen Weg einschlagen – ohne zu wissen, wohin er sie führen würde.

Kapitel 37

»Dan, wir müssen reden!«

Er war sofort ganz Ohr. »Cari, Liebes …«

»Nein, bitte unterbrich mich nicht!« Sie hatte eine Stunde gewartet, bis auch der letzte Besucher gegangen war. Diesmal musste sie hart bleiben. Vermutlich würde ihm das, was sie ihm mitzuteilen hatte, nicht gefallen, aber darauf konnte sie jetzt keine Rücksicht nehmen, ob er nun im Krankenhaus lag oder nicht. Mein Gott, wie sehr sie Kliniken hasste! All diese Gerüche nach Arznei und Desinfektionsmitteln und dünnem, trübem Tee, hektischen Krankenschwestern, die weißen Kittel und Bettpfannen, die Schmerzensschreie aus dem Nachbarzimmer. Sie fand es grauenvoll.

Abwehrend hob er die Hände. »Schon gut, mir bleibt ja keine andere Wahl.«

Cari atmete tief ein. Es musste sein. »Dan, du weißt, dass es zwischen uns aus ist, nicht wahr?«

Keine Reaktion.

»Hast du mich am Telefon verstanden?« Versteht er mich jetzt?

»Ich habe dich verstanden.« Ihre Blicke trafen sich. Seine Finger drehten Haarsträhnen, bis sie wie Igelstacheln aussahen. Er hatte abgenommen. Die Sommersprossen in seinem blassen Gesicht stachen grell hervor.

Alles in diesem Krankenhaus war bleich und farblos – egal, wohin man blickte.

Dan zupfte am Bettzipfel. Über ihm hatten sie seinen Namen angebracht. *Daniel* … Hier liegt Daniel …

»Ich wollte eigentlich gar nicht hinhören, aber ich habe noch gut in Erinnerung, was du an dem Abend gesagt hast.«

Na ja, immerhin … Die Anspannung ließ allmählich nach. Ihre Hände hielten das seitlich am Bett angebrachte graue Metallgitter umschlossen. Die Knöchel waren weiß. »Und was hast du danach getan?« Fragend zog sie die Augenbrauen hoch.

Er zuckte die Achseln. »Ich bin ein bisschen durchgedreht. Hatte eigentlich nicht vor, eine Straßenlaterne umzufahren.« Er lachte und warf ihr seinen reumütigen Kleine-Jungen-Blick zu.

Cari fragte sich jedoch, weshalb er all das ohne zu meutern hinnahm. Sie empfand so etwas wie Mitleid. Es war bestimmt nicht leicht für ihn. Hier lag dieser arme Kerl nun, erholte sich von seinem Unfall, und dann tauchte plötzlich seine Ex auf, um ihn unter Druck zu setzen. »Dan, es tut mir wirklich leid.« Was hätte sie sonst sagen können? Wie hätte sie es anders ausdrücken sollen? Es gab nichts mehr hinzuzufügen.

»Aber jetzt bist du hier! Und das allein zählt!«, sagte er und griff nach ihrer Hand.

Sie fuhr bei der Berührung zusammen. Es war furchtbar. Seine Haut fühlte sich gereizt und viel zu heiß an. Trockene Hitze.

»Du bist von Italien hergeflogen, um bei mir zu sein. Das bedeutet doch was, oder?«

»Nein.« Seine Enttäuschung war unübersehbar. »Ja.« Meine Güte, war das schwierig. »Nein.« Sie zog die Hand zurück. Hatte sie nicht Abstand wahren wollen?

»Dan, ich bin hergekommen, weil ich ein schlechtes Gewissen hatte, weil es dir nicht gutgeht und ich dir eine Erklärung schulde, Himmel noch mal!« Wenn sie ihm schon nichts geben konnte, wollte sie doch wenigstens ehrlich sein. Schließlich waren sie neun Jahre lang ein Paar gewesen. Zu lange, um mir nichts, dir nichts auseinanderzugehen.

»Du bist also nicht hier, weil du mich liebst?«

Sie seufzte. Natürlich hätte sie ihn mit dem üblichen Satz »Lass uns Freunde bleiben!« abfertigen können. Aber das wäre nichts als Augenwischerei. Und das wusste er ebenso wie sie. Sie würde Dan weiterhin als Freund schätzen – falls er es ihr zugestand. Doch das war zwischen ehemaligen Lovern nun mal nicht immer möglich. Meistens war es viel besser, alles Gewesene einfach hinter sich zu lassen.

»Und vermutlich …« Er kniff die Augen zusammen.

Wie blass er war, und wie unappetitlich er aussah! Krank und erschöpft. Außerdem roch er nach Chemie – nach Äther und Chlor. Unruhig rutschte Cari auf dem Stuhl hin und her. »Ja?«

»Vermutlich kann dir der neue Mann in deinem Leben unendlich mehr bieten als ich, stimmt's?«

»Wie bitte?« Sie starrte ihn an.

»Vertrauen, Loyalität …« Mit gefalteten Händen lehnte er sich in die Kissen und betrachtete eingehend die weiß getünchte Zimmerdecke. »All die Dinge, die du so schätzt.«

Sie rang nach Luft. Weshalb riss eigentlich an solchen Orten wie diesen niemand die Fenster auf? Caris Wangen glühten, ihre Kehle war total ausgetrocknet. Sie hatte den Eindruck, als würde ihr die Welt außerhalb dieses Gefängnisses zuwinken. Sie wollte fort von hier. »Welcher neue Mann?« Und warum diese düstere Vorahnung? Was spielte es für eine Rolle, ob er Bescheid wusste?

»Marco Scheißkerl Timpone.«

Woher kennt Dan seinen Namen?, war ihr erster Gedanke. Ich selbst habe ihn doch erst vor kurzem in Erfahrung gebracht. Wie viel weiß er tatsächlich?

»Das hat nichts mit Marco zu tun«, erklärte sie. Dan sogar seinen Namen zu nennen, bereitete ihr Genugtuung … Wie boshaft war das? Sie musterte ihn aufmerksam. Es kam beinahe einem Katz-und-Maus-Spiel gleich.

»Aber du hast dich mit ihm getroffen, stimmt's?«

»Ja.« Das zu bestreiten, erschien ihr sinnlos.

»Dann solltest du eines wissen.«

Ihr missfiel die Art, wie er mit ihr sprach. »Und das wäre?« Sie verrückte den Stuhl. »Und woher weißt du, dass er mit Nachnamen ›Timpone‹ heißt?«

Er klopfte sich mit dem Zeigefinger an die Nase.

Angewidert wandte sich Cari ab. Was für lächerliche Spielchen. Weshalb eigentlich aufrichtig sein? Warum hatte sie überhaupt die Mühe auf sich genommen, hierher zu reisen? Sie schuldete Dan nichts. Sie waren einige Jahre miteinander glücklich gewesen, ein paar weitere Jahre zufrieden und hatten sich die letzten sechs Monate ziemlich gequält. Zumindest hatte sie sich erbärmlich gefühlt. Sie waren ein Paar gewesen. Aber irgendwann hatte ihre Beziehung geendet. So etwas passierte nun mal. Weder ihn noch sie traf eine Schuld. Die Menschen entwickeln sich weiter, verändern sich, driften auseinander. Eigentlich sollte sie überhaupt nicht hier sein. Dan hatte sie in die Falle gelockt, sie in sein eigens dafür konstruiertes Netz zurückgeholt. Dabei sollte sie ganz woanders sein – mit jemand anderem.

»Du weißt doch überhaupt nichts über ihn.« Spuckeblasen schäumten zwischen seinen Lippen. Seine blasse Hand ruhte schlaff auf dem weißen Bettbezug.

Damit hatte er zweifellos Recht. Würde er ihr nun erzählen, was er in Erfahrung gebracht hatte? Natürlich. Er konnte es ja kaum mehr erwarten.

»Marco Timpone ist dir in Brighton nicht etwa zufällig über den Weg gelaufen.«

»Wovon redest du?« Ihr wurde unbehaglich zumute, und sie konnte ihre Nervosität kaum verbergen. Diese Genugtuung gönnte sie Dan keinesfalls.

»Er ist hierher gereist, um dich kennenzulernen.«

»Sei nicht albern!« Sie versuchte sich an ihre erste Begegnung zu erinnern. Marco hatte vor ihrem Brautstudio gestanden und ihr die Geschichte von einer Freundin aufgetischt, die in Kürze heiraten würde. Ein Vorwand … Und dann …

»Kaum hatte er in dem Restaurant zu arbeiten begonnen, stellte er die ersten Fragen«, sagte Dan triumphierend. »Schon, als er sich vorgestellt hat.«

Cari kannte die Quelle. Einer von Dans zahllosen Cousins war stellvertretender Chef im Bella Pizza.

»Das hast du vollkommen missverstanden«, warf Cari ein. Marco hatte offensichtlich vom ersten Augenblick an Gefallen an ihr gefunden. Er hatte vor dem Geschäft gestanden, fand das, was er dort sah, sympathisch und versuchte anschließend mehr über sie in Erfahrung zu bringen. Sie wollte jetzt nicht eingebildet klingen, aber das war doch offensichtlich, oder nicht? Aus welchem Grund würde sich ein Mann sonst nach einer Frau erkundigen?

»Er wollte auch etwas über deine Mutter wissen«, fügte Dan hinzu.

»Über meine Mutter?« Mittlerweile war Cari übel. »Was meinst du damit?«

Kurz nachdem Marco Caris Brautgeschäft aufgesucht hatte, war Tasmin gestorben. Und das wiederum lange bevor Marco in das Haus einzog, in dem auch Cari wohnte. Einen Stock über ihr. Als er ihr im Treppenhaus begegnet war, hatte er sichtlich erstaunt gewirkt. Es war offenbar ein rein zufälliges Zusammentreffen. Bestimmt hatte er das nicht eigens eingefädelt.

»Deine Mutter.« Dan drohte ihr mit dem Finger.

Seine Überheblichkeit war derart unerträglich, dass sie versucht war, ihn zu ohrfeigen. Sie grub die geballten Fäuste in den Schoß. Dan war schließlich krank. Wer würde denn jemanden im Krankenhausbett angreifen?

»Er wollte etwas über die Galerie neben dem Restaurant herausfinden. Edwards Galerie.« Dan fand sichtlich Vergnügen an seiner Rolle. Seine Augen funkelten, als hätte ihm seine bevorzugte Krankenschwester eine Extradosis Muntermacher verabreicht.

»Er hat nach der Frau gefragt, die dort gearbeitet hatte. Deine Mutter, Cari. Er wollte etwas über sie wissen.«

»Weshalb denn nur?« Nichts von alldem machte Sinn. War Dan womöglich völlig verrückt geworden?

Na ja, den Eindruck erweckte er nicht gerade. Allerdings redete er jetzt mit erhobener Stimme, sodass die anderen Patienten sichtlich interessiert zuhörten, was da vor sich ging.

»Und dann stirbt deine Mutter. Und was geschieht?« Dan richtete sich auf.

Cari wartete. Ihr war klar, was jetzt folgen musste.

»Er versucht mehr über dich in Erfahrung zu bringen. Er beobachtet dich, als du am Restaurant vorbei und in die Galerie gehst. Jemand erzählt, du seist Tasmins Tochter. Daraufhin nistet er sich in dem Haus ein, in dem du wohnst, im Stock über dir. Und plötzlich« – Dan lachte – »seid ihr die dicksten Freunde.« Er sank zurück in die Kissen. »Eine bezaubernde kleine Geschichte, findest du nicht?«

Cari war sprachlos.

»Würdest du immer noch sagen, es sei Zufall gewesen, dass du ihm in Italien begegnet bist? Nein, nein, natürlich hatte er keine Hintergedanken. Aber ich wette, er hätte dich am liebsten auf der Stelle flachgelegt.«

Cari rückte den Stuhl noch weiter von Dans Bett weg. Marco. Nach und nach nahm das Puzzle Gestalt an. Die Einzelteile griffen immer besser ineinander, unbestritten. Doch je mehr sie sich zu einem Bild fügten, desto weniger gefiel ihr dieses Bild. Natürlich war das Zusammentreffen in Lucca kein Zufall gewesen. Er hatte ihre Großmutter gekannt, kannte *La Sirena*. Ja, selbst das Labyrinth war ihm nicht fremd gewesen. Hatte sie nicht immer den Eindruck gehabt, er würde mehr über ihre Familie wissen, als er preisgab? *Vermutlich findest du mich nicht mehr so nett, wenn du mich erst besser kennst.*

Sie spürte, wie ihr die Tränen kamen. Sie war Marco also vollkommen gleichgültig. Und zwar von Anfang an. Er wollte irgendwas von ihr. Aber was? Ihre Freundschaft war purer Bluff. Die gemeinsame Nacht … Oh, mein Gott … Sie erhob sich langsam. Nein, hier würde sie nicht in Tränen ausbrechen …

»Cari.« Dan streckte ihr die Arme entgegen. Was wollte er ihr anbieten? Mitgefühl? »Es tut mir leid, dass ich derjenige bin, der dir all das sagen muss …«

Oh, ja, natürlich, es war nicht zu übersehen! Die Bestürzung stand ihm gleichsam ins Gesicht geschrieben …

»Seit wann weißt du es?« Sie stellte sich vor ihn hin, bemüht, die Tränen zurückzuhalten, und forderte eine Antwort.

»Ich habe es kurz vor deiner Abreise erfahren«, räumte er ein.

»Vor meiner Abreise!«

Er war im Begriff, aus dem Bett zu steigen. Binnen weniger Minuten würde die Schwester, die wie ein liebestrunkener Teenager unablässig um ihn herumscharwenzelte, zur Stelle sein. »Ich war der Meinung, es sei egal«, sagte er. »Ich wollte ihn zur Rede stellen und den Grund dafür erfahren.«

»Ach, mach dir keine Gedanken, Dan!« Cari war bereits auf dem Rückzug. Sie musste endlich von hier fort. Er war immer der Meinung gewesen, er habe mehr über ihr Leben zu bestimmen als sie selbst. »Ich werde den Grund dafür schon selber herausfinden.« Keine Frage! Und diesmal würde sie auch alle Antworten erhalten.

»Aber Cari …« Er wirkte richtiggehend erschüttert. Die weißgewandete Trösterin war ja in der Nähe. »Du fährst jetzt doch nicht mehr nach Italien, oder? Du bleibst hier, nicht wahr? Du und ich …«

»Dan, es gibt kein ›Du und ich‹ mehr. Es ist aus.« Sie nahm ihre Jacke. Viel länger würde sie sich nicht mehr zusammenreißen können. »Ich habe es dir bereits gesagt. Und deine Worte ändern nichts daran.«

Sie verließ das Zimmer, ohne zurückzublicken. Er sollte ihre Tränen nicht sehen. Nein, es änderte nichts an ihrer Beziehung zu Dan. Aber was Marco anging … Sie begriff es einfach nicht.

Warum?

Kapitel 38

»Die Familien waren damals eng befreundet«, erklärte Elena. »Sehr eng sogar.«

Diese Verbundenheit bestand offensichtlich nicht mehr, schloss Cari daraus.

Cari, Aurelia und Elena waren am Spätnachmittag zu einem Bummel durch das Dorf aufgebrochen. Diese *passegiata* war eine typisch italienische Gewohnheit, die Cari sehr schätzte, auch wenn man alle paar Minuten stehen bleiben musste, um mit Dorfbewohnern zu plaudern. Nicht nur mit Alfonzo, dem Inhaber der Metzgerei, und mit Maria vom Obst- und Gemüseladen, sondern auch mit Sofia, der Tochter von Lorenza und Louis, sowie einer Anzahl anderer Menschen. Diese Spaziergänge dienten nicht nur dem Austausch, sondern waren auch eine willkommene Gelegenheit, ein neues Kleid oder eine kürzlich erstandene Jacke auszuführen. Was ganz in Ordnung gewesen wäre, wenn Cari nicht ungeduldig auf die Fortsetzung von Elenas Geschichte gewartet hätte. Jede Unterbrechung steigerte die Spannung ins Unerträgliche.

Auf der Via Veneto verabschiedete sich Elena winkend von einer schwarz gekleideten Frau und deren braungebranntem Sohn. »Das ist eine lange Geschichte«, fuhr Elena dann endlich fort, »die angeblich bis in die Römerzeit zurückgeht, als die beiden Geschlechter Bianchi und Timpone über Ligurien herrschten.« Elena blieb stehen, lehnte sich an das Geländer und blickte hinunter.

Cari folgte ihrem Beispiel. Grandios, dachte sie. Was für ein umwerfender Blick! Selbst der Weg, der zur Küstenstraße und zu *La Sirena* führte, war zu erkennen.

Sie hatten den Bummel an Elenas Villa – dem höchstgelegenen Punkt des Dorfes – begonnen und waren hinunter zur Piazza und zu Luigis Bar spaziert. Dort hatten sie sich einen Aperitif gegönnt und dann den Weg bergauf fortgesetzt. Mittlerweile waren sie beinahe wieder auf dem höchsten Punkt angelangt, diesmal aber westlich von *La Sirena*. Unter ihnen standen unzählige Olivenbäume. Unterhalb der akkurat angelegten Furchen der Olivenbäume und Reben gediehen vereinzelt ausladende Feigenbäume, Sternjasminbüsche, pastellfarbene Hortensien oder Oleanderbüsche. In den Bereichen, in denen der Hang nicht terrassiert angelegt war, blühten wilder Ginster, Schwert- und Feuerlilien. Das Erdreich und die Mauern speichern die Sommerhitze, dachte Cari. Kaum setzt man sich diesem sonderbaren Licht aus, erwärmt es das Blut.

Cari war zwei Tage zuvor wieder nach Italien zurückgekehrt und hatte sich nahezu umgehend Aurelia anvertraut, sodass ihre Großmutter nun sowohl die Geschichte von Marco wie auch Dans Bericht über Marco erfahren hatte. Marcos Handy war nach wie vor ausgeschaltet, sodass sein Schweigen als Bestätigung dessen eingeschätzt werden konnte, was Dan Cari berichtet hatte. Wenn ihm etwas an ihr läge, würde er doch bestimmt Kontakt zu ihr aufnehmen, oder? Aber es gab kein Zeichen von ihm. Vermutlich war es ihm egal, ob sie sich jemals wiedersahen. Was sollte sie sonst glauben?

Ihre Großmutter hatte sie getröstet. »Ich weiß nicht viel über die Timpones«, gestand sie. »Stefano meint, ich solle Elena fragen, und Elena rät mir, die Vergangenheit lieber ruhen zu lassen. Aber es ist ganz offenkundig, dass sich hinter alldem etwas verbirgt. Ich kann mir jedoch keinen Reim darauf machen, was es mit dir zu tun haben sollte. Wo könnte es eine Verknüpfung geben?«

Cari wusste es ebenso wenig. Sie wartete immer noch darauf, dass der Zorn den Schmerz erstickte. Sie fühlte sich benutzt und betrogen und verlangte nach einer Erklärung. Doch da Marco Misterioso für eine Stellungnahme nicht zur Verfügung stand, hatten sich Cari und Aurelia entschlossen, Elena noch einmal auszufragen. Unwissenheit bedeutet keinesfalls Glück, dachte Cari, im Gegenteil. Wer unwissend war, besaß keine Waffe, mit der er kämpfen könnte.

»Wenn wir ihr erzählen, dass Marco Timpone nach England gereist war, um dich ausfindig zu machen«, sagte Aurelia, »erzählt sie uns vielleicht mehr.«

Tatsächlich erklärte sich Elena bereit, ihnen mehr zu erzählen. Beim Tee am frühen Nachmittag hatte sie Caris Darstellung gelauscht und unvermittelt vorgeschlagen: »Lasst uns doch ein wenig spazieren gehen.«

Nun waren sie beisammen.

»Heißt das, dass zwischen den Familien Streit herrscht?«, drängte Aurelia sie.

»Nein, eigentlich nicht.« Elena ließ den Blick über den Abhang gleiten. »Es liegt Jahrhunderte zurück, dass es zwischen Aurelius Timpone und Lucia Bianchi eine Liebesgeschichte gab.« Sie seufzte tief. »Nun kommt schon …« Sie stiegen die steile, gepflasterte Allee Via Frederici hinauf.

Es war nach wie vor brütend heiß. Der Himmel spannte sich im tiefen Azurblau des italienischen Sommers über das Land – *azzurro*, wie Elena es nannte –, und dieser Nachmittag schien niemals enden zu wollen.

»Lucia war sehr schön«, sagte Elena. »Klein, blond, aber offenbar sehr zart. Ich vermute, sie hatte keltisches Blut.« Sie schüttelte den Kopf. »Sie war jedenfalls ziemlich schwach.«

Also ganz anders als Elena. Aurelia und Cari tauschten einen Blick, als sich die zierliche kleine Frau nach links wandte und mühelos die Stufen des Gässchens hinaufeilte. Hastig suchte eine in einem Hauseingang sitzende Katze, die die Sonne genoss, das Weite. Irgendwo in der Umgebung schlug ein Hund an, und in der Ferne knatterte ein Moped. Aus den Häusern drang die vergnügte, laute Unterhaltung einer Familie zu ihnen. Cari bemühte sich, das eine oder andere Wort zu erfassen, was ihr allerdings kaum gelang.

Elena wies auf einen abwärts führenden schmalen, schattigen Pfad zu ihrer Rechten, der von Jasminbüschen, Brombeergestrüpp und Unkraut überwachsen war und fast ein wenig unheimlich wirkte. »Nein, diesen Weg nehmen wir nicht«, beschloss sie.

Cari wollte schon fragen, was es mit diesem Weg auf sich hatte, als eine kleine, dralle Frau in einem schwarzen Kleid mit einem gehäkelten Schal sowie heruntergerollten schwarzen Strümpfen und verschlissenen Slippern auf die Stufen zu ihrem Häuschen trat. *»Sera.«* Ihr einladendes Lächeln ließ braune Zähne und Zahnlücken erkennen.

»Sera.« Elena hatte den Faden verloren.

»Haben sie geheiratet?«, fragte Aurelia, nachdem sie die obligatorischen Höflichkeiten ausgetauscht und Gute Nacht gewünscht hatten.

»Oh, ja. Sie haben geheiratet.« Elena blickte in den Himmel, als fürchte sie, es könne regnen oder als warte sie auf eine göttliche Eingebung. Doch es zeigte sich keine Wolke, und alles blieb friedlich. »Nur wenig später«, fuhr sie fort, »erwartete Lucia ein Kind.«

Schließlich hatten sie den höchsten Punkt des Dorfes erreicht. Die schmale Allee öffnete sich zu einer ovalen Piazza mit einer Kirche mit gelbem Mauerwerk und einem hoch aufragenden Campanile. Daneben erkannte man den Palazzo Comunale und die *Podestà,* das Bürgermeisteramt, das in einem ehemaligen Renaissance-Schloss untergebracht war.

Nachdem Elena Aurelia mit einer Salve italienischer Wendungen überschüttet hatte, eilte sie in die Kirche, nicht ohne sich am Portal zu bekreuzigen.

»Sie ist gleich zurück.« Aurelia seufzte tief, ließ sich auf einer der Holzbänke am Rand der Piazza nieder und klopfte mit einem Blick auf Cari einladend auf die Bank. »Alles in Ordnung, Schätzchen?«

»Oh, ja!« Vielleicht sollte sie Aurelia fragen. *Warum malst du nicht?* Und: *Wie lange wirst du diesen grässlichen, förmlichen Ton zwischen dir und dem Mann ertragen, mit dem du dein Leben teilst?* Sie hatte sich sehr über die Veränderungen in *La Sirena* gewundert.

Doch bisher war ihre Großmutter jeder Frage ausgewichen.

Nun gut. Cari streckte sich aus und legte den Kopf so weit in den Nacken, dass ihr Gesicht der Abendsonne zugewandt war. Nein, unbeschwert fühlte sie sich keineswegs. Wie lange würde sie brauchen, um die Sache mit Marco zu überwinden? Mit ihm darüber zu reden, wäre bereits eine Erleichterung ... Darüber hinaus war sie in Gedanken bei Carmellas Hochzeitskleid – auch das bereitete ihr Kopfzerbrechen, raubte ihr aber nicht den Schlaf.

Die Familie hatte mit Carmella gesprochen, hatte Elena berichtet, während sie den Zitronentee aufbrühte. Sie hatten ihr den Kopf zurechtgerückt.

Wunderbar!, hatte Cari gedacht. Was wird das Ergebnis sein?

Scharlachrot komme unter keinen Umständen in Frage, fuhr Elena fort und schnitt eine Zitrone in Scheiben, als sei es ihr wirklich ernst. Darüber gab es keine weitere Diskussion. Scharlachrot weckte ... Assoziationen.

Cari wartete darauf, dass diese Assoziationen benannt wurden, aber es blieb ihrem Vorstellungsvermögen überlassen, obgleich Elenas Äußerung ahnen ließ, dass sie Scharlachrot mit flatterhaften Frauen in Verbindung brachte.

»Carmella wird in Weiß heiraten«, erklärte Elena schließlich und stellte Caris Becher mit Nachdruck auf den Gartentisch. »Weiß ist gut, entspricht der Tradition, ist rein.«

Cari fragte sich, ob Carmella diese drei Merkmale tatsächlich erfüllte. Sie hatte da so ihre Zweifel. Und was sollte sie nun mit dem scharlachroten Stoff und all den Accessoires tun, die sie in Genua gekauft hatte?

»Wir werden dir die Ausgaben natürlich ersetzen«, fuhr Elena fort. »Aber, Cari, könntest du noch mal von vorn anfangen?«

Na gut, dachte Cari. Italien ist nun mal ein anderes Pflaster. Vermutlich ist dieses Land noch nicht reif für eine Hochzeit in Scharlachrot. Dafür hatte sie immerhin Arbeit. »Selbstverständlich«, hatte sie geantwortet. »Überhaupt kein Problem.« Sollte eine Kundin sie wieder einmal fragen, welche Farbe sie für ihr eigenes Hochzeitskleid wählen würde, würde sie den Mund halten.

Elena eilte noch schneller aus der Kirche, als sie hineingeeilt war. »Aurelius hatte Lucia einen besonderen Talisman geschenkt«, fuhr sie fort, als sei sie gar nicht weg gewesen. »Zu ihrem Schutz während der Schwangerschaft mit seinem Kind.« Sie setzte sich zu ihnen auf die Bank. »Doch leider ist sie bei der Geburt gestorben.«

»Haben die Bianchis ihm denn nie verziehen, dass er sie geschwängert hat?«, fragte Cari. Es war doch nicht sein Fehler gewesen. Viele Frauen sind früher bei der Geburt gestorben, unabhängig von ihrer Konstitution.

Elena tippte sich an den Kopf. »Sie hatten Streit gehabt«, sagte sie dunkel. »Immer gibt es Streit um Geld, nicht wahr?« Sie wandte den Blick auf die Piazza und die vereinzelten Mandelbäume, die jeweils von einem Ring grauer, kleiner Steine eingefasst waren. Einen Augenblick wirkte Elena vollkommen gedankenverloren.

Cari zuckte die Schultern. »Vermutlich …«

»Lucia hatte einen Sohn zur Welt gebracht, musst du wissen. Und das machte die Eigentumsfrage des Talismans schwierig. Tja …« – Elena streckte die Arme aus – »… damit hat alles begonnen.«

Cari hatte den Eindruck, nun kein bisschen klüger zu sein als zuvor. »Aber all das liegt doch Jahrhunderte zurück«, warf sie ein. »Meinst du nicht, dass sich mittlerweile niemand mehr daran erinnert?«

Elena warf ihr einen unfreundlichen Blick zu. »In Italien wird nicht vergessen. Wir warten ab, planen, überlegen, und dann …« – sie schlug mit einer Hand auf die Bank, sodass Aurelia und Cari erschrocken aufsprangen – »und dann kommt der Augenblick unserer Rache!«

»Und was ist dann geschehen?«, hakte Aurelia freundlich nach. »Haben die Bianchis Rache genommen?«

Diese Frage schien Elena etwas ungelegen zu kommen. Hastig erhob sie sich. »Wir sollten weitergehen.«

Cari und Aurelia wechselten einen Blick. Das klang, als wäre es ziemlich kompliziert.

Sie verließen den Platz auf der gegenüberliegenden Seite, in Richtung Elenas Villa, die der Familie seit Generationen gehörte, was sie gleich zu Beginn ihres Spaziergangs stolz verkündet hatte.

»Und wie sah die Rache aus?« Aurelia ließ nicht locker.

Elena drückte das schmiedeeiserne Tor auf, und Cari eilte ihr zu Hilfe. Elena wirkte zu schwach, um es allein öffnen zu können, aber Cari hatte sich getäuscht. Eine Frau aus Stahl.

»Die beiden Familien waren tief in Schmuggeleien verwickelt.« Elena wedelte mit der Hand, als wäre das vollkommen normal und legal. »Sie waren natürlich Rivalen.«

»Natürlich«, murmelte Aurelia und lächelte.

»Eines Tages fand eine Razzia statt.« Elena schloss das Tor wieder.

»Du lieber Himmel!«, murmelte Aurelia. »Und was geschah dann?«

Elena warf das Haar in den Nacken. »Zwei Leute der Bianchi-Gang wurden getötet. Der Rest rannte davon. Die Zöllner verfolgten sie. Ein echtes Drama – schrecklich!«

Cari und Aurelia lauschten atemlos. Das Ganze klingt wie eine Mafiageschichte, dachte Cari.

Sie spazierten über die mit Mosaiksteinen angelegte Zufahrt zu Elenas Villa mit ihren Balustraden und Balkonen und den prächtigen weißen Sommerblumen. Die vordere Terrasse hingegen wurde von Zitronenbäumen eingegrenzt, die einen intensiven Wohlgeruch verströmten.

»Mein Bruder war auch darin verwickelt«, fuhr Elena fort. »Er war sehr viel älter als ich und besaß etliche Verbindungen. Er hat viel Zeit auf See verbracht.« Sie seufzte tief. »Er konnte der

Razzia entgehen, war sich aber sicher, dass die Timpones den Zöllnern Informationen geliefert hatten«, fuhr sie fort und ballte die Hände zu Fäusten, als würde sie den Kampf zu gern hier und jetzt wiederaufnehmen.

»Aus welchem Grund sollten denn die Timpones den Zöllnern helfen?«, fragte Aurelia stirnrunzelnd.

»Geld?« Elena schien fest davon überzeugt zu sein, dass das Geld die Wurzel allen Übels ist. »Oder aber der tiefsitzende Hass der Familien.«

Cari schauderte es. Marco war ein Timpone und damit Teil all dessen. Allmählich verstand sie die Abneigung der Bianchis gegenüber Marco.

»Es gibt ein Indiz, das die Theorie meines Bruders stützt«, sagte Elena. »Ein Mitglied des Timpone-Clans ist dabei beobachtet worden, dass er unter äußerst verdächtigen Umständen im Schutz der Dunkelheit einen Zöllner getroffen hat.« Elena war laut geworden und beschleunigte nun ihre Schritte, als sie sich der Villa näherte. Sie wirkte äußerst aufgewühlt. Ein ziemlich häufiger Gemütszustand hier in Italien, so erschien es Cari. Ob all die Aufregung Elena guttat? Vielleicht wäre es tatsächlich besser, die Vergangenheit ruhen zu lassen.

»Und, wie hat er reagiert?« Aurelia keuchte, weil sie sich bemühte, mit Elena Schritt zu halten.

Mit verzerrtem Gesicht wandte Elena sich blitzschnell um. »Er ist auf die Timpones losgegangen. Er hat sich Giorgio Timpone vorgeknöpft und ihm die Meinung gesagt!«

Die drei Frauen blieben abrupt stehen. Cari stellte sich die zwei streitenden Männer vor. Giorgio Timpone, der Ältere, arrogant und gelassen; Elenas Bruder, der Jüngere, ein verärgerter Hitzkopf. Hatten sie gegeneinander gekämpft?

Elena fasste sich wieder und schob nun den schweren Schlüssel in das Schloss der vorderen Eingangstür. Cari begriff nicht, weshalb sie sich die Mühe machte, da ohnehin sämtliche Türen, die in den Garten führten, offen standen. Vermutlich waren Sicherheitsvorkehrungen in einem Dorf wie diesem, in dem jeder jeden kannte, kein Thema. Und vielleicht diente der Schlüssel Elena nur dazu, dieses wunderbare Gefühl zu genießen, eine derart schöne, alte Villa zu besitzen.

»Ich weiß nicht, was sich zwischen ihnen zugetragen hat«, erklärte Elena. »Ich wäre allerdings erstaunt, sollte mein Bruder seine Rache nicht bekommen haben. Aber …«

Cari und Aurelia traten näher, damit ihnen kein einziges Wort entging.

»Kurz darauf ist er in See gestochen.« Sie schwieg. »Und nie mehr zurückgekehrt.«

Aurelia schnappte nach Luft. »Du meinst also, die Timpones …?«

»Ich weiß nicht, was ich denken soll.« Elena betrat achselzuckend das Haus. Die Fensterläden waren geschlossen, die Eingangshalle lag im Dunkeln – eine wahre Erleichterung nach der Hitze. »Ich war damals noch ein Kind. Sie haben mir nicht viel darüber erzählt. Und das Meer ist eine Bestie, wie wir alle wissen.«

Aurelia nickte zustimmend.

»Aber …«

»Der Streit hat noch immer kein Ende gefunden«, sagte Cari.

Aurelia nickte erneut. »Nun gut«, meinte sie. »Aber was ist mit diesem Enkel von Giorgio …?«

»Urenkel«, berichtigte Elena sie, ging in die Küche und holte etwas zu trinken aus dem Kühlschrank. »Sara ist Giorgios Tochter und Marcos Großmutter. Sie wohnt dort drüben«, sagte Elena und wies mit dem Kopf in eine bestimmte Richtung.

Cari ahnte, wo Marcos Großmutter wohnte, von der sie schon so viel gehört hatte. Der Weg zu Saras Haus führte über den Pfad mit dem Dornengestrüpp, den Elena vorhin geflissentlich gemieden hatte.

»Urenkel, *d'accordo*«, bestätigte Aurelia. »Weshalb reist sein Urenkel nach England, um Cari ausfindig zu machen?«

Als Elena hohe Gläser aus dem Schrank nahm, hielt sie plötzlich inne und musterte Cari eingehend. »Ich weiß es nicht«, sagte sie. »Ich weiß es wirklich nicht.«

»Kommst du heute zum Abendessen, damit ich dir endlich Cari vorstellen kann?«, fragte Aurelia Stefano. Obwohl sich beide in *La Sirena* aufhielten, hatten die jungen Leute sich immer noch nicht kennengelernt. Vermutlich nur schlechtes Timing. Oder steckte etwas anderes dahinter? Cari war wegen Carmellas Hochzeitskleid schon den ganzen Tag bei Elena. Arme Cari! Die Entscheidung der Bianchis hatte sie enttäuscht, aber … Aurelia blickte aufs Meer – es war von diesem Punkt des Labyrinths nicht sichtbar, aber sie wusste, wohin sie den Blick wenden musste, und verstand die mannigfaltigen Färbungen des Himmels zu deuten. Mit der Zeit würde Cari verstehen, welch große Rolle die Traditionen in Italien spielten.

Stefano war am Morgen unerwartet aufgetaucht. Er platzte genau in Aurelias träumerische Stunde, die sie sich nach dem Frühstück auf der Terrasse gönnte und die sich häufig bis zum Mittagessen ausdehnte. Er hatte ein paar Tage frei und würde dann wieder nach England zurückkehren.

»Tut mir leid, ich bin bereits verabredet«, sagte er kurz angebunden, und wenn sie ihn nicht so gut kennen würde, hätte sie seine Antwort als unfreundlich bezeichnet.

Aurelia studierte dennoch seine Miene, um zu ergründen, wie seine Worte einzuschätzen waren. Zum ersten Mal nach langer Zeit spazierten sie gemeinsam durch das Labyrinth. Als er noch klein war, glaubte sie ihn sehr gut zu verstehen. Wann hatte die Veränderung begonnen? Wann hatte sich der Junge zu einem Mann mit einem eigenen Leben entwickelt, an dem er die Familie nicht teilhaben ließ? Wann fingen Eltern an, sich ihren Kindern vorsichtig zu nähern, um sie nicht gegen sich aufzubringen? Ganz besonders jene, derer man sich besonders annahm. »Cari wird allein sein«, ergänzte sie ihren Satz mit leiser Schärfe in der Stimme.

»Das habe ich vermutet. Aber sie trifft sich nach wie vor mit Marco Timpone, stimmt's?«, hakte er mürrisch nach.

Wieder einmal erinnerte er sie sehr an seinen Vater. Diese Italiener … Sie erwecken den Anschein, mit allem völlig locker umzugehen; nirgendwo gab es ein Problem – sprang das Auto nicht an, zuckten sie mit den Schultern, setzten sich in die nächste Bar, telefonierten und bestellten sich einen Espresso; sollte jemand bei einem Geschäft oder beim Kartenspiel den Kürzeren ziehen, spendierte man ihm einen Grappa und die Sache war vergessen. Wenn sie sich über jemanden ärgerten, ließen sie eine dreißig Sekunden dauernde Schimpftirade vom Stapel, um fünf Minuten später darüber zu lachen und sich gegenseitig auf die Schulter zu klopfen. Und dennoch … Aurelia verlangsamte den Schritt, um die unterschiedlichen Düfte in ihrem Labyrinth in sich aufzunehmen. Was die Familie und die Liebe betraf …

Diese italienischen Männer konnten so undurchschaubar und finster sein wie die unter der Erde angelegten Keller, die den Ursprung des hügelseitigen Dorfes Aurelia bildeten und in denen die eingelegten Kastanien und gerösteten Paprikaschoten sowie der Vorrat an Tomatenmark für die Wintermonate lagerten. Ferner die Schinken, der Wein und verschiedene Käsesorten. Sie lächelte in sich hinein.

»Eigentlich nicht.« Cari hatte nichts mehr von Marco gehört. Sie hatten sich erst vergangenen Abend darüber unterhalten. Auch wenn sich die Bianchis darüber freuen mochten, litt Cari doch sehr darunter. Sie hatte abgenommen und wirkte trotz der gebräunten Haut blass und lustlos. Aurelia waren diese Anzeichen nicht unbekannt. Ihre Enkelin war verliebt.

»Vielleicht ist er für immer fortgegangen«, sagte sie halb zu sich selbst, halb zu dem jungen, langsam neben ihr schlendernden Mann. Und je mehr sie über die Bianchi-Familie erfuhr, desto klarer wurde ihr, dass er vielleicht niemals zurückkehren würde.

Als sie nach links abbogen, um nicht in der Sackgasse zu enden, berührte sie sacht die zarten Blüten der weiß, lachs- und rosarot blühenden Oleanderbüsche. Zum hundertsten Mal fragte sie sich, ob es fair sei, dass die Kinder für die Sünden ihrer Vorväter büßen mussten. Was sollte dieser ganze Unsinn hinsichtlich der »Rache«? Marco Timpone war vermutlich ein lieber Kerl, eine Randfigur in der ganzen Geschichte. Er wohnte bei seiner Großmutter Sara, der Tochter des berüchtigten Giorgio, auf halber Höhe des Hügels. Aber natürlich war selbst das bezeichnend. Die Bianchis waren offensichtlich wohlhabender als ihre Rivalen. Immerhin gehörte Elena das Haus auf der Spitze des Hügels.

Aurelia blickte hinunter. Niemand hatte Marco Timpone in letzter Zeit gesehen. Er war fortgegangen. Es hieß, er sei ein Vagabund wie einst sein Urgroßvater und lasse sich nirgendwo festbinden.

Pah!, dachte Aurelia. Vermutlich empfindet er ebenso viel für Cari wie sie für ihn. Die beiden sollten einfach durchbrennen und ihre Familien sich selbst überlassen. Sie hätte dafür Verständnis.

Cari war fassungslos. Sie hatte gemeint, gegenseitige Zuneigung könne nicht an einem geringfügigen Familienzwist zerbrechen. »Wir beide sind mit den Bianchis allein über Enrico verbunden«, hatte sie zu Aurelia gesagt, nachdem sie die ganze Familiengeschichte gehört hatte. »Du und Elena, ihr seid nur Freundinnen. Ihr seid nicht einmal verwandt. Also weshalb sollte der Familienstreit etwas mit Marco und mir zu tun haben?«

Nein, sie begriff es nicht. Tatsache war, dass Aurelia sich mit der Familie Bianchi verbunden hatte, indem sie bei Enrico eingezogen war. Von diesem Zeitpunkt an galten sie als miteinander verwandt. Zudem ging es hier nicht allein um einen Familienzwist. Es handelte sich nun einmal um eine lang anhaltende, blutige Auseinandersetzung.

Die Sonne stach mit ganzer Kraft vom Himmel, und Aurelia schob ihren Sonnenhut zurecht. Stärker als allen anderen Familienmitgliedern war ihr bewusst, wie wichtig es war, den richtigen Mann nicht einfach gehen zu lassen. Enrico war der Richtige, dessen war sie sich sicher, auch wenn ihre Beziehung derzeit so unterkühlt war, als seien sie Fremde. Getrennte Betten, getrennte Zimmer, getrennte Aktivitäten. Es war ihre Schuld. Was ist die Liebe ohne das Vertrauen? Das Vertrauen ist ein Teil dessen, was zwei Menschen zusammenschweißt. Ein starkes Band, das jedoch leicht reißen kann.

Stefano, der neben ihr ging, hatte einen uneinheitlichen Schritt. Dann und wann zupfte er ein Blatt von einem Jasminstrauch und schnipste es auf den Weg. Er fuchtelte herum, krempelte seine aufgerollten Ärmel noch weiter hoch, kratzte sich am Kopf und zupfte an seinem offenen Hemdkragen. Diese Unruhe war ihr neu. Vermutlich wollte er ihr etwas sagen.

»Die Pflanzen sollten zurückgeschnitten werden. Ich muss mich darum kümmern«, murmelte sie vor sich hin. Der Oleander war dicht und buschig. Die dunklen Blätter des Jasmins standen im Kontrast zu den sternförmigen Blüten, deren süßer Duft geradezu unangenehm stark die Luft erfüllte.

»Das erledige ich.« Stefano hakte sich bei ihr unter. »Was für eine gute Idee von dir, dieses Labyrinth zu pflanzen! Es war der Wunsch meiner Mutter. Ihr besonderer Ehrgeiz, nicht wahr?«

»Vermutlich.«

»Ich weiß es.«

Aurelia musste an die Pläne denken, die sie vor vielen Jahren in dem Arbeitszimmer gefunden hatte. Darunter auch die von Catarinas ordentlicher Hand sorgsam angefertigten Zeichnungen und Anweisungen. Und der kleine Junge, der sich den zugeklebten Briefumschlag geschnappt hatte und damit in sein Zimmer gerannt war, damit sie es um Himmels willen nicht bemerkte.

»Nun?« Sie wollte ihn nicht drängen. Stefano war immer ein Junge gewesen, der die Dinge seinem Rhythmus gemäß erledigte und erst redete, wenn er dazu bereit war.

»Sie hat ein Gedicht hinterlassen«, sagte er jetzt. »Ich habe es kurz vor der Anlage des Labyrinths gelesen. Zwar habe ich den Sinn nicht entschlüsseln können, aber ich habe es aufgehoben.«

»Wirklich?« Aurelias Interesse war geweckt. Zweifellos der Inhalt des mysteriösen Umschlags. Sie hatte sich buchstabengetreu an Catarinas Anweisungen gehalten. Die drei gepflanzten kleinen Spiralen, deren äußerer Pfad jeweils zum Haus, zum Dorfweg sowie zum Meer führte. Mittelpunkt der drei Spiralen war ein Fleckchen Blau – der Weiher und die kleine Oase der

Ruhe – mit der Bank aus Olivenholz, der sich seit Generationen im Besitz der Bianchi-Familie befand.

Stefano zog ein Stück Papier aus seiner Brusttasche.

Aurelia starrte ihn sprachlos an.

»Das ist nicht das Original«, erklärte er und wedelte mit dem Blatt. »Es ist nur eine Kopie, die ich bei mir trage.«

Immer? Ihre Schritte erzeugten ein sanftes Geräusch, die einzigen Laute, abgesehen vom Summen der Insekten und der von fern hörbar hereinströmenden Flut. Aurelia drückte seinen Arm. Dieses Stück Papier war ihm offenbar sehr wichtig, und sie fühlte sich geschmeichelt, dass er sich endlich entschlossen hatte, es ihr zu zeigen.

»Mein Schicksal«, las Stefano, *»das Herz des Labyrinths.«* Stille.

Sie waren am Ende des gewundenen Weges angekommen. Aurelia stützte sich auf das Tor. Weiter drüben verlief sowohl die Küstenstraße nach Lerici als auch der Weg zu dem Dorf, das ihren Namen trug. Sie hörte das Geräusch eines nahenden Autos. Man konnte es nicht sehen. Aurelius, fiel ihr plötzlich ein. Hatte man das Dorf nach eben jenem Aurelius Timpone benannt, oder war es umgekehrt gewesen? Schon immer hatte sie sich von diesem Ort stark angezogen gefühlt – was eigentlich etwas eigenartig war, da sie dort doch nach wie vor als eine von den *stranieri* galt. Selbst Enrico war sozusagen ein Fremder. Sie gehörten weder zu den Bianchis noch zu den Timpones und waren ebenso wenig Ligurier. Zwei Eindringlinge. Nur Stefano gehörte hierher.

Als Stefano zu lesen begann, schloss sie die Augen …

Auf der Reise zur Entdeckung,
Wenn du suchst nach deinem Weg,
Zur Spirale in Spirale,
Wo gewund'nes Holz vergraut;
Dort im Schatten jenes Dunkels,
Wo Geheimes wird erzählt,
Schläft die stumme edle Frau,
Duftet sonndurchglühtes Gold.

»Wie schön!« Aurelia öffnete die Augen. »Hat deine Mutter diese Zeilen verfasst?«

»Es ist zumindest ihre Handschrift.«

»Und es geht in dem Gedicht um das Labyrinth.« Aurelia stand die Freude ins Gesicht geschrieben. Es erschien ihr wie eine Bestätigung dafür, dass es richtig gewesen war, Catarinas Wunsch zu erfüllen.

Aber Stefano sah sie skeptisch an. »Weshalb *Entdeckung*?«, fragte er. »Ich habe so oft darüber nachgedacht, was sie damit gemeint haben könnte.«

Aurelia sah ihm über die Schulter. *»Reise zur Entdeckung …«*

»Klingt beinahe wie ein Rätsel, nicht wahr?« Seine Stimme nahm einen drängenden Ton an. »Wonach hat sie gesucht? Oder wollte sie, dass jemand anders danach sucht?«

Aurelia überlegte. »Ein Labyrinth hat etwas mit Entdeckung zu tun«, sagte sie und warf einen Blick zurück auf den Pfad, den sie vorhin entlanggegangen waren und der sich wie eine Schlange und meist außer Sicht durch das Labyrinth wand. »Eine Reise ins Innere, zum Kern der Dinge und anschließend der Versuch, seinen Weg hinaus zu finden. Vielleicht hat sie das damit gemeint.«

»Ja, das passt.« Er las die Zeilen erneut. *»Wenn du suchst nach deinem Weg …«*

»Es könnte dabei aber ebenso gut um Selbstfindung gehen.« Aurelia erinnerte sich an Hesters Worte, als sie ihr vom Symbolismus der keltischen Triskele erzählt hatte. Die Triskele galt als Symbol der Pilgerreise; ihre drei Krümmungen stellten die drei Formen weiblicher Spiritualität und Kreativität dar – Leben, Kunst und Liebe. Vielleicht war es gar kein Zufall, dass Catarina hier in Ligurien das Labyrinth hatte anlegen wollen. Der keltische Symbolismus reichte weit zurück in die Vergangenheit, und Aurelius' Gattin Lucia Bianchi war keltischer Herkunft gewesen, hatte Elena ihnen erzählt.

Hatte Catarina auf diese Weise das Leben, die Kunst und die Liebe entdeckt? Sie besaß Enricos Zuneigung; hatte einem Kind das Leben geschenkt – und zwar diesem jungen Mann, der jetzt neben ihr stand. Und hatte etwas Künstlerisches geschaffen, indem sie dieses Gedicht verfasst hatte, sollte sie tatsächlich dessen Urheberin sein. Dennoch wurde sie grausam aus dem Leben gerissen – wie ihr Bruder, der zur See fahrende Schmuggler, war auch sie sehr jung gestorben.

»Doch was ist mit *Spirale in Spirale* gemeint?« Erneut nahm Stefano sie am Arm, und gemeinsam gingen sie denselben Weg zurück, den sie gekommen waren.

Aurelia zuckte die Achseln. Vielleicht hat er ja Recht, dachte sie, und es ist tatsächlich ein Rätsel. Falls es sich als solches entpuppt, werde ich es wohl kaum deuten können. Vermutlich wird niemand jemals den verborgenen Sinn erraten.

»Und was bedeutet der *Schatten*?«

»Ach je.« Sie schnupperte an einer Jasminblüte. »Schatten gibt es überall.« Das wusste Stefano so gut wie jeder andere.

Schweigend kehrten sie in das Herz des Labyrinths zurück. Trotz der Hitze schossen die Goldfische zwischen den dahintreibenden Wasserlinsen und der auf der Oberfläche schwebenden gelben Seerose durch den Teich.

Aurelia beugte sich so weit vor, bis sie sich und ihren Schatten im Wasser sehen konnte. Der unvergleichliche Duft des Jasmins erfüllte die Luft.

»Duftet sonndurchglühtes Gold«, murmelte sie.

Kapitel 39

Im nächsten Frühling

Mitternacht war vorüber, die Luft kühlte ab, und die Familie saß in gelöster Stimmung auf der Terrasse. Eine in alle Himmelsrichtungen verstreute Familie, bemerkte Cari, die sich dennoch zu der Feier zusammengefunden hatte. Übermorgen würde Carmella heiraten, in dem Kleid, das Cari für sie geschneidert hatte. Der Empfang sollte im Park von *La Sirena* stattfinden. Dann würde Cari den kompletten Bianchi-Clan kennenlernen, einschließlich Stefano, von dem sie bereits so viel gehört hatte – Enricos Sohn, Marcos Feind.

Die ersten Gäste waren bereits eingetroffen – die meisten übernachteten in Elenas Villa auf dem Hügel. Einige von ihnen waren nun hier versammelt und stießen mit Prosecco auf Carmellas und Gianmarios Zukunft an.

Ein Gast hatte sich bereits in *La Sirena* einquartiert. »Alles in Ordnung?« Cari beugte sich über den Tisch und drückte Edwards Hand. Sie hatte ihn spontan eingeladen. Wenn sie auch keine Familie und keinen Geliebten in England hatte, so hatte sie zumindest einen Freund, einen langjährigen Freund, der – seit sie sich erinnern konnte – mit ihrer Familie eng verbunden war.

»Wie könnte es anders sein?« Edward lehnte sich zurück und blickte in den Himmel.

Cari machte es ihm nach. Sie erinnerte sich an diesen Moment, als sie zum ersten Mal unter dem italienischen Nachthimmel gesessen hatte, und dachte daran, was sie in der Nacht mit Marco empfunden hatte, dort oben auf dem Hügel. An dem Platz, an dem er sein Restaurant bauen wollte. Was mochte aus dem Projekt geworden sein? Es war sein großer Traum gewesen.

Sie betrachtete den vollen Mond und den Sternenhimmel und lächelte dann Edward an. Er trug ein Hemd mit offenem Kragen, ein bequemes Leinenjackett und sein typisches zerknittertes Lächeln.

»Ich weiß genau, warum du hier bleiben wolltest«, sagte er.

»Noch etwas Wein, Edward?« Enrico gab den charmanten Gastgeber. Keine Spur mehr von nicht enden wollendem grüblerischem Schweigen, das die vergangenen Monate eines frostigen italienischen Winters geprägt hatte.

Cari war sehr erstaunt gewesen über die herbe Winterzeit, in der jede Entwicklung zum Stillstand gekommen war; zugleich hatte sie genossen, dass die Menschen eine klare Vorstellung von den Jahreszeiten hatten und offenbar genau wussten, wann die Oliven geerntet und die Terrassenmöbel für den Winter ins Haus gebracht werden mussten, ebenso wie sie spürten, wann die Blumenkästen bepflanzt werden konnten und das Leben allmählich wieder draußen stattfinden konnte. Vorbei waren die quälenden Sonaten, die Enrico auf seinem über alles geliebten Flügel spielte, die höflichen Mahlzeiten, die unendlich viel Sprengstoff in sich getragen hatten, sowie das angestrengte, unpersönliche Lächeln. Mit dem Erwachen des Frühlings schien auch in Enrico etwas erwacht zu sein. Vielleicht ein Bewusstsein dafür, was er gegebenenfalls verlieren würde? Die Hoffnung, einen Neuanfang zu wagen?

»Ich gehe hinein. Bitte entschuldigt mich«, sagte Aurelia. Cari sah Aurelia die Müdigkeit an. Gemeinsam mit Elena hatte ihre Großmutter die Hochzeitsvorbereitungen organisiert und gelenkt. Morgen würden die Männer das Zelt errichten, und alle würden sie vor der Tür stehen: die Caterer, die Gärtner mit den Blumen, die Männer, die die Tische aufbauen mussten. Es würde eine Menge Trubel geben!

»Natürlich.« Edward stand auf und verbeugte sich. Cari hatte gewusst, dass er und Aurelia sich gut verstehen würden. Er war ein erfahrener, einfühlsamer Kunsthändler, dessen Leben sich im Kreis von Künstlern und ihren Werken abspielte. Und sie war eine lebenserfahrene, einfühlsame Künstlerin. Sie hatte ihre Arbeiten Edward gegenüber heruntergespielt, doch Cari würde ihm auf jeden Fall ihr Atelier und einige ihrer Werke zeigen. Vielleicht würde ihr die Anerkennung eines Mannes wie Edward neuen Auftrieb geben, ihre Arbeit wieder aufzunehmen? Obwohl ihre Großmutter bereits fünfundsiebzig war, schien sie ohne ihre Malerei nicht glücklich zu sein. Ihr Blick wirkte verloren, was Cari beunruhigte.

»Ich komme mit.« Cari nahm ihren Arm. Seit dem Winter hatte sie teil am Leben in Ligurien. Mit Aurelias Hilfe hatte sie schon etwas Italienisch gelernt und konnte sich mittlerweile recht gut – wenn auch nur sehr langsam – unterhalten, sofern ihr Gegenüber nicht zu schnell sprach. Zudem hatte sie eine weitere Kundin gewonnen – eine Freundin von Carmella, die auch in Weiß heiraten wollte –, einen verlässlichen Lieferanten für ihren Bedarf gefunden und mit der Herstellung von Kleidern begonnen, wunderschönen Ballkleidern aus Satin und Seide, Organza und Chiffon, die sie für Hochzeiten, Bälle und andere Anlässe verleihen wollte. Doch weil das Guthaben, das Tasmin ihr hinterlassen hatte, mehr und mehr zusammenschmolz, unterrichtete Cari zudem die beiden halbwüchsigen Töchter von Lorenza und Louis in Englisch. Diese Lehrtätigkeit wollte sie noch ausbauen. Wenn ihre Wohnung in Brighton endlich verkauft wäre, würde sie sich hier eine Wohnung zulegen und die Geschäfte von dort aus führen, um Enrico und Aurelia wieder mehr Privatsphäre zu garantieren.

In ihrem Zimmer zog Cari sich aus, legte sich aufs Bett und nahm Tasmins Tagebuch zur Hand. Sie hatte seit Monaten nicht mehr darin gelesen. Der Inhalt schmerzte sie zu sehr, doch aus irgendeinem Grund, vielleicht weil Edward in der Nähe war, drängte es sie weiterzulesen. Einerseits wünschte sie sich, dass die Enthüllungen nicht enden mochten, andererseits fürchtete sie sich davor. Wie wenn man verliebt ist, dachte sie. Es gab sowohl die Freude als auch den Schmerz.

Aber es gab schon ganze Tage, an denen sie nicht an Marco

dachte. Sie wollte sich nicht in dem verlieren, was hätte sein können, sondern sie bemühte sich, sich auf Tasmins Tagebuch zu konzentrieren. Doch kaum hatte Marco sich erneut in ihre Gedanken geschmuggelt, hielt er sie lauernd besetzt und ließ sich nur im Schlaf daraus vertreiben. Und er geisterte viel zu häufig auch durch ihre Träume.

Und was ist, wenn der Schwarze Mann kommt?

Dann laufe ich davon!

Sie konnte nicht ständig vor Marco davonlaufen. Ob er nun der Schwarze Mann war oder der Mann ihrer Träume. Ihre Beine waren nicht immer schnell genug.

Sie blätterte die Seiten mit Tasmins steiler Handschrift durch. *Es hätte anders sein können*, las sie. *Es wäre anders gewesen, wenn ich mich seinem Wunsch gebeugt hätte. Dann hätte er sich um uns gekümmert. Um sie gekümmert. Aber ich konnte es nicht ertragen, dass sie ihn so lieben und vielleicht verlieren würde.*
Was wäre gewesen, wenn er uns verlassen hätte? Oder vielleicht sogar gestorben wäre?

Tut mir leid, Edward. Ich habe dich nicht genug geliebt, aber ich wollte dich nicht zu sehr lieben.

Wie bitte?

Ein von der Veranda ertönender Schrei, gefolgt von herzhaftem Gelächter (Enricos?), unterbrach Cari in ihrer Lektüre. Es folgte eine Stimme. Eine junge, männliche, italienische Stimme …

Sie stand auf, schlüpfte in ihren Bademantel und blickte hinaus in die Dunkelheit. Abgesehen von dem mit Laternen und Windlichtern beleuchteten Tisch konnte sie nur die dort versammelten Männer erkennen. Sie schienen sich alle gegenseitig auf die Schulter zu klopfen. Wer …?

Zögernd schlich sie die Treppe hinunter und näherte sich lautlos der halb geöffneten Terrassentür. Kaum hatte sie sie ein wenig weiter geöffnet, sah sie …

»Edward.« In der Dunkelheit hatte sein Gesicht einen seltsamen Glanz. Als blicke man in einen Spiegel und würde etwas unübersehbar Einleuchtendes erkennen …

Dann hätte er sich um uns gekümmert. Um sie gekümmert.

»Edward!«

Allmählich veränderte sich sein Gesichtsausdruck, und seine Überraschung wich Verstehen.

»Cari, bist du es?« Die Tür wurde weiter aufgestoßen, und Enrico stand vor ihr, überlebensgroß, das lachende Gesicht in zahllosen kleinen Falten. »Sieh mal, wer hier ist!«

Wer mochte das sein? Cari trat auf die Veranda.

»Stefano.« Enrico schob den großen jungen Mann auf sie zu.

Endlich wurde sie sich ihrer nackten Beine und leichten Bekleidung bewusst.

»Wir haben ihn in diesem Winter so gut wie nie gesehen. Aber jetzt ist er da. Stefano, das ist Cari. Endlich lernt ihr euch kennen.«

Kapitel 40

Cari parkte den schwarzen Ford Ka, den sie vor einem halben Jahr gekauft hatte, am höchsten Punkt der Küstenstraße, dort, wo Marco immer seinen Maserati abgestellt hatte. Tellaro war verkehrsberuhigt, nur die Anwohner durften mit dem Auto hineinfahren. Dies war einer der Gründe, weshalb das Dorf seine beschauliche Atmosphäre bewahrt hatte.

Sie stieg aus und schloss den Wagen ab. Warum nur erinnerte sie alles und jedes – und jeder Mann, wenn sie an ihre Reaktion auf Stefano gestern Abend dachte – an Marco?

Sie folgte der Straße in Richtung des an der Kreuzung gelegenen Restaurants und passierte die gebieterisch wirkenden Tore einer der prächtigen Villen Tellaros – die wie üblich von der Straße aus nicht zu sehen war. Zwischen den Pinien und Büschen am Straßenrand glitzerte das stahlblaue Wasser des Golfs von La Spezia. Gestern Abend hatte sie eine Stimme gehört, die wie die seine klang, hatte eine Gestalt gesehen, die seiner ähnelte, und musste immerzu an ihn denken, ob sie nun wollte oder nicht.

Allerdings kreisten ihre Gedanken auch um etwas anderes, was sich am Vorabend ereignet hatte.

»Wie wäre es, wenn wir einen kleinen Spaziergang machen?« Kaum war sie Stefano auf der Terrasse vorgestellt worden, hatte sich Edward wieder zu Cari gesellt und ihr den Arm angeboten. Ihm war genau bewusst, was sie soeben entdeckt hatte, das spürte sie.

Cari war nervös. Alles war so schnell gegangen, sie hatte noch gar keine Zeit gehabt, die neue Erkenntnis zu verdauen. Sie zögerte. »Im Bademantel?«

»Wem sollten wir hier schon begegnen?«

Cari zuckte die Achseln. Wo er Recht hatte …

Gemeinsam schlugen sie den Weg zu Aurelias geliebtem Labyrinth ein.

Cari wusste nicht mehr, was sie denken sollte. Sie hatte sich aufgemacht, ihre Wurzeln zu finden, doch die Lektüre von Tasmins Tagebuch hatte sie beinahe dazu bewogen, diese Suche abzubrechen. Letztendlich konnte sie sich des Gefühls nicht erwehren, dass sie nur ein völlig verworrenes Geflecht von Wurzeln gefunden hatte und die Vergangenheit nicht frei von dunklen Flecken war. Sie sollte die Wahrheit lieber ruhen lassen. Am besten wäre es vermutlich, die Herkunft zu ignorieren und sich darauf zu konzentrieren, sich selbst zu verwurzeln, um zu wachsen, ohne das Gleichgewicht zu verlieren oder einzuknicken. Das war möglich. Und mit der Zeit würde sie sich von der Vergangenheit befreien können.

Nun jedoch … Anscheinend gab es da einen Mann, den ihre Mutter im Tagebuch kaum erwähnt hatte. Es hatte ihn immer gegeben.

»Warum?«, fragte sie, als sie außer Hörweite waren, und zog den Bademantel fester um sich. »Warum hast du es mir nicht gesagt?« Obwohl sie sich die Antwort denken konnte.

Und so war es auch. »Ich musste es deiner Mutter versprechen«, erwiderte er. »Bitte zwinge mich nicht dazu, ins Detail zu gehen …«

Cari vermutete, dass Tasmin sonst womöglich in einem schlechten Licht erscheinen würde. Schließlich hatte Cari am eigenen Leib erfahren, wie verbissen ihre Mutter hatte sein können, wie sie manchmal davon überzeugt gewesen war, nur ihr Weg sei der einzig richtige.

»Glaub mir, Cari, es war wichtig, dieses Versprechen zu halten!«

Im Dunkeln wirkte sein Gesicht grau. Cari konnte nur ahnen, wie viel ihn dieses Versprechen gekostet haben mochte. »Was war damals zwischen euch?«, fragte sie. »Kannst du mir wenigstens das erzählen?«

Er holte tief Luft. »Du hast doch ihr Tagebuch gelesen, und du weißt, wie schlimm es damals um Richard stand. Du weißt auch, wie abgöttisch sie ihn geliebt hat. Ihm dabei zusehen zu müssen, wie er sich selbst zerstört, hat ihr das Herz gebrochen.«

Der Boden unter Caris Füßen fühlte sich weich an. Im Unterholz summten Insekten. Die beiden waren am Labyrinth vorbeigegangen und näherten sich dem Tor zum Meer. Cari ließ Edwards Arm los. »Sie war doch fast noch ein Kind«, stieß sie hervor, »ein verzweifeltes Kind.« Cari wollte nicht glauben, dass dieser Mann, den sie inzwischen als Freund betrachtete und der, wie sie nun wusste, ihr Vater war, Tasmins Lage auf diese Weise ausgenutzt hatte.

»Ich weiß genau, was sie war.« Edwards Stimme wurde laut. »Sie war die verführerischste Frau, die ich jemals gekannt habe. Sie war schön, talentiert und rätselhaft.« Seine Stimme versagte. »Und ich habe nie aufgehört, sie zu lieben.«

Cari antwortete nicht. Als sie beim Tor stehen blieben, lauschte sie auf das inzwischen so vertraute Rauschen der Flut.

»Ich weiß nicht, warum sie sich ausgerechnet für mich entschieden hat.« Edward lehnte sich schwer gegen das Tor. »Aber im Grunde spielte es keine Rolle. Vielleicht hat sie in mir eine Vaterfigur gesehen, weil sie sich auf ihren eigenen Vater nicht mehr verlassen konnte. Vielleicht habe ich ihr auch als Arbeitgeber eine gewisse Sicherheit vermittelt und ein Bedürfnis gestillt, über das wir nur Vermutungen anstellen können …«

Bei seinen Worten wurde Cari plötzlich bewusst, dass sie eigentlich immer davon ausgegangen war, ihre Mutter sei ein Opfer gewesen, weil sie bei Caris Geburt erst achtzehn war. Aber nun fragte sie sich, ob Tasmin sich Edward nicht sogar ausgesucht hatte? Das ergab einen Sinn. Die Tagebucheintragungen unterstützten dies. Tasmin hatte immer ganz bewusst Entscheidungen getroffen.

Das war gut. Cari blickte hinunter auf das Meer, das glatt und schimmernd wie eine Metallplatte dalag. Ja, es war gut. Edward hatte Recht. Es spielte keine Rolle, warum Tasmin sich ihm zugewandt hatte. Wichtig war, dass Edward ihrer Mutter etwas hatte geben können, was sie gebraucht hatte. Er hatte ihr geholfen – und später ihnen beiden, soweit Tasmin es zugelassen hatte.

Cari schlang die Arme um sich. Ganz unerwartet fühlte sie sich jemandem zugehörig. In gewisser Weise hatte sich ihre Mutter auch für sie entschieden. Das war für sie von großer Bedeutung. Zeitlebens hatte ihre Mutter ihr so wenig anvertraut. Nie hatte Cari wirklich gewusst, was Tasmin bewegte. Doch nun dämmerte ihr, dass es nicht persönlich gemeint gewesen war. Tasmin war einfach ein sehr verschlossener Mensch gewesen, der alles mit sich selbst ausgemacht hatte.

Aber das Geheimnis um meinen Vater hätte sie doch wirklich lüften können!, dachte Cari. »Und was war mit mir?«, flüsterte sie und wandte sich ihm zu. »Warum wollte sie es mir nicht erzählen?«

Edward legte den Arm um ihre Schultern. »Ich glaube, sie hat es getan, Cari«, sagte er. »Ich glaube, sie hat es dir auf ihre Weise mitgeteilt.«

Er hatte Recht. Das hatte sie.

Beim Restaurant angelangt, bog Cari nach links und steuerte bergab auf das Dorf und das Meer zu. Es war noch früh am Vormittag, und in dem Restaurant deckten die Kellner gerade die Tische für das Mittagessen ein. Nur wenige Leute waren unterwegs, Bewohner der höher gelegenen Teile von Tellaro, die sich auf dem Weg zur Arbeit mit einem morgendlichen Espresso auf der Piazza stärken wollten oder zur Bäckerei und zu Marias Laden strebten, um Brot und Panini einzukaufen und das frischeste Gemüse und Obst zu ergattern.

Cari hatte sich für heute ausgeklinkt. Aurelia war anscheinend froh gewesen, dass ihre Enkelin sich anderen Dingen widmete, da sie selbst Elena und Carmella bei den letzten Vorbereitungen für die Hochzeit helfen musste und Edward mit Enrico nach La Spezia gefahren war, um den so lebensnotwendigen Vorrat an alkoholischen Getränken aufzustocken. Alles war perfekt organisiert. Für Cari blieb nichts mehr zu tun.

Cari indessen wollte ein Gespenst bezwingen. Sie hatte es wirklich satt, Marco nahezu jede Nacht im Traum zu begegnen und auch noch tagsüber zu den unpassendsten Momenten mit offenen Augen von ihm zu träumen. Und sie hatte den Schmerz des Verlustes verdammt noch mal satt. Sie wollte wütend werden – richtig schön wütend, um sich von ihm zu befreien. Darum suchte sie nun den ersten Ort auf, an den er sie damals mitgenommen hatte. Als sie an jenem Tag auf der Piazza gesessen und Kaffee getrunken hatten, hatte er wahrscheinlich überlegt, ob er sie zu ihrer Großmutter führen solle oder nicht. Und ohne ihn hätte Cari sie vielleicht nie gefunden.

Sie schlenderte an den mit Terrakottaschindeln gedeckten Häusern vorbei den Hügel hinab. Am Gitterwerk der Balkone und hinter den steinernen Balustraden blühten bereits die ersten Frühlingsblumen. Die Mandel- und Kirschbäume in den Vorgärten trugen zarte, Zuckerwatte ähnelnde Blüten, Clematis und Bougainvilleen rankten sich um Zäune und an Steinmauern hinauf, und Glyzinien mit schweren blauen Blüten schmückten Eingangstore und Geländer.

Stefano hatte bei der kurzen Begegnung gestern Nacht argwöhnisch gewirkt, heute Morgen war er etwas zugänglicher gewesen. Er hatte ihr von seiner Freundin erzählt, einer Engländerin namens Jayne, und hinzugefügt, er wisse noch nicht, wie sich die Beziehung entwickeln werde. Aber er hatte dabei jung und hoffnungsvoll ausgesehen. Warum nur hatte Cari sich vor dieser Begegnung gefürchtet? Dieser Familienstreit hatte doch nichts mit ihr zu tun. Vermutlich war Stefano mit sich selbst nicht im Reinen.

Schließlich erreichte sie die Piazza. Nur ein einzelnes Paar saß an einem der Holztische vor dem Café. Missmutig rührte die Frau in ihrer Tasse und starrte an dem Mann vorbei, der sich in flehentlicher Haltung zu ihr hinüberneigte. Womit mochte er ihren Zorn erregt haben? Hatte er einer anderen zu viel Aufmerksamkeit gewidmet? Sie warten lassen, als sie gestern tanzen gehen wollte? Vergessen, ihr Blumen mitzubringen?

Cari eilte vorüber. Aus dem Innern des Cafés hörte sie jemanden rufen, doch sie achtete nicht darauf. Sie wollte keine Gesellschaft, war nicht in der Stimmung für ein neckisches Geplänkel oder einen Flirt. Der Marmor unter ihren weißen Schuhen war noch nicht von der Morgensonne getrocknet und rutschig. In den Steintrögen und Terrakottakübeln versprühten Lilien ein Feuerwerk in leuchtendem Gelb und Orange. Der Oleander trug die ersten Knospen, die Zweige mit den schmalen Blättern in stummer Erwartung in die Höhe gestreckt.

Cari dagegen wartete nicht – nicht mehr. Ihr war, als habe die Eingangstür des Cafés geknarrt, aber sie drehte sich nicht um. Sie meinte, jemand habe ihren Namen gerufen, doch der Wind säuselte so, dass sie es sich bestimmt nur eingebildet hatte. Sie würde dieses Gespenst endgültig verjagen. Auch ohne ihn konnte sie hier in Italien leben und glücklich sein.

Leichtfüßig durchquerte sie einen Bogengang und bog in eine schmale Gasse ein, die im Schatten der auf beiden Seiten aufragenden Steinhäuser lag.

»Cari!«

Die Stimme hallte in ihrem Kopf wider und verfolgte sie, während sie hinunter zum Meer lief. Unter der Laterne der Barockkirche machte sie Halt, lehnte sich ans Geländer und sah hinab auf die winzige Bucht von Tellaro, wo die fröhlich bunten Fischerboote an der steinernen Hafenmole vertäut lagen. Die schwarzen Felsen glänzten wie die Rücken von Seelöwen, und die Wellen brachen sich schäumend am Strand.

Hier holte er sie ein.

»Cari.«

Sie beachtete ihn nicht. Solange sie ihn nicht sehen konnte, war er auch nicht da. Stur blickte sie hinaus aufs Meer. Doch irgendwo zwischen den Schulterblättern spürte sie ein Beben.

»Bist du taub? Was ist los mit dir? Hast du nicht gehört, wie ich gerufen habe? Jesus, Madonna …«

Sie wirbelte herum. »Wag es bloß nicht!«

Er war es wirklich. Viele Fragen lagen ihr auf der Zunge –

aber sie verflüchtigten sich mit der Meeresbrise. Sie wollte ihn nicht ansehen, nicht richtig.

Er hob die Hände. Unschuldig? Beileibe nicht! »Was? Was ist los mit dir?«

»Acht Monate Funkstille!«, fauchte sie und erkannte sich dabei selbst kaum wieder. Seit wann konnte sie so zur Furie werden? Aber war es nicht genau das, was sie sich gewünscht hatte? So richtig wütend zu werden? »Und du fragst mich, was los ist?«

Er ließ den Kopf hängen. »Du hast Recht. Es tut mir leid. Ich …«

»Spar dir die Worte!« Nie mehr, dachte sie. Schlicht und einfach – nie mehr.

»Ich bin erst gestern Nacht zurückgekommen«, begann er. »Und ich würde gern mit dir reden.« Er hob den Kopf und sah sie an. Diese schwarzen Augen … »Ich möchte dir alles erklären.«

In ihrem Innern ballte sich ein Knoten zusammen. »Es ist zu spät, Marco.« Wieder richtete sie den Blick zum Horizont. Sie war hier, um ein Gespenst zu vertreiben, und war einem Menschen aus Fleisch und Blut begegnet. Diesem Menschen. Sie verspürte den Drang zu lachen, hysterisch zu werden, weil sie genau diese Begegnung hatte vermeiden wollen.

»Bitte!« Er berührte sanft ihren Arm.

Beinahe erwartete sie dort, wo er sie berührt hatte, ein Mal zu sehen.

»Obwohl ich keinen Anspruch darauf habe, dass du mich anhörst.«

Wie wahr!

»Aber ich glaube, es gibt da ein paar Dinge, die du wissen willst.«

Sie wartete. Misstrauisch. Sie hörte, wie unterhalb ein Fischerboot auf den Strand gezogen wurde. Bald würde der Fischer den frischen Fang feilbieten, die besten Stücke jedoch für das Restaurant auf dem Hügel aufheben. Cari ballte die Fäuste. Auch sie hatte ihr Bestes für ihn aufgehoben.

»Dinge«, fuhr Marco fort, »die du wissen *musst*.«

Sein Haar war länger geworden. Die Locken ringelten sich auf dem Kragen seines weißen Hemdes. Die beiden obersten Knöpfe waren geöffnet. Helles Hemd, dunkle Haut. Sie sah, wie sich seine glatte, sonnengebräunte Brust hob und senkte, und die Erinnerung traf sie wie ein Peitschenhieb. Sie war wehrlos dagegen … Sein Geruch, als sie in jener Nacht ihr Gesicht an seine Brust gepresst hatte. Seine warme Haut, sein Herzschlag an ihrer Wange, während ihn ihre Wimpern wie die zarten Flügel eines Schmetterlings liebkost hatten. Vollkommener Friede. Ein Anfang, hatte sie gedacht. Ihr gemeinsamer Anfang.

»Ich bin mir nicht sicher, ob ich es hören will«, antwortete sie.

Er nahm ihre Hand. »Vertrau mir, Cari!«

Ihm vertrauen. Ihm vertrauen …? Wie viele Male hatte er diese Worte schon gesagt?

»Weißt du – ich muss es dir einfach erzählen.«

Kapitel 41

»Es ist wahr«, begann Marco, »dass ich nach England gekommen bin, um deine Familie ausfindig zu machen.«

Dieses Eingeständnis stellte Cari keineswegs zufrieden. Nachdem sie ihn mit Dans Erkenntnissen konfrontiert hatte, konnte er es schließlich kaum leugnen. Sie wusste jetzt, dass alles nur eine Lüge gewesen war. Jeder Kuss, jede Berührung, jedes geflüsterte Wort. Hätte sie lieber bei Dan bleiben sollen? Nein, natürlich nicht. Er bedeutete ihr zu wenig. Aber dieser verflixte Marco Timpone hatte ihr viel zu viel bedeutet.

»Warum?«, fragte sie ihn. Sie saßen vor dem Café auf der Piazza. Marco hatte sich eine Goldbrasse, *orata*, mit schwarzen Oliven und Kartoffeln bestellt, während sich Cari für Tagliatelle mit *porcini*, Steinpilzen, entschieden hatte. Eigentlich verspürte sie gar keinen Hunger. Sie wollte zuhören, wollte wissen, worum es hier ging. Gleichzeitig jedoch wäre sie am liebsten aufgesprungen und davongelaufen. Was war nur los mit ihr? War sie nun an der Wahrheit interessiert oder nicht? Cari brachte die Stimmen in ihrem Innern zum Schweigen. Sie würde sich eben nur so viel anhören, wie sie ertragen konnte. Und immerhin saß sie ja hier …

»Meiner Großmutter zuliebe habe ich eine Spur weiterverfolgt, die bereits kalt geworden war«, sagte Marco.

»Was hat deine Großmutter damit zu tun?«, fragte Cari kühl.

Er sah ihr in die Augen. »Du weißt Bescheid über die Familienfehde zwischen den Bianchis und den Timpones?« Seine Stimme klang weich. Er behandelte Cari mit Vorsicht, ging behutsam vor.

Sie funkelte ihn an. »Oh, ja, natürlich, es hat sich herumgesprochen!« Sie hatte es wirklich satt. Es war so lächerlich, sich wegen einer Sache zu streiten, die bereits Jahrhunderte zurücklag! Standen die Italiener nicht in dem Ruf, ein so unbeschwerter Menschenschlag zu sein? Es stimmte offensichtlich nicht.

»Das«, versicherte er ihr, »war nur der Anfang.«

Cari nahm einen Schluck Wein. Was würde denn noch kommen? Welcher alte Römer mochte welcher ligurischen Familie Rache geschworen haben? Wer hatte wen geheiratet und wer war gestorben? Welche Geschichte war hier zum Familienmythos hochstilisiert und von jeder Generation fleißig weitergetragen worden, um den Nachfahren einen legitimen Grund zu geben, sich weiterhin zu hassen?

»Hat Elena Bianchi dir von ihrem Bruder erzählt?« Sein Blick wurde finster, und eine strenge Falte erschien auf seiner Stirn. Die Worte »ihr Bruder« hatten wie ein wütendes Zischen geklungen.

Also wirklich … »Der verwegene Schmuggler? Ja, schon.« Sie wiederholte, was sie bereits von Elena gehört hatte. »Beide Familien hatten mit dem Kauf von Schmuggelware zu tun, waren aber Todfeinde – natürlich.«

Wenn Blicke töten könnten, läge sie jetzt hingestreckt auf dem Marmor der Piazza.

»Es gab eine Razzia durch Zollbeamte«, fuhr sie fort. »Alles ziemlich dramatisch. Elenas Bruder war überzeugt davon, deine Familie hätte sie verpfiffen.«

»Verpfiffen?« Die Furche auf seiner Stirn vertiefte sich.

»Sie an die Zollbeamten verraten.« Wie gern würde sie ihm noch ein wenig mehr Englisch beibringen …

»Niemals!« Der Tisch erzitterte unter Marcos Fausthieb.

Welch beeindruckende Loyalität gegenüber der Familie!, dachte Cari. Nur bedauerlich, dass er diese Loyalität der Frau gegenüber vermissen lässt, die er im letzten Sommer an einem Abend oben in den Hügeln verführt hat. All das Gerede über Wünsche und Träume, über das Restaurant, das er nach ihr *Ca-*

rissima nennen wollte … Vermutlich war das die italienische Art, eine Beziehung zu führen. Aber nicht mit ihr.

Sie zuckte die Achseln. »Es ist dein Streit, Marco. Nicht meiner.«

Seine Augen verengten sich. »Da wäre ich mir an deiner Stelle nicht so sicher.«

Cari fröstelte. Hasste er sie so sehr? Sie zwang sich, sich zu konzentrieren, die ganze Angelegenheit ernster zu nehmen. Was hatte es für einen Zweck, ihn gegen sich aufzubringen? Sie würde der Sache auf den Grund gehen und dann Adieu sagen. Vermutlich handelte es sich nur um ein dummes Missverständnis, das zu einem riesigen Melodrama aufgebauscht worden war. Darin waren die Italiener ja weiß Gott Experten. »Elenas Bruder hat Giorgio damit konfrontiert«, sagte sie. Widerwillig schob sie sich eine weitere Gabel Tagliatelle in den trockenen Mund. Wozu sich aufregen? Und selbst wenn, würde sie es sich gegenüber diesem gefühllosen Mistkerl bestimmt nicht anmerken lassen!

»Meinen Urgroßvater.«

»Uuh.« Der Stolz in seiner Stimme war unüberhörbar. Überraschung! Loyalität und Stolz – wahrlich bewundernswerte Eigenschaften.

»Und dann hat er ihm die Bernsteintriskele gestohlen.«

Sie starrte ihn an. »Er hat ihm was gestohlen?« Automatisch legte sie die Hand auf die Stelle, wo sich der Anhänger unter der lilafarbenen Bluse an ihre Haut schmiegte.

»Den Talisman der Familie.« Sein starrer Blick machte ihr Angst. »Den alten Glücksbringer, den mein Vorfahre Aurelius Lucia Bianchi zum Schutz für das neugeborene Kind geschenkt hatte.«

»Der Talisman«, wisperte sie. Sie erinnerte sich daran, dass Elena einen Talisman erwähnt hatte, ohne jedoch näher darauf einzugehen.

Er beugte sich vor. »Du musst doch gemerkt haben, dass er mehr ist als bloß ein hübsches Schmuckstück.« Sein Blick war auf die Stelle gerichtet, wo der Stein lag, auf Höhe des zweiten

Knopfes ihrer Bluse. Er sprach über den Silberanhänger, nicht wahr? Oder dachte er dabei an den Körper unter der Bluse …?

»Aber …« Hatte sie es gemerkt? Eigentlich nicht. Der Stein war wunderschön, und das eingeschlossene Insekt machte ihn zu etwas Besonderem. Wollte Marco etwa wirklich andeuten, dass …?

Er griff nach ihren Händen. »Ich sollte dir das alles eigentlich überhaupt nicht erzählen, Cari. Eigentlich hatte ich es auch nicht vor.«

Sie zuckte bei der Berührung zusammen. Wie zärtlich er ihren Namen aussprach, mit der verführerischen Betonung auf der zweiten Silbe! Bestürzt schüttelte sie den Kopf. Ihr Bernsteinanhänger? Das ergab doch alles keinen Sinn. Und natürlich hatte er ihr das nicht verraten wollen. Marco Misterioso hatte ihr nicht das kleinste bisschen verraten wollen.

»Aber meine Großmutter Sara …« Er ließ ihre Hände los. »Ich habe ihr gestern Abend die ganze Geschichte erzählt. Sie hat gesagt, ich muss dich einweihen. Weil es auch dich betrifft. Und weil du es früher oder später sowieso erfahren wirst.«

»Was erfahren?« Der Marmor der Piazza gleißte in der Sonne. Cari zog den Anhänger aus der Bluse und umschloss ihn mit der Hand. Die Silberkanten schnitten ihr in die Handfläche, der Bernstein jedoch fühlte sich warm an.

Marco konnte den Blick nicht abwenden, der Anhänger schien ihn zu hypnotisieren. »Nachdem Elenas Bruder die Bernsteintriskele gestohlen hatte«, fuhr er fort, »hat er sie an jemanden weitergegeben, der ihm viel bedeutet hat. So muss es gewesen sein.«

»Natürlich.« Das war offensichtlich. Cari wartete.

Marco presste die Lippen zusammen.

Sie dachte daran, wie er sie geküsst hatte. Das erste Mal in Lucca vor ihrer Wohnung. Und dann in jener Nacht auf dem Hügel. Diese Lippen hatten jeden Winkel ihres Körpers erforscht, doch im Moment war davon nichts zu spüren.

»Die Bernsteintriskele war eigentlich für meine Großmutter bestimmt«, sagte er. »Aber sie hat sie weder besessen noch gewusst, was daraus geworden ist.«

Ist das etwa meine Schuld?, fragte Cari sich und spürte Zorn in sich aufsteigen. »Wem?«, fragte sie. Plötzlich hatte sie das Gefühl, sich schützen zu müssen. »Wem hat er sie gegeben?«

Marco wirkte plötzlich nachdenklich. Er lehnte sich im Stuhl zurück und legte die Hände auf den Tisch. »Deiner Ururgroßmutter.«

»Hester?« Jetzt verstand Cari gar nichts mehr. Aurelia hatte ihr so viel von Hester erzählt – dieser kreativen, unabhängigen, exzentrischen Bildhauerin mit dem kastanienbraunen Haar, der Cari äußerlich so ähnelte. Ging es hier um *deren* Schicksal? Cari nahm noch einen Schluck Wein. Falls dem so war, wäre etwas mehr Wein jetzt zweifellos hilfreich.

»Aber weshalb?« Marco schien sich das selbst zu fragen. »Weshalb sollte er die kostbare Bernsteintriskele einer Frau mittleren Alters geben, die in einem kleinen Dorf in Cornwall lebt?«

Cari wusste darauf keine Antwort. Sie tippte mit dem Finger gegen seinen Arm. »Woher weißt du überhaupt, dass er das getan hat?«

Marco zögerte. Er sah sich um, ob jemand in der Nähe war, aber die Piazza lag verlassen da. »Es gab da einen Brief«, sagte er. »Den Elenas Bruder geschrieben hatte.«

Aha, ein Brief. Wie praktisch. »Und woher stammt wiederum diese Information?«

Marco wirkte verlegen. »Natürlich hat es eine Suche gegeben.« Er spreizte die Finger. »Elena Bianchis Bruder war wie vom Erdboden verschluckt. Mit der Triskele der Timpones. Giorgio wollte sie wiederhaben.«

Soso, jetzt war es auf einmal die Triskele der Timpones … Cari lehnte sich ebenfalls zurück, da sie Abstand zu Marco brauchte. Sie nippte an ihrem Wein und bemühte sich, ruhig und gefasst zu wirken. Wann würde diese Geschichte ein Ende haben?

»Also hat Giorgio dessen Habseligkeiten durchsuchen lassen.«

Cari erinnerte sich, dass Elenas Bruder zur See gegangen und nie mehr zurückgekehrt war. »Nur seine Habseligkeiten?«, fragte sie skeptisch. »Willst du mir etwa erzählen, dass deine Familie nichts mit seinem Verschwinden zu tun hat?« Hört, hört, sie wurde allmählich eine von ihnen, ließ sich in diesen lächerlichen Streit hineinziehen.

Marco setzte sich kerzengerade hin und warf den Kopf in einer Geste gekränkter Würde zurück, sodass Cari trotz allem am liebsten gelacht hätte. »Meine Familie hat ihn nicht umgebracht«, sagte er fest. »Das würden sie nie tun. Die Timpones sind keine Mörder.«

Nein, nur treulose Mistkerle, dachte Cari. »Und an wen war der Brief gerichtet?«

Marco erwiderte ihren Blick. »Er war an Mary Hamilton, Port Isaac, Cornwall, adressiert.«

»An meine Urgroßmutter?« Das musste Cari erst einmal verdauen. »Demnach haben sich Elenas Bruder und meine Urgroßmutter gekannt?«

Er nickte. Abwartend.

Sie las es in seinen Augen. »Sie haben sich geliebt?«

Wieder schlug er mit der Faust auf den Tisch. Die Gläser klirrten.

Cari drehte sich um, aber niemand im Café schien davon Notiz zu nehmen. Wahrscheinlich war so ein Betragen in Italien nichts Ungewöhnliches.

»Sie war verheiratet«, verkündete Marco düster.

Cari nickte. »Mit Hugh.«

»Und sie hatte ein Kind. Eine Tochter.«

Anscheinend wollte Marco ihr etwas zu verstehen geben, aber Cari begriff nicht, was. »Ja, Aurelia, meine Großmutter.«

»Also …« Die Augen mit der Hand beschattend, blickte er hinauf in den klaren blauen Himmel, als erwarte er von dort eine Eingebung. »Was ging da vor sich? Wir haben uns gefragt, ob er sie vielleicht von früher kannte. Waren sie einander bei einer seiner Fahrten nach England begegnet? Er hatte nämlich als Matrose auf Handelsschiffen gearbeitet, die Sardinen von Cornwall nach Italien exportierten.«

»Sardinen?« Cari hätte beinahe laut herausgelacht. Das war doch bestimmt nur eine verrückte Lügengeschichte! Und wenn Mary mit Hugh verheiratet war – wie hätte sie da Gelegenheit zu einer Liebesaffäre mit einem italienischen Matrosen haben können?

Marco jedoch verzog keine Miene. »Es gibt nur eine einzige mögliche Erklärung«, sagte er.

»Und die wäre?«

Er seufzte. »Die Bernsteintriskele konnte allein über die weibliche Linie weitervererbt werden«, erklärte er. »Das Kind, bei dessen Geburt Lucia starb, war ein Sohn. Das Erbe wurde angezweifelt.«

Cari erinnerte sich daran, dass Elena etwas in der Richtung gesagt hatte, doch damals hatte sie es nicht verstanden.

»Die Bianchis behaupteten, der Talisman gehöre ihnen, weil er ein Geschenk an Lucia war. Die Timpones haben es natürlich bestritten.«

Jetzt zog Cari die Stirn kraus. »Aber warum war das so wichtig?«, fragte sie. »Es ist doch nur …«

Er legte ihr den Finger auf den Mund. »Er ist ein kleines Vermögen wert«, sagte er. »Ein baltischer Bernstein mit einer eingeschlossenen Libelle, gefasst in gehämmertes Silber, auf dem eine keltische Triskele eingraviert ist. Allein Kopien davon erzielen hohe Summen. Und erst das echte Stück …« Er stieß einen leisen Pfiff aus.

»Oh!« Cari tastete nach dem Anhänger. Allmählich verstand sie, warum er das Schmuckstück mit einer besitzergreifenden, ehrfürchtigen Geste in die Hand genommen hatte. Und wo Geld winkte … waren immer Intrigen im Spiel. Erschrocken wandte sie sich ab. Sie verlor den Boden unter den Füßen. Noch war ihr allerdings nicht klar, welche Rolle sie dabei spielte. »Aber warum hat er den Anhänger Hester anvertraut?«, fragte sie. Auch wenn er in Mary verliebt gewesen sein sollte – und durch die Erzählungen ihrer Großmutter wusste sie, wie unglücklich Mary gewesen war –, ergab es keinen Sinn.

»Um ihn weiterzugeben«, meinte Marco. »Das ist die einzige Erklärung.«

Cari stellte sich vor, wie er die Spur der Bernsteintriskele verfolgt hatte. Von Cornwall über Hertfordshire bis nach Brighton. Von Hester zu Mary, zu Aurelia und zu Tasmin. Und schließlich zu ihr … »Weiterzugeben?«

»Über die weibliche Linie.« Er zog eine Augenbraue nach oben.

Cari hielt den Atem an. »Aurelia?«, flüsterte sie.

Er nickte. »Seine Tochter.«

»Aber was ist mit …«

»Mit Hugh?« Er zuckte die Achseln. »Ich habe die Daten der Eheschließung und der Geburt überprüft. Ich weiß nicht, wie lange Mary auf die Rückkehr ihres italienischen Liebhabers gewartet hat, nachdem sie die Schwangerschaft entdeckt hatte. Aber ihre Tochter ist nur einen Monat nach Marys Heirat mit Hugh zur Welt gekommen.« Er fuhr sich mit den Fingern durch die schwarzen Locken. »Und sie hat sie nach dem Dorf genannt, aus dem ihr Geliebter stammte.«

Cari konnte es kaum glauben. Im Bemühen, diese Information zu verdauen, beobachtete sie gedankenverloren einen Teenager, der mit dem Moped auf die Piazza gefahren kam. Er rief etwas zu dem Haus neben dem Obst- und Gemüseladen hinauf. Jemand öffnete die Fensterläden, ließ einen italienischen Wortschwall vom Stapel und schloss die Läden wieder. Der Junge zuckte die Schultern und fuhr davon.

Cari rief sich ins Gedächtnis, dass es zur damaligen Zeit als Schande gegolten hatte, als ledige Frau Mutter zu werden. Viele Frauen hatten ihre Kinder zur Adoption freigegeben oder waren zu irgendeiner Engelmacherin gegangen, was sie nicht selten mit dem Leben bezahlt hatten. Mary hatte auf ihren Geliebten gewartet – allerdings nicht lange genug.

»Vielleicht hat Hugh schon einige Zeit im Hintergrund gelauert und seine Chance gewittert«, überlegte Marco. »Vielleicht hat sie sich ihm anvertraut, und er hat ihr versprochen, sich um sie und das Kind zu kümmern. Wer weiß? Wahrscheinlich hat sie geglaubt, ihr Italiener würde nie wiederkommen …« Sein Blick schien sie durchbohren zu wollen. »Aber wie dem auch sei, sie hat jedenfalls zugestimmt, Aurelia als Hughs Tochter auszugeben.«

»Und für den Rest ihres Lebens dafür bezahlt«, ergänzte Cari und musste daran denken, was Aurelia ihr über ihre schwierige Beziehung zu Hugh erzählt hatte. Was würde sie sagen, wenn sie die Wahrheit herausfand – dass Hugh nicht ihr Vater gewesen war?

»Also wurde die Bernsteintriskele über die weibliche Linie deiner Familie weitervererbt«, fuhr Marco fort.

Von Aurelia auf Tasmin. Von Tasmin auf Cari. Cari schluckte. »Ich bin eine Bianchi?«

Sein Blick war forschend. »Du bist eine Bianchi.«

Mein Gott! Cari riss sich den Anhänger vom Hals. Wenn er für so viel Aufruhr und Leid gesorgt hatte, dann wollte sie ihn nicht. »Deine Großmutter ist der Meinung, die Triskele gehöre von Rechts wegen ihr?«, fragte sie, ohne Marco dabei anzusehen. So fiel es ihr leichter.

Er nickte.

»Dann bring mich zu ihr, Marco.« Sie stand auf. »Am besten sofort.«

Kapitel 42

Die alte Sara thronte in einem antiken Schaukelstuhl aus Mahagoni, der mit quastenbehangenen Kissen in Karminrot und Weinrot gepolstert war. Sie trug ein schwarzes Kleid aus dickem Baumwollstoff und hatte ein schwarzes Wolltuch um die knochigen Schultern geschlungen. Ihr silbergraues Haar war straff zurückgekämmt und im Nacken zu einem festen Knoten frisiert.

Cari hielt sich im Hintergrund, während Marco seine Großmutter mit einem Kuss auf die faltigen Wangen begrüßte.

»Warum hast du sie hergebracht?«, stieß Sara hervor. Sie schaukelte nach vorn, packte mit zitternder Hand den Stock, der neben dem Stuhl lehnte, und deutete damit anklagend auf Cari. »Sie gehört nicht in dieses Haus. Sie ist eine Bianchi.«

Cari trat einen Schritt näher. »Ich habe Ihnen etwas mitgebracht.« Als sie die Faust öffnete, blinkte der durchscheinende Bernstein auf ihrer Handfläche; es sah aus, als blinzelte er gegen die plötzliche Helligkeit an. Doch durch die halb geschlossenen Fensterläden drang nur spärlich Tageslicht in das Zimmer. Die Möbel waren reich verziert, aber düster, und die gesamte Einrichtung wirkte eher dunkel und bedrohlich. Marco hatte Cari vorgewarnt. »Sie empfängt kaum noch Besuch«, hatte er ihr auf dem Weg zum Haus erzählt, das ein wenig abseits vom Dorf lag und das man nur über einen finsteren, von Brombeergestrüpp überwucherten Pfad erreichte, der von einer der Seitenstraßen des Marktplatzes abzweigte. »Sie hat das Haus schon lange nicht mehr verlassen.«

Saras trübe Augen starrten blicklos auf Cari.

Cari trat noch einen Schritt vor, obwohl das Misstrauen der

alten Frau eine unsichtbare Wand zwischen ihnen bildete. Seit Jahrzehnten mochte es bereits an ihr nagen, verstärkt durch die Isolation, in die sie sich begeben hatte. Ihr Misstrauen hatte sich auf ihren Enkel übertragen, der seit mehr als einem Jahr die Spur der Bernsteintriskele verfolgt und verzweifelt versucht hatte, seiner Großmutter das zurückzugeben, was sie als ihr rechtmäßiges, vom Schicksal bestimmtes Eigentum betrachtete.

»Was ist es?« Ihr Atem ging schwer.

»Die Bernsteintriskele.« Mit zusammengepressten Lippen ging Cari noch einen Schritt auf Sara zu und legte ihr die Kette um den runzligen Hals. Sara war so angespannt, dass Cari beinahe fürchtete, die zerbrechliche Frau könnte im nächsten Moment zusammenklappen.

Cari trat zurück. Nun war der Anhänger fort.

Sara fasste mit der gleichen ehrfürchtigen und besitzergreifenden Geste wie Marco nach dem Talisman. Sie schaukelte in ihrem Stuhl und bewegte dabei den Kopf hin und her. Vielleicht konnte sie noch gar nicht glauben, dass sie ihn nach all den Jahren endlich in der Hand hielt. »Warum hast du ihn mir gebracht?«, zischte sie. »Du bist doch eine Bianchi!«

Cari verzog das Gesicht. »Sieht ganz so aus.« Sie blickte zu Marco hinüber, der mit dem Rücken zum Fenster im Zwielicht stand, das Gesicht im Schatten. »Aber da ich nun die ganze Geschichte über die beiden Familien gehört habe, bin ich der Ansicht, die Triskele gehört Ihnen.« Obwohl sie bereits ein Gefühl von Verlust empfand. Schließlich war der Anhänger auch innerhalb ihrer eigenen Familie weitervererbt worden. Nur über eine kurze Zeitspanne, aber immerhin von Aurelia an Tasmin und schließlich an sie selbst.

Sara blinzelte teilnahmslos, als koste sie jede Bewegung Mühe.

Cari vermutete, dass es bei diesem Zwist nie um logische Argumente gegangen war. Daher setzte sie zu einer Erklärung an. »Ursprünglich hat Aurelius Timpone sie gekauft«, fuhr sie fort. »Das ist doch richtig?«

»Einhundertzwanzig Schwerter und sechzig Dolche«, intonierte Sara.

Bitte? Cari warf Marco einen fragenden Blick zu.

»So viel hat er dafür bezahlt«, erklärte er. »Heißt es jedenfalls.«

»Er war reich«, fügte Sara hinzu. »Ein Edelmann – Aurelius der Güldene.«

»Das ist die Bedeutung seines Namens«, ergänzte Marco. »Aurelius und Aurelia – der Goldene, die Goldene oder auch Güldene.«

Sara schaukelte langsam vor und zurück. »Auch Bernstein ist ein Geschenk der Töchter der Sonne.«

Töchter der Sonne? Wieder musste Cari passen.

»Der Sage nach sind Bernsteine die versteinerten Tränen der Heliaden«, erklärte Marco. »Weil Bernstein durchsichtig ist, ein warmes Leuchten von ihm ausgeht und er beim Verbrennen einen himmlischen Duft verströmt. Die Heliaden bezeichnet man auch als Töchter der Sonne.«

»Verstehe.« Na ja, beinahe. Natürlich stellte Bernstein etwas Besonderes dar. »Bernstein war wertvoll …«

»Für medizinische und spirituelle Zwecke, ja«, sagte er. »Die Stämme benutzten ihn als Zahlungsmittel, und die Römer gaben sich nur mit den erlesensten Stücken zufrieden.«

»Aber Lucia hat er nicht geholfen.« Cari fühlte sich gezwungen, noch einmal darauf hinzuweisen.

Aus dem Schaukelstuhl hörten sie Sara zischen: »Das Kind hat gelebt.«

»Aber es war ein Junge.« Marco verschmolz wieder mit den Schatten.

»Und die Dreifachspirale?«, fragte Cari. »Was hat sie damit zu tun?«

Sara winkte sie näher. »Der Güldene ließ den Stein schließlich in Silber fassen und die keltische Triskele eingravieren, zum Gedenken an seine Frau und um ihre Seele zu befreien.«

Cari war fasziniert. »Wie ist das möglich?«, fragte sie verhalten.

Sara ließ sich mit der Antwort Zeit. Als sie schließlich dazu ansetzte, sprach sie so leise, dass Cari sich dicht zu ihr hinüberbeugen musste.

»Die Triskele ist ein Symbol für eine Pilgerreise und für spirituelles Wachstum. Drei Spiralen, drei Reisen, die jede Frau unternehmen muss.«

»Drei Reisen?« Cari hatte das Gefühl, mit dieser Frau allein im Raum zu sein. Sara schien ein uraltes Wissen zu besitzen, und Cari wollte daran teilhaben, denn sie spürte, dass sie schon immer danach gesucht hatte.

»Drei«, bekräftigte Sara. »Um drei Dinge zu finden: die Freiheit des Geistes, ein Heim und die wahre Liebe.« Ihre Augen glänzten fast wie im Fieber. »Deine Großmutter weiß davon. Sie hat das Labyrinth zur Erinnerung an die Bernsteintriskele angelegt – genau wie Catarina Bianchi es gewollt hat.«

Cari starrte sie an. So hatte sie es noch nie betrachtet. Sie dachte an die Olivenbäume, die jeweils den Mittelpunkt der einzelnen Spiralen bildeten. Ewigkeit ... Gewiss war sich nicht einmal Aurelia der Tragweite dessen bewusst, was sie da gepflanzt hatte.

»Die keltische Triskele steht für den Kreislauf des Lebens«, fuhr Sara fort. »Und auf ihrem Lebensweg feiert die Frau ihre Spiritualität und Kreativität – im Leben, in der Kunst und in der Liebe. Die drei Erscheinungsformen der Göttin, verstehst du?«

Cari nickte. Allmählich begriff sie.

»Jungfrau, Mutter, Greisin«, deklamierte Sara in singendem Tonfall. »Der Weg jeder Frau.«

Der Weg der Frau. Endlich wurde ihr alles klar. »Elenas Bruder hat Ihrem Vater Giorgio die Triskele gestohlen«, sagte sie.

Sara nickte. »Das stimmt.«

»Also gehört sie von Rechts wegen Ihnen.«

Die alte Frau schaukelte ein wenig. »Danke.« Sie senkte den Kopf und machte mit ihren von Arthritis gekrümmten Fingern das Kreuzeszeichen. »Möge Gott dich segnen!«

Ohne Marco noch einmal anzusehen, verließ Cari den Raum. Sie traute sich selbst nicht über den Weg. Und außerdem brannte sie darauf, Elena und Aurelia zu erzählen, was sie herausgefunden hatte.

Elena und Aurelia saßen bei einem Zitronentee auf der Terrasse von *La Sirena.* Die Villa lag nicht länger verschlafen und friedlich im Sonnenschein. Die weißen Wände, an denen gewöhnlich nur blühende Kletterpflanzen wie Clematis, Geißblatt und Bougainvilleen emporrankten, waren nun mit Lichterketten behängt. Silberne Girlanden schmückten Balkone, Laternen und sogar die Zweige des Feigenbaums, wo sie in der Brise sanft hin- und herschwangen. Ein riesiges blau-weißes Festzelt beherrschte den Garten und verdeckte den Blick auf das Labyrinth.

»Was für ein Tag!«, seufzte Aurelia und fächelte sich mit ihrem Sonnenhut Luft zu. Ihr Gesicht war gerötet, und sie sah erschöpft aus.

Wie Recht sie hatte! Cari ließ sich auf einen Stuhl neben ihr fallen.

Ihre Großmutter strich sich das Haar zurück und setzte den Hut wieder auf. »Zum ersten Mal an diesem Nachmittag kommen wir dazu, uns hinzusetzen.«

»Morgen um diese Zeit ist alles schon fast wieder vorbei«, meinte Cari aufmunternd. Durch den Eingang ins Zelt sah sie die bereits in Erwartung der Gäste aufgestellten Tische und Stühle, und auf einem langen, aufgebockten Tisch an der Stirnseite, der mit einem blütenweißen Leinentischtuch bedeckt war, standen Silbertabletts mit auf Hochglanz polierten Gläsern. Ein üppiges Blumenarrangement aus Rittersporn in unterschiedlichen Blautönen und weißen Rosen, Lilien und weißem Schleierkraut zierte eine silberne Vase daneben.

Und dann begann Cari – zögernd zunächst – ihnen von den Erlebnissen des heutigen Tages zu berichten.

Die beiden Frauen hörten ihr zu, ohne sie zu unterbrechen, nur als Cari Aurelias wahren Vater erwähnte, zog diese hörbar die Luft ein und umklammerte Elenas Hand. »Meine Güte!«, hauchte sie.

Auch Elena schien überwältigt. »Wir sind verwandt«, sagte sie ergriffen. »Ich bin deine Tante, du meine Nichte. Aurelia – du bist eine Bianchi …«

Cari lachte. Kein Wunder, dass sie und Aurelia immer das Gefühl gehabt hatten, hierher zu gehören, dass Ligurien sie unwiderstehlich angezogen hatte, als sei es ihre Seelenheimat. Sie waren keine *stranieri*. Durch ihre Adern strömte auch ein Gutteil italienischen Bluts.

»Aber du hast das Schmuckstück zurückgegeben?« Das gefiel Elena ganz und gar nicht. Cari bedauerte nun, dass Elena in all der Zeit, die sie gemeinsam verbracht hatten, den Anhänger nicht ein einziges Mal zu Gesicht bekommen hatte. Cari hatte ihn zwar immer getragen, aber nicht zur Schau gestellt. Dazu war er viel zu auffällig.

»Sie hat Recht.« Aurelia strich Cari sanft übers Haar. »Es war höchste Zeit, diesen lächerlichen Streit zu beenden.« Sie schnalzte mit der Zunge. »Die Männer haben ihn angefangen und weitergetragen. Es ist an uns Frauen, ihn beizulegen.«

»Also gut.« Elena zuckte die Achseln. »Ich bin sicher, Antonio würde deine Entscheidung respektieren.«

Aurelias Kopf schnellte hoch. »Wer?«

Elena starrte sie verwundert an. »Mein Bruder Antonio«, erklärte sie. »Dein Vater.«

»Antonio«, murmelte Aurelia. »Natürlich. Das ist er.«

Cari fragte sich, ob sich Aurelias Geist vielleicht verwirrt hatte. Nach all den Aufregungen und Entdeckungen der letzten Zeit wäre das wahrlich kein Wunder. Obwohl auch sie den Namen schon einmal gehört hatte. Hatte Hester ihn nicht vor ihrem Tod genannt?

»Kommt mit!« Aurelia stand auf. »Ich muss euch etwas zeigen. Kommt schon!«

Sie gingen um das Zelt herum zum Labyrinth, wo der Sternjasmin seinen honigartigen Duft verströmte. Schweigend spazierten sie den sandigen Pfad entlang und hielten sich links, um nicht in die Sackgasse zu geraten. Cari wusste, wohin der Weg führte. Er war ihr ebenso vertraut wie die Straßen des Dörfchens Aurelia.

Bei dem kleinen Teich im Herzen des Labyrinths blieben sie stehen.

»Was meinst du?«, fragte Cari.

Aurelia berührte den Kopf der Büste aus grau-grünem Stein, die neben der Bank aus Olivenholz stand. Der kühne südländische Matrose. »Ist er das?«, wandte sie sich an Elena. »Ist das die Büste deines Bruders Antonio?«

Kapitel 43

Elena zögerte. »Er sieht tatsächlich aus wie Antonio«, räumte sie ein. »Zumindest ein bisschen.«

»Ein bisschen?« Stirnrunzelnd betrachtete Aurelia die kühnen, nachdenklichen Gesichtszüge der Statue aus Stein. Sie war sich so sicher gewesen, hatte sie doch das letzte Gespräch mit Hester noch gut in Erinnerung. Sie hatte geglaubt, ihre Großmutter rede unzusammenhängendes Zeug daher, dabei war Hester verzweifelt bemüht gewesen, Aurelia die Wahrheit über ihre Herkunft darzulegen. Antonio. Wieder und wieder hatte Hester diesen Namen vor sich hin gemurmelt, hinter dem Aurelia einen von Hesters Liebhabern aus der Zeit ihres Italienaufenthalts vermutete. Nie und nimmer wäre ihr in den Sinn gekommen, dass Antonio ihr Vater war. Nun ja … Sie nahm ihren Hut ab und fächelte sich Luft zu. *Mein Vater.*

»Vielleicht hatte Hester ihn aus dem Gedächtnis in Stein gehauen, seine Gesichtszüge aber nicht ganz getroffen«, warf Cari ein.

Wie lieb von ihr! Doch Aurelia sah das ganz anders. Hester hatte stets gewissenhaft und präzise gearbeitet. Die Skulptur schien sich der Wölbung jedes Knochens, jeder Kontur anzupassen. Jede noch so geringfügige Nuance war ausgearbeitet. Sanft folgte Aurelias Finger den Umrissen des Gesichts, als könnten sie ihr etwas mitteilen. Wenn es sich bei diesem südländischen Matrosen nicht um ihren Vater Antonio handelte, wer mochte es dann sein?

»Eigenartig.« Elena setzte sich auf die Bank und drapierte ihr blaues Baumwollkleid um sich herum.

»Was ist eigenartig?«

Doch Elena schüttelte nur den Kopf. »Nein, das kann gar nicht sein.«

Aurelia nahm neben ihr Platz und ergriff ihre Hand. Ihre Tante! Sie konnte es kaum glauben. War dies nun alles ein unerklärlicher Zufall, oder hatte die Triskele sie hierher geführt? Oder hatte sie vielleicht sogar wegen Hesters Schilderungen einer andersartigen Landschaft hierher gefunden? Sie erinnerte sich, dass sie Lucca auf der Landkarte gesucht hatte, um sich ein Bild davon zu machen, wie weit die Stadt von der ligurischen Küste entfernt lag, als Ruth sie fragte, ob sie Lust habe, in ihrem Reisebüro zu arbeiten. Sie erinnerte sich an Enricos Interesse an ihren Bildern, die an den Wänden der Agentur hingen. Wie zögerlich er gewesen war! Und wie er sich mit ihr auseinandergesetzt hatte! Unbedingt hatte er ihr das Bild der Triskele abkaufen wollen. Auch fiel ihr wieder ein, dass er ihr Interesse noch mehr geweckt hatte, als er von Ligurien, Hesters andersartiger Landschaft, sprach. Ja, es hatte sie hierher gezogen. An diesen Ort, wo sie hingehörte. Und der Mann …? Nun ja, vielleicht konnte eine Frau wirklich nicht alles haben, wonach sie sich sehnte.

»Was kann nicht sein?«, fragte sie Elena.

Doch Elena saß völlig gedankenverloren da. »Es ist wirklich tragisch«, murmelte sie, »dass Antonio so früh hat sterben müssen.«

Cari kniete auf dem sandigen Weg. »Meinst du wirklich, sein Verschwinden hat nichts mit der Familie Timpone zu tun?«, fragte sie mit drängendem Ton in der Stimme. »Glaubst du, er ist womöglich einfach ertrunken?«

Armes Kind! Aurelia unterdrückte einen Seufzer. Cari war also immer noch in Marco Timpone verliebt. Trotz all der Mutmaßungen, die kursierten, klammerte sie sich an die Hoffnung, dass die Timpones niemanden ermordet hatten – und schon gar nicht Antonio, ihren Urgroßvater.

»Gut möglich.« Elena neigte den Kopf. »Vielleicht haben wir … wie nennt man das …?«

»… vorschnell geurteilt?«, warf Aurelia ein und schloss einen Moment die Augen. Jeder machte sich in dieser Hinsicht schuldig.

»Vielleicht«, fuhr Elena fort, »ist unsere Familie durch diese Fehde inzwischen ausreichend bestraft.« Sie legte eine Hand auf Caris kastanienbraunes Haar, als wolle sie sie segnen. »Du hast Recht, *poveretta*. Es ist an der Zeit, die Vergangenheit ruhen zu lassen.«

»Ich bin ganz deiner Meinung. Wenngleich Antonios Tod nicht unbedingt eine Strafe war, meine Liebe«, entgegnete Aurelia mit Nachdruck. »Er war Matrose. Er hat ein abenteuerliches, gefährliches Leben geführt.« Wer hätte das jemals erwartet? Ihr Vater – war nicht Hugh! Deshalb hatte Hugh sich nie um sie gekümmert – hatte kein einziges Mal auch nur eine Geste der Liebe oder Zuneigung offenbart. Der Mann, der ihre Kindheit dominiert hatte, eine Kindheit voller Verbote, Intoleranz und Gewalt. Stattdessen war ein romantischer und geheimnisvoller Mann ihr Vater gewesen. Ein Mann, der ihre Mutter liebte und – wenngleich zu spät – zurückgekehrt war und Anspruch auf sie erhoben und Aurelia seine letzte Habe anvertraut hatte: die Bernsteintriskele.

Elena nickte traurig. »Du hast natürlich Recht. Aber das war nicht der einzige vorzeitige Todesfall innerhalb unserer Familie. Catarina …«

Aurelia zuckte zusammen. Was war mit Catarina? Elena sprach so selten von ihrer Schwester. Du meine Güte … Schlagartig wurde es ihr bewusst. Auch Catarina war ihre Tante! Aurelia hatte das Labyrinth angelegt, hatte die Oleanderbüsche und den üppigen Sternjasmin gepflanzt, von dem sie auch jetzt umgeben waren – nicht nur für Enricos verstorbene Frau, sondern auch für ihre eigene Familie. Erschöpft sank sie auf die Bank aus Olivenholz mit den starren Armlehnen.

»Auch sie ist zu früh gestorben«, fuhr Elena fort.

Unvermindert liebkoste die Nachmittagssonne Aurelias Gesicht, obgleich der Teich bereits zum Teil im Schatten lag. Aurelia sah den Fischen zu – golden schimmernden schmalen Silhouetten – und dachte an das Gedicht, das Stefano ihr gezeigt hatte. *Duftet sonndurchglühtes Gold.* Sie musste unbedingt die Wahrheit erfahren. »Wie ist sie gestorben, Elena? Und warum?«, fragte sie vorsichtig.

Elena wandte sich ihr zu. Ihr müdes Gesicht, die gebräunte Haut, im Licht des Nachmittags dünn wie Papier und runzlig, ließ sie alt und erschöpft aussehen. »Catarina war sehr krank«, murmelte sie. »Hat Enrico dir nicht davon erzählt?«

Aurelia schüttelte den Kopf. Nichts hatte er ihr erzählt. In der Ferne war das Motorengeräusch eines Autos zu vernehmen, ein Brummen, das näherkam, lauter wurde und wieder verebbte.

»Das ist also der Grund eures Problems.« Elena tätschelte ihr die Hand. »Er hat sie nur schützen wollen«, erklärte sie, »vor dem Dorfklatsch – du weißt doch, wie die Leute sind.«

Aurelia war tief getroffen. Sie entzog Elena die Hand. Aber sie gehörte nicht zu den Klatschtanten im Dorf. Sie war seine Gefährtin – die Frau, mit der er zusammenlebte, die Frau, die er lieben sollte. Hatte sie keinen Anspruch darauf, die Wahrheit zu erfahren?

Elena schien nichts zu bemerken. »Und Stefano ...« Sie blickte über den mittlerweile fast vollständig im Schatten liegenden, stillen Teich hinweg. »Stefano war ein sensibles Kind, und Enrico war streng darauf bedacht, dass sich der arme Junge für das, was geschehen war, nicht verantwortlich fühlte.«

»Weshalb hätte er das tun sollen?« Aurelia war verwirrt. Nach dem, was sie jetzt erfahren hatte, sollte sich vielmehr Enrico verantwortlich fühlen.

Elena seufzte hörbar und setzte sich bequemer hin. »Nach Stefanos Geburt litt Catarina unter einer ernsten postnatalen Depression«, erklärte sie. »Anders als heutzutage fanden solche Symptome damals keinerlei Beachtung.« Sie seufzte. »Doch ich wurde das Gefühl nicht los, dass mehr dahintersteckte. Sie schien wie verwandelt zu sein, litt unter Halluzinationen, war kaum in der Lage, sich um den Jungen zu kümmern, sagte seltsame Dinge ...«

»Seltsame Dinge?« Aurelia fiel wieder ein, was Maria ihr erzählt hatte.

»Na ja, ziemlich seltsame Dinge eben.« Elena presste die Falten ihres Kleides fester an den Körper, als könne sie sich auf diese Weise vor übler Nachrede schützen.

»Enrico war allerdings sehr viel unterwegs«, warf Aurelia ein. »Geschäftlich.« Aber wenn seine Frau tatsächlich so krank gewesen wäre, wäre er doch bestimmt zu Hause geblieben, oder etwa nicht?

»Was blieb ihm auch anderes übrig?«, wehrte Elena ab. »Er musste schließlich Geld verdienen, damit seine Familie versorgt war, *no*?«

Aurelia zuckte verhalten mit den Schultern und nickte. Vermutlich war es so.

»Wann immer es ihm möglich war, hat er Stefano zu mir gebracht«, fuhr Elena fort. »Aber hin und wieder hat sie ihm den Zugang zu seinem eigenen Haus verwehrt.«

»Wirklich?« Aurelia war es ein Rätsel, wie eine zarte Frau wie Catarina das zu Wege gebracht haben mochte. Enrico war nicht nur ein Mann, sondern darüber hinaus besonders kräftig.

Elena nickte grimmig. »Sie verbarrikadierte die Türen, verriegelte die Fensterläden und schrie Zeter und Mordio. Sie fluchte, sprach schreckliche Drohungen aus und weinte. Meine Güte, was hat sie geweint!«

Aurelia war fassungslos. Was sagte Elena da?

»Er ließ sie von verschiedenen Ärzten untersuchen, sie nahm aber die verschriebenen Medikamente nicht ein. Bis man sie sogar einweisen wollte …«

»O nein!«, keuchte Aurelia.

»Aber er wollte nichts davon wissen.« Sie ergriff Aurelias Hand. »Sie war meine Schwester«, fuhr sie fort, »aber glaub mir, sie hat dem Mann das Leben zur Hölle gemacht.«

Cari, die die ganze Zeit schweigend zu ihren Füßen gesessen hatte, hob den Kopf. »Sie war im Begriff, sich selbst zu zerstören.«

Aurelias Blick ruhte auf Cari. An wen mochte sie denken? An ihre Mutter?

»*Sì.*« Seufzend ließ Elena die schmalen Schultern hängen. »Sie verbreitete Lügen, streute Gerüchte und lief Amok im eigenen Haus.«

Aurelia kämpfte gegen dieses ihr vollkommen unbekannte Bild an, das Elena von Catarina skizzierte. Die beiden waren Schwestern – sicherlich würde Elena keine Lügen verbreiten? Zudem erklärte das alles: den Klatsch im Dorf, Enricos Sorge und seine Weigerung, ihren Tod anzusprechen …

»Schließlich hat sie die Pillen geschluckt – alle auf einmal.«

Aurelia erschauderte. »Sie hat sich umgebracht?«

Elena nickte und legte den Arm um Aurelias Schultern. Cari schloss sich an. Der Duft des Jasmins erfüllte die Luft. Der Wohlgeruch Italiens. Das Aroma des Frühlings.

»Ich bin froh, dass ihr es endlich wisst.« Elena schien ein Selbstgespräch zu führen. »Ich werde es ihm sagen. Es ist das Beste so.«

Aurelia schwamm mit kräftigen Zügen auf die schwarzen Felsen zu – wie Ruder zerteilten ihre Arme die Wellen. Ihr Vater – Antonio. Ihre Tante – Catarina … Nach und nach begriff sie, was sich damals abgespielt hatte, und das Wissen darum machte sie schier benommen. Catarina hatte sich umgebracht. Die Arme!

Es war bereits nach sechs, und die Luft verlor an Wärme. Als sie in das Wasser gewatet war, hatte dessen Kühle sie zunächst schaudern lassen. Doch nach und nach hatte sich ihr Körper an die Temperatur gewöhnt, und die ausholenden Bewegungen ihrer Arme und Beine hatten Energie in ihr entfacht und ihre Glieder gewärmt. Die bereits tief stehende Sonne ließ die vor ihr aus dem Wasser ragenden Felsen glänzen, während die Schaumkronen der ansteigenden Flut dagegen antosten.

Aurelia drehte sich auf den Rücken. Wie wird es weitergehen?, fragte sie sich. Morgen heiraten Carmella und Gianmario; morgen werde ich von Menschen umgeben sein, werde ihnen zulächeln und mich mit ihnen unterhalten müssen. Viele Menschen. Enrico würde grollen. Und sie auch. Und wenn alles vorüber ist …? Sie wähnte sich beinahe in einem Zustand der Schwerelosigkeit. Wie wird es dann weitergehen?

Ein Umriss im Wasser, eine schwarze, kaum erkennbare Silhouette veranlasste sie, sich hastig auf den Bauch zu drehen. Was? Wer? Anstatt weiterzuschwimmen, wechselte sie zum Wassertreten. Nichts. Niemand. Bis auf … Sie blinzelte in die Sonne. Luftblasen stiegen auf. Ihr Herz setzte einen Augenblick aus. Ihre Kehle war trocken, ihre Beine waren wie gelähmt. Sie versuchte sich zu helfen, indem sie wie ein Hund paddelte, um nicht gegen die Felsen getrieben zu werden. Sie musste zu dem, was vor ihr aufragte, Abstand gewinnen. Am besten ich kraule, dachte sie. Auf diese Weise komme ich schneller voran. Aber es war zu anstrengend.

»Aurelia!« Ein Schrei, beinahe ein Keuchen.

Sie drehte sich um. Haie, Dornfische (Dornfische konnten sich sogar durch Bootspaddel beißen, hatte ihr jemand erzählt) und Mörder würden wohl kaum ihren Namen rufen. »Enrico? Was um alles in der Welt machst du denn hier?«

Er prustete, schwamm mit ein paar Zügen auf sie zu, ruderte mit den Armen, den Hals gereckt, den Kopf entschlossen über Wasser haltend. »Was glaubst du wohl, was ich mache? Wir sind im Meer! Huh!«, entgegnete er atemlos. »Ich schwimme …«

»Aber …« Sie paddelte ihm entgegen. Er schwamm nie. So gut wie nie.

»Ich wollte zu dir«, japste er. »Wollte …« – er spuckte Wasser – »… mit dir reden.« Im selben Augenblick ging er erneut unter, tauchte jedoch wieder auf und sagte etwas, das einem Glucksen ähnelte.

»Enrico!« Aurelia übernahm die Führung. »Schwimm dorthin, da ist es seichter! Und dann zurück zu den Felsen!« Sie deutete in Richtung Ufer. »Und sprich nicht!« Zumindest nicht jetzt, fügte sie im Stillen hinzu.

In Zeitlupe bewegten sie sich auf die Felsen zu. Immerhin

hielt Enrico den Kopf nun über Wasser. In der Ferne erkannte Aurelia die schmalen, nebeneinander aufgereihten, in Safran-, Ocker- und Kurkumatönen getünchten Fassaden der in Tellaros Felsen hineingebauten Häuser sowie die dahinter aufragende Barockkirche. Vermutlich sah Enrico von alldem nichts.

»Huh …!« Enrico stieg aus dem Wasser und setzte sich auf den Fels, um wieder zu Atem zu kommen. »Weshalb schwimmen die Menschen bloß im Meer?«, fragte er hustend und spuckend. »Das Meer ist für Fische, nicht für Menschen gedacht.«

Lachend klammerte sich Aurelia an eine der glitschigen Klippen. »Du bist das beste Werbeplakat für das Fremdenverkehrsgewerbe!«, sagte sie neckend.

»Puuh.« Er streckte ihr die Hand entgegen und half ihr aufs Trockene. Kaum hat er wieder festen Boden unter den Füßen, übernimmt er schon wieder die Führung, dachte Aurelia.

»Du bist zu ungeübt, um so weit rauszuschwimmen«, erklärte sie ihm. Die Erfahrung, die sie selbst vor nicht allzu langer Zeit gemacht hatte, steckte ihr noch in den Knochen. Heute war sie seit langem zum ersten Mal wieder hinausgeschwommen. Vielleicht weil sie heute so viel ergründet hatte und nun auch die Tiefe nicht mehr scheute. »Dort draußen ist eine tückische Strömung«, warnte sie ihn.

Die dichte Behaarung auf seiner dunklen Haut wirkte wie angeklebt. Sie waren beide tropfnass, erschöpft und irgendwie verändert. Enrico war immer noch ein gut aussehender Mann – breitschultrig und schmalhüftig. Sie sah abrupt weg. Sie war – wie lächerlich! – plötzlich richtiggehend schüchtern.

»Aurelia …« Ernst betrachtete er sie. »*Come stai?* Alles in Ordnung?«

»Mit mir?« Sie zögerte. »Ja, ja, alles wunderbar.«

Nach einer Weile hatte sich sein Atem beruhigt. »Na ja …« Er griff nach ihrer Hand. »Es war beinahe ein Schock für mich. Ich kann immer noch nicht glauben, dass ich zwei Bianchifrauen geliebt habe.«

Geliebt habe? Liebe? Elena hatte also bereits mit ihm geredet.

Aurelia betrachtete die Hand, die ihre Hand umschlossen hielt. Groß, braungebrannt, kräftig, der Handrücken zart behaart. Plötzlich wurde ihr klar, dass er ihre Hand schon lange nicht mehr so gehalten hatte.

»Weshalb hast du mir nicht die Wahrheit über Catarina sagen wollen?«, fragte sie ihn. Das Wasser auf ihren Armen und Beinen teilte sich in kleine Tropfen, die bereits in der Sonne trockneten.

»Ich habe mir Vorwürfe gemacht.« Er sprach jetzt sehr leise. »Im Dorf hat es so viel Gerede gegeben – du kannst es dir nicht vorstellen: Getuschel, seltsame Blicke, diese Feindseligkeit …«

»Und doch bist du geblieben.« Sie drückte seine Hand. »Du hättest fortgehen können. Aber du hast dich entschieden zu bleiben.« War das mutig – oder dumm?

»Ich musste auf Stefano Rücksicht nehmen«, antwortete er ausdruckslos. »Hier ist sein Zuhause. Ich musste ihn doch schützen. Nach dem Tod seiner Mutter konnte ich nicht auch noch seine Wurzeln kappen. Ebenso wenig hätte ich mein Geschäft aufgeben dürfen, nicht wahr?«

Aurelia begriff. Sie tauchte den Fuß erneut ins Wasser und ließ ihn über den rutschigen Fels gleiten. »Das muss alles sehr schwer für dich gewesen sein.«

Er nickte beifällig. »Ich habe dir nichts davon erzählt, weil … Ich wollte nicht darüber sprechen. Ich fürchtete, dass auch du mich dafür verantwortlich machen würdest. Außerdem hatte ich Angst, du würdest dich von dem Dorfklatsch beeinflussen lassen.«

Womit er Recht hatte. Doch hätte er es ihr gleich zu Anfang aus seiner Sicht erzählt … hätte sie ihm vermutlich nicht geglaubt.

»Elena und ich …«, begann er zögernd.

In Aurelia erstarrte alles. Nein, bitte das nicht! Nicht jetzt.

Enrico seufzte. »Wir konnten es nicht ertragen, dass in dieser Art über Catarina geredet wurde.« Er lenkte den Blick zum Horizont, und Aurelia bemerkte die kalte Wut in seinen Augen. »Es wurde über sie geredet, als sei sie eine Verrückte.« Mit voller Wucht schlug er mit der Hand auf den Fels.

Wenn er es doch bloß wüsste, dachte Aurelia bei sich. Das Gerede hatte sich nicht allein darauf beschränkt, dass Catarina verrückt sei, sondern vielmehr, dass er sie umgebracht und sich noch dazu auf eine Affäre mit seiner Schwägerin eingelassen habe.

»Wie schrecklich muss das für dich gewesen sein!« Sie schämte sich, weil sie den kursierenden Gerüchten zumindest teilweise Glauben geschenkt hatte. Sie hatte Enrico unterstellt, Catarina hintergangen zu haben, weil sie ihm nicht vertraut hatte.

»Die Wahrheit ist …« Er senkte den Kopf.

Wie gern hätte sie ihn an sich gezogen, ihn getröstet, aber sie fühlte sich nach wie vor zu unbeholfen. Womöglich würde er sie erneut zurückweisen.

»… dass Catarina sich mehr und mehr von mir zurückgezogen hat. Schon vor Stefanos Geburt lebte sie in einer mir unzugänglichen Welt. Sie war sehr verschlossen und hat sich niemandem geöffnet.«

»Wie meinst du das?« Sie hatte sie stets als zufriedenes Paar wahrgenommen. Als das perfekte Paar, das absolut glücklich und sorgenfrei war und hier wie im Paradies lebte.

»Sie war geradezu besessen von der Erinnerung an ihren Bruder Antonio«, antwortete er mit erbittertem Lächeln. »An deinen Vater. Die Art und Weise, wie er zu Tode gekommen war, die schwelende Feindseligkeit gegenüber der Familie Timpone. Die Erinnerungen in Zusammenhang mit dem Talisman, von dem alle derart fasziniert sind, sowie an das wundervolle Labyrinth …«

»Du liebe Güte! Dann warst du gewiss überglücklich, als ich das Labyrinth nach Catarinas Plänen anlegen wollte.«

Sie spürte seine Erleichterung. »Es schien unvermeidlich zu sein, *cara mia*.«

Schweigend blickten sie aufs Meer. Zu dieser Tageszeit zauberte die Sonne einen goldenen Schimmer auf das Wasser. Man vernahm nur das sanfte Rauschen der Flut, die den Strand erreichte, um sich sogleich wieder zurückzuziehen und in diesem sich stetig wiederholenden Rhythmus gegen die Felsen zu schlagen. Und Enricos Atem neben ihr.

»Machst du dir noch immer Sorgen um Stefano?«, fragte sie ihn.

»Er hat eine Menge Fragen gestellt.«

Sollte sie es ihm erzählen? Aurelia rückte auf einen trockenen Fleck. Warum nicht? Es war schließlich kein Geheimnis. »Catarina hat ein Gedicht verfasst«, sagte sie. »Stefano hat es mir vorgelesen. Er hält es für ein Rätsel.«

»Was es vermutlich auch ist.« Er wirkte niedergeschlagen.

»Er scheint etwas zu suchen«, fügte Aurelia stirnrunzelnd hinzu. Sie sollten lieber wieder zum Strand zurückschwimmen, ehe es zu spät und zu kalt wurde. Sie zog die Beine eng an den Körper und schlang die Arme darum. Im Frühling kühlte es rasch ab. Sie mussten sich vor einer Erkältung hüten.

»Meinst du?« Nichts war aus seiner Frage herauszuhören. Aurelia fragte sich wohl zum ersten Mal, wie nahe sich Vater und Sohn waren.

»Ich finde, du solltest ihm die Wahrheit über den Tod seiner Mutter sagen«, riet Aurelia ihm.

Enrico starrte sie fassungslos an. »Wozu soll das gut sein?«

»Vielleicht ist es das, wonach er sucht«, entgegnete sie behutsam.

»Die Wahrheit?« Er warf ihr einen skeptischen Blick zu. Daran hatte er offenbar noch nie gedacht.

Sie rieb sich die Arme. Allmählich kroch ihr die Kälte in die Glieder. »Wer weiß, was er sich in seiner Phantasie alles zusammenreimt.« Ihre Blicke trafen sich. »Sag ihm die Wahrheit!«

»So wie ich dir die Wahrheit hätte sagen sollen?«

»Vergangen ist vergangen.« Aurelia schauderte. »Ich hätte dir Glauben schenken sollen.« Das stimmte. Sie hätte ihm, dem Mann, den sie kannte, Glauben schenken sollen.

»Ist es zu spät?« Er blickte ihr tief in die Augen. Vermutlich viel tiefer als sie sich vorstellen konnte. Bis in ihr Herz? Du meine Güte! Was für eine alberne alte Frau sie geworden war …

»Es ist nie zu spät.«

Er hatte den Arm um ihre Schultern gelegt und zog sie fest an sich. »Ich hatte geglaubt, auch du würdest von mir abrücken«, murmelte er. »Genau wie sie.«

Niemals. Hatte sie das laut gesagt? »Niemals.« Im Laufe der Jahre war sie ihm immer nur nähergekommen.

»Ich hatte Angst«, gestand er.

»Ich auch.« Endlich spürte sie, wie ihre Anspannung nachließ. Lange hielt er sie so in den Armen.

»Bist du bereit?«, flüsterte er kurz darauf, seine Stimme dicht an ihrem Ohr.

»Ja.«

Gemeinsam tauchten sie ins Wasser und schwammen langsam und stetig, Seite an Seite, zurück zum Ufer.

Kapitel 44

»Noch mehr zu essen?« Edward verdrehte die Augen. »Beim wievielten Gang sind wir jetzt?«

Cari lachte. »Beim zwölften … schätzungsweise.«

Die Trauung hatte in der Dorfkirche stattgefunden, deren Inneres genauso eindrucksvoll war, wie Marco es beschrieben hatte: ein Fresko an der hinteren Wand, eine geschnitzte Pietà und ein herrliches Rosettenfenster.

Über dem Kirchenportal war ein weißes Band gespannt und zu einer Schleife geschlungen. »Als Symbol dafür, dass hier zwei Menschen den Bund fürs Leben geschlossen haben«, erklärte Stefano Cari. Natürlich war es eine traditionelle italienische Messe. Carmella sah in ihrem Kleid aus weißer Seide und Satin atemberaubend aus; die beiden Brautjungfern, Nichten des Bräutigams, trugen die Schleppe.

»Ah …«, raunte die Gemeinde bewundernd, als sie am Arm ihres Stiefvaters mit ihrem zartgelben Brautstrauß in der Hand den Mittelgang entlangschritt.

Nachdem das Ehegelübde gesprochen und die Fotos gemacht worden waren, Cari die Glückwünsche für ihre herrliche Kreation entgegengenommen und Braut und Bräutigam die mit Orangenbäumen gesäumte Piazza überquert und alle Gratulanten begrüßt hatten, ging es zurück zu *La Sirena*, wo der Hochzeitsschmaus stattfinden sollte.

Die langen Tische im Festzelt waren mit weißem Damast und kornblumenblauen Tischläufern dekoriert. Silberbesteck, Servietten und Kristallgläser standen in Reih und Glied auf der Tafel, ergänzt durch kleine Vasen mit Lavendel und Rosen. Neben jedem Set lag ein Tüllsäckchen mit dem traditionellen italienischen Konfekt – weiße Mandeln mit Zuckerguss.

Wie Edward bereits angedeutet hatte, wurde ein Gang nach dem anderen serviert, wobei zwischen den Hauptgängen Sorbets gereicht wurden, um den Gaumen neutral zu stimmen. Sie wurden von schwarz gekleideten Kellnerinnen mit weißen Schürzen an den Tisch gebracht. Es gab Crostini mit Trüffelscheiben; gefüllte Muscheln; einen vorzüglichen Kapaun; eine Pyramide aus Fisch und Gemüse mit einer schweren Sauce aus Olivenöl und Anchovis, dekoriert mit Medaillons von Hummer, Austern und Shrimps; ferner Tagliatelle mit köstlichstem ligurischem Pesto und *soffritto*, einer Sauce aus Zwiebeln, Kräutern und Speck; *pollo al Messinese*, Huhn auf Messiner Art; Rinderfilet; einen dekorierten Schwertfisch … Darüber hinaus *torta di ricotta*, einen Käsekuchen aus Ricotta mit grünen Mandeln, und nicht zu vergessen: ein Gebäck in Form von Frackschleifen, das mit viel Sciacchetra aus den Cinque Terre hinuntergespült wird – je nach Trinkvermögen des Einzelnen.

Die Italiener können wahrlich viel trinken, dachte Cari. Sobald die ausgelassene Stimmung zu erlahmen drohte, schoss einer der Männer von seinem Stuhl hoch und ließ das Brautpaar hochleben: *Evviva gli sposi!* – ein Toast, der nicht allein donnernden Applaus, sondern auch eine Fülle wohlmeinender Kommentare auslöste. Man spürte eine Begeisterung, die Cari fremd war. Mittlerweile war es Zeit für die Hochzeitstorte, einen Espresso mit einem Hauch *crema* und den erlesensten Prosecco – und natürlich für die Reden.

Offenbar stand es jedem frei, sich zu erheben und einen Spruch zum Besten zu geben. Cari verstand nicht alle Verse, hatte jedoch den Spickzettel von einer von Carmellas zahlreichen Tanten entziffern können … »*Moglie e buoi dei paesi tuoi*« stand darauf. Die Ehefrau ist ein Ochse aus deiner Heimat? Aurelia und Cari sahen einander verwundert an. Die Italiener und ihre Familie …

Selbst Elena meldete sich feierlich zu Wort: »*Oggi una pioggia di fiori. Domani sorrisi di bimbi.*« Ihr Spruch ging im Applaus unter. Aurelia beugte sich zu Cari und übersetzte: »Heute, am Tag deiner Hochzeit, wirst du mit Blumen überschüttet. Morgen mit dem Lächeln vieler Kinder.«

Kinder!, dachte Cari. Die Italiener und ihre Familie …

Die in drei Schichten gebackene Torte wurde von einer lächelnden Miniatur-Braut und einem nicht minder lächelnden Miniatur-Bräutigam gekrönt. Um das Paar war ein zartes weißes Netz drapiert, das an einen Glorienschein erinnerte. Ein Glorienschein? Cari wusste nicht so recht, was sie davon halten sollte. Carmella und Gianmario führten das Messer und schnitten die Torte an. Unmittelbar danach versuchte der Bräutigam etwas Cremefüllung auf das Handgelenk der Braut zu streichen. Carmella kreischte vor Vergnügen und gab ihm einen liebevollen Klaps auf den Kopf. Ein gefundenes Fressen für den Fotografen.

»Was bedeutet das?« Edward betrachtete den Vorgang sichtlich fasziniert.

»Es ist offenbar ein Fruchtbarkeitsritual«, antwortete Cari lachend. Carmella hatte ihr während einer der Anproben davon erzählt, als Elena sich grummelnd über die Hochzeitstorte ausließ und genau beschrieb, wo sie platziert werden musste. »Carmella hat Glück. In Italien werden Hochzeitstorten nie gegessen – sondern immer nur auf die Braut geworfen.« Gianmario drohte, diese Tradition fortzusetzen, woraufhin Carmella ihm haarklein erklärte, womit er zu rechnen habe, sollte er seine Absicht tatsächlich wahrmachen.

»Bacio, bacio!«, rief jemand. »Wir wollen einen Kuss sehen!«

Carmella und Gianmario stellten sich nebeneinander und erfüllten den Gästen diesen Wunsch.

Doch das Publikum buhte und war sichtlich unzufrieden mit der Darbietung. Es begann mit den Händen auf die Tische zu schlagen, woraufhin Gianmario gehorsam die Arme um seine Braut schlang und sie noch einmal küsste – diesmal leidenschaftlicher.

Nun klatschten alle begeistert Beifall. Dieser Kuss entsprach offenbar mehr den Erwartungen.

Cari stimmte in das darauffolgende Gelächter ein. Doch plötzlich wurde ihr bewusst, dass es hier um die Liebe und das Gefühl der Zusammengehörigkeit ging – Erfahrungen, um die sie sich gebracht hatte, nein, schlimmer noch, die sie nie wirklich gemacht hatte.

»Cari.« Edward neigte sich ihr entgegen. »Ich weiß, wie gern du hier bist, und verstehe auch die Zuneigung, die du deiner Großmutter und anderen Familienmitgliedern entgegenbringst ... Aber liebes Kind ...«

»Wie bitte?« Kind. War sie immer noch ein Kind? Wurde sie mit neunundzwanzig Jahren von den anderen tatsächlich als Kind betrachtet?

Um den Lautstärkepegel des allgemeinen Geplauders zu übertönen, hob Edward die Stimme. Die Italiener verstehen es zweifellos, eine Hochzeit zu feiern, dachte Cari. »Warum bist du so traurig?«

Er hatte es also bemerkt. Sie war offensichtlich nicht imstande, ihre Gefühle zu verheimlichen. Doch wollte sie ihm die Geschichte überhaupt erzählen? Wie sollte sie darüber hinwegkommen, wenn alle sie unablässig daran erinnerten? Sie zuckte die Schultern. »Es geht mir gut, Edward.« Er sah sie noch skeptischer an. »Ehrlich.«

Nachdem die Reden ein Ende gefunden hatten, wurden die Tische beiseitegerückt, um genügend Tanzfläche zu schaffen. Das Podium in dem geräumigen Zelt bot ausreichend Platz für die Musiker, die bereits die ersten Takte anstimmten. Neben dem Keyboarder spielte einer Gitarre, während der dritte das Schlagzeug bediente. Alle klatschten zu dem Rhythmus. Selbst Cari beteiligte sich daran. Lautlos formten ihre Lippen noch einmal »ehrlich«, doch Edward schien keineswegs überzeugt zu sein. Was erwarteten denn alle von ihr? Dass sie auf dem Hochzeitstisch tanzte?

Gianmario und Carmella eröffneten den Tanz – wenngleich die Braut durch die lange Schleppe, die sie nun über den Arm gelegt hatte, in ihrer Bewegungsfreiheit gehindert war. Kaum hatten sie – begleitet von Anfeuerungsrufen – die Tanzfläche betreten, gesellten sich ohne längeres Zögern andere Paare hinzu. Enrico und Aurelia waren unter den Ersten, bemerkte Cari gerührt. Am Vortag hatte es zwischen Aurelias Zimmer, das neben ihrem Atelier lag, und Enricos Raum im Erdgeschoss ein unüberhörbares Hin und Her sowie anhaltendes Flüstern gegeben. Und – endlich – Gelächter. Die Atmosphäre in *La Sirena* hatte sich hörbar verändert.

Cari betrachtete Aurelia und Enrico. Sie hatten sich offenbar vertragen. Nein, das war stark untertrieben. Ihre Großmutter, in ein weit geschnittenes graues Kleid aus fließendem Stoff gekleidet, wirkte mit der rosa Nelke im Haar geradezu ein wenig gefühlsselig, während Enrico unaufhörlich grinste. Und das in ihrem Alter … Cari schmunzelte. Sie machten den Eindruck eines jungen, verliebten Paares.

»Würden Sie eine alte Dame zum Tanz führen, Signor?« Elena – elegant in türkisfarbenem Chiffon – hielt Edward auffordernd die Hand entgegen.

»Nur zu!«, ermunterte Cari ihn, ehe er überhaupt zögern konnte. Sie kicherte in sich hinein. »Dad.«

»Wow!« Aber er sprang umgehend auf und glättete seinen zerknitterten Leinenanzug. Cari konnte ihm das Vergnügen von den Augen ablesen. Doch auch Elenas Augen leuchteten, als er sie ansah. Hmm … War sie der einzige Mensch auf dieser Hochzeit, der sich von der romantischen Stimmung nicht anstecken ließ?

Sie nahm ihr Glas, schob sich durch elegant gekleidete Gäste und trat hinaus in den Park. Sie kam an Stefano vorbei, der sich neben dem Feigenbaum mit einem Gast unterhielt. Er machte den Eindruck, als wünsche er sich fort von hier. Viele Gäste hatten sich ins Freie begeben, und obwohl es erst achtzehn Uhr war, wirkten alle so, als hätten sie eine Nacht durchgefeiert. Cari schwitzte; sie fühlte sich klebrig und übermäßig satt. Italienische Hochzeiten waren wirklich ermüdend. Man sollte besser nur in Begleitung eines Menschen, den man liebte, daran teilnehmen.

»Cari.«

Hastig drehte sie sich um. Marco besaß offenbar ein Gespür für Überraschungen. Bitterböse funkelte sie ihn an. »Was hast du denn jetzt wieder vor? Du hast doch bekommen, was du wolltest!« Sie hatte seiner Großmutter schließlich die wertvolle Bernsteintriskele übergeben. Und das, obwohl sie die schützende Wärme vermisste, die das Schmuckstück an ihrem Hals verströmt hatte.

»Cari.« Er zog sie fort von den Menschen in Richtung des Labyrinths. »Sei mir nicht böse! Ich musste dich einfach sehen. Ich konnte es nicht ertragen, dass es zwischen uns aus ist. Einfach so.« Er schnippte mit den Fingern. »Ehe es überhaupt richtig angefangen hat.«

Seine Worte erschienen ihr wie das Echo ihres Empfindens, und sie konnte den Blick nicht von ihm wenden. Nur nicht schwach werden, Mädchen! Er trug einen dunklen Anzug und dazu ein taubenblaues Hemd, als sei er ein offiziell geladener Gast. Der Mann hatte Nerven! Nach all den lächerlichen Auseinandersetzungen mit den Bianchis stand er nun hier, als sei nichts gewesen. Hier – auf Carmellas Hochzeit.

»Nichts hat zwischen uns *angefangen*.« Sie äffte seinen Tonfall nach. Wie konnte er es bloß wagen, hier aufzutauchen?

»Nichts?«, gab er zurück. »Ist das wahr?«

Cari war es immer noch zu heiß, obgleich sie einen Sonnenhut und ein leichtes trägerloses Kleid in blassem Orange mit Seidenstola trug. Eigentlich war es viel zu warm, um sich so in Schale zu werfen. Und viel zu warm, um mit Marco zu streiten. »Marco, was ist los?« Sie wandte sich von ihm ab. »Hätte ich mich bei dir dafür bedanken sollen, dass du hinter mir hergeschnüffelt hast? Dass du mit mir geschlafen hast? Mich hast sitzenlassen? Hast du das etwa erwartet?«

Er trat einen Schritt auf sie zu. »Cari, ich habe versucht, es dir zu erklären.«

»Oh, ja, und ich begreife es ziemlich gut.« Nein, sie würde sich nicht von ihm um den Finger wickeln lassen. Einige Hochzeitsgäste tanzten mittlerweile sowohl im als auch außerhalb des

Zeltes. Andere wiederum hatten ihre Getränke mit ins Freie genommen und spazierten nun plaudernd und lachend umher. Hier war man nirgendwo ungestört. Jeden Augenblick könnte ihn jemand erkennen und hinauswerfen. Ihn fragen, was er doch bitteschön auf einer Bianchi-Hochzeit zu suchen habe. »Aber jetzt hast du doch, was du wolltest«, sagte sie. »Also verschwinde!«

»Ah.« Er stand dicht neben ihr und machte keine Anstalten zu verschwinden. Im Gegenteil, er lockerte die Krawatte und öffnete den obersten Hemdenknopf.

Cari erstarrte. Er war schon jetzt viel zu sexy. Er zählte zu jener verwirrenden Sorte Mann, die sowohl in Jeans und Shorts als auch in einem Anzug gut aussahen. *In einem Anzug aus den Vierzigerjahren …* Sie musste an den Nachmittag in North Laine denken. Er in dem Anzug – wie James Dean. Sie in dem roten Kleid. Der Blick in den Spiegel. Ihr erster Kuss …

»Aber weißt du, Cari, das, was ich möchte, habe ich eben nicht. Noch nicht.«

Viel zu nahe … Er kommt mir viel zu nahe … Sie konnte den Duft seiner Haare riechen, jenen zitrusartigen Hauch, der seiner warmen Haut anzuhaften schien. »Was möchtest du?« Ihre Stimme war plötzlich rau und kraftlos. Aber sie wollte nicht schwach wirken, verflixt noch mal! Wo war denn plötzlich all ihr Zorn geblieben?

»Du weißt doch, dass ich es ehrlich meine.«

»Ach, wirklich?« Ihre Stimme klang ziemlich ruhig, während ihre Nerven gehörig flatterten.

»Ich habe dich immer …« – er zögerte – »… sehr attraktiv gefunden.«

»Wie schön für dich!« Demnach schien er es wenigstens nicht zu bereuen, dass er in jener Nacht auf dem Hügel mit ihr geschlafen hatte. Cari ballte die Fäuste, sodass sich die Fingernägel in ihre Handflächen pressten. Besser so, als klein beizugeben oder in Tränen auszubrechen oder sich auf andere Weise lächerlich zu machen.

Die Musik verstummte, und Applaus brauste auf. »Du warst

für mich eine Freundin und gleichzeitig mehr als das«, fuhr er fort. »Mir hat es selber nicht gefallen, was ich getan habe …«

»… es hat dir so wenig gefallen, dass du mit mir Schluss machen wolltest?«, fragte sie schnippisch.

Er seufzte. »Ich habe es für meine Großmutter getan, Cari. Sie hatte einen einzigen großen Wunsch. Sie wollte die Bernsteintriskele wiederhaben, die sie als ihr Schicksal betrachtet hatte.«

Cari antwortete nicht. Sie verstand es – das war ihr Problem. Sie konnte diesen starken Familiensinn, den offenbar alle Italiener besaßen, gut nachempfinden, ja, sie beneidete diese Menschen sogar. Aber warum kam sie sich nach wie vor betrogen vor?

»Aber du hast ja Recht.« Marco betrat das Labyrinth. Cari folgte ihm. Sie wollte schließlich wissen, was er zu sagen hatte.

»Ach! Tatsächlich?« Die Musiker setzten ihr Programm fort, wenngleich nicht mehr ganz so laut wie zuvor.

»Ja.« Er wandte ihr das Gesicht zu. »Ich musste damit aufhören. Ich musste Abstand zu dir bekommen. Als ich hörte, dass du zurückkehren wolltest, habe ich Ligurien verlassen und versucht, meine Pläne – das Restaurant und meinen Traum – zu vergessen …« Er legte die Hand auf ihre Schulter.

Sie spürte sowohl den Druck seiner Hand als auch den Druck, unter dem er offenbar stand. »Verstehe«, murmelte sie.

»Und ich habe versucht, dich zu vergessen.«

Sie sah ihn durchdringend an. Was will er dann noch von mir, wenn wir doch beide wissen, dass es vorbei ist, dass zwischen uns alles unvereinbar ist?, fragte Cari sich. So unvereinbar wie bei den beiden Familien.

»Ich habe meiner Großmutter erklärt, dass ich die Suche nach der Triskele aufgeben muss«, fuhr er fort. »Aber ich habe ihr nicht den Grund dafür genannt.«

»Da war sie bestimmt ziemlich enttäuscht von dir, oder?« Irgendwie waren seine Finger ihren Hals entlanggewandert, hatten den empfindlichsten Teil ihres Nackens erreicht und liebkosten ihn zärtlich. Sie neigte den Kopf leicht nach hinten und schloss halb die Augen. Meine Knie zittern. Gleich werde ich mich hinsetzen müssen, dachte sie.

»Sie war sehr enttäuscht«, stimmte er bei. »Und als ich wieder zurück war – ich musste zurückkommen, Cari –, habe ich ihr von dir erzählt. Dass ich die Triskele an deinem Hals gesehen habe und dass du hier in Ligurien bist.«

»Und was hat sie gesagt?« Cari war überrascht, dass Sara nicht sogleich einen Killer auf sie angesetzt hatte. Der Gedanke ließ sie schaudern.

»Dass ich dich ausfindig machen und dir die Wahrheit sagen muss.«

Sie seufzte. »Und nun bist du hier.« Er war ihr durch die Straßen von Tellaro gefolgt, obwohl er sie auch einfach hätte ignorieren können. Er hatte keinmal versucht, ihr die Bernsteintriskele zu entwenden, obwohl er mehrfach die Gelegenheit dazu hatte. Letzten Endes hatte er sich dazu entschlossen, ihr die Wahrheit zu sagen.

Er rückte näher an sie heran. Sie spürte seinen warmen Atem auf ihrer Wange. »Ich muss dir noch zwei Dinge sagen, Cari«, erklärte er. »Und dann musst du dich entscheiden.«

»Was muss ich entscheiden?«

Er legte ihr den Finger auf den Mund. Marco Misterioso hat sich nicht sehr verändert, dachte sie insgeheim.

»Erstens sollst du wissen, dass ich an dem Tag, als ich vor deinem Geschäft in Brighton stand und mit dir sprach, keine Freundin hatte, die kurz danach heiraten wollte und dafür ein Kleid benötigte.«

»Na, das hatte ich bereits vermutet.« Hielt er sie etwa für eine Idiotin?

»Außerdem …« Er hob ihr Kinn. »Ich wusste nicht, dass du Tasmins Tochter warst.«

Cari zog die Stirn kraus. »Aber …«

»Ich habe dich gesehen.« Er beugte sich hinunter und küsste sie so sanft auf die Lippen, dass sie beinahe meinte, sie habe es geträumt. In ihrem Kopf drehte sich alles. »Und ich habe mich in dich verliebt. Knall auf Fall.« Er lachte leise in sich hinein und tat so, als wolle er vor ihr auf die Knie fallen. »Der Blitz aus heiterem Himmel hat mich nicht in einer Menschenmenge getroffen, sondern vor einem Laden für Brautmoden.«

»Dummkopf!« Cari war sich nicht so sicher, ob sie seine Worte verstanden hatte. Schließlich hatte sie den ganzen Nachmittag getrunken. Wollte er damit sagen, dass er sie gesehen hatte und sie ihm auf Anhieb gefiel und er deshalb zum Laden zurückgegangen war, um mit ihr zu flirten? Hatte er tatsächlich nicht gewusst, wer sie war? »Und das Zweite?«, fragte sie weiter, um sich abzulenken und damit er sie nicht erneut küsste. Oder, ja, doch, er sollte sie noch einmal küssen.

»Die Bernsteintriskele, die du gestern meiner Großmutter zurückgegeben hast ...«

»Ja?« Ihr stockte beinahe der Atem.

»Sehr geschickt gemacht.« Er liebkoste ihren Mund mit seinem Finger. »Dennoch, meine geliebte Cari ... Es ist eine Kopie.«

Kapitel 45

»Wir sollten sie besser nicht stören«, flüsterte Aurelia. Sie vermutete stark, dass es sich bei dem jungen Italiener, mit dem sich Cari gerade unterhielt, um den geheimnisvollen Marco Timpone handelte. Er kam ihr irgendwie bekannt vor – nur woher? … Ach ja, sie hatte ihn auf der Piazza von Tellaro gesehen, sie war sich ziemlich sicher. Er hatte ihr damals einen seltsamen Blick zugeworfen, so als müsse sie ihn kennen. Aurelia runzelte die Stirn. Das war jedoch lange vor Caris Ankunft in Ligurien.

Hoffentlich geht alles gut mit den beiden, dachte sie. Ich wünsche Cari, dass sie so glücklich wird wie ich. Dabei konnte Aurelia selbst ihr Glück noch kaum fassen.

»Dann lass uns von der Strandseite hineingehen.« Enrico hatte einen Arm um ihre Taille gelegt, in der anderen Hand hielt er eine Papiertüte. Bitte nicht noch mehr Essen!, dachte sie.

Sie kicherte wie ein junges Mädchen. »Was willst du dort überhaupt? Die Geister der Vergangenheit bannen?« Letzte Nacht hatten sie geredet und geredet. Es hatte gutgetan. Sie hatten endlich begonnen, frühere Missverständnisse auszuräumen. Es war an der Zeit. Und was die Geister betraf …

»Sie fragen zu viel, meine Dame«, knurrte er ihr ins Ohr. »Ihr Engländerinnen – viel zu neugierig. Und viel zu unabhängig.«

»Ich bin zur Hälfte Italienerin«, erinnerte sie ihn.

»Ha! Na, das erklärt alles.« Er ging auf dem Weg zum Meer voran, durch die Pineta und den kleinen Hain mit den Mandelbäumen.

Bei dem mit Glyzinien überwucherten Tor blieben sie stehen. Das Meer war ruhig, der Rhythmus der steigenden Flut untermalte die laute Musik vom anderen Ende des Gartens. Gleichzeitig mischte sich der kräftige Duft der Mandelblüten wie eh und je mit dem würzigen Aroma des Pinienharzes, dem Honigduft des Jasmins und dem salzigen Aroma der Luft.

»Möchtest du nun Geister bannen oder nicht?«, wiederholte sie.

Er drehte sie zu sich, damit sie ihn ansah, beugte sich zu ihr hinunter und küsste sie auf die Stirn. »Es gibt keine Geister mehr, die vertrieben werden müssen, meine Liebste.«

Aurelia spürte, dass es der Wahrheit entsprach. Wie dumm sie beide doch gewesen waren! Vor allem sie, weil sie ihm nicht vertraut hatte, weil sie auf den Dorfklatsch gehört und sich letztendlich nicht eingestanden hatte, dass aus Freundschaft Liebe geworden war. »Und was hast du dann vor?«

Er betrat das Labyrinth und zog sie mit sich. »Ich bin einfach auf der Suche nach einem ruhigen Plätzchen auf meinem eigenen Anwesen!«

Sie lachte. »Wozu?«

Er nahm sie in die Arme. »Um mit der Frau allein zu sein, die ich liebe.«

»*Was* ist eine Kopie?«

Sie hatten Stefano gar nicht kommen hören. Plötzlich stand er vor ihnen. Er trug ein weißes Hemd, eine schwarze Hose und eine Sonnenbrille, hatte das dunkle Haar zurückgekämmt und wirkte äußerst lässig.

»Eine Kopie?«, murmelte Cari. Wie konnte der Anhänger gefälscht sein? Sie dachte daran, was Marco gesagt hatte – auch eine Kopie des echten Stücks wäre einiges wert. Aber wie war das überhaupt möglich? Und warum?

Marco nickte Stefano zu. Zu ihrer Überraschung betrachteten die beiden angeblichen Todfeinde einander mit einem gewissen Respekt.

»Die Bernsteintriskele, die Cari meiner Großmutter zurückgegeben hat«, erwiderte Marco. Er zuckte die Achseln. Es schien ihm nicht viel auszumachen, er wirkte sogar noch gelassener als Stefano.

Auch Stefano antwortete mit einem Nicken. Natürlich hatten er und der Rest der Familie die ganze Geschichte gestern beim Abendessen erfahren. Allerdings war er auffallend schweigsam gewesen, wie Cari sich jetzt erinnerte. Sie hatte sich gefragt, ob er sehr wütend darüber war, dass die kostbare Bernsteintriskele sich nun wieder im Besitz der Timpones befand.

»Du willst doch nicht etwa unterstellen, dass Cari etwas damit zu tun haben könnte?«, fragte Stefano herausfordernd.

Cari fuhr zusammen. Auf diesen Gedanken war sie noch gar nicht gekommen.

»Aber nein.« Mit einer gereizten Geste entledigte sich Marco seiner Krawatte. »Cari hat schließlich bis gestern nichts von der Bedeutung dieses Schmuckstücks gewusst.« Sein Blick richtete sich fest auf Stefano. »Aber jemand anders.«

Einen Augenblick musterten sich die beiden Männer schweigend. Die Anspannung wuchs.

Die Sonne blendete Cari. Sie setzte die Sonnenbrille auf. »Woher weißt du das?«, hakte sie nach, um die Situation zu entschärfen. »Woher willst du wissen, dass es nicht das echte Stück ist?«

Marco zog sein Jackett aus und hängte es sich lässig über die Schulter. »Ich habe den Anhänger zu dem alten Juwelier im Dorf gebracht. Er hat sich bereits zur Ruhe gesetzt, doch seine Augen sind immer noch ausgezeichnet.«

»Und? Ist der Bernstein echt?« Cari ließ nicht locker. Sie konnten selbst hier den Rhythmus der Musik spüren, der Boden vibrierte vom Klang der Gitarre und des Keyboards, vom Gesang und den stampfenden Schritten der Tanzenden. Es erschien ihr unwirklich, diese Unterhaltung während einer Hochzeitsfeier zu führen.

Marco hielt den Blick auf Stefano geheftet. »Natürlicher Bernstein bildet die Basis, doch es handelt sich hier nicht um alten baltischen Bernstein, denn dazu ist er nicht rötlich genug. Die Silberfassung ist relativ neu, und die Libelle im Bernstein ist künstlich. Aber gut gemacht. Überzeugend genug, um die meisten von uns zu täuschen.«

Cari dachte an Sara, die so lange darauf gewartet hatte, ihren kostbaren Talisman zurückzubekommen. »Weiß es deine Großmutter schon?« Sie nahm den Hut ab und löste ihr Haar. Jetzt war es nicht mehr so wichtig, elegant auszusehen. Alles um sie herum wurde lockerer, nicht nur die Kleidung.

»*Sì, sì*, sie weiß es.« Marco warf ihr einen anerkennenden Blick zu. »Sie selbst hat es zwar nicht gemerkt, weil sie schlecht sieht, aber ich hatte so meine Zweifel. Und ich kann sie nicht belügen.«

»Was willst du jetzt tun?« Cari fühlte sich fast ein wenig verantwortlich. Die ganze Zeit hatte sie angenommen, einfach nur ein hübsches Schmuckstück zu tragen. Und am Ende stellte sich heraus, dass es genau das gewesen war.

Er wandte ihr seine volle Aufmerksamkeit zu, ließ sein Jackett einfach fallen und legte die Hände um ihr Gesicht. »Das hängt von dir ab, Cari.«

»Aber der Anhänger …«

»Ach!« Mit einer weit ausholenden Bewegung fegte er alle Einwände fort. »Ich habe wirklich genug von diesem Anhänger. Soll ich mich für den Rest meines Lebens von ihm diktieren lassen?« Er beantwortete die Frage selbst. »Nein, das werde ich nicht. Mir reicht's. Und das habe ich meiner Großmutter auch gesagt.«

»Was?« Caris Stimme klang dünn. »Was hast du zu ihr gesagt?«

»Dass ich sowohl damit als auch mit dem Streit fertig bin. Und mit der Suche. Es wird Zeit, dass ich mein Restaurant baue. Und es wird Zeit …«

»Das ist ja alles gut und schön«, schaltete sich Stefano ein. Er pflückte ein Blatt von dem Jasminstrauch neben ihm und rieb es zwischen den Fingern. »Aber …«

Zeit wofür? Was hätte Marco gesagt, wenn Stefano ihn nicht unterbrochen hätte? Es wird Zeit … wofür?

»Aber wo ist das Original? Wie können wir es finden?« Stefano ließ die Arme sinken.

»Darf ich?«

Als Cari nickte, genehmigte sich Marco einen Schluck Prosecco aus ihrem Glas und drückte es ihr wieder in die Hand.

»Ich habe mich bei der Suche nach der Bernsteintriskele zu einem ganz passablen Detektiv entwickelt«, sagte er im Plauderton.

Worauf will Marco Misterioso denn jetzt wieder hinaus?, fragte sich Cari. Allmählich erinnerte er sie an eine Figur aus einem Agatha-Christie-Roman, nur dass er zugegebenermaßen nicht die geringste Ähnlichkeit mit Miss Marple hatte.

»Wir wissen, dass Antonio Hester einen Anhänger gegeben hat«, fuhr er fort. »Und vorausgesetzt, dass Hester nicht selbst eine Kopie hat anfertigen lassen …«

»Was ziemlich unwahrscheinlich ist«, warf Cari ein.

»Was ziemlich unwahrscheinlich ist«, pflichtete Marco ihr bei. »Dann bleiben zwei Möglichkeiten.« Er hielt inne, aber die beiden schwiegen.

»Sprich weiter!« Der Duft des Jasmins war überwältigend. Cari hätte sich gern hingesetzt. Aber nicht auf den Boden, nicht in diesem Kleid.

»Entweder war die Triskele, die Antonio gestohlen hat, bereits eine Kopie …«

»Aber warum in diesem Fall so ein Aufheben um den Diebstahl machen?«, gab Cari zu bedenken. Giorgio Timpone hätte doch sicher gewusst, welches Stück echt war?

»Oder …«

»Antonio hat die Kopie anfertigen lassen«, schlug Stefano vor.

»Aber warum hätte er das tun sollen?« Das ergab für Cari keinen Sinn.

»Ja, warum? Überlegen wir doch mal!«

Marco scheint die Antwort bereits zu kennen, dachte Cari. Er spielt nur mit uns! Er wartet darauf, dass Stefano mit etwas herausrückt! Was hat er bloß sagen wollen, als er meinte, es werde Zeit?

»Seine Tochter sollte die Triskele bekommen«, sagte Stefano nachdenklich. »Anhand des Geburtsdatums konnte er ganz leicht herausfinden, dass sie seine Tochter sein musste – und anhand des Namens, den Mary für sie ausgesucht hatte. Aurelia, der Name seines Heimatdorfes. Sie sollte den Glücksbringer bekommen, weil er seit Generationen über die weibliche Linie weitergegeben wird.«

»Und doch …«, nahm Cari, die langsam Spaß an der Sache bekam, den Faden wieder auf, »… hatte er eigentlich kein Recht, ihn weiterzugeben. Erstens hatte er ihn gestohlen. Und zweitens …«

»War er ein Mann«, sagte Stefano mit einem angedeuteten Lächeln. »Und wenn es nach der Tradition gegangen wäre, hätte ihm der Talisman überhaupt nie gehören dürfen.«

»Genau.« Jetzt war Cari alles klar. »Vielleicht hat er Hester eine Kopie für Aurelia gegeben. Er wusste: Sie würde nie als seine Tochter anerkannt werden, weil Hugh offiziell als ihr Vater galt und sie nie ihre wahre Abstammung erfahren würde. Und das würde bedeuten …«

»… dass die Bernsteintriskele für die Familie Bianchi auf immer verloren wäre«, beendete Stefano den Satz.

Triumphierend sahen sich Cari und Stefano an. Es war so offensichtlich! Die Band spielte ungerührt weiter. Die Musik wurde lauter, der Tanz wilder. Die Italiener legten los.

»Es gab jedoch noch andere Frauen in der Familie Bianchi«, überlegte sie. »Seine Schwester Elena …«

»Und meine Mutter Catarina«, fügte Stefano hinzu. Seine dunklen Augen glänzten, als hätte er gerade eine Erleuchtung gehabt.

»Giorgio würde natürlich Himmel und Hölle in Bewegung setzen, um die Triskele zurückzubekommen«, spann Cari die Geschichte weiter. »Schließlich hatte sie seiner Tochter Sara gehört. Und er konnte damit rechnen, dass Antonio sie einer seiner Schwestern aushändigen würde. Also …«

»Also konnte Antonio sie keiner von ihnen offen übergeben«, warf Stefano ein. »Er musste sehr vorsichtig sein.«

Marco nickte zustimmend. »Richtig.«

»Er hat sie Catarina gegeben«, meinte Stefano, »der Schwester, die ihm an nächsten stand. Sie musste schwören, das Geheimnis zu bewahren. Und sie durfte den Anhänger nie in der Öffentlichkeit tragen.« Er hielt inne, als spielte er die Szene im Kopf durch. »Und meine Mutter …«

»… hat ihn versteckt«, schloss Cari.

»Genau«, sagte Marco gedehnt. »Ich bin ganz sicher, dass es so war.«

»Aber wo …?« Cari sah Stefano an.

Doch er hatte sich schon abgewandt und lief den sandigen Pfad entlang, der ins Herz des Labyrinths führte.

»Ich glaube, er weiß es.« Marco nickte.

Es sah ganz danach aus. »Wann hast du dir das alles zusammengereimt?«, fragte Cari und leerte ihr Glas. Der Prosecco war warm geworden und schmeckte schal.

»Gestern Nacht.« Er hob sein Jackett wieder auf. »Es entbehrt nicht einer gewissen Ironie, dass eine Kopie des Bernsteinanhängers ausgereicht hat, um dich und deine Großmutter nach Ligurien zu führen, nicht wahr?«

»Hmm.«

»Oder hat dich etwas anderes hierher gelockt?«, murmelte er. »Oder jemand anders?«

»Vielleicht.« Cari war hin- und hergerissen. Sie spähte den Pfad hinunter, aber Stefano war bereits hinter den Jasmin- und Oleanderbüschen verschwunden.

»Möchtest du ihm folgen, mein Liebling?« Er lachte leise. »Oder möchtest du hierbleiben und …?« Seine Hand liebkoste ihren Nacken. Er zog sie nur auf, das war ihr klar.

Sie neigte den Kopf nach hinten und spürte plötzlich seine Lippen auf ihrem Hals, warm und feucht. Die Spitze seiner Zunge erforschte die Kuhle über ihrem Schlüsselbein.

Nicht gut. Und doch gab sich Cari ganz dieser Empfindung hin. Der laute Applaus nach einem weiteren Lied brachte sie unsanft in die Realität zurück. Sie schob ihn fort. »Bist du verrückt? Natürlich gehe ich ihm nach. Und du auch. Es gibt kein Zurück. Du musst es zu Ende bringen.«

»Stimmt das?« Ein Lächeln umspielte seine Lippen, als er ihr die Hand entgegenstreckte.

Hand in Hand folgten sie Stefano, fort von der Musik und tief hinein in das betörend duftende Labyrinth.

Kapitel 46

Aurelia und Enrico saßen in zärtlicher Umarmung auf der Bank aus Olivenholz im *giardino secreto*, wie Enrico immer sagte, im geheimen Garten. Neben ihnen auf dem Boden standen eine Flasche Prosecco und zwei Gläser. Plötzlich tauchte Stefano auf.

»*Madonna!*«, fluchte Enrico laut. »Hat man denn nirgends seine Ruhe?«

»Entschuldige, Vater!«

Aurelia richtete sich auf. Was war los? Stefano wirkte ziemlich aufgelöst und war gewiss nicht auf der Suche nach einem ruhigen Plätzchen. Er wedelte mit einem Stück Papier. *Dem* Stück Papier.

»Er war eine Kopie. Natürlich! Es ist genau, wie er gesagt hat.« Er redete schnell und gestikulierte dabei wild mit den Händen. »Ich habe immer gewusst, dass da etwas dahinterstecken musste. Dass es etwas bedeutet hat. Und jetzt ist es klar.«

»Also mir ist leider überhaupt nichts klar.« Enrico schenkte Prosecco nach und reichte Aurelia das Glas.

»Was war eine Kopie?«, fragte Aurelia.

»Der Bernsteinanhänger.« In rasantem Italienisch sprudelte Stefano eine Erklärung hervor.

Aurelia war bestürzt. Gerade erst hatte sie die Bedeutung dieses Erbstücks entdeckt, schon folgte die Enttäuschung. Was sollte man davon halten? »Du glaubst also, Catarinas Rätsel verrät uns, wo die echte Bernsteintriskele versteckt ist?«

»*Sì*. Das glaube ich.« Stefano konnte nicht still stehen und fuhr sich mit einer Hand nervös durch das Haar. So hatte sie ihn noch nie erlebt.

»Nun red schon, Stefano!« Caris italienischer Freund und Cari selbst tauchten hinter den Oleanderbüschen auf. »Worauf wartest du noch?«

Stefano zögerte.

Enrico blickte von einem zum anderen. Dann erhob er sich. Als Aurelia ihn ansah, erfasste sie eine Welle von Zärtlichkeit.

»Marco Timpone, nehme ich an?« Enrico streckte die Hand aus.

Marco zögerte nur kurz. Dann trat er näher und ergriff Enricos Hand. »*Sì.*«

»Freut mich, Sie endlich kennenzulernen«, bemerkte Enrico trocken. »Wenn auch unter eher ungewöhnlichen Umständen.« Er deutete auf Aurelia. »Dies ist Aurelia, Caris Großmutter.«

Aurelia stand auf, um die drei obligatorischen Wangenküsse entgegenzunehmen. Ein wirklich gut aussehender Bursche. Sie konnte verstehen, dass er Cari gefiel.

Cari ging zu ihr und umarmte sie. Zwischen den beiden ist irgendetwas geschehen, dachte Aurelia.

»Obwohl Sie natürlich meinem Haus schon früher einen Besuch abgestattet haben«, sagte Enrico zu Marco. »Damit liege ich doch richtig?«

Marcos sonnengebräunte Haut überzog sich mit einer zarten Röte.

»Nein, Schatz, sicher nicht«, wandte Aurelia ein. Daran hätte sie sich doch bestimmt erinnert. Sie hatte ihn schließlich oft genug eingeladen.

Enrico hob fragend eine Augenbraue.

»Ich fürchte, Enrico hat Recht.« Marco deutete eine entschuldigende Verbeugung an.

Wie charmant!, dachte Aurelia. Aber warum »ich fürchte«?

»Wissen Sie, damals war ich auf der Suche nach der Triskele. Ich hoffe, ich habe Ihnen keinen allzu großen Schrecken eingejagt.«

»Ach.« Aurelia erinnerte sich an den Abend vor ungefähr einem Jahr, an dem sie bei Elena zum Essen eingeladen gewesen waren. Kurz bevor Enrico sie von der Terrassentür aus ins Haus gerufen hatte, hatte sie im Labyrinth eine schattenhafte Gestalt zu sehen geglaubt. Und bei ihrer Rückkehr hatten sie entdeckt, dass jemand in *La Sirena* eingebrochen hatte. »Sie waren also der Eindringling.«

»*Sì.*« Er starrte unverwandt in den Teich.

Als Aurelia seinem Blick folgte, schoss ein schwarz-orange gemusterter Goldfisch aus der Deckung hervor und schwamm auf die gegenüberliegende Seite. Insekten tanzten über der glatten Wasseroberfläche, und die Seerose hatte sich in der Sonne geöffnet.

»Du bist in die Villa eingebrochen?« Cari machte große Augen.

Aurelia hatte den Eindruck, dass die beiden gerade erst anfingen, sich richtig kennenzulernen.

»Natürlich habe ich nichts gestohlen.« Marco wirkte gekränkt.

»Ach so, na, dann ist ja alles in bester Ordnung.« Die Hände in die Hüften gestemmt, funkelte Cari ihn an.

Sie besaß wahrlich genug inneres Feuer. Aurelia lächelte. Sie würde sich ihm schon widersetzen, es ihm mit gleicher Münze heimzahlen.

»Ich kann mich gar nicht genug entschuldigen.« Erneut verneigte er sich vor Aurelia.

»*Mich gar nicht genug entschuldigen?*« Cari bedachte ihn mit einem argwöhnischen Blick.

Oh, ja, den beiden standen sicher noch einige Überraschungen bevor!

»Dann sollten wir die ganze Sache begraben und vergessen.« Enrico rieb sich die Hände. »Schließlich feiern wir heute, *no*?«

»Ja, ja, natürlich.« Aber niemand wirkte recht überzeugt, obwohl die Musik, das entfernte Gelächter und das Stimmengewirr der Gäste auch hier zu hören waren.

»Und was mich angeht …« Enrico zuckte die Schultern. »Ich finde, die Frauen haben Recht.«

Er erntete verständnislose Blicke.

»Diese Fehde sollte beendet werden.«

Gut. Aurelia nickte. »Auf jeden Fall.« Ansonsten hätten Marco und Cari keine Chance. War es wirklich möglich? Die beiden standen etwas voneinander entfernt, aber wenn man die Augen zusammenkniff … Aurelia blinzelte gegen die Sonne. Ja, das zarte Band zwischen ihnen war geradezu mit den Händen zu greifen. So würde sie die beiden malen.

»Bist du einverstanden, Marco?«

Er breitete die Arme aus. »Heute Morgen hatte ich einen furchtbaren Streit mit meiner Großmutter, den schlimmsten Streit meines Lebens. Sie hat gesagt, ich sei kein Timpone mehr. Was gibt es da hinzuzufügen? Es ist wahrlich das Ende einer Ära.«

Cari trat näher zu ihm, und er warf ihr einen dankbaren Blick zu.

Aurelia nickte nachdenklich. Besser so … Obwohl ich nicht glauben kann, dass jemand wie Marco einfach so mit seiner Familie bricht, sinnierte sie. Was geschieht, wenn er seine Meinung ändert? Was ist in einem Monat, in einem Jahr, wenn ihm bewusst wird, dass er keine Familie mehr hat, an die er sich wenden kann? Sie fühlte mit Cari. Cari wusste ebenso gut wie Aurelia oder Tasmin, was es hieß, in der Falle zu sitzen. Andererseits hatte in jeder Generation ein Wandel stattgefunden, hatten die Frauen um Freiheit und Unabhängigkeit gekämpft. Sicherlich spürte Cari dies ebenfalls.

»Für mich«, wiederholte Marco, »ist die Fehde beendet.«

»Stefano?« Enrico sah sehr ernst aus. Aurelia sandte ein Stoßgebet zum Himmel.

»Ich bin nach wie vor der Ansicht, dass die Bernsteintriskele meiner Mutter gehört hat«, erklärte Stefano.

So stur wie eh und je, dachte Aurelia.

»Aber mir ist klar, dass Antonio nicht das Recht hatte, sie ihr zu geben.«

»Also?«

»Also würde ich sie gern finden. Ich möchte das Rätsel meiner Mutter lösen.« Er hielt inne und erwiderte Marcos Blick. »Meinetwegen kann Sara Timpone das Schmuckstück haben. Marco hat Recht. Es hat nichts als Ärger gebracht.«

Aurelia konnte sich dem nicht ganz anschließen. Die Bernsteintriskele – beziehungsweise, wie sich inzwischen herausgestellt hatte, ihre Kopie – hatte sie auf ihrem Lebensweg begleitet und ihr geholfen, dieses Land, diesen Mann und ihre wahre Bestimmung zu finden – die Erfüllung als Künstlerin. Und sie hatte ihre Enkelin hierher geführt. Aurelias Weg war nicht leicht gewesen, da die Vergangenheit lange Zeit schwer auf ihr gelastet hatte, doch nun spürte sie eine nie gekannte Entschlossenheit. Sie hatte Frieden gefunden.

»Sehr gut.« Enrico und Aurelia ließen sich wieder auf der Bank aus Olivenholz nieder. »Dann lass uns das Rätsel hören.«

Langsam und deutlich las Stefano vor:

Auf der Reise zur Entdeckung,
Wenn du suchst nach deinem Weg,
Zur Spirale in Spirale,
Wo gewund'nes Holz vergraut;
Dort im Schatten jenes Dunkels,
Wo Geheimes wird erzählt,
Schläft die stumme edle Frau,
Duftet sonndurchglühtes Gold.

Einen Augenblick herrschte Stille.

Cari fragte sich, für wen dieses Rätsel gedacht war, wen Catarina mit der Suche nach dem Bernsteinanhänger hatte beauftragen wollen.

»*Zur Spirale in Spirale …*« Stefano sah Aurelia an.

»Damit ist wohl die Stelle gemeint, an der wir uns gerade befinden, das Herz des Labyrinths.«

»Und die *stumme edle Frau*?«, fragte Aurelia.

»Das muss die Bernsteintriskele selbst sein«, mutmaßte Cari. »*Duftet sonndurchglühtes Gold …*« Sie erinnerte sich an Saras

Worte gestern Nachmittag in dem düsteren Zimmer. »Sara hat mir erzählt, dass Bernsteine einst als die versteinerten Tränen der Heliaden galten, der Töchter des Sonnengottes. Erinnerst du dich, Marco?«

»Wie könnte ich das vergessen?« Er stand ein wenig abseits, als mache er sich absichtlich zum Außenseiter. Cari fragte sich, wie er sich wohl fühlen mochte bei der Aussicht, den von ihm so lange gesuchten antiken Talisman womöglich zu finden. »Und du hast gesagt, dass Bernstein beim Verbrennen himmlisch duftet«, fügte sie nachdenklich hinzu.

Sie sog die Gerüche des Labyrinths ein. Auch der Sternjasmin verströmte ein köstliches Aroma, berauschend wie ein Glas Grappa. Hatte Catarina ihn aus diesem Grund gewählt? Oder hatte Aurelia allein über die Bepflanzung entschieden? Auch der knospende Oleander war wunderschön. Wenn eine Pflanze untrennbar mit Italien verbunden war, dann diese.

»Aber wo ist der *Schatten jenes Dunkels …*?« Sie sahen sich um. Die Sonne schien hell, und die einzigen Schatten waren ihre eigenen und der des südländischen Matrosen.

»Im Teich vielleicht?« Stefano kniete nieder und spähte hinein. »Ganz schön dunkel da drin. Vielleicht ist der Schmuck vergraben, wie eine Schatzkiste.«

»Aber den Teich haben doch wir angelegt«, erinnerte ihn Aurelia. »Wir drei. Wenn etwas darin wäre, wüssten wir davon.«

»Und warum erwähnt Catarina Holz?«, wandte sich Cari an Enrico. »Gab es hier früher Wald?«

»Früher schon«, erwiderte Enrico. »Aber nicht mehr, als Catarina hier lebte. Und es war ihr eindeutiger Wunsch, dass das Labyrinth aus Büschen und nicht aus Bäumen bestehen soll.«

Cari empfand plötzlich Trauer für ihre Urgroßtante – für die Frau, die ihr Labyrinth nicht mehr realisieren konnte; die es geplant und sich ausgemalt hatte. Ganz umsonst? Ich danke dir, Catarina, dachte sie. Was spielt es schon für eine Rolle, dass meine Bernsteintriskele nicht die echte war? Nun sind wir alle eine Familie.

»*Im Schatten jenes Dunkels* muss sich auf etwas beziehen, was vor Catarinas Tod existiert hat«, überlegte Enrico.

»Etwas, was sie für das Herz des Labyrinths vorgesehen hatte«, stimmte Aurelia zu und hakte sich bei Enrico unter.

Ihr Blick glitt hinüber zu Stefano. Die beiden schienen im gleichen Moment einen Einfall zu haben.

»Was ist?« Warum sagte keiner von ihnen etwas?

»Die Bank aus Olivenholz«, murmelte Stefano und starrte darauf. »Die Bank ist das *gewund'ne Holz*. So muss es sein. Sie ist schon seit Generationen in der Familie. Im Grunde hätten wir längst darauf kommen können.«

Enrico nickte. »Bestimmt ist sie im Lauf der Jahre Zeuge zahlreicher Geheimnisse geworden.«

Alle starrten auf das vergraute Holz.

Cari lachte. Wie viele Male hatten sie darauf gesessen? Vor allem Aurelia. Es war ihr Lieblingsplatz. »Und wo könnte der Anhänger versteckt sein? In einem der Füße?«

»In einer der Armlehnen«, sagte Stefano und blickte auf die starren Lehnen. »Ich bin mir ganz sicher.«

Die Gäste tanzten immer noch ausgelassen, als die fünf zum Haus zurückkehrten.

Mehrere Leute umringten eine Person, die in einem Stuhl am Eingang des Festzeltes saß.

»He!« Gianmario kam auf sie zu. »Hallo, Marco!«

O nein. Cari erschrak. Bei der ganzen Aufregung hatte sie völlig vergessen, dass Marco hier unerwünscht war.

»*Ciao!* Toll, dass du es einrichten konntest.« Sie wechselten einen festen Händedruck, umarmten einander und klopften sich gegenseitig auf den Rücken.

Toll, dass du es einrichten konntest? Cari blinzelte überrascht. Er war eingeladen? Warum hat er keinen Ton davon gesagt?

»Deine Großmutter ist hier.« Gianmario deutete auf die Leute beim Zelteingang. »Allerdings ist sie ziemlich erschöpft.«

Marco fluchte leise. »Das war ja nicht anders zu erwarten.

Schließlich hat sie das Haus seit zehn Jahren nicht mehr verlassen.«

Elena stand neben Sara und reichte ihr einen Grappa.

»Um Gottes willen, nein.« Marco trat auf sie zu. »Großmutter.«

»Ah, da bist du ja.« Sara schwenkte ihren Stock. »Ist das Mädchen auch dabei, hm?«

»Ich bin hier, Sara.« Cari kam näher und wappnete sich innerlich gegen einen erneuten Schwall von Beschimpfungen. Auch wenn Sara alt und gebrechlich war, blieb sie doch die furchteinflößende Matriarchin, mit der nicht gut Kirschen essen war.

»Für dich will mein Enkel seine Herkunft verleugnen.« Saras Stimme klang erstaunlich fest. »Was hast du dazu zu sagen?«

Was sollte Cari sagen? Vermutlich – falls es stimmte – dass sie geschmeichelt war. Aber wie konnte es mit ihr und Marco jemals gutgehen, wenn seine Familie sie ablehnte und die Beziehung missbilligte? Ganz tief im Innern würde er ihr immer ein wenig die Schuld dafür geben. Und vielleicht eines Tages mehr als nur ein wenig. Sie wollte nicht dafür verantwortlich sein, dass eine Familie auseinanderbrach. Unter diesen Bedingungen wollte sie Marco nicht.

Bevor sie antworten konnte, stand plötzlich Stefano an ihrer Seite. Er legte kurz den Arm um ihre Schultern und ging dann direkt auf Sara zu, die wie eine lauernde Kröte auf ihrem Stuhl saß. »Ich habe etwas für Sie, Sara Timpone«, sagte er und ließ die Bernsteintriskele in ihren Schoß fallen.

Als Stefano die Armlehne mit seinem Taschenmesser aufgestemmt und sie die Triskele auf einem Bett aus schwarzer Seide entdeckt hatte, wusste Cari sofort, dass sie ohne Zweifel das echte Stück gefunden hatten. Sie ließen es von Hand zu Hand gehen, bewunderten das warme goldene Leuchten des Bernsteins und die kunstvoll in das Silber eingravierten Spiralen.

»Ich hätte das Versteck schon viel früher erraten müssen!« Marco schüttelte den Kopf. »Im Herzen des Labyrinths. Wo sonst hätte die Lösung des Geheimnisses zu finden sein sollen?«

Ja, wo sonst?

Jetzt hielt Sara den kostbaren Talisman in ihrer faltigen Hand und nickte bedächtig.

»Er hat nur Unglück gebracht«, wiederholte Marco.

»Er hat nur Unglück gebracht«, schnaubte Sara, »weil ihn zwei Familien gleichzeitig besitzen wollten. Zwei Familien waren der Überzeugung, der Bernsteinanhänger gehöre ihnen.«

Marco zuckte die Achseln. »Hauptsache, du bist jetzt zufrieden, Großmutter.« Er legte den Arm um Cari.

Es war so verlockend. Nur für einen Augenblick lehnte sie den Kopf an seine Schulter, um ihn noch einmal zu spüren, bevor sie ihn für immer verlor. Denn das war unvermeidlich, nicht wahr? Sie hatte ihre Familie gefunden, kannte ihre Herkunft. Sie hatte einen Ort gefunden, der ihr Zuhause werden würde. Marco jedoch würde ihr niemals gehören.

»Pah!« Sara mochte zwar alt sein, aber ihr entging so schnell nichts. Sie wandte sich an Aurelia. »Mein Enkel, dieser Verräter, hat mir erzählt, dass Antonio Bianchi Ihre Großmutter Hester beauftragt hat, Ihnen das Schmuckstück zu geben …«, sie verbesserte sich, »… die Kopie des Schmuckstücks.«

»Ja.« Aurelia lächelte. »Meine Großmutter hat früher einige Jahre in Ligurien gelebt, wissen Sie. Oft hat sie mir von der Landschaft erzählt, die sie so geliebt hat. Das war einer der Gründe, warum ich immer nach Italien reisen wollte.«

»Es ist aber ein ziemlich eigenartiger Zufall, dass Antonio sich ausgerechnet in ihre Tochter verliebt hat.« Cari fragte sich, in welchem Teil Liguriens Hester gelebt haben mochte und weshalb sie überhaupt nach Italien gekommen war. Wahrscheinlich würden sie das nie herausfinden.

»Pah!«, sagte Sara verächtlich. »Du bist noch jung und weißt nicht, dass es so etwas wie Zufall nicht gibt.« Sie umklammerte den Anhänger. »Ich habe Hester Hamilton gekannt. Sie hat hier zwei Jahre gelebt, weil ihr Vater in Genua gearbeitet hat. Im diplomatischen Dienst oder so ähnlich …«

Wer von ihnen staunte jetzt am meisten? Aurelia vielleicht.

»Sie hat im Dorf gewohnt?«

»Aber sicher«, erwiderte Sara mürrisch. »Sie hat im Dorf gewohnt und war ganz vernarrt in Gino Bianchi.«

»Meinen Vater?« Nun sah Elena verblüfft aus.

Sara genoss die Aufmerksamkeit sichtlich. »Natürlich wollte die Familie davon nichts wissen.« Sie lachte kehlig. »Denn Hester war nicht katholisch.« Sie funkelte Cari an. »Und sie war keine von uns.« Dann streckte sie auffordernd die Hand mit dem leeren Grappaglas aus.

Stefano gehorchte geflissentlich und schenkte ihr nach.

Die anderen waren sprachlos.

»Also wurde die kleine rothaarige Hexe schnellstens nach England zurückgeschickt.« Erneut warf Sara Cari einen bösen Blick zu.

Es wurde immer offensichtlicher, wie sehr Marcos Großmutter sie hasste. Unbehaglich rückte Cari von ihm ab. Warum sich quälen, wenn sie ihn sowieso nicht haben konnte?

»Als Antonio zum ersten Mal in Port Isaac aufgetaucht ist …?«, fragte Aurelia.

»Ich wage zu behaupten, dass Gino ihn geschickt hatte. Wahrscheinlich hat Antonio eine Nachricht seines Vaters an die ehemalige englische Liebste überbracht.« Sara zuckte die Achseln. »Es war nicht schwer, auf den Trampdampfern zwischen Genua und Penzance Arbeit zu finden. Nicht schwer. Hmpf.« Sie nahm noch einen kräftigen Schluck, der ihre Zunge löste. »Die gute Hester war vermutlich nicht allzu begeistert darüber, dass Antonio sich in ihre Tochter verguckt hat und sie dann sitzenließ, genau wie Gino es mit ihr gemacht hatte. Das hat sicher ungute Erinnerungen geweckt.«

»Gino …«, wiederholte Aurelia selbstvergessen.

Elena packte sie am Arm. »Er ist es!«

»Wer ist was?« Aurelia sah verwirrt aus.

Cari jedoch schaltete sofort. »Hesters südländischer Matrose!« Sie wandte sich an Aurelia. »Dein südländischer Matrose – deine Statue im Labyrinth. Hester hat nie Antonio modelliert. Es war

Gino.« Hester war also die Erste in der Familie gewesen, die von einem italienischen Mann fasziniert war. Und seither war es Mary, Aurelia und Cari genauso ergangen. Sogar Stefano hatte sich in eine Engländerin verliebt. Nur bei Aurelia und Cari lag die Sache etwas anders, da sie italienischer Abstammung waren.

Wieder nickte Sara versonnen. »Kluges Mädchen!«, sagte sie. »Fast ein bisschen zu klug.«

Allmählich wurde Cari ärgerlich. Warum sollte sie sich andauernd von Sara beleidigen lassen? »Moment mal …«, begann sie.

Sara hob die Hand. »Die Triskele kann nicht zwei Familien gehören.« Sie wirkte ein wenig verwirrt.

»Jetzt hast du sie, Großmutter.« Marco wandte sich zum Gehen. »Sie gehört dir.«

»Eine Familie.« Sara erhob sich mühsam von ihrem Stuhl.

Seufzend drehte sich Marco wieder um und bot seiner Großmutter den Arm.

Und so würde es immer sein. Darüber war sich Cari im Klaren. Und so sollte es auch sein. Sara und Marco waren eine Familie. Und was eine Familie bedeutete, wusste niemand besser als sie, die sich so lange nach einer Familie gesehnt hatte.

Schwer stützte sich Sara auf seinen Arm und winkte Cari zu sich. Vermutlich um sie zu verhöhnen.

»Liebst du ihn?«, keuchte Sara.

Cari sah Marco an. Liebte sie ihn? Diesen Mann, dessen Bild sie verfolgte, seit sie ihn getroffen hatte? Der ihr Freund und Vertrauter geworden war, der ihr in der Trauer um ihre Mutter beigestanden hatte, der sich in ihre Träume geschlichen, sie getäuscht und zur Weißglut getrieben hatte? Der sie geküsst und unter dem Sternenhimmel zärtlich geliebt hatte, dessen Träume sie berührt hatten? »Ja«, sagte sie.

»Du hast Mut, meine Liebe.« Sara drückte Cari die Bernsteintriskele in die Hand und schloss deren Finger darum. Dann ergriff sie Marcos Hand und legte Caris hinein. »Mein Hochzeitsgeschenk«, verkündete sie. »Um die erneute Verbindung der Bianchis mit den Timpones zu besiegeln. Es ist an der Zeit. Und solch eine Verbindung verlangt nach einem ganz besonderen Geschenk.«

Cari wusste nicht, wie ihr geschah. Ihr Blick wanderte von Sara zu Marco. »Und ich werde hier wohl gar nicht gefragt?«

Sara brach in gackerndes Gelächter aus, das in Keuchen und Husten überging.

»Ich habe es versucht.« Marco grinste. »Meine Großmutter meint, dass mich keine Frau abweisen würde.«

»Ach ja?« Cari wartete.

»Also, möchtest du?« Er schüttelte in gespielter Verzweiflung den Kopf.

»Möchte ich was?«

»Mich heiraten.«

»Na ja, du bist ein Timpone und ich eine Bianchi …« Cari dachte an das rote Kleid, das sie eigentlich für Carmella hatte schneidern wollen. War Ligurien bereit für eine Braut in Scharlachrot? Es wäre doch schade, den schönen roten Seidenchiffon ganz umsonst gekauft zu haben – und den mit Federn und Strass besetzten Haarreif. Vielleicht hatte sie insgeheim immer sich selbst damit gesehen – seit dem Tag, an dem Marco sie in North Laine geküsst hatte, er in dem Anzug aus den Vierzigerjahren und sie in dem herrlichen scharlachroten Abendkleid … »Dann soll es wohl so sein.«

Aurelia drehte sich zu Enrico um, küsste ihn begeistert auf den Mund und sagte dann aus vollem Herzen: »Ich nehme an, das war ein Ja.«

Dank

Dieses Buch zu schreiben hat mir große Freude bereitet. Viele Menschen haben mir auf dem langen Weg zur Seite gestanden. Dazu gehören Peter Sinton (nicht zuletzt mit kalifornischen Sardinen), Sarah Palmer, Philip Nutt, Richard Orridge, Ann Dennis, Alan Fish, Carolyn Keyes, Roy West, Rita Marlton, Rob Simons, Jean Slattery, meine Mutter Daphne Squires und meine Agentin Teresa Chris. Ich danke allen sehr.

»Sie dürfen sich auf eine aufregende, äußerst gefühlvolle, ergreifende Liebesgeschichte freuen!« WDR

Eileen Ramsay
HIMMELSSINFONIE
Roman
461 Seiten
Gebunden mit Schutzumschlag
ISBN 978-3-431-03707-4

Juliet ist eine begabte junge Musikerin und möchte nichts lieber als Dirigentin werden. Schon bald erfreut sie sich der Protektion eines Stardirigenten und seines attraktiven Assistenten, in den Juliet sich Hals über Kopf verliebt. Aber sie möchte es aus eigener Kraft schaffen. Deshalb leugnet sie ihre Gefühle und reist hoffnungsfroh zum Wettbewerb nach London, nicht ahnend, dass eine neidische Konkurrentin eine Intrige gegen sie eingefädelt hat. Bis Juliet nicht nur die verdiente Anerkennung im Beruf, sondern auch die wahre Liebe gewinnt, muss sie viele Hindernisse überwinden ...

Eine wunderschöne Liebesgeschichte voller zauberhafter Klänge

Ehrenwirth